이상 문학 연구

불과 홍수의 달

이상 문학 연구

불과 홍수의 달

신범순

지식과교양

조선미술전람회에서 입선한 〈自像〉(1931)

이 그림은 한동안 액자에 끼워진 상태로 이상이 개업한 제비 다방 한쪽 벽을 장식하고 있었
다. 여러 사람들이 누렇게 떡칠된 그림으로 기억하고 있다. 이 황색은 이상에게는 대지의 모
성적 색이었다. 그의 시 전반에 춥고 우울한 얼어붙은 대지의 창백한 이미지가 퍼져있다. 그
결빙의 지대 밑에 감추어진 대지 본연의 색을 그는 이 누런 색을 통해 추구한 것이다. 그의
생식적 상징기호인 '황(獚)'이란 개(犬)의 색도 이와 관련된다. 그 개는 니체의 짜라투스트라
의 '개'처럼 대지의 깊은 곳에서 나온다.

박태원의 〈애욕〉(조선일보, 1934. 10.6-10.23) 5회분

제비 다방의 한쪽 벽면에 걸려있던 이상의 〈자상(自像)〉(선전鮮展에서 입선한 작품)이 김웅
초 화백에 의해 모사되어 삽화로 등장했다. 아마도 이 그림이 제비 다방에 걸린 이상의 자화
상을 이미지로 보여주는 유일한 것이리라.

이 삽화 왼쪽에 이 같은 내용이 실려있다. "구보는 맞은 편 벽에 걸린 하웅의 자화상을 멀거
니 바라보았다. 십호 인물형. 거의 남용된 황색 계통의 색채. 팔년 전의 하웅은 분명히 '회의'
'우울' 그 자체인듯 싶었다. 지금 그리더라도 하웅은 전화면을 누렇게 음울하게 칠해놓께
다." 소설의 주인공 '하웅'은 이상이 그림을 그릴 때 썼던 '하융(河戎)'이란 필명을 염두에 둔
것이다. 鮮展에서 입선한 이 작품을 보고 선전 심사위원의 하나인 이승만은 황달병에 걸린
것 같다고 했다는데 박태원의 이 소설에서 그러한 특징이 확인된다.

〈애욕〉 7회분에 실린 이상의 연애담 중의 한 장면

김웅초가 그린 이 삽화의 '하웅' 얼굴은 실제 이상의 모습과 매우 닮았다. 삽화에서 하웅은
애인의 멀어져가는 뒷모습을 쳐다보고 있다.

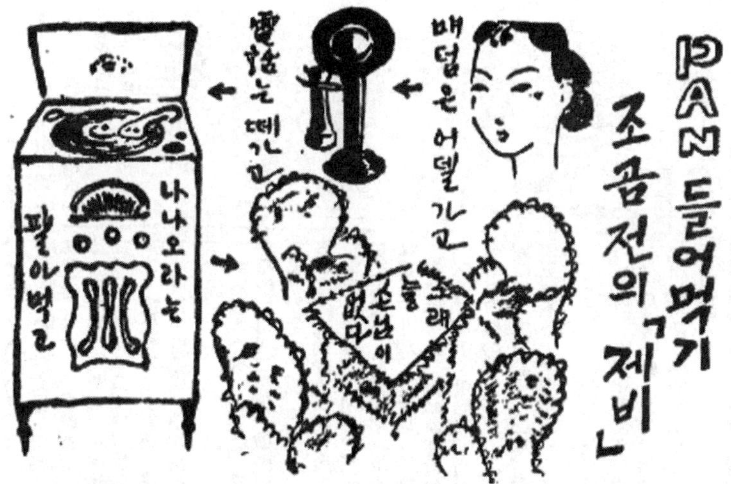

박태원의 꽁트 〈제비〉(조선중앙일보, 1939.2.22)에 나오는 삽화
박태원이 그린 것이다. 제비 다방의 특징인 매우 낮은 탁자와 등나무 의자가 그려져 있다. 오른쪽 위의 "매덤은 어델가고" 옆의 여인은 제비 다방 마담인 금홍이 이다. 그녀는 당시 경성 다방 마담들 가운데 다섯 손가락 안에 꼽히는 미인이었다. 이상이 그의 시 〈지비(紙碑)〉에서 말했듯이 그녀는 제비 다방을 팽개치고 잦은 외출을 했다. 그녀가 없는 다방은 使童인 수영이가 운영했다. 점점 장사가 안되서 결국은 나나오라 전축도 팔아먹게 되었다.

〈소설가 구보씨의 일일〉 13회차 연재분에 그린 이상(하융)의 삽화

커피와 홍차, 칼피스와 코코아를 나란히 배치해서 다방에서 제공되는 음료 전체를 한 장면에 볼 수 있도록 했다. 소설의 주인공(구보)은 이 가운데서 하나를 선택하게 될 것이다. 그림 아래쪽 소설 본문에서 구보의 학창 시절 친구가 구보에게 칼피스를 권하자 구보는 그 외설적인 음료를 질색하며 홍차나 커피를 하겠다고 재빨리 말한다. 이상의 삽화에서 칼피스 잔 왼쪽에 홍찻잔과 커피잔이 놓여있다. 주사위는 홍찻잔과 칼피스 잔 사이에 던져져 있는데 홍찻잔 쪽으로 넘어가 있다. 그것은 구보의 선택이 칼피스에서 벗어나 있음을, 홍차나 커피 쪽으로 넘어가 있음을 암시해준다. 주사위 윗면의 숫자는 이상의 시에서 중요한 상징기호인 역삼각형 형태의 3이다. 주사위는 각설탕에서 연상된 것이다. 그 옆에 각설탕을 함께 그려넣어 이미지의 자연스러운 흐름을 만들었다.

사각형과 원의 다채로운 변주에서 인상깊게 강조된 것은 타원형으로 묘사된 맨 왼쪽 위의 커피 알갱이들이다. 가테마라(과테말라) 커피콩이 커핏잔 위에 마치 씨앗처럼 떠있다. 그 뒤에 브라질 커피콩 이름이 알파벳으로 배경에 스며있다. 이 그림에는 소설 내용(13회)에 대한 이상 자신의 해석이 깃들어있다. 단순한 커리커츄어식 그림을 넘어서서 입체파적 표현과 구성미를 보여주는 이 그림에는 다방과 카페 사업의 종사자다운 전문적인 식견이 반영되어 있기도 하다.

박태원의 〈딱한 사람들〉(《〈중앙〉》 1934.9)에 삽입된 이상(하융)의 삽화
왼쪽 아래 '戒'자 낙관이 보인다. 하루 종일 지내도 밥 한끼 제대로 먹을 수
없는 친구들이 마지막 남은 담배를 나누어 피우는 딱한 처지를 그린 소설이
다. 삽화에서 파이프는 비어있고, 왼쪽 아래 담배는 긴 담배를 반으로 자른
것처럼 그렸다. 그 두 담배조각에서 연기가 나고 있다. 굶주린 두 주인공은
이 마지막 조각 담배를 태우고 있다.

◇診　斷　0：1

或る患者の容態に關する問題、

1　2　3　4　5　6　7　8　9　0　・

1　2　3　4　5　6　7　8　9　・　0

1　2　3　4　5　6　7　8　・　9　0

1　2　3　4　5　6　7　・　8　9　0

1　2　3　4　5　6　・　7　8　9　0

1　2　3　4　5　・　6　7　8　9　0

1　2　3　4　・　5　6　7　8　9　0

1　2　3　・　4　5　6　7　8　9　0

1　2　・　3　4　5　6　7　8　9　0

1　・　2　3　4　5　6　7　8　9　0

・　1　2　3　4　5　6　7　8　9　0

診斷　0：1

26・10・1931

以上　責任醫師　李箱

《조선과 건축》(1932. 7)에 실린
〈건축무한육면각체〉 연작시의 하나인 〈◆진단 0:1〉
동일한 내용이 오감도 〈시제4호〉로 실리게 된다.
그러나 숫자판이 거울상으로 뒤집혀지게 된다.

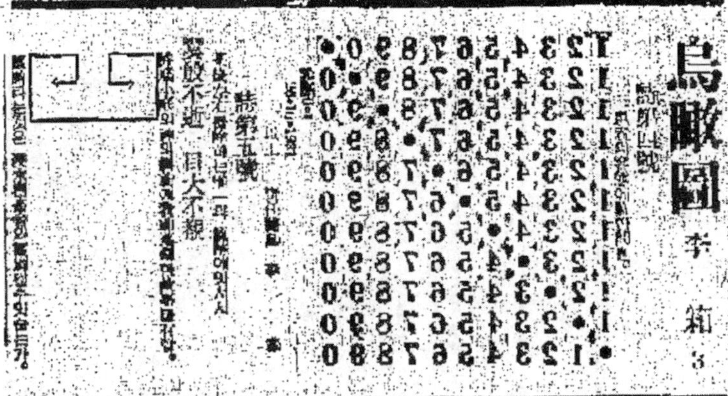

오감도 〈시제4호〉(조선중앙일보, 1934.7.28) 전문

〈◆진단 0:1〉의 숫자판이 거울상으로 뒤집힌 것이다. 이 숫자판의 병적인 의미는 〈선에 관한각서1〉(1931. 5. 31)과 〈선에관한각서6〉(1931. 9. 12)에 연관시킬 때 비로소 드러 난다. 각서1은 우주의 무한수에 대해 이야기한 것이고, 각서6은 그에 비해 유한한 인류의 수 "1234567890의 질환의 구명과 시적인 정서의 기각처"에 대해 말한 것이다. 그는 이렇 게 말했다. "數式은 광선보다도 빠르게 달아나는 사람과에 의하여 運算될 것"이라고.
　이상의 작품들은 조각난 퍼즐들과도 같다. 연구자들은 그러한 것들을 어떻게 꿰어맞출 것인가 하는 수수께끼에 도전해야 한다. 〈◆진단 0:1〉과 〈시제 4호〉 이 두 편의 시는 동 일하게 하나의 날짜를 박아놓고 있다. 1931년 10월 26일이 그것이다. 이 날짜는 왜 시 속에 들어와야 했을까?
그는 자신의 개(犬)인 황(獚)을 주제로 세 편의 연작시를 썼다. 그 가운데 〈1931년(작품 제 1번)〉이 있다. 그에 이어 쓴 것으로 생각되는 것이 〈황의 기 (작품 제2번)〉이다. 이 작품의 제목 아래 부제처럼 달린 부분에 '황'에 대한 설명이 있다. "황은 나의 목장을 수호하는 개 의 이름입니다." 그 아래 "1931년 11월 3일 命名"이라고 했다. 그는 이렇게 또 하나의 날 짜를 시에 박아놓았다. 〈진단 0:1〉에 책임의사 이상으로서 진단날짜를 기록한 10월 26일 에서 8일 뒤였다. 1931년은 그 자체가 시의 제목이 될 정도로 이상에게는 각별한 해였던 것 같다. 총독부 기수로 재직하면서 그는 조선미술전람회에 〈자상〉이 입선되기도 했다. 그는 발표작들(건축 관계 잡지 《조선과 건축》에 게재된) 이외에도 수많은 작품들을 썼던 것 같다. 〈오감도〉를 연재할 때 그는 수 천 점에서 골라내느라고 애를 먹었다고 할 정도였 으니 말이다. 아마도 자신의 최상을 보여주기 위해 그가 골랐던 것 중의 하나가 〈진단 0:1〉이었을 것이다. 숫자의 질병은 마침표 점이 0 뒤에서 점차 파고들어와 최초의 숫자 1 앞에 박힌 것이다. 그것이 진단 0:1이다. 사람이 태어나서 자신의 수 영역을 확장시키지 못하고 그 영역이 졸아들어 죽게 되는 이 질병을 이상은 진단한 것이다. 별들의 숫자를 세 는데 골몰하는 과학자를 고발한 〈1933,6,1〉에서도 그러한 숫자의 질병의 주제를 담고있 다. 그는 〈선에관한각서1〉에서 제시한 세 개의 명제 중에서 두 번째 명제에서 "사람은 숫 자를 버리라"라고 언명했다. 그것은 첫 번째 제시된 "우주는 멱에의하는 멱에의한다"는 명 제로 이끌어가기 위해서이다. 이 '멱에 의하는 멱'이라는 무량대수의 숫자를 알지 못하고 서는 우주적 수치로 형성된 건강한 지구에서의 삶을 살 수 없다.

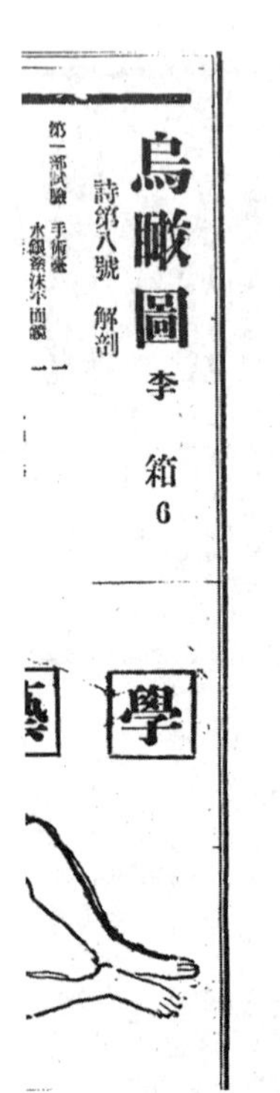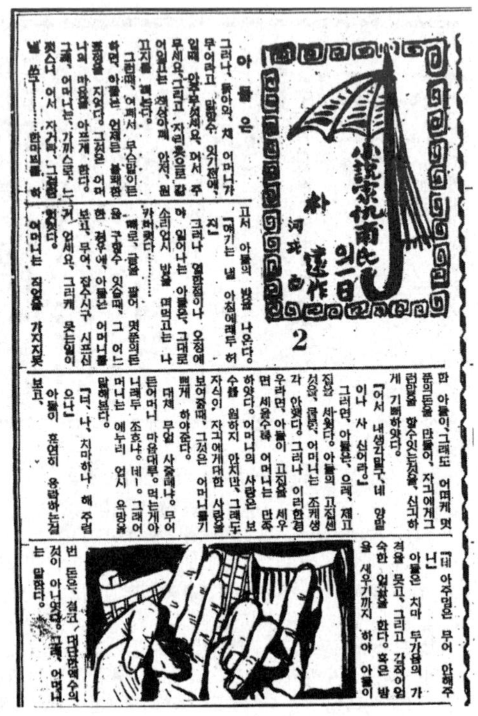

〈오감도〉 중 〈시제8호 해부〉와 함께
조선중앙일보 1934. 8월 2일자에 실린 박태원의 〈소설가 구보씨의 일일〉 2회분
표제 그림(우산 그림)과 아래쪽의 삽화는 하융이란 필명으로 이상이 그린 것이다. 한 신문에서 숨바꼭질하듯이 자리를 달리하여 연재되던 〈오감도〉와 〈소설가구보씨의 일일〉이 한 지면에 자리를 잡았다. 우연히 이 둘이 한 자리에 바로 붙게 된 것이 위 장면이다. 1934년 8월 2일자에 〈시제8호〉와 〈소설가구보씨의 일일〉 2회분이 자리를 함께 한 것이다.

이상은 〈소설가구보씨의 일일〉 표제 그림으로 우산을 그렸다. 반은 펼쳐지고 반은 접힌 이 우산은 소설 전체의 주제를 담고 있다. 접힘과 펼쳐짐(갈 것인가 말 것인가)은 반절씩만 남아 여기 하나의 이미지로 통합되어 있다. 그것은 그 시대 우수어린 방황하는 지식인 소설가의 전형적 면모를 상징하고 있다. 그것은 항상 어디로 갈 것인가 고민하며 방황하는 '행로란(行路亂)'의 주제와 연관된다. '행로란'의 주제는 박태원의 소설 〈성군〉에서는 소설적 화두이기도 하다.

烏瞰圖　李箱　6

詩第八號　解剖

第一部試驗　手術臺　　　　　　　　一
　　　　　　水銀塗沫平面鏡　　　　一
　　　　　　氣壓　　　二倍의平均氣壓
　　　　　　溫度　　　皆無

爲先麻醉된正面으로부터立體와立體를爲한立體가具備된全部를平面鏡에映像식힘。平面鏡에水銀을現在와反對側面에塗沫移轉함。(光線入射防止에注意하야)徐徐히麻醉를解毒함。一軸鐵筆과一張白紙를支給함。(試驗擔任人은被試驗人과抱擁함을絕對忌避할것)順次手術室로부터被試驗人을解放함。翌日。平面鏡의縱軸을通過하야平面鏡을二片에切斷함。水銀塗沫二回。
ETC 아즉그滿足한結果를收得치못하얏슴。

第二部試驗　直立한平面鏡　　一
　　　　　　助手　　　數名

野外의眞實을選擇함。爲先麻醉된上肢의尖端을鏡面에附着식힘。平面鏡의水銀을剝落함。平面鏡을後退식힘。(이때映像된上肢는반듯이硝子를後退식힘과無關함으로假設함)上肢의終端까지。다음水銀塗沫。(在來面에)이腱切斷과自轉으로부터그腱沒含降下식힘完全히二個의上肢를接受하기까지。翌日。硝子를前進식힘。連하야水銀柱를在來面에塗沫함(上肢의處分)(或은減形)其他。水銀塗沫面의變更과前進後退의重複等。
ETC 以下未詳

오감도 〈시제8호 해부〉(조선중앙일보 1934. 8.2) 전문

이상의 주도적인 주제인 '거울'에 대해 매우 난해하게 진술된 시이다. 〈시제7호〉는 달거울(명경)을 황무지의 30륜 꽃으로 비유해 이 세상의 적막한 삶을 이야기했다. 〈시제8호〉는 두 평면거울의 반사면을 마주보게 결합하여 붙여놓는다. 그 안에 들어있는 거울상들은 이 기이한 거울공간에서 실체를 얻을 수 있을까? 이상은 합체된 거울을 절단하는 이상한 수술을 행한다. 그렇게 함으로써 그 거울안에 들어있는 영상의 실체를 구해낼 수 있을까? 거울세계에 빠진 납작한 실체는 과연 구원받을 수 있을 것인가? 이것은 달을 순수인식으로 보는 니체적 순수인식비판에 해당한다. 이상에게 '거울'은 냉각된 세계의 알레고리이다. 그것은 근대적인 이성의 차가움에 의해 결빙된 세계인 것이다. 그는 유우클리트와 뉴튼적인 이성적 과학에 지배되는 근대에 대해 투쟁했다. 그는 자신을 시의 불길로 태우면서 과학에 대한 투쟁에 나섰다. 이것이 그의 문학 전반을 관통하는 일관된 주제이다.

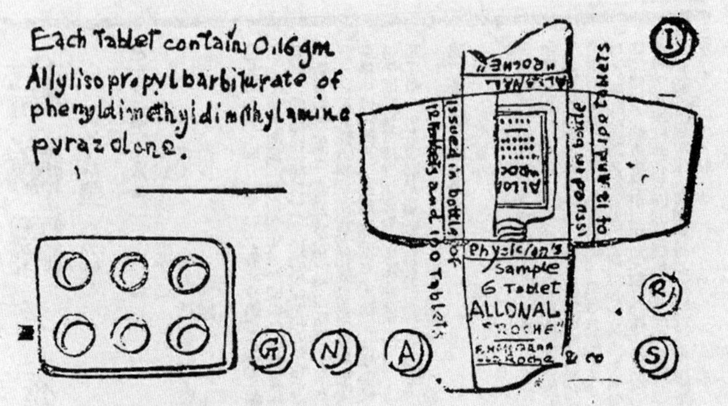

《날개》(조광, 1936.9) 첫머리에 삽입된 삽화

소설에는 아달린이란 약이 나오는데 여기에 제시된 것은 '알로날 로세(Allonal Roche)'의 의사용 샘플이다. 약상자가 전개도처럼 펼쳐져 있고, 캡슐에서 나온 알약들이 이상의 이름과 결합하여 오른쪽과 아래에 배치되어 있다. 이 알약은 소설 속의 아달린(아스피린으로 착각해서 먹은)처럼 세상에서 자신을 향해 투여된 것이다.

약상자갑은 네 면을 펼쳐놓아 십자가 형태의 특이한 모습의 전개도로 그려졌다. 네 날개에는 약 설명 문구들이 적혀있다. 전개도 안에 주로 적었지만 밖으로 빠져나가기도 한다. 그리고 가운데 부분은 마치 열린 창처럼 되어있는데, 약병이 거꾸로 뒤집혀서 알약 캡슐을 쏟아내는 것 같은 형상을 보여준다. 이 약병은 1935년도 알로날 로세 광고에서 볼 수 있는 약병과 같은 것이다.

이 약상자 전개도는 시에 나오는 십지기의 이미지와 견주어볼 수 있다. 그의 유고작인 〈내과〉의 한 구절이 생각난다. "흰뼁끼로 칠한 십자가에서 내가 점점 키가 커진다. 聖 피-타-큠이 나에게 세 번 式이나 아알지 못한다고 그린다 순간 닭이 활개를 친다……". 그는 〈각혈의 아침〉에서 더 비극적인 십자가 처형의 자화상을 그린다. 폐병은 십자가 처형의 이미지로 전환되어 있다. "폐속 펭키칠한 십자가가 날이날마다 발돋움을 한다. 폐속엔 요리사천사가 있어서 때때로 소변을 본단 말이다. 나에 대해 달력의 숫자가 차츰차츰 줄어든다.(1933.1.20) 그는 단순히 환자가 아니라 병든 세계를 관통해가는 순교자적 시인이었다.

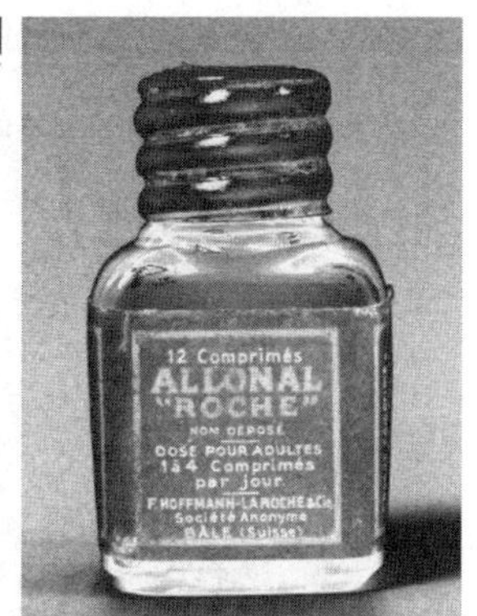

AllPosters.com에 실린
1935년도 알로날 로세 광고(왼쪽)
날개 삽화에 그려진 바로 그 약병이다.

《여성》 1939.5에 실린 박태원의 수필 〈이상의 비련〉

이상의 '제비' 다방을 암시하듯이 제비 세 마리와 꽃들을 배치했다. 이상이 죽은 뒤 박태원이나 김기림 등은 '제비'를 죽은 친구의 상징기호로 삼아 이야기했다. 위 수 필은 그가 이상을 모델로 삼아 썼던 〈애욕〉이란 소설 내용에 대해 이야기한 것이 다. 그 소설의 주인공 '하웅'은 이상의 또 다른 필명인 '하융'에서 따왔을 것이다. 박태원은 〈애욕〉에서 미처 하지 못했던 이상의 또 다른 숨겨진 연애에 대해 위 수 필에서 말했다. 그는 끝내 이상에게 매서운 염서(艶書)를 보냈던 여인의 이름을 밝 히지 않았다. 매우 문학적인 편지를 주고받았던 미지의 여인은 영원히 망각의 안 개 속에 잠겨버렸다.

구본웅의 〈友人의 초상〉(1935년)

어둠 속에서 빛나는 왼쪽 얼굴은 예술가 이상의 야심과 열정 그리고 지적인 빛을 보여준다. 다른 반쪽의 어둠에 잠긴 얼굴은 시대의 우울과 고뇌 속에 젖어있는 슬픈 얼굴이다. 구본웅은 이상의 반쪽 얼굴을 지배하는 어둠 속에 그 어둠을 비스듬히 꿰뚫고 나간 하얀 파이프 담배를 배치했다. 파이프 끝에서 붉게 타는 불은 입술의 붉은 빛과 연결되어 신성한 연기를 뿜어올리고 있다. 이 연기가 이상의 얼굴을 후광처럼 감싼다. 김기림은 이상에 대한 추도시 〈쥬피타 추방〉에서 이렇게 노래했다. "파초 잎파리처럼 축 늘어진 중절모 아래서/ 빼여 문 파이프가 자조 거룩지 못한 원광을 그려올린다."김기림은 어쩌면 구본웅의 이 초상화를 보았던 것일까?

정인택의 이상 추모글 〈축방〉(《청색지》 1939.5)에 실린 이상의 자화상
두 눈의 간격이 좁혀져 있어서 매우 오그라든 모습이다. 어깨선도 몇 개의 선 만으로 불
완전하게 그려서 아래쪽을 공허하게 만들었다. 그는 이 공허함 속에서 메말라가고 소멸
되어 가고 있는 듯하다. 그러나 눈은 매우 미묘하게 그려져 있는데, 마치 자신의 안을 향
해 날카롭게 빛나고 있는 것 같은 모습이다.

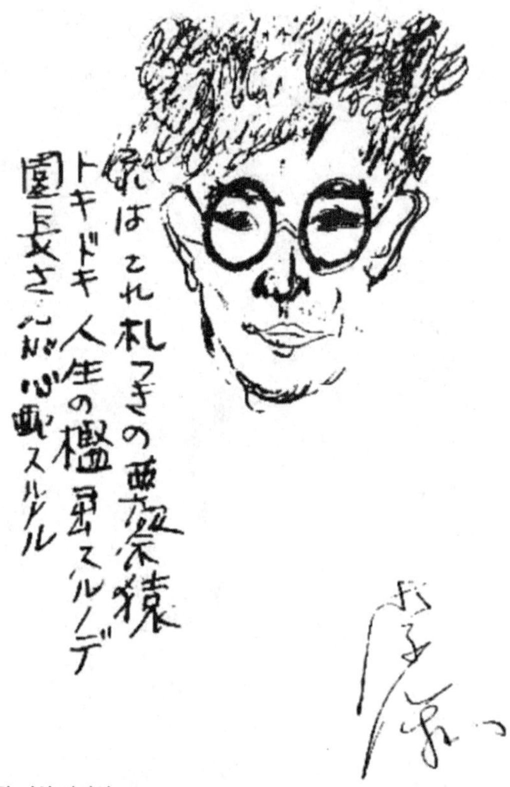

시인 강민이 소장한 이상 자화상

쥴 르나르의 《전원수첩》 속표지에 그려진 것이다. "이것이야말로 패찰이 붙은 요시찰 원숭이다. 자주 인생의 감옥을 탈출하기 때문에 원장님이 걱정하는 것이다." 얼굴 왼쪽에 쓰여진 글귀이다. 인생의 감옥에 갇힌 원숭이 이미지는 그의 시 〈구두〉에서도 볼 수 있다. 거기에는 "탐조등의 동그라미 속에서 원숭이처럼 뛰돌아다녔다."라는 표현이 나온다. 결국 그렇게 감옥을 탈출하려 여기 저기 뛰돌아다녀보았자 감시의 탐조등에 쫓기며 인생이라는 감옥의 벽을 넘어가지는 못한다는 것이다. 그러나 인생의 감옥을 탈출하는 기적 같은 이야기를 이상은 시 〈1931년 (작품제1번)〉의 '十'에서 썼다. "나의 방의 시계 별안간 十三을 치다. 그때, 號外의 방울소리 들리다. 나의 탈옥의 記事."
이상이 평소에 안경을 쓰지 않았고 머리모양이 박태원의 갑바머리 모양과 비슷하다고 해서 위 얼굴을 그의 친구 박태원으로 보는 견해(권영민 교수)도 있다. 그러나 여기 쓰인 글귀는 이상이 자신의 상황과 사상을 표현한 작품들과 연관되어 있고, 이 글귀는 분명 함께 그려진 얼굴과 결합된 것이어서 이상 자신을 그린 것으로 봐야 하지 않을까? 이상이 박태원을 묘사하는데 탈옥의 이미지를 구사했을 것 같지는 않다.

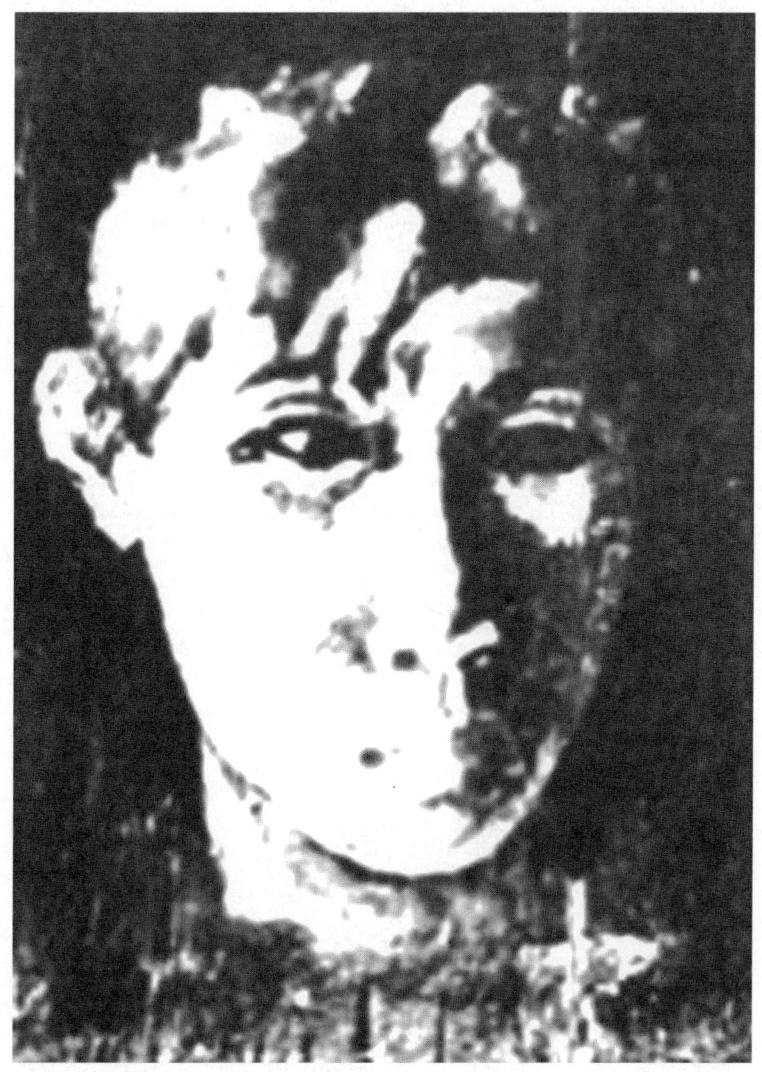

이상이 19세때 그린 것으로 알려진 자화상
이상의 모친 박세창이 소장하고 있던 것이다. 한쪽 눈이 완전히 검게 처리된 것이 특이하다.
팽이그릇 형태의 얼굴이어서 마치 조각같은 느낌이 든다.

　수많은 세월동안 수없는 사람들이 살다 간다. 다양한 생각들을 하고, 서로 다른 견해들을 내세우며 서로 다른 삶의 물결들로 출렁거리다 사라져가는 것이다. 하나의 물결이 스러진 자리에 같은 재료로 또 다른 물결이 만들어진다. 그 물결의 죽음은 다른 물결을 불러일으킨다. 식민지 시대 이상은 매우 독특한 생각을 했으며 난해하기 이를 데 없는 작품들을 남기고 사라졌다. 그 뒤 많은 사람들이 그의 독특한 사유와 수수께끼 같은 작품들의 의미를 해독하기 위해 경쟁을 벌여왔다. 그 경쟁이 끝날 것이라고 생각하는 사람은 당분간 없을 것이다. 아직도 야심차게 그 경쟁에 뛰어들 사람들이 많기 때문이다. 그만큼 이상의 작품에는 사람들을 끌어들이는 미묘한 매력이 숨어있다. 그러나 그 매력이 정확히 무엇인지 말하기는 어렵다. 그에 대해 앞으로도 많은 해석들이 줄을 이을 것이다. 그 가운데 어떠한 해석이 살아남을 것인가? '이상(李箱)'이라는 거대한 파도가 불러일으킨 수많은 물결들 가운데 무엇이 우리의 기억에 남을 것인가? 그것은 세월이 판단해줄 것이다.

　무엇이나 100주년이 되면 그에 대한 기념비적 행사들이 줄을 잇는다. 이상만큼 매력적인 작가에 대해서는 더욱 그러했다. 많은 행사들과 그에 관련된 연구서와 논문들이 나왔다. 이러한 풍성한 잔치가 파하고 이제는 조금 쓸쓸해진 틈을 타서 나는 이 책을 낸다. 기본적으로 내 과거 논문들을 끌어 모은 책이어서 골치 아픈 학술서이니 사람들에게 별 흥미를 끌 요소가 없기도 하다. 그러니 잔치마당을 피한 것이 다행이라는 생각도 든다. 그러나 기존의 이상 평전이나 연구서들이 그의 작품들에서 인문학적 사유의 꼭지점을 탐색하기보다는 거기 투사된 인간 이상의 기괴한 행태나 사적인 별스러운 삶에 초점을 맞추거나, 그의 작품을 그가 앓았던 병력(폐병이나 매독 같은)으로 환원하는 경향들이 농후했기 때문에, 그에 대한 불만이 이 책을 만들도록 나를 떠밀었다. 나에게 이상은 그의 작품은 그의 사상은 그러한 삶의 구정물 위에서 피어난 꽃이며, 그 어둠에서 솟구친 별이었다. 이 강렬한 정신적 예술적 상승에 대해, 그 향기와 색채와 빛에 대해 이야기해야 하지 않겠는가? 그러한 것을 단지 주관적 관념적인 것으로만 생각하는 사람들에게는 손에 잡히지 않는 구름같은 어려운 이야기이다. 나는 이 책에서 이상의 마음과 영혼과 생각 속에서 빚어진 것들을 하나의 객관적인 사실들로서 취급하려 한다. 그것은 다른 어떤 물질적 객체보다 더 소중한 사실적 성과물들로 받아들여져야 한다. 식민지 시대 어둠 속에서 빛났던 영혼의 빛들을 보석 같은 사실들로 고정시켜야 한다. 그가 연막처럼 펼쳐놓은 난해한 기호들의 장막 속에서 그 보석들을 캐내는 작업을 하고 싶었다. 그런데 그 장막 커튼은 당대의 첨단 유행패션과 어느 정도 닮아있기도 했다. 그는 그 시대의 한 첨단을 살았기 때문이다.

많은 연구자들은 우리의 식민지 시대 지적 예술적 성과물들을 일본이나 서구적인 것의 아류 정도로 취급한다. 여러 제도와 사조를 수입했으니 모방을 통해서 비슷하게 흉내낸 것일 따름이라고 생각하는 것이다. 이 뿌리 깊은 생각은 오래된 것이고, 쉽게 없앨 수도 없이 우리 머리 속에 박혀있으며 널리 퍼져있다. 그런데 이러한 선입견만큼 천박한 것이 없으며, 이것만큼 스스로를 모욕하는 것도 없다. 수입된 것들을 쓰고 입는다고 해서 그러한 것을 사용하는 사람의 생각까지 그러한 것에 물들어 있는 것은 아니다. 패션으로 생각이나 정신 사상까지 측정할 수는 없다. 근대적인 패션이 들어왔지만 그러한 근대적 의상으로 감싼 사람들이 모두 '근대적'으로만 생각했을까? 예술과 학문은 사회의 평균치를 넘어서는 사유에서 나온다. 그런데 예술작품과 철학적 사상까지도 패션같은 평균적인 기준으로 환원하는 해석들이 올바른 것일까?

평범한 사람들은 다른 사람들을 판단할 때 그가 걸친 의상으로 측정하고 평가한다. 그는 무엇을 입었는가, 그가 타는 차는 무엇인가, 그는 어떤 학교를 나왔고 어느 집안, 어느 계층의 사람인가 등등이 그의 '의상'이다. 예술과 학문에도 비슷한 경우를 적용할 수 있다. 어떤 유행사조를 따라가는 것은 유행패션을 입는 것과도 같다. 유행 패션을 입었다고 해서 그것을 입은 사람이 모두 똑같은 유형의 생각을 하는 것은 아니다. 예술이나 문학과 학문의 사조적 경향도 마찬가지이다. 그것은 하나의 유행적 의상일 뿐이다. 그것은 하나의 꾸밈새일 뿐인 것이다.

나의 이상 연구는 이러한 '의상철학'에 바탕을 둔 것이다. 그를 외래적 사조나 경향의 수용자나 모방자로 이끌어가는 해석들을 꿰뚫고 가는 것! 그가 김기림에게 보낸 편지에서 당당하게 말했던 신념대로 그의 작품들 속에 살아있는 그의 독자적 사상을 끄집어내 보이는 것! 그것이 이 책의 목표이다. 그는 김기림에게 자신의 동경행을 밝히면서 동경의 지식인 예술가들을 유럽의 유행사조를 모방하는 '물거품 같은' 여인들에 비유했다. 그 여인들의 머리 위에 대륙(섬나라 일본에 대한 조선의 기호)의 '사상의 철퇴'를 하나씩 내리꽂아 주자고 기염을 토하는 편지를 띄웠던 것이다. 그러나 그러한 여인들과의 맞대결은 제대로 이루어지지 않았다. 유행의 첨단가들은 식민지의 한 예술가를 진지하게 맞서야 할 상대로 취급해주지 않았기 때문이다. 형편없는 몰골을 한 꾀죄죄해 보이는 한 식민지 지식인을 누가 상대해주겠는가! 대신 그곳에서 동경의 첨단 유행 패션으로 휘감은 《34문학》 동인들과 어울려야 했다. 그들은 이상과 김기림을 끌어들이고 싶어 했고, 그는 마지못해 그들의 부탁을 일부 들어주기 위해 김기림에게 편지를 띄웠다. 그는 편지에서 이들을 '20세기의 용맹한 젊은이들'로 표현했다. 그러나 실은 이 표현에는 야유가 숨어있었다. 첨단 유행 패션에 별 열의도 없는 자신을 그들에 비해 낡은 '19세기적 인물'이라고 표현한 것도 진지하게 겸손을 나타낸 것이 아니라 야유적 표현에 대한 보완적 첨가물일 뿐이었다.

모든 유행패션의 열기를 간단히 때려눕히는 '사상의 철퇴'란 무엇일까? 5년 전에 나는 이 주제를 다룬 책을 《이상의 무한정원 삼차각 나비》라는 제목으로 세상에 내놓았다. 그 책은 '삼차각 나비'라는 사상적 기호를 표제로 내세웠는데, 이 '나비'는 김동인의 소설 〈태평행〉(1929)에서 날아온 것이다. 나비 한 마리의 날갯짓(자연의 힘)이 수많은 사건들을 낳고 그로 인해 역사의 거대한 물길이 바뀌었다는 획기적인 줄거리를 보여준 소설이다. 이 카오스적 주제(프랙탈 이론에 해당하는)는 그 이론이 서구에서 제시되기 훨씬 이전에 나온 것이다. 서구에서는 70년대에 들어와서야 '나비효과'라는 말로 알려진 것이다. 그것은 나비 한 마리의 날갯짓이 불러일으킨 태풍에 대한 이야기이다. 그러나 아직도 문학 연구자들은 수입된 사조를 뛰어넘는 이 획기적인 주제에 대해 별 연구를 하지 않는다. 이상은 김동인의 이 놀라운 소설을 읽었으며, 거기 깃들인 사상적 폭발력을 알아차렸다. 그는 이 주제를 변주해서 나비 효과를 극한까지 밀어붙여 '역사의 파국'을 보여주는 이야기를 자신의 친구 문종혁에게 들려주었다. 이상의 작품들 여기저기에 이 '나비'는 은밀한 모습으로 스며들어 있다.

그는 실제 작품에서는 김동인을 따라가지 않았고, 자신의 독자적인 풍경들을 펼쳐보였다. '나비'는 〈오감도〉 연작 중의 하나에 그리고 유고작인 〈실락원〉 연작의 하나인 〈소녀〉에 등장한다. 그는 자연의 우주적 무한성을 건드리는 기호로서 이 '나비'를 제시했다. 그것은 그 자연의 무한성에 다가서지 못하는 근대적 수식(1234567890의 숫자체계)을 병적인 것으로 비판했다. 이러한 수의 무한한 확장이 아니라 병적인 축소 현상을 상징적으로 처리한 불길한 숫자판이 〈진단 0:1〉과 그 숫자판의 거울상을 보여주는 '오감도'의 〈시제4호〉 등에서 제시된다. 근대 세계는 '나비' 날개짓의 카오스적 운동을 수식화할 수 없는 단순한 논리체계 위에 구축되어 있다. 이상은 이러한 근대성의 한계를 넘어서려 했다. 그는 초기 시에 해당하는 〈삼차각설계도〉 연작 첫 번째 시인 〈선에관한각서1〉에서 무한수 서판을 보여주었다. 숫자판에는 숫자 대신 검은 색의 구체들이 채워져 있다. 세 개의 좌표축으로 된 이 서판은 평면적으로 묘사되었지만 다중 입체 구조를 상정한 것이다. 그는 이 검은 구체들로 된 무한수 서판 아래 세 개의 명제를 달았다. 1. 우주는 멱에 의하는 멱에 의한다.('멱에 의한 멱'은 무한수를 가리킨다) 2. 사람은 숫자를 버리라.(왜냐하면 우주는 무한수로 구성되기 때문이다) 3. 나를 전자의 양자로 하라.(왜냐하면 양자는 전자적인 것들과 정확히 대응하기 때문이다) 내가 양자라면 나를 둘러싼 외계는 전자이다. 양자가 전자와 정확히 조응하듯이 나(양자)는 외계(전자)를 정확히 느끼고 알게 된다. 나의 구성성분은 외계의 구성성분과 정확히 조응하는 것이다. '나'의 실체를 고민하는 데카르트적 코기토나 우주의 허무 속에 던져진 '나'의 실존을 고민하는 실존주의 등과 전혀 다른 주체를 이상은 제시하고 있다. 그의 무한수 서판에는 이러한 혁신적 사상이 담겨있다. 그 서판을 채운 100개의 검은 구체를 '사상의 철퇴'로 볼 수 있을지 모른다. 그것은 우주의 신비를 담은 검은 탄환처럼 총탄의 이미지로 그의 작품 곳곳에 스며있다. 그것이 그의 무한사상의 총탄이었다

그러나 나를 흥분시켰던 이 '사상적 열기'는 아직 '패션의 열기'를 때려눕히기에 역부족이었던 것 같다. '패션의 열기'는 식민지 시대를 관통해서 오늘날까지 수많은 물결들로 되살아나고 있기 때문이다. 사람들은 식민지 속에서 그러한 독자적인 사상이 꽃피어났다는 것을 인정하고 싶지 않은 것 같다. 연구자들은 대부분 그 시대 평균치인 근대성을 연구하고 싶어한다. 확실하게 인정된 것에 안착하고 싶은 것이다. 그리고 그러한 연구풍토가 근대성에 주목하는 학계의 거대한 압력(근대성에 의해 추진된)에 의해 형성되어 있기도 하다.

그러나 나의 책이 발간된 이후 이상의 사상적 측면에 대한 연구 경향이 분명하게 하나의 흐름을 형성해가고 있다. 나는 그것만으로도 그 책이 약간의 성취를 이룬 것이었다고 위안을 삼곤 한다. 그리고 일본의 실천여자대학교에 근무하는 난명 교수가 그 책을 접한 것이 인연이 되어 한국에 연구교수로 오는 바람에 이상에 대한 공동 연구의 한토막 전선이 펼쳐지게 되었다. 아직은 비교문학적 연구(일본 소화시대 문학과의)에 치중하고 있지만 난명 교수는 속류적인 수용 영향 관계의 비교문학적 연구 수준을 훨씬 뛰어넘고 있다. 그녀는 이상 문학의 세계문학적 가능성을 진지하게 추구하고 있는 것이다. 한국의 많은 연구들이 이상을 동경의 패션물로 전락시키는 것과 대조적인 모습이다.

이 책은 《이상의 무한정원 삼차각 나비》가 나오기 이전의 논문들

을 조합한 것이다. 1990년에 발표된 것부터 2007년에 발표된 것 까지 거의 20여년에 걸쳐있는 것들이다. 그동안 나의 생각도 많이 바뀌었고, 이상에 대한 많은 연구들이 앞물결을 계속 밀어제치며 새롭게 솟구쳐 올라왔다. 이 책의 2장에 수록된 초기 논문인 〈분열증적 욕망과 우화-〈날개〉와 〈지주회시〉를 중심으로〉는 젊었을 때의 첨단 유행패션을 두르고 선두로 나서고 싶었던 욕망이 빚어낸 것이다. 들뢰즈의 카프카론과 《앙티 외디페》에 기대서 쓴 것이기 때문이다. 그러나 들뢰즈의 이론적 외피를 거둬내고 볼 때 동물적 알레고리의 의미에 대한 분석 자체에 대해서는 크게 불만이 없다. 그 후에 쓰인 논문들에서 나는 이상의 또 다른 동물기호들에 주목할 수 있었기 때문이다. 초기의 '성과 노동'의 주제에서 '시적 토템'의 주제로 옮겨갔을 뿐이다. 나는 근대적 도시의 팽창 한가운데 불가해한 미로를 배치한 이상의 의도를 탐색했다. 결국 그는 근대적 인공화의 한 가운데서 원시적 생명력의 기호들을 떠올리고 있었던 것으로 생각한다. 초기 논문에서는 근대 세계에서의 동물적 퇴화를 통한 들뢰즈적 탈주에 대해 주목했었다. 방향을 바꾼 후기 논문들에서 동물들은 자연의 강렬한 힘들을 도시 속에서 작동시키는 기호들이 된다. 이상의 '나비'는 강렬한 원시적 힘들과 충동들을 시위하는 뱀과 개와 까마귀로 대체된다. 그 대척점에 흉내내는 동물인 원숭이가 있다. 그것은 거울 세계의 대표동물이다.

　근대 도시에 갇혀서 근대적 권력과 지식의 압박 속에 납작하게 짓눌린 거울세계를 이상은 여러 작품을 통해 변주했다. 이 거울의 다양한 주제들을 3장의 〈거울과 얼굴의 기호풍경〉에서 주로 다뤘다. 거울세계에서 시인의 자화상은 나비 형상의 수염을 가진 존재로 나타난다. '오감도' 〈시제10호〉는 바로 그러한 나비 기호와 결합된 자화상을 그린 것이다. 이상의 자화상 그림들은 그 자체로 이러한 시인의 얼굴풍경들이 된다. 3장의 주제는 이러한 거울 너머에 대한 시인의 탐색이 무엇이었던가 하는 것을 밝힌 것이다.

1장은 이상의 바로 곁에 놓인 이상의 친구이자 9인회 멤버로서의 지적 동료이며, 이상의 사후 그에 대한 최상의 찬미적 추도시 〈쥬피타 추방〉을 쓴 김기림을 이상과 함께 다루어본 글이다. 그 둘은 박태원처럼 인간적인 친밀함으로 묶인 것은 아니었지만 누구보다 깊이 지적 관심을 나눌 수 있었던 관계였다. 김기림이 이상의 사후 〈나비와 바다〉를 쓸 수 있었던 것도 그 때문이 아니었겠는가? 김기림은 '나비'와 '거울'의 시인을 위해 이 시를 쓴 것이다. 그는 이상의 바다 거울 이미지를 알고 있었던 것이 아닐까? 이 시에서 '나비'는 바다에 비친 육지의 거울상인 꽃이 핀 무우밭 이미지에 취해 파도 위를 날라간다. 이상의 한 수필에서 바다거울 이미지는 거울세계에서 추구될 수 있는 무한의 가능성으로 나타난다. 나는 《이상의 무한정원 삼차각나비》에서 그 수필에 〈무제—樂聖의 거울〉 또는 〈무제—육면거울방〉이란 제목을 붙여 이상의 그 거울 이미지를 분석했다.

1장의 주제는 이상과 김기림의 글쓰기가 겨누고 있는 새로운 '창조적 글쓰기의 지평'을 다룬 것이다. 그것은 문학의 창조적 패션 즉 '글쓰기의 의상 철학'인 셈이다. 그들이 단지 외래 사조인 모더니즘, 이미지즘 또는 다다이즘이나 쉬르리얼리즘 같은 의상들을 빌어입는 양상을 추적하는 대신, 그들 자신이 직접 디자인해서 입고 퍼뜨려야 할 문학적 의상은 무엇인가 라는 물음을 탐색하려 했다. 글쓰기의 지평은 '서판'이란 개념으로 전환될 수 있다. 여기서는 '나비 서판' '종이와 거리의 서판'이란 개념을 제시하고, 그것을 두 사람의 창조적 글쓰기가 작동하는 지평으로 삼았다. 그것은 모방적인 '거울 서판'을 어떻게 넘어서고 있는 것일까? 근대체계는 다양한 근대적 서판들이 가동됨으로써 형성되고 유지된다. 이 근대적 서판들이 바로 '거울서판'이다. 이상은 〈회한의 장〉에서 이 거울서판들의 집합체를 '도서관'이라는 총칭적 기호로 표상했다. 근대의 공적인 문서보관소인 '도서관'의 호출을 거부하는 그는 불온한 종이를 펼친다. 무서운 아이들이 내달리는 거리와 미로들로 뒤엉킨 거리가 그 종이 서판에 펼쳐진다. '나비서판'은 역사시대의 두 서판, 즉 근대적 서판인 신문과 중세적 서판인 족보를 찢으면서 만들어진다.

4장은 이러한 불온한 서판에 스며있는 '모성적 창세기'의 꿈을 다뤘으며, 서판을 구체화한 몇 가지 유형의 텍스트를 다루어보았다. 서판이 글쓰기의 창조적 미적 문법(랑그)이라면 텍스트는 그 문법의 설화적 실현태(파롤)이다. 몇 가지 주도적 주제가 이상의 문학적 지평 전체를 흘러간다. '도로/골목(길) 텍스트'와 '골편의 텍스트' '개-인간 텍스트' '책인간 텍스트' '자화상 텍스트' 등이 그러한 주제들의 텍스트 유형으로 포착된 것이다. 우리는 어떤 텍스트는 몇 개의 상이한 서판들이 미묘하게 충돌하거나 결합하는 양상으로 포착될 수 있음을 알게 될 것이다. 어떤 경우는 사적인 개인의 내밀한 일기적 서판(사적인 층위로서의)과 광범위한 시대와 대중들에게 숭고하게 숭앙되는 성경적 서판(공적인 층위로서의)이 맞물리고 충돌하며 빚어내는 미묘한 합주를 듣게 된다. 〈내과〉나 〈각혈의 아침〉 같은 시가 바로 그것이다. 그의 창조적 서판은 그러한 어떤 서판들의 문법을 그것과 상이한 서판들의 이질적인 흐름을 향해 비틀어놓거나 기울여놓는다.

그는 이 모든 실험을 아이들의 놀이처럼 구현했다. 초기 시인 〈Le Urine〉에서 그것은 아이들의 오줌싸기 놀이에 신화와 역사를 겹쳐놓는 작업이 되었다. 그는 자신의 생식기에서 나오는 오줌의 생식적인 흐름을 뱀 이미지와 연결시켰고, 뱀의 꿈틀거리는 움직임을 바다로 흘러가는 강물 이미지로 변화시켰다. 신화적인 태양 까마귀가 일상의 옷을 입고 삽화처럼 덧붙여진다. 변소와 황량한 세계의 대지와 신화적 풍경이 겹쳐진다. 이렇게 개인적 상황과 역사적 시대적 풍경과 신화적 풍경들을 모두 한데 빨아들여 반죽하는 것은 동화적인 시각이다. 모든 표현들은 매우 단순화되고 소박한 수준으로 내려온다.

이상은 어른 속의 아이를 꺼내어 위 시를 썼으며, '오감도' 〈시제1호〉를 썼고, 〈날개〉를 썼으며, 〈동해(童骸)〉를 썼다. 〈Le Urine〉의 동화 속 까마귀는 무서운 아이들이 내달리는 〈시제1호〉의 하늘 위에서 거리를 내려다보며 떠있다. 〈날개〉의 주인공은 아이로서 생각하고 행동하며, 아이의 베일을 통해 세상을 본다. 그러나 아이로 사는 그 어른은 사회의 그물망(어른들의 구조물이기도 한)에 갇혀 빠져나가지 못한다. 이 사회는 아이에게는 너무 차갑게 얼어붙은 낯선 지옥처럼 등장한다. 세월이 흐를수록 〈시제1호〉에서 〈날개〉로 아이의 운명은 불길하게 추락한다. 그 추락의 종점에 식민지 본국 수도인 동경이 있다. 이상의 마지막 행선지는 근대의 독기로 가득한 안개낀 동경이었다. 동경행 직전에 쓰여진 소설 〈童骸〉의 제목이 이 아이의 마지막 운명을 암시한다. 그 제목은 '아이의 죽음'을 가리킨다. 그것은 그의 꿈, 그의 꽃의 죽음이다. 그 아이가 꿈꾸던 꽃을 잃어버리는 이야기인 〈失花〉를 그는 동경에서 썼다. 그리고 거기서 그는 죽었다.

어쩌면 그 유명한 〈오감도〉 연작과 그의 다른 작품들에 숨겨진 '까마귀'를 가지고 이상이 생각했을만한 동화 한토막을 만들어볼 수 있을 것 같다. 그것은 이러한 이야기이다.

모든 것이 얼어붙어 하얗게 빛나는 어느 얼음나라가 세상의 북쪽 끝에 있었다. 그 얼음나라의 하늘을 까마귀 한 마리가 날고 있었다. 까마귀는 얼음나라의 서쪽 끝에 있는 망자들의 나무 꼭대기에 살던 새였다. 까마귀는 끝도 없이 계속되는 얼음나라의 밤 때문에 너무 오랫동안 해를 보지 못하고 살았다. 그 때문에 까마귀의 망토는 더욱 새카만 빛으로 변했다. 마침내 견디지 못한 까마귀는 서쪽 하늘에 박힌 망자들의 나무 꼭대기에서 뛰어내려 점점 더 짙은 어둠이 쌓이는 얼음나라의 하늘을 향해 날아올랐다. 까마귀는 하늘의 모든 층들을 뚫고 가능한 한 높이높이 날아올랐다. 도대체 해는 어디에 꼭꼭 숨어있단 말인가! 얼음나라 하늘 한복판 꼭대기에 도착하자 까마귀는 자신의 망토로 얼음나라 하늘을 거세게 두들겼다. 아마도 지금까지 그 누구도 그렇게 하늘을 아프도록 두들기지는 못했으리라. 그 때문에 하늘을 떠받치고 있던 얼음나라 나무들이 모두 몇 차례 몸을 부르르 떨었다. 그러자 동쪽 끝 어느 나뭇가지에서 잠자던 해가 놀라 희미한 눈을 뜨는 것이 보였다. 얼음나라의 지평선 끝에서 잠자던 해를 이렇게 해서 가장 먼저 깨운 것은 까마귀였다.

이 해가 얼음나라 하늘 위를 항해하기 시작하자 얼음나라 풍경의 모든 것이 환하게 드러났다. 얼어붙은 땅과 도시와 사람들과 초목들이 하얗고 차갑게 유리처럼 빛났다. 얼음나라는 아름다웠지만 모든 것들은 장난감처럼 생기가 없었다. 사람들은 미미한 움직임만으로 살아갔고, 굳어진 입에서 작게 오물거리는 혀는 분명한 말소리를 흘려보내지 못했다. 개들은 짖지 못했고, 곰들은 긴 겨울잠의 굴속에서 나오려하지 않았다. 태양도 오랜 겨울잠 때문에 가슴이 냉각되어 싸늘했다. 그는 어떻게 해야 활활 타오르게 되는지를 잊어버렸던 것이다. 이 모든 풍경을 보고 까마귀는 생각했다. 아, 얼음나라의 공주가 잠을 덜 깨어서 이럴거야! 그녀의 선잠을 깨워야 해! 까마귀는 얼음공주가 잠들어있는 한 성탑을 향해 날아갔다.

얼음나라 공주는 오래오래 전에 창에 비치는 달밤의 아름다운 경치에 취해서 달을 바라보다 꿈꾸며 살풋이 잠들었다. 공주의 잠든 모습을 달이 비추자 모든 별과 나무와 새와 동물들이 황홀하게 그녀를 바라보았다. 그녀가 깊이 잠에 빠져들자 모든 것들이 따라서 깊이 잠들었다. 그렇게 얼음나라의 궁전과 성 그리고 강과 숲과 산의 모든 것들이 잠들어버렸던 것이다. 그녀의 깊은 잠 때문에 얼음나라는 긴 겨울밤에 빠졌다. 처음에는 모든 것이 아름답고 고요하고 평화로웠지만 밤이 계속되자 많은 사람들과 초목과 동물들이 동사했다. 수많은 밤들이 다가와 얼음 궁전의 공주를 달과 별들의 이불로 감쌌다. 밤하늘은 아름다운 선율처럼 조각달과 반달과 보름달의 다양한 거울들로 공주의 창을 수놓았다. 그것은 수많은 밤을 수놓는 공주의 꿈이었다. 그러나 언젠가는 강과 숲과 산의 죽음들이 점점 공주의 방을 향해 밀려올 것이다. 마침내 얼음나라는 죽음의 나라가 되리라. 까마귀는 그 불길한 미래에 대한 생각으로 몸을 떨었다. 그가 하늘을 두들긴 것은 그 때문이었다. 까마귀는 죽음의 그림자가 몰려드는 공주의 성탑을 향해 날아갔다.

까마귀는 그녀의 방을 향해 무서운 기세로 내달았다. 그녀의 창으로 흰색의 아름다운 침대와 가구들, 커튼들로 장식된 방이 보였다. 그리고 여전히 잠 속에 빠져있는 아름다운 공주가 보였다. 까마귀는 공주를 향해 돌진했다. 공주의 방 창문이 깨어지는 요란한 소리가 났다. 그녀의 창을 수놓던 창백한 달거울들이 깨어졌다. 공주는 자신의 꿈이 깨어지는 요란한 소리에 놀라 깨었다. 겨울밤의 하늘을 아름답게 꾸미던 달의 선율이 산산조각 나있었다.

그녀는 울상을 지었다. "누가 내 잠을 깨웠어! 누가 내꿈을 깨웠어! 누가 내 하늘을 깨뜨렸어!" 그녀는 비명치듯 외쳐댔다. 그러자 밤처럼 까만 몸에서 빨간 피를 흘리며 죽어가는 까마귀가 신음하듯 이렇게 말했다.

"우리는 너무 오래 잠들었어! 우리의 꿈들은 겨울에 너무 길들여졌어. 창
문에 붙은 달들을 우리의 겨울 꿈에서 풀어줘야 해! 그 달들은 이제 다른
세상의 풍경을 비춰야 해! 봄의 달들을, 여름의 달들을 불러와야 해!"

공주의 사랑을 받던 달들이 깨어진 채 의아한 표정으로 빛나고 있었
다. 까마귀의 신음소리 같은 말을 그들도 들었던 것이다. 그때 이상한
붉은 둥그런 기운이 어두운 하늘 위로 떠올랐다. 붉은 달이 신비한 모습
으로 깨어진 창을 비추고 있었다. 아직 밤의 어둠이 짙었지만 붉은 달은
그 어떤 것보다 화려한 모습으로 하늘을 천천히 움직이고 있었다. 공주
는 아련한 꿈처럼 너무 오래된 그 붉은 빛의 화려함에 눈부셨다. 그것은
태초의 하늘처럼 붉었고 태초의 홍수처럼 붉었다. 그녀는 너무나 오래
된 자신의 아득한 기억을 잠의 커튼 뒤에서 찾아보려 했다. 그녀의 눈동
자 속에 희미하게 남아있던 붉은 빛이 조금 깨어나는 것을 그녀는 느꼈
다. 그녀는 일어나 깨어진 창의 커튼을 활짝 제치고 여전히 아름다운 겨
울나라의 풍경을 바라보았다. 그녀는 붉은 달의 숨결을 맡으며 세상의
모든 것을 한꺼번에 내다보았다.

이상은 〈단상〉에서 얼어붙은 세계의 길고 긴 겨울밤에 대해 이야
기 했다. 거기 나오는 까마귀는 자신의 몸에 고인 가래를 뱉어낸다.
그것은 아마도 자신을 검게 만든 밤의 어둠을 뱉는 것이리라. 〈Le
Urine〉의 까마귀는 얼어붙은 땅 위에서 빛나는 금강석처럼 날아올
랐다. 이 빛나는 까마귀가 〈오감도〉의 숨은 주인공이다.

위의 '까마귀 동화'는 이러한 이상의 상상 체계 속에서 생각해본 것
이다. 〈가외가전〉에서 지저분한 방 속으로 날라들어온 까마귀 이야
기 한 대목도 참조했다. 그것은 공주의 방을 향해 돌진한 까마귀이
다. 〈가외가전〉과 달리 동화 속 공주의 방은 아름답다. 하지만 그것

은 근대 도시에서 가공된 '미적 환상'으로 포장된 것이다. 이상은 〈狂女의 고백〉과 〈흥행물천사〉 등의 시에서 상품으로 전락한 카페의 여급(창녀로 전락한)을 노래했다. 그녀는 천국의 아름다움으로 치장되어 있지만 타락한 도시 거리의 지저분한 방, 쾌락의 방 속에 유폐되어 있다. 그녀는 쾌락의 기간이 끝나면 길거리의 흥행물로 내몰린다. 얼어붙은 북극의 황홀한 오로라의 풍경은 성적 황홀경의 알레고리이다. 이 타락한 낙원의 풍경이 〈광녀의 고백〉에 펼쳐져 있다. 그녀는 또 한편으로는 걸인 예술가의 알레고리이기도 하다. 자신을 상품으로 파는 거리의 흥행물인 그녀의 육체는 타락한 도시의 지옥 같은 밤 속에 빠져있다. 미친 광녀의 이미지가 지옥의 거리를 불온한 모습으로 걸어간다. 그녀의 광기가 근대 도시의 미적 환상들을 불안하게 뒤흔든다.

이 시의 주인공인 狂女는 까마귀 동화 속의 공주와도 같은 존재이다. 얼음나라의 공주 이야기는 모두 타락한 근대 세계의 알레고리적 이야기로 읽을 수 있다. 공주는 거울의 마법에 사로잡혀 있고, 얼어붙은 거울 속에 잠들어 있다. 공주는 우리의 영혼의 알레고리이다. 이상이 〈첫번째 방랑〉에서 자신의 뇌수에서 피어나는 향기를 맡으며 찾아 헤맨 태고의 붉은 꽃이기도 하다.

지나간 글들을 하나의 책으로 엮으면서 어쩔 수 없이 손을 보지 않을 수 없었다. 이 책에 수록된 글들은 대부분 개별적으로 발표된 논문이다. 개별 논문들을 한자리에 모아 놓았을 때 서로 어울리지 않는 모습이 되지 않을까 걱정했다. 그러나 모든 글들이 어느 정도 일관된 주제들을 담고 있고, 여러 글들이 연속된 논의들로 이루어져 있어서 함께 묶는 것이 어색하지 않다. 어쩔 수 없이 반복되는 주제들이 있게 되었지만 그것이 똑같지는 않기 때문에 한 주제의 다양한 음악적 변주 정도로 생각해주었으면 한다.

처음 발표할 때와는 여러 부분에서 달라졌다. 논문을 쓸 당시에 미처 생각하지 못했던 실수들을 바로 잡은 부분들이 생겼기 때문이다. 또 전체적인 흐름에 맞게 수정해서 보완했다. 어떤 글들은 많은 부분이 새로 삽입되었다.

이번 책을 여러 번 교정하면서 마지막엔 제자들의 도움을 받았다. 김정현 군과 공강일 군 그리고 안지영 양과 이지은 양이 마지막 교정과 색인 작업 등을 도왔다. 정새벽 군이 영문 요약을 도와주었다. 이들 모두에게 고마움을 전한다. 지식과교양 윤석원 사장님이 이 책을 출판할 수 있게 소중한 기회를 주었다. 게으른 나를 바쁘게 재촉한 덕에 이 책이 나오게 된 것인지도 모른다.

이제 내 손을 떠나 세상에 나가는 나의 글들에 축복을 보내고 싶다. 그것들이 많은 사람들과 만날 수 있기를. 그리고 여러 영혼들과 많은 대화들을 나누고 그로 인해 더 성숙하게 되기를 바라면서 말이다. 황량해진 대지와 그 위의 바람과 구름과 하늘에게도, 그리고 지금 이러한 것들 그 어딘가에 깃들어있을 이상(하융)의 영혼에게도 이 글들을 보낸다. 여러 가지로 부족하지만 부디 나의 글들을 박대하지 말아주기를…… 나의 부족한 점들을 세상에 이렇게 드러내 보였으니, 언제든 조용히 내 깨어있는 사색의 시간이나 아니면 잠든 꿈속으로 찾아와 여러 가지 지적하고 가르쳐주기 바라노라.

2013년 2월 23일 밤
서초동 나의 우거 서재에서
신 범 순

목차

3장

<h1 style="text-align:center">4장</h1>

1장

이상 문학 연구
—불과 홍수의 달

잃어버린 지평선 찾기

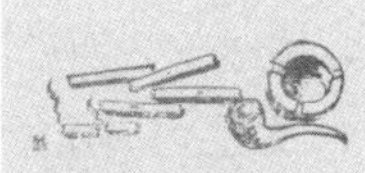

　며칠 전 한겨울의 쌀쌀한 무료함을 달래기 위해 뜨거운 차를 마시면서 《티벳트 마법의 서》라는 약간은 어마어마한 제목을 가진 책을 펼쳤다. 표지 날개엔 지팡이를 들고 무거운 배낭을 맨 채 헐렁하지만 두꺼운 옷과 모자로 휘감은 알렉산드라 다비드 넬의 모습이 작게 실려 있었다. 서문을 쓴 다르송발은 14년 이상을 티벳과 그 부근 지역에서 살다시피 한 그녀를 동양인이 다 된 서양인이라고 하면서, 그녀는 본래 데카르트의 제자이자 클로드 베르나르의 제자라고 평가했다. 물론 그녀의 서구적인 정신의 한 측면이 티벳의 바람과 물 그리고 사원 속에서의 명상과 수도 속에서도 존속하고 있었음을 말한 것이었다. 그녀는 망명자 처지에서도 품위와 권위를 잃지 않았던 달라이 라마를 만났고, 그러한 달라이 라마를 우습게 평가하는 걸인 수도승을 만났으며, 사후 영혼 세계를 관장하는 한 라마승의 의식과 힘을 목격했다. 티벳의 오지를 탐험하면서 그녀는 서구인 특유의 집요한 탐색을 통해 티벳의 비행보술자인 룽곰파를 만나보기도 했다. 그녀가 접근할 수 있는 한계 내에서 그러한 것들에 대해 알 수 있는 것들

을 캐묻고 관찰했으며, 기록했다. 그녀 역시 수도와 명상을 하면서 그러한 티벳의 신비를 체화시켰던 것 같다. 전설적인 파드마삼바바의 투모(차디찬 눈과 얼음 속에서 자신의 신체를 우주적 열기로 감싸는) 경지 같은 것에는 미치지 못해도 자신도 어느 정도는 그러한 것들을 할 수 있다고 은연중에 암시했던 것이다.

겨울 관악산의 고적한 연구실에서 멀리 떨어진 지구의 지붕 히말라야의 한 지대에 대한 이 꿈같은 이야기를 나는 삭막한 시대에 남아 있는 약간의 신기한 마술적인 음료처럼 들이켰다. 나는 사실은 1920~30년대 우리나라 문학을 연구하다가 지구의 그 높은 지붕까지 쳐다보게 된 것이다. 흰 빛으로 빛나는 삼각형 모양의 지붕은 그 시대의 어떤 바람에 휩싸여 있었을까? 그것은 마법의 성처럼 역사의 바람 저편에 여전히 신비스럽게 서 있었던가? 이러한 물음을 떠올리며 나는 역사의 폭풍 속에서 구겨진 빨래처럼 되어버린 식민지 지식인들의 고통과 고뇌를 끌어안고 멀리 떨어져 있는 그 흰 봉우리를 보고 있었다. 거기에는 과연 무엇이 있는 것일까? 식민지 시대를 연구하는 복잡한 머리를 들어 그곳을 바라보는 나의 심정은 또 무엇이란 말인가? 과연 그 시대에 어떤 미지의 유토피아적 세계가 어딘가에 남아 있을 수 있었을까?

서구에서 시작된 근대의 폭풍은 지구 곳곳에 퍼져 나갔다. 그것은 곳곳에서 수많은 바람들을 불러 일으켰다. 서구인들이 탐험과 개척 그리고 점령을 통해서 그들의 근대적인 문명체계로 동양의 귀퉁이까지 모두 접수한 이후 몇몇 후발적인 근대국가들이 그 대열에 뛰어들었다. 그리곤 자기네들끼리 복잡한 갈등양상을 빚었고, 그것이 세계대전을 몰고 왔다. 우리의 식민지 시대는 단지 일본에 무력적으로 접수되었다는 것으로만 바라볼 수 없다. 식민지를 만들고 또 확장하는 침략적 본질의 근저에 놓인 것은 과연 무엇인가? 군사적 무력이 앞장 서고 경제적 침탈이 뒤따른다. 그러나 우리는 그러한 것을 선도하고 떠받친 근대적 사유와 지식, 논리체계 자체 속에 어떤 문제가 놓여 있는지 알아보아야 하지 않을까? 당시 중국과 일본 등 아시아 근대국가들은 서구의 제국주의 물결 속에 휩쓸려 떠밀려가거나 함께 동참했다. 그러나 그들은 그것을 극복하고 비판할 능력이 없었다. 이 땅의 식민지 지식인들 역시 대부분 그러한 수준을 넘어서지 못했다.

나는 1936년 동경에서 죽어간 이상(李箱)의 짧았지만 불꽃처럼 타올랐던 예술적 삶 속에서 그러한 것을 비판할 수 있는 한 가능성을 추적하는 중이다. 그의 미발표 유작 중에 1932년에 쓴 〈얼마 안되는 변해〉라는 수필이 있다. 이상이 건축기사였던 것은 잘 알려져 있다. 그는 당시 야심적인 자신의 건축술을 선보인 전매청 본사 건물 낙성식에 참석한 일에 대해 썼다. 거물급 관리들이 참석한 이 자리의 한 말석에 자리 잡았던 이상은 그 오만한 무리들의 거드름 피우는 위세 속에서 수치심으로 떨었다. 회한의 눈물과 악마적 충동을 감추고 그는 그 자리에서 순한 양의 가면을 뒤집어썼다. 그는 뼈아픈 회한의 기록을 남겼다. 지금까지 그들에게 봉사한 자신의 지식과 기술은 덧없는 것이었다. 그는 그것들의 의미와 가치를 무화시키는 "지식의 첨예각도 0도"라는 말을 썼다. 그리고는 곧장 한달음에 교외의 어떤 묘지를 향해 달려갔다. 그 이후 그의 삶과 글은 모두 우울한 죽음에 관련되어 있었다.

그런데 그것만이었을까? 죽음에 대한 그의 집착은 단지 파괴적이고 허무적인 반항에만 그치는 것이었을까? 나는 그의 시와 소설 그리고 수필과 단문들을 오랫동안 검토했다. 그리고는 이상이 도전했던 어떤 과제의 비밀에 어느 정도 접근했다는 느낌이 생겼다. 그 과제는 자신을 교육시킨 식민치 학교 제도의 지식 수준을 훨씬 뛰어넘는 것이었다. 거기에는 근대적 지식의 지평선을 넘어가버린 자의 수수께끼 같은 기호들이 숲처럼 우거져 있었다.

그는 단지 식민지 관료기구 속에서 좋은 자리를 차지하려는 소박한 야망으로 공부했던 것 같지는 않다. 처음에 동기는 어떠했건 간에 눈부신 지능과 야심은 그의 건강을 근본에서부터 무너뜨릴 정도로 그를 열광적인 탐구로 몰아갔다. 그의 초창기 시들 속에는 바로 이러한 거대한 야망과 탐욕적인 지식욕, 그리고 더 이상 자신의 지식과 새로운 학문적 지평을 감당해줄 아무런 현실적 제도와 형식을 발견하지 못한 자의 비극이 아로새겨져 있다. 그는 현실의 벽에 가로막히고 시대의 압력에 짓눌렸다. 그는 구원의 가느다란 한 줄기 바람을 시 창작 속에서 찾았다. 시에 대한 열정은 거의 광기로까지 치달아 그는 거의 매일 두 세 편 이상의 시를 썼다. 그의 문제작인 〈오감도〉는 바로 그렇게 쓰여진 이삼천 점의 작품 가운데서 몇 점 골라낸 것이었다. 학문적인 열정과 이어진 문학적 광기가 그의 폐를 좀먹어갔으며, 그를 죽음으로 몰아갔다. 그는 과연 무엇을 발견했기에 그렇게 열광적으로 시에 매달렸던 것일까? 그의 초기시에 나오는 '△' 기호 속에 그 비밀이 약간 스며 있다.

나는 이상의 초창기 난해 시들의 하나인 〈삼차각 설계도〉에 숨겨진 비밀이 무엇일까 생각하던 중 엉뚱하게 다른 한편으로는 티벳에 대한 자료들을 뒤지고 있었다. 나중에 알게 된 것이지만 제임스 힐턴이 1933년에 쓴 소설 《잃어버린 지평선》속에는 티벳의 산악지대에 피라밋 모양으로 솟구친 신비로운 카일라스 산이 나온다. 히말라야 계곡에 숨겨진 이 백색의 피라밋 산은 그 유명한 전설적인 수미산의 원형으로 알려져 있었던 바로 그것이 아니었던가. 이 삼각형 모양의 우주산에 대한 신비한 전설들이 고대의 광범위한 신화 전설에 그림 자를 남겼다.

이상은 물론 티벳의 이 산에 대해서는 잘 알지 못했을 것이다. 그는 다만 자신의 자화상을 묘사한 어느 시에서 '피라밋 같은 코'에 대해 언급했을 뿐이다. 고대적인 지혜의 비밀을 담고 있는 일종의 데드마스크로서의 자기 얼굴을 그는 유고작인 〈자화상(습작)〉에서 노래했다. '수많은 문명의 풍상을 견디며 전해져 온 그 태고의 비밀은 과연 무엇이었을까' 라고 그 시는 묻는다. 초창기 난해시들 가운데 100개의 숫자 서판과 검은 별처럼 생긴 100개의 까만 원들로 이루어진 서판은 많은 사람들에게 던진 그의 영원한 수수께끼이다. 나는 거기서 이상이 도전한 과제인 '무한'의 숨결을 느꼈다. 그 검은 별들에서 말이다. 그것은 그가 식민지 교육체계에서 습득한 모든 것을 뛰어넘는 어떤 새로운 지평에 대한 암시였다.

제임스 힐턴은 영국이 서구 근대의 선두 주자로 세계를 식민화해 가던 시기에 그러한 오만한 서구적 정신의 한계를 보여주고자 했다. 기독교 선교사로, 식민지 경영을 위한 정치적 외교관 직원으로, 그리고 금융관계 사고로 죄를 짓고 도망다니는 도망자로 각지의 서구인들이 티벳이란 극단적인 지점에서 모여서 어떻게 변모되는가 하는 것을 보여준 것이다.

힐턴은 콘웨이라는 한 젊은 영국 영사를 주인공으로 해서 서구인이 그 시대에 그려낸 일종의 도원경을 보여 주었다. 그곳은 티벳의 험난한 산지들을 오르내리면서 죽음을 무릅써야 간신히 들어갈 수 있는 곳이었다. 열대적인 기후를 보이는 평지에서부터 차가운 빙설로 뒤덮인 꼭대기까지 '푸른 달'이란 이름의 골짜기가 펼쳐져 있었다. 라마사원의 거대한 건물들과 토착민들의 집들이 모여 있는 이 계곡의 이름을 힐턴은 '샹그리라'라고 하였다. 그 이후 '샹그리라'는 그 지역 어딘가에 있을지도 모르는 이상향을 가리키는 대명사가 되었다.

콘웨이는 그곳에 낙원을 건설한 이백 살도 넘은 라마승인 페로 신부를 만나 그 신비의 많은 부분을 알게 된다. 거기에는 우주적 무한을 숨쉬며 조용히 사는 몇몇 수도자들이 있다. 그들은 조화롭게 통일된 아름다운 삶을 그곳에 건설하고 있었다. 그런데 그러한 무한의 신비를 견디지 못하고 오히려 그러한 것을 불편하고 음모에 가득 찬 수상한 것으로만 인식하려는 매우 현실주의적인 인간이 하나 등장한다. 맬린슨이 바로 그러한 인간이다. 이 전형적인 서구인은 그 세계 속에 조화되지 못한다. 로첸이라는 만주족 여인(백 살도 훨씬 넘었지만 샹그리라에서는 여전히 10대 처녀처럼 젊음을 유지한)과 함께 그곳을 떠나려고 그는 콘웨이를 설득한다. 이 로첸을 마음속으로 연모했던 콘웨이는 마지막에 바로 그녀에 대한 사랑의 좌절 때문에 샹그리라 전체에 대한 자신의 이상이 파괴되는 것을 느낀다. 그들은 함께 그곳을 떠났다. 그러나 설산을 넘을 때 맬린슨은 사고로 죽고 로첸은 바깥 세상에서 본래 나이의 무섭게 늙은 모습으로 돌아갔으며, 콘웨이는 기억상실증에 걸린 채 방황한다. 소설의 말미에 부가된 에필로그에서 작가는 콘웨이의 행방을 추적한 친구를 통해서 그가 다시금 필사적으로 샹그리라를 향해 어려운 길을 헤매면서 설산 속에 숨겨진 낙원을 찾아갔음을 암시하고 있다.

거의 이십여 년 전에 텔레비전에서 보았던 영화 〈잃어버린 지평선〉의 몇 장면들이 마치 오래된 사진처럼 빛에 바랜 채 내 속에 어렴풋이 남아 있었다. 한 제자에게 그 영화를 좀 구할 수 없냐고 했더니 며칠 지나서 DVD를 구해왔다. 내 연구실의 스크린을 내리고 나는 몇 명의 제자들과 그 흐릿한 흑백 필름을 보았다. 옛날의 그 아련한 풍경들이 되살아났다. 그러나 그것은 힐턴의 원작 소설보다도 훨씬 더 서구적인 취향으로 각색된 영화였다. 영화에서는 콘웨이를 샹그리라로 이끌었던 아름다운 미모의 서구여인이 등장한다. 원작 소설에 있었던 만주 여인 로체는 간 곳이 없다. 서구인들이 열광하는 이미지들에 의해 그들의 낙원조차 기독교적으로 채색되어 있었던 것이다. 이 소설은 1937년에 영화로 만들어졌고 그 이듬해에 아카데미상을 받았다.

그 시대에 식민지 근대의 황량함 속에서 헤매던 이상은 자신의 질곡에서 빠져나가기 위해 색다른 여행길을 나서기도 했다. 자기 학창 시절 친구가 있던 평북 성천에 갔던 것이다. 그는 우리 고대사의 한 신비로운 출발점이기도 한 비류강을 거닐며 성천의 원시적 자연 속에 잠시 파묻혔다. 그러나 그는 거기서 단지 침몰해가는 태양의 비극적인 핏빛 그림자와 어둠만을 인식했다. 거기 깃들어 있는 우리 고대의 낙원 이미지와 전승된 이야기들을 그는 알지 못했으리라. 그것이 식민지의 현실이었다. 그러한 역사의 강물들은 모두 흘러가버리고, 이제는 텅 빈 황량한 자연만이 거기 남아 있었던 것이다. 이상은 자신이 새롭게 습득한 기독교적 창세기의 낙원 이야기로 그곳을 채울 수밖에 없었다. 그는 실낙원의 풍경으로 그곳을 보았다. 그러나 그곳에서만이 사라진 낙원의 기억을 강렬하게 되살려낼 수 있었다. 그는 식민지 도시의 우울한 지옥도 너머에 새롭게 펼쳐질 세계의 향기를 맡으려 했던 것이다.

이상 문학 연구
──불과 홍수의 달

문학적 언어에서 가면과 축제
—김기림, 이상의 문학에서 능금과 나비의 언어

1. 자아의 붕괴와 가면의 언어

우리의 근대문학은 1930년대에 언어와 사물의 새로운 관계를 통해 새롭게 전환되었다. 여러 시인 작가들의 글쓰기는 이전과는 달라진 언어의 새로운 평면들 위에서 서성거리며 자신의 생각을 펼쳐보이기 시작했다. 김기림은 언어들의 인쇄술적 배치 속에서 새롭게 발생하는 '의미의 향기'를 포착하고 있었다.[1] 李箱은 지도나 캘린더, 신문 등, 근대적 이성의 차갑고 냉정한 계산과 그 인쇄술적 결정체인 종이 속에 자신의 창백한 독서와 사유, 몽상의 세계를 겹쳐놓았다. 그는 그곳에서 언어의 여러 층을 가로지르면서 이상한 거울놀이를 하였다. 이효석은 책과 종이와 일기 같은 사유와 몽상의 종이류들을

---

[1] 김기림, 〈1933년의 시단의 회고와 전망〉, 《조선일보》, 1933.12.7−13.
　김기림은 정지용과 박재륜의 시를 예로 들어 '단어와 단어의 결합'에 의해 '언어의 향기'와 '의미의 교향'을 빚어내는 방식을 설명하고 있다.

먹어치우는 山羊의 이야기를 썼다. 그는 그러한 산양처럼 능금나무 주위를 배회하는 시의 세계와 마을의 산문적 현실세계 사이, 그 찢겨진 틈 속에 빠진 언어에 대해 생각했다. 김기림은 거리를 지배하는 새로운 정보망과 감각의 새로운 패선에 대해 관심이 많았다. 상품의 수사학적 논리인 광고지의 언어는 그의 시학에서 중요한 한 변수가 된다. 그것은 한편으로는 언어의 타락[2]이었지만 다른 한편으로는 언어의 패선(옷)이기도 하였다. 그의 시학에서는 상품의 書板인 이 광고나 메뉴판을 어떻게 뒤집어야 하는가 하는 것이 문제가 된다.[3]

이상의 글쓰기는 창백한 표면으로서의 '백지' 위에서 시작된다. 흔히 창백한 소녀의 얼굴이나 피부의 이미지로 등장하기도 하는 이 백지는 폐쇄된 공간의 병적인 나르시즘이 전개되는 곳이다. 그러나 그 나르시즘보다 본질적인 것은 모조나 흉내에서 빠져나오지 못하는 이 창백한 거울 평면을 출렁거리게 만들어, 그 폐쇄되고 닫힌 평면에 틈과 열림을 가져오는 '악의 충동'[4]이다.

---

2 김기림, 〈퍼머넨트〉, 김학동 편, 《김기림선집》5, 심설당, 1988, 238쪽.(이후 《김기림전집》 인용시 '전집'으로 줄여서 표기하겠다.)

3 시집 《태양의 풍속》에 끼어 있는 〈기차〉에서는 식당의 메뉴판을 뒤집어서 '메뉴 뒷등'에 시를 쓴다. 이것은 김기림의 독특한 시학적 면모를 드러낸 것이다. 그의 수필 〈도시풍경 1·2〉에서도 이것을 확인할 수 있다. "파리의 러시아워가 몽파르나스의 포도 위에서 花竹과 같이 폭발할 때 '무서운 어린애'인 장·콕토는 카페의 대리석 테블에 기대어 정가표의 뒷등에 시를 쓴다."(위의 책, 388쪽)

4 이상의 〈첫번째 방랑〉에는 이 '악의 충동'이란 말이 세 번에 걸쳐 되풀이 된다. 원고지 위에서 우는 귀뚜리는 사각거리며 그 위를 달리는 펜촉소리(글쓰기의 소리)를 듣는다. 이상에게 원고지 위의 이 '귀뚜리'는 자신의 글쓰기가 미처 표출하지 못하는 '악의 충동'까지도 꿰뚫어 보는 존재였다. 이 귀뚜리는 이상의 상상 속에서 탄생한 글쓰기의 精靈이다. 이 글의 뒷 부분에서 이상은 이렇게 말했다. 그 귀뚜리는 "내가 필설로서 호소할 수가 전혀없는 수많은 깊은 惡과 고통마저 알고 있다는 꼭 그런 얼굴인 것이다."(김윤식 편, 《이상문학전집》3, 문학사상사, 1993, 174쪽)

이 지점에서 그의 '자아'는 자리를 비운다. 그곳은 일종의 '유령'들, 자아의 여러 가면들이 출몰하는 공간이다. 언어의 사디즘이 자아의 동일성을 파괴해 폐허로 만들며, 책을 불태우며 언어의 광기를 유발한다. 이상은 "나는 나의 성격을 서랍같은 그릇에다 담아버렸다. 성격은 간데온데가 없다"라고 말했으며, "나는 책을 태웠다. 산적했던 서신을 태워버렸다. 나의 기념을 태워버렸다"고 하면서 유령과 같이 흥분하여 거리를 뚫었다고 외친다.[5] 바른 팔과 왼팔이 서로 매질하여 날개가 부러졌다고 할 때 이러한 사디즘적 광기는 매저키즘과 긴밀하게 결합되어 있음을 보여준다. 우리는 이상의 작품 전체를 통해서 이러한 사디즘/매저키즘에 대해 다시 생각해보아야 한다.

이효석은 〈독백〉에서 마음의 진실에서 멀어져버린 '가면으로서의 말'[6]에 대해 언급했다. 그러나 그러한 말들 속에서 진실에의 거리를 원근법적으로 측정하는 기준점으로서의 자아, 그리고 그 진리치의 정도를 조회해 보고 측정해야 할 '자아'의 중심은 이미 찾기 어렵게 되었다. 이효석이 자신의 내면을 고백한 언어들인 일기, 사색과 사유의 결정체들인 글과 책들을 아귀아귀 먹게 했던 山羊의 돈키호테적 순수함[7]은 이상에게는 더 이상 존재하지 않는다. 이상의 羊은 악마

---

5 이상, 〈공포의 기록〉 중에서 〈추악한 화물〉, 《이상전집》, 임종국 편, 문성사, 1966, 175쪽.

6 이효석, 〈독백〉, 《이효석》, 문원각, 1974, 44쪽.

7 이효석, 〈10월에 피는 능금꽃〉, 《삼천리》, 1933.1.
김기림은 이효석의 '산양 이야기'를 읽고 그 기이한 감성에 감탄하기도 했다. 그러나 그는 그 이야기를 반전시켰다. 소학교 신입생처럼 함부로 종이를 소비하는 산양의 괴벽에서 그는 옛날 서양에서 양피지에 글을 썼던 것을 떠올렸다. 양피지를 위해 양들은 희생물이 되었다. 그래서 그는 "이 동물은 종이를 볼 적마다 본능적으로 복수심을 일으키는지도 모른다."고 했다.(김기림, 〈어린 산양의 사춘기〉, 《신여성》, 1933.9, 전집 5, 367쪽) 이러한 복수심에 불타는 '종이삼키기'가 '메뉴판 뒤집기'의 시학과 연관될 수 있을 것 같다.

의 유순한 가면8이었다. 김기림에게도 역시 "말로 옷 입히며 꾸며내는 기술"9로서의 언어들이 문제가 되었다.

1920년대 우리 문학의 화두는 '자아'와 '고백'이었다. 김동인은 〈자기의 창조한 세계〉10라는 글에서 강력하고도 거의 전능적인 자아의 나르시즘을 표출했었다. 그의 인형조종술은 이러한 나르시즘의 예술적 기교였다. 주요한의 〈불노리〉 이후 흔히 감상적 낭만주의라고 불리웠던 시들 역시 사랑의 번뇌에 빠진 '자아'의 감정을 표출하는 데 골몰하고 있었다. 그들은 그 사랑의 번뇌를 통해서 자아와 우주가 뒤섞인 상상적 로망스의 숭고한 세계를 여행하고 있었다. 그러나 이러한 '자아'의 환상들은 곧 무너져내렸다. 김동인은 일찍이 〈어즈러움〉11이란 글을 통해서 현저하게 위축된 자아의 파탄된 모습을 드러내보였다. 그는 소설 속 인물들을 인형처럼 자유롭게 조종할 정도로 자유로운 의지를 지닌다고 생각했던 전능적인 '자기'에 대한 환상을 포기했다. 그 대신 그의 일상생활 속에서 식민지적 권력의 일상적 얼굴인 순사와 마주치기 싫어하는 비굴한 자아의 모습이 등장한다. 자유의지가 아니라 복종하는 의지의 미묘한 내면심리가 드러난 것이다. 1920년대 시들 중에서 죽음과 슬픔에 대해 노래한 많은 시들이 사실은 이처럼 현실에서 패퇴한 자아의 식민지적 감정에서 흘러나온 것이 아닌지 생각해보아야 할 것이다. 이렇게 1920년대 우리 문학은 근대적 자아의 제도와 양식을 만드는 데 실패했다.

김기림과 이상, 이효석 등의 글쓰기는 식민지 근대의 제도적 양식

---

8 이상, 〈얼마 안되는 변해〉, 임종국 편, 앞의 책, 281쪽.

9 김기림, 〈시의 경험의 성립〉, 전집 2, 234쪽.

10 《창조》 2년 4호, 1920.7.

11 《개벽》 35호, 1923.5, 144쪽 이하.

들과 교차해나가는(동시에 돌파해나가는) 지점에 놓여있다. 그러한 제도적 양식들의 묵중한 무게 밑에서 으깨진 자아의 파편들이나 일그러진 자화상들을 바라보며, 그들의 언어는 그러한 권력의 무게에 짓눌린 창백한 사유 혹은 감각적 에로티시즘 속에서 도피적 환각을 표출한다. 뼈와 근육, 신체의 조각들을 합성하면서 고통과 분노를 폭발시키려는 '악의 충동' 등을 그것은 표출하기도 한다. 이들은 우리 근대문학에서 매우 독특한 시학과 문학적 풍경들을 보여주었다. 이러한 것들에 대한 우리의 연구는 여전히 미진하다. 그들의 문학적 성과도 여러 측면에서 올바로 평가되지 못했으며, 그들을 잇는 다른 작품들에서 발전적으로 이어지지 못했다. 이들에 대한 새로운 연구는 우리 문학사를 다시 일구어 풍요롭게 하기 위한 것이 될 것이다.

이 글은 이들 가운데 가장 독특한 작가인 이상을 중심으로 그의 글쓰기가 지닌 언어의 가면과 축제적 특징을 포착하고자 한다. 김기림과 이효석을 통해 우리는 당대의 글쓰기 속에서 작동하는 '언어의 경제'와 '언어의 축제'를 분석해볼 것이다. 이들을 통해서 '글쓰기의 위상학'이라고 할 만한 것을 추출해낼 수 있을지도 모른다. 李箱의 작품은 그러한 위상학을 한 극단에서 조명해주는 중요한 자료가 된다.

2. 감각과 사물, 언어의 축제

이상이 죽었을 때 그의 가장 친한 친구이자 정신적 지지자였던 김기림은 추도시로 〈쥬피타 추방〉이란 시를 썼다. 김기림은 이 시의 첫 부분에서 죽은 시인에 대하여 신화적인 후광을 부여했다. 그것은 이상이 평소에 가장 즐겼던 담배와 관련된다. 담배연기가 만들어낸 동그라미가 시인의 후광이 된 것이다. 이 멋진 이미지는 그가 이 시인에 부여한 보헤미안 혹은 광대적인 이미지와 어울려서 우리에게 축제적인 감동을 불러일으킨다. 김기림은 그리스의 최고신 제우스의 가면과 길거리 예술가인 광대의 가면을 이 시인의 독특한 풍모 속에 혼합했다. 아마도 이것이야말로 항상 자신의 진정한 얼굴을 찾아다니던 이상이 가장 흡족하게 여길 만한 얼굴이 아니었을까?

이상은 〈실낙원〉이나 〈최저낙원〉 같은 글들을 통해서 바닥에 떨어진 천사의 이미지를 만들었었다. 이 길거리 천사들은 매음녀나 거지, 예술가 등이었다. 이상은 매춘부에게서 성모 마리아를 찾아낸 한 친구에 관한 이야기를 들려주기도 한다.[12] 김기림은 이상의 문학적 상상력 속에 작동하는 이러한 우울한 축제 이미지를 더 숭고한 분위기로 착색했던 것이다.

김기림은 당시 서울 경성거리를 거닐면서 상품의 '가면무도회'를 구경하고 그에 대해 비판하곤 했었다. 그는 그에 대한 수필과 시를 남겼다. 그러나 그는 나아가서 거리의 패션과 상품의 가면들이 진실을 가리는 것만이 아니라 진실 자체가 되어 있는 현실을 구성하고자 했다. 그의 많은 글들에 스며있는 '옷' 이미지는 이미 그러한 패션의 시각으로 모든 것을 바라보고자 하는 그의 무의식적 충동을 드러낸다.[13] 패션이나 가면은 그의 육체를 파고들 뿐 아니라 그의 사유와

---

12 이상, 〈혈서삼태〉 중 〈관능위조〉, 김윤식 편, 앞의 책, 22쪽.

13 김기림은 치맛자락의 이미지를 다양한 사물과 결합시켜, 그 사물들의 분위기를 생동감 있게 만들었다. 예를 들어 〈오월의 아침〉(1933)에서 "오월은 파랑치마를 입고 오지 않았나."라고 했으며, 〈전원일기의 一節〉(1933)에 나오는 〈바다의 즉흥시〉에서는 태양이 "그의 백금 바구니"를 "바다의 푸른 치마폭 위에 쏟아 놓았오."라고 했다. 〈미래 투시기〉(1933)에서는 인생을 수많은 서랍을 가진 옷장과 같은 것에 비유하기도 한다. 여름이 입은 '로맨스 옷'과 산의 '푸른 *法衣*'(〈웃지 않는 아폴로, 그리운 '폰'의 오후〉, 1933)라는 표현도 보인다.
 김기림은 수필보다 시에서 옷의 이미지를 훨씬 광범위하게 펼쳐 놓았다. 그

언어에까지 파고든다. '화장'의 언어14 혹은 마음의 의상15, 말의 옷16 등에서 그러한 현상을 확인할 수 있다. 김기림은 언어로부터 '자아'라는 심리적 주체를 떼어냈다. 그리고 더 나아가서 그는 고정된 언어학적 구조를 흔들어버리며 패션이라는 유동체적 성격을 언어에 부여했다. 패션과 가면으로서의 언어는 오히려 주체를 구성하는 다양한 힘이었으며, 고정된 언어구조들을 미끄러뜨리고 붕괴시키는 유동성이었다. 이러한 면에서 김기림은 비록 이러한 것을 정교하게 이론화하지 않았지만 이상의 문학적 특성을 간파하는 데 매우 시사적인 언어관을 제시했던 셈이다.

김기림의 언어관을 압축적으로 표현한 말 중에 '말의 축제'17와 '언어의 경제'18가 있다. 언어는 생산력을 가져야 하며 정확하게 사물과 의미를 포장해야 한다. 그러한 면에서 언어는 '경제'적 측면을 갖는다.

그러나 언어는 또한 그러한 경제적 효율성과 통제력을 떠나서 남발되고 낭비되며 혼란스러운 난장판에 몰입해 들어간다. 그것은 또

는 《태양의 풍속》 서문에서 운문을 낡은 예복에 비유했고, 시집 첫 부분의 큰 제목을 '마음의 衣裳'이라고 했다. 《기상도》의 마지막 시인 〈쇠바퀴의 노래〉에서는 '太陽의 옷'이란 표현이 나온다. 〈가을의 태양은 플라티나의 연미복을 입고〉 같은 시에서 '옷'은 특이한 패션으로 드러나기도 한다. 물고기들의 지느러미도 '치마짜락'에 비유된다(〈해수욕장〉). 〈비행기〉에서는 '구름의 치마짜락'이란 표현을 썼다. 〈항해〉에는 바다의 허리를 두른 '젓빛구름의 '스카-트''가 나온다. 김기림의 글에 수없이 등장하는 '치마'는 '바다'와 관련된 생명력의 기호가 아닐까?

14 김기림, 〈피에로의 독백〉, 《조선일보》, 1931.1.27.

15 김기림, 《태양의 풍속》, 학예사, 1939.9. 첫 장 〈마음의 衣裳〉 참조.

16 〈시의 경험의 성립〉, 전집 2, 225쪽. "말은 조직된 경험의 맨 나중에 '입히는 때 때옷'이 아니라" 부분을 보라.

17 〈말의 의미〉, 위의 책, 191쪽.

18 〈현대시의 표정〉, 위의 책, 87쪽.

한 경제적 물질적 토대로부터 솟구쳐 올라 신화적인 상징과 상상의 구름 속을 떠돈다. 언어의 '축제'라고 할만한 이러한 것들이 문학적 언어의 특징이 된다.

김기림은 인류 역사의 고대적 영역에서 '언어의 마술성'이 주문이나 축문, 經文의 형태로 존재했으며, 그러한 것이 오늘날 러브레터나 광고문, 진정서 등에 그 흔적을 남기고 있다고 말했다.[19] 이 부분에서 우리는 김기림의 탁월한 언어분석을 대할 수 있다. 즉 광고문이나 진정서 같이 언어의 경제학이 작동하는 곳에서 동시에 언어의 축제적인 요소가 개입할 수 있음을 그는 알았던 것이다. 그러나 상품의 경제학과 달리 언어의 경제학은 오히려 언어자체의 유통질서가 확립되는 수사학과 문법, 논리학 등에서 찾아야할 것이다.

김기림은 위의 글 〈웅변〉에서 언어의 마술성이 웅변을 거쳐 바로 이러한 것들 즉 수사학, 문법, 논리학 등으로 내려왔다고 말한다. 아마도 사제 혹은 주술사로부터 영웅적인 웅변가(왕/귀족/기사) 그리고 학자와 시인들이 그러한 언어학적 위계 속에 자리잡고 있지 않을까? 이 위계는 '언어의 능력'의 위계인 것이다.

마술적 창조력으로부터 영웅적인 명령과 서사시적 웅변으로, 그리고 그로부터 많은 것을 계산하고 조직하고 꾸며대는 이성적 사유와 논리, 치밀한 수사학으로의 추락이 있다. 이 가장 밑바닥의 언어는 사유의 치밀한 노동이 전제되지 않으면 안된다. 특히 문법과 논리학은 평민적이고 노예적인 이성, 변증법적 사유의 결정체이다.

김기림은 시의 산문화를 주도했는데 그 배경에는 "살아서 뛰고 있는 탄력과 생기에 찬 말"[20]에 대한 관심이 있다. 그는 "街頭와 격

---

19 〈웅변〉, 전집 5, 236쪽.
20 김기림, 〈시의 용어〉, 전집 2, 172쪽(《조선일보》 1935.9.27).

렬한 노동 일터의 말"을 그러한 것과 관련시켰다. '산문'이란 이렇게 보면 새로운 일과 사물의 탄생 그리고 새로운 감각의 탄생과 연관된다.

'가두'라는 것은 근대 도시에 진열되는 새로운 사물들의 진열장이다. 새로운 건물과 상품들, 새로운 패션들과 새로운 맛, 풍경, 풍속 등이 거기 있다. 언어는 이 새로운 사물들을 지시해야 하며, 그로부터 파생되는 의미망들을 흡수할 수 있도록 짜여져야 한다. 예를 들어 김기림은 백화점의 진열장을 들여다보고 자신을 유혹하는 모자와 스틱, 가방 등에 대해 묘사하고 서술할 언어들을 찾아야 했다. 상표 이름을 알아야 했으며, 여행의 꿈과 관련된 보들레르의 싯구를 동원하고, 그러한 상품으로부터 빠져나가는 자신의 꿈에 대해 말해야 했다.

정지용은 〈비〉[21]라는 수필을 썼다. 그는 거기서 '춘희'가 나오는 영화를 관람하고 나와서, 그 영화의 슬픈 장면을 떠올리며 비 내리는 거리를 묘사했다. 빗물에 얼룩진 차창으로 거리를 바라보면서 예민한 신경증적 감각을 동원했다. 그는 신경증적으로 날카로워진 감각을 통해 적어도 그가 바라보는 '비'에 대해 서로 다른 12가지 정도의 미묘한 표현을 할 수 있었다.[22] 이렇게 서로 다른 여러 가지 '비'에 대한 묘사가 이 글에서처럼 날카롭게 표현된 적은 그 후로도 없었다.

---

21 정지용, 《백록담》, 동명출판사, 1950, 100쪽.

22 정지용은 비에 대해 이렇게 썼다. "뿌리는 비, 날리는 비, 부으 뜬 비, 붓는 비, 쏟는 비, 뛰는 비, 그저 오는 비, 허둥지둥하는 비, 촉촉 좆는 비, 쫑알거리는 비, 지나가는 비, 그러나 11월의 비는 건늬어 가는 비다. 2박자 폴카춤 스텝을 밟으며." 그는 이어지는 다음 문장에서 "빗방울은 관찰을 세밀히 하게 하는 것이 아닐까."라고 했다. 예민해진 신경에 의해 포착된 비의 다양한 풍경이 이 글에서 펼쳐질 수 있었다.

'비'에 대한 수사학이 예민한 신경증적 감각에 의해 전개되었다. '비'는 새로운 거리의 풍속도와 새로운 사물들 그리고 영화같은 새로운 매체와의 관련 속에서 여러 개로 분절되어 새롭게 배치되었다.

아마도 그것을 우리는 감각의 논리와 수사학적 논리라는 두 가지 질서 속에서 파악할 수 있을 것이다. 근대 도시 거리에서 산책하는 사람들에게 체험되었던 감각의 분절은 새로운 사물들의 물질적 지형적 분절과 대응하는 것이었다. 우리는 이에 대한 다양한 자료들을 끌어 모을 수 있다.

사실 정지용의 독특한 여러 '비'들은 지나치게 개별적인 감각의 차원에서 분절된 사물이라고 할 수 있다. 그러한 분절들은 언어의 경제 영역을 넘어서는 것처럼 보인다. 많은 사람들이 근대적인 사물들을 대하면서 정지용처럼 '신경증적 감각'의 예리한 떨림을 맛보았다. 김기림도 〈에트란제 제1과〉 같은 글에서 자신의 신경이 구겨진 '흡취지'처럼 떨렸다고 말했다.

이러한 예민한 신경증은 최남선이나 이광수 그리고 김억이나 박영희 등 거의 대부분의 시인 작가들에서 발견되었던 것이다. 그리고 그러한 예민한 감각이 새로운 사물들을 포착하고, 의미를 부여하며, 새로운 언어적 표현을 발굴하는데 앞장섰다.

언어의 근대적 분절은 특히 문학 분야에서는 그러한 신경증적 충격과 함께 탄생했다고 해도 과언은 아니다. 따라서 정지용의 미묘한 감수성과 비의 독특한 수사학 역시 그러한 근대문학의 일반적 성향에서 크게 벗어나 있지 않다. 새로운 사물에 대한 언어의 경제는 그러한 개별적인 신경증적 혼란 속에서 점차 모습을 드러내는 것이다. 그러한 것들이 정리되면서 일상화되고, 풍속화되면서 분명하게 결정되는 것이기도 했다.

예를 들어 이효석의 경우 그러한 풍속적 결정의 입구를 보여주는 글이 있다. 이효석의 〈낙랑다방기〉[23] 같은 글에서 평양의 다방과 카페를 음미하면서 거리를 거니는 이효석은 맛과 소리, 인상적 장면 등에 대한 상세한 지형도를 펼쳐보이고 있다. 여러 곳을 다니면서 그가 맛 본 커피와 홍차의 여러 가지 양태가 맛의 여러 수준에 대응한다.

김기림은 새로운 사물인 튤립과 사과에 대한 기호를 선명하게 표출한다. 그러한 기호는 그의 시에서 매우 중요하게 작동한다. 그런데 김기림은 이 새로운 사물들을 옛날의 사물들과 대비시킴으로써 가치의 위계를 수사학의 또 다른 차원으로 정립시킨다. 그는 〈능금의 만가〉[24]에서 토종 능금과 새로운 외래 품종 사과를 대립시킨다. 그것은 전통적인 패션(한복, 상투, 버선)과 새로운 패션(양복, 수팡치마, 문화주택)의 대립에 대응한다. 그의 튤립 역시 마찬가지로 가치평가되는 사물이며, 비지라는 음식에 대립하는 비프스테이크 역시 마찬가지이다.

이렇게 볼 때 1930년대 언어의 경제적 측면은 새로운 사물들의 물질적 지형적 분절로 드러난다. 그리고 그것은 그와 관련되는 감각의 분절 속에서 분화되었다. 언어의 경제는 그러한 분화를 통해 새롭게 생성되는 다양한 영역들로 포착되었다. 이 당시 문인들 중에서 김기림과 정지용, 그리고 이효석은 바로 그러한 언어의 새로운 경제 영역 위에서 활동하고 있었다.

그리고 그들 가운데 특히 김기림은 감각의 분절에 가치의 위계적 수사학을 부여했다. 수사학적 분절이 사물과 감각의 분절 영역에서 가치의 영역으로 한 단계 진화한 것이다. 이효석의 여러 작품에서도

---

[23] 《박문》 3호, 1936 겨울.
[24] 《조선일보》, 1936.9.30.

특히 여성 주인공과 관련해서 이러한 '가치의 위계'와 결합된 수사학들을 발견할 수 있다. 이러한 문제에 대해서는 다음 기회에 자세히 다룰 생각이다.

언어의 축제적 측면은 과도한 상상이나 상징적 상승을 통한 '말들의 끓어오름'이다. 그것은 평균적(일반적)인 문법질서를 이탈하는 개별적이거나 위반적인 수사학을 가리킨다. 말의 유통은 일반적 문법질서 속에서 표준적으로 이루어진다. '언어의 경제'는 바로 이러한 것이다. 이 유통질서의 차가움이 끓어올라 어지럽게 되면서 '언어의 축제'가 시작된다. 김기림의 경우 〈능금의 만가〉에 나오는 사과 품종들은 언어의 경제 영역에 속한다. 봉황란과 축, 홍옥, 국광 등 여러 가지 이름이 열거되며, 그것들은 모두 당시에 상품으로 개발되어 생산되고 유통되던 것들이다. 김기림은 여기에 맛의 위계를 설정한다. 귀족적인 것과 서민적인 것의 대립이 봉황란과 축의 맛에 대응되어 있다.

사실 여기까지는 이러한 맛의 구별에 대한 일반적인 생각과 판단에서 크게 벗어난 것은 아닐지도 모른다. 계급적 구별이라는 사회학적 개념이 뛰어난 맛과 평범한 맛의 가치평가에 수사학적으로 개입한 것은 그러나 순전히 김기림 개인의 몫이다. 그는 이 두 가지 맛에 사회구조적 상징성을 대입시킨 것이다. 이 상징성은 미묘하게 당시 유행하던 정치경제학적인 사회 비판 의식을 사과의 두 가지 맛에 결부시켰다. 그러나 사과의 맛은 실제로는 그 두 계급(귀족과 서민)과 아무 관련이 없다. 김기림은 은밀하게 이 두 가지 맛을 비켜가기 위해[25] 그 두 계급을 동원했는지도 모른다.

---

25 그는 봉황란과 축보다는 홍옥의 맛을 더 좋아했다. 그에게 '홍옥'은 귀족적인 것도 서민적인 것도 아니었다.

그는 우리나라에서 선구적인 상업적 농업 형태로 경영되던 사과 과수원을 아버지로부터 물려받았다. 그러한 면에서 그는 근대적인 상업적 농업의 개척자였다. 그러니 봉건적인 두 계급(귀족과 서민)은 그의 경제학에서도 당연히 부정의 대상이 될 수 있다.

그러나 그는 여기에서 새로운 전환을 시도한다. 그는 위 두 가지 과일에 홍옥의 맛을 덧붙여 거론하는 것이다. 그가 야성적이라고 표현한 이 붉은 태양 혹은 심장같은 홍옥은 反문명적인 야생적 기호였다. 그의 다른 글과 관련시켜볼 때 그것은 문명의 침입을 받지 않은 낙원, 고갱의 타히티 섬 같은 야생의 지대를 가리킨다. 〈능금의 만가〉에서 상기시킨 성경 창세기의 낙원 이미지를 그는 이 홍옥에 담고 있다.

그는 이제 자신의 경제적 토대인 상업적 과수원의 경영자로부터 자신의 이미지를 제거하고 싶은 욕망을 은밀하게 펼치고 있는 것이다. 그는 근대세계의 개척자나 창조자라는 이미지보다는 그러한 세계로부터 탈출하는 자의 이미지로 변신하고 싶어한다.

아버지로터의 일탈이라는 이 주제는 그의 다른 글에서 심각한 어조로 되풀이되고 있다.[26] 그는 장 콕토의 글을 인용하면서, 아버지가 자신으로부터 멀어져가는 아들을 바라보는 시선을 묘사한다. 그것은 커가면서 멀어져간다는 반원근법(여기서는 '원근법의 이상한 법칙'이라고 했다)의 영역이었다. 김기림의 축제적 언어는 이 부분에서 매우 분명한 공식을 얻어낸 것처럼 보인다. 즉 아버지의 질서로부터 탈출하며 그 질서를 부정하고 뒤집는 것이 그것이다.

김기림에게서 홍옥(능금의 대표기호로서의)은 고대의 낙원 신화와

---

[26] 김기림, 〈전원일기의 一節〉 중에 〈아버지〉, 전집 5, 231쪽.

미래를 향한 유토피아적 꿈의 양 영역에서 축제적 의미를 빨아들인
다. 그것은 평범한 언어의 경제에서 솟구침으로써 마법적인 사랑의
상징성(에덴의 낙원 이미지와 연관된)과 지배질서에 대한 부정과 위반
의 기호를 동시에 획득한다. 이것이 그의 시 〈능금밭〉[27]을 해독할
수 있게 해주는 축제적 기호 영역이다.

3. '나비'—찢겨진 종이의 날개 혹은 죽음과 웃음의 언어

李箱의 글들은 우리가 위에서 언급한 '언어의 경제'로부터 가장 멀
리 떨어져 있다. 그의 글들은 '언어의 축제'를 가장 광범위하게 그리
고 과격하게 보여주고 있다. 이러한 양상이 어떻게 그리고 왜 벌어지
며 어떠한 방식으로 나타나는지 알아보기로 하자.

김기림에게 홍옥의 상징이 일종의 반외디푸스적 의미를 갖는 것처
럼 이상 역시 아버지적 질서로부터의 일탈이라는 기호체계를 광범위
하게 보여준다. 이러한 측면에 대해서는 이미 상당한 연구가 축적되
어 있다. 우리는 이 문제에서 나아가 그 주제를 더 정교한 수준에서
분석해보기로 한다. 이상의 글쓰기가 펼쳐보이는 언어의 축제적 측

---

27 《신가정》 1권 9호(1933.9)에 발표된 시. 이 시는 '능금'나무밭에 몰아치는 격렬
한 비바람을 부각시킨다. 납빛의 폭풍우 속에 능금나무들이 있으며, 그와 대비되
는 흰 빛의 논리적인 형상으로 모래방천이 등장한다. 논리철학자 소크라테스 이
미지가 거기 있는 버드나무와 결합되어 있다. 바람과 비의 혼돈스러운 언어와
'기억의 비'는 능금나무 숲에 깃들어 있다. 시인은 현실의 지배적 질서를 논리적
인 모래방천의 이미지로 형상화 했다. 능금나무는 폭풍우를 통해서 그러한 현실
의 논리를 마구 뒤흔드는 바람을 숨쉬고 있는 것이다.
　그의 수필 〈전원일기의 一節〉에 '논리적인 모래방천' 이미지가 "나의 뭇 이성의
방파제"라는 표현으로 나타나고 있다. 아마 비슷한 시기에 위 시와 수필이 쓰여
졌을 것이다.

면을 분석함으로써 그러한 주제에서 이상이 갖는 특이함이 어떤 것
인가를 살펴보도록 하겠다.

이상의 글들은 그것이 기반하고 있는 '글자'의 일상적인 의미 자체
를 무화시키려는 글쓰기이다. 그의 글들 전반에 걸쳐 집요하게 따라
붙는 것은 삶의 모든 것을 지배하고 그 생명력을 무화시키는 기계적
시간(시계)의 이미지이다.[28] 아마 이와 관련된 많은 예를 들 수 있을
것이다.

〈지도의 암실〉에는 이상 특유의 '逆倒病'적 성격을 드러내는 주인
공으로서 '리상'이 등장한다. '리상'은 그러한 기계적 시간에 대한 강
박관념을 드러낸다. 이 소설은 그러한 시간의 질서를 뒤집는 역도병
적 의식의 소유자인 '리상'에 대한 분열증적 탐색을 보여준다. 이 소
설이 진행될수록 리상이라는 존재는 점차 희미해지며, 여러 가면으
로 분산되고, 신체의 파편들 뒤로 숨겨지며, 불가해한 글쓰기 뒤로
사라진다.

그런데 여기서 특이한 것은 글쓰는 일에 자신의 생을 걸고 있는 작

---

[28] 이상은 1931년에 쓴 〈운동〉이란 초창기 시에서 '시계'를 내동댕이치는 이야기를
쓴다. 〈獚(황)〉에는 무미건조한 시간의 황량함을 보여주는 '시계'가 등장한다.
'시계'에 의해 측정되는 기계적인 시간의 흐름에 모든 삶의 리듬이 구속된다.
〈月傷〉의 첫 구절에서도 그러한 기계적 리듬에 쫓기는 삶이 제시된다. 〈面鏡〉
에서는 시계를 "그것은 무엇을 계산하는 '메-터'일까"라고 묻는다. 피곤한 삶을
거기서 읽는다. 〈I WED A TOY BRIDE〉의 〈2밤〉에서는 장난감 신부가 마구
찔러대는 '바늘'이 '시계'와 관련된다. 마치 장난감처럼 기계적으로 작동하는 신
부는 시간을 측정하는 일력과 시계 같은 것들을 바늘로 마구 찔러댄다. 그녀는
내 일상적 삶을 마구 찔러대는 '가시'를 갖고 있는 것이다. '바늘'은 내가 그녀에
게 준 것이지만 그것은 적절하고 용의주도하게 쓰이지 못한다. 장난감 신부의
일상은 기계적 리듬에 속해 있기 때문이다. '나'는 근대적 일상의 질서 속에 속
해 있는 그녀를 장난감 놀이의 세계 속으로 이끌어 들인다. 부부생활은 아이들
의 놀이처럼 서술된다.

가 이상의 거울상인 '리상'이 소설 속에서 자신과 글쓰기 그 둘 모두를 미궁화시킨다는 것이다. 리상이란 주체는 여러 가면과 그 가면들의 복잡한 지형도만을 남겨주고 사라진다. 그것은 마치 그의 시 〈오감도〉의 〈시제1호〉에 그려진 미궁 속의 아이들처럼 보인다.

이러한 미궁은 언어의 경제가 지녀야 할 가장 단순한 공식, 즉 주어와 술어의 수미일관성과 통사적 질서에서 서술어에 대한 주어의 지배적 위계라는 두 가지 법칙을 붕괴시킨다. 복잡하게 얽힌 문장들은 두서없이 끼어드는 주어, 술어의 복합으로 인해 혼란스러워진다. 그것들은 전체적인 조화와 통일을 염두에 두지 않고 제멋대로 끼어들며, 전체적인 질서를 유지해야 한다는 긴장감도 갖고 있지 않다.

이 문법적이고 통사적인 질서의 붕괴는 이 작품에서 근대적인 시간의 붕괴와 긴밀하게 연결되어 있다. 즉 그에게 이 새로운 혼란된 글쓰기는 시간의 운명에 대립하는 것이다.

> 인류가아직만들지아니한글자가 그 자리에서이랬다 저랬다하니무슨암시이냐가무슨까닭에 한번읽어지나가면 도무소용인 글자의고정된기술방법을채용하는 흡족지않은버릇을쓰기를버리지않을까를그는생각한다 (중략) 그는결국에시간이라는것의무서운힘을 믿지아니할수는없다 (후략)
>
> 〈지도의 암실〉 부분[29]

이 소설에서 글자라는 것은 '고정된 기술'이라고 규정된다. 이 소설의 뒷부분에 이와 관련된 주제가 보인다. 글쓰기라는 미궁의 공간, 그 텅빈 무인지경의 백지 공간에서 이 글자의 기술은 "그만이하다가

---

29 임종국 편, 앞의 책, 83쪽.

고만두는아름다운복잡한기술”로 발전되어 있다. 이상의 창조적 글쓰기는 여기서 '고정된 기술'로서의 글자를 재배치하고 새롭게 가공하는 '아름답고 복잡한 기술'을 지칭하게 된다.

그러나 이렇게 가공된 글자도 생각의 빛을 정확하게 담아내지 못한다. 이 소설의 한 부분은 “암뿌우르에 봉투를 씌워서 그 감소된 빛은 어디로 갔는가”라고 묻는다. 이상은 이 '전기(암페어로 표현된)의 빛'을 글자 이전의 사유(글자로 나타내기 이전의 사유) 즉, 몸과 의식의 사유를 가리키는 은유적 기호로 삼고 있다. “암뿌으르에 불이 확 켜지는 것은 그가 깨이는 것(의식의 불이 켜지는 것)과 같다”. 잠을 자던 그의 몸덩이가 깨어나는 것을 전구에 불이 켜지는 것에 비유하고 있다. 이어서 자신의 몸을 덮고 있는 침구와 전기 빛에 씌워진 봉투를 같은 것으로 여기며, 그 봉투와 자신이 입는 옷을 같은 것으로 생각한다.

이 소설에서 글자라는 것은 일종의 '빛의 잉크' 즉 '광선잉크'가 되어야 한다. 깨어나는 몸이 발산하는 사유의 빛은 미닫이 스크린에 내려쏘이는 광선잉크가 된다. 그것은 몸의 감각(시각)에 투사되는 사물의 그림들이며, 외부 사물들에 대한 거울반사이기도 하다. 그러나 이 거울은 완벽하지 않다. 광선잉크는 사유의 빛이지만 봉투를 통해서만 존재한다. 몸의 감각 역시 침구와 옷을 통해서만 존재한다. 즉 순수한 몸의 언어란 현실 사회 속에서는 존재하지 않는다. 이상은 자신의 글자들 역시 플라톤적 이데아의 그림자로만 존재하는 것으로 생각했다. 글자는 사유라는 빛의 그림자로만 존재하는 것이다.

이상은 여기서 앵무새나 원숭이 같이 흉내와 모방의 차원에 머물 수밖에 없는 글자의 일반적인 차원에 자신의 독자적인 글자를 대비시키려 한다. 그가 “인류가 아직 만들지 아니한 글자”라고 할 때 이 순수한 '빛의 글자'는 그가 도달해야 할 글자이다. 그는 '아름다운 복잡한 기술'을 통해서 '원숭이 글자'를 그 '빛의 글자'로 이끌어가려 한다. 그러나 그는 이러한 절망적인 시도가 글자 자체가 가지고 있는 모방의 한계에 부딪치고 그 저항에 직면함을 깨닫는다.

언어의 한계에 대한 이러한 비판적 인식은 그 언어를 구사하는 주체에 대한 비판으로 연결된다. 이러한 생각은 매우 급진적인 것인데, 이상은 김기림보다 훨씬 심각하게 이러한 생각을 자신의 작품을 통해 파고들었다. 이들은 모두 글쓰기의 공간인 '백지'에 대해 비판적 사유를 전개하고 있었다. 창백한 지식인의 우울한 도피처이기도 한 이 '백지'는 세계를 창조하는 적극적인 활동에서 쫓겨난 자들의 몽상과 사유 그리고 글쓰기 놀이의 공간이다.

이상의 글들에서 그렇게 위축되어 자신의 감옥(방)에 갇혀 있는 자들이 '소녀'로 그려진다. 〈실락원〉의 〈소녀〉에 나오는 '소녀'는 그러한 존재의 전형적 표상을 보여준다. 이 '소녀'는 복통을 일으키고 객혈을 한다. 그것은 연필로 누가 장난을 치거나 부상한 나비가 와서 앉는 까닭이라고 말한다. "소녀는 확실히 누구의 사진인가보다"라고 이 시는 시작한다. 어떤 실체적 존재의 모사로만 존재하는 이 소녀의 이미지는 활동적인 입체감이 사라진 존재이다. 그녀는 두께를 잃고 얇게 압착된 존재이다. 무수한 독서 행위로만 존재하는 이 종이같이 얇은 존재는 창백한 지식인, 바로 이상 자신의 초상화이다. 연필로 장난하는 것은 그러한 지식인들의 글쓰기에 대한 희화적 표현이다. '부상한 나비'가 와서 앉는다는 것 역시 그 연약한 글쓰기의 몽상 속에서 병들고 좌절하는 지식인의 표상이다.

이상의 나비 이미지는 거의 대개가 얇은 종이 이미지와 연관되어 있다. 예를 들면 "족보를 찢어버린 것 같은 흰 나비"[30]라든가 "그저

께 신문을 찢어버린 때묻은 흰 나비"[31] 등이 그렇다. 그에게 '나비'는
글자들이 씌어진 종이(신문, 족보 등)를 찢어서 만들어진 것이다. 그
러한 것들로부터 가볍게 날아오르려 몸부림치는 이미지가 거기 있
다. 거기에는 무거운 글자(오래된 족보의 문자)와 끊임없이 유통되는
대중적 정보(신문)의 가벼운 언어로부터 빠져나가고자 하는 위반과
탈출의 언어, 예술적 꿈의 언어가 암시되어 있다.

〈오감도〉 연작 중의 하나인 〈시제10호 나비〉는 이 '나비'의 비극
에 대해 말하고 있다.

> 찢어진壁紙에죽어가는나비를본다. 그것은幽界에絡繹되는秘密한통
> 화구다. 어느날거울가운데의수염에죽어가는나비를본다. 날개축처어진
> 나비는입김에어리는가난한이슬을먹는다. 통화구를손바닥으로꼭막으
> 면서내가죽으면앉았다일어서드키나비도날라가리라. 이런말이결코밖
> 으로새어나가지는않게한다.[32]

이 시에서 '찢어진 벽지'의 나비는 우리가 위에서 본 상승적인 나비
와 대비된다. 그것은 더 이상 날아갈 수 없는 한계로서의 '벽'에 가로
막혀 있다. '벽지'를 찢는 것은 이미 그 두꺼운 벽에 막혀있어서 절망
적인 행위 이외에 아무 것도 아니다. 이 나비의 위반과 탈출은 비극
적이다. 그것은 죽음의 벽을 두드릴 뿐이다. 그러나 그 나비의 꿈은
그 죽음의 벽을 통해 그 '幽界'와의 비밀스러운 통화구를 만든다. '죽
어가는 나비'는 따라서 가장 비밀스러운 언어를 갖게 된다.

---

30 이상, 〈산촌여정〉, 임종국 편, 앞의 책, 111쪽.
31 위의 책, 107쪽.
32 위의 책, 221쪽.

거울에 비친 수염(아마도 나비 날개를 연상시키는 코 밑의 팔자 수염일 것이다)은 그렇게 비밀스러운 말이 나오는 입과 함께 나비 형상을 하고 있다. 이 거울이라는 우울한 공간, 지식인의 창백한 독서와 글쓰기의 공간은 그 밑바닥을 알 수 없는 죽음의 깊이를 간직하고 있다. 나비의 언어는 그 죽음의 언어를 들이마신다. 그리고 비밀스럽게 그 죽음의 언어를 흘려보낸다.

아마도 이 나비의 언어는 바로 이상 자신의 글쓰기의 비밀을 형상화한 것이지 않겠는가. 그의 작품 전반에 걸쳐 끊임없이 출몰하는 '죽음'에 대해 생각해보라. 이상은 그 죽음의 비밀에 통로를 대지 않고는 자신의 작품을 거의 한 줄도 쓰지 못했을 것이다.

이상의 글들에 나타나는 '시계' 이미지 역시 그 '죽음'과 관련된다. 그것은 이 세상의 모든 것을 정물처럼 석화시키는 죽음의 명령과도 같다. 정확히 계산되는 시간의 기계적 분할이 모든 것을 시간의 기계론적 질서에 복속하도록 명령한다. 그 어떤 것도 거기서 벗어나기 어렵다. 그것은 모든 것을 죽음으로 이끌어가는 명령이다. 그것에 의해 모든 것은 성적인 에로티시즘을 박탈당하고 모든 것을 황무지적인 풍경으로 만들어 버린다. 정물의 이미지는 그렇게 생명력을 박탈당한 것들을 표상한다. 〈실낙원〉 연작 중의 한편인 〈面鏡〉의 시계는 그렇게 하여 다음과 같은 정물의 기이한 풍경을 만들어낸다.

정물 가운데 정물이 정물 가운데 정물을 저며내이고 있다. 잔인하지 아니하냐.[33]

---

[33] 위의 책, 167쪽.

역시 〈실낙원〉 연작 중의 하나인 〈月傷〉은 이러한 황무지적 풍경의 한 극한적인 모습을 그려냈다. 마치 혈우병에 걸린 것처럼 만신창이가 된 달의 모습을 통해서 이상은 시계의 기계적인 명령에 복속되는 삶의 총체적인 이미지를 병든 달의 그로테스크한 모습으로 그려냈다. 그것은 커다랗게 부풀어오른 시계 혹성의 천문학적 이미지이다. 그것은 기계적인 시간 속에서 황폐화된 지구와 그 위에서의 황무지적인 삶이 뒤섞여 반죽된 채 허공에 떠있는 거대한 덩어리이다.

"시계를 꺼내어 보았다. 나도 시계를 꺼내 보았다. 늦었다고 그랬다"라는 시의 첫 부분에서부터 시간의 강박관념이 나타난다. '늦었다'는 것에 대해 우리는 언제나 누군가에 의해 질책당해야 한다고 여긴다. 우리는 강박적인 시간에 쫓기며 스스로를 채찍질하면서 살아간다. 이 황무지로 이루어진 병든 달은 그렇게 늦는다는 강박관념에 쫓기면서 살아가는 황무지적 삶의 거대한 병 덩어리를 보여준다. 모든 것이 냉각되고 동결된 거대한 덩어리가 하늘에 떠서 우리 모두를 압박한다. 이상은 이 글에서 매우 낯설고 섬뜩하게 괴기스런 독특한 시적 풍경을 만들어냈다.

여기서 이상의 '시계'란 과연 무엇일까 생각해 보게 된다. 그의 다른 시에서 그것은 캘린더의 시간이기도 하다. 그것은 또 쇼윈도우 속의 마네킹과도 연관된다. 〈습작 쇼윈도우 수점〉에서 우리는 그 시계의 비밀을 약간 들여다볼 수 있다.

이 시에서 이상은 상품 선전을 위해 백화점 쇼윈도우 속에 세워놓은 마네킹 인형을 보여준다. 그녀는 세월이 가도 변함없는 '영원의 젊은 처녀'이다. 상품을 만들어내고 그것을 팔기 위해 정교하게 고안된 이 인형은 차가운 상품의 논리 속에서 냉각된 현대인을 암시하고 있다. '냉각된 육체'라는 표현은 이 시 이외에도 이상의 시 도처에 나

오는 반복적 이미지이다. 그는 근대 도시를 지배하는 거대한 질서로
서의 자본주의적 이성, 식민지라는 탈 속에서 한층 더 기괴하게 부풀
어오른 그 도구적 이성의 명령을 시계와 캘린더의 기계적인 차가운
명령으로 치환시켰던 것이다.

이상이 문제삼는 글자라는 것 역시 이렇게 병들어버린 황무지적
달의 거대한 이미지에서 벗어나지 못한다. 그것은 시계와 캘린더의
질서정연한 기호체계로부터 그렇게 멀리 떨어져 있지 않다. 그러한
명령들의 거대한 압력 밑에서 창백하고 얇게 압착된 종이와 거울 속
에서의 글쓰기는 권력의 문법에 대한 탈출로서 그러한 종이를 찢어
버리려 한다. '나비' 이미지는 바로 그러한 찢어진 글자들의 날개로
이루어진 것이다.

이상의 '종이찢기'는 몇 가지 양상으로 나타난다. 그는 우선 이 창
백한 거울의 황무지 속에서 자신의 가짜 주체를 찢어버린다. 〈지도
의 암실〉에서 '리상'이란 주인공의 주체적 지위는 끊임없이 붕괴된
다. 그 대신 주체는 생각이나 글자, 몸과 얼굴, 손가락, 특정한 일들
사이에서 벌어지는 지형학적 드라마가 된다. '리상'이란 주인공은 그
작품의 첫머리에서 지칭되었듯이 '우스운' 대상이 되는 것이다.

예를 들면 리상은 통사론적으로 주어와 술어의 종속관계에서 주어
의 위치를 찬탈당한다. 그가 칫솔을 가지고 이빨을 닦는 것이 아니라
반대로 칫솔과 물이 그를 닦는다. 리상은 '그'라는 또 다른 주어로 분
화된다. 그러한 분화는 서로를 가면화 한다. 이렇게 해서 이상은 이
러한 통사론적 혼란과 주체의 분화를 통해 '주체의 원근법적 지형학'
이라는 것을 만들어냈다.

그것은 캘린더와 시계의 일반문법이 포착해서 규정하고자 하는 한
고정된 자아의 지위를 계속적으로 뒤흔들고 상대화시키면서 그 일반

문법의 그물에서 빠져나가는 방식이 된다.

그리고 이상의 글쓰기의 또 한 가지 중대한 특징인 '웃음의 언어'가 그러한 '나비의 언어'가 될 것이다. 근대적인 이성의 권력 밑에서 짓눌려 얇아진 거울과 종이 위에서 나비는 밀폐된 벽지를 찢는 것에 불과했다. 그러나 그는 여기서 죽음의 幽界와 연결된 비밀스러운 통로를 발견한다. 이 죽음은 이상의 글들 속에서 그로테스크한 축제적 웃음을 만들어낸다. 왜냐하면 그 죽음의 세계는 현실의 권력으로부터 빠져나가 자유로워진 세계이기 때문이다. 이 '유계'라는 것은 현실의 황무지적 죽음의 세계와는 대립되는 것이다. 창백한 유리거울과 백지 밑에 잠겨있는 이 죽음의 심연 속에서 그가 '악의 충동'이라고 한 사디즘적 충동이 솟구쳐오른다.

〈혈서삼태〉라는 이상의 수필은 '진지한 농담'의 언어로 이루어져 있다. 그는 이 글에서 분명하게 사디즘과 웃음을 결합시키고자 한 것처럼 보인다. 그는 주로 진지하게 쓴 것처럼 위장한 연애 혈서의 몇 가지 양태를 다루고 있다. 어떤 여인은 그 가짜 혈서를 보고 자살까지 한다. 이 농담적인 진지함은 사디즘적 양태를 띤다. 그 글자들 밑에는 악의 충동이 있다. 그리고 그 농담적인 웃음은 에로틱하며 죽음에까지 흘러가는 에로티시즘의 强度를 열어놓는다.

〈지도의 암실〉 뒷부분에서 제시되는 '무덤 위로 모여든 웃음'(〈지도의 암실〉 중의 〈笑怕怒〉에 나오는)이라는 것이 이러한 것과 관련되어 보인다. 그 웃음은 여기서는 육체의 파편적 풍경에서 비롯된 것이다. 주체의 죽음과 관련된 이 풍경은 그 축제적 풍경을 모든 언어에 퍼뜨릴 수 있을 만한 힘을 갖는다.

이상의 언어들은 언제나 진지한 듯하면서 농담을 한다. 농담은 현실적 권력의 엄숙함이나 진지한 사유들을, 그리고 또 절실한 감정들을 붕괴시킨다. 농담은 그러한 것들 모두를 뒤흔들면서 삶의 밑바닥 심연 속으로 내려가게 한다. 공허함의 깊이를, 죽음의 깊이를 그것은 그 모든 것들에 가져다주며 농담의 가벼움 속에서 그 모든 것들이 증발되도록 한다. 그것은 언어 자체에 대한 농담으로 발전하며 스스로마저 붕괴시킨다. 언어가 본래 가지고 있다고 생각되는 모방적 진지함, 즉 애를 써서 원래의 사유나 사물에 가까워지려고 노력하는 진지함은 그 자체로 농담의 대상이 된다. 모방은 원숭이 흉내처럼 우스꽝스러운 성격으로 바뀐다. 이렇게 그의 언어들은 웃음을 지니면서 가벼워지고 권력의 글자와 권력의 문법을 찢으면서 나비처럼 비상하는 언어들이 되는 것이다.

종이와 거리의 서판書板

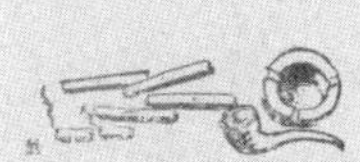

— 이상과 김기림의 현대적 시학

1. 종이의 산문극장

점차 근대화되어 가는 세계 속에서 시란 과연 무엇인가? 시인은 어떤 존재인가? 이러한 물음을 새롭게 근원적인 차원에서 제기한 것은 우리의 경우 1930년대의 이상과 김기림이었다. 그들은 근대적 풍경들이 새로운 면모로 펼쳐져가는 식민지 대도시 경성 속에서 그 당시 각성된 지식인 일반이 처했던 것처럼 우울한 구경꾼적 존재들이었다. 그속에서 생활하고 사유하며 꿈꾸던 모든 것들을 그들은 글쓰기 형태로 남겨놓았다. 우리는 그들의 작품을 통해 그들의 생각과 삶, 꿈의 일부를 추적해볼 수 있다. 그러나 그들의 글쓰기 자체의 삶은 무엇이란 말인가? 바로 시인으로서의 삶, 아니 더 깊이 내려가 존재하는 글쓰기 자체의 삶에 대해 우리는 물어보아야 한다.

시는 당시에 그 존재 자체의 심각한 변화 속에서 새롭게 태어나기 위한 진통을 겪고 있었던 것이다. 이상의 글쓰기는 일반적인 문자행위의 관습을 조롱하고 모욕하는 희극적 놀이의 지대를 서성거리고 있었다. 김기림의 글쓰기는 투명한 빛처럼 일상의 사물들을 비추는 '산문극장'을 지향하고 있었다. 이들에 와서 비로소 글쓰기 자체의 풍경이 드러난다. 글자가 의미하는 것들, 혹은 그것이 가리키는 배후의 사물들이 아니라, 그러한 것들을 마치 향기처럼 혹은 그림자처럼 거느리는 말들의 드라마가 주목되기 시작한 것이다. 시에 대한 새로운 질문은 이러한 지점에서 탄생한다.

김기림의 많은 시들 속에 등장하는 '종이'는 말과 문자의 대지이다. 그의 삶과 세계가 물질적으로 붙잡힐 수 있는 수준에서 고정되는 장소인 것이다. "한 장의 백지(白紙)인 나의 낮과 나의 밤"(〈생활〉)[1]이라는 표현에서 우리는 마치 처녀지같은 삶의 종이가 펼쳐져 있음을 느끼게 된다. 그의 생활은 광대한 백지 위에 펼쳐진다. 그리고 이 백지는 자그맣게 책상 위에 펼쳐지기도 한다. 그러나 그것은 광대한 이 세계를 담을 듯이 펼쳐져 있는 것이다. 문자의 무한성을 담아냄으로써 그 백지는 세계와 대면한다. 우리는 이 무한성을 담은 백지의 여러 형태들을, 그리고 구속적인 틀을 갖춘 작은 형태들을 그의 시에서 발견할 수 있다. 노트와 일기, 편지, 휴지와 숙박부, 신문지, 지도, 캘린더 등은 그의 시들 여기저기에 산재해 있다.

그가 《태양의 풍속》이란 시집을 내면서 그 서문에서 이것을 하나의 '숙박부(宿泊簿)'라고 말한 것은 이러한 측면에서 의미있는 말이다. 이 '숙박부'란 말은 무엇을 의미하는 것일까? 스쳐지나가는 것들이 종이 위에 고정되어 있다. 그러나 이 종이는 영원한 것이 아니다. 그것은 하루하루 소비되는 것들처럼 소모되는 것이다. 그날그날의

---

1 《시원》 1935.4.

정보들을 담아 하루를 견디지 못하고 꾸겨져버리는 신문지처럼 말이다. 그러한 근대적 정보의 유통 속도를 운명처럼 짊어지고 있는 종이를 김기림은 자신의 시가 머물러야 할 거처로 삼았다. 근대적 속도의 상징인 기차와 도로의 운명을 담고 있는 종이, 그리고 그러한 속도감 있는 정보들의 짧은 생명에 만족해야 하는 운명을 담은 종이는 깊은 명상과 우주론적 형이상학이 배어들어가는 고전적인 종이와는 전혀 다른 것이었다.

이상의 경우에도 이러한 도로의 이미지가 백지에 스며들어간다. 그의 〈거리(距離)〉에 나오는 "백지위에한줄기철로(鐵路)가깔려있다 이것은식어들어가는마음의圖解다."[2]라는 구절을 보라. 이 '철로'는 전보를 발신하고 소포를 발송하는 이미지와 결합되면서 정보 유통 공간의 표상이 된다. 막막한 백지는 이러한 근대적 생활의 스크린이 된다.

그런데 이러한 백지의 스크린이야말로 새로운 시학의 탄생지임을 알아야 하지 않을까? 이제 시인들은 새로운 근대적 현실을 구성하는 가장 기본적인 신경망을 자신의 글쓰기 속으로 받아들인다. 〈화물자동차〉[3]라는 시에서 김기림은 시를 쓰는 노트에 자동차가 굴러다니는 도로를 겹쳐놓았다. "이 미운 시를 쓰노라고" 밤을 새우는 자신을 "화물자동차보다도 이쁘지 못한 사족수(四足獸)"라고 그는 말한다. 시인의 노트는 자동차가 달리는 도로와 맞서고 있다. 하지만 글을 쓰려 엎드려 있는 (사족수같은) 시인의 모습은 자동차의 희화적인 거울상이 될 뿐이다. 도시의 노트인 아스팔트에 비해 시인의 형편없는 노트가 우울하게 보람없이 밤을 새우는 시인 옆에 펼쳐지고 있는 것

---

2 임종국 편, 앞의 책, 274쪽. 〈유고집〉 시편 중에 들어 있음.
3 《中央》 1933. 12.

이다.

그러나 바로 이 부분에서 김기림의 새로운 시학이 고개를 들고 일어서고 있다. 그의 시가 쓰여지는 서판(書板)은 이 도시의 거대한 혈맥이자 실핏줄인 도로의 바닥에 한쪽 끝을 대고 있는 것이다. 그의 서판은 근대 도시의 생활 속에서 유통되는 종이들을 쥐어짜서 만든다. 신문과 캘린더, 편지와 납세 고지서, 노트와 메뉴판 등을 그는 자신의 시적 서판의 기본 재료로 삼는다. 바로 이 부분이야말로 시의 근대적인 혁명인 것이다. 이 새로운 시학이 과연 어떠한 것인지, 어떠한 가능성을 가진 것이며, 무엇을 위한 것인지 알아보기로 하자.

2. 생활과 감각의 물질적 서판

김기림의 시 〈기차〉는 그의 수필 〈도시풍경2〉와 연관되는 한 대목을 보여준다. 그것은 장 콕토의 시적 행위이다. 김기림이 흔히 인용하는 '무서운 아이들'(장 콕토의 주제인)의 반항적 놀이가 거기 스며있다. 그의 〈기차〉에는 이렇게 적혀있다.

내가 식당의 '메뉴' 뒷 등에

(나로 하여금 저 바다까에서 죽음과 납세와 초대장과 그 수없는 결혼
식 청첩과 부고들을 잊어버리고

저 섬들과 바위의 틈에 섞여서 물결의 사랑을 받게하여 주옵소서)

하고 시를 쓰면 기관차란 놈은 그 둔탁한 검은 갑옷 밑에서 커―다란
웃음소리로써 그것을 지여버린다.(방점―인용자)

〈기차〉 부분4

이와 연관되는 그의 수필 〈도시풍경2〉의 한 부분은 이렇게 되어 있다.

> 파리의 러쉬아워가 몽파르나스의 포도(鋪道) 위에서 화죽(花竹)과 같이 폭발할 때 '무서운 어린애'인 장 콕토는 카페의 대리석 테블에 기대어 정가표의 뒷등에 시를 쓴다. "내 귀는 조개껍질. 언제나 바다의 소리를 그리워한다.[5](방점-인용자)

장 콕토의 〈귀〉란 시가 여기 인용되어 있다. 김기림은 장 콕토의 시적 소설인 〈무서운 아이들〉을 알고 있지 않았을까? 〈무서운 아이들〉의 주인공은 폴과 엘리자벳 두 남매이다. 그들의 방 안 세계는 어른들의 이성적 질서와 대립되어 있는 놀이와 충동의 세계이다. 그들은 신문을 뒤집어쓰고 놀기도 한다. 이러한 장면은 방 밖에 있는 어른들의 질서를 조롱하는 놀이이다.

결국 그들의 놀이를 통해서 그 신문은 산산히 조각나 흩어진다. "신문은 젖은 걸레처럼 그녀의 살결에 찰싹 달라붙고 우유방울은 사면팔방으로 흩어졌다".[6] 이 순진무구한 어린아이들의 놀이에는 장 콕토가 추구하는 시적 진실이 스며있다. 어른들의 세계를 반영하는 신문들은 찢어지거나 놀이의 소도구로 전락한다. 즉 시인은 이러한 아이들의 순진무구한 놀이를 닮아야 하는 것이다.

김기림은 장 콕토처럼 카페의 테이블에 놓인 정가표를 뒤집어놓고

---

4 시집 《태양의 풍속》(1934.10)에 실린 것, 원시는 〈바다의 서정시〉라는 제목으로 《카톨릭 청년》 1933.10월호에 발표되었다. 여러 부분이 수정·변형되어 시집에 실렸다.

5 《조선일보》, 1931.2.

6 장 콕토, 《무서운 아이들》, 오현우 옮김, 서문당, 1976, 89쪽.

거기에 시를 쓴다. 뒤집힌 정가표에 시를 쓰는 행위가 바로 그러한 '무서운 아이들'의 놀이로 파악된다. 그것은 마치 신문을 뒤집어 쓰고 놀면서 거기 실린 글들을 장난의 재료로 삼는 것과도 같다. 정가표는 카페에서 파는 음식물들의 가격표가 매겨진 종이이다. 상품의 가치들은 시장의 질서 속에 고정되어 있다. 자본주의적 시장질서에 포획된 거대 도시의 움직임이 김기림의 수필 〈도시풍경 2〉의 주제이다. 김기림이 떠올린 장 콕토의 정가표 뒤집기는 '파리의 러쉬아워'를 배경으로 하고 있다. 그것은 식민지 대경성(大京城)의 러쉬아워에서 연상된 것이다.

그는 이 글에서 백화점과 레스토랑, 카페, 거리의 쇼윈도우를 묘사한다. 이러한 것들 사이를 누비는 흥분된 러쉬아워의 풍경을 사람들의 홍수로 표현하고 있다. 사람 물결이 넘치는 거리에서 근대적인 산보의 형태가 소묘된다. "저기는 또 빛 다른 에나멜의 감각이 흐른다—둔탁한 페이브멘트를 씻고 흐르는 다리 다리."라고 그는 말한다. '에나멜의 감각'이라는 것은 아스팔트와 도보를 거니는 에나멜 구두의 경쾌한 느낌을 가리키는 것이다. 이러한 근대적 감각의 미묘한 쾌감에 대해 정지용이나 김기림 그리고 이상 모두 예민하게 반응했다.7 김기림은 이 러쉬아워의 거리와 여러 상품의 매혹에 사로잡혀 있는 사람들을 마치 자동인형이나 기계인간처럼 묘사했다.

김기림의 〈기차〉에서 도시의 이러한 모든 질서는 '레일'이라는 말에 압축되어 있다. "레일을 쫓아가는 기차는 풍경에 대하야도 파랑빛의 로맨티시즘에 대하야도 지극히 냉담하도록 가르쳤나보다"고 그

---

7 김기림의 시 〈제야〉(《시와 소설》 1936.3)를 보라. 이 시의 마지막 부분의 주제는 광화문 네거리의 '구두들의 행진'이다. "강가루 고도반 구두구두구두들이 흘러 간다."

는 말한다. 이 기차의 냉담함, 냉정성은 사실 근대 도시문명의 속성을 표현한 것이다. 그것은 도시적 질서의 차가운 성격을 감정적 차원에서 말한 것이다. 부르조아적인 이해타산과 생존경쟁에서 가져야 할 냉정성[8]은 근대적 합리주의 밑에 깔려있는 기본 정서이다.

이 시에서 식당의 메뉴판은 상업주의적 합리성의 계산표이다. 음식의 종류와 그것이 시장에서 차지하는 합리적인 가격이 거기 매겨져 있다. 김기림은 마치 장 콕토처럼 그 가격표를 뒤집어서 시를 쓴다. '바다를 그리워한다'라는 표현은 현실의 구속들로부터의 탈출을 연상시킨다. 그에게 그 구속들은 모두 자신의 머리 속에 있는 것들이 아니라 손에 잡히는 물질, 즉 종이로 된 문서들이다. 납세 고지서, 초대장, 청첩장, 부고장 들인 것이다.

언뜻 매우 비(非)시적인 것처럼 보이는 이 시에는 김기림 특유의 시학이 잠겨 있다. 그것을 알기 위해서는 정가표인 '메뉴판'을 뒤집은 서판의 의미가 무엇인지 생각해보아야 한다. 우리는 기차의 냉정성이 곧 납세 고지서, 초대장, 부고장 등의 구속적 의미와 연결되어 있음을 알게 된다. 마치 이상의 〈거리〉에서처럼 그러한 인쇄종이 속에는 차가운 철로가 놓여있는 것이다. 이상의 표현대로라면 그 '백지 위의 철로'는 "식어들어가는 마음의 도해(圖解)"(본래는 띄어쓰기 없이 일어로 쓴 것)이다. 이 '도해'라는 말은 이상에게 있어서는 어떤 현상

---

8 이 '차가운 이성'에 대한 거부감을 가장 극한적인 방식으로 표현한 것이 바로 李箱이다. 그의 여러 시편들에서 차갑게 얼어붙은 풍경들을 자주 볼 수 있다. 〈광녀의 고백〉에서 이상은 북극의 빙결지대에서 오로라와 북극성의 감미로운 빛을 향해 나아가는 창녀를 노래했다. 그녀는 자신의 몸이 상품으로 던져진 차가운 세계의 극한지인 결빙지대를 뚫고 솟구쳐 오른다. 타락한 세계에서 자신을 타락의 바닥까지 내던져 단지 관능적인 피부만이 남겨진 것 같은 이 여인은 열기와 냉기의 양면성을 담은 미묘한 빛으로 감싸인다. 이상은 이 창녀를 타락한 시대의 성모상으로 만들려 했던 것이 아닐까?

에 대한 법칙을 파악한다는 의미를 띠고 있다. '마음의 방정식'이라든지 '시각 또는 촉각의 도해'라든지 하는 이상만의 독특한 어법이 있다. 〈오감도〉는 이상이 파악한 세계에 대한 간단한 도해라고 할 수 있다. 거기에는 골목을 질주하는 아이들의 삶, 방정식처럼 추상화 법칙화된 삶의 평면도가 있다.

김기림도 그렇게 현실의 거대한 질서에 붙잡혀서 빠져나갈 수 없는 삶을 기계론적 이미지로 파악하고 있었다. 그의 희곡 〈천국에서 왔다는 사나이〉는 바로 그러한 기계론적 세계를 그리고 있다. '기차'로 상징되는 이 근대적 질서로부터 어떻게 빠져나갈 것인가 하는 것이 그의 시적 출발점이다. 따라서 그의 시는 바로 그 지점, 즉 기차 안 식당의 메뉴판으로부터 출발해야 하는 것이다. 이 자본주의의 근대적 서판, 합리주의적 질서의 상업주의적 가면인 그 가격표 종이에까지 시는 내려와야 한다. 시적 상상력은 그 냉정한 종이 위에서 그러한 현실의 거대한 평면을 충분히 체험하고, 그 위를 소요하면서 서서히 날개짓을 해야 하는 것이다.

3. 신성한 상징들의 추락과 전복, 새로운 모색의 장소

거대한 도시의 거리(도로, 아스팔트)와 카페(백화점, 식당)의 가격표 메뉴판은 이렇게 새로운 시대의 시가 내려앉아야 할 사색의 장소가 되었다. 그러나 이 근대적 현실의 냉혹한 밑바닥 평면이 편안한 장소는 아니다. 특히 시에서 이 바닥은 모든 과거의 형이상학적 상징들을 그 높은 지위로부터 끌어내려 그 신성한 가면을 벗겨내야 할 곳이었으며, 그것들이 비판되고 조롱당해야 할 곳이었다. 축제적 전도는 이 강력한 근대적 질서의 바닥에서 일어난다.

이 바닥은 이상에게는 '최저낙원'이라는 이름으로 나타났다. 그의 〈실락원〉이나 〈최저낙원〉 같은 난해한 작품들은 고대의 낙원 이미지들과 결합되어 왔다. 이 작품들은 그 낙원 이미지들이 근대적인 현실 속에서 파편처럼 흩어져 스며들어 있는 독특한 분위기를 만들어 냈다. 낙원의 이미지는 과거의 명료하고 고정된 상징과 이미지들의 힘을 잃어버리고 말았다. 말하자면 그것은 우리들의 상상적 구름 위에서 추락해서 근대적 현실의 바닥에 깨어져 산산히 흩어져버렸다.

〈최저낙원〉은 도시의 변두리 미로의 이미지와 창녀적인 성(性)의 이미지를 교차시킨다. 성스러운 '낙원'의 이미지가 이렇게해서 철저하게 전도된다. 근대도시의 버림받은 지역, 근대의 지옥이라고 할 만한 곳에서 즐거움과 쾌락의 그로테스크한 천국을 그려보는 것이야말로 이 작품의 목표가 된다. 통사론적으로 우리에게 쉽게 다가서지 못하도록 하는 이 시적 문장들의 독특한 축제적 시학을 분석하는 것은 거의 불가능하다. 이상은 아마도 자신이 살던 도시 변두리의 골목과 유곽의 방들을 통해 근대도시의 번듯한 질서를 오염시키고 그 가치를 하수구에 추락시키는 음침한 분위기를 만들어내었을 것이다. 그러나 이 혼탁하고 미로처럼 얽혀있는 지저분한 것들은 타락한 성적인 육체의 이미지와 한데 혼합된다. 말뚝과 구멍은 미묘한 성적 분위기 속에서 남녀 생식기의 상징으로 작동하는 꿈 이미지가 된다. 마치 꿈의 풍경처럼 모든 언어들은 버림받은 도시의 변두리 풍경과 성적 이미지를 이중적으로 연주한다.

가게 모퉁이를 돌아가야 혼탁한 탄산 와사(瓦斯)에 젖은 말뚝을 만날 수 있고 흙묻은 화원 틈으로 막다른 하수구를 뚫는데 기실 뚫렸고 기실 막다른 어른의 골목이로소이다.

—너의 속으로는 소독이 순회하고 나면 도회의 설경(雪景)같이 지저분한 지문이 어우러져서 그냥 싸우고 그냥 있다. —어디를 건드려야 건드려야 너는 열리느냐. 어디가 열려야 네 어저께가 들여다보이느냐.

〈최저낙원〉 부분9

이러한 성(性)은 근대적 현실의 가장 밑바닥에 추락한 자들에게 남은 마지막 피난처이다.

이상의 〈가외가전(街外街傳)〉은 〈최저낙원〉의 주제를 다른 방식으로 쓴 것이다. 역시 이 작품에서도 기본적으로 성적인 이미지는 마치 꿈의 구름처럼 도시의 파편들을 빨아들여 흡수하고 있다. 이 시에서 성은 아버지를 반역하는 것으로서 표현된다("아마아버지를반역한가싶다"). '골목을 뚫는다'는 표현은 〈오감도〉의 〈시제1호〉 이후 이상 식의 독특한 표현법이 되었다. 그것은 〈가외가전〉과 〈최저낙원〉에서는 이중적 의미를 부각시켰다. 도시거리와 중첩된 육체의 이미지가 거기 부가되었기 때문이다. 이 '육체'는 도시거리의 뒷골목에서 살아가는 자들의 생활을 담고 있다. '아버지를 반역하기'는 이 뒷골목에 자신을 더 철저히 몰입시키기이다. 그것은 '나'에 대한 아버지의 기대와 욕망과 염원을 저버리는 행위이다.

〈가외가전〉에서도 '골목을 뚫는다'는 이 이중적 표현은 〈오감도〉에서처럼 근대적 현실 전체와 연관되는 것이다. 그것은 근대라는 감옥의 미궁에 빠진 자의 행위, 즉 '어떻게 여기서 빠져나갈 것인가' 라는 질문인 것이다.

조금 다른 방식이기는 해도 마치 외디푸스처럼 이상은 자신의 아

---

9 《조선문학》, 1939.5. 필자가 현대식 표기로 고쳤음.

버지를 죽이는 상황에 몰린다. 이상에게는 봉건적인 가족의 감옥이 있었다. 그러한 봉건적 아버지가 있었다고 해도 좋다. 혈연 공동체로서의 대가족 체제 속에 끼어 있는 자신을 발견하는 것, 그 대가족을 빛나는 성채로 이끌어가는 성주로서의 아버지를 뒤따르는 것, 그러나 이상은 이 대가족의 성채를 어둡고 퀴퀴한 '공포의 성채'로 뒤집어 버렸다.10 그리고 그 성채를 탈주하여 도시 뒷골목을 떠도는 '무서운 아이'를 자신의 타락한 주인공으로 등장시키는 것이다. 그는 자신의 개인사에 얽힌 그러한 봉건적인 감옥까지 근대적인 감옥의 현실에 투사하면서 더 넓은 세계와 맞서고 있다.

〈오감도〉에서 거리를 질주하는 아해들은 〈가외가전〉에서도 똑같이 거리를 질주한다. 단지 그 질주는 성적인 답교(踏橋) 이미지로 변형되어 있을 뿐이다. 성적인 쾌락의 질주는 이 반항적인 아이들을 이 사회의 도피선으로 안내한다. 병과 퇴폐, 젊음을 탕진하는 세월이 거기 있다. 이상은 이 시에서 성욕과 식욕의 가장 비참한 마주침을 보여준다. 그의 도피처인 성은 가난한 자의 최저낙원인 것이다. "먹어야사는입술이악의(惡意)로꾸긴진창위에서슬며시식사흉내를낸다. 아들─여러아들─노파의결혼을걷어차는여러아들의육중한구두─구둣바닥의징이다." 성적인 쾌락의 마지막 지점에서 성기관은 그 물질적 가난을 드러낸다. 그것은 식욕을 충분히 채우지 못한 가난한 육체를 드러낸 것이다. 이상의 이 시에서만이 드러낼 수 있었던 그로테스크한 육체의 비밀스러운 이미지는 우리 현대시가 도달할 수 있었던 매우 미묘한 지대이다. 우리는 아직도 이 육체의 비밀스러운 기호학을 말끔하게 풀어내지 못하고 있다.

---

10 그의 수필 〈공포의 성채〉(1935. 8.3에 쓴 것)를 보라. 그는 여기서 성 안의 모든 마을 사람과 가족들을 모조리 손도끼로 쳐서 죽이는 환상적 살인 행위를 그렸다.

거리의 성(性)은 근대적인 상품의 하나가 되어버렸다. 그러나 그것은 어른들의 은밀한 상품이다. 소년들이 거기 탐닉하면서 거리의 성은 은밀한 상품에 머물지 않고, 육체의 해부학적 이미지와 함께 거대한 풍경처럼 확장된다. 도시의 뒷골목 거리가 육체의 해부학적 풍경에 겹쳐진다. 이 그로테스크한 풍경의 육체가 갖는 기괴한 성적 이미지의 의미는 무엇일까? 그것은 아마도 어른의 질서 밖에서 벌이는 아이들의 마지막 축제가 아닐까? 이 그로테스크한 성적 육체는 모든 것을 잃어버리고 도피하는 자의 마지막 거점과도 같은 것이 아닐까? 근대적 현실의 명료한 인위적 질서들을 부정하는 것처럼 보이는 통사론적 위반들을 그 성적인 분위기들이 빚어낸다. 그것은 현실의 검열들을 피해가는 꿈의 작업들을 단어들 속에 빚어넣는다. 성은 문장들을 새롭게 일구고 엮어가면서 육체의 마지막 생명력을 소용돌이치게 만드는 것이다.

보들레르는 개인적인 몽상가의 작은 방 속에서 아편의 향내를 피워가며 몽상적인 인공낙원의 황홀경을 구축했다. 그러나 이상의 이러한 '최저낙원'은 어떠한 황홀경도 내비치지 않는다. 이 낙원은 너무 비참한 최후의 쾌락이며, 또한 꺼져가고 침몰하는 쾌락이다. 그리고 그것은 개인적인 몽상가의 방 안에 갇히지 않은 '거리의 낙원'인 것이다.

거리에서 일어나는 것은 공개적인 것이며, 많은 사람들의 시선에 그 주제를 드러내는 것이다. 공개적인 문제제기인 것이고, 공식적인 질서와 대결하며 자신을 드러내는 것이기도 하다. 비록 꿈의 애매한 풍경으로 공식적인 검열을 피해가는 치환과 압축적인 담론들이 되고 말았지만, 그것은 분명 근대 도시의 거리에 버림받은 육체의 성적 분위기들을 몰고 다니는 축제적 장면을 연출했다.

이상의 시 〈홍행물천사〉[11]는 그러한 버림받은 육체에 추락한 천사의 이름과 가면을 잠시 빌려준다. 그녀의 얼굴과 육체는 거리 축제의 삐에로 가면처럼 묘사된다. 그 얼굴은 웃음의 가면이 된다.[12]

이 거리의 천사 이미지는 무엇인가? 이상의 꿈은 근대적 현실의 바닥(유곽이나 카페 혹은 길거리)에서 전개되고 있다. 그의 낙원 이미지는 도시거리의 지저분한 바닥에서 전개된다. 천사의 이미지도 거리와 이 거리를 흘러 다니는 육체를 벗어나지 못한다. 그가 이제는 더 이상 이상향에 대한 염원이 없었기 때문에 그러했던 것일까? 아니면 단지 그러한 과거의 낙원상을 패러디하고 싶었기 때문이었을까?

이상에게 시적 담론은 아마도 그 이상의 목표를 지니는 것이지 않았을까? 사실 그의 성적인 육체적 풍경은 에로티시즘과는 거리가 멀고, 생식적인 풍요로움과도 거리가 멀다. 오히려 그러한 것들마저 전복시키는 언어의 폭력을 그는 휘두르고 있었던 것은 아닐까? 육체적 생명력을 가로지르면서 그의 언어는 그러한 것들을 황무지적인 상황으로 이끌어가는 파괴적 안내자였던 것은 아닌가? 그의 문학 속에서 우리는 어떠한 위안도 찾아낼 수 없다. 최소한도의 인간주의적인 도피처마저도 거절한 채 그의 시적 담론들은 근대적 현실의 바닥을 받쳐줄 수 있는 모든 것들을 제거하는데 앞장섰다. 그리고 육체적 생명력의 마지막 불길까지도 그 심연의 어둠 속에서 꺼지도록 방치했다.

김기림도 역시 이러한 거리의 바닥을 그의 시학에 기본적인 항목으로 설정하였다. 그의 여러 시편들도 추락한 천사의 이미지를 보여

---

11 이 시는 일문시 〈조감도〉 연작의 하나이다. 〈광녀의 고백〉(1931.8.17)을 쓴 바로 다음날(8.18)에 지은 것이다. 내용도 서로 연결되어 있다.(임종국 편, 앞의 책, 230-231쪽)

12 이 시의 첫 연에서 여자의 눈은 '늙어빠진 곡예상(曲藝象)의 눈'으로 묘사된다. 그녀의 눈은 정형외과의 수술 때문에 곡마단 코끼리의 눈처럼 언제나 '웃는 눈'이 되어버린 것이다.

준다. 〈우울한 천사〉13같은 시와 〈천국에서 왔다는 사나이〉같은 희곡 등에서 그 전형적인 모습을 볼 수 있다. 〈쥬피타 추방〉 같은 시에서는 저주받은 거리의 시인에게 밑바닥으로 추락한 신의 이미지를 부여한다. 그리스 신화의 성스러운 이미지들은 근대적 현실의 길바닥에서 희극적인 가면으로 전도된다. 이상이 죽고 나서 추도시 형식으로 쓰여진 이 시의 첫 머리를 보자.

> 파초 잎파리처럼 축 느러진 중절모 아래서
> 빼여 문 파이프가 자조 거룩지 못한 원광을 그려 올린다.14

낡아서 헤어진 중절모의 축 늘어진 모습은 추락한 신성을 나타낸다. 거리의 모자 패션은 파초 잎과 결합됨으로써 고대의 신성한 분위기를 떠올리는 듯 싶지만 곧 그것은 희극적인 몰락의 이미지로 전환된다. 파이프 연기가 뿜어내는 동그라미 역시 신성한 후광의 희극적 대체물이다. 이러한 희화적 이미지는 시인에게 몰락한 신성함이라는 의미를 부여한다. 그것은 이 거리에서 인정받지 못하는 신성함이며, 그럼에도 불구하고 시인 스스로는 여전히 신성한 포즈를 취하는 데서 빚어지는 희극적 상황인 것이다.

〈쥬피타 추방〉에 나타난 현대적 시인으로서의 이상의 모습은 김기림 자신이 추구하는 시인상이기도 하다. 이상이 육체를 버렸을 때 그의 영혼은 신화적인 파르나스 산으로 날아가 버렸다고 김기림은 썼

---

13 김기림, 《태양의 풍속》, 학예사, 1939.
14 김기림, 《바다와 나비》, 신문화연구소 편, 1946, 93쪽. 이 시는 '李箱의 靈前에 바침'이라는 부제를 달고 있다. 본래 제목은 '추방된 쥬피타'였다. 시집에서는 '파초', '중절모', '원광' 등을 한문으로 표기했다.

다. 김기림은 그러한 신화적 이미지들이 저주받은 육체와 결합하여 희극적인 것이 되어버린 상태를 현대시의 존재 근거로 보았다. 그의 여러 시론들에서 가두(街頭)의 육체는 시의 기초로서 찬양된다. "천사들의 형이상학적 유희에 그치는 시들은 대체로 장식적인 벽화를 상상시킨다"(〈인간의 결핍〉15)라고 비판하면서 그는 원시적 생명력을 추구한다. 김기림이 근대적인 거리의 기계론적 질서에 대면하면서 이러한 육체적 생명력을 추구해간 시학의 방향은 과연 어떠한 것일까? 이것은 이상과는 다른 면에서 우리의 현대시학을 개척한 매우 중대한 시도의 하나를 보여준다.

4. 태양과 바다 그리고 능금의 시학

김기림 시의 거의 대부분에서 바다라는 단어나 그와 관련되는 이미지를 검출할 수 있다. 이렇게 한 시인이 집요하게 매달리는 단어를 원형 기표 혹은 대기표(大記表)라고 할 수 있겠다. 김기림은 해방 후에 쓰여진 〈파도〉라는 시에서 바다를 이 세계 자체의 표상으로 삼았다.

모든 그런 것들의 파도인 것처럼
아— 새 세계는 다닥쳐 오는구나
일홈지을 수 없으면서도
그러나
항거할 수도 없이

---

15 《조선일보》, 1935.4.(김학동 편, 전집 2, 159쪽)

확실하고 뚜렷하게

———

아 파도여 너는 온

지평선을 골고루 퍼져오는구나

———

너나 나나

출렁이는 파도의 지나가는 파문일 뿐

얼키고 설킨 파동의 이구비저구비일 뿐

〈파도〉 부분16

그러나 이렇게 세계의 표상으로서만 그의 '바다'라는 기표가 작동하는 것은 아니다. 그것은 미지의 세계이며, 고향에 대한 추억과 결합된 모성적인 것이기도 하다. 때로 그것은 처녀의 스커트자락이 휘날리면서 풍겨대는 에로티시즘적 생명력이기도 하다. 김기림에게 '바다'는 그가 추구하는 모든 것이 된다. 그러나 그것은 근대적 질서의 테두리를 넘쳐나는 어떤 것으로서, 그리고 새로운 감각과 기호를 분절시키는 장소로서 대두되면서 그의 시학적 혁신의 근거지가 된다. 김기림은 이 '바다'의 표면을 발견한다. '유리의 바다'는 하나의 거울17이자 미끄러지는 서판이다.

---

16 해방 후에 출간된 시집 《새 노래》(1948.4)에 실린 것이다.

17 바다의 거울 이미지는 시집 《태양의 풍속》에 실린 〈출발〉에서도 보인다. "푸른 밑없는 거울…"에서 지중해의 거울 이미지를 보여준다.
  같은 시집의 〈바다의 아츰〉에서는 '바다의 거울판'이란 표현이 나온다. 〈바다와 나비〉(《여성》 1939.4)는 이러한 거울 이미지의 연장선상에서 꽃 피어난 바다 거울의 멋진 영상을 보여준다.

일월의 대기는
투명한 프리즘

나의 가슴을 막는
햇볕은 7색의 테-프

유리의 바다는
푸른 옷입은 계절의 화석이다.

    ───

나는 나의 관중- 구름들을 위하야
그우에 나의 시를 쓴다.
히롱하는 교착선의 모-든 각도와 곡선에서 피여나는 예술
기호 우를 규칙에 억매여 걸어가는
시계의 충실을 나는 모른다.

시간의 궤도 우를 미끄러저 달리는 차라리
방탕한 운명이다. 나는……

〈스케이팅〉 부분[18]

'유리의 바다'라는 이미지는 독특한 것 같지만 자세히 살펴보면 김기림에게는 전형적인 이미지이다. 그는 〈상아의 해안〉에서는 '유리의 목장'이란 표현을, 〈출발〉에서는 '푸른 밑 없는 거울'이라는 표현

---

18 《신동아》 4권 3호, 1934.3.

을 썼다. 〈바다의 아츰〉에서는 "바다의 거울판을 닦어놓아서"라고 하기도 했다. 물과 유리의 상호관련성은 〈십오야〉라는 시에서도 보인다. 〈7월의 아가씨 섬〉에서도 "어족들의 고향에서는 푸른 유리창의 단면을 갈르고"라는 표현이 보인다.

김기림에게 바다라는 물질은 이상이 〈LE URINE〉에서 말했던 '유리의 유동체'적 속성을 갖고 있는 것 같다. 정지용은 "유리판처럼 끓어오르는 바다"[19]라는 유사한 이미지를 보여주었었다. '유리'의 투명성은 새로운 감수성의 탄생과 함께하는 근대적인 물질이었을 것이다. 정지용의 〈유리창〉은 그렇게 새로운 감수성이 탄생하는 한 장관을 보여준 시였다. 김기림에게 이 유리의 거울은 바다의 충만한 디오니소스적 생명력이 꿈틀거리는 시적 상상계의 거울 서판이었다. 그것은 그가 위의 시에서 말했듯이 '시간의 궤도'에 얽매인 기호의 평면 위를 미끄러지는 것이기도 했다.

시계는 근대적 시간의 상징이며, 그 규칙적인 기계론적 시간의 합리성으로 규율되는 근대의 모든 질서를 표상하는 것이다. 그런데 이러한 질서를 위반하는 것은 낭만적인 환상이 아니라 원시적인 힘의 약동에서 나온다. 그는 고갱이나 마티스의 그림에서 원시적 파라다이스를 암시받은 것처럼 보인다. 〈현대시의 표정〉[20]에서는 단순과 암시를 두 개의 원시성으로 지적하면서 고갱과 마티스의 예술에서는 원시가 규범이었다고 주장한다. 그의 시론에서 흔히 등장하는 '명랑'이라는 단어는 이러한 원시적 단순성을 의미한다. 그것은 흔히 태양

---

19 정지용은 〈슬픈 기차〉에서 '유리판을 펼친 듯'한 바다를 그렸다. 〈甲板우〉에 나오는 바다는 좀 더 역동적이다. 화려한 짐승처럼 배가 달려나가는 바다는 "유리판처럼 부서지며 끓어오른다."라고 표현된다.

20 《조선일보》, 1933.8.9-10.(김학동 편, 전집 2, 86쪽)

의 이미지로 등장한다. 김기림의 시에서 '바다' 다음으로 많이 등장하는 기표가 아마 '태양'일 것이다.

그의 '바다' 역시 그렇지만 '태양'은 아무런 신화적 상징의 후광도 없이 맨몸의 이미지로 등장한다. 이 '태양'은 투명한 광선으로 모든 사물의 표면을 드러낸다. 빛의 반사와 굴절에 대한 뉴튼적인 인식론이 이 태양 이미지의 기초에 놓여 있다. 한걸음 나아가서 이것은 백금(플라티나)과 유리의 이미지를 거느린다. 〈가을의 태양은 플라티나의 연미복을 입고〉〈아츰비행기〉〈시론〉 같은 시들에 '플라티나'라는 말이 나온다. 그의 수필 〈가을의 나상〉에서는 백금과 유리가 태양과 함께 결합되어 묘사되고 있다.

> 백금빛 늦은 볕이 녹아내리는 투명한 유리와 같은 대기 속을 오슬오슬 몸을 떨면서 떨어진다. 쳐다보니 탐욕스럽고 검푸른 잎사귀를 잃어버린 앙상한 가지들은 흰구름을 빗질하고 있고 양초와 같은 흰 포플라의 나체 위를 프라티나의 석양볕이 기어간다.[21]

이 수필의 어법을 들여다보면 육체와 옷의 이미지를 통해 계절의 변천을 묘사함을 알 수 있다. 김기림의 많은 시 혹은 산문들에서 패션은 사물의 형상을 그려내는 기본적인 이미지로 작용한다. 새로운 근대적 패션은 옷과 구두, 모자, 가방 등이다. 이 패션을 그대로 거울처럼 비추는 김기림의 시선은 매우 근대적인 것이다. 그는 그것을 상품으로서 포착할 때는 비판적이거나 풍자적이다. 그러나 그 매혹적인 가상들에 이끌리는 경우에는 상품의 껍데기로서가 아니라 어떤

---

[21] 《동광》, 1932.9.

사물의 생동감을 드러내기 위해서이다. 강렬한 태양의 빛은 바로 그러한 사물들의 생동하는 표면을 드러낸다. 아마도 바다의 유리판 거울은 그러한 '생동하는 표면'을 드러내는 이미지일 것이다. 그 바다거울은 태양 빛이 없이는 생성될 수 없다.

이 백금빛 태양광선의 투명한 시선이야말로 김기림이 원하는 시의 감각이었을까? 그는 〈시론〉에서 이렇게 노래했다. "시는 탄다. 백도(百度)로—/ 빛나는 푸라티나의 광선의 불길이다/ 아스팔트와/ 그리고 저기 렐 우에— 딩구는 단어".[22] 그의 단어들은 바로 '플라티나 광선'이었다.

그의 말로 명랑한, 다시 말해 이 투명하고 명징한 시선은 과연 뉴튼적인 시선이었을까? 그의 단어들이 비록 근대적인 현실의 바닥을 구성하는 아스팔트와 레일 위에 딩구는 것이었을지라도, 그러한 근대적 현실을 구성하는 기본적인 세계관으로서의 뉴튼적 과학에 모든 것을 맡기지 못한 데에 그의 시의 문제성이 있다.

사실 그가 투명한 태양광선적 시선으로 발견한 세계가 이성적인 시선에 의해 구성된 것은 아니었다. 바다의 거울에 사용된 재료는 근대적인 건축물들의 재료인 유리가 아니었다. 그 근대적인 건축재료인 유리거울은 가령 이상같은 시인에게는 매우 기괴한 이미지를 만들어내는 재료였다. 〈오감도〉 시편 중 〈시제15호〉의 유리거울을 보라. 그 거울 속 세계에 존재하는 '나'의 분신은 거울 밖의 '나'를 자신의 감옥으로 이끈다. 거울 속의 '나'는 불길한 꿈을 꾸는 '나'와도 같다. 근대적인 유리거울의 세계는 이상을 둘러싸고 그를 감옥처럼 가두고 있는 현실이다. 김기림 역시 그의 한 산문에서 불길한 유리거울

---

22 《조선일보》, 1931.1.16.

에 대해 말했다. 그는 자신의 거울 속에서 메피스토펠레스 같은 악마적 이미지를 볼 수 있을 뿐이었다.[23]

그러한 유리거울에는 근대의 기하학적 건축물을 구성하는 재료이며, 상품을 전시하는 쇼윈도우의 재료에 대해 좋지 않은 감정을 갖고 있는 시인들의 어떤 측면이 투사되고 있는 것처럼 보인다. 그러한 유리창들로 둘러싸인 거대한 인공 감옥에 갇힌 자의 억압된 무의식이 거울 속의 존재를 볼 때 상상적으로 투영되는 것은 아니겠는가?

이러한 거울 속의 유령적 이미지는 프로이트의 나르시즘적 이상화를 전복시킨다. 이상의 거울이나 김기림의 거울은 나르시스의 거울이 아니라 그것이 전복되는 거울인 것이다.

김기림의 꿈의 거울 즉 나르시즘의 거울은 '바다의 거울'과 관련되어 있었다. 그것은 이 근대 도시의 구속을 넘어가는 이상향의 꿈을 비춘다. 그가 이 나르시즘의 비극을 노래하게 된 것은 〈바다와 나비〉에서였다.

아모도 그에게 수심(水深)을 일러 준 일이 없기에
힌 나비는 도모지 바다가 무섭지 않다.

청무우밭인가 해서 나려 갔다가는
어린 날개가 물결에 저러서
공주처럼 지처서 도라온다.

---

[23] 김기림, 〈여우가 도망한 봄〉(《조선일보》, 1934.3.3), 김학동 편, 전집 5, 333쪽을 보라. "일부러 거울 속을 들여다 보았으나 그 속에서 찡그리는 것은 '웃는 봄의 얼굴'이 아니고 암만해도 '메피스트'의 흉악한 얼굴 같다."

삼월달 바다가 꽃이 피지 않아서 서거픈
나비 허리에 새파란 초생달이 시리다.[24]

S. 스펜더의 시 〈Seascape〉(초고는 1944년에 쓰임)에 견줄만한 이 시는 '바다의 거울'이 꿈의 거울임을 분명히 보여준다. 여기서 표현된 것은 '공주의 꿈'이다. 나르시스의 여성형인 '나르시아'의 거울이 여기에 제시된 것이다. 바다는 그러한 여성적 꿈의 모든 것을 그 품에 안고 있다. 그것은 거울처럼 바닷가의 언덕과 대지를 비추면서 바다의 거대한 깊이 위에 그 이미지들을 떠있도록 한다.

그러한 거울 이미지들에 매혹당하는 존재가 바로 나비이다. 나비가 매혹당하는 이미지들은 바다거울에 비친 감각적 이미지들이다. 그녀는 그 감각에 홀린다. 감각은 착각에 불과하다는 도가적인 사유가 여기에 갑자기 들어온 것은 아니다. 오히려 그러한 대지의 감각적 이미지가 바다의 깊이 속에서 유령처럼 녹아 없어지고 만다는 허무주의가 이 시에서 발견된다. 나비는 어떻게 보면 '바다'라는 거대기표 위에서 하염없이 떠돌았을 뿐인지도 모른다. 그 바다의 생명력으로 꾸며낼 수 있는 대지를 발견하지 못한 채 말이다. 그의 꿈들은 그 생명력의 깊이를 흡수하면서 진행된 것이 아니다. 그의 거울은 심연의 깊이를 가린 허구적인 거울이었던 것이다.

대지의 거울 이미지는 긍정되는 것이어야 한다. 가짜 이미지가 아니라 참된 이미지가 되어야 하는 것이다. 대지의 생명력은 끊임없는 생성변화의 흐름 속에 있으며, 그 속에 이미 바다의 심연을 감추고 있다. 김기림은 능금의 이미지를 통해서 이러한 심연을 비켜갈 수 있

---

24 김기림, 《바다와 나비》, 신문화연구소, 1946, 39쪽.(발표시 본래 제목은 〈나비와 바다〉(《여성》, 1939.4)였음)

었다. 그의 초기시 〈능금밭〉(1933)을 읽으면서 우리는 태양과 바다가 결합된 능금이란 과일을 얻을 수 있다. 바다 물결의 노래가 들리는 곳에서 능금나무의 잎에는 비가 미끄러지고 있다. 빗줄기는 마치 펜처럼 그 잎에 시를 쓴다. 바람의 말들과 침묵의 소리들이 이 시에 가득하다. 번역할 수 없는 자연의 소리들, 침묵의 말들은 마침내 이 세계 전체에 대한 결정적인 말을 내뱉기 위해 한데 어우러져 있다. 그것들은 미묘한 어울림 속에서 성숙된 어떤 결정적인 말을 잉태하고 있는 것이다. 시인은 그 출산을 기다려야 한다.

2장

분열증적 욕망과 우화
글쓰기의 몇 가지 양상
―변신술적 서판을 향하여

이 상 문 학 연 구
—불과 홍수의 달

분열증적 욕망과 우화
― 〈날개〉와 〈지주회시〉를 중심으로

1. 정신분석적 연구의 문제점과 '분열분석'적 시각을 위하여

한국근대문학에서 모더니즘의 개척자적인 지위에 앉아있는 이상의 소설들은 지금까지 정신분석적 관점에서 많은 주목을 받아왔다. 그것은 그의 소설들이 주로 개인의 내면적인 심리의 흐름을 기록한 것으로 받아들여졌음을 의미한다. 그런데 이러한 심리주의적 측면들이 단지 순수한 개인의 병적 징후들을 표현하는 것에 갇혀있고 마는 것인지, 그렇지 않고 그 '병'을 통해 그것의 궁극적인 원인으로서의 사회조직(기계)에 대한 탐색으로까지 나아가는 것인지 명확하게 해명하려고 시도한 연구는 거의 찾아볼 수 없다. 사실 정신분석적 연구의 대부분은 연구자의 임상 병리적 관심이 문학 텍스트에 대한 호기심으로 진출한 것[1]이다. 그렇지 않은 경우에는 그러한 병리학이

---

1 조두영의 〈이상 초기 작품의 정신분석〉, 《신경정신의학》, 38호, 1977.2, 정귀영의 〈이상의 「날개」―정신분석학적 시론〉, 《현대문학》, 1979.7월호. 그리고 김

문학적인 예술 영역 속에서 '승화'된 상태를 연구하는 것들이다. 이러한 연구는 작가의 심리학적 드라마가 작품 속에서 어떠한 예술적 풍경으로 펼쳐졌는지 분석하려 한다.[2] 이러한 내재적 연구 경향의 몰사회적 성격 때문에 정신분석적 연구는 초창기에는 그다지 큰 반향을 불러일으키지 못했다. 왜냐하면 이들 연구가 발돋움을 한 70년대와 80년대 초에 이르기까지 비평과 문학연구의 진보적인 부분들은 문학사회학과 마르크스주의 미학에 경도되어 있었기 때문이다. 특히 대학의 학생층 가운데 그러한 정신분석적 연구에 관심을 두는 부류들은 극히 소수에 지나지 않았다.

아마도 스탈린 시대 이후 소비에트에서 극히 퇴폐적이고 개인주의적인 경계의 대상으로 평가받아 금지되어 온 프로이트주의에 대해 진보적인 지식인, 학생들의 선입견(왜곡된 프로이트 상에 기인한)은 쉽사리 사라지지 않을지도 모른다. 그들은 여전히 현실의 주요 모순을 해결하기 위한 실천적 작업의 일환으로서 문학을 바라본다. 그리고 그 방법은 자본주의 태내에서 성장한 노동계급의 세계관에 의해 현

송은의 〈이상의 理想과 異常〉, 《문학사상》, 1973.7월호 등이 대표적인 예이다.

2 이상 문학의 고유한 특성으로서 광기와 해학에 대해 주목한 추은희의 〈쉬르레알리즘에 비춰본 李箱의 작품세계〉, 《현대문학》, 1973. 7월호와, 무의식이 자기방어기제로서의 난해성과 자기과시성으로서의 현학성에 전이된 것으로 파악한 이규동의 〈이상의 정신세계와 작품〉, 《월간조선》, 1981. 6월호 등이 그에 해당된다. 이러한 연구경향은 전통적인 정신분석비평의 세 가지 분석대상 중 주로 작가적 측면에 집중한 것들이다. (전통적 분석비평의 3가지 대상은 작가, 독자, 텍스트의 허구적 인물이다. 이에 대해서는 Peter Brooks, "The Idea of a Psychoanalytic literary criticism", *Discourse in Psychoanalysis and Literature*, Rimmon-Kenan, Shlomith, ed., Routledge, 1992 p.2 참조). 보다 본격적인 문학성에 대한 정신분석적 탐구의 방향은 이와같은 전통적 시각을 넘어선다. 그것은 인격과 개성으로부터 텍스트 분석과 미시적인 욕망, 그리고 그러한 것들 간의 뒤얽힘을 분석하는 것으로 나아간다. 특히 슐레이만이 보여주는 글쓰기(écriture)에 있어서의 치환, 미끄러짐, 틈 등에 대한 관심은 주목할 만하다(위의 책, 124쪽 참조).

실의 구석구석을 재현하는 '리얼리즘'이다.

이러한 상황에서 프로이트적인 '모더니즘'이 문제될 수 있겠는가? 그리고 문제가 된다면 그것은 과연 어떠한 측면에서 그러하겠는가? 이 글의 주제는 바로 이러한 지점에서 출발한다.

앞에서 예로 들었던 이상에 대한 연구들은 이러한 문제의식의 출발점을 마련해주지 못한다. 오히려 리얼리즘 논쟁에 얽혀서 제시되었던 최재서와 임화의 논의들[3]이 중요하게 여겨져야 한다. 최근의 연구들 중에서 서준섭[4]과 권성우[5]의 논문들이 서구의 발전된 이론적 성과를 수용함으로써 식민지시대의 위와 같은 논의들을 보다 깊이 있는 해석으로 이끌어 가고 있다.

이들의 논의에서 특히 주목해 보아야할 부분은 서준섭이 제시한 아도르노적 관점과 권성우의 벤야민적 관점이다. 이들의 아도르노와 벤야민에 대한 천착은, 카프카를 놓고 대결한 루카치와 그들 사이의 논쟁점들을 염두에 두고 있음으로 해서, 리얼리즘적인 문제의식에 상당한 관심을 기울이고 있다. 이들은 따라서, 이상의 소설이 리얼리즘 방법에 의해 현실을 전형적으로 반영한 것은 아니라는 점을 지적하면서도, 그것이 현실을 다른 방식으로 '반영' 또는 '재구성'하고 있다고 본다.[6] 서준섭은 이러한 시각에서 이상의 소설을 한 특정

---

3 최재서의 〈리얼리즘의 확대와 심화〉, 《조선일보》, 1936.10.31~11.7와 임화의 〈방황하는 문학정신〉, 《문학의 논리》, 학예사, 1940 등이 대표적인 것이다.

4 서준섭, 《한국모더니즘 문학연구》, 일지사, 1988의 5장을 참조할 것.

5 권성우, 〈1930년대 한국모더니즘 소설연구〉, 서울대석사학위논문, 1988.

6 서준섭이 이상 소설을 '반영론'의 관점으로 해석하지 않는 것에 대해 권성우가 비판하는 대목은 의미가 있다. 그러나 서준섭은 현실에 대해 '재구성'이라는 관점에서 아도르노의 미학적 가상(aesthetic appearance)의 개념을 가져왔는데(서준섭, 위의 책, 223쪽), 그는 이때 '반영'을 좁은 의미의 재현적(representative) 범주로 사용하고 있다.

한 개인의 병리적 현상으로 읽어내는 편협성을 벗어나서, 현실의 보편적인 현상들을 비유와 상징 등을 통해 '재구성'한 것으로 파악한다. 그는 "〈날개〉의 세계가 작가 이상의 실제 생활의 반영이 아니라 미학적인 장치를 사용한 현실에 대한 재구성물"[7]이라고 생각했던 것이다. 그는 이상의 소설에서 주인공이 보여주고 있는 무력감, 돈에 대한 혐오 등은 "타락한 인간관계와 그것이 영위되는 사회에서의 작가의 연약함과 소외 의식"을 드러내는 것이라고 하였다.[8] 그런데 서준섭이 이러한 〈날개〉의 주인공을 물신주의적인 사회에 대한 '하나의 항의'의 형상물로서 바라보려고 한 점은 매우 적극적인 평가라 하겠다. 특히 30년대 일제 자본주의 전성기로 말미암은 "현대인의 의식의 분열·해체"로서 파악하고 그에 대한 작가의 비판의식이 돌출한 것이라는 해석은 지금까지의 이상 소설에 대한 연구시각을 넘어서 있는 부분이다.[9]

서준섭의 이와 같은 긍정적 평가는, 그가 이상에 대한 임화의 비판적인 진술을 점검하면서도, 다음과 같이 임화가 긍정적인 시각으로 바라본 것을 지나치지 않게 한다. 즉 임화는 이상의 소설이 "단지 자기본연의 향락이나 자기무능의 실현"에 머무르는 것이 아니라, "제 무력 제 상극(相剋)을 이긴(길?) 어떤 길을 찾으려고 수색"하는 작가의 고통스런 내면을 함축한다고 평가했던 것이다.[10]

---

7 서준섭, 위의 책, 223쪽.

8 같은 책, 같은 곳.

9 물론 이러한 긍정적 평가는 그러한 해석이 거의 연역적인 판단들로 되어 있다는 면에서 상당한 유보를 두어야 할 것이다.그러나 그렇다고 해서 그러한 관점이 가져다 줄 수 있는 올바른 연구방향과 앞으로의 성과물들을 기대하지 말라는 법은 없을 것이다.

10 서준섭, 위의 책, 227쪽 참조.

이렇게 이상의 소설이 가지고 있는 주제의 적극성을 부각시키는 작업은 앞으로도 계속되어야 할 것이다. 이러한 작업은, 지금까지의 숱한 이상 연구들이 한갓 지적 유희에 휘말린 것이 아닐까라는 의구심을 떨쳐버릴 수 없기 때문에 더욱 요구된다고 하겠다. 김윤식·김현의 《한국문학사》에서 '태도의 희극'(comédie de l'attitude)이라는 관점만이 지금까지의 숱한 낭비적 연구들 위에 그대로 남아있다.[11] 김현은 거기서 "타인에게 자기 자신을 정위(定位)시키려는 의식적인 태도의 희극"으로 이상의 소설을 정의했다. 그러한 관점은 '금기체계'라는 윤리적 용어를 동원하고 있는 흠에도 불구하고, '부정적 정신'이 사회적인 억압장치로부터 어떻게 탈출하려 하는가 하는 방식을 가르켜 보여준다. 그것은 오이디푸스적 체계의 탈출을 명확히 지시하지는 못하지만, 흔히 그러한 정신분석학적 체계 내에 갇혀서 문학의 적극적인 영토를 발견하지 못하는 오류를 피해가고 있다.

이 글은 이상에 대한 이러한 적극적인 관심들을 보다 깊이 있게 다루어보려는 시도의 하나로 출발한다. 그런데 기본적으로 먼저 새로운 이론적 시각이 필요하다는 사실을 말하지 않을 수 없다. 왜냐하면 앞의 논의들에 개재되어 있는 문제점들을 극복하기 위해서 그리고 이상의 문학에 보다 적극적인 태도로 다가서기 위해서 그러한 새로운 시각이 요청되기 때문이다.

앞에서 우리는 상당한 정도로 미세한 사실들까지 추적한 정교한 정신분석적 작업들을 부정적으로 평가했다. 그것은 대략 두 가지 점에서 그들의 작업이 못마땅했기 때문이다. 그 하나는 그들이 지나치게 정신병리학적으로 치우치면서도, 그 병적 징후 및 흔적들을 가족

---

11 김윤식·김현, 《한국문학사》, 민음사, 1981, 189쪽 참조.

관계와 그 연장선 상에 있는 인간관계의 한 울혈들(stases)로서 바라보다는 점이다. 또 하나는 이들의 작업은 문학 텍스트의 특수성을 상당한 정도로 무시하거나 또는 그 특수성을 인지해낼만한 능력을 미비하고 있다는 점이다. 이 두 가지 점은 앞으로 정신분석적 연구자들이 극복해야 할 일차적인 과제들이다.

먼저 첫 번째 측면부터 비판해 보기로 하자. 이상의 소설 특히 〈날개〉를 백부와 백모 그리고 이상, 이 삼자 관계로 이루어진 오이디푸스적 삼각형 구도로 파악하고, 이상의 자전적인 요소를 작품 속에서 점검하는 김종은과 정귀영의 분석은 상당히 중요한 창작적 배경을 밝혀주었다. 하지만 그것으로 이상의 〈날개〉가 가지고 있는 텍스트의 의미가 모조리 노출된 것은 아니다. 앞으로 곧 살펴보게 되겠지만 이러한 정신분석적 시각은 카프카의 〈변신〉과 이상의 소설을 비교해 볼 때에도 설득력이 매우 약하다. 왜냐하면 카프카의 〈변신〉에 나오는 오이디푸스적 아버지에 해당될만한 존재가 〈날개〉에는 그림자를 비치지 않기 때문이다.[12] 정신분석적인 연구가 〈날개〉를 오이디푸스적 시각으로 바라본 것은 〈날개〉 텍스트를 중심에 놓지 않고, 지나치게 작가의 전기(傳記)적인 측면으로 그것을 이끌고 감으로써 결과된 산물이다. 따라서 이것은 필연적으로 위에서 언급한 두 번째 결함에 연관되어 있다.

---

[12] 김윤식은 이상의 소설에서 '가족'이나 '부자(父子)관계' 혹은 역사성이 방법론으로서 끼어들지 못하고 있다고 지적했다(김윤식, 〈한국모더니즘 문학연구─이상 소설의 4가지 유형분석〉, 《한국학보》, 1988 봄, 80쪽 참조). 그러나 필자의 견해로는 그러한 것들이 직접적으로 드러나지 않는다고 해서 이상이 그러한 측면을 지나쳤다고는 생각하지 않는다. 뒤에서 말하겠지만 이상의 오이디푸스는 그것을 파괴하려는 전형적인 소설 주인공과 그 행위의 뒤에 강력한 그림자를 형성하고 있다.

이상의 소설을 단지 작가의 전기적인 오이디푸스적 경력의 반영에 그치는 것으로 이해하지 않기 위해서는 정신분석적 틀을 깨뜨리는 '분열분석'(Schizoanalysis)으로 이행할 필요가 있다. 들뢰즈-과타리에 의해 제안된 이 방법은 욕망의 해방을 목표로 하는데,[13] 그것은 욕망을 오이디푸스적 제약에 구속받지 않도록 인도한다.[14] 이상의 텍스트들은 오이디푸스적 체계의 전기적 구속들을 받아들이고는 있지만 거기에 그대로 머물러 있지 않고, 오히려 그것을 흘러넘친다는 측면에서 우리의 관심을 끈다. 〈날개〉의 텍스트에서 오이디푸스적 아버지를 거의 찾아볼 수 없음은 그 때문이다. 따라서 이상의 소설 텍스트의 의미 있는 부분들을 분석하기 위해서 '분열분석'은 상당히 소중한 성과들을 안겨줄 수 있는 가능성으로 다가온다.

그런데 분열분석적 시각을 도입하기 위해 먼저 한 가지 유의할 점이 있다. 그것은 '분열증'의 개념에 대한 것이다. 즉 앞에서 이상의 소설에서 중심적인 주제로 평가했던 '현대인의 의식 분열'에서 '분열'이라는 용어가 함축하고 있는 의미와 우리가 방법론으로 제기하고자 하는 들뢰즈-과타리의 '분열'을 같은 것으로 오해하지 말아야 한다는 것이다. 앞에서의 '분열'개념이 객관적 상황에 의하여 주체에 부과된 압력의 결과를 가리킨다면, 후자의 개념은 욕망(desire)의 자연스러운 '흐름'을 말한다. 여기서 욕망(desire)이란 '원초적 힘'(a primary force)이며, 프로이트적인 리비도(libido) 혹은 니체적인 권력의지(will to power)이다.[15]

---

13 엘리자베드 라이트, 《정신분석비평》, 권영택 역, 문예출판사, 1989, 214쪽.

14 위의 책, 216쪽

15 Ronald Bogue, *Deleuze and Guattari*, Routledge, 1989, 89쪽 참조.
　분열분석을 무의식과 관련시켜서 이해하는 것도 필요하다. 들뢰즈/과타리는 무의식에 대해서 정신분석이 독재적인 개념을 정립하고 있다고 비판했다. 그들에 의하면 분열분석은 무의식을 비중심화된 체계(acenteredsystem)로서 취급한 그것은 전개성적, 전개인적(pre-personal, pre-individual)이고, 주체에 내재하지 않으며 또한 객체를 향하는 것도 아니다.[16] 즉 주체와 객체의 대립 이전에, 재현과 생산 이전에 존재하는 것을 말한다.[17]

들뢰즈와 과타리는 이 '욕망'을 가족적인 범주에 제한시키는 정신분석의 오이디푸스적 체계를 철저히 공박한다. 그들에 의하면 그것은 바로 자본주의 체제의 산물이다. 그것은 자본주의가 그 이전의 모든 욕망을 탈영토화(deterritorization)시킴으로써 갖게된 상품적 형태의 욕망과 짝을 이루는 것이다. 즉 본질적으로 가족이기보다 사회적인 성격을 띠는 욕망을 자본주의 체제는 핵가족 체계 내로 가둬버리려 한다.[18]

이러한 '욕망'에 대해 다음과 같은 두 가지 측면은 특히 주목해보아야 할 부분이다. 첫째, 욕망은 '생산'이라는 점이다. 그것은 '욕망하는 생산'(desiring-production)이라 불리워지며,[19] 사회적인 생산관계에 침투되고 투자된다. 이 '리비도적 생산'(libidinalized production)의 개념은 금욕적 절제에 대해 도전하며, 고전적인 맑스주의의 생산, 분배, 교환, 소비의 차이들을 전복시킨다.[20] 두 번째로 "욕망이 생산뇌

다.(Gill Deleuze and Félix Guattari, *A Thousand Plateaus*, The Athlone Press, 1988, 17~18쪽 참조).

16 위의 책, 89~90쪽 참조.

17 V. B. 라이치, 《해체비평이란 무엇인가》, 권택영 역, 문예출판사, 1988, 283쪽 참조.

18 욕망의 사회적 성격에 대해서는 Ronald Bogue, 앞의 책, 4장 p.83을 참조할 것. 여기서 사회적 욕망은 신경증적 자아(neurotic ego) 보다는 분열증적 이드(schizophrenic id)와 관련된다고 밝히고 있다.

19 Ronald Bogue, 위의 책, 89쪽.

20 이에 대한 자세한 논의는 Ronald Bogue, 위의 책, 90쪽 참조. 특히 여기서 맑스주의의 체계에서 가장 근본적인 교환가치와 사용가치 개념이 무화된다는 점, 모든 것이 '생산'의 개념으로 환원된다는 점에 유의할 필요가 있겠다.

어 작용하는 과정인 정신분열증이 곧 현실이 엮어지는 과정"[21]이라
는 점이다. 한 개인 이전에 '기관 없는 육체'(body without organ)로서
의 '분자적 무의식'의 흐름이 바로 정신분열증으로서의 현실이며, 그
것이야말로 "새로운 영토의 생성"이고 "순수한 발견"[22]인 것이다.

'욕망'에 대한 이러한 관점을 가지고 이상 소설에 접근할 때 우리는
보다 풍부한 현실분석과 그에 대한 비판적 문제제기들을 읽어낼 수
있게 된다. 그리고 그러한 시각은 지금까지 우리에게 끊임없이 던져
졌던 이상 문학에 대한 회의를 다시 한번 생각하게 한다. 그런데 그
것은 루카치가 카프카 소설에 대해 품었던 그런 것으로서 꽤 뿌리가
깊은 것인데, 상당히 둔중하게 우리를 눌러왔던 멍에이기도 하였다.
루카치는 이렇게 말했었다.

> 기본적으로 알레고리적인 성격을 감출 수 없다. 놀라운 정도로 암시
> 적인 설명적 세부묘사는 완전히 발전된 제국주의의 초월된 현실, 예견
> 된 현실 — 무시간에로 양식화된 — 을 가리킨다. 카프카의 세부묘사는
> 삶이나 사회적인 삶의 결절점이 아니다. 그것들을 불가해한 초월의 신
> 비적인 상징이다. 그것들의 환기력이 강력하면 할수록 심연은 그만큼
> 더 깊고 의미와 존재 사이의 알레고리적 간격은 그만큼 명백하다.[23]

루카치가 카프카를 "형식주의적 실험에 의지하지 않고" "세계의
구체적인 새로움을 상상력에 의해 불러내올 수 있는 재능"을 가진 작
가로 인정하면서도[24] 위에서처럼 비판하지 않을 수 없었던 것은 그

---

21 V. B. 라이치, 앞의 책, 289쪽.
22 V. B. 라이치, 위의 책, 290쪽.
23 G. 루카치, 《우리시대의 리얼리즘》, 문학예술연구회 역, 인간사, 1988, 77쪽.

가 얼마나 고전적인 리얼리즘에 얽매어 있는지를 잘 보여준다. 그는 여전히 전형적인 반영이라는 엥겔스적 정식 위에 서있는 것이다.

그러나 카프카의 텍스트를 현실에 대한 그러한 '재현'(representation)의 관점으로 읽어서는 그 작품이 지니고 있는 "욕망하는 기계" 또는 "혁명적인 기계"의 성격을 충분히 이해할 수 없게 된다.[25] 욕망의 흐름을 끊임없이 분출시키는 근경(根莖, rhizome)이며 굴(burrow)로서의 그의 작품[26]을 충실히 읽기 위해서는 욕망을 억압하는 '재현'의 체계에서 벗어나야 한다. 재현에 욕망을 구속시켜서는 안된다.[27] 들뢰즈와 과타리의 독서법은 바로 이러한 재현적 억압을 벗어나는 방식을 이처럼 가리키고 있다

텍스트를 읽는 것은 절대로 의미를 찾는 학문적인 연습이 아니며, 기표를 탐색하는 고도의 텍스트적 연습도 아니다. 그보다 그것은 문학기계(the literary machine)의 생산적 사용이며, 욕망하는 기계의 몽따쥬이고, 텍스트로부터 혁명적인 힘을 뽑아내는 분열증적 연습이다.[28]

---

24 위의 책, 76쪽.

25 엘리자베드 라이트, 앞의 책, 219쪽 참조.

26 G.Deleuze and F.Guattari, *Kafka-Toward a minor Literature,* Univ. of Minnesota Press, 1986. 3쪽.

27 '재현'의 인식론적 기반에 대한 비판으로 Alice A.Jardin의 *Gynesis : Configuration of Woman and Modernity* (Cornell University Press, 1985), pp.118~119 부분을 주목할 필요가 있다. 여기서 그녀는 '재현'이 "현존과 부재의 이분법, 그리고 더 일반적으로는 변증법적 사고(부정성)의 이분법에 기초하고 있음"을 밝혔다(p.119). 그녀는 이것이 "겉보기에 매우 자연스러워 의문의 여지가 없는 듯이 보이지만, 사실은 모든 것을 알려는 서구적 충동의 뿌리에 존재하는 것이며, 서구 역사 자체만큼 오래된 폭력과 연루된 것"으로 비판했다(118쪽).

28 G.Deleuze and F.Guattari, *Anti-Oedipus*, 같은 저자의 앞의 책, xxii쪽에서 재인용.

이러한 텍스트 읽기야말로 텍스트에 투자된 작가의 리비도적 흐름을 충실하게 추적하고, 또한 그것의 재현적 구속에서 벗어나는 독자들의 욕망의 흐름에 따라가는 길이 될 것이다.

이상의 소설 텍스트에 대한 임화의 루카치적 관점은 '물구나무선 형태의 리얼리스트'라는 견해로 표명되었는데, 그러한 견해는 이러한 '욕망의 책읽기'에 의해 극복되어야 할 것이다. 최재서가 지적했던 '모랄의 결핍'이라는 측면도 따라서 재고되어야 할 견해이다.

2. 〈지주회시〉와 〈날개〉에서 동물적 퇴화와 오이디푸스의 그림자

1) 성(性)과 노동의 모습

이상의 소설에서 우리는 어렵지 않게 젊은 여인과의 관계가 소설 줄거리를 이끌어가는 경우들을 목도한다. 흔히 통속적인 연애소설의 테마가 이상의 소설에서는 전혀 색다른 모습을 취한다. 즉 이상은 어떤 경우에도 연애의 황홀한 감정을 그리지 않는다. 그는 또 남녀간의 성적 에로티시즘을 분출시키지도 않는다. 그러한 연애나 성을 소설적 전개의 한 요소로서 어떤 귀퉁이에 박아놓을 때조차, 거기서 이상이 보여주는 것은 진지함을 넘어선 희화적 대상으로서이다. 여인과의 성관계는 그 어디에서도 리비도적 에너지를 발산하지 않는다. 〈환시기〉와 〈동해〉, 〈날개〉, 〈지주회시〉, 〈실화〉 등의 여인들은 한결같이 희화적인 형태로 묘사되든지, 아니면 육체적으로도 전혀 성적 관심을 불러일으키지 않는다.

따라서 이러한 여인과의 삶이 에로틱한 측면으로, 또는 포르노적 분위기로 증폭되지 않을 것은 명약관화한 일일 것이다. 그러한 측면들은 모두 닳고 닳아버려 생명력을 잃고 메말라 있는 것이다.

남녀 간의 성적관계가 이처럼 그 리비도적 생명력을 잃은 것은 무엇 때문일까? 그것은 단지 특정하게 성적으로 불구적이거나, 무기력증 또는 불임증적인 경우들을 골라서 편집병적 호기심의 시각으로 엿보기 위한 작가의 괴벽일까? 그렇지 않다면 점차 육체적으로 어떤 문제를 안게 된 일반적인 사회현상의 한 중요한 측면을 그로테스크하게 과장해보인 것일까?

이러한 물음에 답변하기 위해서는 도대체 이 여인들의 성적 위치와 그 맥락이 어떠한 것인가를 알아보아야 할 것이다.

이상의 소설들에서 나타나는 성관계의 특징은 상당히 자유분방한 형태를 띠고 있으면서도 그 리비도적 에너지로서의 성적 충동이 제거되어 있다는 점이다. 성적인 자유분방함과 거세된 성적 충동의 동시적 존재는 이상 소설의 특이한 분위기를 구성하는 핵심적인 요인 중의 하나이다. 이러한 기괴한 분위기는 소설 주인공(남자)이 집요하게 성적 대상에 대해 관심을 가지면 가질수록 더해진다. 가령 〈실화〉와 같은 단편을 보라. 거기에는 성에 대한 에피소드들로 둘러싸인 주인공의 관음증적 의식이 지식인적 자의식 위로 넓게 퍼져있다. 그리고 그러한 의식들을 떠받치고 있는 육체는 건강하지 못하며, 앙상한 유령의 모습을 하고 있다. 물론 이렇게 왜소해진 성적 욕망의 흐름이 이상 자신의 병든 육체를 반영하는 것으로 간단하게 읽힐 수 있을지 모른다. 더군다나 소설 속에 자신의 필명을 드러내는 주인공을 그리고 있을 때, 〈실화〉에서처럼 독자들은 자칫 그러한 확신을 갖게 될 것이다.

그러나 글쓰기로서의 문학이란 자기고백에 그치는 것이 아니라,

"도착적인 쾌락의 흘러넘침"[29]을 향하는 것이 아니겠는가. 따라서 이상의 전기적인 출발점들은 소설 속에서 욕망의 분열증적 확산을 꿈꾸고 그 현실적인 가능성들을 찾아나서는 것이다. 이러한 시각에서 보면 〈실화〉의 주인공이 지니고 있는 관음증은 매우 특이한 의미를 지닌다. 그것은 그의 다른 어느 소설에서보다 민감하게 포착되고 또 집요한 면모를 보여준다고 할 수 있다. 그러나 그것은 그 자체로서 깊이 있게 추구되는 어떤 문제의식을 담고 있지는 않다. 그것은 단지 무거운 물체 밑에 눌려서 지층을 따라 끝없이 퍼져가는 액체와도 같이 존재하고 있다. 그 무게는 주인공들의 다른 삶들까지도 눌러버리는 강력한 힘으로 확산된다. 성적인 측면에서의 관음증은 다른 삶의 측면에서 흘러다니는 자의식과 권태, 무기력증과 대응하는 것이다. 전반적으로 그것들은 빈혈증적으로 삶의 두께와 깊이를 잃어버린 감수성들이다.

　성적인 빈혈증이 소설 주인공들의 무노동적 성격을 곧바로 증거해주지는 못할 것이다. 이상 소설의 남성 주인공들은 한결같이 룸펜이며 막연하게나마 소시민적 지위를 드러낸다. 그들은 자본주의적인 도시 환경 속에서 몰락한 존재로 생존하고 있다. 그런데 여기서 주목해야 할 점은 이들 주인공들이 한결같이 그러한 '무기력에의 의지'를 지니고 있다는 것이다. 그의 소설들 중에서 가장 성공작으로 꼽을 수 있는 〈날개〉와 〈종생기〉에서 그 '무기력에의 의지'는 한결 돋보인다. 그것은 특별한 설명도, 또 필연적인 원인 설정도 없이 소설 전체를 통해서 주인공을 지배한다. 그 존재의 정당성은 반대적인 측면에서 구해지는데, 그것은 현실에서 활발하게 진행되는 삶의 활동들을

---

29 엘리자베드 라이트, 앞의 책, 214쪽.

부정적인 것으로 바라봄으로써 가능해진다.

이상의 소설들은 물론 단편적인 성격을 지니기 때문에 이러한 과정들을 총체적으로 보여주지 않는다. 그대신 그의 소설들은 의미론적 중심들을 마련해놓고 있는데, '가족'의 문제와 연관되는 '방'과 활동공간(직업적)으로서의 '방'의 외부통로가 그것이다.

이상에게 있어서 '방'의 의미는 매우 각별한 것이다. 그것은 도피와 격리 및 탈출의 공간이며, 불안정한 길목이다. 대체로 그것은 불완전한 '집'의 모습을 지닌다. 간신히 마련된 셋방 정도로서 최소한의 기본적인 경제적 생활 거주 공간을 넘어서지 못하는 그 '방'은 또한 여인과의 성적 관계의 불완전함을 표상하는 것이기도 하다. 그 좁은 방은 오이디푸스적인 아버지가 결락되어 있을 뿐만 아니라, '나'를 그러한 오이디푸스적 권위에 올려놓지도 못한다.

거기에는 오이디푸스 삼각형을 완성시키지 못하게 만드는 장애물이 있다. 그 장애물은 표면적으로는 매춘부적인 여인의 불안정한 아내적 지위와 가족의 경제적 토대를 떠받칠만한 생산력—노동력의 결여이다. 어떻게 생각하면 자본주의적인 체계 내에서 가장 변두리에 밀려나 있는 이러한 두 존재, 즉 무동력과 매춘부의 결합은 무척 자연스러운 것인지도 모른다. 흔히 속된 말로 "기생을 등치고 사는 건달"의 유형이 바로 이러한 것을 가리키고 있지 않은가.

그런데 이상의 소설에서 이 두 가지 요소는 가장 중심적인 위치에 놓여있는 것이다. 그리고 그 두 가지에는 자본주의화 되어 가고 있는 현실에 대한 이상의 비판이 집중되어 있다. 즉 그것들은 모두 자본주의화에 의해 점차 '영토화'되어 가는 성과 노동의 형식들에 대한 비판에 관계하고 있다.

2) 카프카적인 '동물되기'의 의미

앞에서 이상의 소설 텍스트를 '성'과 '노동'의 측면에서 바라보았는데, 거기에 우리는 그 두 가지 요소가 모두 극심한 억압의 무게로 인하여 왜곡되어 있다는 사실을 알게 되었다. 그 두 가지 요소는 이상의 소설이 가장 관심을 두는 것이었다. 그는 그것이 심하게 왜곡되었다는 사실을 끊임없이 드러내고자 한다. 그리고 그는 거기서 한걸음 나아가서 바로 그 왜곡된 상태에서 가능한 욕망의 흐름을 찾아나선다.

〈지주회시〉와 〈날개〉는 성과 노동에 대해 억압적으로 작용하는 현실로부터 도피하고자 하는 분열증적 욕망을 드러낸다. 그것은 동물적 퇴화 또는 카프카적인 동물되기(becoming-animal)[30]를 통해 이루어지는데, 카프카와는 상당히 다른 방식을 취한다.

카프카의 단편인 〈변신〉은 벌레로 변해버린 주인공의 이야기를 주인공의 의식을 통해 전개하고 있다. 여기서 '벌레'로의 변신은 이미 주인공의 의식의 차원을 넘어 그의 현실에까지 침투한다. 옷감을 취급하는 회사의 외판원인 그레고르 잠자의 변신은 그의 힘든 일과 관련되어 있는 것이다. 즉 "날이면 날마다 출장을 다녀야"하고 "여행의 괴로움, 열차 시간의 접속에 대한 걱정, 불규칙하고 형편없는 식사, 그리고 항상 변해서 결코 지속되지 않는 대인관계"[31] 등은 그레

---

30 카프카의 소설에서 '동물되기'는 "악마적인 힘의 비인간성"으로부터 도피하기 위해서 (G. Deleuze and F. Guattari, *Kafka-Toward a minor Literature*, 12쪽), 그리고 가족 삼각형(familial triangle)과 관료적인 상업적인 삼각형(the bureaucratic and commercial triangle)으로부터 탈출하기 위한 것이다(G. Deleuze and F.Guattari, 위의 책, 14쪽).

31 프란츠 카프카, 《카프카 단편선》, 丘冀星 譯, 瑞文堂, 1975, 8쪽.

고르 잠자에게 인간적인 삶을 허용하지 않는다. 그래서 그의 욕망은 이처럼 표현된다. "(이러한 지겨운 삶을) 모조리 말아갈 귀신이라도 없을까?" 벌레의 형상은 잠자의 그러한 지겨운 업무에 대한 알레고리이며 자신의 의식과 욕망과 현실이 결합되어 형성된 독특한 알레고리이다. 잠자의 의식이 명료하게 깨어있으면서 자신의 변화된 모습을 비추는 것은 자신의 일상적인 현실의 생활에서 점차 누적되어 온 비인간적인 의미들을 벌레의 형상으로 키워 온 자신의 무의식을 비추는 것이다. 일거리를 위해 분주히 돌아다니던 자신의 행동은 바로 벌레의 "비참할 정도로 여윈 수많은 다리들이 쓸데없이 허우적거리는 모습"으로 환치되어 있다. 이제 막 잠에서 깨어나서 새벽 열차편으로 출장을 가야하는 자신의 평상적인 업무의 연장은 여기서 완전히 단절되어 버린다. 그것은 벌레의 각질로 된 몸의 거북스러움에 의해 현실적인 절박함으로 육박하고 있다. 벌레에 대한 가족과 사무실 지배인 등의 혐오스러운 반응을 리얼하게 묘사하는 카프카의 기법은 벌레의 내면에 그대로 남아있는 그레고르 잠자의 의식을 상세히 묘사함으로써 이루어지고 있기 때문에 단순한 우화로 이 작품을 빠지지 않게 한다.

이 작품이 말하고자 하는 것은 벌레로 변신된 상태에서도 자신의 일을 ―오늘 아침에도 해치워야 하는― 해야 한다는 압박감에서 헤어나오지 못하는 잠자의 비극이다. 그 비극은 자신의 가족을 먹여 살려야 하는 (소시민의 한 왜소한 존재로서의) 주인공의 운명에서 기인된 것이기도 하다. 현실적으로 존재하는 이러한 소시민적 생의 한 단편에 대해 〈변신〉은 끔찍한 형상을 동원함으로써 독특한 '해설'을 시도하고 있는 것이다.

이상의 〈지주회시〉는 카프카의 〈변신〉과 비교해 볼 때 여러모로 유사한 측면을 지니고 있다. 금방 눈에 띄는 것으로는 벌레의 이미지가 작품 전체의 주제에 대해 독특한 해설을 가하는 형상으로 작용하고 있다는 점이 될 것이다. 그리고 더 중요한 것은 이러한 기법적 측면의 유사성이 주제적인 차원에서도 유사한 의미 층위에 기반을 두고 있다는 사실이다. 물론 〈변신〉의 주인공과는 달리 〈지주회시〉의 주인공은 아무런 일도 하지 않는 무위도식자에 불과하다. 그러나 여기서도 문제가 되고 있는 것은 카페에 나가는 자기 아내와 어느 취인점 사무실에서 근무하고 있는 그의 친구 '오'의 생활에 대한 주인공의 의식이다. 그레고르 잠자의 생활이 비인간적인 것으로 가득 차 있듯이 〈지주회시〉의 인물들이 살아가는 세계도 동물적인 속물성과 무의미함으로 꽉 차있다. '거미'를 비롯해서 '새앙쥐'나 '참새', '양돼지', '개' 등의 여러 가지 동물적인 형상들은 순간적으로건 지속적으로건 그러한 속물적 세계를 해설하기 위해 동원되고 있다.

이상의 소설에서 이러한 동물적 형상들이 등장하는 것은 〈지주회시〉에만 국한되지 않는다. 〈날개〉는 이미 제목부터 그러한 동물적 이미지의 상승적 욕망을 드러내고 있다. 그러나 〈날개〉나 〈지주회시〉 등에서 나타나는 동물적인 이미지의 기본적인 의미는 그러한 '상승적 욕망'이 아니다. 가령 〈날개〉의 다음과 같은 구절을 보자.

내가 제법 한 사람의 자격으로 일을 해보는 것도, 아내에게 사설 듣는 것도, 나는 가장 게으른 동물처럼 게으른 것이 좋았다. 될 수만 있으면 이 무의미한 인간의 탈을 벗어버리고 싶었다. 나에게는 인간사회가 스스로 왔다. 생활이 스스로 왔다. 모두가 서먹서먹할 뿐이었다.[32]

---

[32] 《이상선집》, 을유문화사, 1977, 21쪽.

여기에서 나타나고 있는 주인공의 의식은 사회생활에 대한 극도의 소외감으로 인하여 모든 적극성이 퇴화되어 있으며 깊은 허무주의에 빠져있다. 한 사람의 사회인의 자격으로 일을 해보는 것보다 "동물처럼 게으른 것"이 좋다고 선언하는 '나'는 인간사회에서 단지 무의미만을 볼 뿐이다. '나'의 퇴화는 마치 "닭이나 강아지처럼 말없이 주는 모이를 넙죽넙죽 받아먹는"[33] 자신의 동물적인 생활에서 나타나지만, 이러한 물질적인 차원에서보다는 정신적인 차원에서 어떤 문제점을 던져주는 듯이 보인다. 이 정신적인 차원에서의 퇴화는 '유아적' 이미지의 도움을 얻어 이루어지는데, 여기에는 다분히 지식인에 대한 풍자가 진하게 스며있다. 가령 다음과 같은 구절은 유아적 존재의 분위기를 얼마나 잘 풍기고 있는가?

나는 허리와 두 가랑이 세 군데 다—고무 밴드가 끼어있는 부드러운 사루마다를 입고 그리고 아무 소리 없이 잘 놀았다.[34]

아내에게 내객이 많은 날은 나는 내 방에서 이불을 쓰고 누워 있어야만 한다. 불장난도 못한다. 화장품 내음새도 못 맡는다. 그런 날은 나는 의식적으로 우울해 하였다. 그러면 아내는 나에게 돈을 준다. 오십 전짜리 은화다. 나는 그것이 좋았다. 그러나 그것을 무엇에 써야 옳을지 몰라서 늘 머리맡에 던져두고 한 것이 어느 결에 모여서 꽤 많아졌다.[35]

---

33 위의 책, 24쪽.
34 이상, 《이상소설집》, 문장, 1981, 65쪽.
35 위의 책, 67쪽.

이처럼 〈날개〉의 주인공은 그의 아내에 의해 부양되는 어린아이 같은 존재로 형상화되고 있다. 그는 어른들의 사회생활에서 완전히 소외되어 있는 존재이다. 이러한 유아로의 퇴화는 실제 행동의 퇴화이기도 하지만 정신의 퇴화이기도 한데, 가령 주인공이 이불 속에서 발명을 하고 논문을 쓰고 시도 짓는 정신적인 행위는 언제나 그러한 정신의 퇴화를 풍자적으로 형상화하려는 기법에 의해 의도적으로 선택되고 있다. 주인공은 자신의 아내의 직업이 무엇인가를 연구하고 아내가 쓰는 돈의 출처와 내객들이 돈을 놓고 가는 행위의 의미에 대해 연구한다. 그러나 그는 이러한 연구의 결과 언제나 어린아이와 같은 무지를 드러내고 만다. 그는 아내가 내객들에게 돈을 받아야 하는 이유를 도무지 모른다고 하는 것이다.

그러나 왜 그들 내객은 돈을 놓고 가나 왜 아내는 그 돈을 받아야 되나 하는 예의 관념이 내게는 도무지 알 수 없는 것이었다. 그것은 그저 예의에 지나지 않는 것일까. 그렇지 않으면 혹 무슨 댓가일까 보수일까. 내 아내가 그들의 눈에는 동정을 받아야만 할 한 가엾은 인물로 보였던가.

이런 것들을 생각하노라면 으레히 내 머리는 그냥 혼란하여 버리고 하였다. 잠들기 전에 획득했다는 결론이 오직 불쾌하다는 것 뿐이었다면서도 나는 그런 것을 아내에게 물어보거나 한 일이 참 한번도 없다.[36]

아내의 내객들이 왜 돈을 놓고 가는지 전혀 알지 못하는 듯한 주인공의 이러한 진술은 그가 그 궁금한 사항들에 대해 '연구'를 하는 행위 때문에 더욱 두드러져 보인다. '연구'라는 지식인적 행위를 하면

---

36 위의 책, 69쪽.

서도 상식적인 수준에서 알고 있어야 할 사실들의 의미를 이해하지 못하는 주인공의 유아적 의식은 이 소설에서 작가의 집요한 창조적 관심의 중심에 놓여있는 것이다. 〈날개〉의 독특한 문학적 성취는 바로 이 부분에 대한 작가의 창조적 노력에 의해 달성된다고 할 수 있다. 〈날개〉의 문학성은 현실의 타락한 모습과 그 속에서 절망적으로 살아가는 지식인의 비극을 바로 이와 같은 유아적 주인공의 의식과 행위에 의해 조용한 목소리로, 또 마치 어린아이처럼 순진한 의식의 거울에 비추어지는, 그리하여 그러한 순진한 의식과 은밀하게 의미를 교환하는 대화로 이끌어 간다. 〈날개〉는 이렇게 해서 당시 지식인의 한 독특한 문학적 형상을 창조해냈다.

이 문학적 형상이 강조하고 있는 것은 '돈'을 얻기 위해 자신들의 모든 추악함을 거리낌 없이 드러내버리는 자본주의적 현실의 한 단면에 대한 은밀한 비판이다.

〈날개〉에서 '돈'의 문제는 그것에 대해 '나'라는 인물이 낯설게 되면 될수록 이상한 '물신성'의 빛으로 가득 찬다. 이 '돈'의 물신성은 아내와 내객들의 여러 가지 관계를 사로잡고 있는 본질이다. 그러나 작품 속에서 아내와 내객들의 행위 사이에 벌어지는 구체적인 교환가치의 형상들이 이 '돈'을 통해, 돈을 매개로 하여 그려지고 있지는 않다. 〈날개〉에서 '돈'의 형상은 단지 주인공에게 가져다주는 아내의 은화와 그것을 바꾼 지폐 몇 장일 뿐으로서 일상적인 교환가치의 맥락과 또 교환가치를 매개하는 사회적 욕망으로부터 완전히 소외되어 있다. 그런데 바로 이러한 소외야말로 돈의 물신성과 대결하는 주인공의 행위를 보여준다. 돈은 이 주인공에 있어서 "아무런 의욕도 기원도 없이" 벙어리저금통 속에 떨어뜨리는 '은빛으로 빛나는 사물'일 뿐이다. 그것은 단지 아내가 자신을 위로하기 위해 가져다준 것이라는 의미 이상의 기능을 하지 못한다. 주인공이 외출하여 아무에게나 돈을 주어버리는 마음을 갖는 것도 바로 그러한 의미에서 기인하는 행위이다.

〈날개〉에 있어서 주인공의 '퇴화'된 모습은 현실에 대한 반영이면서 거기에 공격적인 비판을 참여시키고 있다. 그것은 마치 카프카의 〈변신〉에서 벌레의 모습이 외판원의 비참한 생활을 반영하면서, 그 생활을 벌레의 형상 속에서 비판하고 있는 것과도 같다. 동물적인 형상은 〈날개〉나 〈지주회시〉나 모두 현실의 감금적인 이미지를 가져다준다. 이때 '감금'의 의미는 주인공의 소외된 의식에 의해 형성된다. 카프카의 〈변신〉에 있어서 벌레로 변한 잠자의 방이 그러하듯이 〈날개〉와 〈지주회시〉의 주인공의 방도 일종의 소외된 의식의 감옥이다. 이 소외된 상태를 카프카는 벌레의 형상을 가져옴으로써 일상적인 인간의 생활과 완전히 단절된 상황을 보여주었다. 그것은 그로테스크한 이미지를 지닌다. 벌레로의 변신이 마치 현실적인 사건인 것처럼 잠자의 의식과 실제 행위를 구속하고 타인들의 인식이 그 벌레에 대한 끔찍스러운 감정을 드러내면 드러낼수록 그것은 실제 현실성으로부터의 심각하게 전도된 양상을 독자들의 감성에 육박하는 형상들로 깊게 아로새기는 것이다. 〈날개〉의 주인공에 있어서도 그의 퇴화된(카프카의 '변신'에 해당하는) 성격은 일종의 그로테스크한 이미지를 표출한다. 마치 어린아이처럼 현실에 무지한 상태를 리얼하게 드러내면 드러낼수록 그것은 실제 상태에 대한 심각한 전도 양상을 말해 주는 것이다.

이상에 있어서 유아적 무지의 소설적 형상화는 당시 지식인의 소시민적 삶의 형태와 밀접한 연관을 갖는다. 30년대 지식인들이 처하고 있던 불행한 상황은 특히 소시민 계층의 생활에 심각한 영향을 미쳤다. 민족부르조아계층의 민족 개량주의적 전망이나 노동자 농민의 사회운동이 개척해나가는 사회혁명의 전망 등 그 어느 것에도 소속될 수 없었던 소시민 지식인들은 어떠한 객관적 상황과도 진지하게 연결되지 않는, 어떠한 전망과도 자신의 구체적인 생활적 고민과 맺어져 있지 못한 일상적인 행위—무의미한 행위로 소일하고 있었고 그 보상을 문학에서 찾는 문학 지식인들은 그렇게 현실로부터 소외되어 있는 자신들의 형상을 자신들의 세계관에 의해 창조해냈다. 이상의 문학은 바로 그러한 지식인들의 무의미하고도 사소한 일상적인 행위들의 기록이며 그에 대한 나름대로의 해설이다. 현실 생활의 의미들이 그 모든 생동성과 진지함을 잃어버린 채 단지 무위도식하는 자의 무관심한 언어와 호기심어린 말투가 엮어내는 주관주의적 화법에 희석되어 있다. 〈날개〉에 있어서도 무위도식자의 행위는 극도로 축소되어 동물적인 상태로 퇴화되어 있으며, 그에 반해 엄청나게 확대되어 있는 주인공의 의식과 작가의 주관주의적 화법에 의해 현실의 문제가 개인주의적이고 추상적으로 제기되고 이해된다. 자신의 신변적인 기록과 개인주의적 관점을 뛰어 넘으려는 소설 형식은 이상의 문학에 있어서는 객관적 형상들의 전형성에 대한 탐구가 아니라 다른 방식을 통해서 이루어진다.

3. 〈지주회시〉의 동물적 이미지와 현실에 대한 비판으로서의 우화적 요소

〈지주회시〉는 삶의 의미가 황폐해진 소시민적 자아의 세계를 보여주고 있다. 이 세계는 세계를 창조해 나가는 열정이나 고난을 극복하여 가는 성스러운 의지 등이 결여되어 있고, 단지 하루하루를 살아가는 것을 짐스러운 것으로 여기는 자들의 세계이다. 자신들의 운명을 이끌어가는 역사적인 힘들에 대해 적극적으로 참여하거나 그에 저항하려는 인물들은 이 세계에 전혀 등장하지 않는다. 이렇게 역사를 창조하는 성스러운 분위기로부터 완전히 단절되어 있는 인물들은 마치 운명의 노예들처럼 자신들의 운명 앞에서 전전긍긍하면서 그것에 이끌려가는 것이다. 1930년대의 소시민들은 바로 이러한 어두운 운명에서 벗어나지 못했다. 소시민 지식인의 자유는 자신들의 이러한 운명에 갇혀 있는 자아의 주관성 속에서 안으로 폭발하였을 뿐이다. 이들의 개인주의가 진정한 역사의 흐름에 창조적으로 기여할 수 있었던 기회는 이미 20년대에 끝나버렸고 이제 그들이 영웅적으로 대항했던 적대적인 세력으로서의 봉건적 지배세력은 식민지 자본주의 세력과 밀착된 형태로 재편된 채 역사의 한 귀퉁이에 남아있을 뿐이었다. 식민지 서울은 식민지 지배계층으로서의 총독부 관료와 경찰, 그리고 그들의 비호 아래 대자본과 중소 자본을 증식시키는데 혈안이 되어있는 기업가와 상인들로 가득 차 있었다. 도시 민중은 이들의 손발이 되거나 노리개가 되거나 할 뿐이었다. 소시민들은 이러한 노예적 위치로 전락하지 않기 위해 기업의 사무실이나 백화점에서 또는 시장이나 카페에서 필사적으로 일했다. 그들은 자신들이 일하는 장소의 밑바닥에 있는 민중들과 함께 뒤섞여 생활하고 있었으며 자신들이 가지고 있는 무기인 지식과 소자본에 의해 그들과 구별되었다.

소시민의 운명은 자신의 지식과 소자본의 결합이 기업의 대지식과 대자본의 결합에 부딪치면서 그들과 경쟁하는 가운데 겪게 되는 불안함을 벗어나지 못한다. 대자본은 자신의 논리에 따라 정치·사회·문화적 지식들을 다양하게 자신 속에 이끌어 들일 수 있고 그러한 지식들의 소유자 또는 그 분야의 종사자들과 경제적으로 결합되어 있다. 이에 반해 소시민의 소자본은 자신의 수공업적인 지식에 매달려 있을 뿐인 것이다. 이들은 밖에 존재하는 정치와 문화로부터 자신의 소자본을 지키려고 노력하면 할수록 소외되는데, 이 소외야말로 대자본이 자신의 체질에 맞게 현실의 정치, 사회, 문화의 구조를 형성해가는 것을 증명해주는 것에 다름 아니다. 소시민의 지식은 이러한 소외 속에서 분비되는 의식의 확장을 통해 지식의 자기모순—현실의 지배적인 대자본의 지식과의 대립적 관계를 지양하려 한다.

소시민 지식인은 자신의 자본에 대한 집착을 포기함으로써 자신의 지식이 그러한 소외를 통해 확장하는 의식의 영역을 보다 넓고 깊게 한다. 문학행위는 바로 이러한 작업의 전문적인 영역 가운데서도 가장 중심적인 것이다. 왜냐하면 문학은 다른 어떤 행위보다 자의식의 깊이에 매달려 있기 때문이다. 그의 문학이 상품생산과 거리를 취하면 취할수록 그 작품은 그 자신의 의식을 충실히 반영하는 것이 될 것이다.

〈지주회시〉는 바로 이러한 면에서 이상의 의식을 순수하게 반영하고 있다. 이 소설은 주인공의 넓게 확장되고 깊어진 의식의 세계를 그려나간다. 모든 창조적 노력은 주인공의 의식을 넓히고 깊게 하는 문체적 기법과 내면적인 담론의 개발에 집중되고 있다. 이렇게 내면의 깊이에 의한 현실의 조명이 밝혀내려고 노력한 것은 무엇인가? 그것은 자신이 보고 있는 세계가 일반적으로 알려지고 있는 것과는 달리 너무 어둡고 비참한 형상을 하고 있음을 알려주려는 내면적 의식의 은밀한 보고서이다. 이 보고서는 현실로부터, 그리고 어떠한 적극적 행동으로부터 소외된 채 최소한의 자기 생존에만 매달려 있는 소시민 지식인이 다른 여타의 계층에게 들이미는 자기 보고이다. 여기에서 그는 자신의 내면에서 솟아오르는 말들을 타인의 말들과 자신의 욕망과 현실에 대한 인식의 여러 지평 가운데 어떻게 위치시키고 어떻게 조립하는 가를 창조적 작업의 중심에 놓는 것이다.

자기 자신의 내면을 주인공으로 삼아 소설을 만들어가는 소시민 지식인 작가는 주인공의 행위를 통해 현실의 전개를 보여 줄 수 없기 때문에, 그대신 현실의 전개가 그에게 가져다주는 인상, 그리고 자신의 사적인 개인의 측면에서 의미 있게 관련된 부분이나 단편적인 줄거리만을 자신의 형식적 소재로 택한다. 따라서 현실과의 관계는 보다 사사로운 수필적 차원을 크게 벗어나지 못하는데, 이러한 위험을 극복하기 위해서 수필의 사사로움이 드러내지 못하는 자아의 전체성을 드러내려 노력한다. 이 자아의 전체성은 수필처럼 사사로운 단편적 현실에 사로잡히지 않는다. 즉 경험적 감각주의적 단편이 소설의 중요한 소재로 다가오는 것이 아니라, 보다 일반적인 현실성과 관련됨으로써, 자아의 전체성을 구성하는데 의미 있는 것만이 선택된다. 따라서 흔히 이러한 소재들은 주인공의 의식이 전개되는 가운데 그러한 의식의 깊이에 매장되어 있는 '자아의 역사' 속에서 나타난다. 그 '자아의 역사'는 자아의 내면적 생 속에 흘러들어온 '내면화된 현실'로서 자아의 세계관과 욕망들에 의해 일정하게 변형되고 재구성된 현실이다. 여기에서는 일상현실에서 마주친 수많은 경험적 감각적 사건들이 개별적으로 각인되어 있는 것이 아니라 서로 합쳐질 수 있는 것들은 합쳐지고, 또 병치될 수 있는 것들은 병치되어 있으며, 모든 것들이 자아에 의해 일정하게 해석된 상태로 존재하고 있다.

이러한 '현실의 해석된 내면성'이 소설에서는 타인과의 대화 통로를 개척하는 과정으로 나타난다. 소설의 창조는 바로 이러한 '대화'의 영역을 개발해냄으로써 자신의 '내면성'을 '현실성' 속으로 객관화하려는 시도이다.

〈지주회시〉의 주도적인 창조적 영역의 하나는 이러한 '대화'의 통로를 동물적 비유들을 통해 이룩한다는 데에 있다. 이 동물적 비유는 일상적으로 흔히 쓰이는 비유들로부터 그것들에 보다 주관적인 해석을 가미하여 의미의 탄력성을 갖게 한 것에 이르기까지 다양하게 존재한다. 따라서 이 동물적 비유는 일상적인 담론과 주관적인 담론의 매개적 형상으로서 이 소설의 구성에 있어서 중요한 위치를 차지하고 있다.

〈지주회시〉에서 가장 지배적인 것으로 등장하는 동물적 비유는 '거미'의 형상과 관련되어 있다. 그런데 이 비유는 ① 동물우화의 객관적인 서술과 ② 주인공의 의식에 밀착되어 있는 욕망의 전개 양쪽에 모두 걸쳐있다. 물론 이러한 복합적 양상은 동물우화의 서술을 그 자체로 뚜렷이 부각시키지 못하게 하는 요건이 되고 있다. 우화의 요소는 오히려 욕망의 전개 위에서 조금씩 펼쳐지고 있으며, 따라서 여기저기 분산된 채 전체적으로 통일되어 있지 못하다. 이렇게 이 우화적 요소가 소설의 구성적 중심이 되지 못하고는 있지만, 그러나 이 요소는 이 소설에 있어서 주관적 의식과 욕망의 안개 때문에 흐려지고 있는 현실의 형상들을 보상해주는 강력한 버팀목이 되고 있다.

〈지주회시〉의 주관주의적 담론을 걷어냈을 때 남게 되는 현실의 서사적 측면은 주인공의 권태로운 일상사에 매몰되어 있는, 그리고 그 자신의 '한없는 게으름'으로 도피하고 싶어하는 현실의 갑작스러운 충격이다. 그 충격적인 현실의 다가듦이 이 소설 초두에 등장하는 다음과 같은 구절에 나타나 있다.

"그날밤에그의안해가층계에서굴러떨어지고―"

이 구절은 이 소설의 두 번째 부분의 첫머리에 다시 등장하고 소설의 끝 부분에서 주인공이 내뱉는 자조적인 독백투의 말 속에 끼어들어 이 소설 전체의 서사적 중심이 되는 사건을 의미화하고 있다. 이 사건은 "온갖 벗에서─온갖 관계에서─온갖 희망에서"(편의상 띄어쓰기를 했음) 도피하여 "그 자신을 첩첩이 닫고 있듯이" 폐쇄된 삶을 살아가는 주인공을, 따라서 현실의 생존경쟁적인 전장에서 발휘하여야 할 모든 욕망과 의지와 감각이 퇴화되어 있는 주인공을, 바로 그 삶의 어지러운 현장 속으로 이끌어 들이려 한다.

여기서 우화는 이렇게 무기력한 주인공이 다시금 삶의 현장에 이끌려들 때 갖게 되는 현실의 두 가지 측면을 그로테스크하게 형상화하기 위하여 선택된다. '거미'와 '양돼지'의 비유는 이 우화의 중심적인 형상으로 작용한다. 이 두 가지 비유는 모두 일차적으로는 '먹고 사는' 문제와 관련된 의미를 형상적인 차원에서 나타낸 것이다. '거미'의 우화는 주인공의 폐쇄된 삶의 공간인 가난한 셋방에서 점차 여위어가는 존재의 의미를 형상화하고 있다.

이 글은 이상 소설에서 기존의 정신분석적 연구가 갖는 결함을 어떻게 극복할 것인가라는 문제의식에서 출발하였다. 그것은 한마디로 말하자면 기존의 연구들이 빠져나오지 못했던 오이디푸스적 체계의 한계를 뛰어넘기 위한 것이다. 들뢰즈와 과타리의 '분열분석'적 시각은 그러한 작업의 기본적인 이론적 지침을 마련해주는 것으로서 도입되었다.

이상의 소설을 이러한 시각으로 접근할 때, 가장 중요하게 다가오는 것은 '노동'과 '성'의 문제이다. 이상은 바로 그 두 가지 측면을 집요하게 문제 삼았다. 〈지주회시〉와 〈날개〉는 바로 그 두 가지 측면을 그의 다른 소설들에 비해 가장 깊이 있게 추구해 들어간 것이다.

‘동물적 퇴화’의 이미지들은 카프카의 소설들을 특징짓는 ‘동물되기’와 관련되는 매우 주목해 볼만한 의미를 갖는다. 이 글에서 이것은 오이디푸스적 체계로부터의 ‘분열증적 도피’라는 주제를 실현하는 것으로 이해되었다.

〈지주회시〉는 앞으로도 이러한 관점으로 보다 치밀하게 분석해 볼 필요가 있는 텍스트이다. 왜냐하면 그것은 동물성으로 가득 차 있으면서도 우화와 이미지의 차원, 그렇지 않으면 단순한 비유와 함께 뒤섞여 있기 때문이다. 카프카의 ‘동물’이 분명한 분열증적 욕망의 기호로 드러남에 비해 이상은 그것의 경계가 불확실하다.

이상의 소설들은 지금까지 모더니즘의 텍스트로서 가장 많이 다루어져 왔다. 그러나 그것을 진정한 미래적 전망으로 이끌어 나가기 위해서는 지적 유희의 차원으로부터 벗어날 필요가 있다. 이 글은 앞으로 모더니즘 연구방향을 새롭게 개척해나가야 할 흐름을 기대하고 있다. 리얼리즘의 인식론적 기반인 ‘재현’의 미학을 넘어설 수 있는 지평선을 바라보면서 말이다.

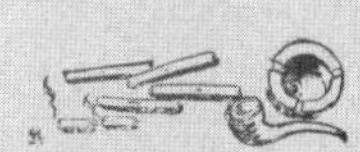

글쓰기의 몇 가지 양상

―변신술적 서판을 향하여

1. 신경증, 육체, 감각, 지식

근대문학 초창기에 젊은 문인들은 대개 근대화의 충격에 적응하지 못한 채 신경증을 앓게 되는 경우가 많았다. 개인과 자아, 자유 등을 신성한 단어처럼 외치던 시절에 이 신경증적 질병은 근대적 자아 형성에서 매우 독특한 자리를 차지한다. 그것은 근대적 관념들의 이론과 실제의 틈 속에서 제각기 상이한 양상들을 출현시키기도 했다. 그 질병 속에서 과거의 관습적인 상징들은 파괴되었다. 그리고 다른 한 편으로는 새로운 근대 문물의 충격에 시달리며 자기정체성의 위기를 겪고 분열되는 모습들이 나타났다.

최남선과 이광수, 그리고 김억 모두 자신들이 앓고 있던 이 질병에 대해 언급했다. 그들은 제각기 나름대로 이 신경증을 어떠한 방식으로 해결해갔는가에 따라 서로 다른 문학적 경향을 드러냈다. 김억은 자신의 고향 황포 마을을 거닐면서 옛 수심가인 기나리 곡조를 들으며 그 병을 치료했다. 그는 초창기 병적인 상징주의 경향으로부터 전통적인 민요조로 회귀했다. 이광수는 자신의 신경쇠약성 용모를 지적하면서도 김동인을 비롯한 당대 문인들의 신경쇠약 증세, "결핵성의 센티멘탈리즘"을 비판하고 이상야릇한 퇴폐적 패션에 대해 비난했다. 신경증과 결핵, 퇴폐적 패션, 이 모든 것들의 집합, 그리고 정점에 이상의 문학이 있다.

어떻게 보면 이광수는 1910년대 말에 이미 1930년대에 본격적으로 등장할 이상(李箱)類의 문학을 비판하는데 가장 먼저 앞장섰다고 할 수 있다. 그는 〈문사와 수양〉에서 사회적 상식과 윤리적 규범이라는 계몽주의적 이성의 잣대를 제시하고 있었다. 1930년대에는 프로문인 중의 김남천이 이러한 계몽주의를 잇고 있다. 그는 보들레르적 퇴폐주의라는 벌레에 먹히는 문단을 비판하면서 이상을 그러한 경향의 대표자로 지목했다. 그러나 이들은 사회적 이성의 '건강한' 기준들로 문학의 특성을 다 파악할 수 없다는 사실에 대해 무지했다고 할 수 있다.

문학적 상상의 영역에서는 흔히 사회적인 불건전함과 비정상적인 특성들의 혼돈스러운 깊이 속에서 인간의 색다른 가능성을 추구하기도 한다. 거기에서 우리는 안정된 사회적 상식과 윤리가 얼마나 상투적인 허위와 타협적인 규율에 불과한 것인가를 폭로해주는 목소리를 발견하게 되기도 한다. 어떻게 보면 이상이 보여준 퇴폐적 양상은 몰락해가는 소시민 지식인의 절망에 연관시킬 수도 있을 것이다. 그러나 필자는 여기서 이상에 대해 김남천 같은 사회주의자들이 보여준 비판의 한계를 넘어서 보고 싶다.

이상의 글쓰기 속에서 노동과 성, 가족과 사회의 문제는 상당히 넓고 깊이 있는 사유의 영역을 넘나들고 있다. 그는 '숯等形 인간' 혹은

'부채꼴 인간'이란 말을 쓰기도 했는데, 이 말은 사회주의적 세계관까지 포함한 근대 전체의 이념을 넘어설 것을 제안한 것처럼 보인다. '전등형' 혹은 '부채'라는 말 속에는 그가 〈파편의 경치〉라는 시에서 보여주듯이 유클릿트적 기하학의 파편성을 넘어서려는 의도가 내포되어 있다. 원형질적 사유와 그로테스크한 육체를 가로지르며 문명의 모든 규격을 넘어가려는 움직임을 거기서 엿볼 수 있다. 이 글은 바로 이러한 새로운 인간에 대한 그의 사유가 실제 그의 작품들 속에 어떠한 양상으로 존재하는지 살피려는 작업이다. 그의 글쓰기는 바로 그 자신의 말을 빌면 이러한 전등형적 인간의 '체조기술'이라고 할 수 있다.

이상의 가장 중요한 문학적 동지였던 김기림은 1930년대 중반 이후 본격적으로 새로운 인간관 수립에 매진하고 있었다. 휴머니즘 논쟁이 한창이던 시절에 그는 근대적인 지성을 차갑게 만들었던 비인간적 논리를 보완할 수 있을 '인간의 육체'에 대해 탐구했다. 그는 '街頭의 육체'에 대해 외쳤는데, 이것을 발전시켜서 그는 거리의 군중과 합치하는 '전일적 자아'라는 개념을 주장했다. 이것은 이상의 '전등형 인간'과는 전혀 다른 것으로서, 김기림은 단지 지식인적 소아병적 개인주의를 넘어서기 위한 방편으로 그것을 제시했다. 도시 거리의 군중과 합일된 축제적 자아를 그는 원했다. 지성과 대립되는 '육체'의 개념은 여기서 근대적 도시감각 속에서 떨리는 피부를 갖게 되었다.

이상과 김기림 모두 '육체'에 대한 관심을 증폭시켰다. 그러나 거기에 접근하는 방식이 같았던 것은 아니다. 김기림은 자신의 비평에서는 육체적 감각들을 물질적 신경론에 귀착시키는 리처즈의 차가운 이론을 따라갔다. 그러나 시와 수필들에서는 원초적인 생명력이 파동치는 태양과 바다와 능금의 이미지들을 동원했다. 김기림에게는 이론과 창작 사이에 찢어지는 틈이 있었다고 할 수 있다. 그는 결국 영혼의 영역을 추방한 물질적 육체만 남겨두었다. 그가 1930년대 초기에 발표한 〈에트란제 제1과〉에서 "나의 혼은 구겨진 압지처럼 떨렸다"라고 했을 때의 '혼'이란 말은 나중에는 수사학적 지위만을 갖게 된 것이다. 그는 영혼의 실체를 믿지 않았다.

이상은 김기림보다 훨씬 더 강력하게 거리의 충격을 흡수한 채 파열되는 육체적 양상들을 간직하고 있었다. 〈가외가전〉〈광녀의 고백〉〈홍행물 천사〉〈행로〉 이외의 여러 작품들에서 그와 관련된 이미지들을 찾을 수 있다. 그는 '냉각된 육체'라는 이미지로서 근대적인 사회의 지식과 논리, 규율들의 압력을 표상했다. 이것은 흔히 인공적이고 모조품적인 이미지와 연관되기도 한다. 그의 육체적 표상은 사회구조의 경제결정론적 관점에 포착되지 않는다. 그는 육체적 감각의 극대점을 추구해가면서 유클릿과 뉴튼적 세계관을 벗어나는 사유 영역에 도달한 것처럼 보인다. 특히 이러한 주제는 초창기 시인 〈선에관한각서〉 연작에서 노골적으로 드러난다. 카오스적인 비선형적인 시간과 공간의 복합적인 장 속에 그는 육체적 감각을 활짝 열어놓고자 했다. 아마도 이러한 시도는 그의 거울 이미지들이 갖고 있는 몇몇 상이한 양상들을 통해 드러날 수 있을 것이다.

1920년대 문학, 흔히 병적인 낭만주의라고 불리우는 근대 초창기의 경향들은 대개 영혼과 감정의 파토스에 집중되어 있었다. 1930년대 문학은 그에 대응해서 육체와 감각의 문제에 치중했다고 보인다. 그렇다면 근대적 지식이란 항목에 대해서는 어떠했을까? 《창조》지에 실린 몇몇 글들은 근대적 지식에의 사랑 혹은 열정을 보여준다. 특히 백악의 〈동도의 길〉이나 오산인의 〈K선생을 생각함〉 등에서 지식에의 사랑은 남성끼리의 동성애적 관계로 나타나기도 한다. 어떻게 보면 이광수는 바로 그 오산인의 k였으며, 그 역시 약간의 동성애적 소설을 남기기도 했다.

1930년대 문학에서는 이상만이 육체와 감각, 지식의 문제를 가로지르는 주제를 가장 전위적으로 밀어붙였다. 다른 문인들 예를 들어 정지용은 이중에서도 감각의 문제에 집요하게 매달렸다. 김기림은 비평과 창작에서 그러한 것들 모두에 관심을 가졌다. 그는 어떤 글들에서는 선택적으로 한 가지 주제에 집중했고, 여러 글들에 그 주제들을 분배해서 다루었다고 볼 수 있다.

이상은 육체의 형상들에 근대적 지식들을 밀어넣었으며, 그 둘이 겹쳐진 풍경들을 만들어냈다. 〈황의 기〉에서 "지식과 함께 나의 病집은 깊어질 뿐"이라는 표현이 나오는데, 이것은 육체의 병과 사회적 지식들의 미묘한 연관 관계를 전형적으로 드러낸 것이다. 그의 감각들 역시 지식의 문제와 언제나 함께 작동하는 것이었다. 그에게서 시각의 문제는 빛의 속도에 대한 물리학적 지식과 연관된다. 광학적 세계 안에 근대인은 갇혀 있다. 그는 빛보다 빨리 달아나라고 외친다(〈삼차각 설계도〉). 그는 우리에게 광학적 세계의 한계를 넘어서라고 요청하는 것이다.

그의 거울 이미지들의 상당 부분은 이 주제를 담고 있다. 따라서 그에게 '눈'의 문제는 매우 중요하다. 그것은 이 세계를 어떻게 보느냐라는 시선의 문제이기도 하다. 시선의 문제는 〈조감도〉나 〈오감도〉처럼 건축학적 도면작성법과 관련되기도 한다. 그의 시들에서 근대건축학적 시선인 조감도적 시선은 '오감도'라는 말에서 보듯 조롱당한다. 근대적 공간(삼차원적 입체 공간) 개념을 내려다보는 까마귀의 시선은 불길한 것이다. 왜냐하면 거기에는 '무서운 아이들'의 질주하는 삶을 받아줄만한 아무 것도 없기 때문이다. 삶의 허무와 공포가 그 공간을 채우고 있다.

이 글에서는 육체, 감각, 지식의 세 영역들이 겹치는 방식들을 추적하면서 이상의 글쓰기 양상을 살펴보고자 한다. 그는 감각과 지식의 제로 지대(글쓰기의 0°지대)를 염두에 둔 듯한 백지 이미지를 많이 사용했다. 그의 글쓰기는 감각과 지식의 텅빈 공허와 문자의 공허에서 시작하는 듯하다. 우리는 이러한 백지의 의미를 추적하게 될 것이다. 그리고 거기에 채워지는 것들이 무엇인지 혹은 그것을 찢어버리거나 불태움으로써 얻어지는 글쓰기의 새로운 지평은 무엇인지 알아보게 될 것이다. 이러한 탐구는 근대 이후 생성된 신경증적 육체와 관련되어 벌어지는 여러 가지 가능성의 영역을 알아보는 것이기도 하다.

2. 零度의 인간과 글쓰기놀이의 거울공간

이상에게서 모든 장르를 관통하면서 문제되는 글쓰기의 본질에 대한 물음은 몇 가지 이미지로 정리할 수 있다. 그 첫 번째 들 수 있는 것이 백지이다. 그것은 그의 글쓰기가 자신의 존재를 시작해야 하는 자리이자 죽음의 자리이다. '텅 빈 백지'의 이미지는 여러 곳에 등장하면서 자신의 존재와 그것을 둘러싼 세계의 공허를 의미하고 있다. 〈권태〉에서 "무작정 널따란 백지같은 오늘"이라고 한 것에서 알 수 있듯이, 그의 백지는 삶과 세계의 무의미를 표상한다.

그의 글쓰기는 바로 그 무의미에 맞서서 진행된다. 그것을 표현하는 것이 아니라 그것을 어떻게 처리할 것인가가 문제이다. 〈권태〉의 주제는 바로 그것이다. 황막한 세계에서 탕진된 언어들이 그에게 남아있다. 그의 소설 〈동해〉에서 언급했듯이 "황막한 지상에서 탕진된" 이 언어들을 가지고 그는 글을 써야 하는 것이다. 〈권태〉에서 묘사되는 시골의 자연풍경은 탕진된 언어와 대응되는 메마른 시선[1]들에 의해 포착된다. 바로 이 메마른 영도($0°$)의 시선이 그의 모든 작품들 속에서 작동된다.

그의 〈환시기〉와 〈동해〉 등은 그러한 메마른 시선의 시각 또는 촉각에 의해 포착되는 정경들을 다룬다. 그러한 감각들의 황량함은 주로 논리적인 도식주의와 기하학적 원근법의 기계론에서 비롯된다. 〈권태〉에 나오는 자연의 황량함은 자연의 다채롭고 풍요로운 생명력의 비밀에 대해 둔감해진, 피로한 도시적 감수성의 결과이다.

이상의 전체 작품에서 향기롭고도 동시에 무미건조한 이 도시적 감각의 양가성에 대해 깊이 생각해볼 필요가 있다. 왜냐하면 그 속에는 그가 파헤치고 탐색한 근대의 음험한 저층과 함께 여전히 그 속에서 유토피아적 생동성을 갖고 발현되는 새로운 감각들의 예술적 가능성들이 함께 놓여 있기 때문이다. 그에게 근대세계는 단지 부정되어야만 할 것이 아니었다. 그것은 새로운 세계를 향한 잠재적인 가능성들을 간직한 것이기도 했다.

아마도 그는 근대적 세계 속에서 육체의 미시적이고 다채로운 발현과 그러한 육체의 풍경들 위로 떠오르는 정신의 탄력적인 변신술적 전체성을 꿈꾸고 있었던 것이 아닐까? 그의 시와 소설 그리고 수필들에서 마치 근대의 의학체제가 바라보듯이 묘사되는 해부학적으로 해체되는 신체조각의 이미지들, 뼈의 구조물들은 그러한 의미에서 근대적 시선에 순응하는 것만은 아니다. 그것들은 음산하고 불길

---

1 근대적 광학적 세계, 조감도적 입체 세계는 황막한 곳이고, 그러한 세계 안에 갇힌 시선이 '메마른 시선'인 것이다.

하게 그리고 추악하게 해체된 모습으로 드러난다. 이러한 부정적 이미지들은 인체에 대한 근대적 해부학적 시선을 비인간적인 것으로 고발한다. 그리고 해체된 육체는 유령적인 저항의 몸체로 되살아나기도 한다. 새로운 육체의 탄생을 준비하는 저항적인 지점들이 거기 있을 것이다. 대지의 불모적 황량함과 이러한 육체적 황량함은 서로 대응된다.

우리는 이상의 이러한 황무지적 분위기 속에서 그의 글쓰기가 창조되는 백지의 공간이 지니는 의미를 생각해볼 수 있다. 언어기호와 시선 그리고 대상은 바로 이 황무지 위에서 만난다. 그는 이 종이를 묘지명을 새기는 비석과 결합시켜 '紙碑'라는 단어를 만들어냈다. 종이는 그의 상상력이 확산되는 지평 위에서 창백한 소녀의 육체와 만나기도 하고(〈실락원〉중 〈소녀〉) 어두침침한 거울과 만나기도 한다(〈明鏡〉). 나르시즘적인 사랑의 세계가 위축되고, 자신의 이상적인 꿈의 세계가 아니라 음침한 유령적 세계가 거기서 출현한다.

이상의 작품들에서 글쓰기의 공간인 백지는 불길한 언어들이 몰려드는 종이이다. 그리고 그것은 그러한 언어들을 읽고 거기 사로잡히며 창백하게 시들어가는 육체이기도 하다. 이상은 그러한 '백지-육체' 속에서 자신의 내면과 외면의 동시적인 이미지들을 읽게 만든다. 이 '육체의 백지'라는 독특한 이미지들을 도처에서 발견할 수 있다. 〈산책의 가을〉에서도 피부와 종이는 서로 이미지를 주고 받는다. 〈내부〉에서는 "내 구긴 피부는 백지로 도로 오고"라고 했다. 육체의 피부는 외계의 사물들이 감각적으로 쓰여지는 기호학적 장소가 된다. 이상은 이렇게 종이와 피부, 거울 이미지들을 교차켰다. 이상의 글쓰기가 갖는 특징을 알아보기 위해서 우리는 이러한 몇 가지 다양하면서도 하나로 합치되는 이미지들을 정리해야 한다.

이상의 글쓰기 속에서 가장 민감한 주제는 바로 거울이다. 그것은 자아에 대한 성찰의 한 극점을 보여준다. 우리 근대문학이 추구해간 주체의 지형학적 드라마의 한 정점을 살펴보기 위해서 이상의 거울 이미지는 상세히 고찰해볼 필요가 있다. 아마도 그것은 《창조》시대 김유방의 〈누구를 위하야?〉(《창조》 9호)에 나오는 우울한 자의식적 거울로부터 이효석의 〈뛰어들 수 업는 거울속 세계〉(조선일보 1936. 7.10.)에 나오는 영혼의 거울에 이르기까지, 우리 근대문학의 정신적인 거울 이미지의 역사 속에서 매우 독특한 자리를 차지할 것이다.

그는 그 거울을 몇 가지 층위에서 작동시키고 있다. 흔히 우리에게 잘 알려진 이상의 〈거울〉에서 '거울'은 냉담하고 차가운 유리의 속성을 띠고 등장한다. 유리거울의 반사경적 성격이 시각의 비인간적 냉담함을 환기시킨다. 이상은 시각과 관련되는 광선의 문제로 넘어가기도 한다. 〈선에관한각서7〉에서 "광선이 사람이면 사람은 거울이다"라는 구절을 볼 수 있다. 이는 광선의 물리학과 기하학적 세계에 갇힌 인간을 가리키고 있다.[2] 그가 다른 글에서 뉴튼과 유클릿을 언급하는 것은 바로 이러한 근대적 물리학과 기하학의 한계에 갇힌 인간세계를 비판하기 위한 것이었다.

광선의 논리에 따르는 시각의 냉정한 활동을 그는 〈환시기〉나 〈동해〉에서 다루고 있다. 그러나 그의 시와 소설들이 그러한 근대적

---

[2] 나는 이 논문을 쓴 한참 뒤에 이 해석을 수정했다. 이상의 다른 거울 이미지와 달리 그의 초기 시에 속하는 〈선에관한각서7〉의 거울은 긍정적인 의미를 담고 있다. 그것은 '시각의 이름'과 관련되기 때문이다. 이상은 이 시에서 "시각의 이름을 가지는 것은 계획의 효시이다."라고 했다. 이 시에서 '시각의 이름'이란 이 세계를 바라보는 눈과 순간의 독창적인 세계 인식에 대한 이야기이다. "광선이 사람이면"이란 달리 말하면 매 순간마다 세계를 바라보는 행위 자체가 '사람'이란 것이다. 사람은 또한 그렇게 바라볼 세계를 담고 있기 때문에 '거울'이 되기도 하는 것이다. 이 '거울'은 다른 유리거울의 부정적 이미지와 전혀 다른 것으로 생각된다.

논리의 냉정함 안에서 움직이는 것만은 아니다. 〈선에관한각서7〉에서 "광선을 울거라"라고 하면서 그는 그에 대한 슬픔을 표현했다. 〈환시기〉에서 그러한 냉정한 시선의 주인공은 자신의 시각적 설계로서 파악되는 대상세계 속에서 포착되지 않고 그로부터 빠져나가는 것들에 의해 조롱당한다. 그러한 논리적 주체는 작품이 전개되면서 점점 미궁 속으로 빠진다.

이상은 초창기 소설인 〈12월12일〉에서 사람의 마음은 환경의 거울이라고 하였다. 그런데 이러한 마음의 거울은 논리적인 지성의 거울 밑에, 의식 밑으로 더 깊이 파인 골짜기 속에 놓인다. 니체는 "우리의 지성은 하나의 거울"[3]이라고 했다. 그는 그 이성적 논리가 단순히 원인과 결과의 규칙적인 상 이외에 보지 못함을 비판한 것이다. 이상은 자신이 바라보는 냉담하고 차가운 거울을 음침한 유령적 분위기 속에서 그려냈다. 그것은 그 자신에 주입되고 스스로도 그것을 과시하며 행세할 수도 있었던 근대적 논리들이다.

그의 시들은 광범위하게 그러한 논리들의 표지로서 등장하는 수학과 기하학적 기호들로 가득하다. 그는 뉴튼과 유클릿를 조소하기 위해 그러한 기호들을 놀이의 대상으로 삼았던 것이다. 그의 〈거울〉은 그러한 논리의 음침하면서 신비스럽기도 하고 또 한편으로는 음모에 가득찬 세계를 그린 것이다.

그는 자신의 시들 속에서 혹은 단편적인 글들 속에서 은밀하게 그러한 거울 이미지들을 작동시킨다. 단어나 기호들의 차원 혹은 문단적인 차원에서 때로는 의미론적 차원에서 그러한 거울상들이 반사되고 굴절되며 미로처럼 펼쳐진다. 〈최저낙원〉은 두 개의 문단들이 그

---

3 F. 니체, 《서광》, 이필렬 역, 청하판, 1989, 97쪽.

러한 거울상을 맺는다.[4] 〈12월12일〉에서는 주체의 의식적인 사유와 실제로 벌어지는 사건들이 거울상처럼 되어 있다.

이 소설에서 주인공은 자신이 치밀하게 사유하고 계획했던 것과는 전혀 다르게 되는 일들을 바라보며 그 의미에 대해 생각해본다. 이성적인 사유와 계획 그리고 행동의 세계가 한쪽에 있고, 그와 대응되는 다른 한쪽에 그러한 사유의 논리를 벗어나서 움직이며 우연과 운명의 혼돈 속에서 벌어지는 사건들의 세계가 놓여있다. 〈12월12일〉에서 주인공의 머릿속에서 그려진 관념과 실제 벌어지는 사건들은 서로 어긋나 있다. 그 사건들은 플라톤의 이데아가 만들어내는 그림자가 아니다. 플라톤의 동굴 속에 걸린 벽의 거울에는 그러한 '그림자-사물'들이 존재했었다. 거기에는 이데아와 사물의 호응관계가 전제되어 있다. 이상의 소설 속에서는 이데아(관념)에 대한 그림자들의 반란이 초점에 놓여 있다. 주인공의 이상적인 꿈과 계획은 실제 생활 속에서 좌절된다. 주인공은 수많은 좌절을 겪고 나서 "자극도 감격도 없는 零點에 가까운 인간"으로 되어버렸다. 자기의지와 상관없이 움직여지는 삶 속에서 그는 자기를 조종하는 운명의 실을 느끼며 자신을 신의 노리개 장난감처럼 여긴다.

이 소설은 사회구조에 의해 파악되는 인간의 운명도 아니고 정신적인 사유에 의해 파악되는 인간의 삶도 아닌 그러한 혼돈의 쾌락적 놀이에 함몰해가는 인간들을 그린다. 여기에 나오는 한 식당의 분위기는 바로 그러한 일탈과 쾌락의 열정을 마련한다. 여러 계급에 속한

---

4 이 글은 《조선문학》(1939)에 유고로 발표된 것이다. 모두 4개의 장으로 구성되어 있다. 1, 2장이 3, 4장과 대응되는 방식으로 구성된 것이다. 그런데 1장의 글들은 3장에서, 2장의 글들은 4장에서 비슷한 방식으로 거울상처럼 전개된다. 비슷한 주제를 다른 언어로, 다른 문체로, 약간 달라진 이야기로 변형시켜 펼치고 있는 것이다.

사람들이 뒤섞여서 먹고 마시고 논다. 그들은 쾌락의 혼돈적인 소용돌이 속에 빠져든다. 비록 주인공이 비판적인 시선으로 이들을 바라본다 해도 여기에는 작가의 일정한 가치관이 배어있다. 이상은 그의 전체 작품에서 거의 중심적인 것이라고 할 만한 것을 여기서 드러낸 셈인데, 그것은 놀이의 문제와 '영도의 인간'이었다. 이 두 가지는 그의 글쓰기 전체를 관통하는 역학이었던 것이다.

이상 문학의 출발점에서부터 보이는 이 '영도의 인간'이 지식에 대한 비판으로 전환하면서 적극적인 미학적 존재론으로 되는 것은 〈얼마 안되는 변해〉[5]에서였다. 그는 여기서 "지식의 첨예각도 0°"라는 표현을 하였다. 모든 지식과 논리의 무게를 떨구어내면서 지식으로부터의 탈주와 도피선의 방향을 그는 이 '영도'라는 밑바닥으로 정했던 것이다. 심지어 그는 〈권태〉에서 모든 신경을 꺼버리는 상태에 대해 말했고, 오관이 모조리 박탈되어 아무것도 생각할 수 없는 상태에 대해 말했다. 이러한 상태를 '존재의 영도'라고 할 수 있을 것이다. 이 상태는 내부와 외부로 향하는 모든 사유와 감각이 그 양방향 사이의 블랙홀 속으로 빨려든 모습이다. 그는 〈무제─퀄련 기러기〉[6]에서 '완전한 공허'라는 말로, 〈공복〉에서는 "모든 중간들은 지독히

---

5 이 수필은 '1932.11.6'이란 창작날짜가 원고 끝에 부기되어 있다. 일문으로 된 유고를 후에 김수영이 번역한 것이다. 일반적인 수필과 달리 이 글은 환상적인 장면들을 포함하여 작가의 초현실주의적인 기법들이 동원된 매우 독특한 문체를 보여준다. 어떤 커다란 건축물 공사에 투입된 1년간의 일이 배경에 놓여 있다. 그 건축물 낙성식에서 철저히 소외된 자신의 처지를 바라보고, 그 자리에서 탈출하면서 환상적인 장면들이 연출된다. 그 환상들은 낙성식을 지배한 식민지 관료주의에 대립하는 것들이다. 식민지 관료주의와 결합된 이 건축물이 "지식의 첨예각도 0°"라고 표현되었다.

6 잡지 《맥(貘)》(1938.10)에 〈무제〉로 발표된 시임. 이상의 여러 유고시들이 제목이 없기 때문에 구별할 필요가 있어서 부가적인 제목을 붙였다.

춥다"라는 말로 비슷한 분위기를 드러내기도 했다. 이 '추운 중간'이 이상 문학의 한 본질이다. 그것은 때로는 원초적인 원형질이기도 하지만 끊임없는 의문사로 가득한 '경계선의 인간'("너는 누구기에~문앞에 탄생하였느냐")(〈정식 IV〉)을 낳았다.

인간 사회 속에서 자신에게 주입된 모든 틀의 무용성을 강조하게 되는 이 영도라는 개념은 그에게 놓인 창조적 글쓰기의 순수한 백지를 마련해준다. 물론 이 백지는 평면적인 것은 아니었다. 그것은 〈어리석은 석반〉에서 "방대한 암석같은 심연"이라고 했듯이 모든 인위적인 지식을 망각하는 대지와 바다의 심연을 감추고 있었다. 그 심연의 깊이는 자연과 무의식의 깊이 이기도 하다.

그의 대표작인 〈날개〉에서 "아무것도 생각지 않는다"는 의식의 백지 상태 역시 그러한 심연의 어둡고 공허한 빛깔을 감추고 있다. 그 주인공은 마치 아이 같이 묘사된다. 그것은 어른 속에 마련된 의식의 백지, 원초적 대지의 심연으로 빨려드는 의식을 보여준다. 폐쇄된 공간 속에서 〈날개〉의 주인공은 어른들의 상식적인 세계에 대한 철저한 무지를 드러낸다. 그는 사회적인 활동과는 너무나 멀어진 닫힌 공간에서 작은 놀이들로 자신의 일상을 채운다.

이상은 그러한 주인공을 통해서 지식인들의 무기력감과 생활의 비참함만을 보여준 것은 아니다. 거기에서 우리는 우리가 일반적인 어른들의 수준에서 상식적으로 파악할 수 있는 세상을 전도시킨 거울상을 보고 있는 셈이다. 의식의 백지는 이 세상의 의미들을 무화시키는 거울로 작동한다. 그것은 마치 순진한 아이처럼 의아한 시선으로 이 세상의 모든 것을 바라보며, 그러한 세상의 심각한 의미와 가치들을 백지로 돌리는 놀이에 돌입한다.

이상은 〈날개〉를 통해서 사회적인 구조 속에서 성과 노동이 영위되는 방식으로부터 빠져나가고자 했다. 주인공을 아이같은 존재로 만들어버림으로써 그는 주인공에게서 어른의 성과 노동을 박탈했다. 아이의 '놀이'속에서 그 성과 노동은 결합되어 새롭게 탄생한다. 아이의 놀이는 성과 노동의 불행한 분화상태를 되돌리려는 원초적 몸짓이다. 그 아이같은 존재의 놀이는 어른들의 세계를 장난감의 세계처럼 만들어버린다. 여기에 이상의 창조적 비밀이 있다. 그의 놀이는 엄격한 현실의 고정된 구조와 의미들, 가치들을 장난감처럼 여기게 하며 그럼으로써 현실의 가상화를 촉진한다. 여기에는 축제적인 전도가 지니는 창조적 측면이 내재해 있다. 즉 축제에서 현실의 구조와 가치들은 힘을 잃는다. 그러한 것들은 상대화되면서 갑자기 무중력 상태에 빠지는 것처럼 보이며, 놀이를 통해 자유로운 변신술적 공간 속에 놓인다. 가벼움과 웃음 속에서 굳어진 것들에 새로운 생명력을 불어넣는 기회가 찾아온 것이다. 이상의 아이 이미지(전도된 어른으로서의)는 바로 이러한 축제적 변신술로 초대하는 강력한 인력인 것이다.

〈회한의 장〉은 이러한 〈날개〉의 주제들을 변주한 시이다. 여기에도 영도의 인간이란 주제가 있다. 이어령은 이 시를 소개하면서 〈날개〉의 골방 속에 있는 '나'를 이해하는데 이 시가 열쇠가 된다는 중요한 지적을 했다. 그는 '일상적인 생의 거부'라는 측면과 "부정을 통한 자유의 획득"을 거기서 읽었다.[7] 여기서 우리는 한 걸음 더 나아가야 하지 않을까. 우리가 위에서 말했듯이 '영도의 인간'이란 개념은 이상의 작품들에서 창조적 출발점이 된다. 이어령은 '부정을 통한 자유'를 비겁한 것이며 자기기만이라고 규정했다. 하지만 우리는 그 작

---

[7] 이어령, 《이상시전작집》, 갑인출판사, 1978, 185쪽 각주 참조.

품을 개인적인 칩거와 내면적 자유를 의도하는 것으로 읽지 않아야
할 것이다.

〈회한의 장〉에서 "양팔을 자르고 나의 직무를 회피한다./ 이제는
나에게 일을 하라는 자는 없다/ 내가 무서워하는 지배는 어디서도
찾아볼 수 없다"고 한 것을 작가의 실존적 고백으로 읽어서는 안될
것이다. 〈날개〉도 마찬가지이다. 이상의 텍스트는 저 '영도의 인간'
을 향해 내려가는 기호들의 흐름 속에 놓여있다. 그는 사회 속에서
작동하는 권력적인 기호들을 끌어내린다. 〈회한의 장〉의 첫부분은
마치 〈날개〉처럼 노동과 성에서 퇴각한 존재에 대해 언급했다. 여기
서 발화되는 '나'는 이상 개인이 아니다. 그의 모든 작품에서 그것은
이상 자신을 가리키면서 동시에 어디에도 존재하는 타자로서의 수많
은 '나'를 가리킨다. 여러 작품들에서 이상 자신의 像은 거울을 통해
서 무수하게 분화되고 수많은 타자들 속으로 사라진다. 이 시에서 우
리는 이상이라는 작가 개인을 일정한 사회적 존재로 꼼짝없이 틀지
우려는 힘과 규율을 느끼게 된다. "양팔을 자르고 나의 직무를 회피
한다."는 것은 그러한 힘과 규율의 구속에서 벗어나려는 몸부림이
다. 작가 개인의식의 많은 부분들을 구성하고 키워가는 지식들, 기호
들을 던져버려야 한다. 그리고 그러한 것들로 채워진 책들과 도서관
의 영토에서 멀리멀리 달아나야 하는 것이다. 이 시에서 '나'는 자신
을 혹은 한 존재를 규정하는 근대 사회의 기표들로부터 탈주하고 있
는 것이다.

들뢰즈적인 노마드적 사유는 식민지 시대 작가 이상에게서 독특한
형태로 발현되고 있었다. 주체에 대한 관점도 그러했다. 이상은 자
신의 작품들 속에서 자신을 한 개인적 실존으로 파악하지 않았다. 그
는 자신을 사회적인 힘들에 의해 규정된 여러 측면들의 조합으로, 그

리고 그러한 조합의 형성, 해체, 분화 과정으로 파악했다. "나는 나의 문자들을 가둬버렸다/ 도서관에서 온 소환장을 이제 난 읽지 못한다 / 나는 이젠 세상에 맞지 않는 옷이다"라고 그는 썼는데, 이러한 '나'의 극단적인 광기를 한 개인의 실존적 결단으로 읽을 수 없는 것이다. 이러한 극단적 광기를 이상은 다른 곳에서 자신의 내부에서 솟구치는 '악의 충동'(〈첫번째 방랑〉〈야색〉) 이라고 표현했다. 그것은 자신의 존재 속에서 꿈틀거리며 때때로 자신의 중요한 구성분자로 확인되기도 하는 것이었다.

〈회한의 장〉 마지막 부분에서 그는 "처음으로 나는 완전히 비겁해지기에 성공한 셈이다"라고 했다. 이어령은 이 부분을 '비겁'한 행위들을 고백한 장면으로 읽었지만 표면적인 진술 그대로 해석해서는 제대로 문맥적 의미를 건져 낼 수 없을 것이다. 여기서 '비겁'은 이중적인 언어이다. 이 세상 사람들이 이 주인공을 향해 선택할 수 있는 일상적인 용어인 이 '비겁'을 굳이 찾아 쓴 것은 그가 적극적으로 그러한 행위를 향해 간 것임을 보여준다. 이 '비겁'의 뒷면에는 그러한 세상의 판단에 대한 조소와 자신의 용기에 대한 은밀한 자부심 그리고 새로운 삶에 대한 총체적 설계와 꿈이 아로새겨져 있다.

3. 창백한 육체와 골편의 글쓰기 – 문자의 고고학을 넘어서기

1930년대 문학에서 중심적인 화두 중의 하나는 감각이었다. 김기림에게 그것은 새로운 인간주의(휴머니즘)를 위한 육체의 문제였다. 정지용이나 김기림, 이상 모두에게 이 문제는 거대한 주제였다. 김기림은 '가두의 육체'를 제시함으로써 실제 생활현실에서 부딪치는 육체적 의미들을 문학이 따라잡아야 한다고 했다. 또한 그는 〈인간의 결핍〉에서 '원시적 생명추구'를 자신의 비평적 주제로 들었는데 거기에는 육체의 원초적 생명력에 대한 요구사항이 들어있었다. 그는 태양과 능금, 바다 등의 기호를 통해서 그러한 원시적 생명력을 표현하고자 했다.

이상에게 자주 등장하는 모티프의 하나는 창백한 육체이다. 그의 작품들에서는 압착된 것처럼 얇은 피부(육체), 냉각된 차가운 육체, 지문으로 더럽혀진 연약한 피부와 총알을 삼킨 것 같은 창백한 육체가 나타난다. 왕성한 생식력과 창조적인 활동력을 잃어버린 채, 점점 존재의 두께를 잃어버린 육체, 외부적인 권력의 더러운 손에 침탈되는 연약한 육체, 마치 미지의 총에 맞아 점차 죽음으로 내몰리는 것 같은 육체가 있다. 이상은 이러한 육체의 이미지들을 통해서 육체적 자연의 여러 가지 불모지적 풍경을 드러냈다. 그것들은 식민지 근대 도시 속에서 벌어지는 육체적 자연에 대한 여러 가지 억압적 힘들을 고발하고 있다. 이상은 그러한 힘들의 분명한 외관들을 지시하기보다는 그러한 것들에 의해 짓눌린 육체적 풍경들을 드러내주었는데, 대개 그러한 풍경들은 그 자신의 심리가 채색된 기호적 풍경들이었다.

그러한 육체의 황무지 속으로 한 걸음 더 들어가면 앙상한 골편들이 나온다. 이상의 주도적인 이미지의 하나인 '골편'은 〈골편에 관한 무제〉외에도 〈구두〉〈얼마 안되는 변해〉〈어리석은 석반〉〈면경〉등에서 다채롭게 나타난다. 그것은 살과 피로 채워지지 않은 빈 육체이며, 존재의 고고학적 유물이다. 〈면경〉에서 "정물은 골편까지도 노출한다"라고 했듯이 그것은 생식력과 활동력이 정지된 존재를 드러내는 우스꽝스런 이미지이다.

이상은 이 골편 이미지를 통해 자신의 육체적 폐허와 조상들의 무덤 속 뼈 조각을 연결시키면서, 자신을 만들어낸 수치스러운 혈통의 역사를 더듬는다. 이 뼈의 고고학적 역사(그가 '치욕의 계보'라고 표현하기도 한)를 그는 '오감도'의 〈시제14호〉 나오는 古城과 〈자화상(습작)〉의 고대적 폐허같은 자화상 초상화에서 묘사했다. 〈Le Urine〉에서 성욕을 느끼게 함이 없는 것이라고 기술한 이 '고고학'적 풍경은 〈오감도〉의 우울한 도시 밑바닥에 깔려 있다. 이상은 "종합된 역사의 망령"(〈시제14호〉)을 자신의 두개골 속에 간직함으로써 근대도시를 유령처럼 배회하게 된다. 이처럼 창백한 육체의 뼈대는 인간 역사의 창조적 활동들을 지워버리는 역사의 망령에 오염되어 있다. 더 치명적인 병에 의해 육체는 불모지화 된 것이다. 이 육체의 불모지를 슬프게, 사랑스럽게 감싸안으면서 자신의 운명을 반추하는 것이 〈슬픈이야기〉이다. 육체의 슬픈 가족적 풍경이 여기에 제시된다.

이상의 작품들에서 이러한 육체적 풍경의 한 극단에 생식기와 뇌수의 이미지가 자리한다. 생식기는 아이들의 놀이와 연관되어 등장하는데 〈권태〉에서 특히 그렇다. 〈얼마 안되는 변해〉에서 뇌수를 생식기처럼 흥분한 상태로 묘사하는 장면이 나온다. 바로 이 장면에 이상의 창백한 육체가 갖는 비밀이 숨어있다. 그의 육체들은 그 뇌수를 지배하는 차가운 논리와 지성, 규율들에 조종당하고 규격화되며 그러한 것들의 명령에 시달린 채 자신의 원초적 생명력을 탈취당하며 늙어간다. 〈선에관한각서2〉에 나오는 '人文의 뇌수'가 그러한 경우이다. 그의 작품들에 자주 등장하는 창백한 육체는 차가워진 뇌수의 자의식과 논리들에 사로잡힌 '냉각된 육체'인 것이다. 사회의 학교와 도서관, 정부기관의 문서들이 그의 의식을 사로잡는다. 그러한 것에 길들여진 '가축적 인간'을 경멸하면서 (〈동해〉와 〈공포의 성채〉에서 가축적 인간에 대한 혐오를 읽을 수 있다.8) 그의 문학적 도피선이 마련된다.

그러나 문학적인 독서 역시 창백한 삶의 범주를 넘어서지 못한다. 〈실락원〉의 '소녀'는 수많은 독서행위를 통해서 얇아진 책장(페이지)처럼 존재하게 되는 것이다. 이상에게 이 '소녀'의 이미지는 자신과 같은 지식인 혹은 작가를 표상하는 것이었다. 바로 이러한 문학적 도서관의 책들, 문자들의 창백한 거울놀이 공간을 탈출하는 것이야말로 이상의 문학이 안고 있는 가장 중요한 과제였다. 그의 작품들에서 문자들은 서로가 서로를 비추고 흉내내는 가운데 진행된다. '소녀'는 독서를 통해 문자들로 이루어진 세계 속을 방황한다. 그녀의 사유는 책을 반향하고, 그녀의 얇은 피부는 그녀가 읽은 책장이 스며든 것처럼 창백한 종이 이미지를 갖는다. 그녀의 육체는 문자들의 공간을 넘어서지 못하고, 감각적 표피를 열어젖히지 못한다. 그녀는 세계의 깊이를 얻지 못하고 시들어간다.

〈명경〉은 거울과 책장의 이미지가 서로 삼투하면서 전개된다. 이 시가 암시하고 있는 것은 자신의 우울한 일상의 감옥이다. 자신의 모습을 치장하는 여인은 외출하지 못한다. 냉담한 유리거울의 감옥에 우울하게 갇혀있을 뿐이다. 〈소녀〉의 자화상과 대비되는 여성적 자화상이 여기 그려진다. 이 우울하고 처참한 문학행위의 한계는 그의 글쓰기 전반에 따라 다니는 운명과도 같은 것이 아니었겠는가.

그러나 이상의 글쓰기는 바로 이러한 한계로부터 새로운 차원을 열어간다. 그는 창백한 피부와 지문으로 더렵혀진 피부를 자신의 백지로 삼는다. 이상 문학에서 문자를 육체의 피부 위에서 확인하는 것은 여러 가지 양상으로 나타난다. 〈1931년〉에는 娼婦가 낳은 아이

---

8 아마 '가축적 인간' 개념은 니체의 개념과 관련이 있을지 모른다. 니체의 '가축' 개념에 대해서는 F. 니체, 《권력에의 의지》, 강수남 역, 청하, 1991, 57쪽 참조.)

의 피부에 文身이 들어있었다고 하면서 그 암호를 해독하는 장면이 나온다. 피부와 문자의 결합은 그의 문학적 지향점이다. 그것은 김기림식으로 말하면 비인간적 지성을 인간의 육체로 되돌리려는 행위였다. 그러한 면에서 이상은 김기림 비평을 실천하는 창작의 전위대였던 셈이다.

이상은 〈얼마 안되는 변해〉에서 그러한 피부를 죽음의 문자들 가까이 배치했다. "피부에 닿을락 접근함을 느끼는 그것은 —낙서할 수 있는 비좁은 벽면을 관통 속에 설계하는 것을 승인했다"에서 보듯이 피부는 죽음에 속하는 문자들을 느끼는 센서와도 같다. 그것은 '나'의 존재 영역 가운데서 가장 멀리 떨어진 외곽에서 모든 것을 감지하면서 삶의 원초적인 진행방향과 그에게 다가오는 죽음의 위력을 드러낸다. 그리고 그것은 자신의 생명력을 위축시키며 고갈시키려드는 권력들을 감지한다. 그리하여 그의 글쓰기는 바로 그러한 인식론적 드라마가 상연되는 피부 위에서 진행되어야 하는 것이다.

〈내부〉에서 "구긴피부는백지로도로오고", 〈易斷〉에서 "백지위에다연필로운명을흐릿하게草를 잡아놓았다~몸을 記入하여본다"라고 하였다. 이러한 구절들에 그의 육체적 글쓰기의 운명이 암시되어 있다. 그에게 백지는 바로 육체적 글쓰기가 시작되고 실현되는 '영도의 공간'인 것이다. 그러나 문자라는 것은 위에서 말했듯이 죽음의 공간에 속해있는 것이다. 그에게 모든 문자들은 이미 그 자체로 고고학적인 것이다. 어떤 글을 쓰기 위해서 어떤 문자를 선택해야 하는 순간 가져올 수 있는 순결한 문자는 없다. 그것은 전에 다른 선택에 의해 결정된 여러 가지 의미의 印자국이 박힌 상태로 그에게 전해진다. 그의 소설들에서 연애 대상인 소녀들 역시 그렇다. 그녀들의 피부에는 이미 타인의 지문이 묻혀있다. 그에게 첫 번째 사랑으로 다가오는 소녀와 문자는 없다. 결국 그에게는 이미 수많은 사람들에 의해 쓰여진 글자들과 피부들 위에 자신의 사랑을 덧씌우는 방식만이 남게 된다.

그의 연애는 사회 속에서 새로운 가족을 만들어내려는 행위인데, 그것은 그러한 더럽혀진 순결성을 넘어서 어떠한 사랑을 창조해야 할 것인가 하는 문제를 제기한다. 이상에게 사회와 가족의 두 범주는 각기 근대와 전근대라는 두 차원과 연결되어 있다. 거리에서 벌어지는 연애는 그 둘 사이의 경계선과 틈 사이에서 벌어진다. 이상 문학에서 연애의 주제는 따라서 상투적인 연애소설처럼 고리타분한 것이 아니다. 그것은 근대적 사회와 전근대적 가족의 이중적인 문제를 떠안고 있다.

그의 소녀들은 사회 속에서 이미 권력과 돈에 의해 혹은 계층과 신분에 의해 더럽혀져 있다. 그의 소녀들은 겉으로는 청순한 모습으로 다가오지만 그 뒤에서는 그녀에게 지문을 묻힌 사내들의 흔적이 따라온다. 〈동해〉에서 이상은 이러한 소녀와의 사랑에 쉽지 않은 문제가 있음을 보여준다. 이상에게 소설 쓰기란 사회적인 위계들의 지문(대개 소설 속에서 이상 자신의 가면이기도 한 주인공보다 사회적으로 출세한 남성들, 세속적으로 우월한 자들의 점령지였음을 드러내는, 여성의 피부에 찍힌 흔적이다.)에 의해 영토화되는 육체들 속에서 어떻게 원초적인 사랑의 문제를 해결할 것인가 하는 물음이다. 그의 소설들은 따라서 단순한 사소설류에 들어가는 것이어서는 안될 것이다. 그의 소설에서 두 남녀의 연애문제는 모두 피부의 지문을 놓고 벌어지는 심리학적 추적과 탐색 그리고 방어선의 문제로 된다.

이상의 시들 가운데 아내의 외출이 문제되는 〈紙碑〉가 있다. 이러한 류의 작품들을 보면 이상의 작품들에 나오는 여인들은 매우 가볍고 잘 구속되지 않으며, 마치 새와 엽서처럼 경계선들을 미끄러지며 가로지른다. 그녀들은 하나의 중심에 매여 있지 않는 존재들이다. 어떻게 보면 이러한 여인들은 그의 글쓰기를 가능하게 해주는 문자의 속성을 닮아있다.

그에게 문학행위라는 것은 그저 다른 것들을 반영하며 그림자처럼 존재하는 문자들을 사랑하는 것이다. 그는 이러한 문자의 일반적인 속성을 뛰어넘는 고차원적인 문학을 영위하고 싶어했는데, 그것은 자신만의 문자를 만들어내는 일이다. 〈오감도〉를 비롯한 그의 난해한 실험적인 시들, 〈지도의 암실〉이나 〈최저낙원〉 같은 소설과 단문들은 사회 속에서 이리저리 돌아다니며 유통되는 언어의 창녀적인 속성으로부터 문자들을 자신의 독자적인 쾌락과 사랑의 영역 속에서 붙잡으려 했던 시도들이다. 〈오감도〉가 세상사람들에게 비난의 대상이 되었던 것은 어쩌면 그의 이러한 의도가 성공했음을 반증해 주는 것인지도 모른다. 그는 그의 문학 속에서 사회적 유통구조에 불길한 파괴력으로 작용할지도 모르는 자신만의 기호들, 문장체계, 양식들을 개발해냈다. 거기서 자신을 중심으로 회전하는 문학적 우주의 강력한 회오리바람을 만들어내고자 했던 것이다. 이러한 글쓰기 속에 그의 '악마적 충동'이라는 것이 자리잡고 있다.

그의 문자 속에 육체의 충동을 각인시키려는 노력은 이렇게 해서 매우 난해한 문학을 만들어놓았다. 그러나 그것은 일반적인 유통구조에 속하는 문자들이 점차 의미없이 폐허화해가는 식민지 시대의 지식인들에게, 그리고 식민지권력 밑에서 자발성을 상실해갔던 당대의 문인들에게 어떤 탈출구였는지 모른다.

그는 〈자화상(습작)〉에서 그러한 고고학적 폐허처럼 황량한 얼굴 하나를 그려냈다. "문자가 닳아 없어진 石碑처럼" 존재하는 얼굴은 아마도 작가 이상 자신의 얼굴이며 식민지 작가의 얼굴이었을 것이다. 에로티즘이 삭제된 고고학적 풍경은 이상에게서는 골편의 이미지와 연관된다. 그것은 자신을 탄생시킨 수치스런 가족의 한 모습이기도 했다. 조상들의 유골과 관련되는 육체의 골편은 일종의 육체적 비석이기도 하다. 그는 자신을 묶는 가족들의 불편한 유산들 때문에 시달렸다. 그것은 새로운 가족을 창조하기 위한 로맨스의 배경에 놓여 있으며, 식민지 근대사회 속에서 감행되는 그의 연애를 구속하는 다른 한 측면이었다.

4. 나비날개의 書板 — 변신술적 글쓰기

위에서 필자는 이상의 글쓰기가 갖는 중요한 특징이 문자의 고고학을 넘어서려는 것임을 밝히고자 했다. 그 고고학이란 그가 다른 글에서 말했듯이 "시들어간 에로티즘"으로 황량해진 육체의 골편들에 대한 인식으로 이루어져 있다. 그에게 마치 운명처럼 다가온 문자들의 고고학적 무덤은 글쓰기를 碑石의 공간으로 폐쇄시킨다. 그의 작품들 속에 나타나는 숱한 石化 이미지들, 그리고 그와 유사한 인공품 내지 모조품 이미지들은 모두 그러한 고고학적 이미지들 군에 속하는 것이다. 이 황량한 풍경의 광막함 속에 갇힌 권태에 대해 그는 수필 〈권태〉에서 말했다. 이러한 황막한 풍경 속에서는 삶의 한 작은 영위조차 무의미해진다. 감각의 무의미한 영도가 거기 있을 뿐이다. 이상은 그 수필에서 촉감과 향기로부터 너무나 멀리 떨어진 세계를 하늘에 떠있는 별로 묘사했다. 그가 이 무의미의 별로부터 강력한 생명력으로 빛나는 별로 나아가는 것(〈슬픈이야기〉)이 그의 문학 속에 숨겨진 여정이다.

이러한 여정 속에서 그의 글쓰기가 육체와 밀접하게 연관되어서 진행되어간 몇 가지 양상이 포착된다. 그것은 나비의 이미지와 관련되어 있다. 날개를 단 것 가운데 가장 가볍고 종이처럼 얇은 날개를 가진 나비 이미지는 이상의 작품에서 매우 중요한 자리를 차지한다. 그것들은 모두 이상 자신의 글쓰기를 표상한다. 〈실락원〉의 〈소녀〉에는 부상한 나비가 등장한다. 부상한 나비가 앙상한 거미줄같은 나뭇가지로 묘사된 소녀의 몸에 앉기 때문에 그 소녀는 각혈을 한다는 것이다. 이 소녀는 평면적으로 납작해진 형상으로서의 사진 이미지로 나타난다. 그리고 독서행위로 인한 책장의 이미지를 지니고 있기도 하다. 사진과 책, 거울의 이미지들은 서로 교체될 수 있는 것이다. 그것은 창백한 유리의 반사공간, 더 이상 변신될 수 없는 닫힌 공간 속에서 황량해진 근대적 세계의 이미지들을 보여준다. 부상한 나비는 그러한 세계 속에서 상처받은 순수한 영혼의 상징과도 같다. 그 나비의 상처를 소녀는 견디지 못한다. 그녀 역시 나비의 영혼을 갖고 있기 때문일 것이다.

이렇게 글쓰기의 창백한 공간과 결합된 나비 이미지는 〈산촌여정〉과 〈오감도〉 중의 〈시제10호 나비〉에 선명하게 표출되어 있다. 여기에 제시된 나비 이미지는 모두 창백한 닫힌 공간으로서의 종이를 찢어버리는 공통점을 갖고 있다. 즉 신문이나 족보를 찢은 것 같은 나비(〈산촌여정〉에서) 혹은 벽지를 찢은 것 같은 나비(〈시제10호 나비〉에서)인 것이다. 필자는 앞의 글에서 〈산촌여정〉의 이 두 가지 나비 이미지에 대해 다루었다. 거기에서 신문과 족보는 근대 부르조아지들의 대중적 학교와 봉건적 가문의 학교에 각기 연관된다. 나비는 그러한 것들의 고정화된 書板을 찢음으로써 탄생한다. 즉, 그러한 것들의 강력한 권력으로 압착되고 밀폐된 서판의 종이를 찢어버림으로써 그 '날개'는 만들어진다. 그 '날개'를 펄럭이며 나비는 학교

근처 화단 위에서 날고 있는 것이다.

이 장면은 매우 중요한데 왜냐하면 이상의 많은 작품들에서 줄기찬 모티프가 되는 거리(街)의 의미를 해명하는 열쇠가 되기 때문이다. 〈오감도〉에서부터 나오는 이 도로와 거리의 이미지는 처음에는 논리적인 도식주의를 나타내는 부호로 작동하는 것처럼 보이지만 나중에는 점차 육체의 이미지와 결합됨으로써 혼돈의 미로 이미지를 보여준다. 즉 그것은 근대적인 인식론의 도구들인 수학적 방정식과 감각의 논리들 속에서 갇힌 채 우울하게 병들고 마는 세계를 드러낸다. 이상은 거기에 육체적 이미지를 결합시킴으로써 그러한 기호들의 논리를 허물고 새로운 길을 찾아 헤맨다. 〈가외가전〉이나 〈최저낙원〉에 나오는 길들은 모두 도시의 거리와 골목에 그렇게 육체의 영역을 겹쳐놓으면서 뚫어가는 기호의 길들이다. 마치 타락한 거리의 아이들처럼 유곽을 출입하면서 성적 방종에 빠진 행위들이 암시되는데, 그것은 사실은 그러한 성적 행위들에 대한 은밀한 암시를 통해서 이 도시의 지배적인 도덕률을 가로 질러가는 육체의 광기를 드러내고자 한 것이다.

이 거리 모티프는 사회와 가족의 미묘한 경계선을 탐색한다. 식민지 시대의 사회와 가족은 근대성과 봉건성을 분리해서 담지하고 있는 두 개의 그릇과도 같았다. 마치 커다란 그릇 안에 작은 그릇이 놓인 것처럼 말이다. 이상은 여러 편의 작품들을 통해서 이 두 가지 측면에 대한 비판을 분명히 보여주고 있다. 사실 위에서 언급한 신문과 족보는 그 두 영역에 각기 대응한다. 그에게 당시 현실을 간략하게 그려보일 수 있는 척도는 바로 이 두 가지 영역이었다. 그의 세계는 이 두 가지가 미묘하게 복합된 세계였다. 거리는 이 두 영역의 경계선에서 벌어지는 틈 속에 그리고 그 둘이 서로 삼투하는 중간지대에 놓인 것이었다.

당시 거리에서는 사회를 구성하는 기본요소인 근대시장이 소리치며 시민들을 에로틱한 이미지들로 유혹했다. 〈街外街傳〉의 아이들은 거리에 놓인 여자들의 육체 상품에 접근했다. 여성육체는 비록 거리의 근대적 시장에 지배되고 시장의 논리에 포획된 것으로 다가왔지만 거기서 '나쁜 아이들'은 오딧세이의 모험(이와 관련하여 오딧세이의 여정을 여성적 신화의 탐색으로 파악한 바 있는 조셉 캠벨의 논의가 참고할 만하다)을 타락한 방식으로 전개했다. 즉 그들은 타락한 사회의 상품인 여성육체 속을 방황하면서 상품 속에 짓눌린 육체의 깊이 속으로 내려갔던 것이다. 〈가외가전〉은 물론 이러한 이야기를 서사시적으로 담은 것이 아니다. 그것은 시적인 압축 속에서 육체와 거리의 이미지를 이중적으로 변주하는 기호들로 이루어져 있다. 난해성은 바로 이러한 이중적 복합으로 인해 발생한다.

이상의 문학은 거리의 여성 육체에 대한 탐색이라는 한 줄기 주제를 갖는다. 여기에는 그의 글쓰기가 갖는 중요한 비밀이 숨겨져있다. 즉 그것은 사회와 가족의 구조적 중심 바깥을 보여준다. 근대사회를 유지하는 시장의 논리는 상품에 대한 냉정한 교환가치를 찬양한다. 인간의 육체를 그러한 상품의 논리 속으로 끌고 들어옴으로써 그러한 질서의 비인간적 측면이 제시될 수 있다. 그리고 그의 시와 소설들에서 다양하게 제시되는 아내의 출분이란 주제 역시 이러한 문제를 들고 나온다. 그것은 가족의 안정성을 무너뜨리는 힘이기도 하다. 대개 이 미완의 가족 속에서 여성은 거리의 상품논리에 이끌린다. 남자는 가부장적 권위를 잃고 그러한 여성 육체의 상행위를 통해 부양된다. 그런데 이상은 〈가외가전〉과 〈최저낙원〉에서 그러한 문제들의 또 다른 이면을 겹쳐놓았다. 즉 상품성으로 오염된 육체의 이미지를 마치 거리의 풍경처럼 펼쳐놓은 것이다. 거기서 추구되는 것은 사회와 가족의 논리를 철저하게 비웃고 조소하는 광기의 에로스적 흐름 같은 것이다. 비록 처참한 상태로 처박힌 육체의 여성이지만 사회와 가족으로부터 이탈하는 '나쁜 아이들'의 탈주는 그러한 비참한 육체의 여성을 미로처럼 탐색한다. 사실 현실에서 발견할 수 있는 것은 그렇게 포획된 육체말고는 아무것도 없었을 것이다. 육체에 대한 탐색은 이렇게 능욕당한 지점에 추락한 육체에서 시작하는 것이다.

우리는 이러한 이상의 글쓰기를 냉각된 육체 속의 광기(뜨거운 생명의 불을 지피는)로 정의해볼 수 있을 것이다. 이 광기의 순수한 출현을 몇 군데서 엿볼 수 있다. 〈첫번째 방랑〉에서 그가 악의 충동을 엿보는 존재로 표현한 귀뚜리가 있다. 그 귀뚜리는 펜이 사각거리며 글을 써나가는 백지 위에 자리잡고 있다. 그 놈은 내 육체의 깊이 속에 있는 악마를 내려다보고 있었다. 그 악마는 〈공포의 기록(서장)〉에서 사디즘적 면모를 분명하게 내비친다. 그것은 교통의 문자적 매체인 책과 편지를 불태우는 파괴자이다. 이 악마는 역사의 망령을 현실의 지층 밑에서 휘저어 떠오르게 만든다. "유령처럼 흥분한 채 거리를 누볐다"고 말하는 이 악마적 존재는 그 고고학적 무덤 속에서 스러져버린 살과 피의 육체를 강력하게 요구한다. 그는 이미 거리, 이 근대적 현실을 뒤덮은, 고고학적 망령으로 가득한 대기 속에 육체의 생명력을 극단적으로 폭발시키면서 유령적으로 냉각되는 사회를 뒤흔들고 있는 것이다.

〈공포의 성채〉에 등장하는 엽기적인 살육 장면(환몽적으로 처리된)은 바로 이러한 반사회적 광기의 폭발을 보여준다. 이상은 여기서 가족과 민족을 둘러싼 제도들을 마치 고고학적 유물인 古城처럼 묘사했다. 그의 다른 글들에서 파괴 대상인 책과 문자 역시 이 성 속에 있다. 바로 이 지점에서 그는 그의 글쓰기가 탐구한 '문자의 고고학'을 넘어설 수 있게 된다.

그는 이제 고고학적 풍경으로서의 자화상을 넘어선다. 그리고, 끊임없이 거리로 나가는 아내의 수상한 외출이야기를 적을 수 밖에 없는 종이의 碑文(紙碑)을 넘어선다. 종이 비문의 공간, 무겁게 짓누르고 어둡게 폐쇄된 이 죽음의 황무지적 공간을 넘어서는 곳에 이상이 지향한 진정한 글쓰기가 놓인다.[9] 그것은 육체의 깊이에 대한 탐색(〈황의 기〉〈얼마 안되는 변해〉)이며, 대지의 심연에 대한 탐색(〈첫번째 방랑〉)과 관련된다. '개'의 이미지가 이 주제를 이끌어간다. 육체의 깊이와 대지의 심연은 황무지 속에 남겨진 에로티시즘의 가능성, 생식적인 창조력의 가능성을 따져보는 것이다. 그에게는 이로부터 두 가지 가능성이 놓여있었다. 그 하나는 〈지도의 암실〉에서처럼 몸의 글쓰기를 시도하는 것이고, 다른 하나는 〈시제10호 나비〉에서처럼 감각적 현실의 벽너머에 전개되는 幽界와 연결되는 신비적 글쓰기를 하는 것이다. 이 두 가지 극점에서 우리 근대문학이 추구해간 가능성의 최대치를 엿볼 수 있다.

이상은 〈지도의 암실〉에서 언어의 모방적 한계를 넘어서는 자신만의 글자를 창조하고 싶어했다. 이 소설에서 글쓰는 주체인 이상 자신은 분열되고 해체된다. 통사론적으로 분열되며 육체적인 파편들로 해체된다. 사유의 중심은 이미 문장과 글자 속에서 멀어져버렸다. 사유와 글자 사이의 이 먼 거리 속에서 이 소설은 글쓰기의 미로를 펼

---

9 그의 시 〈紙碑〉(-어디갔는지모르는안해-)를 보라. 세 편의 시를 묶은 연작시인데, 〈지비 三〉에서 무덤 같은 방을 빠져나가는 이야기를 썼다. 개가 여기 등장하는데, 그것은 생명의 울부짖음을 드러낸다. 이 주제는 〈황〉, 〈황의 기〉 등에서 이미 제시되었던 것이다.

친다. 빛과 그림자의 이미지가 몸과 사유 그리고 글자의 관계 속으로 파고든다. 모든 언어기호들은 일종의 그림자이다. 빛의 글자를 만들어내는 것이 그의 글쓰기가 지향하는 목표이다. 그렇게 하기 위해서 그는 그림자들을 지워가는 모험을 택한다. 끊임없이 그림자를 지워가는 행위가 그의 글쓰기이며 그 마지막 지점에 빛의 글자가 있다. 그것은 그러나 실현될 수 없는 목표이며 영원히 연기된 목표이다.

반영적인 기호들의 한계를 넘어서려는 이상의 시도는 냉각된 육체의 피부인 백지의 글쓰기를 넘어서려는 것이었다. 그에게 그것은 피부의 감각을 근대적인 세계관의 논리로 규정하는 틀 속에 묶어놓는 것으로부터 탈출하는 것을 의미했다. '감각의 영도'라는 것은 바로 그러한 탈출, 바닥으로 미끄러지는 기호를 의미했다. 그러나 그것이 육체의 순수성을 지향하는 것은 아니었다. 차라리 그것은 육체 자체의 능동적인 변형(변신)을 강조하기 위한 것이었다. 그의 시들에 나타나는 그로테스크한 가면, 불균형하게 일그러진 육체의 모습들은 이렇게 원형질적인 육체의 변신술적 유동성을 보여준다. 이 지점에서 우리는 이상의 문학이 도달하고자 하는 몸의 글쓰기와 사유의 빛이 쓰는 글쓰기에 대한 염원을 읽을 수 있다.

그러나 그의 '나비'에는 한 가지 가능성이 더 있다. 그것은 위에서 언급한 유계의 어두운 신비와 연관된 것이다. 벽지를 찢어버린 날개로 되어 있는 그 나비는 현실의 유클릿적 뉴튼적 근대세계의 벽 너머를 내다보고 있다. 이 나비는 신문과 족보를 찢은 나비보다 한 차원 더 깊은 이야기를 하고 있다. 이 벽은 식민지 공간을 규율하는 근대 논리의 첨단으로 생각해도 좋을 것이다. 우리 지식인들은 이 논리의 벽을 넘어가기 어려웠다. 이상의 문학적 죽음은 이 벽에서 이루어진다. 이 시에서 벽은 식민지 공간에서 신경증적 감각이 헤매이며 마주쳐 버둥거리는 벽이기도 하였다. 김기림과 정지용에게서 그러한 나비의 표상을 읽을 수 있다.

이 신경증적 감각을 어떻게 처리하는가 하는 것은 우리 근대문학이 떠 안은 중대한 과제 중의 하나였다. 그것은 이 근대 세계를 규율하는 지식의 힘들, 감각을 규율하는 논리의 힘들과 부딪치는 문제였기 때문이다. 그러한 것들에 의해 냉각되고 얄팍하게 압착된 육체, 그 황무지적 육체의 깊이 속으로 내려가는 것이 문제였다. 〈시제10호 나비〉는 벽지를 찢은 틈에서 발견한 나비를 시인의 수염으로 전위시킨다. 시인의 입이 육체라는 벽에 뚫려있다. 시인의 입은 나비의 언어를 말해야 한다. 그의 수염은 그 말을 장식하는 문자이다. 그러나 우리는 이 시에서 그 몸의 깊이 속에 어떠한 근대적 논리로도 해명할 수 없는 유계가 자리잡고 있다는 사실을 알게된다. 그 유계는 유클릿적인 세계로도 뉴튼적인 세계로도 해명할 수 없는 것이다. 다층적이고 다차원적인 시공복합의 세계가 근대적 육체의 황무지 속에서 분출한다. 여기에서 이상은 1920년대 김소월이 추구했던 영혼의 세계를 되살려놓고 있다. 단 그것은 철저하게 근대적인 논리와 감각으로 포착된 육체와 물질의 시공간들을 거쳐서 도달된 것이다. 육체의 거대한 신경증적 고뇌 속을 통과해서 그 영혼의 세계는 육체 속에서 다시 고개를 내밀고 있었다.

3장

원시주의와 부채꼴 인간의 의미
담배파이프와 안경의 얼굴 기호
—이상의 자화상을 중심으로

이상 문학 연구
—불과 홍수의 달

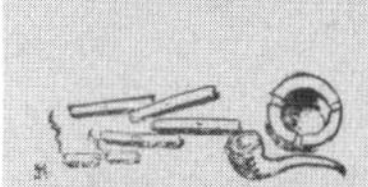

원시주의와
부채꼴 인간의 의미

1. 정신의 원시적 향기를 찾아서

1) 시적 토템의 기호 삼각형

근대의 위기적인 상황을 하나의 연극적인 상황으로 설정해서 부채처럼 한번 펼쳐놓았다가 금방 접어버린[1] 〈오감도〉 중 첫 번째 시인 〈시제1호〉의 까마귀는 무엇을 상징하는 것일까? 아이들이 내달리는 경기장 전체를 조망할 수 있었던 이 異狀兒的 존재[2]는 과연 무엇이

---

1 〈시제1호〉에서 이상은 무서운 아이들이 질주하는 도시거리의 막다른 골목을 설정했다. 그러나 이 작품의 끝에서 그는 이러한 상황을 도로 거둬버린다. "(길은뚫린골목이라도적당하오.)/ 13인의아해가도로로질주하지아니하여도좋소." 이 마지막 부분은 지금까지 펼쳐진 상황과 줄거리를 모두 없애버리듯이 접어버린 것이다. 펼침과 접힘이라는 부채의 미학이 그의 시 첫머리에 놓여있다.

2 이상은 《건축과 조선》 권두언 중 하나인 〈관중〉에서 타원형의 경기장 전체를 내려다보는 천재적 異狀兒에 대해 말했다. 그 안의 관중들은 단지 각각 개인들로서만 존재한다. 그들은 전체에 대해 아무런 관심도 없다. 천재적 이상아만이 전체에

었을까? 이러한 물음으로 이 글을 출발해보기로 한다.

그는 시와 소설 수필을 통해서 까마귀 이외에도 개, 닭, 고양이, 뱀, 돼지, 거미, 나비, 귀뚜라미, 잠자리 등 여러 가지 동물과 곤충을 등장시켰다. 그것들은 대개는 그냥 등장하는 단순한 소재라기보다 특별히 제시된 상징과 기호들이었다. 이들 중에 나비와 뱀, 개 등은 오랜 신화적 연원에 닿아있는 상징적 기호이다. 아마도 이상 문학에 내재된 그러한 맥락을 무시하지 않는다면 〈오감도〉에 숨겨진 까마귀에 대해서도 그러한 신화적 연원을 추적해볼 수 있지 않을까.

까마귀의 총체적 시야에는 근대적인 원근법에서 벗어나는 무엇인가가 작동하는 것처럼 보인다. 이상은 원근법을 비판하고 풍자하는 태도를 몇 군데서 보여준 바 있다. 본래 원근법은 근대적인 光學(뉴턴의 '빛의 기하학')과 맞물리면서 근대적인 감각인식을 첨예하게 드러내는 것이었다. 그러한 것과 맞서면서 그는 근대적 거울에 대한 비판적 상상력을 펼쳤던 것이다. 까마귀의 시선은 이상의 문학 입구에서부터 근대적인 시선에서 벗어나 있다. 그것은 기하학적으로 명료하게 파악될 것 같은 근대 도시에서 오히려 헤아리기 어려운 혼돈적인 미로의 지형도를 보았다.[3]

관심을 갖고 전체를 본다. 경기장의 평면 위로 솟구쳐 전체를 내려다보는 관점을 갖는 것, 이것이 〈시제1호〉의 주제이다.

3 이상이 건축학도로서 르 코르뷔지에의 영향을 받았을 것이라는 논의들이 있다. 르 코르뷔지에의 이름은 꼬르뷔(불어로 까마귀)에서 온 것이며, 그가 장난삼아 자신의 이름을 까마귀 실루엣으로 서명한 것도 있다(Jean Jenger, 《르 코르뷔지에》, 김교신 옮김, 시공사, 1997, 12쪽). 그러나 르 코르뷔지에의 '에스프리 누보' 적 경향을 이상이 따라갔다고 보기는 어렵다. 르 코르뷔지에는 피카소보다는 페르낭 레제의 그림 경향(근대 도시미학을 찬양하는)을 좋아했고 그의 그림도 비슷한 양상을 보인다. 그의 건축양식과 도시계획도 이상의 원시주의적 총체성과는 정반대의 길을 걸었다고 생각된다. 아메리카 도시 풍광에 대한 르 코르뷔지에의 찬양과 아메리카에 대한 이상의 비판(그의 연작시 〈건축무한육면각체〉의 하나인

우리는 〈오감도〉의 앞머리를 장식하는 두 편의 시 즉 〈시제1호〉와 〈시제2호〉를 긴밀하게 관련시킴으로써 그러한 '혼돈'의 의미를 정확히 파악할 수 있다. 달아나는(달려나가는) 아이들의 공포(무시무시함 또는 무서움)(〈시제1호〉)와 굴욕적인 아버지들을 무수히 겅충 뛰어넘는 '나'(〈시제2호〉)의 프랙탈적 곡에 속에는 무엇인가 정확하게 조응하는 것이 있다. 여기서는 그것에 대해 자세히 분석하는 자리가 아니다. 대략적으로 말해 본다면 그것은 세계에 대한 가장 원초적인 공포와 연관되어 있다고 할 수 있다. 아이들의 공포는 자신들의 원초적인 편안함을 깨뜨리려고 다가오는 어떤 불확실한 힘에 대한 느낌에서 온다. 아이들의 질주는 그러한 공포의 안개 속을 뚫는 행위일수도 있고 또 그 안개 속의 공포스런 존재로부터 달아나는 행위일 수도 있다.[4] 이상은 그 공포의 안개를 생략하고 계속 반복되는 '무섭다'는 말 속에 그러한 것들을 모두 버무려놓았다. 〈시제2호〉에 나오는 굴욕적인 아버지 상 역시 공포가 깃들어있는 안개 속에 무기력하게 버려진 존재이다. 그는 이 세계를 감당하지 못하는 비천한 존재이다. 이 아버지는 이 세계를 상징적으로 의미화하면서 장악해야 될 위치에서 서 있지 못한다. 그는 상징적 아버지 노릇을 하지 못하는 것이다. 그는 밑바닥으로 추락한 빈곤한 모습으로 나타난다. 이제 '내'가 그러한 아버지 대신 그 상징적 자리에 올라가야 한다. 그렇게 해서 새로운 상징들을 구축하고 모든 혼란스러운 안개를 거둬내야 할 것

〈대낮〉을 보라)을 비교해보라.

4 근대도시의 명료함을 흐려버리는 이 '안개'를 이상은 〈오감도〉보다 먼저 발표한 〈혈서삼태〉에서 선보였다. 그는 '하이드씨'라는 제목의 글에서 런던 시가처럼 안개가 가득한 경성의 거리에서 하이드적인 악의 충동이 거세게 솟구치고 있음을 고백한다. 이 '하이드적 악의 충동'이 〈시제1호〉에서는 아이들의 무서운 질주로 나타난다.

이다.

따라서 〈오감도〉의 까마귀는 단지 기하학적으로 구축된 근대 도시 거리를 원근법적으로 조망하는 존재가 아니다. 이미 그 거리에는 그러한 기하학적 선과 면과 입체들의 윤곽을 허무러뜨리는 안개가 가득하다. 질주하는 아이들과 아버지의 자리로 뛰어오르려는 아들들은 근대의 명료한 거리들, 근대의 상징적 질서와 법칙들로 구획된 거리를 반항적인 몸짓으로 질주한다. 그 거리를 허무는 그러한 안개 속을 그들을 가로질러 간다. 까마귀는 이 모든 것을 내려다보고 있다.

〈12월12일〉은 이러한 이상의 사유와 상상력을 소설적으로 먼저 펼쳐보인 작품일 것이다. 주인공의 파란만장한 편력을 통해서 이상은 주인공의 이성적인 사유와 계획과 행동의 예측되는 행로와 실제로 나타난 삶의 궤적을 비교했다. 그러나 그 모든 것들은 서로 어긋나 있다. 한 인간의 생각과 의도적인 행위들은 그 인간의 운명의 실을 조종하는 자에 의해 엉뚱한 길을 가게 된다. 한 인간의 삶은 운명에 지배되는 세계의 미궁을 빠져나가지 못한다.

이 소설에서도 우리는 한 마리의 까마귀가 황무지 같은 세상을 내려다보며 날고 있는 장면을 볼 수 있다. 어쩌면 이상은 이 작품을 소설의 〈오감도〉로 생각했던 것이 아닐까? 슬픈 운명에 지배되는 암울한 세계의 이미지는 이상에게는 고호의 세계와도 관련되는 것이었다. 그는 이 소설의 첫회분 제목 위에 고호의 〈슬픔〉을 삽화적으로 모사해서 붙여놓았다. 고호는 자살하기 직전에 마지막으로 〈찌푸린 하늘 아래 밀밭과 까마귀들〉이란 작품을 그렸다. 보리아 색스는 이 고호의 까마귀를 "자연계와 인간계의 두 영역에 동시에 속해 있었던 것"이라고 했다. 그것은 인간과 자연 사이의 아름답지만 불확실한 조화를 보여주는 것이기도 했다.[5] 이상이 고호의 이 마지막 작품을 보았는지는 알 수 없다. 그러나 이상 역시 고호처럼 아이같은 눈으로 세상을 바라보면서 자연과 근대적인 세계를 연계하는 까마귀의 이미지를 택한 것은 아닐까?

이상의 까마귀가 전체에 대한 시야와 관련된다는 것은 〈오감도〉와 〈관중〉 그리고 〈12월12일〉을 통해 분명해보인다. 그리고 그 전체성은 명료한 법칙에 의해 관리되고 조종되는 체계가 아님도 또한 분명하다. 그것은 공포와 불안 그리고 혼돈에 지배되는 세계이다. 그가 '천재적 이상아'라는 명칭으로 지칭하고 싶었던 것이 과연 무엇인지는 분명하지 않다. 막연하게나마 그는 그 모든 것을 꿰뚫고 바라볼 수 있는 어떤 시선을 가리킨 것이라고 생각해 볼 수 있다.

우리는 오딘의 신화를 참고 삼아 이러한 문제에 접근해볼 수도 있을 것이다. 오딘은 고트족 왕에게 붙잡혀 나무에 매달린다. 그의 까마귀들이 그 나무 위를 맴돈다. 그것은 기억과 생각에 해당하는 무닌과 후긴이란 까마귀들이었다. "후긴과 무닌은 매일 날아올라/ 온 세상을 살피니". 나무에 매달린 오딘의 까마귀들은 온 세상을 살피는 존재들이었다. 오딘의 총체적 사유는 까마귀라는 샤먼적인 새 이미지를 통해서 드러나고 있다. 이상 역시 총체성의 기억에 대해 말하고 있다. 그에게는 시간의 물리적 법칙에 종속된 단선적인 기억과 그에 대비되는 향기로운 기억이 있다. 〈첫번째 방랑〉에 나오는 고대적인 기억은 바로 후자에 해당하는 것이다.[6]

---

5 보리아 색스, 《까마귀》, 이한중 역, 가람기획, 2005, 148쪽.

6 이상의 까마귀가 태양과 연관된 것임을 뒤에서 논의해보기로 하겠다. 까마귀는 고구려 고분벽화나 중국 산동성 지역 무씨 사당 벽화 등에서 태양 속에 자리잡은 神鳥이다. 그것은 시베리아 샤먼의 새이기도 하다. 이러한 신화적 맥락에 이상이 기대고 있다고 확신할 수는 없다. 나는 이상의 상상체계에서 일관되게 작동하는 '태양화'(수직적 역동성으로 나타난다)를 밝혀냄으로써 이상의 까마귀가 태양적

이 글에서 나는 이 미묘한 총체적 시각을 지닌 까마귀에 대해 다른 여타 동물, 곤충의 기호들과 더불어 시적 토템 기호라는 측면에서 접근해보고자 한다. 시적 토템이란 것은 이론적으로 정리되거나 확고하게 개념화된 용어는 아니다. 여기서 나는 그것을 한 개인이 펼치는 시적 상상력의 신화적 지평 속에서 작동하는 기호라고 규정해보겠다. 우리는 이 토템에 대해 조금씩 다르게 접근한 레비 스트로스와 엘리아데 그리고 프로이트의 견해들을 참조하면서 주로 그것을 신화적 우주와의 연관성 혹은 혈통의 계보학적 연관성이라는 두 측면에서 다루어보겠다. 이상의 시적 토템이 서로 대립적이거나 상이한 그러한 견해들 사이에서 어떤 지대를 가로질러 가는지 알아보는 것은 그의 문학을 이해하는데 매우 중요한 문제이다. 아마도 이러한 개념을 통해 이상의 특이성이었던 난해하고 복잡한, 때로는 파편적이고 지리멸렬한 양상들이 말끔하게 정리될 수 있을 것이라고 기대해볼 수도 있겠다.

이상의 작품들에서 우리는 흔히 아이(아해)와 천사, 실낙원의 이미지를 만나게 된다. 아이의 의미에 대해서는 몇 가지 연구들이 있었는데 주로 어른에 대한 패러디로 파악한 것들이다. 물론 그러한 측면도 중요하게 다루어져야 한다. 그러나 이상은 그 아이의 존재에게 타락한 사회의 마지막 보루라는 역할을 맡기지는 않았을까? 아직 사회에

속성을 지니고 있다고 생각하게 되었다. 이러한 태양은 생명으로 가득찬 빛을 내뿜는다. 그것은 단지 시각의 물리적 원근법적 작동을 가능케하는 메마른 빛이 아니다. 이상은 그러한 생명의 태양을 배경으로 해서만이 근대적인 광학과 연관된 싸늘한 태양의 이미지를 보여주게 된다. 〈광녀의 고백〉 같은 시에서는 태양과 여자의 표면이 서로 대비되어 나타난다. "온갖밝음의태양들아래여자는참으로맑은물과같이떠돌고있었는데참으로고요하고매끄러운표면은조약돌을삼켰는지아니삼켰는지소용돌이를갖는퇴색한 순백색이다". 이러한 대비는 기본적으로 〈오감도〉의 그것과 동일한 것이다.

물들지 않은, 루소적으로 말해서 사회에 의해 타락하지 않은 존재인 아이는 순수하고 무한한 가능성이면서 또한 사회화 과정을 통해 그러한 것들이 억압되어 시들고 있는 존재이다. 그는 그 사회를 무섭게 질주해서 가로질러 가며, 또 때로는 사회를 무서워해서 물러나 웅크리기도 한다. 〈시제1호〉에서 질주하는 아이들은 '무서운 아이'이면서 동시에 '무서워하는 아이'가 되는 것이다.

아이들은 가장 소박하고 순수한 사회를 지향한다. 그는 그렇지 못한 사회의 악한 정도를 측정하는 한난계와도 같은 존재이다. 이상의 시 곳곳에서 천사는 그러한 아이들의 눈과 언어로 포착되는 존재이다. 그러나 그의 〈실낙원〉에서 보듯이 순결한 낙원의 사자인 이 천사들은 모두 타락해 있다. 타락한 거리에서 배회하는 요리사천사, 흥행물천사, 카페의 천사 등이 그에게는 있다. 〈최저낙원〉에서 보여주는 타락한 골목의 모습에도 그러한 '실낙원'의 이미지가 따라붙는다. 이렇게 이상은 아이와 천사, 낙원이란 기호들을 통해서 잃어버린 원초적인 에덴동산에 대한 꿈을 여러 작품들의 배경에 깔아놓는다.

시적 토템 동물들이 환기해주는 것도 역시 마찬가지이다. 그는 그러한 것들이 본래의 생명력을 잃고 타락한 모습으로 거리와 황막한 대지 위를 헤매이는 부정적인 양상들을 보여준다. 그러나 그 부정적인 양상을 통해서 가리키고 있는 방향은 분명해보인다. 이상은 자신을 육체적 정신적으로 병들게 하여 침상에 눕게 만드는 것들에 대항해서 그 모든 것을 떨쳐내고 강력하게 일어서려 한다. 그것을 "무서운 원시성의 힘"(〈병상이후〉7)이라고 표현했다. 거짓을 꿰뚫고 들어가는 힘이라고 그는 말했다. 대지의 근원을 밟고 직립하려는 이 힘은

---

7 임종국 편, 《이상전집》, 128쪽).

그의 창조력의 근원이었다. 그의 문학작품들에 흩어져있는, 그러나 훼손되어 너덜거리는 낙원과 천사의 이미지들은 그러한 원시성의 힘이 간신히 붙잡은 끈과도 같은 것들이다. 비록 훼손된 끈이기는 하지만 그는 그것들을 붙잡고 나아가서 그러한 것들이 훼손되지 않은 부분들에 이르고 싶었을 것이다.

나는 이상의 이러한 지향성에 대해 '원시주의'라고 이름붙이고 싶다. 〈시제2호〉에서 이미 숱한 아버지들(나약하고 타락한 계보학적 근원으로서의)을 껑충 뛰어넘어야 하는 존재[8]로 자신을 규정한 이유는 여기에 있다. 원시주의는 그저 단순한 회고주의가 아니다. 그것은 자신의 존재근거를 확립하기 위해 무엇인가를 비판, 부정하고 껑충 뛰어넘는 등의 여러 가지 문제를 제기하는 것이다. 이상은 족보를 찢은 것 같은 나비 이미지를 통해서 봉건적 혈통의 계보를 비판한다. 그렇다고 그가 근대적인 학교에 기대고 있는 것도 아니다. 〈산촌여정〉에 나오는 나비는 이 둘을 뛰어넘는 곡예를 펼친다. 나는 이상의 원시주의가 갖는 문제의식을 이러한 나비의 행로에 깃들어있는 상징적인 의미영역을 해석함으로써 풀어보겠다. 이러한 나비의 행로는

---

8 아버지에 대한 이러한 부정을 너무나 당연하게 프로이트의 외디푸스 콤플렉스로 해석해서는 안된다. 이상에게 아버지에 대한 부정은 어머니와의 사랑을 방해하는 존재에 대한 적대감에서 나오지 않는다. 그보다 그것은 혈통의 흐름 속에서 자신을 부패시키는 근원에 대한 부정이다. 그의 존재 자체가 흐물거려서, 강력한 그리고 광대한 존재감으로 자신을 받쳐주지 못하는 근원에 대한 부정인 것이다.

아마도 라캉 식으로 말해서 이상의 이러한 아버지 부정은 상징적 아버지를 세우려는 노력에서 나온 것일지도 모른다. "아버지의 진짜 기능은 욕망과 법을 대립시키는 것이 아니라 근본적인 그 둘을 결합시키는 것이다"(라캉, 《에크리》 321, 딜런 에반스, 《라캉정신분석사전》, 김종주 외 옮김, 인간사랑, 2004, 225쪽에서 재인용).

이상은 자신의 욕망에 귀기울이며 그것을 상징계와 접속시켜주지 못하는 아버지를 부정한다. 〈시제2호〉는 나와 아버지의 되먹임 고리(나는 나의 아버지의 아버지가 되고……)가 작동함으로써 線形的인 혈통의 계보를 뒤흔든다.

이상의 다른 두 가지 기호인 '발'과 '개'의 의미와도 연관된다. 일단 여기서는 그것이 매우 혁신적인 것이며, 이 세계 전체에 대한 근원적인 문제제기라는 것을 지적하기로 한다.

근대화된 식민지 서울에서 태어나 자란 이 모던 보이는 대도시의 복잡한 미로 속에서 점차 자신의 삶을 갉아먹는 폐결핵을 앓으면서 생명력에 대한 갈증을 느꼈다. 아마 그의 생업을 포기하면서 걷게 된 문학의 길은 대도시의 근대적 삶을 이루는 것들에 대한 환멸들을 문학적 기호의 삐라들로 흩뿌려본 것이 아닐까?

이 풍자적인 가벼움, 차가운 웃음의 기호들로 장식된 그의 텍스트들 속에 자신의 생명력과 관련된 세계 전체에 대한 거대한 물음을 던지는 '원시주의'의 핏줄이 맥맥히 흐르고 있었다. 이상은 자신의 친구 원용석의 고향인 산골마을 성천으로 가는 기차 여행에서 자신의 정신에서 이상한 고대적 향기가 난다고 언급했다.[9] 그는 또 〈자화상(습작)〉에서는 '피라밋 같은 코'에 대해 말했다. 고대적 향기와 연관될 것도 같은 이 삼각뿔 모양의 코는 자화상의 중심에 놓여있다. 근대적 시각에 포착되지 않는 이 고대적 향기는 그의 기억 속에 묻힌 거대한 무덤을 탐색하기 위한 감각의 아리아드네적 실이었는

---

9 〈첫번째 방랑〉에서 그는 기억을 문제삼는다. 그의 정신에서 '이상한 향기'가 나기 시작했다고 하면서 그는 "나는 아름다운 꺾으면 피가묻는 고대스러운 꽃을 피울 것이다"라고 했다. 따라서 '이상한 향기'란 바로 고대스러운 꽃의 향기이다. 이 향기를 향한 여행을 이상은 황무지를 기어가는 말라죽을지도 모르는 뱀의 행로로 표현했다. 그것은 나의 근원을 향한 물음의 행로이기도 하다.
　이러한 뱀과 관련된 이미지를 추적하는 것은 마페졸리의 말처럼 "고대적 기억의 전체성의 꿈을 되살리게 할 수 있는 것"(《현대를 생각한다》, 박재환·이상훈 옮김, 문예출판사, 1997, 150쪽)일지 모른다. 마페졸리는 중간세계로서의 이미지의 유희를 중시했다. 아마도 이상의 위 글에서 "이미지는 벌써 바다를 건너간다"라는 표현을 보면 이상이 펼쳐낸 이미지들의 세계가 그러한 고대적 전체성의 세계(향기의 세계)를 향한 강력한 다리가 될 수 있었던 것처럼 보인다.

지도 모른다. 원시적 향기를 찾아가는 그의 여행, 그것은 자신의 근
대적 시각주의라는 감옥(뉴튼적 눈병이라고 김상일이 표현했던[10])에서
빠져나가려는 여행이기도 했다.[11] 그가 성천에서 마주쳤던 가장 아
름다운 부분은 바로 촌처녀들의 향기였다. 대지의 깊은 구멍에서 솟
구치는 생식력의 냄새가 그 구멍에서 빠져나온 개를 통해 처녀들 주
위를 맴돌고 있었다.

그의 성천 기행은 그와 관련된 몇몇 상이한 글들을 낳았다. 시골마
을에 살아있는 자연의 풍요로움이 신선하게 빛나는 글인 〈산촌여
정〉과 그 반대로 황막한 황무지를 그리고 있는 〈권태〉〈어리석은 석
반〉 등이 있다. 〈한개의 밤〉[12]이란 시 역시 황혼의 어둠에 잠기는 성
천의 비류강 풍경을 그렸다. 그는 식민지의 산 속 깊은 곳에 위치한
한 마을을 찾아감으로써 대도시 경성의 반대편 극점에 있는 한 세계
를 더듬었다. 사라져가는 원시적인 낙원의 희미한 그림자를 그는 여
기서 엿보았던 것일까? 그는 거기서 마치 타히티의 고갱처럼 식민지
근대화 속에서 거의 자취를 감추어 가던 야생의 작은 흔적들을 더듬
었던 것은 아니었을까?

이 글은 이러한 성천기행에 관련된 한 작은 물음에서 출발한다. 나
의 야심은 그러나 이 작은 물음이 이상 문학 전체에서 그리고 나아가

---

10 김상일, 《카오스와 문명》, 동아출판사, 1944, 340~343쪽 참조.

11 이상은 〈산촌여정〉에서 '교활한 도시인의 시선'에 대해 말했다. 근대적인 시선은
이미 이해타산적이고 자기이익에 집착하는 기술로 오염되어 있다. 그는 〈첫번
째 방랑〉의 기차여행에서 고정된 시각의 틀을 깨고 해체시키는 변신술적 환각
의 이미지들을 보여준다. 〈지팽이 轢死〉에서 기차 속의 인물들끼리 말없이 주
고받는 시선들의 드라마는 매우 심리학적이다. 거기에는 순간적으로 주고받는
시선의 攻防이 있다. 기차라는 근대적 공간은 근대적인 시선들(특히 탐색적인)
의 심리학이 작동하는 공간이기도 하다.

12 이상이 김소운에게 준 편지를 김소운이 줄여서 발표한 것.

서 식민지 이후 우리 근대문학에서 얼마나 심대하게 중요한 것인가를 밝히는 데 있다. 그것은 이상 문학 전체를 뒤덮은 그 현란한 실험적인 몸짓들 속에 숨어 있었던 가장 근본적인 주인공이었다고 생각한다. 그는 그 모든 실험적 파편들을 끌어모으는 하나의 부채를 지향했고, 그 부채의 사복에 깃들인 원시적인 태양을 꿈꿨다. 그의 작품들 속에서 이러한 면모들이 어떻게 확인되고 어떠한 양상들로 나타나는지 알아보는 것은 흥미로운 일이 되지 않겠는가?

2) 동양주의 비판과 '고상한 야만'을 향한 여행

사실 이상의 원시주의는 그 당시에 독자적인 섬처럼 고립되어 나타난 현상은 아니다. 그의 문학적 친구였던 김기림은 당대적 상식 속에서 유럽에서의 원시주의적 기풍에 대해 짤막하게 몇 차례 언급했었다. 그는 "루소가 아이를 흠모한 것이든지 마티스가 야만을 동경한 것이든지 모두 로맨티시즘에 불과한 것 같다"[13]고 비판적으로 말했다. 우리의 경우에 1930년대 중반은 원시주의적 기풍이 고조되고 있었던 때였다. 백석과 이효석은 각기 독특한 방식으로 그러한 세계를 향해 나아갔다.[14] 1940년 식민지 말기에 발표한 〈'동양'에 관한

---

13 김기림, 〈사진 속에 남은 것〉(1934.5, 《전집 5》, 314쪽)

14 1930년대 중반에 흔히 지방주의로 오해받은 백석이 이러한 원시주의 기풍에 참여하고 있다. 그의 토속적인 세계는 분명하게 샤머니즘과 연계된 풍속들을 보여준다. 그가 〈마을은 맨천 구신이 되서〉에서 정리한 것은 그러한 신화적 세계를 살고 있는 집과 마을, 사람들이다. 〈북방에서〉에 언급된 고대사적 영역들은 중국에 지배되었던 봉건적 고대를 건너뛰고 있다. 우리는 '고대'라는 것을 원시적 고대와 봉건적 고대로 구분할 필요를 여기서 느낀다. 역시 비슷한 시기에 안재홍은 〈별의 나라 조선〉(《조선일보》, 1935.8.17 첫회 연재)과 〈아사달사회의 발전〉(《조광》, 1936.2)에서 동북 아시아와 한반도에 걸쳐있는 원시적 사회의 정

단장) 15에서 김기림은 그와 관련된 언급들을 당대 상황 속에서 잘 정리해주었다. 이 글에서 김기림은 동양주의와 원시주의를 구별하고 있다. 이 구별은 매우 중요한 것이었지만 정작 김기림은 상식적인 수준 이상으로 그러한 문제에 깊이 다가설 수 없었다.

서구에서는 19세기 이후 제국주의적인 확장이 시작되는 시점부터

신과 제도에 대해 일별했다. 여신적인 생식신이 지배하던 모계사회의 특징을 추론해내는 그의 탐구는 당시로서는 매우 이색적인 것이었다.

원시적인 낙원의 섬으로의 여행이란 주제는 이미 오래 전부터 우리에게도 있었다. 최남선은 그것을 우리식의 유토피아인 남조선 사상에서 찾았다. 1930년대에는 서구적인 기행문들을 접하면서 좀더 열대의 섬들을 연상시키는 쪽으로 나아가게 된다. 주요한의 〈나는 안다 그곳을〉(1933)은 그러한 유형의 선구적이고 전형적인 모습을 보여준다. 김기림은 보들레르의 여행시들을 모방하면서 그러한 주제를 시 속에서 포착했다. 이효석은 〈공상구락부〉에서 열대의 숲이 우거진 섬들을 이상향처럼 꿈꾸는 사람들을 묘사했다. 이러한 현상들에서 우리는 과거 고대적인 이상향인 삼신산의 이미지가 서구적인 몽상가들이 꿈꾸는 낙원의 이미지로 변모한 것을 알 수 있다.

서구의 인류학자 혹은 민속학자들처럼 우리의 경우에도 토속적인 민속지를 뒤지는 일들이 생기게 되었다. 이능화의 《조선무속고》《조선세시기》《조선신사지》 등은 육당 최남선의 민속학적 작업들과 함께 선구적인 것들이었다. 일본학자 村山智順의 《조선의 섬복과 예언》《조선의 귀신》 등도 우리의 민속들을 정리하는데 일조했다. 손진태 역시 고인돌, 솟대, 민화 등 여러 분야를 다루며 우리의 원시고대적 자취들을 탐색했다. 그에 의하면 이상이 머물렀던 성천 지역에도 솟대가 있었다고 한다. 촌산지순은 평남 강서군에서 볼록거울로 점을 치는 것을 보았고, 평북 정주군 곽산면에서 무녀 김씨를 만났으며, 닭으로 죽은 혼을 점치는 무속을 보았다고 했다. 이러한 민속학적 연구들은 우리의 지방시인들인 김소월, 홍사용, 백석 등의 시에 나타나는 민속학적 측면이 갖는 의미를 이해하는데 많은 도움을 줄 수 있을 것이다. 나는 이러한 연구와 창작 작업들이 단지 사라져가는 것에 대한 고고학적 편집증이나 수집적 관심에 머무르지 않는다는 것을 강조하고 싶다. 그러한 것들은 전체적으로 묶여서 마치 서구 르네상스 속에 깃들어있는 원시적 관심처럼(뤼시앵 보이아, 《상상력의 세계사》, 김웅권 옮김, 동문선, 1998, 73쪽 참조) 새로운 삶의 지평, 새로운 사회를 탐구하는데 지렛대로 작용할 수 있다.

15 《문장》 폐간호, 1941.4.

이미 동양주의적 물결이 있었다. 오리엔트 문학이라고 할 《천일야화》는 그 대표적인 산물이며 보들레르의 〈여행〉을 비롯한 여러 편의 여행시들은 동양적인 것에 대한 찬미로 장식된다. 알렉산더 쿠퍼는 이것을 근대적인 계몽주의자들이 확립해간 질서정연한 시민사회에 대한 낭만주의적 반발로 생각했다.[16] 19세기 말에 벌어진 미술사적 혁명인 인상파적 화풍은 일본풍의 강력한 영향 속에서 생겨났다. 고호의 그림 속에서까지 이러한 일본풍은 두드러졌는데 그러한 것들은 중국 도자기나 비단에 대한 서양의 오래된 기호의 연장선에서 한 발 더 나아간 것이었다. 헤르만 헤세의 동양 정신에 대한 탐색,[17] 그리고 그 이후 리하르트 빌헬름과 칼 융의 동양주의는 인도와 중국의 정신적 측면에 대한 매우 깊이있는 접근을 보여준다. 한마디로 말해서 서구의 동양주의는 중국과 인도의 고대적 정신세계와 연관되는 것이었고 불교와 도교, 요가 사상 등에 대한 것이었다.[18]

게르하르트 베어는 융에 관한 연구에서 유럽의 동양주의적 지향이 어디에 근원하는가를 간단히 밝혔다. "유럽인은 역사적 발전으로 인해 근원으로부터 너무 멀어졌기 때문에 그의 정신은 결국 신앙과 지식으로 분열되었다."[19] 그는 융의 말을 인용했다. "우리의 정신적 위기의 치유를 위해 동양이 우리에게 얼마나 많은 도움을 줄 수 있는가"를 빌헬름은 인식했다. 이것은 리하르트 빌헬름이 중국의 도가서

---

16 알렉산더 쿠퍼, 《신의 독약》(1), 박민수 옮김, 책세상, 2000, 93~96쪽 참조.

17 사회주의 계열의 철학자였던 신남철은 1930년대 후반에 고대 중국의 어떤 시인의 생애를 다룬 헤르만 헤세의 〈시인〉을 번역해서 소개했다. 이것 역시 30년대 후반에 일본에서 불던 동양주의적 분위기를 반영한 것이다.

18 뤼시앵 보이아는 이 세가지 사상의 특징을 물질의 무거움과 시간의 지배로부터 해방, 탈주의 기술이라고 보았다(루시앵 보이아, 앞의 책, 166쪽 참조).

19 게르하르트 베어, 《융》, 김현진 역, 한길사, 1999, 144쪽.

인 《태을금화종지》를 《황금꽃의 비밀》이란 제목으로 바꾸어 번역했던 일을 두고 융이 했던 말이다. 그들은 서구 정신의 위기를 치유하기 위해 동양의 빛이 필요했던 것이다.

그러나 김기림이 '동양주의'를 본격적으로 언급하던 1941년의 상황은 매우 혼란스러웠다. 동서의 제국주의가 서로 강력하게 충돌하는 위기 상황에서 서구의 적대적인 면모를 두드러지게 보이도록 여러 측면에서 노력하던 일본 제국주의자들은 여러 식민지를 하나의 깃발 아래 통합하고 전쟁으로 내몰기 위한 선전 선동에 광분했다. 동양주의라는 깃발은 서구 제국의 동양 식민지를 자신들이 대신 집어삼키려는 일본의 전략적 깃발이었던 것이다. 서구 근대화를 모범적으로 뒤따르려 하던 일본과 그 주위 식민지들에서 갑자기 그 이전까지는 구태의연한 것으로 치부되던 동양주의와 전통이라는 것이 들먹여지게 되었다.

1930년대 후반 이후 동양과 전통에 대한 논의들은 모두 이러한 오염된 분위기 속에서 매우 혼란스럽게 전개된다. 그런데 그 당대 우리 지식인들이 과연 동양이란 것에 대해서 얼마나 알기나 했던가? 우리 문단의 전위적인 비평가이자 이론가였던 김기림은 너무나 막연하게 동양이란 표지만을 내세우는 수준에 머물렀다.

충분히 예상할 수 있는 일이지만 동양주의적 깃발은 이미 개화기 이후부터 제국주의적인 바람에 오염되어 있었다. 신채호는 선구적으로 그 음모를 파악하고 비판한 바 있다.[20] 그 이후 신채호의 길을

---

20 신채호는 〈동양주의에 대한 비평〉(《대한매일신보 국한문판》, 1909.8.8~10)에서 "동양주의자는 무엇인가. 동양제국이 일치 단결하여 西力의 東漸을 막는다 함이니"라고 하면서 그러한 명목 뒤에 숨은 실체는 "자기나라 국혼을 벗겨없애고자"하는 것이라고 비판했다. 그에게 그것은 같은 황인종끼리 합치자고 하면서 실제로는 우리의 국가주의를 소멸시켜 식민지화 하려는 음모가 숨겨있다는 것

따라가 보면 동양주의라는 것은 제국주의적 음모를 제쳐놓고 보아도 매우 문제가 심각한 것으로 나타난다. 왜냐하면 그것은 바로 우리 고대사 영역을 왜곡시킨 불교와 유교의 정신과 제도에 주로 연관되어 있었기 때문이다. 중국에의 종속은 근대적 식민지와는 상당히 다른 모습이기는 해도 그것 역시 우리 자신의 자율적인 정신과 제도를 왜곡시킨 결과를 가져왔다. 신채호의 역사 연구는 그러한 왜곡에 대한 끊임없는 비판이었다. 그는 바로 그 동양주의의 골자인 불교와 유교에 지배되었던 시대를 거슬러 올라가서 우리의 독자적인 정신과 제도를 발견하고자 했다. 육당 최남선의 단군 연구도 마찬가지 길을 걸었다.

1930년대 후반에 불었던 동양주의 바람은 그 이전부터 꾸준하게 전개되었던 이러한 문제의식을 제대로 이어받지도 못한 상황에서 혼란스런 모습만을 보여주었다. 예를 들어 풍류적 인간에 대한 백철의 논의도 그러한 비판적인 맥락을 모르고 있었기 때문에 어정쩡한 태도로 통속성을 면치 못했다. 그에 대한 사회주의자들의 비판도 역시 마찬가지 수준이었다. 심지어 김태준 같은 사람들은 신라의 화랑제도를 '귀족적인 등산구락부'라고 이야기할 정도였고, 단군시대를 허황된 신화로 몰아가는 일본인 학자들의 노선을 따르고 있었다. 그는 사회주의자로서 그 시대에 노예시대라는 부정적인 이름표를 다는 임무를 잊지 않았다. 1930년대 말에 있었던 한 좌담회에서 사회주의 이론가인 인정식은 그 자리에 초빙된 일본인 학자에게 신라의 고유한 문화에 대해 운운했다가 큰 망신을 당했다. 그 일본인 학자는 경

___

이었다. 이러한 그의 비판은 그 이후 전개된 역사 과정에서 입증되었다. 일본은 식민지 말기 태평양전쟁을 주도하면서 다시 한번 이 동양주의를 강력하게 내세웠다.

주에서 볼 수 있는 것은 모두 페르시아와 인도의 모방품 밖에 없다고 말했던 것이다. 인정식은 그에 대해 한마디 반박조차 하지 못하는 어이없는 수준을 보여주었다.

진보를 외치면서 우리의 고대를 형편없는 원시시대로 묘사하고, 단군연구자들을 회고주의자로 몰아가기를 주저하지 않았던 사회주의자들이 일본 학자들 앞에서는 이렇게 고양이 앞의 쥐처럼 꼬리를 내렸다. 그와 비교해보면 신채호와 최남선 그리고 안재홍 등이 우리의 고대사 영역을 외롭게 답사하면서 근대 식민지에 이르기까지 오랜 세월의 종속적인 역사를 거둬내고 독자적인 정신과 제도의 당당한 모습을 복구시키려 노력했던 것은 너무나 아름다운 일이었다.

나는 이들의 관점을 정리해서 우리의 고대를 '원시적 고대'라고 불러보겠다. 통일신라 이후의 종속적인 역사시대를 '봉건적 고대'라고 해보자. '동양주의'는 바로 이 '봉건적 고대'의 이념과 관계가 깊다. 봉건적 고대는 유교 불교시대였다. 우리의 자율성을 이끌어내기 위해서는 그 시대를 넘어가야 한다. 동양주의와 서구적 근대주의에 맞설 수 있기 위해 달려가야 할 곳은 우리의 '원시적 고대'이다.

이상은 성천으로 떠나는 여행에서 바로 그러한 곳을 향하고 있었다. 그는 자신도 모르게 고구려 창건 설화에 얽힌 전설적인 지명인 비류강으로 향하고 있었던 것이다. 그가 자각했든 그렇지 못했든지 간에 그는 우리의 원시적인 고대사 영역에 발을 들여놓고 있었다. 그는 아마도 그렇게 먼 고대적 연원에서 흘러왔을 누에치기의 아름다운 모습을 마치 한폭의 낙원풍경처럼 자신의 글 중심에 놓을 수 있었다. 거기서 누에와 처녀들 사이에 벌어지는 일이 "말캉말캉한 로맨스"라는 멋진 말로 표현되었다. 그 말 속에는 누에와 비단의 부드럽고 탄력적인 촉감 위에서 벌어지는 기대와 서두름, 흥분, 황홀감 등이 스며있다.

이렇게 동양주의와 비교해볼 때 우리에게 원시주의는 매우 색다르게 다가온다. 김기림은 비록 원시주의를 소박한 도피주의 정도로 비판했지만 그가 동양주의와 원시주의를 구분했던 것은 정확한 판단이었고 매우 중요한 일이었다. 그렇다면 그에게 원시주의란 과연 무엇이었을까?

그는 〈'동양'에 관한 단장〉에서 프레이저와 마르셀 모스 같은 인류학자들 그리고 고갱이나 로렌스 등이 원시주의에 관심을 갖고 있다고 소개했다. "원시시대를 재현하려고 한 야수파는 드디어 이러한 感傷을 한개의 예술운동으로 승화시켰던 것이다"[21]라고 말했다. 여기서 그가 부정적 어법으로 표현한 '이러한 감상'이란 말은 오세아니아, 폴리네시아, 아프리카의 원주민들과 남미 인디언들을 연구했던 인류학자, 고고학자, 민족심리학자들에게도 적용되는 것이다. 원시민족의 삶과 문화에 대해 서구인들이 찬탄한 것을 두고 한 말이다. 그는 감정의 허위적인 과장을 낭만주의적인 감상성이라고 흔히 말해왔다. 이들에 대해서도 그러한 자기 식의 가치절하적인 어투를 사용한 것이다. 그는 서양문화의 해독소를 원시문화에서 구하려고 하는 발상을 비이성적인 것으로 비판하고, 원시인으로 돌아가서 자연에 굴복하여 살아가는 것이 얼마나 황당무게한 일이냐고 말한다. 그러니 서양은 이제 마땅히 동양을 우러러보아야 한다는 것이다.[22]

이러한 김기림의 원시주의 비판 역시 너무나 상식적인 수준에서 조급하게 이루어진 것이다. 그는 근대적인 이성과 그에 따른 자연정복이라는 서구의 가치관을 여전히 가장 중대한 뼈대로 존속시킨다.

---

21 《문장》 폐간호, 1941.4, 211쪽.
22 위의 책 213쪽 참조.

서구적 근대문화에서 비판되어야 할 가장 중심적인 문제들을 그는 외면한다. 아니 오히려 그것은 그대로 보존해야 할 것으로 여기며 그에 동양주의를 덧붙이자고 주장하고 있는 셈이다.

그러나 김기림이 주장했듯이 자신이 들었던 인류학자들이 모두 그러한 원시적인 문화를 긍정적으로 평가했던 것은 아니다. 말리노프스키는 아프리카의 한 종족과 몇 년 동안 생활하면서 그들을 관찰했는데 거기서 그는 별로 큰 즐거움이나 경이를 느끼지 못했다. 그는 유럽적 생활에 대한 향수에 시달리며 그들 옆에 머무르는 관찰자의 역할에서 권태와 지겨움을 느끼며 견뎌야 했다.[23] 프레이저는 직접 원주민들의 삶에 뛰어들지는 않았지만 그 숱한 민속지들을 뒤지면서 자신의 책을 쓰는 것이 원시 야만인들의 슬픔과 오류에 쌓인 역사를 기술하는 것으로 생각했다.[24] 이들에게 원시적인 사유와 삶들은 극복되고 교화되어야 할 야만적인 것이었지 생명력에 가득찬 것이 아니었다.

그러나 마르셀 모스 같은 사람의 생각은 달랐다. 그는 《증여론》에서 그러한 원주민들의 삶이 보여주는 포틀래치나 쿨라 같은 증여적 교환방식 혹은 사물의 증여적 순환에 커다란 가치를 부여했다. 그것은 유럽인들의 배타적인 교환방식과 매우 달랐지만 오히려 자본주의적 근대사회에서 누릴 수 없는 삶의 풍요로움을 보여준다고 생각되었다. 일찍이 타히티로 도피했던 고갱은 원주민 남성들과 배를 타고 나가서 물고기들을 사냥했을 때의 일을 행복하게 추억했다. 그는 그렇

---

23 이에 대해서는 김용환의 《말리노프스키의 문화인류학》(살림, 2004)의 11쪽에 나오는 현지 조사 중인 말리노프스키 사진 해설 부분을 보라.

24 프레이저는 자신의 《황금가지》를 "인간의 어리석음과 실수에 관한 슬픈 역사"로 간주했다.

게 사냥한 사람들의 수확물을 공동체 전체가 공평하게 나누고 축제적
으로 흥겹게 요리하고 식사하는 모습을 즐겁고 경이롭게 바라보았다.

스티븐 아이젠만에 따르면 고갱은 선구적인 민족지 학자였다. "현
지를 조사하는 20세기의 민족지 학자처럼, 고갱도 토착생활과 문화
를 실제로 체험하면서 소재거리를 수집하기 시작했다."[25] 고갱은 타
히티의 독특한 성적 양상과 가족 인척관계의 특이성을 찬양했다. 그
리고 후에 정립된 레비 스트로스의 이론을 예상이라도 했듯이 "내 몫
의 생선은 요리된 것(문명)이고 ─그녀의 생선은 날 것(야만성)이
다"[26]라고 했다. 여기서 '그녀'는 타히티의 오지에 깊히 처박힌 마을
에서 맞이한 13살짜리 신부인 테후라를 가리킨다. 고갱은 문명과 야

고갱의 〈꽃을 든 여자〉(1891)

만의 이원성을 뒤섞으면서 그 사이
의 중용적인 제3의 지대를 탐색하기
시작했던 것이다. 고갱의 종합주의
는 이로부터 탄생했다. 그는 서구의
신화와 타히티의 신화 그리고 멜라
네시아 신화들을 결합하여 이종신화
적 종합을 이루었다. 그것은 마치
"하나로 통합되는, 촘촘하게 짜여진
하나의 직물"[27]과도 같았다. 그는
〈꽃을 든 여자〉 같은 그림을 통해
'고귀한 야만인'을 형상화했다.[28]

---

25 스티븐, F 아이젠만, 《고갱의 스커트》, 정연심 옮김, 시공아트, 2003, 75쪽.

26 위의 책, 150쪽.

27 율리우스 마이어-그레페, 《반고흐, 지상에 유배된 천사》, 최승자·김현성 역, 책
세상, 1996, 173쪽.

고갱의 원시주의가 단지 유럽 근대인들의 허위적인 낭만주의적 취향에서 비롯된 것일까? 그것이 유럽적인 자연 예찬에 대한 환멸과 그로부터의 도피[29]였던 것일까? 그렇지는 않을 것이다. 그는 자연의 신비스러운 영적 차원이 풍부하게 스며있는 원시신화에 관심이 있었다. 프랑스의 식민지가 되어 점차 사라져가는 원시적 영역을 찾아 그는 타히티의 산 속 깊숙이 들어갔다.[30] 그는 야생의 지대에 집을 얻어 타히티 원주민의 기억에 숨어있는 것들을 더듬어낸다. 그는 타히티 원시신화의 향기를 맡고 《노아노아》를 쓰게 된다. 그리고 이렇게 말했다. "이 여인들에게서는 동물적인 냄새와 담배, 식물적인 향이 감돌았다."

1930년대 중반 이후 인류학자 레비 스트로스는 남미 안데스 산맥의 정글 속을 누비며 야생적인 삶들을 뒤졌다. 그 역시 남미의 신세계에 다가서면서 거대한 삼림이 내뿜는 냄새를 맡았다. 강렬한 청신함에 취하게 되는 냄새, 파열된 열대 후추와 발효된 담배 냄새가 뒤섞인 것에서 수천년 동안 보존된 아메리카의 비밀을 발견할 수 있을 것이라고 그는 말했다.[31] 그는 '슬픈 열대' 속에서 장자크 루소의 '고

---

28 스티븐 아이젠만, 앞의 책, 76쪽.

29 레오나르도 아담, 《원시미술》(김인환 역), 동문선, 1999, 310쪽 참조.

30 고갱은 이미 프랑스의 식민지화 속에서 타히티의 야생이 퇴화되어가는 현장을 목격했다. 그는 자신의 글에서 이러한 현장의 원시적 무기력에 대해 썼다. "생명도 표정도 없이 무가 되고 무한의 공간에 삼켜져 있는 전 자연"(폴 고갱, 《우리는 어디에서 와서 어디로 가는가》, 최경해 옮김, 가람기획, 2000, 116쪽.) 고갱의 이러한 묘사는 이상이 식민지 시대 성천의 자연풍경에 대해 〈권태〉에서 비슷하게 묘사했던 것을 떠올리게 한다.
　　레비 스트로스 역시 남미를 답사하면서 비슷한 상황을 목격했다. "인간과 대지의 관계에서 구세계에서는 몇 천년이나 상호작용을 통해서 유지해온 친밀한 관계의 바탕이 되는 저 세심한 상호관계가 ―이곳 브라질 땅은 약탈당하고 파괴되어버렸다"(《슬픈열대》, 박옥줄 역, 한길사, 1998, 223쪽.)

31 레비 스트로스, 위의 책, 199~200쪽.

상한 야만'을 추적하는 자신의 목표를 밝혔다. '원시적 중간 상태'라는 이상적인 사회에 대한 탐색이 거기 놓여있었다.[32]

레비 스트로스에게 이러한 원시사회에 대한 탐색은 휴머니즘 여행의 세 번째 단계였다. 그에 의하면 휴머니즘은 르네쌍스기에 그리스 −로마적 고대성을 재발견한 것이었고, 계몽주의 시대에는 중국이나 인도 등 가장 먼 문명을 탐험하면서 이루어졌다. 서구사회는 동양주의를 거쳐서 휴머니즘을 확장시켰던 것이다.[33] 레비 스트로스는 이 세 번째 단계에서 서구문명의 진행방향에 심각한 비판과 회의를 느꼈다. 원시사회에 대한 연구가 그를 그러한 방향으로 이끌어갔던 것이다.

서구문명에 대한 루소의 강력한 비판을 배경으로 해서 그는 야수와 곤충, 정글과 암벽을 뚫고 낯선 야만인들의 지대를 헤맸던 것이다. 그런데 이러한 고갱과 레비 스트로스의 야생에 대한 열정 뒤에는 말라르메나 보들레르 혹은 랭보와 같은 상징주의자들의 미학이 엿보인다. 랭보의 아프리카 탈출에 대해 고갱은 열광하지 않았던가.

레비 스트로스는 나중에 정리된 미학적 책에서 보들레르와 랭보의 조응이론에 깊이 천착했다.[34] 그의 조응이론은 샤바농에게서 도움

---

[32] 레비 스트로스는 '루소가 자연상태를 찬미했다'고 생각하는 사람들의 잘못을 지적한다. 그는 루소가 사회 제도가 만들어낸 악을 비판하기 위한 근거로 자연상태를 상정한 것으로 생각했다. 그에 의하면 루소는 "인간성이 미개상태의 태만과 우리들의 자부심에 의해 가속되고 있는 추구 활동 사이의 '중간지역'을 고수하는 것이라면, 우리의 행복에 더 좋을 것"이라고 주장했다. 즉 중간상태가 인간에게는 가장 좋은 것이라고 루소는 생각했는데 그것은 어느 정도의 진보를 전제하며 또 용인한 것이라고 레비 스트로스는 보았다. (위의 책, 701~703쪽 참조.)

[33] Claude Lévi-Strauss, *STRUCTURAL ANTHROPOLOGY* Volume 2, The University. of Chicago Press, 1976, pp. 272~273

[34] 레비 스트로스, 《보다 듣다 읽다》, 고봉만·류재화 역, 이매진, 2005.(이 책이 파리에서 발간된 것은 1993년으로 되어 있다)

을 받은 것으로 되어 있는데 그것은 '감각의 거미줄' 이론으로 정리된다. 그는 여러 신화들 사이의 구조적 조응에 심취하면서 구조주의와 신화학에 대한 책을 썼다. 그것들은 문명과 야만이라는 서구적 이분법을 넘어서서 새로운 이상사회를 모색하고 탐구하기 위한 것이었다. 상징주의자들은 근대적인 황무지의 세속적인 세계를 견디지 못하고 지상에 남겨진 신비를 찾아 탈출하고자 했었다.[35] 이국적인 향료섬을 향한 여행에 대해 보들레르는 여러 편의 시를 남겼다. 김기림의 여행시들 배경에는 그러한 보들레르의 향기로운 여행이 놓여있다. 이상의 성천 여행도 그러한 감각적인 조응과 연관되는 부분이 있다. 이에 대해서는 마지막 장에서 논의할 것이다.

3) 원시기하학의 상징과 꿈

이상은 원시적인 신비를 찬양한 상징주의자 보들레르에 대해 별로 언급한 바가 없다.[36] 그는 일찌기 미술에 대한 취향 속에서 고호와 피카소의 흔적을 잠깐 엿보인다. 거기에 원시주의에 대한 그의 관심이 숨어 있지 않을까? 고호의 〈슬픔〉을 모작하기도 했던[37] 그는

---

35 고갱을 상징주의의 선두로 만들었던 오리에를 비롯한 상징주의자들은 원시주의 미술에서 발견한 본능, 무의식, 꿈 등을 최고의 가치로 여겼다. 많은 상징주의 예술가들은 근대세계를 거부하면서 始原과 황금시대를 그리워했다. (질 장티 외, 《상징주의와 아르누보》, 신성림 역, 창해, 2002, 90, 104쪽 참조)

36 당시에 카프 진영 소설가이자 평론가인 김남천이 문단의 보들레르 열을 비판하면서 이상을 그 대표자로 지적한 것에 비해 이상 자신은 보들레르에 대해 별 그렇다할만한 언급을 하지 않았다. 물론 자신을 비난한 김남천에 대해서도 대응하지 않았다. 당시 문단의 보들레르 열풍과 李箱을 그 대표자로 지목한 김남천의 〈자기분열의 초극〉(《조선일보》, 1938.1.28)을 참조할 것.

37 그의 첫 소설인 〈12월12일〉 첫 회 연재분 제목 위에 삽화를 그린 것인데 고호의 〈슬픔〉을 조금 더 단순화시켜 모작한 것이다.

사후에 발표된 〈蜻蛉〉[38]에서 고호의 해바라기에 대해 언급하기도
했다.

고호의 〈두 송이 해바라기〉, 1887.
고갱과 고호는 가난한 예술가들끼리 하나의 공동체를 만들고자 했다. 그
러나 서로 기질이 달랐던 둘은 상당한 갈등을 겪었고 결국 고호가 귀를
자르는 비극적인 사건으로 치달았다. 고호의 이 〈해바라기〉는 시든 모습
이다. 왼쪽 것은 새까맣게 탔다. 마치 자신의 심정처럼. 자연에서 불타오
르는 생명력의 표상으로 고호는 여러 점의 해바라기를 그렸고 고갱은 그
중의 위 그림을 선물로 받고 싶어했다. 이상은 고호의 〈슬픔〉을 모사한
그림을 자신의 최초의 작품인 〈12월12일〉 첫 부분에 실었다. 그의 유고
시인 〈청령〉에서는 고호의 해바라기를 찬미했다. "그리고어느틈엔가 南
으로 고개를돌리는듯한 일편단심의 해바라기---이런 꽃으로 꾸며졌다는
고호의 무덤은 얼마나 美로우리까."

---

38 이 작품은 김소운이 편한 《조선시집》에 실렸던 것이다. 임종국은 《이상전집》에
그것을 실었다. 이상이 김소운에게 보낸 편지를 김소운이 1/5로 줄여 고친 후 《조
선시집》에 수록한 것을 자신이 번역해서 실었다고 했다(임종국 편, 위의 책, 242
쪽 각주 참조).

고호는 고갱으로부터 약간의 영향을 받기는 했지만 타히티로 탈출하는 그를 멀리서 비판적으로 바라보기만 했다. 그는 자신의 마을과 주변 자연에서 강력하게 타오르는 생명의 불길을 포착하면 그만이었다. 고갱이 가지고 싶어 했던 고호의 〈해바라기〉는 황금빛으로 타오르는 생명의 불꽃 자체였다. 이상도 이 〈해바라기〉를 본 것은 아니었을까? 그러나 고호의 〈해바라기〉를 원시주의 미학으로 바라보지는 않는다. 그 〈해바라기〉를 놔두고 멀리 타히티로 떠난 고갱의 그림들이 원시주의적 탐구를 보여준 것으로 평가된다.

이상이 미학적으로 원시주의와 연관될 끈이 조금이라도 있었다면 그것은 피카소에 대한 약간의 관심에서 가능했을까? 이상의 자화상 중의 한 점에 대해 피카소의 〈아비뇽의 처녀들〉[39]과 관련시켜본 이보영의 분석이 있었다.[40] 피카소 그림의 가면적 얼굴과 이상의 자화상 얼굴을 비교한 것이다. 피카소의 가면적 얼굴은 아프리카 조각품에서 영향받은 것이었다. 피카소의 그러한 원시주의적 단순성과 가면적 추상성이 이상의 시에 어떤 영향을 주었을 가능성이 있다.[41] 나는 특히 그의 파편적인 이미지들이 도상화되어 나타나는 몇

---

39 장 루이 페리에는 피카소가 〈아비뇽의 아가씨들〉을 제작하는 과정에서 점차 변모되는 단계들에 주목했다. 여섯달에 걸쳐 제작되면서 3월달에 윤곽이 자리잡힌 이 그림은 7월달에 이르면 "이제껏 본 적이 없는 야성의 단계로까지 밀어붙인" 상태가 된다. 거의 괴물처럼 묘사된 창녀를 보고 그는 피카소의 시각이 "인류에게는 금지되었던 위험과 조상 전래의 공포로 가득찬 원시적인 지각과 비슷하다"고 하였다(《시선의 모험》, 염명순 역, 한길아트, 2005, 330~331쪽 참조).

40 이보영의 〈'자화상'의 파장〉이란 글이다. (그의 책, 《이상의 세계》, 금문서적, 1998.) 이상의 자화상과 피카소의 관련에 대한 이보영의 논의에 대해서는 이 책의 3장의 〈거울과 얼굴의 기호 풍경〉에서 다루었다.

41 아프리카 가면에 대해 관심을 쏟은 것은 입체파 화가들만이 아니었다. 시기적으로 중첩되어 있거나 약간 뒤늦은 초현실주의자들 역시 그러한 관심을 보였다. 그러나 입체파 화가들이 거기서 조형적인 해결책을 모색한 데 비해 초현실주

편의 시들에서 그러한 가능성을 보았다. 예를 들면 〈파편의 경치〉 〈▽의 유희〉 〈신경질적으로 肥滿한 三角形〉 〈선에관한각서7〉 〈자화상(습작)〉 등이 그러하다.

이상이 김기림에게 준 편지에서 조선일보에 발표된 〈危篤〉에 대해 한 말에서도 입체파적 사유를 보여준 부분이 있다. "근작시 〈위독〉 연재 중이오. 기능어, 조직어, 구성어, 사색어로 된 한글 문자 추구 시험 중이오. ―요다음쯤 ―脈의 血路가 보일 듯 하오."[42] 여기서 기능과 조직, 구성이라는 말에 주목할 필요가 있다. 그는 다른 글에서 기능과 구성을 장식(오너멘트)과 연관시켜 언급했었다. "장식―고대에 있어서는 오나멘트란 이따금 기능과 융합해 있었다. 평면구성, 콤포지션, 콘스트락션, 건설" "재료의 구조, 조직, 조성, 집합체 장식적 측면".[43] 이상의 이러한 언급은 다분히 입체파의 원시미술에 대한 관심과 일치한다. 피카소 역시 그러했고 피카소에게 영감을 주었던 고갱의 원시적 조각인 〈오비리〉 역시 그러했다. 고갱도 장식적인 벽화기법에 관심이 많았다. 레비 스트로스는 원시종족들의 신체도형과 기타 예술품, 생활용품에서 그러한 장식적 기하학적 도형들을 수없이 만날 수 있었다.

위에서 거론한 이상의 작품들이 지닌 특징을 한마디로 말하면 파편적이고 추상적이라는 것이다. 즉 시각적으로 그럴듯하게 보이도록 하는 미메시스적인 윤곽이 붕괴되어 있다. 하나의 사물을 전체적으로

자들은 그 속에 내재된 정신과 대화하고자 했다. 특히 앙드레 브르통은 아프리카 미술보다 우주의 시적인 해석에 기반한 오세아니아 미술에 대해 "우리의 마음의 문을 여는 열쇠 중 하나"라고 했다(S. 알렉산드리안, 《초현실주의 미술》, 이대일 역, 열화당, 1992, 24~25쪽 참조.)

42 이상, 〈私信(5)〉, 《이상전집 3 수필》, 김윤식 편, 문학사상사, 1993, 231쪽.
43 이상, 〈권두언9〉, 위의 책, 202쪽.

보여주지 못하고 깨어진 조각 몇 개만을 나열하고 있는 것이다. 그러나 이상은 바로 이 혼란스런 풍경 속에서 원시적인 기하학적 풍경을 탄생시킨다. 이 파편더미들은 자신들을 뒤덮은 근대 기하학의 메마름을 뚫고 생식기적인 의미와 연관되는 원시적 삼각형들을 솟구치게 하는 것이다. 여기에는 자연의 심오하고 거대한 신비와 풍요로운 생명력은 없지만 그것을 향한 매우 단순한 출발점이 마치 황무지의 풀처럼 돋아나 있다.

입체파에 나타나는 기하학적 이미지들이 사물들 속에서 파악된 기하학적 도형들이라는 선입견이 있다. 그러나 근대 수학의 토대가 되는 유클릿 기하학과 입체파적 도형 이미지들을 같은 계열로 볼 수는 없다. 그러한 기계론적 도형은 적어도 피카소와는 상관없는 일이었다. 레비 스트로스는 입체파를 설명하면서 그것이 세계 속에 숨어있는 더욱 진실된 이미지이며, 깊은 수준에서 현실을 조직하는 견고한 구조에 대한 관심이라고 보았다. 그는 그것이 자연 상태 그대로와 접촉하는 방식이라고 생각했다.[44] 아마도 그가 원시종족들의 신체에 그려졌던 기하학적 도형들과 그들의 조각품 그리고 생활용품에 장식된 도형들을 분석하면서 그러한 생각을 갖게 된 것이 아닐까 추측된다.

이상은 〈자화상(습작)〉에서 자신의 피라밋 같은 코(아담은 피카소를 연상시키는 가봉의 수호자 상 얼굴에서 피라밋처럼 생긴 코를 발견했다)[45]와 태고 영상의 略圖가 담겨있는 눈(우리의 암각화에 나타나는 원시적인 도형에도 '앎의 눈'이란 것이 있다. 영혼이 드나드는 신비한 눈과 관련된 원과 사각형 도형들에 관한 보고가 있기도 하다)에 대해 묘사했다. 이러한 태고적 삼각형과 원은 신체에 내포된 생명력의 비밀을 담고

---

44 Claude Lévi-Strauss, Ibid, p.278.
45 레오나르드 아담, 앞의 책, 24쪽 그림 참조.

있는 것처럼 보인다.

우리의 고대 유품인 청동거울이나 토기, 그리고 암각화 등에서 발견되는 여러 가지 기하학적 도형들은 주로 생식적인 우주적 힘들을 불러내는 것들이었다. 아마도 그것에 원시적인 상징기하학이라는 이름을 붙일 수 있지 않을까? 이상은 몇 가지 도형 중에서 삼각형을 '사랑'(amoureuse)과 관련시켰다. 아마 이 생식적 삼각형은 매우 오랜 연원을 갖는 상징 기호였을 것이다. 이미 그러한 상징체계가 다 붕괴된 황량한 근대세계 속에서 그것은 낯선 모습으로 나타났다.

이러한 원시 상징 기하학은 이상의 다른 작품들에서 파편들을 끌어모으고 이어붙이며 하나로 통합하는 종합주의적 양상으로 화려하게 펼쳐진다. 나는 '부채꼴 인간'이란 이상의 개념을 이용하여 이 부분에 대해 본격적으로 다가서보고자 한다. 고대인들이 바위를 화폭 삼아 그렸던 동심원과 소용돌이, 마름모나 타원형 그리고 번개무늬와 삼각형 등은 원시적인 기하학적 도형들 속에 파묻힌 광대한 신화적 사유와 풍요제의적 삶의 다채로운 양태들을 현대적인 시적 기호 속에서 사유해보고 싶도록 유혹한다.

이상은 학교에서 배운 근대적인 유클릿 기하학들을 실제 건축관계 일에 적용해야 했다. 그러나 폐병을 앓게 된 이후 그 일에서 떠남으로써 그러한 것들을 유희의 평면 위에서 자유롭게 뒤집어볼 수 있었을 것이다. 우리는 그의 문학 속에 등장하는, 현대의 원시적 존재[46]

---

46 프로이트는 "아이는 한 문명사회의 구성원인 어른의 원시적 존재가 아닌가?"라고 물었다. 그는 〈편집증 환자 쉬레버〉(1911) 끝 부분에서 신화와 종교라는 원시적 사유를 인류학적 어린아이의 사유로 생각했다. 그것은 마치 어른의 꿈과 노이로제에서 만나게 되는 아이처럼 생각되었던 것이다. 그는 문명의 꿈, 노이로제인 종교, 신화 속에서 유년기 인류의 사유를 보았다. (프로이트, 《늑대인간》, 김명희 역, 열린책들, 1996, 369쪽 참조.

라고 할 수 있는 그 많은 '아이'와 그들의 유희가 갖는 의미를 깊이있게 조명해 볼 수 있을지도 모른다. 〈오감도〉〈시제1호〉의 혼란스런 미로 유희에서부터 말이다.

2. 부채꼴 인간의 프랙탈적 지평

1) 원시적 총체성의 도상학 — 모자와 구두에서 부채로

우리는 이상의 문학에 대한 오랜 선입견을 성벽처럼 쌓아왔으며 아직 그 속에서 빠져나가지 못하고 있다. 그 선입견은 주로 자아 분열이나 해체와 같은 매우 미시적인 자의식 측면들에 그의 문학 전체가 매달려있다는 것이다. 물론 그러한 자아(나)가 그가 만들어낸 모든 기호들의 중심부에 있는 것은 사실이다. 그러나 그는 오히려 그 중심을 광대한 세계를 구성하려는 중심으로서만 중요시했다. 그에게 있는 수많은 파편적 이미지들은 그 자체로 볼 때 전체적인 그림을 보여주지 못한다. 그러나 그러한 것들이 긴밀하게 서로 대화하고 조응하는 기미를 알아채서 그러한 대화와 조응이 어우러지는 전체적 양상을 간파한다면 우리는 이상이 그려내려 했던 세계의 지평선에 바짝 다가설 수 있을지도 모른다.

그에게도 마치 저 시베리아 축치족의 세계도[47]나 초원 인디언의

---

47 정동찬, 《살아있는 신화 바위그림》, 혜안, 1996, 151쪽 참조. 물개가죽에 그려진 축치족의 생활도는 "고래사냥, 고기잡이, 순록사냥, 여행, 마을과 캠프생활, 성생활, 정령, 종교적 상징, 의례장면 등을 상세하게 그려놓은 그림"이라고 소개되어 있다. 정동찬은 이것을 우리의 반구대 암각화와 상당히 유사하다고 보았다. 그는 반구대 그림을 '고래사냥꾼들의 대서사시'(153쪽)라는 멋진 말로 표현했다. 나는 '생활도'를 '세계도'라는 말로 바꾸어 쓰고자 한다.

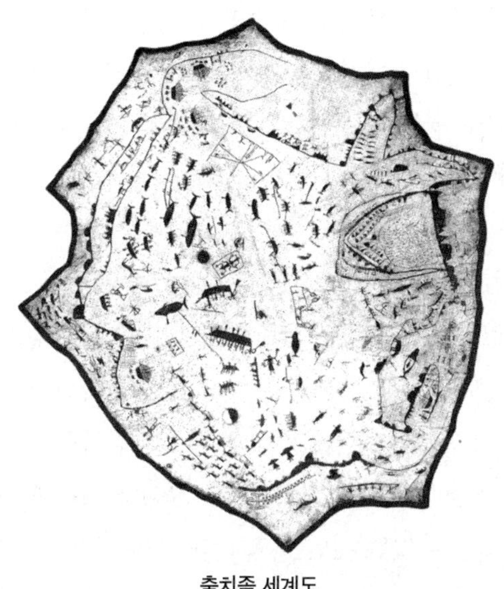

축치족 세계도

세계도,[48] 남부지방에 있는 수 인디언의 세계도[49] 같은 것이 존재할지 모른다. 미완성작으로 남겨진 〈오감도〉가 그러한 것이 아니었을

---

48 조셉 캠벨, 《신화의 힘》, 이윤기 옮김, 고려원, 1992, 210쪽 너머 그림 참조. 들소 가죽에 그려진 세계도이다. 가운데 태양광망이 몇 개의 동심원과 방사상으로 그려져 있고, 그 둘레에 청색과 붉은 색 두가지 색조로 나누어 그려진 거북, 잠자리, 나비, 말 등이 있다. 아마도 이러한 동물과 곤충들은 전체적으로 배열된 두 가지 색의 대조와 함께 방위적인 성격을 갖는 토템일 것이다. 인디언들에게 방위는 자신들의 땅을 우주론적으로 기초하는데 매우 중대한 의미를 갖는 것이었다.

49 레비 스트로스는 남부의 수 인디언 중 오세지 부족이 갖고 있는 상징체계를 분석한 바 있다. 그것은 북미 큰사슴의 몸이 갖는 우주론적 표상인데, 그 사슴의 각 부위가 세계의 각 부분에 대응한다. 털은 풀, 엉덩이는 언덕, 옆구리는 평야, 등뼈는 지평선, 목은 골짜기, 뿔은 수로망이다. 이 부족의 거북이는 꼬리가 13개로 갈라져 있는데 그것은 각각 6과 7을 의미하며 하늘과 땅, 여름과 겨울, 암과 수를 의미한다. 그 거북의 배에 있는 띠는 은하수를 상징한다.(레비 스트로스, 《야생의 사고》, 안정남 옮김, 2005, 한길사, 123쪽)

까? 빗발치는 항의 속에서 중도 하차한 〈오감도〉가 완성되었다면 그러한 '세계도'가 그려지지 않았을까? 그러나 미완성의 〈오감도〉만으로도 그가 그려내려 했던 세계에 대한 총체적 시각을 어렴풋이 느낄 수 있다. 그의 영혼과 정신의 상징인 까마귀의 높이에서 모든 것이 조감되고 있다.

축치족의 세계도에도 이러한 영적인 높이가 시선의 초점에 있다. 축치족의 세계도는 마치 높은 공중에서 내려다본 것같이[50] 광대한 규모로 조감된 모습이다. 물론 원근법적 표현은 아니며 일종의 총체적 상징적 조감도이다. 울산의 반구대 바위그림처럼 수많은 고래들이 어로 중인 배들과 함께 그려져 있다. 그러나 이러한 다양한 장면들의 배치가 그저 나열된 것만은 아니다. 왜냐하면 이 모든 것들의 중심에 전체의 의미를 관장하는 듯한 상징적인 두 도형이 자리잡고 있기 때문이다. 검게 칠해진 둥근 원은 아마도 태양인 듯 보이고, 그 밑에 배치된 사각형은 대지의 상징처럼 보인다. 그 사각형 속에는 암수(혹은 남녀) 한쌍이 상하로 결합하는 성교 장면이 들어있다. 이 중심의 두 도형이 둘레에 펼쳐진 모든 긱개의 사물들 혹은 그러한 사물들과 얽이어 벌어지는 축치족의 생활을 지배하고 있다.

반구대 바위그림도 역시 생활의 다양한 장면들과 연관되는 것들로

---

50 이 서사시적 그림은 바다와 해안, 산들, 초원, 마을과 집 등 다양한 장면을 보여준다. 그 각각은 서로 다른 관점들로 그려진 것인데 매우 간략하게 특징만을 보여주는 형상들로 되어 있다. 이 다양한 장면들을 하나로 묶는 것은 통일적인 상징체계를 갖는 공동체적 시선이다. 이 그림 전체를 조감하는 높이를 상징적인 높이라고 불러볼 수 있을 것이다. 장광직이 소개한 축치 족 儀式 그림을 보면 허공에 떠 있는 동물 정령들을 볼 수 있다(장광직, 《신화, 미술, 제사》, 이철 역, 동문선, 1995, 114쪽). 아마도 이것은 샤먼의 영계여행을 위한 동반자일 것이다. 축치족의 생활도를 그렸던 사람은 자신들의 세계를 지배하고 다스리는 영적인 높이를 가지고 있었을 것이다.

이루어져 있다. 그런데 여기서도 총체적 상징이 등장한다. 고래들이 집중되어 있는 암각화면의 왼쪽 부분을 보면 가운데에 배치된 고래들 맨 윗 자리에 성기를 돌출시킨 남자상이 있다. 이 부분의 맨 아래에는 사지를 활짝 펼친 여인상[51]이 그려져 있다. 이러한 남녀의 배치는 의도적인 것이고 상징적인 것이다. 그 둘은 성적인 측면이 과장되게 드러나 있기 때문에 바위 그림 전체에 펼쳐진 것들에 강력한 생식력을 불어넣고 있는 듯이 보인다.

반구대 암각화의 왼쪽 하단부
a 부분이 새머리를 한 초목신 형상. b는 도끼 형태 기호와 X자 기호가 결합한 것이다. c는 고래그림과 결합된 생명나무 기호이다. b는 이 생명나무를 자르는 도끼이며 생식기호인 X와 연결된 초목신 형상은 생명나무 도끼를 관장하는 샤만처럼 보인다.

---

51 정동찬은 이 인물의 가슴부분이 돌출되어 있어서 여성상이라고 보았는데 타당한 견해라고 생각한다.

밑에 그려진 여성상은 마치 발레하는 자의 도약 자세처럼 손과 발을 수평으로 한껏 펼쳐보임으로써 자신의 생명력을 강력하게 분출시키고 있는 듯이 보인다. 오른쪽 부분의 손과 발은 나뭇가지 모양으로 갈라져 있어서 이 여인상을 草木神 으로 보이게 한다.[52] 윗부분의 성기를 돌출시킨 남성상은 아래의 여인상과는 반대로 발을 모으고 손을 입에 모아 크게 소리를 내지르는 것 같은 몸짓을 하고 있다. 이것은 말 소리 또는 노래 소리를 뿜어내는 것이 아닐까? 밑의 고래들과 이 남성상을 직접 연관시켜보면 이것은 고래들을 부르는 독특한 외침이나 노래소리일지도 모른다.

신라시대 토우 중에서 성기를 크게 과장한 악사상이 보인다.[53] 이러한 것들은 노래소리 혹은 음악소리를 성적인 것과 밀접하게 연관시키도록 한다. 고대 음악의 기원은 축제적인 것이었다. 그것은 신을 찬양하거나 축제마당에 모인 사람들을 흥겹게 함으로써 모든 것을 화합시키는 작용을 했다.[54] 따라서 음악과 성의 이러한 연관은 자

---

[52] 손과 발을 이렇게 수평으로 활짝 펼친 여인상은 위에서 보았던 축치족 세계도의 중앙에 자리한 사각형의 의미를 띤다. 활짝 펼친 팔과 다리를 이으면 사각형 형태가 되는데 이것은 대지적인 것을 상징한다. 한 인물이 취한 행위를 통해 이러한 역동적 상징성을 보여주는 경우는 이것 말고는 거의 없다. 몽골 알타이의 깔박―따쉬 바위그림에 그려진 여자 샤먼은 네모진 형태의 옷을 입고 있는데 이것 역시 대지적 상징으로 보인다. 또 바가―오이구르 바위그림에서 새발톱을 한 여자 샤먼은 분명한 윤곽을 한 사각형 도형을 손에 들고 있다. (블라디미르 꾸바제프, 《알타이의 암각예술》, 이헌종·강인욱 역, 학연문화사, 2003, 74~76쪽 참조.

[53] 이난영, 《토우》, 대원사, 1998, 103쪽 그림.

[54] 육당은 우리의 고대 축제에 대해 언급하면서 '놀애'의 기원을 추적했다. 그는 '놀'이라는 어원에 주목했다. 그것은 신에 대한 경외감(놀라움), 자연의 파동(놀), 남녀의 相從 등을 모두 포함하는 것이었다. '노래'는 이러한 '놀'에서 나온 것으로 보인다. 따라서 노래와 性의 관련은 초창기 축제에서 매우 밀접한 것이었다.('놀애'에 대한 상세한 논의는 졸저, 《노래의 상상계》, 서울대학교출판문화원, 2012, 350~351쪽 참조)

연스럽다. 이렇게 보면 이 바위그림의 위와 아래에서 남자 샤먼의 노래소리(음악)와 초목신의 춤이 서로 잘 어울려 있다. 그 노래와 춤은 그 가운데 펼쳐진 바위그림 전체에 풍요제적 분위기를 퍼뜨리고 있는 듯이 보인다.

바위그림의 오른쪽 부분은 주로 육지동물들이며 새와 고래들도 같이 뒤섞여 있다. 그런데 이 부분의 가장 윗부분에 마치 하늘에 떠있는 듯한 배가 있다. 고래처럼 꼬리가 갈라진 모습을 한 이 초승달 모양의 배는 바위그림 전체를 내려다보는 듯한 형국이다. 그것은 인간 생활에 바쳐진 이 모든 생명들이 영적으로 승화되어 천상으로 가는 배에 올라타고 있는 것 같다. 아마 그것은 아래에 있는 그 모든 생물들에 바쳐진 제사를 위한 의례용 배가 아닐까? 이처럼 반구대 그림은 어설프게 마구 그려진 것이 아니다. 그것은 전체적 구성을 치밀하게 계산하여 제작한 것이다. 그것은 축치족의 세계도처럼 총체적이고 상징적인 세계의 조감도인 것이다.

천전리 바위그림에도 그러한 전체 세계도가 우주적 기하학적 상징들과 함께 암벽의 광대한 화폭 속에 그려져 있다. 고구려 고분 벽화에서는 그러한 세계도가 훨씬 세련되고 구체적인 모습으로 발견된다. 무용총 주실 천정은 둥그런 동심원들 속에 하늘의 세계가 해와 달, 별, 그리고 상징적인 연꽃과 신성한 동물들로 가득차 있다. 다른 무덤에서도 사신도는 기본적인 상징적 우주도로 배치된다.

이러한 상징적 동물은 신라 토기에서도 발견된다. 그 가운데 생식적인 전형을 보여주는 것은 바로 둥글게 말린 우로보로스적인 뱀과 그 입에 물린 개구리 모양의 토우일 것이다. 이러한 것들은 때로는 거북이와 가야금 타는 악사, 남녀성교상 등과 함께 등장하기도 한다.[55] 고구려 고분처럼 북방에서 흔히 보이는 현무도(거북을 감고 있

신라 토우장식 토기(경주 박물관 소장)

는 뱀)는 이러한 토우 상에서는 뱀과 개구리의 결합으로 나타나게 되는지도 모른다. 개구리는 흔히 다산과 풍요를 상징하는 물동물이다.

이상은 이러한 상징적 세계도가 펼쳐져 있던 시대로부터 너무나 멀리 떨어져 있다. 그는 그러한 상징도의 높이와 깊이와 폭이 모두 다 사라져버린 황량한 세계 속에 있었다. 그에게 남아있는 세계는 종이 한 장으로 된 캘린더의 세계였다. 그것은 진정한 생동감이 제거된 평면 세계였다. "태양이여 달이여 종이 한 장으로 된 칼렌다여"(〈습작 쇼윈도우 수점〉). 천문학적 리듬을 기계적인 시간 측정 단위로 기록한 근대의 달력은 그의 다른 작품들에 흔히 나오는 메마른 모습의 시계 이미지와 같다. 고대에서 흔히 발견되는 축제력과 비교해볼 때 이러한 달력에 나타나는 근대적 생활의 리듬은 그저 시간만을 기계적으로 측정하는 무미건조한 모습으로 나타난다. 그러나 이상은 이렇게 차가와진 태양과 달 이미지 옆에 까마귀와 뱀을 배치했다. 그렇게 함으로써 이 평면화된 세계 속에 자연의 광대한 생식력과 생동감을 불어넣고자 했다.

이상은 당시로서는 매우 색다른 시도를 했다. 즉 사회적이거나 역사적인 상상력에 의해서가 아니라 수학적 기하학적 천문학적 상상력

---

55 경주 미추왕릉에서 출토된 신라토우장식 항아리에서 그러한 토우들을 볼 수 있다. 이난영의 《토우》, 앞의 책, 59쪽 그림을 보라.

에 의해 또 때로는 그 모든 것을 감싸는 토템적 상상력에 의해 그러한 세계도를 그려보이려 했던 것이다. 그리고 그 밑바탕에는 자아의 의식적 측면이 아니라 생식적인 측면이 뚜렷이 자리잡고 있었다. 의식과 지식보다 생식이 우월한 지위를 차지한것이다.

그에게 생식적으로 매우 중요하고도 독특한 토템적 동물 기호인 '개'의 이야기를 펼쳐보인 〈황의 기 작품 제2번〉의 〈記四〉에서 그것은 결정적으로 이렇게 진술되었다. "심리학을 포기한 나는 기꺼이 —종족의 번식을 위해 이 나머지 세포를 써버리고 싶다".[56] 따라서 〈황의 기〉의 '개'는 단지 자아분열 등의 심리학적 측면을 보여주는 기호가 아니다. 그것은 마치 종족 전체의 삶과 관련되는 토템적 표지처럼 보인다. 그는 심리학을 버리고 종족번식이라는 토템적 목표를 지향한다.

그는 하늘의 별들이 내뿜는 빛의 운행에 대립해 있는 천문학적 지식을 비판한다. 그러한 천문학적 별의 황무지적 성격을 고발한다. 그리고 대지에 감추어진 생명력에 대립해 있는 자연, 즉 근대적 식민지화에 따른 자연의 황폐화에 대해 말한다. 그것은 이상의 시적 토템인 까마귀와 뱀의 두 상징적 기호에 포섭되는 세계도의 두 측면이다. 원시적 자연과 근대문명의 충돌적인 역학 한 가운데서 그는 자신을 발견하는 것이다. 거기서 자신의 '종족번식'을 문제삼는다. 종족번식의 토대 안에서 자기의 생식적 측면이 솟구치고 있다! 바로 이 부분이 이상 문학에 숨겨진 매우 아름답고 소중한 부분이다. 이 부분은 대부분의 이상 연구자들에게 매우 낯선 풍경이 될 것이다.

이상은 이러한 부분에 대해 깊이 사유하고자 했다. 그러한 사유의

---

[56] 김주현 편, 《이상문학전집》, 소명출판, 2009, 198쪽.

상징적 기호로 나타나는 대표적인 것이 바로 '모자'이다. 그는 자신의 모자를 찾고 있었다. "모자—나의 모자 나의 疾床을 감시하고 있는 모자/ 나의 사상의 렛델 나의 사상의 흔적 너는 알 수 있을까?—// 모자 나의 사상을 엄호해 주려므나!".[57] '나'를 훼손시키기 위해 침입하려는 것들을 감시하며 '나'를 지켜주는 이 모자는 '나'의 사상에 거대한 하늘의 입김을 불어넣어 주는 것이다.

모자는 고대의 패션에서는 신성한 지위를 상징하는 것들이 있었다. 알타이의 황금인간으로부터 신라왕관에 이르는 우주산과 우주목적인 상징체계는 그 모자를 쓴 자의 신성함을 강력하게 드러낸다. 고깔모자에 얽힌 그러한 상징의 역사에 대해 밝히고 있는 여러 논문들이 나와 있다. 김기림은 이상이 죽은 뒤에 추도시로 쓴 〈쥬피타 추방〉에서 이 시인에게 신성한 징표인 파초잎 모자를 씌웠다. 그러나 너덜거릴 정도로 찢어진 이 모자는 그러한 신성함이 훼손된 상태를 보여준다. 이상의 신성한 모자는 당시 시대상황 속에서 찢어지고 쭈그러졌다. 그렇게 만든 상황은 과연 무엇이었던가?

〈오감도〉 중 〈시제14호〉에 나오는 모자가 없었다면 위 시의 '모자'를 깊이있게 해석하기 어려웠을 것이다. 이 시는 어떤 낡은 古城에서 마주친 '역사의 亡靈'에 대해 말한다. '나'는 고성 앞에 깔린 풀밭에 모자를 벗어놓고 그 성 위로 올라간다. 거기서 주운 무거운 돌을 성의 기억(역사)에 매달아 성 밖으로 힘껏 돌팔매질 한다. 포물선을 그리면서 날아가는 기억의 궤적은 역사의 소리가 거슬러 올라오는 궤적이다. "포물선을역행하는역사의슬픈울음소리". 기억의 돌팔매질은 고성을 둘러싼 시공간에 잠겨있는 역사의 우울한 소리를 일

---

57 이상, 〈황의 기(작품 제2번)〉, 김주현, 위의 책, 197쪽.

깨운다. 이 소리는 돌이 포물선을 그리며 날아가는 소리인 것인데, 이상은 이것을 역사의 울음소리라고 표현했다.

여기에는 두 가지 측면이 존재한다. 그 하나는 물리적인 낙하법칙에 종속된 기억의 세계를 우울한 것으로 표현한 측면이다. 기억들 속에 내재된 수많은 사물과 사건들은 이 매우 단조로운 돌의 포물선이 그리는 물리적 기하학 법칙에 종속되어 있다. 이상은 역사의 법칙을 매우 명쾌하지만 단순한 물리적 법칙으로 환원시켜 비유적으로 설명하고 있는 것 같다. 그러나 그러한 환원은 기억에 내재된 것들이 본래 지니고 있어야 할 사물과 사건들의 풍요로움을 모두 박탈시킨 것이다.

그리고 다른 한 측면은 이러한 역사의 유령적 성격이다. 이 시에서 보듯이 마치 이제 막 깨어난듯한 '종합된歷史의亡靈'이 풀밭에 벗어 놓은 '나'의 모자 옆에 갑자기 출현한다. 이 '역사의 유령'은 과거라는 지하박물관에 갇혀있는 존재이다. 성벽의 돌처럼 시간의 흐름 속에서 낙하의 법칙에 종속된 것들은 대지에 용해되지 못한다. 그것들은 스스로에 고립되고 폐쇄된 채 우울한 시간의 낙하운동에 갇힌다. 이 고립된 시간의 감옥에 갇힌 것이 바로 '역사의 유령'인 것이다. 근대적인 역사는 선조적인 시간의 흐름 속에 인과론적으로 구성되는 결정론적 세계를 구성한다.[58] 선조적 시간의 흐름은 시간의 낙하운동과도 같다. 과거에 대한 역사적 기억은 그러한 선조적인 시간의 끈을 잡아당기는 것과도 같다.

이상은 여러 작품들에서 무덤과 유령과 골편의 이미지들을 보여준다. 이러한 고고학적 파편들은 자신들을 강력하게 통합시킬 전체적

---

58 유리 로트만, 《문화기호학》, 유재천 옮김, 문예출판사, 1998, 335쪽 참조.

생명력을 상실하고 있다. 역사를 구성하는 기억의 단편들 역시 그러한 메마름을 갖고 있다. 그에게 유령은 그러한 메마른 물질마저도 사라진 그림자 같은 것이다. 이 시에서 장승처럼 서 있는 걸인의 이미지는 역사의 망령을 더욱 비활력적이고 빈곤한 모습으로 부각시킨다. 여기서 그는 오래된 낡은 성의 주인 유령처럼 보인다. 이 낡은 고성은 사라진 세계의 흔적이다. 그것은 저절로 '내' 굳어진 기억들의 세계에 조응한다. 또 성의 재료인 돌들은 마치 기억의 재료들처럼 보인다. 내가 던진 돌은 바로 이 성의 구성재료인 것이다. 이 돌을 던짐으로써 이 성에 잠들어 있던 '역사의 망령'이 깨어나게 된다. 그런데 그는 마치 걸인과 장승같은 이미지를 하고 나타난 것이다.

역사는 단지 개인들의 기억을 통해서만이 깨어난다. 그리고 역사는 그러한 기억들의 단조로운 궤적을 마치 자신을 구원하는 생명줄처럼 붙잡고 그것을 타고 올라온다. 그리고 그 궤적을 슬프게 울리는 통로로 만들 뿐인 그것은 그렇게 함으로써만 간신히 종합되고 구축되는 유령적 허상이다.[59]

그의 모자는 그러한 역사의 망령에 질식당할지 모르는 위기를 맞고 있다. "공중을향하여놓인내帽子의깊이는절박한하늘을부른다. 별안간乞人은慄慄한風彩를허리굽혀한개의돌을내帽子속에치뜨려넣는다. 나는벌써氣絶하였다."[60]

여기서 '모자의 깊이'에 담겨야 할 것은 무엇일까? 절박하게 하늘을 부른다고 하지 않고 '절박한 하늘을 부른다'고 한 이유는 무엇일까?

---

59 프랑수아 도스는 역사가 기억의 단조롭고 단일한 특성만으로 구성된다고 비판했다. 그는 "기억에 대한 의무로 인해 저마다 자신의 역사가가 된다"고 말했다. (프랑수아 도스, 《역사: 성찰된 시간》, 김미경 옮김, 동문선, 2001, 74쪽)
60 임종국 편, 《이상전집》, 223쪽.

광대한 하늘과 나의 모자는 본래 매우 밀접한 상관관계를 지닌다고 보아야 한다. 모자는 깊이를 갖는다. 그것은 하늘이 담기는 깊이일 것이다. 즉 모자는 바로 그러한 하늘을 담고 있음으로써 그것을 쓴 사람을 풍요롭게 한다. 그러나 역사의 망령이 그러한 '모자의 깊이'를 위협한다. 광대한 하늘이 자신의 창고이자 작업장인 '모자의 깊이'를 잃어버리지 않을까 안절부절한다. '절박한 하늘'은 나의 위기를 더 높고 광대한 위치에서 절박하게 표현해준다. 하늘의 높이를 누가 정복하는가 하는 게임이 여기 있다. 성 밑의 걸인은 오히려 성 위의 나보다 더 위에 서 있다고 이 시는 말한다. 그 때문에, 즉 나의 높이가 정복됨으로써 나의 모자와 하늘이 절박해 진 상황이 된 것이다. 이상의 다른 작품들에서 하늘의 별들이 황량해진 것은 바로 이렇게 나의 높이가 정복되어 버렸기 때문이다.[61] 역사의 망령이 높은 곳에서 모든 것을 자신의 손아귀에 지배하게 되면 나의 사상은 그 역사의 낙인만을 좇게 될 것이다.[62] "내이마에는싸늘한손자국이낙인되어언제까지지지어지지않았다."

이상은 이 시에서 기억의 포물선 이미지를 통해 역사의 운동을 물리학적 기하학적인 이미지로 포착했다. 역사는 인간의 많은 삶들을 그렇게 몇 가지 기하학적이고 수학적인 법칙처럼 추상적인 도식으로 환원시켜 정리할 것이다. 광대한 우주적 지평에서 꿈틀거리던 사건

---

61 이러한 상황을 잘 말해주는 시가 이상의 〈1933.6.1〉이다. "天秤 위에서 30년동안이나 살아온 사람(어떤 과학자) 30만개나 넘는 별을 다 헤어놓고 만 사람(亦是)". 근대적 과학의 본질인 수량화가 지닌 문제점을 파악하고 있는 이 시는 그러한 결과 하늘 역시 수량화의 대상이 되어 있음을 보여준다. 근대사상, 근대과학이 하늘의 높이를 정복해버린 것이다.

62 이상의 〈수염〉에 나오는 아메리카의 유령은 아마도 역사의 망령을 선도하는 유령인 것 같다. "아메리카의幽靈은水族館이지만大端히流麗하다/ 그것은陰鬱하기도한것이다." 이 유령은 기계화 대중화 시대를 선도한 주인공이기도 하다.

들은 단조로운 사건들의 집합으로 대체되어 역사적으로 재구성될 것이다. 그것은 아마도 매우 무미건조한 세계, 계산해보기 쉬운, 이성적 법칙으로 환원된 단조로운 세계만을 남기게 될 것이다.

이상은 '죄를 품고 식은 침상에 잤다'고 〈시제15호〉에서 노래했다. 그 식은 침상은 바로 차가운 거울 평면이다. 그 차가운 유리거울을 노래한 시 바로 앞에 위의 시 〈시제14호〉가 놓인다.

앞의 〈황의기4〉에서 "나의 疾床을 감시하고 있는 나의 모자"라는 구절에서 '疾床'은 무엇인가? 〈시제15호〉의 '식은 침상'과 어떤 관련이 있지 않을까? 유리거울의 평면은 거울 밖의 사물들, 사건들이 생명력을 잃고 그림자처럼 소리없이 누워있는 '식은 침상'이다. 즉 죄수처럼 불안과 공포스런 상태로 누워있어야 할 병적인 침상인 것이다. 〈황의기4〉의 '疾床'도 그러한 병적인 침상이다. 그는 그러한 침상 위에서 '나의 모자', 광대한 하늘을 자신의 깊이 속에 담아내야 할 모자를 찾고 있다.

마치 키리코의 그림에 나올 것만 같은 〈시제1호〉의 불안하고 공포스러운 거리의 하늘 위에 떠 있을 까마귀처럼, 그 모자 역시 그렇게 하늘에 떠 있다. 그러나 그의 사상은 단지 허공에 떠있는 것만은 아니다. 그것은 자신의 근대적인 病床이 지닌 문제점과 한계를 정확히 파악하고 비판하고 있다. 그것은 이 지상에서 풍요로운 생식력을 광대한 하늘의 힘으로 증폭시킴으로써 대지의 황무지적 병을 치료하려 한다.

이상에게 獷이란 개는 대지적 성격을 갖는다. 그것은 대지에 불륜의 구멍을 뚫고 나오기도 한다. 이 개는 〈어리석은 석반〉에 나오는 암캐에서 가장 뚜렷하게 생식적 성격을 드러낸다. 뒤에서 다루게 될 대지적 외디푸스인 절름발이 존재가 이러한 생식적 개와 연관된다. 레비 스트로스에 따르면 대지의 구멍에서 빠져나온 외디푸스는 흔히 절름발이로 표현된다. 대지를 깨뜨리고 빠져나오는 마야의 옥수수 신에서 보듯이 그러한 이미지들은 모두 한 종족을 먹여살릴만한 강력한 근원적 존재를 가리키고 있다.

나는 이상의 대지적 이미지들이 그의 근원에 대한 계보학적 탐구에서 어떤 역할을 하는지 뒤에서 다루어볼 것이다. 그런데 이상은 이러한 개 이외에도 '발' 혹은 '구두'라는 대지적 기호들을 보여준다. 그것들은 주로 지상에서의 힘든 발걸음을 드러내주는 것들이다. 즉 그것은 이상 문학의 제1공식인 '아이들의 달리기'와 대립하는 기호들인 것이다. 〈구두〉에서 그것을 분명히 볼 수 있다.

> 그러나 나는 이 문으로 들어가는 것을 자발적으로 면하기란 죽어도 오히려 불가능할 것이다.
> 이윽고 중오에 핏줄 선 내 눈은 한 켤레의 구두를 본다.
> 구두! 오래도록 思念의 저 편에 있으면서 뼈처럼 녹쓴 한 켤레 구두인 것이다.[63]
>
> — 〈구두〉 1연 부분

이 시에서 '구두'는 문턱에서 멈춘 자의 시야를 사로잡는다. 그것은 '발'의 또 다른 대체적 기표이다. 더 이상 길을 가지 못할 수도 있는, 처참하게 뼈처럼 말라붙은 구두는 인생항로의 마지막 한계에 부딪혀 있다. 그것은 "땅을 기어가는 피를 빤(吸) 피의 언덕에/ 난선(難船)한 닻을 내려야만 할 것"처럼 처참한 모습이다. 그러나 그것은 결국 새로운 항로를 위해 닻을 올리게 될 것이다.

---

63 임종국 편, 《이상전집》, 289쪽.

이상은 이 시에서 대지에 뿌리박는 나무 이미지를 '구두' 속에 심는다. 이때 '구두'는 정확하게 우리가 위에서 살펴본 '모자'와 대비되는 기호이다. 머리와 발을 감싸는 이 두 가지 의상철학적 기호가 합쳐짐으로써 이상의 기호학은 우주론적 영역을 갖게 된다. 바로 이 광대한 영역 속에서 그의 문학 전체를 포괄할 '부채' 이미지가 탄생하는 것이다. 그것은 그의 '모자'와 '구두'라는 빈곤하고 결핍된 근대적 패션기호를 넘어서 간다. 이 두 패션 기호들은 대지와 하늘을 모두 담기에는 너무 현대화되어 있다. 과거의 총체적 상징들을 무너뜨린 근대적 사유체계 속에서 실용주의적으로 일상화된 이 디자인은 파편적인 이미지로만 존재한다. 시인은 그러한 빈곤한 디자인을 새로운 우주적 기호로 다듬어내려 한다. 그러나 시인의 무기력한 신체를 감쌀 뿐인 패션적 의상으로부터 그것은 광대한 우주적 영역으로 비상해야 한다. 영혼의 상징적인 의상으로까지 그것은 이행되어야 할 것이다.[64]

나는 이상에게서 '부채'라는 고대적 패션이 모자와 구두의 그러한 영적 이행이 갖는 한계를 어떻게 넘어서는 것인지 알아보고자 한다. 이상은 근대적 파편성을 넘어서기 위해 '부채꼴 인간'이란 개념을 내세웠다. 이상은 '부채' 이미지에 어떤 개념과 사상을 집어넣은 것일까? 그것은 《조선과 건축》에 실린 〈권두언8〉[65]에 언급되어 있다. 짧은 아포리즘 형식을 띤 한 토막 글이다.

---

64 신라시대 짚신형 토기는 새끼줄을 꼬아 만든 일종의 황금신발을 보여준다. 이것은 대지의 풍요로움이 가득 담긴 '황금의 뿔잔'이 변형된 것처럼 보인다. 그리고 그것은 영혼을 태우고 가는 배 이미지를 갖고 있기도 하다. 이상의 근대적 패션인 구두는 이에 비하면 너무나 가난한 배, 빈곤한 항해를 상징한다.

65 김윤식 편, 《이상전집 3 수필》, 앞의 책, 201쪽.

부채꼴의 인간 …… 원시인은 혼자서 사냥꾼, 공예가, 건축사,

의사를 겸했다 …… 현대인은 그 중 하나를 선택한다.

미래는 전적인 인간을 요구한다. 대조에서는 인간은 목적이다.

인간에서 성욕을 控除하는 것, 인간에게 번식을 정지하는 것.[66]

여기서 그는 분명히 현대인의 분업화된 모습을 비판하고 있다. 그가 꿈꾸는 전적인 인간은 마치 부채처럼 다양한 영역들을 모두 포괄함으로써 전체적으로 골고루 발전된 총체적 모습으로 다가온다. 이상은 〈관중〉이란 글에서 근대 이후에 나타난 개인과 전체의 분열에 대해 말한다. 그는 여기서도 그 특유의 스포츠 비유를 통해서 말한다. "타원형의 스탠드에 충만해 있는 관중은 그것들의 전체가 형성해가고 있는 타원형에 대하여 의식하고 있는 경우가 드물다. ―전체를 보기 위해서는 관중으로서의 입장을 내던지지 않으면 안된다. 거

---

[66] 《조선과 건축》에 실린 권두언이 과연 李箱의 글인가에 대한 의문들이 제기되기도 한다. 글 끝에 있는 서명 'R'은 과연 이상을 가리키는 것일까? 〈날개〉의 삽화에 나오는 알약에 기입된 이상의 영문 표기는 'RI SANG'이다(알약에 새겨진 이상의 영문표기에 대해서는 내 박사과정 수업시간에 황군의 발표가 있었다.). 따라서 'R'은 'RI'를 축약한 것일지 모른다. 〈권두언8〉에 나오는 '부채꼴 인간'과 '전적인 인간'은 그 글 끝에서 성욕과 번식(생식)의 문제와 긴밀하게 관련되어 있다. 이 글보다 1년 정도 먼저 발표된 〈선에관한각서3〉과 〈선에관한각서4〉에서 비슷하게 '부채'의 이미지와 성적인 이미지가 제시되어 있다. 이 두편의 시는 '빛보다 빨리 달아나는' 새로운 인간 탄생을 선언하는 두 편의 시, 즉 〈선에관한각서2〉와 〈선에관한각서5〉 사이에 끼어 있다. 〈각서3〉의 부채 이미지는 사유의 완벽한 무한 원운동을 가리킴으로서 '부채꼴 인간'의 이미지를 보여주는 것 같다. 〈각서4〉는 질주하는 탄환과 해면질로 충전된 폭통(瀑筒)을 통해 성적 이미지를 보여준다. 즉 두 편의 시는 정신적 사유활동과 생식적 활동의 새로운 차원을 예시한 것이다. 〈권두언8〉은 이 두 측면을 한 편의 글에서 서술하고 있다. 이러한 주제적 대응을 통해서 〈권두언〉의 필자를 확정해 볼 수 있지 않을까?

기에서 異狀兒를 찾아내는 天才의 출현이 있다. 이 異狀兒 이미 관중은 아니다."[67] 우리는 여기서도 부채꼴적 관점을 엿볼 수 있다. 타원형 경기장 전체를 내려다보는 천재적 異狀兒는 〈시제1호〉의 까마귀와도 같다. 이 천재적 이상아는 바로 이상이란 필명에 숨겨진 본래의 뜻일 것이다.

원시인은 그것을 위한 하나의 모델이다. 이 짧은 언급에서도 우리가 확인할 수 있는 것은 그러한 다채롭게 부채처럼 활짝 펼쳐진 삶의 중심에 생식력인 성욕과 번식의 문제가 자리잡고 있다는 것이다. 〈황의기4〉에서 강조된 주제는 이미 초창기에서부터 언급된 것이다. 나중에 보게 되겠지만 이상의 문학에서 중요하게 작동하는 뇌수와 생식기라는 두가지 대립적인 기호에서 근본적인 것은 후자이다. 복잡하게 분화되는 파편적인 근대세계에서 점차 억압되는 것은 바로 그 자연의 원초적 생식력인 것이다. 그 생식력이야말로 자연 속에 있는 것들을 모두 전체적으로 묶어주는 그물 역할을 해준다. 근대는 그 총체적인 인다라망을 훼손시키거나 억압했다. 그리고는 눈에 보이는 물리적 법칙으로 묶이는 엉성한 끈들만을 남겨놓았다. 이상은 그러한 근대적 법칙과 대항해서 그의 악마적 불길을 불러낸다. 그의 작품들 전체를 관류하는 이 도전적이고 파괴적인 불길은 수준있는 독자들도 견디기 어려운 파편적 언어, 맛보기조차 힘든 쓰디쓴 언어들로 우리를 괴롭혀왔다.

---

67 이어령 교주, 《이상수필전작집》, 갑인출판사, 1977, 240쪽.

2) 초광학적 프랙탈 세계

이상의 초창기 시에서 〈선에관한각서5〉는 이러한 그의 총체적 사유를 알아보는데 매우 중요한 자료를 제공한다. 이 시는 이상을 가장 유명하게 만들었던 〈오감도〉 중 〈시제1호〉의 반대편에 서 있다. 즉 이 시는 '오감도'의 폐쇄된 미로의 감옥(〈시제1호〉에서 볼 수 있는)을 활짝 열어보인 시인 것이다. 거울의 시인이기도 한 이상에게 가장 기본적인 모티프는 거울과 관련된 光學이다. 이 빛의 기하학(광학)의 한계를 돌파하는 세계가 여기 개진되어 있다.

사람은광선보다빠르게달아나면사람은광선을보는가(…중략…)

미래로달아나서과거를본다,과거로달아나서미래를보는가,(…중략…)과

거에살으라,광선보다빠르게미래로달아나라[68]

이 시를 읽으면 마치 아인슈타인의 이론을 비판적으로 진술한 것 같은 생각이 들 정도이다. 인간이나 메시지가 빛의 속도보다 결코 더 빨리 진행할 수 없다고 아인슈타인은 말했었다. 이것을 '빛의 장벽'이라고 한다. 이것은 시간적으로 과거로 돌아갈 수 없다는 '엔트로피 장벽'을 발견한 이후 우주에 새롭게 등장한 또 하나의 장벽이었던 셈이다.[69] 따라서 이상의 위 시는 이 두 장벽을 뛰어넘는 상상적 정신적 달리기를 하고 있는 셈이다.

---

[68] 이상, 〈선에관한각서5〉 1, 2연 부분, 임종국 편, 《이상전집》, 앞의 책, 258쪽. 〈선에관한각서1〉에서도 '광선보다 빨리 달아나면 태고의 사실이 보여질 것이 아닌가'라고 비슷한 이야기를 하고 있다.

[69] 존 브리그스, 데이비드 피트, 《혼돈의 과학》, 김광태·조혁 옮김, 범양사, 1991, 151쪽 참조.

이상은 이러한 이상한 달리기를 〈月傷〉에서도 보여준다. "드디어 나는 내 前方에 疾走하는 내 그림자를 추격하여 앞설 수 있었다". 여기서는 빛 대신 그림자를 갖다놓았다. 그러나 그림자는 대상에 투사된 빛의 안감인 것이다. 따라서 그림자를 앞섰다는 것은 빛보다 빨리 달아났다(달렸다)는 의미이기도 하다. 이 두 편의 시 즉, 〈선에관한각서5〉와 〈월상〉은 동일한 주제를 다른 방식으로 서술한 것이다.

이러한 시들 속에서 이상은 직선적으로 고정된 시간, 계기적인 시간을 붕괴시킨다. 근대적으로 수량화되어 분할된 시간은 시계의 눈금으로 측정된다. 그것은 12 도막으로 쪼개진 시계의 잣대로만 측정될 뿐이다. 위에서 든 두 개의 장벽에 갇힌 자들에게는 이러한 기계적이고 직선적인 시간에 삼투되고 포박된 세계만이 존재한다. 이상의 독특한 '달리기'는 바로 이러한 기계적 직선적인 세계를 뒤흔들기 위한 '무서운 질주'이다. 그의 작품 도처에 나오는 시계에 대한 비판적인 이미지는 이러한 관점에서 이해되어야 할 것이다. 그는 순간들에 집착하게 만들고 계속해서 시간의 강박관념에 쫓기는 삶을 공허한 것으로 비판했다. 좀더 긴 시간의 흐름을 마치 거대한 병 속에 담아놓은 듯한 그러한 여유로운 시공 속에서 거기 녹아있는 듯이 존재하는 그러한 순간들을 그는 원했던 것 같다. 그의 수필 중 〈년말〉을 보면 그러한 긴 시간, 헤아릴 수도 없을 영겁의 시간에 대한 그의 목마름이 나온다.

과거를 돌아보기 위해서 또는 장래를 생각하기 위해서만 歲末의 의의가 있다. 일주 일개월 일개년 다같이 하나의 '포인트'를 구할 수 있다. 그러나 확실한 '포인트'는 1주로서는 모자란다. ―10개년에도 다같이 부족하다. ―원래 인생에 결론을 부여한다는 것부터가 부질없는 일인지 모

른다. 永劫인 流轉 가운데 終始를 구할 수 있겠는가.[70]

한 시기의 매듭을 짓는 歲末의 의미를 그는 생각해본다. 새로운 날들의 또 다른 매듭을 앞에 두고 과거의 의미를 정리해보는 것이다. 그는 그렇게 지나간 시간의 매듭을 돌아다보는 계기인 '포인트'를 10년 단위에서도 구하기 어렵다고 말한다. 사실 그렇다. 10년 동안에 시시비비와 성공여부에 대한 가치평가를 정리하는 것이 과연 정확하고 정당한 것이라고 감히 말할 수 있겠는가? 주나라 문왕 때 강태공은 늙은이가 되어 남들은 폐인이 될 나이까지 고기도 물지 않는 곧은 낚시질을 하지 않았던가. 남들이 보기에 젊은 시기의 몇 십년을 어리석은 사람처럼 허송세월한 것 같은 그를 그 몇 시기를 쪼개서 가치평가해본들 그것이 무슨 소용이 있겠는가? 이상은 그리하여 '永劫의 流轉' 가운데서 처음과 끝을 구할 수 있겠는가 라고 묻고 있다.

사람은 엔트로피 장벽과 빛의 장벽에 갇힌 삼차원 물질 세계 속에서 직선처럼 흐르는 시간에 몸을 담그고 있다. 그러나 그의 사유와 무의식은 그러한 장벽을 넘나든다. 제대로 된 사람이라면 어떻게 삼차원적인 육체의 삶에만 구속될 수 있겠는가. 그러나 순간들에 집착하고 거기 구속되어 갈피를 못잡는 파편적인 삶들이 근대세계의 기계적인 환경들 속에서 만연되어 있다. 근대적인 자아는 그러한 파편적인 세계 속에서 뒤흔들리며 조각조각 파괴된다. 데카르트적인 코기토, 생각한다는 행위만이 간신히 실체적인 자아의 모습으로 인정되는 것은 바로 그렇게 파괴된 자아의 빈곤한 形骸에 불과한 것이다. 주체적인 사유의 풍요로운 행위들이 모두 제거된 채 과학적인 실증

---

70 이어령 교주, 《이상수필전작집》, 앞의 책, 254쪽.

의 현미경 앞에서 모두 허상적인 것들로 뒷걸음치면서 과거의 신화적인 우주론적 사유들은 그 샘이 말라버렸다.

하이데거는 '실존의 지평'을 제시하면서 이러한 메마름을 조금 축이고자 했다. 그는 근대적인 시간의 기계적인 황량함을 극복하기 위해 실존이란 개념을 내세웠다. 그것은 현재적 순간에 과거의 단편들을 수집하고 미래를 투사해서 실존적 시간을 풍요롭게 부풀리는 것이었다. "우리는 실존의 지평을 참조함으로써, 즉 우리의 과거를 재수집하고 우리의 미래를 투사함으로써 현재 속에서 우리 스스로를 이해할 수 있을 뿐"이기 때문에 인간 존재의 본질인 시간성을 새롭게 파악해야 한다고 하이데거는 생각했다.[71]

이러한 실존주의적 사유는 근대적 사유에 대한 반성의 초기 단계적 모습을 보여줄 뿐이다. 칼 융은 그의 신화적 사유를 발전시키면서 한 개인들 속에 들어있는 광대한 기억, 혈통을 거슬러 올라가는 먼 조상들의 기억까지도 심리학적 고찰 범위에 두었다. 그는 자신의 체험 속에서 그러한 느낌을 갖기도 했다. 아프리카 여행에서 만났던 한 사람과 그는 멀고 먼 과거에서부터 연결되고 지속되는 어떤 삶을 살고 있었다고 말했다.

> 5천년전부터 나를 기다렸던 저 어둠의 사람을 내가 알기라도 하는 것 같았다. ─나는 그의 세계가 무한히 먼 과거에서부터 나의 세계였음을 알았을 뿐이다....[72]

삶과 죽음의 긴 시간들을 건너는 이러한 느낌은 오늘날 더 이상 존

---

71 마단 사립, 《알기 쉬운 자끄 라깡》, 김해수 역, 백의, 1994, 68 쪽 참조.
72 게르하르트 베어, 《융》, 김현진 역, 한길사, 1999, 151쪽.

중되지 않는다. 우리의 고대사 부분과 연관된 《삼국유사》에는 이러한 느낌들을 전하는 이야기들이 많이 나온다. 서정주는 한국전쟁의 참담함 속에서 정신분열을 일으키고 거의 죽을 지경에 이르렀다. 그는 이러한 이야기들에서 위안을 찾으며 생기를 회복했다. 그 후 그는 '魂交'라는 시적 정신의 기술을 제안했다. 그것은 먼 과거의 영적 존재들과 정신적으로 서로 교감하고 교류하는 것을 말한다. 그에게 정신의 역사란 이렇게 교감되는 정신들이 만들어낸 밧줄들이 끊임없이 엮이며 연속되는 '길고 긴 連結史'가 된다.

서정주가 문학에 입문할 때 가르침을 주었던 니체는 어떤 글에서 과거의 수많은 역사들을 모두 자기 것으로 소화할 수 있는 인간의 높고 광대한 정신을 고귀한 정신으로 찬양했었다. 아마도 서정주는 이러한 니체의 영원회귀적인 가르침을 우리의 고대적 정신 세계에서 색다른 형태로 발견한 것은 아닐까? 그는 영생선녀의 상들을 찾아내고, 떠도는 황진이의 삶을 자신 속에서 그리고 현대의 여인들 속에서 찾아낸다. 그는 황진이의 삶이 그녀의 죽음 이후에도 끊임없이 흘러가는 것을 본다.

그런데 1930년대 중반 어느 날에 종로의 후미진 뒷골목 방에서 미당에게 감동적으로 다가왔던 이상은 근대과학의 첨단을 뛰어넘는 초광학적 상상력을 통해서 그러한 사유를 선구적으로 펼치고 있었던 것이다. 그는 우주를 측량할 수 있는 공간과 수량화할 수 있는 운동의 세계로 좁히는데 결정적인 역할을 한 뉴튼과 대결을 벌인 것이다. 〈오감도〉는 모두 그에 대한 서술적 이미지들로 되어 있다.

아마도 〈오감도〉에서 13명의 아이들이 달아나는(질주하는) 공간은 그러한 뉴튼적 이론에 지배되는 세계였을 것이다. 그 세계의 꼭지점에 떠있는 까마귀는 그 불행한 세계도를 내려다보며 그것을 압축된 판화처럼 그려낸 존재가 아닐까? 그 꼭지점을 돌파하지 않는다면 그 아래에 펼쳐진 세계에서 이리저리 내달리거나 골목을 하나 둘 뚫어 보았자[73] 총체적인 차원개벽을 이룰 수 없다. 〈오감도〉의 암울함은 바로 거기에 있었던 것이다. 그 시에서 열심히 달아났던 '무서운 아이들'은 이상 문학 전체의 주인공들이다. 〈꽃나무〉〈절벽〉에서의 달아남도 비슷한 행위였다. 그것은 자신을 가두는 한계를 돌파하려는 적극적인 몸부림을 의미한다. 이러한 질주는 성교 행위의 은유를 동반하기도 한다. 〈가외가전〉에서 골목을 뚫으며 질주하는 행위는 성적인 분위기와 결합되어 있다. 〈절벽〉에서 꽃의 향기를 찾아 무덤을 파는 것도 역시 그렇다. 그에게 성은 근대적인 인공품들과 상품화된 육체의 황무지를 꿰뚫고 나아가려는 절망적인 섹스행위로 나타난다.

---

73 골목을 뚫는 이미지는 〈가외가전〉〈최저낙원〉 등에 나온다. 골목과 문들로 이루어진 모호하고 혼란스러우며 퇴락한 풍경들은 대개 도시 뒷골목 거리와 창녀의 육체 그리고 아버지의 가문 등이 초현실적인 꿈의 풍경처럼 뒤섞여서 만들어낸 것들이다.

대개 이러한 이미지는 욕망의 무한 추구와 관련된다. 불타는 젊음을 어쩌지 못하고 달리는 청춘 군상에 대한 최초의 이미지는 정지용의 그 유명한 〈카페 프란스〉에서 당대 독자들에게 강렬한 인상을 남겼다. "이 놈의 머리는 빗두른 능금/ 또 한놈의 심장은 벌레먹은 장미/ 제비처럼 젖은 놈이 뛰여간다." 젊은 시절의 정열을 표상하는 능금과 장미는 모두 균형을 잃거나 훼손되어 있다. 그들은 삭막하고 차갑게 자신들의 정열을 거부하는 이 도시 거리를 뛰어간다. '카페 프란스'는 그러한 도시 속의 오아시스 같은 예술적 공간이지만 거기에서도 식민지인들은 이국종 강아지처럼 외로움의 장벽에 갇혀 큰 위안을 얻지 못한다.

아무튼 이상의 소설에도 등장할 정도로 유명해진 이 시에 대한 반향은 김화산의 〈악마도〉에서도 훨씬 저급한 수준에서 확인된다. "나는狂風과가치 정욕에못이기여 街上을疾走한다/ 나는소방차다. 기관차다."(《조선문단》 4권2호, 1927.2) 친구인 시인 김군의 애인인 경자를 사랑하는 주인공의 욕정에 찬 몸부림을 그린 것이다. 김화산은 다다이즘을 선언한 사람인데 〈악마도〉에서는 침범해선 안될 사회적 금기 중의 하나인 친구 애인에 대한 악마적 사랑을 번뇌와 광기로 표현했다. 사랑의 광기가 사회적으로 구태의연한 제도와 관습들을 뒤흔들 수 있다고 생각한 것 같다.

〈且八氏의 출발〉에서처럼 그것은 황무지에 나무를 꽂는 행위이다. 황량한 세계를 극복하려는 생식적 몸부림으로 볼 수 있다. 아직 어린 아이들의 조숙한 성은 위반의 몸짓으로 황량한 거리를 무섭게 질주한다. 그러나 그것은 마치 아도니스의 성처럼 채 성숙하지 못한 차갑고 너무 습한 씨앗만을 뿌린다.[74]

이렇게 '아이들이 달아난다'라는 것은 이상 문학을 구성하는 기본공식이다. 〈선에관한각서5〉는 바로 이러한 공식 위에 있다. 이 시는 그 달아난다는 행위의 극한적 세계를 펼쳐보인 것이다. 갑작스럽게 시간과 공간의 場이 너무나 광대하게 펼쳐지면서 근대적 시공간장이 붕괴되고, 폐쇄되어 있던 세계가 활짝 열린다. 이상은 괴테의 《파우스트》를 가져와서 파우스트와 메피스토펠레스의 분열을 통합하고, 수많은 시공간에 걸쳐 분할되어 있는 '나'를 통합한다. "속도를조절하는날사람은나를모은다".[75] 빛보다 빨리 달아나는 속도를 조절함으로써 그렇게 '달아나는 사람'은 여러 시공간의 '나'를 만나게 될 것이다. 그 여러 '나'를 모아서 만들어진 '나'는 어떠한 '나'인가?

그리고 이렇게 선언한다. "全等形에있어서나를죽이라. 사람은全等形의체조기술을습득하라不然이라면사람은과거의나의파편을여하히할것인가".[76] 여기서 '전등형'이란 말은 무엇을 뜻하는가? 이것은

---

[74] 자크 브로스는 아도니스 축제의 두 측면을 포착했다. 그 하나는 아도니스 정원을 태양에 노출시키는 것이고, 다른 하나는 시리우스 별자리를 향하게 하는 것이다. 그에 의하면 아도니스는 지나치고 너무 조급하게 사용된 씨앗을 의미한다. 그것은 습하고 차가와서 여성적 성격을 갖게 된다. 여성적 남자, 조숙하고 무기력한 남자는 성적인 무기력과 생명력의 결여라는 특징을 갖는다. 이것이 바로 아도니스의 특징이다. (자크 브로스, 《나무의 신화》, 주향은 옮김, 이학사, 2007, 202~203쪽 참조)

[75] 〈선에관한각서7〉의 마지막 행에서도 비슷한 언급을 볼 수 있다. "사람은광선보다빠르게달아나는속도를조절하고때때로과거를미래에있어서淘汰하라".

등변형 도형, 부등변 다각형 등으로 쓰이는 기하학 용어에서 나온 것인가? '숯等'의 '等'은 분명히 다각형 도형의 여러 변이 같은 것을 의미하는 용어일 것이다. 수많은 변으로 이루어진 도형의 각 변이 모두 같은 것을 '숯等'이라고 할 수 있지 않을까? 그러나 이 도형은 '나'의 비유적 이미지이니 '숯等'이라는 것도 비유적인 것이 될 수밖에 없다. '나'는 이미 3차원 시공간을 넘어선 존재이니 숯等形 도형의 비유적 이미지도 유클릿적 평면 기하학을 넘어서는 것이 되어야 한다. 그것은 유클릿 기하학으로는 파악되지 않는 일종의 프랙탈 도형을 가리킨다고 할 수 있지 않을까? 즉 그것은 등변삼각형, 등변사각형을 넘어서 등변다각형에 그치는 고전 기하학(근대기하학이기도 한) 영역에 속하지 않는다. 그것은 가능한 모든 유클릿적인 등변 다각형을 초월한 도형이다. 프랙탈은 조각들이다. 그런데 여기서 이상이 전등형이란 말로 표현한 것은 프랙탈적으로 말하면 무한히 계속해서 분할되는 조각을 가리킨다. 결국 '숯等'이란 無限 等分을 가리킨다고 보아야 한다.

제임스 글리크는 프랙탈은 무한을 보는 방법이라고 말했다. 코흐의 눈송이는 보이지 않게 될 정도로 무한히 분할되는 작은 삼각형들이 육각 별의 각 변에서 무한히 증식한다. 코흐의 눈송이는 결국 무한히 쪼개져 증식하는 삼각형들로 이루어진 무한대의 굴곡진 해안선을 갖는다.[77] 그것은 무한한 삼각형들이 이어지며 만들어내는 굴곡의 총합이다. 이 도형의 특이한 점은 전체면적은 본래의 도형보다 별로 커지지 않는데 외곽의 굴곡선은 무한한 길이를 갖는다는 것이다. 이 역설적인 현상은 근대 수학자들을 혼란에 빠뜨렸다.[78] 이러한 도

---

76 이상, 〈선에관한각서5〉, 임종국 편, 《이상전집》, 앞의 책, 259쪽.
77 제임스 글리크, 《카오스》, 박배식·성하운 역, 동문사, 1993, 123쪽 참조.

형들은 코흐의 눈송이 이외에도 여러 가지가 있다. 이 도형들의 특징은 자연을 기계적으로 단순화시키지 않는다는 것이다. 실제 해안선의 구불거리는 복잡한 선까지 그려낼 수 있는 자연의 기하학인 셈이다. 이 자연기하학을 통해 풀이나 나무, 행성이나 물결 등 모든 것을 그려낼 수 있게 되었다. 이것은 뉴튼식 결정론적 우주를 벗어나 있는 복잡한 우주 자연 세계를 그대로 인식하고 묘사할 수 있는 방식을 보여주었다. 이상은 뉴튼적 결정론 우주의 한계법칙인 光學을 넘어선 상태에서 그러한 카오스적 가능성을 엿보았다. 전등형 체조의 기술이란 바로 그러한 것을 의미하지 않았겠는가.[79]

이상은 물론 그러한 자연기하학을 실제로 이론화했던 것은 아니고 그에 상당하는 시적인 진술을 하고 있는 셈이다. 그리고 그의 문맥에서 이것은 우리가 위에서 언급했던 '부채꼴'의 이미지와 맞아떨어진다. 즉 그것은 파편적인 자아들을 모두 합쳐서 펼쳐보인 총체적 자아상을 가리키고 있다. 그것을 위해서는 근대적인 광학의 한계를 돌파해야 하며, 그러한 체조기술을 습득해야 한다.

---

[78] 위의 책, 124쪽 참조.

[79] 이상이 김동인의 단편소설 〈태평행〉을 약간 개작해서 마치 자신이 쓴 '구술소설'처럼 친구 문종혁에게 이야기했다는 점이 주목된다. 〈태평행〉은 1929년 발표된 것인데, 이미 카오스 이론을 선취해서 형상화한 작품이다. 나비 한 마리의 여행 때문에 수많은 일들이 일파만파로 확장되어 역사의 물길이 바뀌었다는 내용이다. 이상은 그 이야기를 더 확대해서 나비 한 마리의 날갯짓 때문에 두 민족이 후손에 이르기까지 전쟁을 치루고 결국 두 민족이 전멸했다는 이야기를 만들었다.(이에 대한 자세한 해석은 졸저, 《이상의 무한정원 삼차각나비》, 현암사, 2007, 32~35쪽 참조)

3) 주체의 비너스 탄생―부채 주름 위의 거품

우리는 여기서 이상이 제안하는 스포츠 경기장의 두 번째 단계에 초대받고 있다. "전등형의 체조기술을 습득하라"라는 그의 충고를 어떻게 받아들여야 할 것인가? 그는 〈권두언1〉에서 경기장 전체를 볼 수 있는 천재적 이상아의 눈높이를 요구했다. 이 전체적 관점은 수많은 나의 파편들을 끌어모으는 '체조의 기술'과 관련된 것으로 보인다. 다른 사람들이 겨우 의식과 무의식으로 분열되는 양상에 대해 말하고 있을 때 이상은 이미 라캉적으로 말해서 주체의 위상학적 지형도를 모색하고 있었던 것일까? 과연 이 부분에서 이상이 의미하는 것은 정확히 어떤 것이었을까?

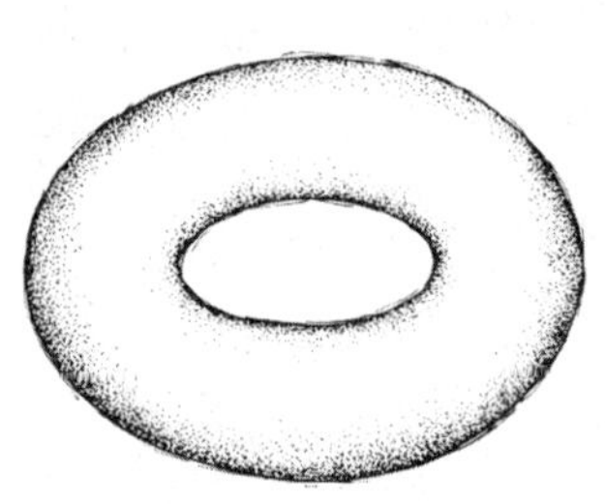

토러스 끌개
두 개의 진자가 서로 상호작용을 한 것을 위상공간으로 포착한 것이다. 라캉의 주체개념은 이러한 토러스 형태를 닮았다.

우리는 라캉이 주체의 위상학적 모형으로 구멍이 뚫린 도넛 모양의 토러스 끌개를 사용했다는 것을 알고 있다. 이 토러스 끌개는 도넛 모양의 입체이다. 그것은 주체의 위상학적 지점들이 무수히 모여서 이루어진 것이다. 따라서 그것은 시공복합적 도형이다. 즉 그것은 무수한 시공의 흐름 속에서 소급과 예측의 순간들 속에 놓인 주체들의 점들이 모인 도형이다.

이에 대한 맬컴 보위의 설명은 이렇다. "〈주체의 전복〉에서 라캉은 욕망의 교대로 빨아들임을 규정하고, 또 그 (그래프) 안에 비동시적이고 비지속적인 시간을 합법적으로 써넣는 그래프를 만들어냈다.

소급과 예측의 역설이 대담하고 기지에 넘치는 방식으로 제시된다. 이 두 가지 시간의 양태가 지닌 역동적 상호의존성을 그림으로 보여주는 것이 아래의 도형이다."[80] 맬컴 보위는 라캉의 도형이 비직선적, 비지속적 시간의 분배점들을 보여준다고 하면서 라캉의 주체는 토러스처럼 주체의 중심이 주체 외부에 존재한다고 하였다.[81]

이상 역시 시공의 흐름 속에서 무한히 형성되는(또는 형성되었거나 형성될) '나'를 모아야 할 것이라고 말한다. 우리는 일단 이러한 '나'의 모음(집합)을 라캉적인 토러스 도형으로 해결하는 것에 만족해야 할까? 그러나 이미 위에서 '전등형'이란 프랙탈적 이미지를 추출했기 때문에 우리는 그보다 한 걸음 더 나아갈 수 있을 것이다. 카오스이론에서도 자연의 복잡한 현상들은 토러스 끌개로 해결되지 않는다. 그것은 매우 단순한 현상들만을 해석해줄 수 있을 뿐이다. 그러나 프랙탈 도형들은 무한한 가능성으로 자연현상에 유사하게 접근한다.

부채의 이미지는 그러한 자연의 복잡한 현상들과 직접 관련되는 프랙탈 도형은 아니다. 그러나 그것은 그러한 복잡성의 미묘한 법칙을 상징적으로 기호화 할 수 있을지 모른다. 비록 이상이 그러한 부채의 상징 기하학을 구체적으로 제시하지 않았지만, 우리는 미처 그가 이야기 하지 못한 또는 미처 거기까지 생각해보지 못한 그 공백을 대신 메꿀 필요가 있겠다. 그러한 공백을 메꾸기 위해 우리는 부채가 만들어진 고대로 거슬러 올라가 부채와 관련될 수 있는 자연의 상징 기하학들에 어떤 것들이 있는가 생각해보아야 한다.

박용숙은 무신도를 분석하면서 무당들이 들었던 부채의 의미를 살펴본 적이 있다. 그에 의하면 부채는 쉽게 접었다 펴고, 또 편 것을

---

80 맬컴 보위, 《라캉》, 이종인 옮김, 시공사, 1999, 275쪽.
81 위의 책, 280쪽.

쉽게 접을 수 있는 물건이다. 이러한 부채의 기능은 만물이 성쇠하는 이치를 나타낼 것이라고 하였다.[82] 즉 부채의 접었다 펴는 기능은 자연의 법칙에 조응한다는 것이다. 그런데 그는 또 부채를 태양이나 고분의 문, 혹은 굴과 관련시키기도 했다. 즉 蒲葵扇은 해바라기처럼 부채살이 중심의 태양을 향하게 한 부채이다. 문으로 표현되는 부채는 하늘문의 도상이고, 굴 속에서 쓰이는 부채는 음악의 이치를 나타내는 도상으로 이해된다고 하였다.[83]

이렇게 해서 부채는 손 안에 쥐고 있는 우주적 도상이 된다고 할 수 있다. 그런데 우리는 접었다 폈다 할 수 있도록 해주는 부채의 주름에 대해서 생각해보아야 하지 않을까? 아마도 그것은 우주 전체에 편만해 있는 시공간의 파도를 의미하고, 동시에 모든 사물들이 겪어야 할 생성과 변화의 파도를 상징할 것이다. 부채는 밖에 펼쳐지는 그 무수한 주름들을 한 꼭지점(부채의 사복)에 모은다. 어떤 부채들은 그 곳에 연꽃을 그려놓기도 한다. 위에서 박용숙은 부채살이 마치 이집트의 로터스 문양처럼 태양빛의 방사상을 보여준다고 했다. 이 로터스 연꽃은 태양꽃이며 우리 고구려 고분에 그려진 연꽃들이기도 하다. 말하자면 부채는 태양이 펼쳐내는, 혹은 접기도 하는 자연의 세계를 가리키는 도상학인 셈이다.

이제 우리는 이 부채의 상징적 도상을 통해서 새로운 주체의 지형도를 꾸며볼 수 있지 않을까? 라캉은 토러스를 통해서 시공의 흐름 속에 분산된 주체의 지형도를 입체적으로 하나 그려보인 셈이다. 이상의 '부채꼴 인간'은 어떠한 주체의 지형도를 제시할 수 있을까? 그것은 라캉의 토러스를 넘어설만한 지형도를 보여줄 수 있을까? 부채

---

82 박용숙, 《한국미술의 기원》, 예경, 1996, 199쪽 참조.
83 위의 책, 200쪽 참조.

는 부채살 주름을 통해 새로운 주체의 지형도를 펼칠 수 있다. 시공의 흐름은 자연의 모든 변화와 함께 부채살의 주름들로 형상화된다. 그리고 이것은 그 자체로 주체의 지형도가 될 수 있다.

부채의 주름을 자연스럽게 펴면 맨 바깥 둥근 가장자리의 굴곡은 적당히 솟아오른 톱니모양(번개무늬 모양)이 된다. 이때 손으로 쥐는 부분인 부채꼴의 사북은 부채살이 모여있는 꼭지점이기도 하다. 이곳이 바로 태양화의 꼭지점으로서 나의 위상학적 한계점이다. 둥근 가장자리에 해당하는 주름의 '날'은 '나'의 동력학적인 최대점이며 또한 파국점이다. '나'의 존재는 그 최대점과 파국점까지 펼쳐지고, 그 주름의 한계 지평선에서 끝난다. '나'의 의식은 맨 바깥부분에 있는 이 번개무늬 선 상에서 자신의 드라마를 연출한다. 그 모든 파국점들을 지탱하는 부채살의 사북점은 태양화의 중심점이다. 이곳이 '나'의 중력중심을 이룬다. 이곳의 강력한 중력이 파국점들을 지탱하는 것이다.

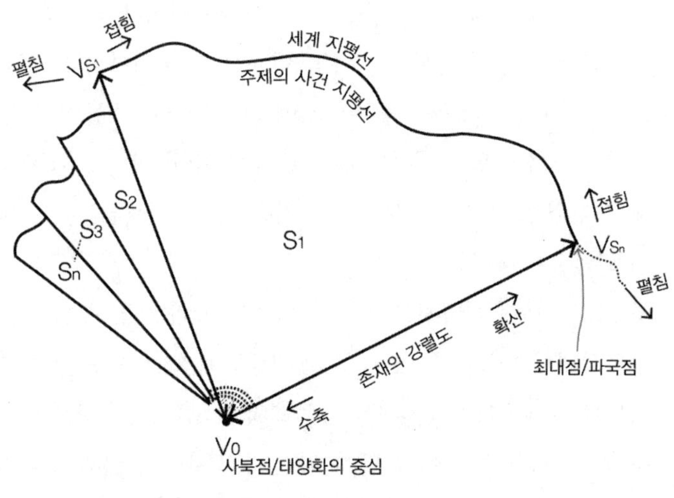

주체의 부채꼴 지형도

거대한 시공간의 흐름 속에서 우리는 마치 코흐의 눈송이에 붙은 무수한 삼각형의 굴곡진 해안을 생각해볼 수 있다. 결국 의식의 날카로운 운동은 그러한 코흐의 눈송이에 붙은 삼각형들처럼 무한대로 펼쳐지는 것이고, 그 전체적인 윤곽은 마치 주름치마의 파동처럼 부드러운 곡선으로 그려지게 될 것이다. 우리가 고구려 고분벽화나 신라의 토우상에서 볼 수 있는 이 주름치마는 마치 대양의 파도(놀)처럼 흔들리고 있다. 주름치마를 입은 신라의 토우상을 신라의 비너스라고 불러보기로 하자. 이 토우 비너스의 상징적 이미지를 통해 주체의 지형도를 설명해 보자. 이 토우 비너스는 노출된 유방과 부풀린 듯한 배 그리고 구멍이 뚫린 배꼽 등 여성의 생식적인 기능이 크게 과장되어 있다. 그녀의 치마는 마치 가리비조개처럼 단순하게 처리되어 있다.

우리는 이 비너스에게서 지금까지 논의한 부채의 핵심적인 이미지를 만날 수 있을지 모른다. 그녀는 배꼽이 뚫린 채 강조된 중심을 갖고 있다. 마치 치마의 주름선은 그곳에서 뻗어나가는 듯이 보인다. 치마의 끝에 발이 살짝 나온 모습이어서 둥근 치마의 운동감을 더해준다. 치마의 둥근 곡선은 비너스에 의해 창조된 것들이 영원히 물결치며 흘러가는 원의 일부인 것 같은 모습이다. 아마도 이렇게 간략하게 간추린 모습이 아니었다면 그것은 복잡한 굴곡을 갖는 가리비처럼 되었을 것이다.

우리는 부채 이미지를 이 신라의 비너스가 걸친 주름치마로 자리바꿈하면서 '나'의 지형도를 좀더 생생하게 그려볼 수 있다. '나'의 지형도는 부채꼴처럼 펼쳐진다. 즉 그것은 모든 것이 탄생하는 배꼽의 중심(태양화의 중심)에서 발이 달린 치맛자락의 끝까지 너울거리는 주름의 파도들을 펼쳐놓은 것이다. 끊임없이 파도치며 생성 소멸하는 치마 주름이 주체의 살아 움직이는 지형도를 표현해준다. 그 끝자락은 마치 가리비의 부드러운 굴곡과도 같이 물결처럼 파동친다. 그 파동 속에는 수없이 생성되고 소멸되는 주체의 거품들이 있다. 그러한 거품들을 탄생시키고 소멸시키는 파동들은 우주 전체의 파동들과 서로 조응하면서 움직인다. 그렇게 '나'는 시공의 길고 긴 길을 흘러가는 것이다. 어떻게 보면 '나'는 바로 이러한 지형도를 집으로 삼고 존재한다고 할 수 있다.

이상의 기호 삼각형에서 우리가 다루었던 두 개의 패션 기호인 모자, 구두에 또 하나의 패션 기호인 치마를 이렇게 해서 추가해 볼 수 있다. 치마는 뱀의 운동과도 같은 물결치는 파동으로 되어 있다. 우리는 그것을 '대양화'라는 또 다른 기호 삼각형의 한 항목과 대응시킬 수 있다. 이 '대양화' 속에서 나의 무의식은 우주의 광막한 파동들과 서로 조응한다. 그것은 '나'의 생명력을 우주적으로 고양시키는 것이다. 그러한 우주적 파동의 바다 속에서 태어날 것, 이것이 바로 '주체의 비너스 탄생'이라고 정의될 수 있다. 그 광막한 바다의 파도 속에 이는 모든 거품은 그렇게 해서 허망한 것이 아니라 너무나 아름다운 것이 된다. 그것은 꽃이 피고 지듯이 그렇게 아름답게 피어났다가 사라진다. 그러나 그러한 사라짐은 또 다른 생성과 변화를 위한 것이다. 비너스는 그러한 생성과 변화의 굴곡과 파동을 즐기고 찬미한다. 신라의 비너스 토우상은 몸을 살짝 비틀고 있는 모습인데, 이 매혹적인 비틀기는 바로 그러한 생성 변화의 굴곡진 파동으로 만들어진 것이리라.

주체의 위상학적 도형 뿐만 아니라 주체의 체조기술에 대해서도 이상은 말했다. 부채를 접었다 펼치는 것이 바로 그러한 기술이 된다. 주름의 만곡 어딘가에 존재하는 주체의 파편들은 모두 부채살로 연결되어 하나로 펼쳐진다. 그것은 접혀 한 자리에 중첩되어 모이기도 한다. 주체의 중심은 라캉의 경우처럼 비어있지 않고 이 상징적 도형에서 보듯이 부채살이 모인 꼭지점에 존재한다. 이 세계를 비추는 빛은 바로 거기서 발산되어 나간다. 태양이 있는 자리가 주체의 중심이 된다. 아마도 이 태양이 활성화된 주체야말로 고대적 정신 세계의 꼭대기에 있는 숭고한 존재였을 것이다. 인도의 고대경전《우파니샤드》에는 그러한 태양의 정신에 대한 이야기들이 있다. 우리의 경우 그러한 최고 수준의 존재는 동명왕이나 박혁거세, 김수로왕, 김알지 신화에서 보듯이 대개 황금알로 표현된다. 불교 유교 시대 이래 이 태양화된 신화적 존재는 더 이상 출현하지 않는다. 그 신성한 빛은 꺼져버렸다. 근대세계는 이러한 신화적 열기와 빛이 더욱 차갑게 얼어붙는 시대였다. 근대적 이성의 차가운 칼날인 현실적 논리가 그러한 우울한 겨울로 몰고 갔다.

근대적 사유의 한계를 돌파하는 것에 대한 선언은 〈선에관한각서3〉에서 비슷하게 진술된다. "뇌수는부채와같이원에까지전개되었다. 그리고완전히회전하였다". 부채처럼 전개되고 회전하는 사유란 과연 무엇일까? 이에 대해 알아보기 위해 이상이 다원적인 진화론과 대결하면서 진행시키는 사유의 방향과 성격에 대해 몇 가지 추적해야 할 점들이 있다.[84] 그는 〈선에관한각서5〉에서 전등형 체조기술을 '최대

---

[84] 이상은 스포츠 경기에서 자신의 독특한 사유의 형상을 찾았던 것 같다. 그가 《조선과 건축》지에 쓴 것으로 생각되는 한 권두언에서도 스포츠를 진화론에 대한 자신의 비판에 끼워넣었다. "8월은 스포츠 속에서 저문다. 전 생물의 왕성한 성장 가운데./ 스포츠가 단지 승패를 목표로 할 때 그것은 인류에 아무런 기여도 하지 않는다." 그는 스포츠의 목표는 승패에 있지 않다는 일반적인 진리를 말하려고 한 것이 아니다. 이 스포츠의 진리를 다원적인 생존경쟁, 우승열패, 적자생존의 논리에 적용하려는 것이다. "패자는 생존권을 잃고 마는가. 결코 잃지 않는다. ―하등한 생물들 사이에서라도― // 패자는 패자로서의 생존과정을 형성

한 달아나는 영원한 동심'에서 찾았다. 그리고 그의 〈권두언8〉과 〈선에관한각서3〉에서 부채꼴을 회전시키는 원시적 사유를 내세웠다. 그에게 원시적인 것과 아이적인 것은 무엇을 뜻하는 것일까? 이 원초적 존재들은 과연 어떠한 성격 때문에 이러한 총체적 사유에 초대받고 있는 것일까?[85]

해가고 있는 중이다. …전위, 변형….말하자면 어느 민족이 減失 減少했다고 우리는 믿고 있다. 그러나 그것이 생존경쟁, 도태에 기인한다고 생각한다는 것은 잘못이다. 그것들은 적응의 원리에 의해 변형, 전위한데 지나지 않는다./ 생물이 고등하게 되면 될 수록, 생존경쟁… 도태는 생물의 진화에 있어 하등 중요성을 갖지 않는다."(〈권두언3〉, 《조선과 건축》, 1932.8)

진화론에 대한 이 당당하고도 정면적인 공격에 주목해보자. 당시 우승열패의 분위기 속에서 진행된 제국주의 점령지인 식민지인에게 이러한 진화론 비판은 매우 문제적인 일이 된다. 다윈에 대한 이러한 비판은 그의 뉴튼에 대한 비판과 서로 맞물려 있다. 다윈은 말하자면 자연과 생물, 인간계의 변화와 동력학을 마치 물리학 법칙과도 같은 힘의 법칙으로 파악했던 것이다. 그것도 강자와 약자라는 이분법적 사유를 기계적으로 적용하면서 말이다. 다윈은 이 세계에서 신의 심판과 예정 조화에 의한 종교적 결정론과 신화적 분위기를 몰아내고 대신 생물학적 힘의 이분법적 대립을 심어 놓았다. 그의 진화론은 광범위하고 다채롭게 퍼져있는 자연과 생물계의 복잡한 상호관계를 추방했다. 그리고 자연과 인간의 정신과 영혼을 모두 생물학적 육체에 종속시킴으로써 메마른 물질적 세계로 축소시켜버렸다. 이상의 위 권두언은 진화론의 핵심인 생존 경쟁과 자연도태 이론을 비판하고 있다. 그의 사유는 일본의 식민지로 떨어진 조선의 지식인들을 이끌 수 있는 중대한 사상적 거점을 보여줄 것이다. 그의 유실된 노트에는 이러한 사상적 논의가 좀 더 풍부하게 메모되어 있지 않았을까? 그의 시편들에는 자신의 존재 이유인 사상, 그것을 상징하는 '모자'가 여러 번 등장한다. 이 '사상의 모자'를 씀으로써 그는 식민지 시대의 차가운 겨울 바람을 헤쳐 나갔다.

85 우리는 이상의 부채가 원시인 혹은 아이와 결합되어 있는 것이 어디에서 왔는가 질문해볼 수 있다. 정지용의 〈태극선에 날리는 꿈〉(《조선지광》, 1927.6)과 장 콕토의 부채 이미지를 그러한 맥락에서 한번쯤 떠올려볼 필요가 있다.

4) 근대적 원시인으로서의 아이

〈가외가전〉을 읽어보면 '아이'와 '소년'이 구별되고 있음을 알 수 있다. 〈오감도〉의 '아이'들이 갖는 역동성이 이 '소년'에게는 없는데, 왜냐하면 이 '소년'은 〈가외가전〉의 첫 줄에서 보듯이 이미 늙어버린 기색을 보이기 때문이다. 그는 타락한 거리에 깊숙이 잠긴다. 육체의 성을 상품으로 팔며 빨리 늙어버린 여인들의 모습이 거리 풍경과 겹쳐진다. 무기력하고 더러운 거리는 메마른 황무지 혹은 썩어가는 沼澤地와 같은 육체와 도시 뒷골목 환경을 뒤섞어보이면서 거리의 소년을 타락의 늪 속에 가둔다. 아이들이 갖고 있던 반항하며 도전하고 극복하려는 역동성은 이 속에서 시들고 썩는다. 이렇게 성적으로 조숙한 소년이 빠져든 병적인 상태는 거꾸로 아직 타락하지 않은 아이의 순수성을 부각시킨다.

순수한 아이들은 자신을 사로잡을지도 모를 사회의 유혹적 손길들에 대해 무지하다. 그들은 그러한 것들을 가볍게 가로질러 간다. 소설 〈날개〉에서조차 이상은 그러한 아이의 성격을 주인공에게 불어넣었다. 그는 아내의 매춘행위에 대해서 무지하며[86], 화폐의 용도에 대해서도 무지하다. 어른들의 행위와 심리에 대해서도 무지하다. 이러한 무지 때문에 아무런 의심없이 그의 아내와 계속 살게되기도 하고, 또 그 때문에 아내에게 결국 거추장스런 방해물이 되어 죽음으로 몰리면서 결정적으로 헤어지게 되기도 한다.

어른인 주인공 속에 내재된 아이의 반어법적인 무지는 어른들의 사회생활에 대한 강력한 물음표이다. 아이의 무지는 일종의 소크라

---

86 순진한 아이라면 어떻게 그런 일이 인간 사회에 있을 수 있겠는가 의아해하지 않겠는가.

테스적 대화술처럼 보인다. 자신의 무지를 가장함으로써 소크라테스는 상대방에 당연시되는 지식을 그것의 근본적인 탄생지점까지 몰고가 그 뿌리로부터 뒤흔들어버린다. 소크라테스는 자신들의 세계를 확고하게 파악했다고 믿는 어른들을 괴롭히는 짓궂은 악동 역할을 맡았던 셈이다. 아이의 무지는 어른들의 세계를 떠받치는 지식과 가치, 믿음들에 대한 무시무시한 총체적 의문부호이다.

성천 기행문 중의 하나인 〈권태〉와 〈이 아해들에게 장난감을 주라〉에 나오는 아이들은 이 권태로운 어른들의 황무지에서 여전히 살아남은 마지막 생식력의 유희를 보여준다. 그것은 바로 똥누기 놀이였다. 그 모든 활력적인 놀이가 사라졌을 때 마지막 남은 놀이가 바로 이것이다. 아이들은 자신들이 먹었던 이 세상의 물질들을 자신 속에서 통과시켜 한 덩어리씩 대지에 쏟아낸다. 왕성한 배설은 이러한 가장 기본적이고 단순한 우주적 순환을 강력하게 긍정하는 힘이다. 잘 먹었던 아이가 가장 잘 배설했을 것이다. 여기서도 이상의 기호에서 가장 중요한 것 중의 하나인 '배'가 작동한다. 항문은 배의 작업장 끝에 달려있는 밸브 이상의 것이다. 아이들의 똥누기 놀이는 자연의 순환에 참여하는 인간 육체의 순환기관에 대한 강력한 긍정에서 나온다. 아이들에게만 남아있는 최후의 놀이, 그것은 다른 놀이들이 사라져가는 삭막한 사회, 순환기관이 빈곤해지는 가난한 사회에서 최후의 보루처럼 아이들을 통해 어른들 세계까지 감싸서 지키고 있다.

어떤 연구자들은 아이들의 이 똥누기 놀이를 금방 프로이트식 항문 성애 단계로 해석하고 싶은 유혹을 느낄지 모른다. 프로이트는 이렇게 말했다. "유아는 소변, 대변의 배설 때 쾌감을 느끼며 자기의 대변에 대해 하나도 혐오감을 느끼지 않는다. 유아는 자기에게 특별히 중요한 사람이라는 표시로 보내는 제1의 '선물'로서 대변을 사용하다." 그는 어린 아이의 성욕이 생식기를 통해 발현될 수 없기 때문에 아이의 성생활이란 것이 만일 있다면 그것은 항문쾌감 같은 도착적인 것을 통해 발현된다고 보았다.[87] 프로이트는 이러한 유아기의 쾌감을 평생 잊지 못하며 그러한 쾌감을 중대시 하는 사람이 있다고 주장했다. 그는 《늑대인간》에서 그러한 유형의 정신분석을 했다. 프로이트는 다른 글에서 똥누기를 단순한 성욕적 쾌락으로 해석하는 것을 넘어서 간다. 이상이 파악한 '놀이'의 문제를 다룬 것이다. 그는 "어린 아이는 몸에서 배설되는 물질에 관해서 자기는 물론 타인에 대해서도 상당한 흥미를 보인다. 아이는 배설활동 자체에 즐겨 몰두하고, 그로부터 온갖 종류의 즐거움을 끄집어낼 줄 안다. 신체의 일부이자 신체기관의 생산물로 간주되는 아이의 배설물은 다른 신체부위와 똑같이 소위 말하는 나르시시즘적 과대평가의 대상인 셈이다. 아이는 아예 자신의 배설물을 자랑스러워 하며 어른에 맞선 자기긍정의 수단으로 삼는다".[88]

이상의 똥누기 놀이는 이러한 프로이트의 견해를 참조함으로써 그 '놀이'의 쾌락적 성격을 분명히 할 수 있다. 그러나 이상에게 '똥누기 놀이'는 프로이트적 풍경에 불과한 것이었을까? 그는 정말 '아이'들에 자신의 관점을 국한시킨 것일까? 이상은 이 장면을 알레고리적으로 표현했다고 생각된다. 즉 그에게 이 아이들의 놀이 세계는 (식민지화를 통해) 가난해진 어른들 세계가 반영되어 있는 슬픈 세계이다.

---

87 지그문트 프로이트, 《정신분석입문》, 구인서 역, 동서문화사, 1975, 340~341쪽 참조.

88 존 그레고리 버크, 《신성한 똥》, 성귀수 역, 까치, 2002, 11쪽에 붙인 프로이트의 서문을 보라. 프로이트는 민속학과 정신분석의 접점에 대해 생각하면서 이렇게 말했다. "배설기능에 관해서 밝혀진 바에 한정해 보았을 때, 정신분석학적 연구의 가장 중요한 발견은 초기발달 단계를 거치는 아동이 인류가 배설물에 관해서 보여온 태도의 변이형태를 그대로 보여준다."

그것은 그러한 어른들에게 마지막 남은 가난한 놀이에 대한 슬픈 우화이다.

아이들의 놀이라는 것은 어른 세계 전체를 축소해서 연극적으로 조작해 보여준다는 의미에서 총체적이다. 그들은 어른들의 세계를 흉내내면서도 무한히 열린 가능성 속으로 그것들을 초대한다. 아이들의 놀이는 어른들 세계로 들어가는 입구에서 벌이는 예행연습이기도 하지만, 어른 세계를 축소해서 자유롭게 다루어볼 수 있는 기회이기도 하다. 순식간에 그들은 엄마와 아빠가 되며 또한 깡패와 경찰이 되기도 한다. 천사가 되는가 하면 악마가 되기도 한다. 레비 스트로스는 이것을 '축소의 효과'라고 정의했다. 그는 "실체를 전체적으로 파악하기 위해 작게 만들면 그 대상 전체가 그렇게 두려운 존재로 보이지 않는다"[89]라고 했다. 아이들의 인형놀이에서처럼 축소모형에서는 전체의 인식이 부분의 인식을 앞선다는 것이다. 아마도 이러한 언급은 이상의 '아이'들이 갖는 의미를 해명하는데 상당히 도움이 되리라 생각한다. 즉 〈오감도〉의 〈시제1호〉에서 '무서운 아이'라는 것이 무엇인가에 대해 많은 연구자들이 지금까지 뚜렷하게 해석해내지 못한 부분이 여기서 해명될 수 있을 것이다. 작아진 세계는 두려운 대상이 되지 못한다. 거기서는 자신을 잡으러 오는 경찰이나 깡패 혹은 귀신이나 악마도 진짜 존재가 아니기 때문에 두렵지 않게 되는 것이다. 단지 두려운 척하는 놀이적 몸짓만이 가볍게 제공되면 된다.

이상은 〈시제1호〉에서 13인의 아해를 이중적인 애매한 기표로 만들었다. '무서운 아해'는 '무서운 존재로서의 아이'와 '무서워하는 아이' 이 두 가지를 모두 포괄한다. 이러한 '무서움'은 아이들이 세상을

---

89 레비 스트로스, 《야생의 사고》, 안정남 옮김, 한길사, 2005, 98쪽.

파악하는 가장 기본적이고도 원초적인 감정이다. 가령 백석의 시에서도 비슷한 분위기를 볼 수 있다. 〈외가집〉〈가즈랑집〉〈마을은 맨천 구신이 되서〉 등에서 그러한 아이의 '무서움'은 자신을 둘러싼 세계 속에 숨겨진 공포스러운 힘과 공포스러운 대상 때문에 생겨난다. 〈시제1호〉는 대도시 거리를 무섭게 질주하는 아이들을 그린다. 아이들은 무서운 기세로 세상을 내닫는 것이다. 그러나 동시에 그들은 무서운 공포로부터 탈출하려는 도망자로 그려지기도 한다. 무서운 아이들이라는 배역은 매우 단순한 이 두 가지 측면으로 어른 세계에 대한 모든 이야기를 집약하고 있다.

여기서 아이라는 존재는 어른의 세계와 대립된 것이다. 그것은 도로망으로 정비된 도시와 문명화된 사회에 대립적인 것으로 읽힌다.

이러한 맥락에서 13이란 숫자가 아이들에게 배당된 것(13인의 아해)은 분명 의도적인 것이었다. 아마도 그것은 모계시대적인 근원에서 흘러온 숫자가 아니겠는가. 오토 베츠는 그 숫자가 모계시대의 신성한 주기인 월경주기로부터 나온 것임을 밝혔다.[90] 그는 가부장제가 그러한 모계적 신성성을 퇴출시키면서 그 숫자가 악마화되었다고 했다. 유럽에서 그것은 그 후 초대받지 못한 13번째 요정이었으며, 달과 밤의 여신을 상징하는 숫자였다.[91] 그것은 공포의 숫자로 변질되었다.

'13인의 아해'에서 '13'을 이상이 단지 불길하거나 악마적인 숫자로 사용하지 않은 것은 분명하다. 〈시제2호〉와 연관시켜 볼 때 이상은 이 '질주하는 아이들'에게 그들이 거리의 모든 장애물을 뚫고 나아가

---

90 캠벨은 프랑스 로셀 지방의 구석기 시대 비너스 상이 들고 있는 뿔에 새겨진 13개의 금에 주목했다. 그는 이 13개의 금이 달의 13가지 변화상을 뜻한다고 했다.
91 오토 베츠, 《숫자의 비밀》, 배진아·김혜진 역, 2004, 151쪽 참조.

야 할 적극적인 과제를 떠맡긴 것으로 판단된다. 그것은 모든 아버지들을 넘어서는 일이다. 시의 표현에 따르면 "아버지의 아버지의 아버지의 …… 아버지"를 넘어서는 것이다. 수평적인 아버지들이 아니고 수직적인 아버지들의 세계를 초극하는 과제가 '13인의 아해'에게 주어진 것이다. '13'이란 숫자는 따라서 아버지들의 수직적 세계 꼭대기를 향하고, 동시에 그 모든 것을 넘어서려는 질풍노도의 상징 숫자인 셈이다. 아버지들을 넘어서는 탈외디푸스적 운동이 여기 있다. 따라서 13이란 숫자는 부성적인 것을 초극하는 모성적인 자연의 리듬을 그 아이들에게 부여한다고 보는 것이 이 시를 이해하는데 더 자연스럽다. 이 열 세 아이들의 공포는 모성적 자연에서 멀어진 도시거리에서 온다. 그 공포는 거리를 둘러싼 황무지적 힘들에서 온다.

〈오감도〉를 이러한 관점에서 다시 읽어보면 그 전체적인 정황이 매우 연극적임을 알 수 있다. 거기에는 어떤 상황설정이 존재한다. 그리고 등장인물들(13인의 아해들)에게도 가능한 몇 가지 역할과 몇 가지 선택적 행위가 제시되는 것이다.

이상은 여러 편의 시들 속에서 이러한 아이들의 놀이적 측면을 보여주고 있다. 특히 '인형'과 관련된 이미지들이 여러 곳에 등장한다. 〈1931년(작품제1번)〉에는 간호부 인형이 나온다. 그리고 다른 곳에서는 '달마인형'과 장난감 신부 등이 나온다. 곳곳에 나타나는 인공적인 것들, 예를 들어 종이로 만든 학이라든가 정원 등은 모두 그러한 놀이의 소도구들처럼 보인다. 우리는 이러한 소형화(축소화) 혹은 인공화 모티프들을 추적함으로써 이상의 문학적 주인공인 '아이'라는 기호가 구축하는 총체적인 상상력에 새롭게 접근해볼 수 있을 것이다.

3. 대지적 생식력의 기호들─발과 개와 뱀

인공적인 것들이 점차 세계를 채워감으로써 대지는 황무지적인 것으로 변한다. 그 황무지 위에 별로 생명력도 없이 빛나는 磁器와 같은 태양이 떠 있다(〈대낮〉). 이상은 이러한 땅을 황량하게 얼어붙은 극지처럼 묘사한다. 〈Le Urine〉와 〈대낮〉에 등장하는 태양은 더 이상 대지에 생명력을 쏟아붓고 있지 못한다. 이 황량한 세계의 태양 광선은 〈선에관한각서2〉에서처럼 볼록렌즈를 통해 수렴되는 기하학적 광선에 불과하다. 유클릿적 세계에서 빛나는 태양은 "인문의뇌수를마른풀과같이소각하는수렴작용"만을 지니는 것이다. 〈이상한 가역반응〉 〈▽의 유희〉에서도 그렇게 근대적인 렌즈의 광학이나 실용적인 조명기구인 전등의 빛 속으로 태양 광선은 빨려들어 간다. 이상의 태양은 저 고대적 샤마니즘의 신성한 중심 이미지를 모두 상실한 채 차갑게 존재한다. 그것은 마치 근대적 필름에 뒤집힌 것처럼 차갑고 검게 보이는 네거티브한 영상으로서만 나타난다. 이상은 정신적 황무지의 세계를 〈최후〉라는 시에서 보여주기도 한다. 그것은 사과 한 알의 추락에 의해 붕괴된 대지(지구)를 언급한 것이다. 이제는 "여하한 정신도 발아하지 않는다."고 그는 썼다. 모든 정신을 붕괴시킨 사과 한 알의 추락은 중력이론을 발견한 뉴튼의 이야기를 암시하는 것이다. 이상은 근대적 사유를 이끌어 간 유클릿과 뉴튼을 풍요로운 대지의 파괴자로 선언하고 있는 것 같다.

유클릿에서 뉴튼까지의 지적 거리는 얼마 되지 않는다. 뉴튼은 유클릿의 《원론》을 본 따서 그의 주저인 《프린키피아》(자연철학의 수학적 원리)를 저술했다.[92] 유클릿을 비판했던 이상은 당연히 뉴튼에 대해서도 비판적이다. 우리는 〈최후〉의 범주에 〈보통기념〉이란 또

한 편의 시를 추가할 수 있다. 유클릿적 세계에서 차가와진 대지의 의미에 대해 이상이 어떻게 생각하고 있는지를 그 시를 통해 보충해 보아야 한다. 〈보통기념〉에서 그는 뉴튼의 물리학을 비판한다.

> 역시 나는 뉴튼이 가리키는 물리학에는 퍽 무지하였다.
> 나는 거리를 걸었고 店頭에
> 苹果山을 보며는 매일같이 물리학에 낙제하는 뇌수에 피가
> 묻은 것처럼 자그만하다.[93]

노점에 쌓인 붉은 사과를 보고 그는 뉴튼의 만유인력 법칙을 떠올린 것이다. 그것을 '뇌수에 묻은 피'라는 부정적 이미지로 처리했다. 아마도 이 사과의 붉은 피는 정신의 상처를 말하는 것이리라. 그러한 무미건조한 법칙을 강요하는 세계, 그러한 지식을 강제하는 사회 속에서 그는 낙제생과 같은 존재가 된다. 그의 사유는 그러한 지식의 공격에 피가 난다. 뉴튼의 사과는 이 우주 자연을 그대로 호흡하고 싶어하는 자의 뇌수를 들이받아 상처를 내는 것이다. 〈최후〉의 사과는 좀더 강렬하게 지구 전체를 타격하는 공격적이고 파괴적인 이미지를 보여준다.

> 능금 한 알이 추락하였다. 지구는 부서질정도 만큼 상했다. 최후.
> 이미 여하한 정신도 발아하지 아니한다.[94]

---

92 김용운, 《수학의 흐름》, 배영사, 1995, 144쪽
93 《월간 每申》, 1934.7. 현대식 맞춤법으로 고친 것임.
94 임종국 편, 《이상전집》, 문성사, 1966, 278쪽.

뉴튼의 능금 한 알 때문에 지구가 심각한 타격을 입었다는 이 시적 비유는 그러나 비유에 그치지 않는다. 이상은 서구와 일본의 발전되어가는 기술문명 배후에서 점차 황폐하게 파괴되어 가는 자연을 예상했던 것인데, 이러한 판단은 당시로 볼 때 매우 선구적인 것이다.

우리는 이러한 분위기를 좀더 고대적이고 원시적인 풍경 속으로 이끌고 가는 두 편의 시를 함께 소개할 필요가 있다. 그 하나는 〈한 개의 밤〉이고 다른 하나는 임종국 편 《이상전집》에서 〈유고집1〉로 묶인 〈무제〉이다. 〈한개의 밤〉은 그의 성천 기행에서 나온 것이다. 그 깊은 산골마을을 에워싼 12봉우리의 산맥과 그 봉우리들을 십이 폭 병풍처럼 치고 휘돌아 흘러가는 비류강(沸流江)에 대해 그는 노래했다. 도도한 소리를 치며 흐르는 비류강이 12봉우리의 병풍 뒤로 떨어지는 석양에 물든다. 그 강의 수면에 아른한 자색층(紫色層)이 어린다.

우리의 고대사에서 매우 중대하고도 복잡한 문제를 제기하는 졸본의 땅과 강의 명칭이 바로 이 비류강과 그 주변에 얽혀있다. 어떤 연구자들에 의하면 고구려의 시발점이었던 그 강은 만주 요하 지역 주변에 배정되기도 한다. 그러나 분명한 것은 명칭이 지정학적으로 어디에 있든지 간에 그것은 고대 문명의 중심이며 가장 신성하고 풍요로운 세계의 중심에 관련된 것이었다.

이상의 성천 기행은 그가 의식하지는 않았지만 이러한 측면에서 우리의 고대적 뿌리를 향한 여행이 될 수도 있었다. 그가 성천의 오랜 명물인 비단과 관련된 누에치기 장면을 그린 것에 주목해 보자. 수필 〈산촌여정〉에서 누에치기 장면은 가장 중심에 놓여 있다. 그는 촌처녀들이 허둥대며 정성을 다해 누에를 키우는 장면을 묘사하면서 거기에 '말캉말캉한 로맨스'라는 멋진 표현을 주었다. 이것만큼 맑고

싱싱하고 풍요롭게 솟구쳐 있는 장면이 그의 작품 다른 어디에도 없다. 성천 풍경의 중심에 놓인 이 처녀들의 밭에는 바로 태양 나무(흔히 부상목이라 일컫는)인 뽕나무가 솟아있다. 아마 우리는 성천의 고대적 지명인 비류강에 얽힌 우주목으로서의 뽕나무와 비단이란 신비스런 직물에 대한 고고학적 탐색을 시작해야 하는 것은 아닐까?

《개벽》 14호(1924, 91~92쪽)에 소개된 성천에 관계된 기사에서 우리는 거기에 얽힌 고대사 이야기를 볼 수 있다. 이 글에서는 고구려 시조 동명왕이 북부여로부터 남하하여 현재의 비류강인 졸본천(卒本川) 연안에 있던 비류국(沸流國)을 취했다고 하였다. 동명왕은 점령지의 비류국왕인 송양(松讓)을 다물후(多勿侯)로 봉했다. 성천이란 지명은 조선 시대 태종 때 개명된 것이며 1만4천 여호의 "地廣人多의 大邑"이다. 풍경이 절묘하여 강선루(降仙樓)와 십이봉(十二峰)을 당할 곳이 조선에 별로 없을 것이라고 부연했다.

십이봉은 비류강이 접하고 있는 일대의 깎아지른 절벽들이다. 동명왕은 그 절벽 중 하나에 동명관(東明館)을 짓고 거기서 집정했다. 동명왕은 이름 그대로 태양왕이었다. 고대사 연구자들에 의하면 비류 혹은 불류는 부루, 부리, 비리 등 여러 변이형들과 더불어 태양이 비치는 풍요로운 땅이란 의미를 갖는다. 비류국은 즉 태양의 나라였던 것이다. 동명왕은 태양제국의 왕이었다.

이상의 성천기행은 이 고대적 풍경에 눈을 뜨지는 못했다. 그러나 아마도 거기서 연원했을 누에치기 풍경에 매료되었고 거기서 자신의 전체 작품에서도 황금처럼 빛나는 부분을 얻어낼 수 있었다. 그러나 〈한개의 밤〉은 떨어지는 석양과 함께 밀려오는 비류강 풍경의 깊은 어둠을 노래했다. 옛 낙원의 풍경은 모두 그 깊은 어둠 속에 가라앉아간다. 그의 수필 〈어리석은 석반〉은 바로 그렇게 황량해진 성천의 자연과 사람들을 그린다. 〈권태〉에 남아있던 그 약간의 습기조차 메말라버리고 없는 우울한 분위기가 묘사된다. 〈어리석은 석반〉 첫머리에서 그는 짜디짠 소금의 종류에 지나지 않는 그 지역 사람들의 반찬들에 대해 말한다. 그것들은 생존하기 위한 음식이지 맛을 즐기기 위한 음식이 아니다. 이상은 성천초라는 담배로 유명한 그 지역에 와서 그가 그렇게 즐기는 담배를 한번도 피우지 않는다. 〈어리석은 석반〉은 맛을 즐긴다는 것이 사치스런 행위가 되어버린 시골의 가난한 사람들, 그리고 그들을 둘러싼 황량한 자연에 대해 우울한 어조로 보고하고 있는 것이다.

　이상은 〈유고집〉 밑에 묶인 시의 하나인 〈무제–故王의 땀〉에서 그러한 고대적 분위기를 한 번 더 보여준다. 이 시는 고대적인 유적지를 둘러보고 있는 듯한 상황 속에서 떠오른 상상을 자유롭게 서술한다.

故王의 땀...모시수건으로 닦았다...술잔을 넘친 물이 콘크리트 수채를 흐르고 있는 게 말할 수 없이 정다와 난 아침마다 그 철주망 밖을 걸었다.

야릇한 헛기침 소리가 아침이슬을 굴리었다 그리고 순백 유니폼의 소프라노
내 산책은 어쩐일인지 끊기기 일쑤였다 열 발짝 또는 네 발짝 나중엔 한 발짝의 반 발짝...

기러기의 분열과 함께 떠나는 낙엽의 귀향 散兵...몽상하기란 유쾌한 일이다. ....祭天의 발자국 소리를 작곡하며 혼자 신이나서 기뻐하였다

차거운 것이 뺨 한 가운데를 깎았다 그리고 그 철조망엘 몇 바퀴나 가서
低徊하였다[95]

이어령은 이 시에 "고궁이나 폐옥이 된 저택을 산책하면서 쓴 것
같다"고 주석했다.[96] 그런데 이 시에서 주목할 만한 것은, 이어령의
주석이 맞다면 고궁에서의 산책을 통해, 이상은 그의 상상력을 먼 고
대의 제천의식에까지 달아나게 했다는 점이다. 철조망 안의 고궁을
보면서 혹은 폐허같은 고대 유적을 보면서 거기 살았을 옛날의 왕에
대해 상상하는 즐거움이 여기 있다. 그는 철조망 옆 콘크리트 수로를
흘러가는 물을 그 왕의 술잔에서 넘쳐흐른 물로 상상한다. 그 왕은
땀을 닦으면서 그 술잔을 오래도록 기울이고 있었는지도 모른다. 순
백 유니폼을 입고 아침 이슬이 굴러 떨어지는 그 고풍스런 뜰을 그는
걷는다. 그런데 그의 산책은 자주 끊기고, 발걸음은 점점 줄어든다.
폐문 시간이 되어서야 그 산책의 몽상은 깨어난다. 그는 "몽상하기
란 유쾌한 일이다"라고 잠자리를 찾아 떠나는 기러기들을 보며 말한
다. "祭天의 발자욱 소리를 작곡하며 혼자 신이 나서 기뻐하였다"는
것은 아마도 하늘을 날아가는 기러기와 허공에서 떨어지는 낙엽 소
리를 함께 가리킨 것이 아닐까?

그러나 이러한 몽상적 유쾌함이나 신바람 난 음악은 다분히 자신
의 상상세계를 창조하는 기분에만 국한된 것이다. 사실 상상된 세계
의 실제 내용은 그와는 전혀 반대되는 분위기에 싸여있다. "녹슬은
金環. 가을을 잊어버린 羊齒類의 눈물 — 나는 제2의 玄墀에다 차거
운 발바닥을 비비었다. 金環은 천추의 恨을 돌 길에다 물들였다."

---

95 임종국 편, 위의 책, 291~292쪽.
96 이어령 교주, 《이상시전작집》, 갑인출판사, 170쪽.

우리는 이 난해한 시에 두 가지 대립항이 있음을 발견한다. 즉 경쾌하고 유쾌한 허공의 산책이 있으며, 다른 한편으로는 점차 무거워지고 더 이상 나아가지 않는 산책이 있다. 그의 몽상적 산책은 유쾌하지만 실제 현실의 산책은 무겁고 불편하다. 철조망 안에서 발견되는 녹슬은 태양(금환은 태양을 인공화시킨 이미지이다)은 '천추의 한'이 스며있는 우울한 빛을 돌길에 물들이고 있다. 그는 가장 원시적인 종에 속하는 양치류를 이 고대적 풍경에 등장시킨다. 이 시의 첫머리와 중간에서 두 번 반복되던 '야릇한 헛기침 소리'는 마지막 부분에서 이 시의 주제를 완결시키기 위해 다시 등장한다.

> 야릇한 헛기침소리는 眼前에 있다 과연 야릇한 헛기침 소리는
> 안전에 있었다 한 마리의 개가 쇠창살 안에 갇혀있다 羊齒類는
> 先史時代의 만국기처럼 무쇠우리를 부채질 하고 있다. 한가로운
> 아방궁 뒤뜰이다[97]

현대인들의 구경거리로 전락한 이 옛 유적에는 옛날의 태양이 녹슬어 있다. 거기 살던 왕은 천추의 한을 품고 사라져버린 존재이며, 거기에는 어떤 처절한 사연이 있었는지 모른다. 녹슬은 금환과 눈물 흘리는 양치류는 모두 이제는 잊혀져 버린 그 옛날의 비극적 사연을 말해주고 있는 듯하다. 헛기침하는 것 같은 존재는 거기 갇혀있는 고대적 존재인지 모른다. 헛기침은 보이지 않는 곳에서 자신을 알리는 고대의 통신법이었다. 이상은 그 헛기침하는 존재를 시의 마지막 부분에서 쇠창살에 갇힌 개의 이미지로 변화시켰다. 무쇠우리 속의 고

---

[97] 위의 책, 292쪽.

대적 존재인 개는 과연 무엇인가? 선사시대의 양치류가 그 무쇠우리를 부채질한다는 것은 과연 무엇인가? 이 시는 난해한 질문을 우리에게 남겨놓는다.

'양치류의 부채질'이란 이미지는 과연 앞에서 논의했던 '부채' 기호와 관련된 것일까? 폐허가 된 고대유적의 쇠창살 안에 갇힌 고대적 존재 그리고 그것의 알레고리적 기호인 개, 이러한 것들은 우리가 앞에서 논의해왔던 주제와 매우 긴밀하게 연결되는 수수께끼 같은 기호들일지 모른다. 카오스 기하학에서 가장 단골로 나오는 점진반복적 도형 중의 하나가 양치류 형태이다. 이 형태에 끼어있는 나선형은 고대의 기하학적 상징 문양에서 자주 만나게 되는 모티프이다. 이상은 그가 원시인과 관련시켰던 부채의 이미지를 이 원시적 식물 양치류에 적용했다. 부채는 바람을 일으키는 것이며 바람은 생명력을 불어넣는 것이다. 양치류의 부채질은 고대적 생명력을 그 폐허의 유적 속에 끊임없이 불어넣고 있지 않을까? '쇠창살 속의 개' 이미지는 무엇을 말하는가? 이상의 다른 작품에서 '개'는 대지의 생식력을 상징한다. 그렇다면 '쇠창살 속의 개'는 현대라는 쇠창살 감옥 속에 갇힌 원시적 생명력을 가리키지 않을까? 그것은 고대의 왕이 누렸을 정신적 왕국에서 매우 중대하게 작동했을 그 생명력을 가리킨다. '祭天의 발자국 소리'는 하늘의 태양이 생명의 빛을 가득 펴내려주던 시대의 숭고하고 즐거웠을 축제 마당을 연상시켜준다. 하늘과 땅이 하나로 뒤섞인 미묘한 분위기를 그 이미지는 연출하고 있다.

이상은 〈어리석은 석반〉 〈권태〉 〈황〉 〈황의 기〉 등에서 그의 독특한 '개' 이미지를 그려냈다. 그것의 생식적인 의미를 가장 뚜렷하게 직설적으로 표현한 것은 〈어리석은 석반〉이다. 그는 황량하고 무료하게 축 늘어진 성천의 한 귀퉁이 마을에서 그 모든 것을 일순에 반전시키는 풍경을 묘사한다. '숨결이 거치른 곳'에서 "사태는 그 절정에서 폭발하였다. 그리하여 촌락의 모든 조화와 土人은 정상적인 정서를 회복하였다"고 하였다. 이상은 자연의 조화로운 숨결 속에서 자신의 깊은 곳에 숨겨진 성욕을 갈망한다. 침을 질질 흘리며 등장한 흰색의 암캐 한 마리는 그러한 성욕의 동물적 상징이다. 그것은 지구의 구멍 깊은 곳에서 나온다.

지구의 이런 구멍에서 나오는 것일 게다. 한 마리의 순백한 암캐가 무겁게 머리를 드리우고 농밀한 침으로 주둥이를 더럽히면서 슬금슬금 나온다. 어떻게 될 것이냐. 지구의, 한 없는 성욕의 白晝 속에서, 여하히 이행되어 갈 것인가, 하고 나의 가슴은 뛰었다.(중략)

음문은 사향처럼 살집좋게 무거이 드리워서 농후한 습기로 몹시 더럽혀져 있었다. 그리고 때로는 목을 비틀고서 제 음문을 냄새맡기까지도 하였다.[98]

이상이 불러일으킨 성욕의 풍경은 위와 같다. 그는 지구의 구멍 속에서 빠져나온 한 마리 암캐를 자신의 성욕적 토템 동물로 내세운다. 대지적 생식력으로부터 솟구쳐나온 이 성욕적 개 토템은 이 마을 전체에 성욕의 비린내를 퍼뜨린다. 이상은 성천의 특산물인 비단을 가져옴으로써 그 장면을 너무나 멋지게 표현했다. "생비린내 나는 공기가 유동하면서, 넋을 녹여낼 듯한 잔물결의 바람이 가벼운 비단바람을 흔들어 일으켰다." 개의 생식기가 퍼뜨리는 사향냄새를 생비린

---

[98] 임종국 편, 앞의 책, 308쪽.

내로 표현했다. 식욕과 성욕이 뒤섞인 이 표현은 사람들 속에 활기를 막 불러일으키는 듯하다. 그는 그 유혹적인 냄새가 실린 바람이 '비단바람'을 흔들어 일으킨다고 했다.

우리는 이상에게서 시작한 성욕의 바람이 개를 통해서 마침내 이 지역의 촌처녀들에게까지 이르게 되는 것을 본다. 그것은 매우 미묘한 욕망의 자연스런 흐름을 따라간다. 그 처녀들은 누에를 치는 여자들이었다. "일광 아래서 고오드방처럼 촌처녀의 피부는 염염히 빛났다. / 그녀들의 체취는 목장 풀과 봉선화 향기로 변하였다. 이 처녀들도 격렬한 노역엔 땀을 흘릴까./ 투명한 맑은 물 같은 땀-곡물처럼 따뜻이 향기나는 땀-(중략)// 촌처녀의 성욕은 대추처럼 푸르기도 하고 세피야 빛으로 검붉기도 하다."

이상은 자신의 대지적 성욕을 통해서 비로소 성천 시골처녀의 아름다운 모습을 발견하게 된다. 그 지역의 모든 황량함에도 불구하고 누에를 치는 이 처녀들 속에 고요히 간직되어 있는 자연의 풍요로움이 아름답게 빛난다. 풀과 꽃과 곡식의 향기가 그녀들의 싱싱한 몸속에 있다. 그녀들의 육체는 꽃 피고 과일처럼 익는다. 그녀들의 성욕이야말로 대지의 아름다움과 풍요를 증폭시키는 힘이다. 그녀들의 아름다움은 곧 그 땅의 아름다움인 것이다.

그러나 성천에서 어렵게 발견한 이러한 이상향적 풍경이 처음부터 제시되었던 것은 아니다. 우리는 '개'의 이미지를 통해 그것을 확인할 수 있다. 〈황〉을 비롯해서 다른 작품들에 나타난 '개'는 유폐되거나 해부되며, 문명에 길들여지도록 강요된다. 이상의 '개'는 이상향의 입구나 경계선, 문턱에 놓여 있다. 여기서 한걸음 나아가면 우리는 이상의 또 하나의 문학적 공식인 절름발이 혹은 양쪽이 서로 어긋난 발 이미지를 만나게 된다. 이것은 우리가 앞에서 다루었던 이상 문학의 첫 번째 공식인 '달아나는 아이들'과 대조되는 것이다. 이상 문학에는 이렇게 세 가지 공식이 있다. 그것은 모두 황량한(또는 공포스러운) 현실 세계 속에서의 유폐와 방황 그리고 그로부터의 탈출과 관련된다. 어디를 향할 것인가? 무엇을 뚫고 달아날 것인가? 이러한 물음들은 '개'와 '발'의 이미지와 기호들을 둘러싸고 있다.

우리는 앞의 〈유고집1〉의 〈무제─故王의 땅〉에서 '무거운 산책'과 가벼운 산책의 대립항을 마주했었다. 발걸음이 점차 위축되는 산책은 무거운 것이고, 하늘을 걸어가는 듯한 "祭天의 발자국소리"를 내는 산책은 가벼운 것이다. 그 시에 나오는 "나는 제2의 玄坤에다 차거운 발바닥을 비비었다"는 부분에 주목해 보자. 이 부분의 이미지는 '무거운 산책'의 연장선상에 있는 것이다. 차갑고 무거운 발은 녹슬은 태양 빛이 스치는 우울한 돌에 묶여 있다. 발바닥을 비비는 행위로 너무나 오래 두껍게 쌓인 냉각된 기억의 세계를 깨어나게 할 수 있을까? 마치 윤동주의 〈참회록〉에 보이는 한 구절처럼 그것은 녹슬어 있는 거울을 닦아내 그 속의 희미한 세계를 들여다보려는 것처럼 보인다.

이상의 '발' 이미지는 대략적으로 이러한 주제 계열에 속한다. 냉각된 대지를 밟아가며 거기에 발바닥을 비벼보라. 그로부터 무엇이 깨어나게 될 것인가? 위 시는 황무지적 세계에서 살아가는 존재의 근본이유에 대해 묻는다.

이상의 문학에 나타나는 뇌수와 생식기의 대립항에서 발은 생식기를 떠받치는 대지적 기호이다. 그의 〈산촌여정〉은 〈어리석은 석반〉에서 아름답게 찬양된 그 누에치는 처녀들을 다른 방식으로 묘사했다. 여기서 주인공은 '발'이다.

> 야음을 타서 새악시들은 輕裝으로 나섭니다. 얼굴의 홍조가
> 가리키는 방향으로– 뽕나무에 우승배가 놓여 있읍니다. 그리로만
> 가면 되는 것입니다. 조밭을 짓밟습니다. 자외선에 맛있게 끄실른
> 새악시들의 발이 그대로 조이삭을 무찌르고 '스크람'입니다.
> 그리하여 하늘에 닿을 至誠이 천고마비 蠶室 안에 있는 성스러운
> 귀족가축들을 살찌게 하는 것입니다.[99]

그러나 이상의 다른 작품들에서는 이렇게 생명력으로 가득찬 아름다운 발은 거의 찾아볼 수 없다. 차가운 대지를 밟고 가는 그의 발은 대개 비틀거리는 절름발이 발이 아니면 목발이며 혹은 서로 어긋나게 가는 균형잃은 발이다. 〈紙碑〉〈隻脚〉〈매춘〉〈공포의 기록〉 그리고 〈오감도〉 중 〈시제15호〉와 〈1931년(작품제1번)〉〈소영위제〉〈구두〉 등에 그러한 양상들이 보인다. 이 중에서 〈지비〉는 서로 어긋나 있는 발을, 〈척각〉〈시제15호〉〈1931년〉 등은 목발이나 인공발을 그린 것이다. 특히 〈지비〉는 〈소영위제〉와 함께 서로 어긋나 있는 남녀 관계 또는 부부 관계를 그린 것이어서 소설 〈날개〉를 연상시키는 바가 있다. 이러한 작품들에 나타난 발들의 특징은 서로 일치 화합될 수 없는 불균형적인 것이다. 〈지비〉에서 "이부부는부축할수없는절름발이가되어버린다"고 했듯이 조화될 수 없는 부부 관계는 절뚝거리며 불편하게 걸어가는 절름발이에 비유된다.

이상의 첫 번째 공식인 '달아나는 아이들'의 질주가 갖는 도전적이고 창조적인 지향점을 이러한 발들은 가질 수 없다. 〈지비〉는 이들 부부 각 개인 자체가 갖는 불구적 특징의 조합에 의해 절름발이라는

---

99 위의 책, 111쪽.

결과가 나온 것으로 되었다. "내키는커서다리는길고왼다리아프고"에서처럼 나의 한쪽 다리는 병들어 있다. 〈척각〉이나 〈시제15호〉〈1931년〉 등은 그 병든 발을 보완해줄 목발이나 인공발에 대한 이야기를 담고 있다. 〈척각〉에서 "외짝구두의 수효를 보면—목발의 길이도 세월과 더불어 점점 길어져갔다"고 했다. 이 목발의 길이는 심리적 길이가 아닐까? 〈1931년〉에서는 이러한 목발의 길이 대신 여러 개의 발이 필요해진다. "나는 제3번째의 발과 제4번째의 발의 설계중, 嫌으로부터의 '발을 짜르다'라는 비보에 접하고 愕然해지다". 여기서 혁은 보성고 시절 친구였던 화가 지망생 문종혁이었다.

〈공포의 기록〉에서는 "맹렬한 절뚝발이의 세월" 속에서 비정상적인 발이 점차 불편한 현실에 적응해가는 이야기를 했다. 시간이 가면서 "발이 맞아들어왔다"라고 한다. 〈매춘〉에서는 "내 맨발이 값비싼 향수에 질컥질컥 젖었다" "신발을 벗어버린 발이 虛天에서 失足한다"라고 했다. 어느 것이든 그의 발은 일상적인 현실이나 여인과의 관계에서 대지를 굳건하게 밟고 서 있지 못한다. 성적인 측면에서도 역시 그렇다. 절뚝거리며 진흙밭에 어지럽게 찍어놓은 여인의 발자욱에 고인 빗물을 자신이 마셔야 할 우울한 술처럼 노래한 〈소영위제〉(2)는 그러한 발자국에 바치는 슬픈 송가이다.

〈구두〉는 이러한 것들의 여러 사연들을 모두 끌어모은 듯한 발의 서사시이다. 그 구두는 이상 특유의 경계적 기호인 입구와 문턱에 놓여있다. 바로 생식적인 기호인 '개'가 걸쳐있는 그 자리에 말이다.

원수 같은 저 館의 문을 두드렸다. 잔학한 정맥이 벽에 전해져—
머리가 또 저절로 수그러진다.
바람을 끊듯 하얗고 싸느란 손이 나의 비굴한 인사말을 쪼각쪼각 찢었다.

그러나 나는 이 문으로 들어가는 것을 자발적으로 면하기란 죽어도 오히려 불가능할 것이다.

이윽고 중오에 핏줄 선 내 눈은 한 켤레의 구두를 본다.

구두! 오래도록 내 사념의 저편에 있으면서 뼈처럼 녹쓴 한 켤레 구두인 것이다.

내부로 향한 그 콧뿌리엔 형극을 밟고 지나온 亂摩의 자취마저 淋漓하다.

나는 돌아온 것일까, 이미?

아니, 너는 이곳에 囹圄되지 않으면 안되는 것이다.

저 손가락처럼 가늘게 여윈 골편의 퇴적아래 그리고 땅을 기어가는 피를 빤 피의 언덕에

難船한 닻을 내려야만 할 것이다.[100]

이 시에서 우리는 구두가 놓인 어떤 건물의 입구를 보게 된다. 일단 그 안으로 들어가면 나는 거기에서 감옥처럼 갇히게 된다. 거기에는 내 인사말을 찢어버리는 싸느란 손이 있다. 그곳은 냉동처럼 차가운 지느러미가 느껴지는 곳이다. 그 경계를 넘어가기 위해서는 구두를 그 입구에 벗어놓고 들어가야 한다. 구두는 거기 닻을 내릴 것이다. "뼈처럼 녹쓴 한 켤레 구두"라는 표현을 보라. 그것은 지금까지 숱한 어려운 세월을 나와 함께 보내왔다. 그것은 나의 어려운 세월동안 나를 태우고 나와 함께 항해한 배인 것이다. 마치 그 냉각된 방의 입구

---

100 위의 책, 289쪽.

에서 폐선처럼 녹쓸며 버려질지도 모르는 그 구두는 이 시의 마지막
부분에서 갑자기 활력을 얻고 되살아난다.

구두는 웃듯이 우선 피를 빨아서 적다색으로 화해 있었다. 慰撫같은
보호색이 아니냐.
무너져 깨어지듯 일어나— 나는 구두 속에 섰다.
불가사의한 온기가 황량한 피부에 전해졌다.[101]

구두는 그 위기의 순간에 불가사의하게 핏기를 회복하고 되살아난
다. 그것은 내게 명령한다. 다시 그 어렵고 힘든 항해를 다시 시작해
야 한다고 말이다. 〈구두〉의 마지막 부분은 이렇다. "속히 할 것이다.
당신 쪽에서 명령한 대로 속히 할 것이다— 운반된 樹木처럼 唾液이
逆風을 끊으며 보행을 다시 시작하였다."
우리는 이상의 발 이미지가 왜 경계의 기호인 문턱과 연관되는지
그리고 마지막에 나무 이미지와 어떻게 관련을 맺는지 생각해보아야
한다. 먼저 나무 이미지와의 관련에서부터 시작해보자. 이상은 특이
하게도 사람을 식물적 이미지로 파악했다. 〈골편에 관한 무제〉에서
"난 인간만은 식물이라고 생각하거든요"라고 했다. 사람의 뼈를 묵
죽(墨竹)을 사진촬영한 것과 같은 것으로 상상한다. 〈유고1〉에도 그
비슷한 이미지가 있다. 〈작품제3번〉이나 〈얼마 안되는 변해〉에서는
사람의 생식력을 나무 이미지와 결합시켰다. "榕樹처럼 나는 끈기있게
지구에 뿌리를 박고 싶다"(〈작품제3번〉) "한 그루의 樹木을 껴안고— 그
는 그것을 樹莖에 삽입하였다"(〈얼마 안되는 변해〉) 등에서 나무와 사

---

101 위의 책, 290쪽.

람의 생식력이 서로 교환되고 있음을 알 수 있다. 〈正式 V〉에서도 나무는 사람처럼 표현된다. "키가크고 유쾌한 樹木이 키작은 자식을 낳았다"고 한 것이다. 나무와 인간의 이러한 생식적 동일성은 그의 목발 이미지와 연관되어 있기도 하다. 즉 〈척각〉에서 목발을 "지상의 樹木의 다음가는 것이라고 생각하였다"고 했다.

우리는 앞에서 대지적 성욕을 상징하는 '개'가 지구의 구멍에서 나온다는 것을 알았다. 신화적인 개들은 여러 신화에서 대개 문턱을 지키는 존재들이다. 엘리아데는 샤만이 지하계를 들어갈 때 만나는 개를 알고 있었다. "死者나 영웅이 입문의례에서 개를 만난다. 샤만 역시 지하계 하강에서 장송의례적인 개를 만난다."[102]

그런데 이러한 지하의 저승계는 저 이집트와 근동 그리고 그리스 신화에서 이시스와 코레 등으로 알려진 여신이 내려가는 곳이다. 그곳은 단지 죽음들이 쌓여있는 곳만이 아니라 풍부하게 재생이 싹트는 곳이기도 하다. 죽음으로부터 삶으로의 그러한 전환이 마련되지 않는다면 대지는 황무지가 될 것이다. 그러한 전환의 신비를 획득한다는 것이야말로 생명력의 비밀일 것이다. 모든 축제의 핵심에 그것이 놓여있다. 이상이 불러낸 〈어리석은 석반〉의 그 흰 암캐는 바로 그러한 생식적 비밀을 상징하는 것이 아닐까? 그 빛나는 흰색은 지하의 어둠 속에서 얻어낸 생명의 빛처럼 환하게 주변을 비춘다. 그 생명력의 빛은 그가 퍼뜨리는 고혹적인 냄새에 깃들어 있을지 모른다.

이상의 개는 바로 이 부분에서 또 하나의 비밀을 갖고 있는 듯하다. 왜냐하면 개와 이상 자신을 가리키는 '나'가 거의 하나이며 동시에 서로 분리된 둘이기도 한 이상한 관계를 그의 〈황〉이나 〈황의

---

102 엘리아데, 《샤마니즘》, 이윤기 옮김, 까치, 1992, 402쪽.

기〉가 보여주고 있기 때문이다. 이상에게 '개'는 '나'의 분신적 존재이기도 한 것이다. 현대의 신화적 변신담처럼 보이는 이것은 어떤 의미를 띠는가?

엘리아데가 보고한 바에 따르면 개나 이리로의 주술적인 변신담이 있다. 어떤 식인종 비밀결사와 낭광증(狼狂症)에 이러한 주술적 변신이 보인다는 것이다. 샤만 중에서도 이리로 변신할 수 있다고 믿는 자가 있다.103 물론 이상의 시는 이러한 주술적 변신담과는 직접적인 관계가 없다. 그러나 그의 작품 여러 곳에 변신적인 이미지들이 나타나는 것을 보면 개와 나의 혼성적 존재는 어느 정도 그러한 주술적 변신술의 역동적인 자장 속에서 만들어졌을 것이다. 주술적 변신담이 결국은 자연과 인간의 밀접한 상호관련을 보여주는 것이라고 할 때 〈황〉에 나오는 혼성적 존재는 자연과의 교감이 멀어진 근대 사회 속에서 묘사된 색다른 변신담일지 모른다. 그것은 이 인공적인 사회 속에서 위협당하는 자연적 생명력의 여러 가지 상황을 적절하게 표상해주고 있다.

우리는 경계적 기호인 문턱의 문제에 관련된 나무와 개의 이미지에 대해서 논했다. 이제는 발의 문제가 덧붙여 논의되어야 한다. 앞에서 살펴보았던 이상의 절름발이 이미지는 위에서 다룬 나무와 개의 이미지에 매우 절묘하게 관련된다. 나는 레비 스트로스의《구조주의인류학》에서 제시된 절름발이 외디푸스 혹은 비스듬하게 걷는 디오니소스104를 참조하고자 한다. 레비 스트로스는 푸에블로족 신화를 분석하면서 대지에서 태어난 인간의 특징은 바로 걸을 수 없거

---

103 위의 책, 같은 쪽.

104 Claude Lévi-Strauss, *STRUCTURAL ANTHROPOLOGY* Volume 2, The University. of Chicago Press, 1976, pp. 205~207

나 서투르게 걸을 수 밖에 없는 특징이 있다고 했다. 신화에서는 대지에서 태어난 인간이 심연에서 빠져나오는 순간으로 인해 절름발이 특성을 보인다는 것이다. 그는 발이 부은 외디푸스를 바로 그러한 특성을 갖는 대지적 인간인 절름발이로 보았다. 그것은 자기의 근원, 자신의 존재에 대한 불확실함을 나타낸다.

이상의 절름발이 이미지 역시 푸에블로족 신화에서처럼 대지적 심연에서 빠져나온 자의 특성을 보여주는 것일까? 우리는 그의 목발과 나무 그리고 개가 서로 밀접하게 관련될 수 있음을 위에서 보았다. 나무와 개는 이상의 상상세계에서 분명히 대지의 심연과 관련된다. 그의 목발은 절름발이 걸음을 걷게 하는 원인이다. 그는 대지의 생식력을 나무를 통해 그의 구두와 연관시키기도 했다. 그렇다면 이상의 절름발이는 대지적 절름발이인 외디푸스에 해당된다. 그는 자신이 살아가는 세상에서 주위의 일반 사람들이 확실하게 근원을 알 수 없는 자로 보였음에 틀림없다. 자신의 자연적인 혈통에서도 그러했다. 그는 백부에게 양자로 오게 되면서 자신의 아버지를 진정한 자신의 뿌리로 위치시키기 힘들었을 것이다. 그는 자신의 아버지를 〈육친〉에서 "그의 종생과 운명까지도 내게 떠맡기려는 사나운 마음씨다─내 신선한 도망이 그 끈적끈적한 청각을 벗어버릴 수 없다"라고 했다. 이 몰락한 아버지를 그는 자신의 근원으로서 존경과 사랑으로 받아들이지 못했음을 알 수 있다. 〈시제2호〉는 자신의 곁에서 졸고 있는 아버지는 진정한 아버지가 아니라는 느낌을 말한다. 이 시는 자신이 그 아버지의 아버지가, 또 계속해서 아버지의 아버지의 …아버지가 되어야 하는 비참한 상황을 이야기한 것이다. 자신의 혈통에 대한 이러한 비참한 전도는 계보를 혼란시키는 매우 불길한 프랙탈적 사유를 보여준다. 나와 아버지 그리고 아버지의 아버지라는 세 항목은 무수한 되먹임 고리 속에서 혼돈에 빠진다. 그는 이러한 되먹임 고리의 무한순환 속에서 자신의 근원을 알 수 없게 된 것이다.

뱀이 이러한 혼돈을 이끄는 주도적인 이미지의 하나가 된다. 〈유고1〉에서 그는 "한마리의 뱀은 한 마리의 뱀의 꼬리와 같다. 또는 한 사람의 나는 한 사람의 나의 부친과 같다."고 했다. 이 뱀은 〈정식5〉에서 자식을 낳는 나무 밑에 웅크려 있는 푸른 뱀으로 나타난다. 점점 수척해지는 靑蛇에 대해 그는 말했다. 그것은 마치 혈통의 생명나무, 즉 혈통의 계보에 대한 근원적인 물음처럼 놓여있다. 자연과 인간의 생식력을 나타내는 고대적인 기호의 하나가 바로 뱀이다. 머리가 자신의 꼬리를 물고 있는 우로보로스 뱀이 대표적인 것이다. 선사시대 이래 꾸준히 나타나는 물결무늬와 나선형 기호들은 생식적인 뱀의 기호 계열들이다. 우리는 거의 광범위한 지역에서 그러한 원초적 기호들을 만날 수 있다.

이상에게 오면 그 뱀은 자신의 생식적인 기원을 풍부하게 표출하지 못하는 것처럼 보인다. 그것은 수척해지면서 점차 굳어져간다. 〈Le Urine〉에서 오줌은 푸른 뱀 이미지로 변하고, 그것은 유리의 유동체 이미지로 변화하면서 얼어붙은 대지를 흘러간다. 이 최초의 뱀이 뒤로 갈수록 위축된다. 이 뱀의 기호는 이상의 혈통적 계보를 혼돈에 빠뜨려 그것을 새롭게 창조하려 한다. 이상은 분명히 대지의 심연에 있는 생식력을 인식하고 있지만 그것을 자신의 둘레로 이끌어오지 못한다. 오히려 그러한 것을 억압하고 파괴하는 힘에 쫓기면서 머뭇거리며 뒤뚱거리고 있는 것이다. 그의 문학은 바로 이러한 대결의 장 한 가운데에서 펼쳐지고 있다.

4. 거울을 넘어서— 소리·향기·빛·촉각의 어울림

우리는 처음 이상의 성천기행이 갖는 여행의 의미를 '원시의 향기'에 대한 탐색으로 정의하며 이 글을 출발했다. 그런데 그의 문학적 여정에서 막바지였던 동경행 바로 이전에 놓인 이 여행에는 과연 어떤 목마름과 절박함이 있었던가? 구체적으로 그는 무엇으로부터 탈출하려 했는가? 무엇을 찾아가고 싶었던가?

앞의 절들에서 우리는 대략적으로 이상의 문학에 놓인 근본주제들을 짚어 보았다. 그것은 유클릿과 뉴튼적인 사유와 세계관이 주조해 낸 근대의 기계론적 세계의 황무지성에 대한 비판이었다. 근대의 정치 경제 사회적 제모순은 모두 그러한 근본적 세계관 속에 포섭될 수 있다. 제국주의의 식민지 침탈까지도 진화론의 생물학적 역학(생존 투쟁, 우승 열패)을 기계적으로 적용시켜 파악해 볼 수 있다. 다원적 세계관은 뉴튼적 세계관의 생물학적 이복 형제가 아닌가? 이상은 다윈의 이러한 생물학적 기계론을 비판한 바 있다. 근대적 세계관에 대한 이상의 비판은 선구적인 것이며, 탁월하다. 그는 자신의 비판적 사유를 자의식적 내면풍경과 그러한 여러 영역을 가로지르는 사유, 그리고 자연의 황무지적 이미지들을 전체적으로 거미줄처럼 엮어서 독특한 상상력으로 전개한다. 우리는 이 절에서 이상의 이러한 독창성이 갖는 성격과 의미를 좀더 꼼꼼히 살펴보려 한다. 거기에 시대를 넘어설만한 어떤 획기적인 내용이 있었던가?

'원시적 향기를 향한 여행'이란 주제는 우리의 이러한 물음을 따지는 입구에 있다. 즉 부채꼴의 총체적 세계로 가는 길목에 그 물음이 존재한다. 이상의 대표작인 〈오감도〉 연작에는 '오감도'에 의해 암시되는 세계가 있다. 그것은 태양 까마귀의 세계이며 황금빛의 세계이다. 그의 문학 전반을 관통하는 '거울'의 창백하게 냉각된 세계가 그 반대편에 놓여있다. 이상은 그 창백한 그리고 너무나 얇아서 두께와 깊이가 존재할 수 없는 이상야릇한 거울 세계를 자신의 문학적 상상력의 중심에 놓았다. 〈오감도〉 연작은 바로 그러한 거울 세계에 대한 집요한 탐구이다. 〈시제1호〉에서 〈시제15호〉에 이르는 15편의 시들 중에서 거울 이미지를 갖는 것은 모두 6편이다. 〈시제4호〉는 거울이 나타나 있지 않지만 좌우가 뒤집힌 반사상으로 숫자를 나열하고 있기 때문에 거울 이미지에 속한다고 할 수 있다. 〈시제7호〉에는 달 거울을 표상하는 '明鏡'이 나오고, 〈시제10호 나비〉에는 수염을 나비 이미지와 겹쳐 놓음으로써 영적인 시인의 초상화를 그려주는 거울이 나온다. 거울을 본격적으로 다룬 것은 〈시제8호 해부〉와 〈시제15호〉이다. 〈오감도〉의 마지막 시편인 〈시제15호〉는 거울 세계와의 전쟁을 그린 것이다. 이렇게 다양한 거울 시편들의 거울 기호들을 서로 연결시켜서 그 의미를 풀어내 볼 수 있을 것이다. 거울 이미지의 비밀을 그렇게 해서 풀 수 있게 될지 모른다.

조선중앙일보 1934년 8월 8일자에 실린 〈오감도 시제15호〉

그의 시에서 '거울'이란 기호는 과연 어떤 것일까? 이 〈오감도〉〈시 제15호〉에서 '거울'은 나와 나를 둘러싼 것들을 거의 비슷하게 투사하는 반사상이다. 그러나 이상에게는 '반사'라는 광학 법칙 너머로 거울의 세계가 펼쳐진다. 그 거울 속에는 '나'라고 생각되는 어떤 존재가 있다. 그 '나'는 참된 나와 비슷하게 생겼지만 같지는 않다. 참나의 세계와 거의 비슷한 그 거울 속 세계에 대해 이상은 참내가 결석한 꿈의 세계로 정의한다. 그런데 그곳은 소리가 없는 세계이다. 마치 그림자와 형상만으로 만들어진 세계처럼 보인다. "죄를품고식은침상에서잤다. 확실한내꿈에나는결석하였고의족을담은군용장화가내꿈의백지를더럽혀놓았다." 뚜렷이 보이는 이 시각적 세계를 그는 오히려 아련한 꿈의 세계처럼 묘사한다. 차가운 거울면은 '식은침상'과도 같다. 그곳은 불길한 잠과 꿈의 세계이며, 창백하게 마치 죄수처럼 갇혀있는 세계인 것이다. '죄를 품고'라는 의미는 바로 그렇게 읽힌다. "의족을담은군용장화"라는 이 수수께끼같은 표현은 우리가 앞에서 절름발이 모티프에서 다루었던 목발 이미지와 같은 류의 것이다. 아마도 우리가 이상의 전반적인 주제의 하나인 그것('발' 기호와 관련된)을 깊이 다루지 못했다면 위 시의 이 구절은 잘 풀리지 않을 것이다. 목발과 의족이란 이 불구적 모방품들은 거울의 반사상에 속한다. 그러한 것들은 생명이 없는 것들이며, 너무나 많은 부분에서 참된 본래의 발에 미달한다. 이렇게 볼 때 인공적인 모방품들로 이루어진 것들이 '꿈의 백지'를 더럽힌다는 것이 무엇인지 알 수 있지 않겠는가. 적어도 내가 보는 거울은 내 꿈의 세계인 것이지만, 그 꿈 속의 '나'는 '참나'가 아니다. '참나'가 결석한 거울 세계 그것은 근대적인 발명품인 유리의 평면경에 정복당한 세계인 것이다. 정복된 것들은 거울에 갇혀 있다. 거울은 근대적 감옥이기도 한 것이다.

'나'는 이 근대적인 감옥인 거울에 '나'를 비쳐보며 살아갈 수밖에 없다. 그것이 바로 나의 원죄이다. 이곳에 태어난 것이 바로 죄이다. 아니 태어나자마자 죄인으로 갇혀 있는 것이다. 따라서 이 시는 바로 그 거울 밖 세계에 있는 '참나'를 인식하고, 그러한 참다운 존재를 향해 나아가려는 창조적 몸부림으로 읽혀야 한다. 그 참나는 거울 속의 나를 거울 세계에서 해방시키거나 파괴시키려 한다. 그러나 참나의 이러한 의도는 곧바로 거울 속의 나에게 발각된다. 그(거울 속의 나)와 나(참나)는 동시에 같이 존재하고 있음을 거울은 깨우쳐준다. 바로 이 장면이야말로 이상의 거울 이미지의 핵심이다. 참나와 거울 속 나는 이미지와 행동 그리고 심리상 서로 위상기하학의 도형처럼 맞물려 있는 것이다.

이상의 이 거울세계는 매우 특이한 것이다. 그것은 (이상이 비판하려 하는) 근대세계를 2차원적 평면에 투영한 것이다. 뉴튼과 유클릿적 법칙이 지배하는 세계는 분명 3차원적이지만 이상의 시에서 그것은 2차원적 평면으로 떨어져내린다. 뉴튼과 유클릿 법칙으로 이뤄진 기계론적이고 결정론적인 세계는 마치 인공품들로만 이루어진 세계처럼 인식된다. 위의 시를 통해서 보면 그것은 참된 것을 모방한 의족의 군용장화가 모든 생명력을 짓밟는 세계인 것이다. 거울평면은 바로 그러한 근대적 세계의 표상이다. 그것은 거대한 죄의 세계, 참된 세계와의 악수를 봉쇄한 채 굳게 닫힌 차가운 세계인 것이다.

〈시제4호〉에 나타난 좌우가 뒤집힌 숫자들은 환자의 용태를 그린 것이다. 숫자들의 나열 방식은 매우 독특하다. 그러한 독특한 방식으로 표현된 수식들은 근대세계를 추상화한 것이다. 숫자들이 거울상으로 뒤집히고, 숫자의 범위가 점차 줄어드는 것, 이러한 것이 바로 병적 상태이다. 〈시제8호 해부〉는 삼차원의 모든 입체들을 거울

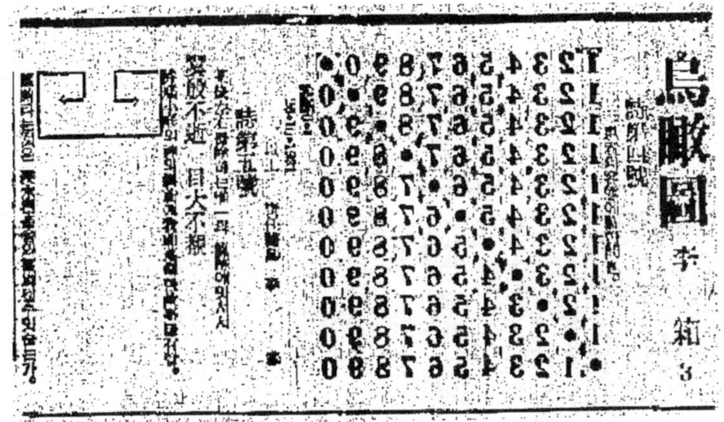

조선중앙일보 1934년 7월 28일자에 실린 〈오감도 시제4호〉
조선과 건축》지(1932. 7)에 실린 〈건축무한육면각체〉의 〈진단 0:1〉과 내용이 같다.
숫자판만 거울상으로 뒤집혀 있다.

면에서 투사하고 그 거울면에까지 수은을 칠해버려 봉함으로써 마취
시키고 수술해서 그 병적인 상태를 치료하려 한다. 이러한 거울의 은
폐는 반사상의 근본문제인 '반사'적 모조 현상을 차단시킨다. 그런데
악의 근원으로 표상되는 반사와 모방이 반사면을 봉쇄함으로써 치료
되고 근절될 수 있을까?

이상은 이 시에서 거울 대신에 '평면경'이란 단어를 썼다. 그리고
그 양면을 수은으로 도말하고, 그렇게 은폐된 거울의 평면을 종축으
로 자른다. 오염되지 않게 진공 속에서 "위선마취된 上肢의尖端을鏡
面에부착시킴"이라는 매우 난해한 표현이 나온다. 풍자적 환상이 이
러한 표현 속에서 작동하고 있다. 여기에 나오는 '上肢'라는 밑도끝
도 없는 구절은 사실은 그 앞의 시인 〈시제7호〉를 읽어야 풀린다.
이 시도 난해하기는 마찬가지인데 나는 이어령의 주석을 보고서야
그것을·해석할 수 있는 약간의 힌트를 얻을 수 있었다. "久遠謫居의

地의一枝. 一枝에피는顯花. 특이한사월의화초. 三十輪. 삼십륜에前
後되는兩側의明鏡" 이 수수께끼에 도전한 이어령은 영원한 귀양살
이 땅 같은 달의 이미지를 포착할 수 있었다.

〈오감도 시제7호〉

아마도 여기에는 남편에게서 불노초를 훔쳐 달아난 항아의 이야기가 어렴풋이 숨겨져 있는 것 같다. 이 황량한 유배지에서 항아는 불사약을 계속 찧어 지구에 내려보내는 일을 하도록 형벌받았다. 그런데 위 시에서 이상은 이 황량한 달을 두 개의 거울 이미지로 포착했다. 그 거울이 완벽하게 둥글어지기 전까지 이 달은 마치 싹이 돋고 점차 커지는 식물처럼 가지를 벋고 꽃을 피운다. 달의 싹, 즉 '月芽' 이미지는 둥근 달로 자람으로써 둥근 거울 이미지와 겹쳐지게 된다. "4월의 화초"인 달은 30개의 바퀴(輪)로 표현된다. 둥글게 모인 꽃잎을 花輪이라고 한다. 여기서는 달이 '화륜'인 것이며, 달의 변전이 '30륜'으로 표현되었다. 달은 또한 거울이기도 하다. "30륜에 전후되는 양측의 명경"이라고 함으로써, 이 4월의 화초는 앞 뒤 두 개의 명경(보름달)을 갖게 된다. 4월이란 시간이 마치 공간적 입체로 표현된 것 같다.

이 달은 "구원적거(久遠謫居)의 地"로 묘사되며, 일년 중에 4월은 텅 빈 동굴(空洞)로 표현된다. 하늘은 마치 전쟁터처럼 찢겨지고, 모든 성좌들이 흩어지고 비틀거리며 넘어지는 막다른 골목들의 풍경으로 구성된다. 4월의 달은 이 전쟁터의 한 귀퉁이 동굴 속에 숨어서

《여성》(1940.10)지에 게재된 화장품 광고의 이미지
"피여나는 名花一輪"이란 아름다운 여성의 얼굴이 활짝 꽃처럼 피어난
다는 의미를 담고 있다. 활짝 핀 꽃 한송이를 '一輪' 즉 하나의 바퀴로 표
현했다. 이상의 〈시제7호〉에 나오는 '삼십륜'도 이러한 일본풍 어법으
로 쓰여진 것이리라

간신히 생명꽃을 피우고 있다. 전후 두 개의 명경은 그러한 생명꽃의
만개된 모습을 상징한다. 그러나 성좌들의 폐허 속에서 4월의 화초
는 "금시금시 落魄하는 滿月"로 존재할 뿐이다. 달의 생명력은 폐허
속에서 고갈된 채 지상에 희미한 창백한 빛을 뿌릴 뿐이다. 지상의
풍경은 이러한 하늘의 어두운 풍경에 휩싸여 있다. 〈시제7호〉에서
달은 혼백이 떨어져버린 만신창이 신체이다. 수척하고 독기어린 뱀처
럼 황량한 달 거울 아래 영원히 지상에 뿌리박힌 탑과 하나의 짝이 된
모습의 '나'가 등장한다. "나는塔配하는毒蛇와같이地平에植樹되어다
시는起動할수없었더라."

　달과 꽃과 거울의 이러한 통합적 이미지는 이상만의 독특한 상상
계를 이룬다. 그것은 본래 생명력으로 가득해야 할 것이지만 하늘의
황량함 속에서 시들고 창백해졌다. 〈시제8호 해부〉에 나오는 유리

거울인 평면경은 그 자체만으로 생명이 없는 삭막하고 황량한 이미지를 드러낸다. 그곳에 투사된 입체영상은 실체가 없는 것이며, 거울 공간은 유령의 공간인 것이다.

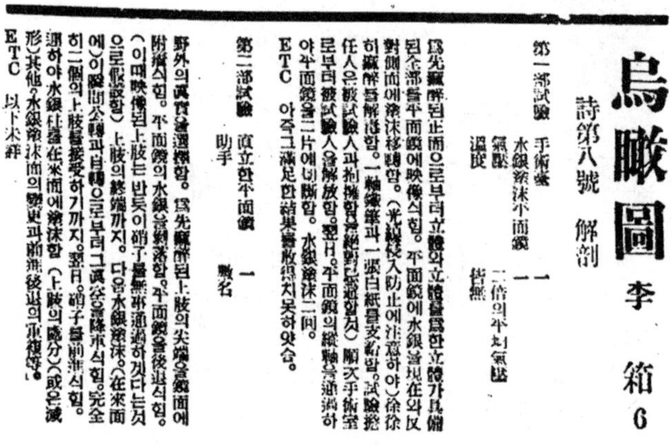

烏瞰圖 李箱 6

詩第八號 解剖

第一部試驗 手術臺 一
水銀塗沫平面鏡 一
氣壓 二倍의平均氣壓
溫度 皆無

爲先痲醉된正面으로부터立體와立體를爲한立體가具備된全部를平面鏡에映像식힘。平面鏡에水銀을現在와反對側面에塗沫移轉함。(光線侵入防止에注意하야)徐徐히痲醉를解毒함。一軸鐵筆과一張白紙를支給함。(試驗擔任人은被試驗人과抱擁함을絶對忌避할것)順次手術室로부터被試驗人을解放함。翌日。平面鏡의縱軸을通過하야平面鏡을二片에切斷함。水銀塗沫二回。

ETC 아즉그滿足한結果를收拾치못하얏슴。

第二部試驗 直立한平面鏡 一
助手 數名

野外의眞實을選擇함。爲先痲醉된上肢의尖端을鏡面에附着식힘。平面鏡의水銀을剝落함。平面鏡을後退식힘。(이때映像된上肢는반듯이硝子를無事通過하겟다는것으로假設함)上肢의終端까지。다음水銀塗沫。(在來面에)이瞬間公轉과自轉으로부터그眞空을降車식힘。完全히二個의上肢를接受하기까지。翌日。硝子를前進식힘。連하야水銀柱를在來面에塗沫함(上肢의處分)(或은滅形)其他。水銀塗沫面의變更과前進後退의重複等。

ETC 以下未詳

조선중앙일보 1934년 8월 2일자에 발표된 〈오감도 시제8호 해부〉

이제 우리는 이상의 다양한 거울 이미지를 좀더 넓고 깊은 진폭 속에서 다시 정리해볼 수 있지 않을까. 그것은 수학과 천문학적 사유를 함축하면서 꿈과 신화라는 원초적인 사유로 그것들을 둘러싸고 있어 보인다. 즉 거울의 반사상은 그 거울면에 뒤집혀 영사된 것 같은 수학적 기호들에 의해서 새로운 차원을 얻는다. 그러한 수학적 기호의 좌우 상하의 배치들은 그 각각이 무슨 특별한 의미가 있다기보다 이 세계를 수량화해서 파악하는 도식적 사유의 병적인 상태에 대한 진단이다. 근대 수학은 이 세계의 생동하는 현상들과 생명의 복잡미묘함을 너무나 단순화시키고 추상화시켜 반영한다.

〈시제4호〉의 거울 숫자서판은 근대 수학의 한계에 대한 비판이기도 하지만, 또한 그러한 수학적 사유와 지식체계로 작동하는 근대적 제도에 대한 비판이다. 그로부터 한걸음 더 내디디면 물리학과 천문학의 수량화적 지식에 대한 비판이 된다. 하늘의 신화와 꿈을 모두 지워버리면서 근대 천문학은 별들의 재료, 크기, 운동의 성격과 거리에 대해 말하게 되었다. 그러한 전문적인 지식들은 사실 그러한 별들에 대한 총체적 지식이 아니다. 그리고 우리의 삶 전체와의 관련, 이 세계 전체와의 관련에서 볼 때도 그것은 너무나 단편적인 세부에 깊이 빠져든 것들이다. 〈시제7호〉는 신화가 박탈된 달의 황무지를 양면이 거울로 된 평면적 이미지로 포착한다. 근대적인 세계는 말하자면 수량화를 통해서 측정된 세계이고, 그러한 측정의 척도는 평면적 잣대에 눈금으로 분할되어 있다. 근대세계는 평면적으로 납작해진 세계인 셈이다.

이 매우 독특한 생각을 이상은 평면 거울 이미지를 통해 창조해냈다. 그 납작해진 평면은 그저 비슷하게 모사하고 위조하는 재능만을 갖고 있고 무수히 그러한 것들을 증식시킬 뿐이다. 점점 그러한 것들이 확산되고 절대화되면서 그 세계는 점차 차갑게 굳어간다. 그것은 폐쇄된 채 닫힌다. 그것을 이상은 〈시제15호〉에서 '거대한 죄'라고 했다. 마치 감옥처럼 폐쇄된 그 세계 속의 평면적 존재들은 거울세계의 囚人이 된다. 〈囚人이 만든 소정원〉이란 시는 그렇게 해서 탄생한 것이다. 거기에서 모든 것들은 참된 세계로부터 추방된 채 그림자 같은 것으로서만 존재한다. 이상의 작품들 전체의 사유를 집약한 것 같은 〈거울〉이란 시는 이러한 생각을 바탕으로 탄생한 것이다. 그것은 일종의 李箱的인 世界圖이다. "거울속에는소리가없소/저렇게까지조용한세상은참없을것이오".

거울세계는 "저렇게까지조용한세상은없을것"이라는 멋진 말로 요약된다. '소리없는 세계'는 마치 무언극처럼, 그것도 그림자 무언극처럼 참된 존재들을 따라 움직인다. '소리'는 생명체들이 움직이면서 자신을 드러내는 파동과 율동에 의해 빚어지는 것이다. 이상은 자신들의 목소리를 갖는 것을 참된 생명의 출발점이자 그것이 최고도로 표현된 것으로 생각했던 것 같다. 〈시제9호 총구〉에서 '참나'의 입으로 총탄처럼 내뱉는 말도 그러한 목소리의 하나이다. 〈오감도〉의 〈시제10호 나비〉의 '비밀한 통화구'도 그러한 소리의 통로이다. 이 시의 '나'는 우울한 평면경의 세계에 갇힌 시인의 자화상에서 구원의 나비 날개짓을 발견해낸다. "어느날거울가운데의鬚髥에죽어가는나비를본다. 날개축처어진나비는입김에어리는가난한이슬을먹는다. 通話口를 손바닥으로꼭막으면서내가죽으면앉았다일어서드키나비도날라가리라. 이런말이결코밖으로새어나가지는않게한다." 유폐된 것 같은 방의 찢어진 벽지에서 연상된 나비는 찢긴 틈을 몸체로 한 비어있는 존재이다. 그 찢어진 틈은 방 바깥의 幽界와 연결되는 통로가 된다. 나비는 단절되어 있는 두 세계의 경계에 있다. 나비가 비어 있는 몸체(찢어진 틈)를 통해 소통하는 이 유계란 단순히 저승을 가리키는 것만은 아니다. 죽음을 통해서만 간신히 이 세계를 탈출할 수 있고 그 너머의 세계를 엿볼 수 있다는 생각이 그 '유계'란 단어 뒤에 숨겨져 있다. 거울 속의 자화상에 이러한 상상이 그대로 전이되어 있다.

통화구를 막는다는 것은 이중적인 의미를 띤다. 즉 침묵의 세계에서 불필요한 것이니까 막아버린다는 것이고 숨쉬는 기관이기도 한 입과 코를 막아버림으로써 죽어버린다는 것이기도 하다. 입과 코 사이에서 입김의 이슬만으로 살아가는 수염같은 나비 이미지는 죽음을 통해서 유계로 날아갈 수 있는 존재를 가리킨다.

거울 속에 갇힌 시인의 자유로운 날갯짓은 '나비'로 표상되어 있다.

그것은 수염에서 연상된 것인데, 입과 코 사이에 수염이 자리잡고 있다는 것이 주목된다. 소리와 향기(냄새)의 세계에 연관되는 이 두 기관이야말로 거울세계에 유폐된 본질을 지시한다. 거울세계에서는 소리와 냄새가 작동되지 않는다. 시인은 이 두 가지 억압된 감각들을 어떻게든 되살려 내야 한다. 시인의 존재의미는 그렇게 해서 되살아날 수 있다. 수염과 나비라는 기호는 그 둘(소리와 냄새)을 각각 발로 밟고 머리에 이고 있는 것이다.

이상은 〈시제10호 나비〉 이전에 〈시제9호 총구〉를 발표함으로써 촉감과 소리의 세계를 강렬한 감정으로 분출시켰다. "매일같이열풍이불더니드디어내허리에큼직한손이와닿는다. 황홀한지문골짜기로내땀내가스며드자마자 쏘아라. 쏘으리로다. 나는 내소화기관에 묵직한총신을느끼고내다물은입에매끈매끈한총구를느낀다. 그리더니나는총쏘으드키눈을감으며한방총탄대신에나는참나의입으로무엇을내어배앝었더냐."(방점-인용자) 이 시를 통해서 우리는 비로소 거울 밖의 참된 세계를 암시하는 두 가지 감각이 촉감과 소리에 연관됨을 알 수 있다. '참나'는 거울 속의 나와 대비된다. 그것은 참된 본질의 세계를 지향하는 자아(또는 본질적인 존재계에 속해 있는 자아)이다. 우리는 이 '참나'라는 단어를 1933년에 발표된 〈거울〉에서도 볼 수 있다.

위 시에서는 거울의 차가움과 대비되는 열풍이 나온다. 이 '열풍'은 나에게 생명력을 불어넣는 부채꼴에서 불어오는 바람이 아닐까? '황홀한지문골짜기'에서 그 바람이 일어날 것이다. 지문들의 프랙탈적 지형으로 뒤덮힌 손은 부채처럼 펼쳐지고 접힌다. 그것은 차갑게 유폐된 내 속에 열기를 집어넣어 마치 화약처럼 폭발하게 만든다. 굳게 닫혀있던 나의 입에서 총탄처럼 튀어나와야 할 것은 바로 강력한 생명의 파동이 내는 소리가 아니겠는가? 그것은 마치 "水流처럼 외우치는"(〈자화상(습작)〉) 시인의 입이 아니겠는가?

'황홀한 지문골짜기'라는 멋진 표현은 무엇인가? '황홀한 지문'이란 것은 신체적인 접촉의 성적인 황홀함을 암시해준다. 이상에게 지문은 언제나 이성과의 접촉 흔적이다. '지문의 골짜기'란 이미지는 그러한 접촉으로 생긴 무늬에 새겨진 미세한 감각들까지도 느끼게 해줄 정도이다. 그리고 '지문의 골짜기'는 여기서 두 가지 의미확장을 더 불러온다. 그 하나는 촉감의 열기에서 냄새의 지평으로 나아가는 것이다. 지문 골짜기로 스며든 땀냄새는 뜨거운 바람을 신체 속으로 이끌어 간다. 열풍은 촉감의 매개를 거쳐 냄새를 통해 신체의 동굴 속으로 들어가게 되는 것이다. 촉감은 신체 전체의 감각을 깨어나게 한다. 냄새는 그 깨어난 것들에 강력한 에너지를 불어넣어 활동하도록 한다. 마지막으로 깨어나서 폭발해야 할 것은 외침이다.

이렇게 해서 우리는 거울 세계를 깨뜨리고 나와야 하는 시인의 감각이 어떤 것인지에 대해 분석해 본 셈이다. 이렇게 볼 때 〈거울〉이란 시는 이 두 감각 세계의 유폐를 그린 것이다. 즉 그것은 소리 하나 없는 침묵의 거울 세계를 그렸고, 그리고 거울 때문에 거울 속의 나를 만져볼 수 없다고 했듯이 만져볼 수 없는, 즉 서로 촉감을 나눌 수 없는 세계를 그린 것이다. 그 세계 속에 갇힌 나는 '참나'가 속해 있는 참된 세계를 알지 못한 채 차가운 거울 세계 속에 죄수처럼 갇혀 있다.

'황홀한 지문의 골짜기' 이미지는 프랙탈적인 것에 속한다. '지문의 골짜기'라는 이 극소적인 이미지는 이상의 상상력이 매우 복잡한 섬세함까지 갖추고 있음을 보여준다. 그것은 그의 부채꼴적 사유가 진행시키는 프랙탈적 상상력의 일종이다. 이상은 그러한 상상력의 흐름 속에서 미시적 세계를 종종 그려낸다. '개들의 꿈의 방사선'이라거나 '양치류의 바람' 같은 표현들은 그러한 상상적 현미경이 없이는 나올 수 없다. 성천의 대지 속에서 빠져나온 개들이 뿜어내는 미묘한 냄새, 혹은 바람을 비단과 결합시키는 미묘한 이미지 등에 대한 묘사도 그러하다.

이렇게 생명력 있는 참된 세계를 향한 영적인 분위기에 감싸여 있는 그의 감각 여행은 매우 미시적이다. 우리가 '원시적 향기를 향한 여행'이라고 규정한 그 여행은 따라서 냄새의 세계를 향한 것만은 아니다. 냄새와 빛과 색과 소리와 촉감이 서로 어울리고 서로 조응되며 뒤섞여 이 세계를 좀더 다채롭고 풍요로우며 신비스런 깊이를 갖도록 해주는 그런 세계가 시인 앞에 놓여 있는 것이다. 그의 작품에 나오는 나비와 잠자리 같은 곤충들은 그러한 세계의 미묘한 역학을 상징한다. 그것은 뉴튼적인 기계론적 역학을 위반하며 그 이상의 세계를 향해 날개짓한다.[105]

향기를 향한 여행을 보여준 수필 〈첫번째 방랑〉의 마지막 부분에서 이상은 이 시적인 세계의 깊이를 반영하는 글쓰기를 보여준다. 텅빈 원고지 위를 사각거리는 시인의 펜촉 소리가 바로 그것이다. 성천의 시골 한적한 방에서 램프의 희미한 불빛 아래에서 시인의 깊은 내면에서 소리치는 것들을 그 펜이 사각거리며 받아 적는다. 거기에서 그 소리에 귀를 기울이는 것은 바로 귀뚜라미이다. 방울소리를 내는,

---

105 〈청령(蜻蛉)〉 마지막 부분에서 잠자리의 비행이 마치 무중력적 운동인 것처럼 묘사되어 있다. "헌데 그것은 과연 날고 있는 걸까요/흡사 진공속에서라도 날을 법한데,/혹 누가 눈에 보이지 않는 줄을 이리저리 당기는 것이나 아니겠나요"(현대식으로 띄어쓰기한 것임). 아마 이상은 잠자리가 빠르게 이동하다 순간적으로 멈추거나, 순식간에 반대편으로 방향을 바꿔 날아가는 특이한 비행술을 이처럼 표현한 것 같다. 이 시는 본래 이상이 김소운에게 보낸 산문을 김소운이 편집해서 시 형태로 만든 것이다. 그러나 재창작이라기보다는 편집에 가깝다. 이상의 본래 표현들은 살아있을 것이다.

이 소리의 예술가인 귀뚜라미가 그 원고지 위에 앉아있다. 이상은 진정한 시인 철학자 이미지를 그 귀뚜라미에 담았다. 거의 알아들을 수 없을 정도로 미세한 내면의 소리를, 누구에게도 그대로 전할 수도 없을 악의 충동적인 소리들을 그 작은 소리의 현자인 귀뚜라미가 듣고 있다. 이상은 향기를 향한 여행의 마지막 부분을 이렇게 귀뚜라미 이야기로 끝맺고 있다.

이상의 전체 주제를 집약한 것 같은 〈거울〉 옆에 그의 또 하나의 걸작인 〈무제—궐련 기러기〉를 놓을 수 있지 않을까? 이 시 역시 거울의 시각적 이미지 밖으로 빠져나가 미세한 소리를 부각시키고, 보이지 않는 마음의 풍경을 시각화했다. 향기를 향한 여행은 또한 보이지 않는 것들, 시각적으로 측정되지 않는 것들을 향한 여행이기도 하다. 이 시는 바로 그렇게 '마음'을 다룬다. 어떻게 보면 이 감각적인 시인에게 '마음'이란 주제는 매우 낯설게 보인다. 그러나 그는 시각화될 수 없는 것을 시각화하는 모험을 감행했다. 이것은 그의 거울 상상력의 반대쪽에 놓여 있다.

> 내 마음에 크기는 한개 卷煙 기러기만하다고 그렇게 보고,
> 處心은 숫제 성냥을 그어 궐련을 붙여서는
> 숫제 내게 자살을 권유하는도다.
> 내 마음은 과연 바지작 바지작 타들어가고 타는대로 작아지고,
> 한개 궐련 불이 손가락에 옮겨 붙으럴 적에
> 과연 나는 내 마음의 쏜洞에 마지막 재가 떨어지는 부드러운 음향을
> 들었더니라.
> 처심은 재떨이를 버리듯이 대문 밖으로 나를 쫓고,
> 완전한 쏜虛를 시험하듯이 한마디 노크를 내 옷깃에 남기고

그리고 調印이 끝난 듯이 빗장을 미끄러뜨리는 소리

여러번 굽은 골목이 담장이 左右 못보는 내 아픈 마음에 부딪쳐 달은 밝은데

그때부터 가까운 길을 일부러 멀리 걷는 버릇을 배웠드니라.[106]

이 시는 이상의 다른 시들에 비해서 매우 쉬운 말들로 이루어져 있다. 그러나 정작 '마음'이라는 보이지도 않는 대상을 다루었기 때문에 쉽게 이해되지 않는다. '處心'이란 이상한 말이 먼저 우리를 가로막는다. 지금 우리에게 익숙하지 않은 이 말의 의미는 무엇인가? '마음을 둘 곳'으로 보아야 할까? 그렇다면 왜 '心處'가 아니라 '처심'일까? 存心이란 말과 같이 쓰이는 것으로 자전에는 풀이된다. '존심'은 첫째 마음에 새겨두고 잊지 않는 것, 둘째 마음 속의 생각, 셋째 본심을 잃지 않고 도덕성을 기르는 일 이라고 풀이되어 있다. 이러한 자전적 풀이와 위 시에서 '처심'이 쓰인 문맥은 별 관련이 없어 보이기도 한다. 그렇다면 이상은 '처심'을 무슨 의미로 쓴 것일까?

위 시에서 이상은 '처심'을 의인화해서 쓰고 있다. 마치 〈날개〉를 비롯해서 그의 여러 작품들에 나오는 어떤 못된 여자의 역할을 부여한 것처럼 보인다. 아마도 이상은 이 말의 본래 뜻(心處)을 배경에 밀어놓고, 그가 흔히 했듯이 여기서도 그것을 풍자적으로 뒤집은 것이 아닐까? 첫째줄에서 "내 마음의 크기는 한개 궐련 기러기만하다고 그렇게 보고"에서부터 그렇다. '나'의 마음의 크기를 짧은 담배 한 개비만한 크기('기러기'로 표현된 것)로 규정한 것은 바로 처심이다. 그리고 그녀(여성적 존재로 생각되는)는 더 악역을 맡는다. 즉 그 궐련만한

---

106 시 동인지 《貘》(1938.10)에 유고작으로 발표된 것임. 한자표기는 꼭 필요한 것만 남겨두고 한글로 바꿔보았다.

크기의 마음에 불을 붙여 그 크기를 빨리 줄이고 마침내 소멸시키려 하는 것이다. 여기서 담배는 열정적 마음을 비유하는 이미지이면서 실제 담배를 가리키기도 한다.

즉 '나'는 실제 담배피우기를 좋아하는 사람이며, 담배를 피울 때 내 마음의 불도 비로소 타오른다. 그런데 내 마음을 궐련처럼 빨리 태워버려 재떨이 버리듯이 나를 쫓아내는 '처심'이란 도대체 어떤 존재인가? 그것은 글자 그대로 풀어서 '마음을 처분해버리는 존재'일까? 물질계의 결정론적 기계론에 익숙한 자들에게 '마음'이란 것은 확실하게 붙잡히지 않으며, 너무 공허하고 비현실적인 것이다. 측정할 수 없는 것이고 눈에 보이지 않는 것, 따라서 확인할 수 없는 것이다. '처심'은 이러한 마음의 영역을 거추장스럽게 여기는 존재가 아닐까? '나'는 담배를 피울 때 그 '마음'의 영역이 활성화되는 것 같고, '처심'은 그러한 마음의 영역을 재빨리 처분해서 없애버려야 속이 시원한 존재인 것이다.

시인은 담배 이미지를 이러한 처심과 벌이는 미묘한 갈등 속에 배치했다. 여기서 담배는 시인의 '비밀스러운 통화구'(〈시제10호 나비〉)인 입에 물려있다. 그것의 불과 연기는 때때로 시인의 울적함을 달래주거나 아련하고 달콤한 몽상의 나라로 안내하기도 한다. 그것은 때로 깊은 사유 속으로 이끌어 가는 안내자이다. 이상은 이 담배에 대해 대단한 기호를 나타냈다. 시인이 즐기는 담배야말로 냉혹하게 계산적이며 기계적인 움직임으로 가득한 암울한 현실로부터 탈출하게 해주는 상상계의 기호가 된다. 처심은 시인의 그러한 상상계를 피워올리는 마음의 불타는 시간을 빨리 처분해 끝내려 한다. 처심에게 '나'의 상상계 여행은 현실적 삶에 아무 쓸모없는 것일 수 있다. 처심은 저승사자처럼 '내' 마음의 불꽃이 다 타서 꺼지기를 기다린다. 그리고는 황량한 거울 세계(〈오감도〉의 골목들로 이루어진) 속으로 쫓아 낸다. 이 시는 마지막 재가 떨어지면서 내는 부드러운 음향에 대해 말한다. 이 미세한 소리를 들을 수 있는 것은 불길이 꺼져가는 시인 의 마음 속에서 이다. 결국 불타는 마음이 꺼진 상태로 '나'는 마치 〈오감도〉의 〈시제1호〉에 펼쳐있을 것 같은 "여러번 굽은 골목"의 세 계에 유폐된다.

　이 시는 보이지 않는 것에 대한 사유와 상상을 전개한 것이다. "재 가 떨어지는 부드러운 음향"은 들리지 않는 소리이다. 마음의 세계 속에서 이렇게 미시적인 감각들이 존재와 비존재의 경계를 건너고 있다. '참나'는 오히려 이 시에서 미처 이야기하지 못한 지대들을 향 해있다. 시인의 담배는 극미한 소리들(재가 떨어지는 소리, 바지직 타들 어가는 소리)을 피워올리면서 냄새와 촉감과 소리의 미묘한 교향악을 시인의 손가락과 입과 호흡기를 통해서 연주하고 있는 것처럼 보인 다. 마음의 크기(영역)란 이러한 교향악 자체의 크기(영역)일 것이다. 그것은 감각들의 무한한 영역을 가로지른다. 어떤 한 곳에 머물러 있 는 경직성을 벗어나 있는 것이 바로 그러한 교향악이 아닐까? 그것 은 애초에 공간적인 크기를 갖고 있지 않다. 시인의 마음은 감각적 선율의 다차원적 그물망을 연주하면서 무한한 변형을 즐긴다. 시인 의 담배연기는 그 마음의 그림자처럼 유클릿 기하학으로 도저히 포 착되지 않는 카오스적 흐름들로 무한공간에 퍼져나간다. 담배 연기 의 춤은 뉴튼의 물리학으로 측정되지 않는 입자와 파동의 춤이다. 시 인은 그러한 연기의 바람을 내뿜으면서 자신의 우울한 거울 세계에 서 잠시 빠져 나간다.

　이상은 자신의 마음의 부채를 찾고 있었는지 모른다. 육체의 감각 들을 무한공간에서 휘날리게 하는 부채질이 필요했을까? 여러 가지 감각들을 서로 대화시키면서 그는 거울 세계 바깥에 펼쳐질 마음의 지도를 그려보고 있었을 것이다. 시인의 입을 통해서 뿜어져 나오는 담배연기는 그러한 지도의 환상을 만들어낼 것이다.

거울과 얼굴의 기호 풍경

─ 이상의 자화상을 중심으로

> 사랑받는 얼굴은 기호의 더미이다.
> ─ 알렝 핑켈크로드
> 창백한 여자, 얼굴은 여자의 이력서이다.
> ─ 이 상

1. 광대 쥬피타, 숨은 신의 가면

현대시의 지적인 발전을 위해 김기림은 1930년대 중반에 혁신적인 발언을 했다. 그것은 그 이전의 낭만주의적인 슬픈 표정(김기림이 비판의 표적으로 삼은)을 대체할만한 현대시의 새로운 얼굴에 관한 것이었다. 그는 〈감상에의 반역〉(1935.4)이란 글에서 "오늘 밤 속에서 내일 아침을 빚어내는 사람의 얼굴"에 대해 말했다. 음울, 패배감, 은둔, 탐닉 같은 세기말적인 것을 거절하는 건강하고 명징한 명랑성을 그는 새로운 시들 속에서 보고 싶어했다. 그는 세기말적 황야를 극복해야 할 '르네상스' 정신을 그렇게 건강하고 명징한 얼굴, 지성적인 빛으로 감싸인 얼굴에서 찾았던 것이다.

그런데 김기림이 1930년대 중반 비평의 혼란기에 르네상스의 휴머니즘을 지성적인 빛에 연결시키면서 등장한 장면이 그렇게 명료했던 것은 아니다. 그는 육체와 정신이란 두 범주를 깊이 파헤쳐서 어떻든 자기식으로 정교하게 정식화하지 못했다. 그는 칸트적인 이성적 논리와 니체적인 육체의 비논리 사이에서 이리저리 방황했던 것처럼 보인다. 그는 나중에는 육체에 대한 리처즈의 신경학적적 접근을 따라가면서 결국 육체의 신경학적 논리 속에 모든 것을 포섭하게 된다.

이러한 그의 비평적 모색의 풍경은 우리 지성사가 겪었던 한 시대의 슬픈 인상화였다. 근대 지성사의 한 꼭대기에서 그는 결국 신경망들이 복잡하게 뒤엉킨 육체, 사회와 심리로 포장된 육체를 발견하면서 영적인 정신의 신비로운 빛을 모두 꺼버렸다. 그는 그 우울한 육체의 세계를 사회 계급 구조로 환원하는 사회주의 유물론의 깃발 근처에서 펜을 휘두르다 가버렸다. 그런데 김기림의 진짜 얼굴은 무엇이었을까? '아침을 빚어내는 얼굴'이라는 그의 사상적 명제에 무엇을 담아냈던 것인가? 그에게 과연 '아침'이란 무엇인가? 김기림의 정신적 동지인 이상을 통해서 이러한 물음에 답변할 수 있을지 모른다.

김기림은 당시 가장 시대를 앞선 현대인이라고 이상을 치켜세웠다. 다른 가능성을 점쳐 보고 있었던 것이 아닐까? 그는 이상에 대한 추도시 〈쥬피타 추방〉[1](1940)에서 매우 어둡게 채색된 '신성한 빛'을 하나 그렸다. 이상은 이 시에서 한 시대의 가장 밑바닥에 떨어져 내린 신성한 존재로 그려졌다. 그리스 최고의 신 제우스의 다른 이름인 '쥬피타'가 바로 그것이다. 타락한 세계의 세속적인 거리 바닥에서

---

1 이 시는 김소운이 1940년에 펴낸 《젖빛의 구름(乳色の雲)》에 〈추방된 쥬피터〉라는 제목으로 실려 있다. 이에 대한 자세한 논의는 졸저, 《이상의 무한정원 삼차각 나비》, 현암사, 2007, 46~47쪽 참조할 것.

신성한 존재가 마실 수 있는 음료는 무엇인가? 구린내나는 이 길바닥에서 시인의 '신선한 식탁'에 올릴 수 있는 신의 음료는 없다. 그는 희뿌연 후광을 두르고 거룩해진 얼굴을 찡그린 채 전쟁 소문으로 얼룩진 어수선한 거리에 처박혀 있다. 이 신성한 시인의 후광은 세속적인 도취 속에서 피어오르는 동그란 담배 연기로 만들어진 것이다. 이상이란 한 개인을 떠나서 한 시대를 감당하며 살아갔던 시인의 희생양적 풍모가 거기 있다.

김기림은 〈바다와 나비〉(1939.4)라는 시에서 '나비'에게 부여한 상처받기 쉬운 신비로운 시적 영혼의 이미지를 이 추도시에서 구체화시켰다. 그 '나비'는 이 세계의 험란한 파도와 물결들에서 풍요와 아름다움을 찾는 존재이다. 그러나 '나비'는 이 세계를 꽃밭으로 만들지 못하는 순간 상처받은 존재가 된다. 바다의 냉혹한 거울은 나비의 낭만주의적인 환상적 이미지들을 모두 거부하고 지워버린다. 이 세상에서도 가장 가냘픈 존재인 나비 시인을 위한 우울한 애도시를 그는 썼다. 그것은 자신의 사유 속에 살아있던 한 시적 존재의 강렬한 후광이 꺼져버렸음을 의미하는 것이기도 하다.

김기림의 추도시를 한장의 판화처럼 읽어보자. 김기림 자신의 전형적인 이미지인 '바다'와 '식당'이 나오는 풍경을 우리는 본다. 이상은 여기서 희극적인 광대처럼 그려진다. 찢기고 쭈그러진 파초 잎 중절모를 쓴, 담배를 피는 시인 쥬피타의 모습은 바보제의 어릿광대처럼 보인다. 가장 신성한 신적 존재가 가장 비천한 패션 속에 숨어 있다. 이 광대 가면 속에 '숨은 신'을 김기림은 보았다. 그 신의 후광을 찾아낸 김기림은 자신이 처음부터 찾아헤맨 그 '아침을 빚어내는 얼굴'을 광대의 가면 속에서 보았던 것이 아닐까?

이 판화 속에 우리의 예술과 비평이 추구했던 근대 지성사의 한 꼭지점이 새겨져 있다. 당시 김기림 같은 지식인들이 사용했던 개념과 지식의 한계를 넘어서 있는 지적 풍경이 거기 그려져 있다. 이성적인 지식과 개념적 사유의 한계를 시적 이미지들을 통해 넘어가려 하고 있다. 휴머니즘이란 말로 김기림이 넘어서고자 했던 근대적 지성의 차가운 논리와 또 항상 그가 투쟁했던 낭만주의적 감상성 등은 이 광대 시인의 초상화를 부각시키는 어두운 배경이다. 시인 쥬피타가 마시는 술은 무엇일까? "쥬피타 술은 무엇을 드릴까요?" 신의 음료인 암브로시아는 어디에 있는가? 그것은 이 식당의 다락에 얹혀있는 술병 속의 "등록한 사상"들이 아니다. 누구나 마시며 떠드는 그 술을 시인은 거부한다.

이 광대 쥬피타는 김기림이 고대신화에서 불러낸 강력한 르네상스적 이미지이다. 아마도 고대적 이미지를 환기시키는 이상의 다음과 같은 표현을 그는 알고 있었던 것이 아닐까? "나는 아름다운 ― 꺾으면 피가묻는 古代스러운 꽃을 피울 것이다"(〈첫번째 방랑〉). 이 시 속에서 꿈틀대는 축제적 분위기의 한 축은 근대 속에서 되살아나는 고대적 생명력에 의해 구축된다. 이 축이 시인이 만들어내는 축제의 다양한 바퀴를 굴린다. 그는 이 시에서 동양과 서양, 고대와 근대, 성과 속, 천상과 지상을 뒤섞는다. 김기림의 이러한 축제적 혼합은 주로 패러디 기법을 통해서 이루어진다. 이상이란 비극적 시인의 생애가 압축되어 이 시 속에 들어와 있는데, 이러한 축제적 혼합 덕분에 시인 이상의 존재는 세계사적 풍모를 띠게 된다. 그는 세상의 모든 것이 혼합된 거대한 우주를 배경으로 광대처럼 등장한다. 이 광대 속에 숨은 신은 자신이 떠메고 있는 축제적 우주에 대해 묻고 있다. '여기서 과연 무엇이 우리를 살 만하게 하는 것인가?'라고 말이다.

우리는 '광대 쥬피타의 술'에서 모든 요점을 발견할 수 있다. 우리는 어떤 존재인가 그리고 어떻게 살아가는 존재인가 라는 물음이 거기 던져져 있다. 근원적인 본질론적 물음인 '존재란 무엇인가?'를 넘어서면서 그러한 물음이 다가온 것이다. 우리 스스로에게 다시 던지는 근대적 질문, 근대적 인간의 초상에 대한 물음 말이다. 그것 때문에 수많은 나라와 역사들이 갈등하고 투쟁했으며, 수많은 계급과 개인들이 서로 맞섰다.

'광대 쥬피타'는 이 시대에 여전히 남아있을지도 모르는 인간의 신성에 대해 물어보는 모순적 이미지이다. 우리는 이 시에서 근대 이전의 신화적 분위기들이 모두 제거된 근대세계의 우울한 풍경을 읽을 수 있다. 김기림의 반낭만주의는 이 풍경 속에서 힘을 잃는다. 그는 모든 몽상과 애매함들, 불확실성들을 제거한 채 논리와 차가운 지성에 의해 구축한 세계가 오히려 '인간성'을 상실시키며 세상을 어둡게 만든다는 것을 발견한다. 광대 쥬피타는 이러한 근대의 차가움을 꿰뚫고 새로운 사상을 부르짖는 고대적 힘이다. 이제는 패러디적 희화로서만 존재할 수 있는 이 신화적 존재는 근대세계에서는 쓸모없는 시인의 얼굴로 남아 있다. 이 웃음거리에 불과한 '신의 가면'은 과연 무엇인가? 김기림은 과연 이상의 어떤 부분에서 이러한 '신의 가면'을 찾아냈는가? 그는 자신의 비평수준에서는 제대로 제시조차 하지 못했던 이 변신술적 물음을 어떻게 이 시적 사유 속에서 던질 수 있었는가? 이러한 물음을 파헤침으로써만 우리는 김기림이나 이상을 그 흔한 모더니즘이란 상식적 테두리 안에 갇히지 않게 할 수 있다. 그 시대 식민지 조선에서 불타올랐던 독자적인 사유와 사상적 탐구의 황금부분을 그렇게 해서 캐낼 수 있는 것이다.

2. 존재의 광학(光學)과 시각의 사디즘

근대를 향한 예술과 문학의 진군 속에서 가장 앞서는 깃발에는 언제나 인간 자신의 초상화가 그려져 있었다. 이러한 일은 르네상스 이후 서구의 근대사에서 언제나 있었던 일이며, 그들을 모범으로 삼는 동양 여러 나라들의 역사에서도 그러했다. 살아있는 인간을 그리는 초상화와 자화상 장르가 르네상스를 주도한 피렌체나 플랑드르 지방에서 제일 먼저 등장한 것이었음이 밝혀져 있다. 이러한 일은 특히 시각적인 감각이 다른 감각에 앞장서고, 꾸준히 혁신되면서 진행되었다. 원근법의 발견에 따른 그림 기법의 근대적인 혁신이 있었음을 보여준다. 신화적 관념과 몽환적 꿈에서 깨어난 물질적 시선은 물리적인 거리 속에 배치된 실제 풍경과 유리거울에 맺히는 자아상을 보게 된 것이다. 서구의 회화사는 그러한 자화상이 렘브란트와 뒤러 이후 고호와 피카소에 이르기까지 많은 변화(거의 혁신적인)가 있었음을 보여준다. 어떻게 보면 그것은 근대 초기의 데카르트적 자아상이 점차 비판되면서 심각하게 변화되어 갔던 것과 대응된다. 니체와 프로이트 이후 자아라는 것은 더 이상 확고한 실체적 영상이 아니었다. 그것은 다층적으로 형성된 변화무쌍한 심리적 역학의 구성물이거나, 다양한 가면들로 교체될 수 있는 혼돈의 영역일 뿐이었다. 자아의 분열상은 〈지킬박사와 하이드〉에서처럼 대립적인 양면적 얼굴이 한 인물 속에 있거나, 〈프랑켄슈타인〉처럼 다양한 신체들을 조합한 한 인간이 있을 수 있음을 보여주기도 했다.

일본의 근대적 지식들을 습득하면서 식민지 근대화를 진행시켜나갔던 우리의 경우 많은 지식인들이 일본의 근대적 교양을 통해 이러한 서구적 자아상들을 습득했다. 1930년대는 특히 근대적 감각으로서의 시각이 압도적으로 앞서서 근대적 교양을 이끌어나갔다. 우리는 시각에 대해 언급하거나 주목한 수많은 글들을 확인할 수 있다. 문학에서도 시의 경우에는 시각을 우위에 두는 이미지즘적 경향이 주도적이었다. 그것은 특히 당대 문인들과 화가들의 교우관계 속에서 혹은 문인들 자신의 회화적 경도 속에서 형성된 흐름이었다. 이상이 이러한 흐름의 한 복판에 서 있다. 그의 문학은 강력한 회화적 관심 속에서 형성된 것이다.

이미 이러한 부분에 대한 많은 연구가 축적되어 있기 때문에 여기서는 그러한 부분에 대한 구체적인 언급을 피하고, 다만 그 회화적 관심의 핵심이 무엇이었던가에 대해 주목하고자 한다. 특히 문학과 관련되는 부분에서 말이다. 나는 그것을 '시각의 사도마조히즘(Sadomasochism)'이라는 개념으로 포착하고자 한다. 물론 이에 대한 여러 자료들을 확인하고 검증해야 할 것이다.

먼저 이러한 '사도마조히즘적' 시각은 기하학적 시각에 대한 미학적 도전에서 나온 것이다. 빛의 기하학인 광학은 이상의 거울 이미지와 그 주변에 끊임없이 출현한다. 그러나 이상의 거울은 언제나 기하학적 광학에 온순하게 복종하지 않는다. 그의 시와 소설 수필 들에서 그의 시선은 자신이 습득한 근대적인 시각적 지식에서 출발하지만 항상 야릇하게 비틀리는 모습을 보여준다. 〈환시기〉에서 주인공 '나'의 시선은 상대방 여인의 얼굴을 물리학적으로 탐사한다. 그러나 여인의 얼굴은 이미 심리적인 왜곡을 통해 표현주의적으로 일그러진 모습을 띤다. 대개 이러한 왜곡은 대상을 추악한 쪽으로 일그러뜨린다. 대상에 폭력과 고통을 가하는 방식인 것이다. 나는 이것을 '감각의 사디즘'이라고 정의할 것이다.

물론 이상의 사디즘은 다양한 영역에 걸쳐있다. 시각적 사디즘은 그 가운데 하나일 뿐이다. 그러나 그것은 가장 선도적인 부분이다. 그것은 근대적 시선인 원근법과 긴밀하게 관련되면서도 그것을 뒤틀어버리는 왜곡이다. 〈환시기〉에서 그 예를 볼 수 있다.

> 나는 내 가장 인색한 원근법에 의하야서도 썩 가쁘게 느꼈다.(중략) ─ 나는 약 삼분가량의지도를設계하였다.(중략)월광속에 있는것처럼 아름다운순영의 얼굴이 왼일인지 왼쪽으로 좀 삐뚜러저보이는것이다.
>
> 나는 큰 범죄나한사람처럼 냉큼 바른편으로 비켜섰다. 나의 그런 불손한시각을 정정하기위하야─2

보는 기관을 학대하거나 시선의 고정화를 넘어서려는 시도 등을 볼 수도 있다. 〈지주회시〉에서는 "오늘 허릴없이눈가린마차말의동강난視야다."3라고 했다. 세상의 삶에서 단절된 채 홀로 버려진 것 같은 '나'의 삶을 그린 부분이다. 하루하루 '나'의 앞에서 지나가는 수많은 것들이 무의미하기 때문에 자신을 눈 가린 마차 말에 비유했다. '동강난 시야'라는 표현에서는 강렬한 아픔이 느껴진다. 〈종생기〉에서 "사팔뜨기와 내 흰자위 없는 짝짝이 눈"이란 표현이 보인다. '나'의 애인 정희의 눈과 '나'의 눈을 이렇게 대비시킨 것이다. 두 사람 모두 정상적인 눈이 아니다. 정희의 '사팔뜨기' 눈은 그녀가 '나'를 바라보면서도 동시에 곁눈질로 다른 남자에 관심 갖고 있음을 암시한다. '나'의 짝짝이 눈은 이상의 다른 모든 것이 그렇듯이 좌와 우의 어긋남을 가리킨다. 두 사람의 눈을 과장되게 비정상적인 모습으로

---

2 임종국 편, 《이상전집》, 문성사, 46~47쪽.
3 위의 책, 71쪽. 이상이 한자어를 일부러 반토막내어 한자와 한글로 표기한 이유는 무엇일까? '設계' '視야' 등에서 단어의 의상이 동강난 것처럼 느껴진다.

표현함으로써 두 사람의 삶과 둘의 관계가 원만하지 못할 것임을 암시한다. 그러나 이러한 비정상적인 눈들은 세상에서 요구하는 정상적인 시각을 무너뜨리는 것으로 작용한다. 이상은 이 비정상적인 시각으로 세상의 풍경을 일그러뜨린다. 그는 대상들을 추악하게 일그러뜨리고 그것을 사랑한다. 자신을 그린 자화상이 그렇고, 〈광녀의 고백〉에 나오는 창녀의 모습이 그렇다. 이상의 시각적 폭력은 대상들의 표면을 꿰뚫고 들어가 해부학적 풍경을 드러내는 데에서 극에 달한다. 〈內科〉〈골편에 관한 무제〉 등에서 사람은 피부의 포장지를 벗겨낸 해부학적 풍경으로 나타난다. 뼈와 장기들로 구성된 그로테스크한 모습이다.

이상의 대표작하면 언제나 떠오르는 〈오감도〉는 시각적 사디즘의 표본과도 같다. 까마귀의 시선이 바로 그러한 것이다. 까마귀의 시선은 바라보이는 모든 대상을 불길하고 음울한 풍경으로 변화시킨다. 그것이 내려다보는 세계의 모습은 우울한 어둠 속에서 폭력적으로 단순화된다. 그것은 빠져나갈 수 없는 미로 속에 모든 것을 가둔다. 모든 사람들이 다양하게 살지만 결국은 그저 비슷하게 살고 있는 것이며, 나름대로 이것저것 이리저리 헤쳐나가는 것 같지만 다만 미로 속을 헤매고 있을 뿐이라고 못박고 있다. 이처럼 폭력적인 단언이 어디 있을까. 이처럼 우울한 시선이 어디 있겠는가. 이렇게 미로의 풍경으로 모든 것을 단순화시켜 놓는 미학적 놀이 속에는 일종의 폭력적 쾌감이 있지 않겠는가. 이상은 이 세상의 모든 일들을 이처럼 매우 단순화된 미로의 풍경으로 만들어 놓고, 그 단순한 지형도를 한눈에 내려다본다. 까마귀처럼 불길한 시선 속에 사로잡힌 그 지형을 내려다보며 낄낄거리는 한 존재의 쾌락이 거기 있다. 그러나 거대한 불안과 짙은 슬픔이 그 속에 배어있다.

〈오감도〉의 이 불길한 시선이 가진 복합적 의미를 그의 소설 〈12월12일〉을 통해서 보충해볼 수 있다. 이 소설의 한 부분에서 주인공의 '눈'과 황량한 산맥 위를 떠도는 까마귀의 시선이 서로 조응된다. 하늘의 까마귀는 주인공의 심리적 시선을 반영한다. 〈오감도〉의 까마귀가 이 소설에서 먼저 선보인 것이다. 여기서 주인공의 심리적 시선은 어떤 것이었을까?

주인공의 눈은 끊임없이 솟구치는 눈물에 흐려진다. "그의 눈은 유리창에 스는 성에가 닦아도 스고 또 닦아도 또 스듯이 씻어도 솟고 또 씻어도 또 솟는 눈물로 축였다". "까닭모를 눈물"이라고 스스로 생각하는 주인공의 이 흐려진 눈은 창밖의 세계를 굶주린 듯이 탐한다. 그러나 그의 눈물은 홍수처럼 흘러내려 뇌와 심장을 백사지(白砂地)로 만들어버린다. 머리와 가슴 속이 눈물의 홍수 때문에 모든 것이 쓸려가 버린 텅 빈 곳이 된 것이다. 이러한 심적 공황의 백사지 풍경이 어떻게 일어난 것일까? 그것은 세상의 풍경을 탐욕적으로 바라보는 시선과 그 시선의 탐욕적 쾌락을 강탈하는 슬픈 마음의 부딪침에서 나온다. 결국 슬픔의 홍수가 폭력적으로 모든 것을 휩쓸어가며 세상의 풍경을 황무지화한다. 이 드라마는 황량한 풍경 속에 까마귀 떼를 등장시키는 것으로 전개된다.

회색으로 흐린 하늘에 소리없는 까마귀 떼가 몽롱한 북망산을 반점쩍으며 감도는 모양— 그냥 세상 끝까지라도 닿아 있을 듯이 겹친 데 또 겹쳐 누워있는 적갈색의 벗어진 산들의 자비스러운 곡선— 이런 것들이 그의 흥미를 일게 하지 않는 것도 아니었다.[4]

---

4 김주현, 《이상문학전집 2》, 소명출판, 2009, 79쪽.

이 까마귀떼들의 시선은 황량한 적갈색의 끝없이 펼쳐진 산맥을 내려다본다. 황량한 풍경을 내려다보지만, 벌거벗은 대지의 모성까지 볼 수 있는 시선이 제시된다. 주인공의 어둡게 흐려진 눈은 여기서 분명 까마귀들의 시선으로 전이되어 있다. 땅에 누운 산들은 까마귀의 시선 아래 벌거벗겨진다. 그러나 그 산들은 그 폭력을 견디어내며 누워있다. 아마도 벗겨진 산들이 '자비스러운 곡선'을 드러내고 있다는 것은 그러한 산들에서 인내와 포용 그리고 사랑의 거대한 품을 느꼈기 때문이 아니겠는가.

〈오감도〉의 도시풍경은 마치 자동인형과도 같이 반복되는 등장인물들의 기계적으로 단순화된 행위들 때문에 키리코의 그림처럼 도시의 기이한 삭막함을 보여준다. 그런데 이 소설의 '오감도'는 삭막함을 넘어서는 다른 분위기를 펼쳐 보인다. 그것은 황량하면서도 부드러움과 고통스러움이 뒤섞인 자비로운 모성을 간직한 아늑한 대지의 풍경이다. 이상은 그의 수필 〈산촌여정〉에서 황량하고 비참한 시골 마을의 자연풍경 속에 담긴 그러한 아름다움에 대해 묘사했다. 시골의 자연에서 솟구치는 빛과 맛과 향기의 싱싱하고 풍성한 아름다움을 그는 당대의 어떤 글도 따라잡지 못할만한 유려한 필치로 묘사했던 것이다. '오감도'의 황량한 세계 속에서 그가 얼마나 아름다운 것들을 길어 올릴 수 있었는지에 대해 우리는 더 많이 이야기해야 할 것이다.

3. 거울과 자화상의 우울

이상의 글쓰기에서 이렇게 까마귀의 시선 같은 사디즘적 시선은 근본적인 미적 역학으로 작용하는 것인데, 우리는 이 장에서 그에 대해 좀더 깊이있게 살펴보고자 한다. 필자는 이 책의 앞장(2장)에서 이상 특유의 '고고학적 글쓰기'에 대해 말했었다. 그것은 이상의 문학적 상상세계에 나타나는 해골, 골편의 이미지와 냉각된 육체의 이미지에 연관된 것이었다. 그는 자신의 조상들의 고고학적 유물로서 자신과 이 세계를 파악한다. 이 세계는 폐허이며 무덤에 불과하다.

그는 자신의 모습을 〈자화상(습작)〉에서 그처럼 묘사했다. "문자가 닳아없어진 석비처럼 文明의 「雜踏한것」이 귀를 그냥 지나갈뿐"인 그러한 폐허의 얼굴을 그는 그렸다. 그 얼굴에는 "태고와 전승하는 판도가 있을 뿐"이다. 그리고 그 폐허 위에 피라밋 같은 코가 솟아 있다. 이상의 이 자화상은 자신이 속해 있는 세계의 모습, 즉 폐허이며 무덤인 그런 모습이다. 그와 세계는 고대의 것들이 전승된 골편의 축적과도 같다. 에로티즘이 시들어간 육체와 대지의 이미지는 그의 작품 곳곳에 산재해있다. 그의 문학적 상상은 바로 이 지점을 어떻게 노출시키며 그것을 어떻게 넘어가야 하는가에 대한 탐색이다. 그는 이 골편 혹은 냉각된 육체를 치밀하게 드러낸다. 그리고 거기에 원시적인 에로티즘을 불어넣기 위해 노력한디.

생명의 불길이 타오르는 육체와 악마주의적 충동으로서의 사디즘이 이 차가운 지대를 가로지른다. 우리는 이러한 부분에 대해 깊이 주목해보아야 한다. 그의 글쓰기는 이미 더럽혀진 피부(지문으로 얼룩진)인 더러운 백지 위에서 출발한다. '영도의 인간'이란 가면을 뒤집어 쓴 얼굴은 사디즘적 광기로 백지의 지평을 뒤흔든다. 수동적 신경증을 능동적 광기로 변화시키는 충동의 길을 따라 그것은 달려간다. 그의 창백한 유령들은 사도마조히즘의 광기적 충동들로 인해 파열되는 육체들로 전이된다. 육체적 감각은 충동적인 파도들을 타고 극한적인 영역들을 추구하기도 한다. 이러한 것들은 글자의 골편과 냉각된 텍스트를 뒤흔드는 그의 문학적 힘이다.

우리는 이상의 이러한 문학적 행위들을 통해서 김기림이 꿈꾸었던 (고전주의와 낭만주의를 결합하고자 하면서) "예술은 육체의 참가"라는 명제를 확인하게 된다. 김기림이 과제로서 떠안고 있던 이 명제를 실현한 것은 이상이었다. 이 시대에 이상만이 육체의 다양한 장면들을 추적했으며, 그것을 통해 활동하는 지식과 감각의 다양한 면모들을 보여줄 수 있었다.

이러한 이상의 육체를 '육체의 백지'라는 개념으로 정리해볼 수 있다. 이상에게는 더럽혀지는 육체의 피부 이미지가 여러 곳에 나온다. 따라서 '육체의 백지' 개념은 순결한 상태를 회복하고자 하는 욕망처럼 보인다. 그것은 '순수한 백지'라기보다는 사회적 권력의 지문들로 얼룩진 피부에 대한 수치심과 본래의 원초적 순수를 동경하는 '소녀'의 욕망이다. 〈실락원〉의 〈소녀〉에 나오는 창백한 '소녀'의 피부는 창백하다. 독성이 있는 연필로 누가 그녀에게 장난을 치고 있기 때문에, 그녀는 탄환을 삼킨 사람처럼 창백한 백짓장 피부가 된 것이다. 영적으로 순수함의 상징인 나비가 와서 앉기도 하는 이 소녀의 피부는 글쓰기의 장이며, 창조적 서판이다. 서재의 책 속에 '얇다란 것'이 되어 숨기도 하는 그녀의 피부는 책의 페이지와 닮아있다. 이것은 이상 자신의 창조적 사유가 꿈틀거리며 헤매는 공간이고, 그의 펜(연필)이 그 꿈과 고뇌를 적어가는 백지(원고지)의 공간이다. 그러나 마침내는 이 '소녀'를 화장해버리고 만다는 것이 시 〈소녀〉의 결론이다. '소녀'는 결국 세상 속의 한 귀퉁이 창백한 서재의 책장 속을 떠돌다 사라질 것이다. '소녀'의 피부는 그녀를 점유하고 그녀 자신의 생명력을 고갈시켜가는 강압적인 손길에 의해 식민지의 땅처럼 황량하게 시들어간다.

이상의 여인들은 이렇게 생명력이 점차 사라져감으로써 열매맺지 못하게 되는 황무지의 피부를 가지며 불임증적인 육체의 소유자로 전락한다. 이것이 그 특유의 '냉각된 육체' 이미지가 갖는 의미이다. 뜨거운 피가 끓어오르는 육체의 반대편에 있는 우울한 그림자 속에 그것은 존재한다. 아마도 그의 거울 이미지는 유리라는 냉각된 물체 속에 사로잡힌 유령적 존재들을 포착하려는 상상적 이미지일 것이다.[5]

거울에 비친 이미지를 유령적인 것으로 포착하는 이 어두운 시선은 당시 여러 문인들에게 나타난다. 그러나 이상만큼 극단적으로 이 의미를 추구한 사람은 없었다. 그에게 거울 이미지는 다른 모조품이나 흉내내는 것들, 혹은 기계적인 것들과 더불어 가치의 타락을 나타내는 징표이다. 그것은 실체감의 결여 혹은 창조적 생동성의 결여를 나타낸다. 그의 거울은 우울한 근대세계에 갇힌 자신의 의식세계이기도 하다. 그리고 그의 거울세계는 이미 확고하게 최상의 자리를 차지한 것들, 완벽하게 모든 것을 지배하는 이론이나 형상들, 규정들을 흉내내거나 모방하는 수준에 머물러 있는 상투적 현실세계이기도 하다.

우리는 그의 차갑고 우울한 '거울'들 속에서 나르시즘의 꿈꾸는듯한 사랑의 열기를 모두 잃어버린 유령의 자화상들을 만나게 될 것이다. 여기에서는 '오감도'와는 다른 차원에서 그의 어두운 시선이 작동한다. 과연 그 시선의 비밀은 무엇일까?

〈오감도〉〈시제1호〉는 까마귀의 시선으로 이 세상의 미로와 거기를 달리는 아이들의 세계를 보여주었다. 그것은 깊이와 높이 그리고

---

5 이상에게 유리는 차가운 근대적 물질이며 인간의 따뜻한 피부와 대립되는 부정적 가치를 갖는다. 그것은 사람들을 근대적인 건축물들에 가두어두는 감옥의 이미지를 갖는다. 유리 속에 갇히는 것을 유령적인 이미지로 포착한 것도 있다. 아마도 이 감옥같은 유리거울 이미지는 차가운 근대적인 논리나 근대적인 제도를 암시하는 것으로 바뀌어 갔을 것이다.

원근법을 갖는 거리감들로 구성된 입체적 세계이다. 비록 그것들이 생생한 생명력의 무한한 다양성들로 파노라마처럼 펼쳐지는 것이 아니라 너무나 단순화 획일화된 황무지적 구조일지언정 말이다. 그러나 거울세계는 그러한 입체성이 사라진 평면적 세계를 보여준다. 이 것이야말로 이상 문학이 추구해간 매우 독특한 상상세계이다.

그는 이 세상의 모든 현상과 활동과 조직들, 이 거리에서의 상상과 꿈의 펼쳐짐들을 창백한 유리 속에 가둬버렸다. 이 냉혹한 유리의 기압[6] 속에 모든 것들이 짓눌려 유령의 그림자들로 존재한다. 그렇게 유령화시키는 억압적인 힘을 그는 〈오감도〉 마지막 시편인 〈시제15 호〉에서 고발했다. 그것은 세계를 가로지르며 모든 것을 조직하고 억압하며 지배하는 힘들이다. 그 힘들 때문에 압박당한 채 납작하게 짓눌린 의식과 무의식의 세계가 유리거울 세계 속으로 후퇴하여 간 힌다. 그는 그림과 글자들이 배열되는 장소인 백지의 세계에서 그러한 '후퇴된 세계'를 적극적으로 끌어안는다. 그의 저항과 분노, 충동, 꿈과 몽상이 납작하게 짓눌린 '후퇴된 세계'에서 조용히 자신을 관조한다. 그는 자신이 주인이며 동시에 대상이 되는 창백한 공간으로 들어간다.

거울은 자신의 시선이 조용히 살아가며 자신을 바라보고 관찰하며 대화해가는 공간이다. 그의 시선은 끊임없이 자신을 따라잡으며 감독하고, 그 우울한 유리 감옥 속에 수형당한 자가 과연 진짜 자기자신인 것인지 묻는다. 자신이 꿈꾸는 것과는 다른 방향으로 어긋난 상들이 거기에 있다.

---

6 〈소녀〉에서 "냉각된 유리의 기압이 소녀에게 시각만을 남겨두었다. 그리고 허다한 독서가 시작된다."고 했다. 그녀의 책읽기는 냉각된 유리의 평면세계를, 그 유리의 압력을 뚫고 나아가기 위한 정신활동이다.

이 거울 이미지를 통해서 우리는 이상의 자아탐구가 이미 복잡화된 프로이트적 정신세계를 넘어서 있음을 알게 된다. 자아분열에 대한 이야기는 당시 세계적으로 이미 보편적인 주제가 되어 있었다. 이상의 거울 주제는 그러한 '자아분열'이 아니다. 거울에 비친 자아는 내면의 자아가 아닌 것이다. 이상은 은밀하게 후퇴하여 자신만의 세계로 칩거하는 공간에 새겨진 사회적 불행을 그 거울의 뒷면에 칠해놓았다. 사회적 불행의 무거운 수은에 의해 거울 반사면이 형성된다. 그가 거울면에 비춰본 자신의 상은 자신의 심리적 이미지만은 아니다. 그것은 그가 살아갔던 사회체라는 수은 도말 위에 반사된 사회적 영상이기도 했던 것이다.

그의 사디즘은 이러한 무기력한 그의 거울세계를 폭파시키려는 전략이 아니었을까? 이러한 논의를 위해 몇가지 문제를 점검할 필요가 있다. 그 첫 번째는 이상의 거울공간이 자아의 나르시즘적 이상화(프로이트 이론에 기대는 논의들이 흔히 주목하는)와 상관없는 것이라는 점이다. 이상화적 공간을 '자아의 확장'이란 관점으로 보기로 하자. 이것이야말로 우리 근대문학 출발기에 김동인이 《창조》지를 통해 자신의 소설론7에서 처음 제기한 획기적인 주제였다. 소설세계는 자기가 창조한 세계이다. 세계의 형상과 의미를 자신이 창조해나가며 창조된 대상들의 이름을 자신이 명명한다는 창조적 태도가 거기서 분명하게 드러난다. 나의 사유와 꿈, 창조력이 끝없이 번져나가는 이러한 창작 활동을 '자아의 확장'으로 볼 수 있다. 김동인처럼 소설 속에서 '나의 세계'를 확인하는 것은 '창조적 나르시즘'이라 불러볼 수 있지 않을까? 그러나 김동인은 실제 세계 속에서 부딪친 식민지 경찰권력

---

7 김동인, 〈자긔의 창조한 세계〉, 《창조》 6호 부록, 1920.7.

의 위력 앞에서 주눅이 들면서 이러한 창조적 의지에 패배의 우울한 그늘을 드리운다.

자아의 나르시즘과 창조적 영웅주의는 동전의 양면과도 같다. 심리와 행동은 항상 그렇게 붙어다닌다. 시에서는 오상순과 이상화의 몇몇 시에서 이러한 양상을 확인할 수 있다. 그러나 이 근대 초창기의 자아주의는 곧 식민지의 억압적 현실 속에서 환멸에 빠진다.

이상의 시대에는 낭만적 영웅주의가 약간 변형된 형태(예를 들어 카프 진영에서의 혁명적 낭만주의처럼)로 제시되고 있었다. 그러나 불안과 퇴폐의 일반적인 정조 속에서 그것은 미미한 현상에 지나지 않았다. 이상의 시대에 이 세계를 자신의 의지로써 어떻게든 자신이 바라는 방향으로 창조해갈 수 있다는 희망을 갖는다는 것이 너무나 먼 불가능한 이상처럼 보였다. 카프 진영의 작가들은 러시아의 소비에트가 진행되는 것을 보면서 사회주의 이론에 침잠하면 혁명적 이상의 실현을 향해 나아갈 수 있다고 보았다. 그러나 그러한 사회주의적 이상에 동참하지 않는 사람들은 다른 이상적 목표를 발견할 수 없었다.

이상은 당시의 절망적 상황 속에 갇힌 매우 좁혀진 공간을 그렸다. 그의 방과 거울 그리고 백지는 희망과 이상이 모두 빠져나가버린 세계에서 허무에 무겁게 압박된 공간이다. 그 속에 갇힌 그의 자아는 자아의 이상화라는 방향을 타지 못하고 왜곡된 다른 자아확장 방식을 찾게 된다. 그것이 바로 사디즘인데, 이때 '자아의 확장'은, 부드럽고 이 세상에 자신이 스며드는 듯한 몽상 속에서가 아니라, 날카롭게 부딪치고 깨뜨리며 점령하는 폭력적 분위기를 통해서 이루어진다. 물론 이러한 폭력은 거울 공간에 갇힌 자의 광기에 의한 것이다. 거울 속에서 작동하는 시선의 사디즘적 폭력과 광기가 그 시대 다른 작가들에게서는 어떠한 양상을 띄었던가?

1930년대 작가들이 떠올렸던 거울 이미지는 대개 어떠했던가? 김기림은 자신의 한 수필에서 메피스토펠레스처럼 섬뜩하고 기괴한 자신의 얼굴을 거울 속에서 보았다. 자신을 몽상적으로 화장시키며 이상화하는 나르시즘과 반대 방향으로 치닫는 거울이 여러 작가에서 드러난다. 김진섭은 어느 수필에서 거울에 대한 우리의 신앙이 과연 진리를 구하는 마음에서 유래하는가 아니면 허영을 탐하는 마음에서 유래하는가 물었다. 거울 앞에서 우리는 항상 관대하며 자신이 바라는 외관만을 본다고 그는 말했다. '몽상적 이상화'라는 의식작용이 일어남을 그는 간파한 것이다.[8] 이러한 것을 비판하면서 그는 자신의 부끄러운 얼굴이 나타나는 거울에 대해 두려움을 느꼈다.

김대균은 〈의욕〉[9]에서 김기림과 비슷하게 자신의 능청스럽고도 청승맞은 얼굴을 거울 속에서 발견하는 주인공을 그린다. 자신의 얼굴에 대한 혐오감 때문에 거울을 기피하는 어느 주인공을 그린 소설도 있다. 윤기정의 〈거울을 꺼리는 사나이〉[10]가 바로 그것이다. 유독 이효석만이 거울 속에서 몽상적인 꿈의 깊이를 발견한다. 그는 카페의 여급을 그러한 거울의 상상세계 속으로 끌어들여 사랑의 천상세계를 그 속에 건설한다. 〈뛰어들 수 업는 거울속 세계〉[11]의 거울에 그러한 세계가 펼쳐진다. 거울은 여기서 그 속에 감추인 꿈의 깊이를

---

8 김진섭, 〈나의 자화상─無頭의 인간〉, 《조선일보》, 1935.2.26.

9 《조선문학》 3권2호, 1937.2.

10 《조선문학》, 1937.1.

11 《조선일보》, 1936.7.10. 이효석은 이 글에서 한편 벽 전체가 거울로 된 '커다란 사치한 방'에서 유혹적인 소녀를 만난다. 그는 거울의 유리를 넘어 그 안의 세계로 들어가서 무한한 허공의 환상을 체험한다. 그곳은 일종의 환상적인 유토피아(낙원의 섬)였다. 그는 육체와 영혼의 문제를 제기하면서 영혼의 세계인 거울세계라는 아주 오래된 거울 이미지를 되살렸다.

드러낸다.

이효석의 거울은 이상의 거울과 대비된다. 이효석은 이상의 우울하고 냉담한 시선을 뒤집을 수 있는 작가이다. 이효석의 〈오리온과 능금〉을 이상의 〈오감도〉나 〈날개〉와 비교해보라. 〈오리온과 능금〉에는 백화점의 옥상정원에서 꿈꾸듯이 거리를 내려다보는 여주인공 나오미가 나온다. 나오미의 '부감도'(옥상정원에서 내려다 본 세상)는 이상의 '오감도'와 대립적인 방향에 서있다. 그녀가 내려다 본 세상은 우울한 회색빛의 황량한 미로가 아니라 축제적인 열기로 가득한 능금의 거리였다. 니체는 그의 《짜라투스트라는 이렇게 말했다》에서 이러한 축제적 시선에 대해 말한 적이 있다. "그 누가 웃으면서 동시에 높아질 수 있겠는가?"라고 짜라투스트라는 말했다. 니체는 "높아져있는 까닭에 내려다본다"는 인상적인 금언을 내놓는다. 니체에게 '조감도'는 임의적인 예술 기교가 아니라 예술의 유일한 가능성이었다.[12] 이 긍정적인 웃음의 높이는 이효석 이외의 다른 작가에게는 해당되지 않았다. 그것은 축제적 욕망의 높이였다. 이 '높이'를 추구하는 것이야말로 이효석 이래 아직까지도 해결되지 않고 있는 문화사적 주제이며 사회철학적 주제이다.

정지용의 〈슬픈우상〉(1938.3)같이 형이상학적 사유를 감각적으로 풀어놓은 시도 이 '높이'를 획득하지 못했다. 〈슬픈우상〉은 야릇한 이방의 신상 그늘 밑에 놓인 미궁의 세계를 낯선 나그네처럼 헤매는 이야기이다. 그는 이 세상을 '비인 껍질'이라고 말한다. 시인에게 이 세계 자체의 사물과 현상들은 그 안에 감추어진 다른 세계를 위해 안개처럼 흩어져야 할 것들이다. 이 덧없는 세계를 헤매는 막막한 슬픔

---

12 니체, 《인간적인 너무도 인간적인》, 한기찬 역, 청하, 1987, 492쪽.

을 어떻게 이해해야 할 것인가? 〈오감도〉의 황량한 미로는 아예 그 밖의 다른 세계를 상정하지 않는다는 측면에서 더욱 암담하다. 이 세계는 단단한 감옥으로 되어 있는 것이다. 미궁과 미로의 세계를 내려다보는 시선은 우울한 자의 시선이다.

사드는 자신을 가둔 감옥에서 그가 누릴 수 있는 유일한 쾌락인 글쓰기의 광기를 즐겼다. 그는 사로잡힌 육체들의 쾌락을 그 극한까지 추구하는 이야기를 썼다. 죽음에까지 이르는 이 쾌락의 도정에서 그는 사회의 온갖 근엄하고 점잖으며 지적인 존재들을 동원했다. 현실에서 실현하기 어려운 일탈의 선을 그는 감옥 속의 종이 위에서는 극한적인 지점까지 펼쳐나갔다. 감옥 밖의 질서와 가치를 종이 위에서 전복시키는 폭력을 자유롭게 행사하면서 그 쾌락의 물결 속에 허우적거리며 파괴되어가는 존재들을 바라보며 그는 악마처럼 낄낄거렸던 것이다.

이상은 자신의 감옥을 〈오감도〉에서 그렸는데 그것은 경계선 없는 감옥이었다. 〈오감도〉의 불길함은 그것이 지나치게 반복적이며 획일적이라는 점에 있다. "다른 사정은 없는 것이 차라리 나앗소"라는 언 명은 이 세계를 황량하게 만든 구조물만을 쏙 빼낸 자의 말이다. 모든 것은 어떠한 변화 가능성도 막힌 채 굳어지고 고정되어 있다. 그의 사디즘은 이 굳어진 것을 깨뜨리고 파헤치려는 악의 충동이다. 거울 이미지는 굳어진 공간 속에서 자아의 변신 가능성을 탐색한다.

이상은 〈지도의 암실〉에서 '리상'이란 주인공을 등장시키면서, 복잡하게 뒤얽힌 주체의 지형도를 극한까지 추구했다. 자아의 분열상을 의식과 문법적 층위에서까지 시도한 이 소설은 자아의 실체와 이 세계의 실체에 대한 궁극적인 의문을 던진다. 굳어진 것들 고정화된 것들에 대한 이 해체적 물음은 글쓰기의 미로 속에서 모든 것을 파괴하면서 그 모든 것을 웃음 속에 떨어뜨린다. 이상의 작품 가운데 가장 축재적인 글쓰기의 면모를 보이는 이 소설에서 이상은 그의 시 〈선에관한각서5〉에 나오는 "무수한 나는 말하지 아니한다"라는 주제를 심화시켰다. 무수한 나를 말하게 하기 위하여 그는 심각한 의식적 문법적 폭력을 동원했다.

이상의 거울 이미지는 나의 동일성을 붕괴시키려는 시각적 조작을 마련한다. '나'의 거울상은 '나'와 거의 완벽하게 동일한 것 같으면서 미묘하게 다르다. 거울상은 본래의 실체를 거의 똑같이 모방한 것처럼 보이며, 거의 동일하게 보이도록 한다. 그러나 그것은 야릇한 차이로 어긋난다.

《거울의 역사》의 저자는 이상의 〈거울〉에 나오는 것과 동일하게 "오른손이 거울에서는 왼손이 된다"라고 하면서 이러한 반사상은 "닮음의 개념에 의문을 제기한다"[13]라고 했다. 그에 의하면 이러한 차이 때문에 거울은 '불안을 자아내는 물건'이기도 하다. 나와 거의 같으면서도 어긋나는 이러한 존재에 대한 느낌은 자아의 정체성을 뒤흔든다. 그러나 이 저자는 이렇게 달라지는 자아의 방향에 대해 언급하지 않았다.

여자들은 거울을 보면서 좀더 예쁘게 변해진 나를 꿈꾼다. 꿈의 거울은 인식의 거울 뒤에 숨어있다. 무엇인가에 대해 명료하게 인식해야 한다는 철학적 강박관념은 그렇지 못한 상태에 빠질 때 불안을 낳는다. 우리는 불완전하게 인식된 세계 속에 있으며 따라서 든든한 기반 위에 서 있지 못하다. 실존주의는 후에 이러한 완벽한 인식을 포기하며 수많은 가능성 가운데 하나를 선택하는 결단적 행위를 향

---

13 사빈 멜쉬오르 보네, 《거울의 역사》, 윤진 역, 에코리브르, 2002, 127쪽.

한다.

이상의 '거울'세계는 꿈과 인식의 거울을 작동시키지만 마치 부조리극과도 같은 이야기를 그 속에서 상연한다. 자기의 거울 이미지와 갈등하다 그것을 파괴하려는 극단적인 몸짓에는 이 세계 속에서 맡은 자신의 역할에 대한 부정과 회의가 숨어있다. 거울 속 이미지는 사실은 이 세계의 좁은 틈 속에 갇힌 자신의 이미지이다. 자신은 관객이 되어 자신의 일생 중 여러 장면을 본다. 그러나 그의 성격과 용모, 역할은 자신이 꿈꾸던 것과 전혀 맞지 않는다. '아 저것은 분명 나와 비슷하지만 진정한 나는 아니다'라고 그 관객(나)은 외친다. 이리저리 살아가는 사람의 의식이 바로 그 관객이다.

이렇게 본다면 이상의 거울 이미지는 매우 복합적이다. 내 의식의 거울에 현실 속에 살아가는 자로서의 '나'가 비추인 것이다. 그러나 이 의식은 더 본질적인 '나'인 '참나'의 영역 바깥에 놓여 있다. 이상의 〈거울〉이란 시에서 이것을 확인할 수 있다. '나'의 거울상 바깥에 '나'의 이데아인 '참나'가 존재한다. '나'의 거울상은 현실세계의 '나'이며, '참나'와 닮기는 했지만 불완전하고 기이한 모조품처럼 보인다. 거울을 통해서 이상은 현실의 실체상들을 그림자처럼 만들어버렸다. 모든 실체감을 박탈해버린 이 시선을 유령화하는 사디즘적 시선이라고 할 수 있지 않을까?

4. 얼굴의 파편화

이상의 문학에서 자화상을 주제로 한 것들은 〈거울〉〈자상〉〈명경〉〈자화상(습작)〉 등 여러 편이 있다. 우리는 이러한 것들에서 '얼굴'의 기호적 풍경을 읽어낼 수 있다. 거울에 비친 얼굴은 그림자나 유령같은 것 혹은 흉내내는 모조품적인 것 등으로 읽힌다. 아마도 〈종생기〉의 면도 장면에서 보듯이 이러한 거울상들은 '나' 안에서 '수 없이 들끓는 나' 즉 무수하게 증식되는 '나'를 의미할 것이다. '나'라는 실체를 그러한 무수한 거울상의 그림자들 속으로 사라지게 만드는 이 위험한 거울놀이가 그에게는 있다. 우리는 이렇게 자아 실체의 유령화라는 것이 구체적으로 어떻게 나타나며 그 의미는 무엇인지 물어보아야 한다. 어떻게 보면 그것(복제화, 유령화 된 '나')은 그의 문학적 출발점인 〈오감도〉 첫 번째 시 〈시제1호〉에 나오는 반복강박적으로 기계적 행동에 사로잡힌 13명의 비슷한 아이들이나 〈날개〉의 '박제된 천재' 이미지와도 통하는 것처럼 보인다. 서로 다른 이미지들을 관통하는 이 '유령화' 혹은 복제화에 대해 알아보기로 하자.

한 존재의 개성적 실체를 뚜렷하게 보여주는 것은 그 사람의 얼굴이다. 그 얼굴은 하나의 개성을 표현하기 위한 기호와 상징의 텍스트를 갖는다. 과거의 관상학은 바로 그 얼굴의 기호와 상징을 풀어내는 해독법이었다. 거기에는 한 시대마다 작동하는 얼굴의 유행적 인상, 특이하게 강조되는 얼굴의 풍경이 있다. 어떤 한 특이한 인물의 얼굴이 그러한 관상학적 기호에서 주목되며 그 기호를 퍼뜨리는 경우도 많다. 우리의 경우 수염은 남성 존귀의 상징적 기호였으며 상투 역시 그러했다. 눈은 용의 눈처럼 날카롭게 찢어지며 가늘게 된 것이 존엄의 상징이었다. 서양에서 르네상스기에 피렌체에서는 이마를 넓게 하며 눈썹을 미는 것이 유행이었다. 모나리자상은 그러한 유행의 하나였던 것이다. 그 이후 19세기 한 때 유럽에서는 거의 폐병처럼 보이는 창백한 얼굴, 눈자위가 커멓게 된 야윈 상이 여인들의 미적 기준으로 작용했다.[14] 우리의 경우 식민지 시대 폐병장이 얼굴은 미적인 분위기를 암시해주는 창백한 얼굴로 선호되었다. 얼굴의 기호는 이렇게 무한한 텍스트를 향해 열려있는 것이었다.

페병을 앓았던 이상 역시 자신의 얼굴에 대한 관찰을 많이 남겼다. 자신의 삼정오악이 어떠하다는 둥의 언급은(내 三停과 五岳이 고르지 못한 貧相을 업수여기는 중입니다〈산촌여정〉)과거의 관상학적 어휘를 동원한 것이다. 그는 다소 풍자적으로 자신의 짝짝이 눈에 대해 언급하기도 했으며 주로 창백한 방랑자의 얼굴을 자신 속에서 읽었다.[15] 〈첫번째 방랑〉에서 그는 어떤 낯선 거리의 십자로를 방황하는 자신과 나까무라 쯔네의 자화상을 연관시켜보기도 한다.

이상은 자신의 얼굴 텍스트를 통해서 자신의 자아에 대해 탐구했다. 나란 도대체 어떻게 생겨난 존재인가. 나의 실체는 과연 무엇인가? 이 회의적 물음을 통해서 그는 한 시대가 각인된 그의 육체와 정신 그리고 감각의 다양한 조합들로 이루어진 자아의 여러 측면들에 대해 조명하고자 했다. 그러한 과정에서 점차 자신 속에 채워진 지식들과 혈통적 계보와 근원적이고 원초적인 생식적 육체와 사회적 권력들이 그 자아의 폭과 깊이를 채우기 위해 달려든다. 그의 '유령적

---

14 도미니크 파케에 의하면 나폴레옹 시절 이후 유럽의 낭만주의는 유령적인 분위기를 띠는 화장법과 의상을 유행시켰다. "번민으로 소용돌이치는 가슴, 열정적인 도취, 눈물 등을 찬양하는 새로운 풍조는 —새로운 화장법을 창조했다. 그것은 질병을 모방하는 화장법이었다." 그는 다음과 같은 오베르 박사의 글을 인용하기도 했다. "죽어가는 이처럼 창백하고 초췌한 모습을 보이고, 납빛 안색에 움푹 들어간 볼을 지니는 것이 유행하였다. 그런 모습이 품위있는, 예술적인 분위기를 자아내기 때문이었다."(도미니크 파케, 《화장술의 역사》, 지현 역, 시공사, 1999, 64쪽)
15 이상의 작품에서 얼굴에 대한 긍정적인 상은 별로 등장하지 않는다. 〈공포의 기록(서장)〉 중 〈불행한 계승〉에 나오는 작은 어머니 얼굴이 거의 유일한 것이다. "작은 어머니 얼굴을 암만봐도 미워할데가 있느냐. 넓은 이마, 고른 치아의 列, 알맞은 코, 그리고 총기있는 눈 하며 다 내가 좋아하는 부분인데". 그러나 이러한 긍정적인 상도 결국은 그러한 부분들이 종합된 '작은 어머니'라는 인상이 증오의 넘을 일으킨다고 함으로써 부정적인 길목을 향해있다.

나까무라 쯔네의 자화상.
1922년도에 그려진 것임.

자아'라는 주제는 그러한 자아의 폭과 깊이를 뒤흔들면서 만들어낸 매우 독특한 문학적 창조물이다. 우리는 얼굴과 관련된 이 주제를 〈파편의 경치〉에서 매우 첨예하게 읽어낼 수 있다.

이상은 〈파편의 경치〉를 비롯한 몇몇 작품에서 기하학적 기호인 삼각형으로 '나'를 포착했다. 어떠한 관상학도 동원하지 않는 추상적인 얼굴인 이 삼각형 기호는 아무런 상징적 분위기도 동원하지 않는다. '삼각형은 나의 연인이다'라는 이 진술은 그에 대한 상세한 덧붙임도 없이 제시되어 있다. 그에게 삼각형은 과연 무엇인가? 우리는 이 문제를 풀기 위해 삼각형에 대한 그의 다른 언급들을 살펴보아야 한다. 〈황의 기 작품 제2번〉의 '記3'부분에는 "나의 배의 발음은 마침내 삼각형의 어느 정점(頂點)을 정직하게 출발하였다"라는 구절이 나온다. 그의 여러 작품에 나오는 수염의 이미지 역시 삼각형과 관련된다. 수염은 정확히 삼각형은 아니지만 그의 〈오감도〉의 〈시제10호 나비〉에 나오는 콧수염은 대략적으로 그 이미지에 접근한다. 삼각형과 수염 이미지는 모두 이상 문학의 가장 깊은 진원지에 놓인 '생식'(성적인 것)에 관련되어 있다. 그의 〈실락원〉 중 〈자화상(습작)〉에서는 자신의 코를 피라밋이라고 했는데, 이 코의 피라밋 역시 삼각형이다. 코는 얼굴의 생식기이다. 우리는 관상학적으로 코와 생식기가 밀접하다는 것을 안다. 우리의 광대 가면 중에는 코를 남근형으로 만든 것이 있다. 초현실주의 화가인 마르그리뜨는 사람의 얼굴을 생식기 형상으로 그려놓았다. 소병은 자신의 책 《老子와 性》에서 몸과 얼굴이 합성된 형상에 대해 풀이했다. 일종의 혼돈의 얼굴이며 전쟁의 신 형천의 모습이기도 한 이것은 多産을 위한 생식신처럼 생각되었다. 소병은 이러한 논의 과정에서 고대의 문자학에서 帝의 근원이 삼각형 기호에서 비롯했음을 밝혔다. 여기에는 삼각형과 역삼각형이 남근이나 여근에 어떻게 관련되는가에 대한 복잡한 설명이 있다.[16]

소병의 《노자와 성》에 소개된
시리아 지역의 생식신 형상

帝의 갑골문자와 금문

---

16 소병, 《노자와 성》, 노승현 옮김, 문학동네, 2000, 100~104쪽 참조. 혼돈과 형천의 얼굴을 프로이트가 언급한 그리스나 폴리네시아의 바우보신의 얼굴과 관련해서 한 부분은 이 책 261~262쪽 참조.

이상의 삼각형은 물론 이러한 고대적 상징에서 비롯된 것이 아니다. 그러나 그의 시적인 기하학은 미묘하게도 그의 상상력을 통해서 그러한 고대적 생식력의 상징이 마련한 의미영역에 실낱같은 힘으로 다시 들어서고자 한 것처럼 보인다. 그의 개별적인 상상계에서 역삼각형은 고대적인 상징이 흔히 암시했던 여성생식기가 아니었다. 그것은 매우 추상화된 모습으로서의 자기자신이며, 왜소하게 압축된 자신의 형상이다. 그리고 그것은 한 걸음 나아가서 그렇게 왜소해진 자신을 만들어낸 계보학적 도상이기도 했다. 아마도 그것은 매우 비참한 비영웅주의적인 외디푸스 삼각형이 아닐까? 그러한 계보학을 그의 〈황의 기〉나 〈얼굴〉에서 엿볼 수 있다.

〈황의 기〉에서 '나'는 치욕의 계보를 짊어진 존재이다. "치욕의 계보를 짊어진 채 내가 해부대의 이슬로 사라질 날은 그 어느날에 올 것인가?" 그는 자신들의 조상을 흉내낸 존재인 자신을 수치스럽게 여긴다. 이상에게 '흉내'나 '모조'란 모두 가치의 창조라기보다는 가치의 타락이다. 그는 자신의 육체를 해체하면서 근육과 뼈대로 구성된 해골의 '영원한 경치'에 대해 묘사한다.[17] 이러한 뼈대로 구성된 고고학적 육체는 언제나 치욕의 계보학과 연관된다. 왜냐하면 그것은 무덤 속 선조들에게서 계승된 육체, 자율적인 활동성이 제거된 육체, 단지 선조의 유물인 육체이기 때문이다.

자신을 그러한 계보의 끈에서 풀려나도록 해주는 것은 무엇일까? 그것은 그러한 뼈대를 살로 감싸서 부풀어오른 육체, '배'가 작동하는

---

[17] 〈황의 기〉의 '記四' 부분에 관련 구절이 나온다. "이 초라한 포장 속에서 나는 생각한다―해골에 대하여…묘지에 대하여 영원한 경치에 대하여"(김주현 편, 《이상문학전집 1》, 소명출판, 2005, 196쪽). 〈어리석은 석반〉에서 그의 조부는 "고요한 골편이여, 우울한 유령이여"라고 묘사된다.

식욕적 육체이다.[18] 그 유명한 수필 〈산촌여정〉에서 활력있게 묘사되는 것들은 모두 자연의 생식적인 풍요로움에 연관된다. 거기서 자세히 묘사되는 유자는 생식적 상징이다. 그것을 맛보면서 이상은 이렇게 말하는 것이다. "물방울져 떨어지는 풍염한 미각 밑에서 연필같이 수척하여가는 이 몸에 조곰식조곰식 살이 오르는 것 같습니다." 이러한 생식력은 그의 다른 작품에서 황(獚)이라는 개의 이미지로 나타난다.

이상에게는 가장 성적인 것 그리고 가장 식욕적인 것이 자신의 본질적 실체를 드러내는 표현이 된다. 물론 그것은 '요리인의 단추가 오리온좌의 약도처럼 빛난다'[19]는 표현에서처럼 우주적 존재로 될 때만이 진정한 실체가 되는 것이다. 이상은 자신의 육체 속에 밤하늘의 무수한 별들이 흘러다니길 바란다. 그것은 태고의 아름다운 꽃이 상징하는 낙원의 이미지(〈첫번째 방랑〉)로서 "별들이 운행하는 소리가 체내에 상쾌하다"(앞의 글)라고 하는 상태, "바람이 없이 조용한 날은 툇마루에 드는 별을 가만히 잡기만 하면 퍽 따뜻하다"라는 상태(〈슬픈이야기〉), 사랑에 의해 모든 것이 가까워지고 체온 속으로 피를 데우는 상태(〈공포의 기록(서장)〉), 우주의 광대한 시공간에 대해 열려있는 육체의 상태인 것이다.

채광학이나 광물학 혹은 천문학과 같은 근대적 지식에 사로잡힌 별의 황무지가 성욕적·식욕적인 별들의 반대편에 놓여 있다. 그의

---

18 〈女像〉이란 수필에 생명력있는 육체가 이렇게 표현된다. "지금 토실토실한 살 속으로 따끈따끈한 포도주가 흐릅니다." 살로 채워진 육체는 뜨거운 피로 채워진 육체이기도 했다.

19 〈황의 기(작품 제2번)〉에 나오는 구절이다. "요리인의 단추는 오리온좌의 약도다 / 여자의 육감적인 부분은 죄다 빛나고 있다 달처럼 반지처럼"(〈記四〉에서) (김주현 편, 앞의 책, 197쪽)

미발표작이었던 〈얼마 안되는 변해〉에 황무지적 별 이미지가 잘 나타나 있다. 여기서 이상은 채광학이 발견한 '문제의 그 별'을 쳐다본다. 피로와 공복 속에서 바라본 그 별은 면허장까지도 거절한다. 달도 사각진 형태로 묘사되고, 월광의 파편만이 의식의 차디찬 표면에 흩어진다. 〈권태〉에 나오는 별은 향기도 촉감도 없는 절대권태의 영원한 피안으로 묘사된다. 〈월상〉은 바로 그러한 황무지적인 달의 그로테스크한 형상을 잘 보여준다. 〈슬픈이야기〉에 나오는 여인의 얼굴이 창백한 것은 바로 이러한 황량한 달빛에 바랜 결과이다. 희고도 애처로운 이 여인의 얼굴은 "월광 아래 오래오래 놀던 세월이 있었나 봅니다"라고 표현된다. 〈첫번째 방랑〉에는 그러한 황무지적 별과 관련된 수척한 몸이 나온다. "반짝이지 않는 별처럼 나의 몸은 오물어들면서 깜박거리고 있었다."

이상은 이렇게 원초적인 생기로 빛나는 별들과 근대적 지식으로 그러한 생기를 잃어 황무지가 된 별들 두 가지에 대해 모두 언급했다. 둘의 차이는 유기체적인 통합성의 유무이다. 유기체적 전체를 향한 열림이 있는가의 문제가 거기 놓여있다. 유기체적으로 모두 연관된 인다라망(인드라 신의 우주그물망)은 바로 그러한 총체적 자연상을 보여준다. 노자의 하늘그물(天網)이란 개념도 그러하다. 그러한 우주만이 총체적인 맥동 속에서 창조적으로 발전되는 생명의 진화를 약속해준다.

이상의 문학에서 가장 풍요로운 부분은 바로 이러한 자연의 맥동 속에 자리잡은 것들을 묘사할 때이다. 예를 들어 〈산촌여정〉의 시골 처녀들을 묘사할 때가 그렇다. 그녀들의 피는 대지와 과일들, 하늘의 별들이 내뿜는 향기와 빛에 조응된다. 그녀들의 손톱에는 지하에서 빨아올린 화초들의 정열이 물들어있다. 〈황의 기〉는 그러나 그러한 것들이 진정한 소통관계 속에서 열려있지 않고 단지 장식적인 수준에서 닫혀있음을 말한다. 반지와 단추에서 반짝이는 성좌들은 이미 잊혀진 것들이다. 그것은 큰 우주를 숨쉬지 못한다. 다만 위축되고 굳어진 작고 사소한 악세서리에 불과할 뿐이다. 〈산촌여정〉의 다음 구절을 읽어보면 분명해진다. "끄지 않고 잔 석유등잔에 불이 켜진 채 소실된 밤의 흔적이 낡은 조끼 '단추'처럼 남아있읍니다." 이 '단추'는 앞에서 보았던 오리온좌로 장식된 요리인의 단추와 같은 것이다. 그의 육체 역시 그러한 밀폐된 세계 속에서 작동하는 사소한 상징물들에 감싸인 채 가냘프게 숨쉬는 존재이다. 그것은 단지 뼈와 근육 그리고 그것들을 포장한 얇은 피부로 구성되어 있다. 이러한 몸은 영묘하지 못하다. 우주적 소통이 막힘으로써 총체적인 관련이 결여된 빈곤한 상태에 머문다. 우리는 이것을 '황무지적 육체'라고 부를 수 있다.[20]

　육체의 이러한 공허한 이미지는 이상 특유의 것이다. 〈공포의 기록(서장)〉에 나오는 것은 가장 전형적인 이미지이다. "밤이면 나는 유령과 같이 홍분하여 거리를 뚫었다.— 공허에서 공허로 말과 같이 나는 광분하였다." '공허한 육체' 이것이 이상이 파악한 근대적 인간의 모습이다. 이 공허는 육체가 유기적으로 우주전체에 열려있지 못하고 단지 기계적인 조립품 수준으로 떨어져 있음을 가리킨다. 대지와 하늘의 품 속에서 자신을 활짝 열어 놓고 그것들과 소통되지 못하

---

20 〈산촌여정〉은 바로 이러한 황무지 너머의 세계를 엿보는 특이한 작품이다. 자연과 인간이 그러한 총체적인 자연의 숨결 속에서 갖게 되는 아름답고 풍요로운 세계를 이상은 '로맨스'라는 말로 표상했다. 그것은 촌처녀들과 그들이 치는 누에들의 '성스러운 귀족가족들'의 이야기인 '말캉말캉한 로맨스'라는 말이다. 자연의 생식적인 낭만주의는 우리가 흔히 알고 있는 자아의 환상적인 꿈과 연관된 낭만주의가 아니다. 이상 문학의 특이점이 바로 이 부분에 있다고 할 수 있다.

는 육체의 생식기능은 저급한 수준에 머문다. 그것은 여전히 원초적인 생명력을 조금 갖고 있기는 해도 가장 저급한 수준의 동물적인 생식에 그친다. 그것은 고급한 영혼으로부터 단절되어 있다.

그렇지만 여전히 이 공허한 몸은 중요한데, 왜냐하면 그 속에서는 여전히 창조적 삼각형의 힘이 미약하게나마 작동하고 있기 때문이다. 삼각형의 정점을 정직하게 출발한 '배의 발음'은 모든 치욕의 계보학과 근대적인 지식의 해부학들을 극복하기 위한 작은 출발점, 진정한 출발점이기 때문이다. 이 삼각형은 그의 기하학에 스며든 우주적 생명력과 생식력의 추상화이다. 그의 피라밋 같은 코는 생식기의 얼굴이다. 그것은 광대한 사막 가운데서 오래도록 전승된 태고의 역사 속에 뿌리 깊이 박혀 있다. 우주적 생명력과 생식력을 단순하게 추상화시킨 삼각형 기호를 정신의 왕국인 얼굴 한 가운데 심어놓은 것이다.

〈파편의 경치〉는 이 삼각형을 뒤집은 역삼각형을 등장시키는데, 그것은 알전구 속의 필라멘트 삼각형을 연상시킨다. 이 시에서 생각과 꿈의 주어로 등장하는 매우 추상적인 '나'는 바로 이 역삼각형이다. 알전구는 흐릿한 태양의 이미지로서 〈지도의 암실〉에도 등장하는데 거기서는 생각과 빛의 동일성을 바탕으로 하고 있다. 생각을 표현한 글자는 이미 이차적인 것이 된다. 그것은 생각을 그대로 옮겨놓지 못한다. 〈파편의 경치〉는 과거에 대한 단편적인 추억 한 조각에 대해 말한다. 그에 얽힌 생각과 꿈의 깨어진 단편들이 아무런 깊이와 폭도 없이 나열된 흐릿한 이야기의 흔적만을 보여준다. 여기에 등장하는 '나'라든가 몇마디 말과 글자들은 거의 거울의 위력을 상실하고 있다. 기호조직체인 텍스트의 거울은 형편없이 성기며, 거의 거울면이 되기를 포기했다. 텍스트의 거울을 빈곤하게 만들면서 그의 거울 이야기는 이렇게 시작되는 것이다.

우리는 〈파편의 경치〉에 나오는 삼각형 기호의 상징적 의미를 해독할 수 있다. 그것은 〈오감도〉의 세계처럼 매우 단순화 추상화된 기계적 이분법의 세계이다. 이 삼각형들은 전구 속 필라멘트처럼 스위치의 온오프(on off)에 따라 작동하는 이분법적 기호이다. 자연스런 달빛이나 옛날의 초와 램프의 불빛이 주는 미묘한 드라마가 여기에는 없다. 그것은 매우 명료하지만 그만큼 단조롭다. '나'라는 것도 이제는 그러한 드라마의 깊이와 두께가 없어졌다. 어떠한 개성적 실체가 없어진 공허한 기호처럼 되어버렸다. 뇌 속의 지식들에 의해 켜지는 '나'의 생각들은 이 세계와의 직접적인 유기적 관련없이 그 자체로 독립해서 작동된다. 전구의 필라멘트는 바로 그러한 '생각하는 나'의 이분법적 기계론을 표상한다. 이 역삼각형이야말로 빈곤한 근대적 자아를 표상하는 기하학적 상징인 것이다.

이것을 뒤집은 삼각형은 '나'의 연인, '나'의 꿈이다. 그것은 근대적 지식에 이끌려다니는 '의식' 삼각형과 반대로 뒤집혀 있다. 의식의 꼭지점 부분(삼각형의 정점)에 거의 존재하지 않는 이 꿈과 무의식은 의식의 바닥으로 내려갈수록 커진다.[21] 이 삼각형 기호 계열에 이상은 '황'이라는 개를 집어넣었다. 삼각형의 정점에서 출발한다는 것은 바로 이 대지적 표상인 누런 개의 생식적인 이미지를 기반으로 하고 있다.

〈파편의 경치〉에 나타난 삼각형의 이 기하학적 도상에서 우리는 극도로 추상화된 자화상 얼굴을 보았다. 아무런 개성도 여기서는 볼

---

21 이상은 이 바닥의 심연에 대해 여러 곳에서 말한다. 이 심연이 생식적인 대지의 구멍 이미지로 잘 표현된 것을 〈어리석은 석반〉에서 찾아볼 수 있다. "지구의 이런 구멍에서 나오는 것일게다. 한 마리의 순박한 암캐가 무겁게 머리를 드리우고— 슬금슬금 나온다."

수 없다. 〈시제10호 나비〉나 〈自像〉〈수염〉〈명경〉 등에서는 얼굴 기관들이 조금씩 등장한다. 비록 형태에 대한 묘사적 특징을 위해 등장한 것은 아니지만 그것들은, 얼굴기관이 전혀 그려지지 않는 〈파편의 경치〉류의 시들에 비해, 비교적 얼굴 텍스트를 조직하기 시작한다. 이 중에서 〈자상〉과 〈수염〉에는 〈나비〉와 더불어 '수염'이 등장한다. 그러나 여기 등장하는 얼굴 역시 〈파편의 경치〉처럼 황량한 것이다. 〈자상〉에 나오는 '데드마스크'가 죽음의 황량한 분위기를 대표한다. "여기는어느나라의데드마스크다 데드마스크는도적맞았다는소문도있다"(〈자상〉)라는 언급은 그의 〈자화상(습작)〉을 연상시킨다. "여기는 도무지 어느나라인지 분간을 할 수 없다. ―여기는 폐허다. '피라미드'와 같은 코가 있다.― 동공에는 창공이 응고하여 있으니 태고의 영상의 약도다. ―누구는 이것이 '떼드마스크'(死面)라고 그랬다. 또 누구는 '떼드마스크'는 도적맞았다고도 그랬다"(〈자화상(습작)〉). 이 두 작품을 잘 비교해 읽어보면 얼굴과 '어느 나라'의 결합이 유독 눈에 띈다. 얼굴을 광대한 풍경처럼 확장시킨 이 시야가 독특하다. 그러나 거기서 이목구비의 선명한 풍경 대신 광대한 사막같은 풍경만을 본다. 데드마스크는 그렇게 생명력이 지워진 얼굴이다.

그런데 도적맞은 데드마스크는 무엇일까? 자신의 본 자리를 잃어버린 채 떠도는 얼굴이지 않을까? 그것은 자신의 실체를 모사한 껍질 얼굴이다. 그것은 그 실체의 얼굴을 대신해야 할 역할을 갖고 있지만 이제는 그것이 놓여 있어야 할 자리마저 잃어버린 것이 아닌가?

그러나 이 시에서 정작 중요한 것은 '수염'이다. "풀이북극에서破瓜하지않던이수염은절망을알아차리고生殖하지않는다.(〈자상〉)" 〈자화상(습작)〉을 읽으면 해독하기 어려운 위의 문장이 조금 풀린다. "죽음은 서리와 같이 내려있다. 풀이 말라버리듯이 수염은 자라지 않은 채 거칠어갈 뿐이다. 그리고 天氣모양에 따라서 입은 커다란 소리로 외우친다―水流처럼". 이상의 작품에서 냉각된 지역인 북극은 죽음의 지대이다. 얼음과 유리와 수정 그리고 냉각된 별 등은 모두 생명력이 시들어버린 황무지적 이미지를 나타낸다. 〈명경〉의 유리거울은 냉각된 감옥의 황무지이다. 〈광녀의 고백〉에서 얼음에 뒤덮인 북극 역시 매음녀의 황무지인 얼어붙은 도시를 가리킨다. 〈자상〉이란 시에서 수염은 얼굴이란 대지에서 자라는 풀이다. 풀의 이미지를 통해 수염은 얼굴을 북극의 어느 황량한 나라에 대응시킨다.

그런데 이러한 일차적 이미지 층위 뒤에는 이상이 숨겨놓은 의미 층위가 있다. 이상이 노린 독특한 기호적 의미가 거기 있는데 그것은 '破瓜'라는 말 때문에 생긴 것이다. 본래 오이 瓜는 중국에서 처녀의 절정인 16세를 뜻한다. 이 글자를 파자하면 두 개의 八이다. 八을 위아래로 쓴 것으로 볼 수 있다. 두 개의 8이니 합해서 16이다. '破瓜한다'는 동사로 씀으로써 이상은 미묘한 성적인 의미를 이끌어낸다. 즉 그것은 처녀성을 파괴한다는 뜻이며, 성교의 분위기를 내포한다. 이렇게 성적인 분위기 속에서 '수염'은 이중적 이미지가 된다. 그것은 여성 성기를 암시하는 것이다. 이상은 남성의 성호르몬이 분비되면서 자라난 이 수염을 사내아이가 어른이 된 징표로 생각했을 것이다. 여러 작품에서 중요하게 등장하는 이 수염은 남성상징이다. 자신의 존재를 당당하게 위력적으로 드러내는 이 기호는 저절로 남성의 성적능력을 환기한다. 그것은 또한 여성성기에 이끌리는 이미지를 갖는다. 이상은 〈수염〉에서 그렇게 성적인 것을 환기시키는 수염을 그렸다.

눈이존재하여있지아니하면아니될처소는森林인웃음이존재하여있었다(〈수염〉)[22]

이 시에 대한 주석에서 이어령 교수는 이 시 제목인 수염을 인체에 있는 털에 대한 메타포로 읽을 수 있으며 그것의 상징은 섹스라고 했다.[23] 그런데 여기에는 한가지 주목해야 할 매우 독특한 미학이 있다. 그것은 얼굴과 몸체의 이미지적 복합이다. '웃음'이 뜻하는 것은 '입'을 상정할 때 비로소 분명해진다. 입과 성기의 복합 이미지가 이 '웃음' 때문에 생겨났다. 물론 이 웃음은 〈광녀의 고백〉에서 웃음의 광기를 보여준 창녀의 웃음과 같은 것이다. 이 시(〈수염〉)의 성적 이미지는 도둑과 구걸, 군대식 전진 등으로 표현되며, 공허하고 기계적인 양상을 보인다. 이 황량한 섹스에 대해 이상은 다른 몇몇 작품에서도 이야기하고 있지 않던가. 그것은 진정한 생명력을 창조하는 사랑의 섹스가 아니었던 것이다.

〈시제10호 나비〉는 이러한 문맥 속에서 더 풍요롭게 읽힌다. 이 시에서 수염은 '죽어가는 나비'로 환치된다. 팔자(八字) 모양으로 축 처어진 수염은 활짝 날개를 편 것이 아니라 힘없이 날개를 늘어뜨리고 있는 생기잃은 나비의 이미지를 갖는다. 이 나비는 이상의 다른 수필에서는 그의 문학적 창조력인 '악의 충동'의 날개를 가졌었다. 신문을 찢거나 족보를 찢어서 만들어진 날개를 갖는 것이었다. 이 파괴와 창조의 양가적인 특성은 이상의 미학적 본질이다. 위의 시 〈시제10호 나비〉의 수염은 거울과 벽지 속에 붙어있는 나비의 이미지를 만들어낸다. 벽지의 찢긴 틈에서 그 '나비'는 탄생한 것이다. 신문과 족보 역시 이상의 자아를 감금하는 벽의 의미를 포함한다. 그의 '벽'은 도처에 있다.

그러한 벽의 찢긴 틈은 그 근대적 감금에서 벗어날 수 있는 '성스

---

22 임종국 편, 《이상시전집》, 이상전집, 문성사, 1966, 249쪽.
23 이어령 교주, 《이상시전집》, 갑인출판사, 1978, 94쪽.

런 열림'(엘리아데적인 의미에서)을 의미한다. 그 '비밀스런 통화구(通話口)'에 대해 시인은 말할 수 있어야 한다. 시인의 입은 바로 〈수염〉에서 언급된 '입 속에 처박힌 푸른 하늘'에 대해 소리내어 읊을 수 있어야 한다. 침묵하는 입에서 그 하늘은 썩어갈 뿐이다. 그러나 〈시제10호 나비〉에서 시인의 입은 입김만을 내뿜는다. 그 이슬만으로 사는 나비는 서서히 생명력을 잃고 시들어간다. '수염'은 강력한 생식력을 필요로 한다. 그러한 생식력은 벽을 뚫는 열림, 그 열림을 받아들이는 시인의 구멍인 입의 활동을 요구한다. 나비는 비록 그러한 구멍에 다가서 있지만 날개를 접고 있다.

〈황의 기〉에서 이 수염은 내 얼굴의 가장 중요한 특징이 된다. "나는 두려움 때문에 나의 얼굴을 변장하고 싶은 오직 그 생각에 나의 꺼칠한 턱수염을 손바닥으로 감추어본다". "바람 사나운 밤마다 나는 차차로 한 묶음의 턱수염같이 되어버린다". 이어령 교수는 이 '수염'에 대한 주석을 다음과 같이 했다. "수염은 무기물같은 것으로 인체의 일부이지만 감각도 신경도 없다. 뼈의 이미지와 같다. 그러므로 죽음과 생의 한 경계선적인 의미를 갖고 있는 상징이다".[24] 그러나 이러한 해석은 수염을 지나치게 생리학적으로 풀이한 것이다. 이상 자신의 여러 작품들을 통해 볼 때 '수염'이 갖고 있는 의미는 그러한 것이 아니다. 그것은 위에서 보아왔듯이 성적인 분위기와 생식적인 활동을 환기시키는 강력한 이미지이다. 턱수염을 감추는 행위는 그러한 자신의 본질을 가리며 위장하는 것이다. 바람 사나운 밤마다 '한묶음의 턱수염'이 된다는 것은 바로 그 앞의 진술을 읽으면 그 뜻이 분명해진다. "심리학을 포기한 나는 기꺼이 ─종족의 번식을 위해 이 나머지

---

[24] 위의 책, 203쪽.

세포를 써버리고 싶다". 종족의 번식을 위한 강렬한 생존 욕구는 어떠한 '사나운 밤'의 바람에도 맞서서 뻗어나가야 할 것이다. 그것은 어떤 심리학도 외면한 채 매우 단순하고 소박하게 바람에 맞서며 자라나는 수염으로 표상된다. 그것은 '나'라는 대지의 풀인 것이다.

〈얼굴〉(1931.8.15에 쓴 것)에서 비로소 이상은 '얼굴 텍스트'에 본격적으로 더 다가선다. 이상은 〈시제10호 나비〉와 〈수염〉에서 얼굴의 이목구비 기관들에 대해 상징적으로 접근했으며 〈명경〉에서 형태론적으로 한 걸음 더 나아간다. 그러나 그러한 거울 이미지들은 거울면의 시각적 이미지들로부터 파생된 것이어서 여전히 평면적이다. 〈얼굴〉은 그러한 거울 이미지들을 벗어나 있다. 물론 이러한 일들은 발표 순서로 볼 때 순차적인 것은 아니다. 문학적 도정에서 이러한 것이 순차적인 발전의 문제는 아니었을 것이다. 〈얼굴〉은 그가 '거울 이미지'를 세심하게 변주하기 이전의 것이다.[25] 그것은 자신의 계보에 대해 설화적으로 이야기한다. 여기서는 설화적 이야기가 예민한 자의식과 높은 지식으로 단련된 감각에 앞선다. 그것은 어린 시절부터 들어온 이 세상과 자신에 대한 역사 이야기였던 것이다.

〈얼굴〉은 배고픈 얼굴을 한 어느 아이에 대한 이야기이다. 그 얼굴은 그 자신이 만들어낸 활동과 정신의 투영이 아니라 자신의 부모들이 내려준 그리고 그들 밑에서 역사적으로 형성된 것이다. 이 설화적 산문시는 파탄된 봉건적 가족 이야기의 한 유형을 매우 단순화시켜 이야기하고 있다. 아버지의 부와 잘생긴 얼굴이 이야기의 한 축을 이루고, 그에 대비되는 어머니의 가난과 못생긴 얼굴이 또 다른 한 축을 이루고 있다. 아버지는 이러한 어머니를 만나서 해외를 떠돌고,

---

25 최초의 거울 이미지는 〈선에관한각서7〉(1931.9.12)에 나타난다. 〈얼굴〉을 쓴 지 한 달 정도 지난 뒤이다.

비참한 삶을 견디는 어머니 밑에서 자란 아이는 어머니만을 보고 흉내내며 닮는다. 아이의 얼굴은 어머니의 얼굴을 흉내낸 것이다. 그리고 그 얼굴은 '性行'이라고 표현했다.

별로 시적일 것도 없는 내용을 기술한 듯한 이 시는 여러 가지 복잡한 사연이 있을 법한 내용을 간추리고 어느 정도 과장된 왜곡을 통해서 험상궂고 배고픈 얼굴을 한 한 사내아이의 얼굴이 형성된 가족사를 더듬고 있다. 파탄된 봉건적 가족의 황폐한 내용에 대한 그로테스크한 서사처럼 보이는 이 서사적 자화상은 은밀하게는 성적인 빈곤을 가리키고 있다. "아버지보담도 어머니를 더 닮는다는 것은 그 무슨 얼굴을 말하는 것이 아니라 性行을 말하는 것"이라는 구절에서 어머니의 배고픈 얼굴의 근원에는 아버지와의 사랑의 결핍이 놓여있다. 이 시 첫 구절에 나오는 "배고픈얼굴을본다"에서 이 배고픔은 식욕의 문제만이 아니었던 것이다. 식민지 시대의 가난은 식욕만의 문제가 아니었다. 귀여운 자식을 위해 가난한 어머니는 어떻게든 배고프지 않게 키웠건만 그의 얼굴은 '배고픈 얼굴'이 되어버렸다.

이 시에서 주목해야 할 부분은 바로 이러한 서사적 문맥이다. 성적인 배고픔은 경제적 가난과 더불어 증폭되어서 얼굴을 험악하게 일그러뜨렸다. '험악하게 일그러진 배고픈 얼굴'은 이상 특유의 '악의 충동'이 그 안에서 꿈틀거리는 얼굴이다. 이 시에는 그러한 '악의 충동'이 자신의 계보학에 대한 서사적 언급을 통해서 분명하게 추적되어 있다.

이상의 거울 이미지들은 바로 그러한 '얼굴의 역사'에 대한 집요한 추궁이다. 이상은 자신의 실체에 대한 반성적 성찰 속에서 '일그러진 얼굴'을 바라보고, 그 얼굴의 내면적 이미지를 읽어내려 한다. 바로 이 얼굴이 그의 작품 도처에 깔려있는 '창백한 얼굴'의 기원이 된다.

그의 작품 곳곳에서 증식되고 있는 창백한 얼굴은 계보학적 성의 빈곤과 과도한 지식과 자의식 속에서 생식적으로 파멸되어가는 지식인 예술가의 얼굴이다. 그리고 그것은 상품적인 매음에 사로잡혀 자신의 육체를 시들게하는 여인들의 얼굴이다. 〈광녀의 고백〉과 〈실락원〉 중 〈소녀〉 그리고 〈아침〉 등에 그러한 얼굴들이 있다.

5. 구본웅의 이상 초상화 — 시인의 연금술 파이프

우리는 앞에서 실체감을 잃어버린 종이와 거울 속 이미지들에 대해 말했다. 깊이와 두께가 없는 이 빈곤한 감옥 속 존재들에 대해서 말이다. 물론 이것은 작가 이상에 의해 창조된 문학적 황무지이다. 그는 자신의 시들에서 그러한 황무지적 존재들을 파편적인 얼굴로 그려냈다. 서사적 이야기의 폭과 깊이를 갖지 못하는 추억의 단편조각들이 거기 있다. 그러한 조각들로 간신히 그려지는 매우 추상적인 자아의 얼굴 중에서도 삼각형으로 암시된 나 혹은 나의 연인상은 기하학적으로 단순화된 그로테스크한 얼굴이다.

이러한 삼각형은 물론 선사시대 암각화에 출현하는 삼각형 얼굴과는 매우 다른 것이다. 고대의 삼각형 얼굴은 풍요와 다산에 연관된 우주적 상징물이었다. 거기에는 삼각형에 얽힌 고대의 사상과 철학 그리고 연금술이 있다. 이상은 뇌수와 생식기의 대비적 기호를 통해서 희미하게 그러한 고대적 상징주의와 끈이 닿아있다. 그의 삼각형은 그러한 상징 문화의 거대한 후원없이 등장했지만 자신의 상상세계 속에서 아련하게 그러한 자연의 생식적 비의를 메아리치게 한다. 그것은 당시로서는 보기 드문 것이었다. 그의 문학적 기하학은 따라서 매우 개별적이고 특수한 이상 자신만의 상징체계를 구축했다. 그러한 상징체계의 폭과 깊이 속에서 그는 문학적 샤먼의 희미한 빛을 건져내고 있는 것이다. 그의 파편적 기호들과 좁혀진 감옥, 즉 종이와 거울세계는 언제나 그렇게 전체적 비전을 후광처럼 배경에 깔고 있다. 그것이 그의 단편적인 수필적 아포리즘에 나타난 부채꼴 인간 혹은 전체적 인간(그의 용어로 '전등형 인간')의 진정한 의미이다.

그가 살아갔던 식민지 근대는 철저하게 그러한 전체적 비전을 차단시키며 비인간화된 세계를 향해 나아가고 있었다. 그는 식민지적 억압 속에서 자신의 파편들을 끌어모으면서 대항하고 있었던 것이다. 그는 식민지 근대를 이끌어가는 거대한 폭풍 속에서 깨져 날아가는 세계의 파편들을 좇아 이리저리 몸을 휘날린다. 그리고는 간신히 그 중의 몇점 조각들을 손에 쥔 채 이제는 너무나 멀어져버린 신화적 지평을 바라보고 있는 것이다.

김기림은 〈쥬피타 추방〉에서 세계의 어둠에 맞서려 했던 신화적 후광을 이상에게 부여하고자 했다. 이상이 피운 담배의 연기는 이 파편화된 세계 속에서 그가 건져올리는 총체적 향기이다. 그것으로 자신의 얼굴을 감싼 시인의 얼굴은 신화적인 후광으로 감싸인다. 곱추 화가 구본웅이 1935년경 그린 것으로 추정되는 이상의 초상화는 김기림의 〈쥬피타 추방〉에 나타난 이러한 신화적인 이상의 모습과 가장 가깝다. 구본웅은 야수파적인 과감한 텃치로 이상의 멋과 열정 그리고 우울하고 어두운 시대적 분위기를 함께 그려냈다. 쭈그러진 모자(그것이 중절모인지 채양이 있는 모자인지 확실하지는 않지만)를 약간 비뚤어지게 머리에 얹은 이상의 얼굴은 매우 선명한 명암 대조법을 통해 어둠 속에서 빛나는 왼쪽 얼굴을 보여준다. 그 밝은 얼굴 부분이 바로 예술가 이상의 야심과 열정 그리고 지적인 빛을 보여준다. 다른 반쪽의 얼굴은 전체적으로 감싸고 있는 어두운 배경 속에 침몰되어 있다. 그 반쪽 얼굴은 시대적인 우울과 고뇌 속에 깊이 젖어있는 슬픔과 어둠의 얼굴이다. 그의 코는 이 두 대조적 이미지의 중간에서 어둠과 빛의 경계선을 보여준다. 그것은 어둠과 빛 두 부분을 포함하고 있다. 마치 피카소의 입체파 그림처럼 어두운 얼굴(왼쪽)과 밝게 빛나는 얼굴(오른쪽)이 각도를 달리하여 결합하고 있다.

구본웅의 〈友人의 초상〉

어둠에 잠긴 얼굴은 정면을 향하지만 위축되어 뒤로 물러나서 밝게 빛나는 코를 뒤로부터 받치고 있다. 이 양면적 얼굴은 이상의 두 가지 서로 다른 모습을 보여주는 듯하다. 그리고 이러한 선명한 대조에서 우리는 두 얼굴이 결합된 가면의 이미지를 보게 된다. 구본웅은 아마도 이상의 거울 이미지들에 대해 잘 알고 있었을 것이다. 이 초상화는 그렇다면 거울에 의해 분리되어 있지만 하나이기도 한 존재를 의식한 결과일 수도 있다.

구본웅은 이상의 반쪽 얼굴을 지배하는 어둠을 꿰뚫고 비져나온 듯한 담배 파이프를 빛나는 얼굴에서 벋어가는 빛줄기처럼 그려냈다. 약간 아래쪽으로 비스듬하게 물려있는 이 파이프는 매우 에로틱한 붉은 입술에 물려있다. 파이프 구멍에서는 벌겋게 달아오른 담배잎이 난로 속 불처럼 타고 있다. 거기서 뿜어져 나오는 담배연기가 마치 이상의 얼굴 전체에 베일을 씌운 듯이 퍼져 하늘거리고 있다. 이 모든 어둠과 빛의 드라마 속에서 강렬하게 벌어진 눈이 날카롭게 정면을 노려본다.

이 그림은 1972년 7월 국립현대미술관의 〈한국근대미술60년전〉에 출품된 구본웅 유작 9점 중의 하나였다. 〈友人의 초상〉이란 제목이었다. 문학사상 창간호 표지에 실린 이 초상화에 대해 미술평론가 이균열은 구본웅의 장남에게서 이 초상화의 주인공이 이상이라는 이야기를 들었다고 했다.[26] 후에 이어령 교수는 이상전작집을 낼 때 이 초상화를 게재하면서 1935년 작으로 소개했다.[27] 이균열은 이상과 구본웅이 처음 만난 것을 1934년 정도로 추정하고 있다.[28] 구본웅이 일본에서 미술학교를 졸업하고 돌아온 것이 그때였기 때문이다. 이균열은 이 초상화에 대해 이렇게 말했다.

단순한 외모의 묘사가 아니라 구본웅의 주관적인 표현으로 완성된 이 〈이상의 초상〉은 얼핏 서양인처럼 그려져 있으나, 그러면서도 우리가 과거의 이상의 사진에서 확인하는 기다란 얼굴의 특징과 표정이 잘 살려져 있다. 그리고 파이프를 문 표정은 이상의 소설 〈실화〉에 나오는 "기다랗게 구부러진 파이프에다가 향기가 아주 높은 담배를 피워 뻑뻑

---

26 이균열, 〈이상의 초상화〉, 《문학사상》 창간호, 1972, 59쪽.

27 《문학사상》 창간호 겉표지에 실린 구본웅의 이상 초상화 그림은 자세히 살펴볼 때 구본웅의 실제 그림과 차이가 난다. 얼굴과 파이프를 그린 여러 선들을 비교해보면 문학사상에 실린 것이 훨씬 거칠게 표현된 것을 금방 느낄 수 있다. 파이프에서 솟구치는 연기를 묘사한 부분도 상당히 다르다. 전체적인 색조에서도 문학사상의 것이 푸르스름한 빛이 강렬한데 반해 구본웅의 원그림은 얼굴부분이 좀더 밝으며 입술 색조도 훨씬 붉게 처리되어 있다. 문학사상 그림의 얼굴은 거칠고 괴팍한 특징이 두드러지고 원본은 그보다는 부드럽고 가냘프며 소녀같은 청순한 이미지이다. 이러한 차이가 과연 사진처리과정이나 인쇄상태 혹은 시간에 따른 탈색에서 나올 수 있는 것일까?

28 이상의 구본웅과의 만남은 고은의 《이상평전》, 민음사, 1974에 상세히 소개되어 있다. 초등학교 시절부터 둘은 이미 친구 사이였다.

- 연기를 풍기고 앉았는 것이 무엇보다도 낙이었읍니다"라는 말을 연상시킨다. (〈이상의 초상화〉에서)

그런데 〈실화〉에서 이균열이 인용한 부분 바로 앞에 담배에 대한 이상의 확고한 기호가 언급되어 있다. "이 청년은 요 세상에서 담배를 제일 좋아합니다." 이 소설의 주인공 이상은 그와 정신적인 동성애적 벗인 김유정에게 같이 情死할 것을 권유하러 갈 때 자신을 위한 마지막 기호품으로 마코 두갑을 산다. 이렇게 담배는 그의 권태와 우울 그리고 흥분과 결단의 순간에 항상 동반되는 것이었다. 그것은 그의 존재론적 기초이다. 그것은 그의 모든 삶 속에서 타오르는 영혼의 향기와도 같은 것이었다.

아마도 우리는 만질 수 없는 이 뜨거운 연기의 이미지를 너무나 환상적인 얇은 빛조각 같은 그의 나비 이미지와 연관시킬 수도 있을 것이다. 이상의 나비 이미지는 주로 경계를 무너뜨리는 얇은 종이로 된 기호와도 같다. 〈산촌여정〉이나 〈오감도〉〈시제10호 나비〉에서 가냘프게 그러나 강력하게 틈바구니를 파고들어 경계의 벽을 찢는 힘이 나비에게서 느껴진다. 그의 이러한 나비 이미지는 예술적 영혼으로 타오르는 불과 만나면서 바로 시인의 이미지가 된다. 그의 유명한 〈권태〉에서 그것은 "불을 보면 뛰어들 줄을 알고 ―평상에 불을 초조히 찾아다닐줄도 아는 정열의 생물"로 묘사된다.

그런데 이 정열의 불이 시인의 담뱃불에도 있는 것이다. 이 담배의 불로부터 탄생되는 연기는 시인의 영혼과도 같은 것이다. 그것은 불에 뛰어들어 자신을 태우고 그로부터 되살아나는 나비의 불사조같은 영혼이다.

이 가냘프고 덧없는 것들, 뜨거움과 빛의 작은 소용돌이들을 무엇이라 불러야 할 것인가? 그것은 그의 작품 도처에 깔려있는 뼈와 유리 그리고 시멘트와 강철과 얼음으로 이루어진 근대적 도시의 살풍경 속에서 고대의 향기처럼 떠돌고 있다. 단단하게 냉각된 것들, 철저하게 관리되고 통제되는 구조물들 속에서 이 유연한 소용돌이의 자유로운 몸짓은 얼마나 연약한 것인가?

이렇게 시인의 담배는 그의 문학적 향취와 함께 하는 기호품이다. 그것은 마치 그 담배의 먼 연원인 인디언 샤먼의 도취수단을 생각나게 한다. 이 기호품은 본래 인디언 샤먼들이 신성한 샤먼적 업무를 수행하기 위해 쓰던 것이었다. 샤먼들이 천상과 지하세계를 향해 여행하는 수단이었던 것이다. 콜럼버스 이후 유럽에 전해지면서 그것은 귀족의 기호품이 되었고 근대 이후 점차 대중화되었다. 유럽의 예술가들 역시 이 도취의 수단에 흠뻑 취했다. 고흐는 담배 파이프를 매우 인상적인 모습으로 그려냈다. 상징주의 시인으로 알려진 말라르메는 파이프에 대한 한 편의 시를 남겼다. 베를렌느는 담배를 입에 물고 있는 익살맞은 모습의 자화상을 한 점 남기기도 했다.

담배는 예술가에게 몽상적인 기질을 불러일으키는 매개물이지 않았을까. 상징주의 시인들은 특히 천상적인 이데아를 추구했던 것인데 그것은 그들이 시인 샤먼의 직분을 떠맡았기 때문이지 않았을까. 담배 파이프가 이들 시인에게 마치 그들의 예술가적 표지처럼 매달려 있었던 것이 주목된다.

김소월도 그렇게 담배에 대한 열정을 갖고 있었다. 그는 모든 면에서 검소했지만 유독 담배만큼은 고급스런 것을 찾았다. 그의 시 〈담배〉와 〈무덤〉은 죽음 저 너머의 세계에 대해 노래한 것이다. 샤먼적인 분위기가 거기 짙게 배어있다.

이상은 그의 시 〈무제—궐런 기러기〉에서 자신의 마음을 타들어가

는 담배에 비유했다. 그 첫 부분은 이렇다. "내 마음에 크기는 한개
궐련 기러기만하다고 그렇게 보고, /處心은 숫제 성냥을 그어 궐련
을 붙여서는/ 숫제 내게 자살을 권유하는도다". 담배를 피우는 것은
이렇게 마음의 깊이 속에 깃들어 있는 것들을 불러낸다. 그것은 마음
의 불인 것이다. 궐련은 작은 크기 때문에 마음의 불을 오래 지속시
키지 못한다. 이 시는 너무 짧게 끝나는 불꽃의 비극에 대한 노래이
다. 따라서 궐련은 파이프 담배에 미치지 못한다. 파이프 담배는 담
배 잎을 넣으면서 그 시간을 길게 늘인다. 이 불의 긴 지속이야말로
예술가들이 진정으로 원하는 것이다. 구본웅은 이상의 얼굴에 바로
그러한 파이프를 물림으로써 그의 강력한 예술적 향기를 빛내주고
있다.[29] 파이프는 입술에서 허공으로 뚜렷하고 길게 벋어나가면서
예술적 의지와 고결한 혼을 드러냈다.

6. 이상의 자화상 ─ 우울과 가면 그리고 안경

  구본웅이 그린 〈우인의 초상〉과 김기림의 〈쥬피타 추방〉을 통해
서 우리는 광대와 예술가 그리고 신비스런 샤먼의 복합된 얼굴을 볼
수 있었다. 그렇다면 정작 이상은 자신의 얼굴을 어떻게 그렸을까?

---

[29] 담배 파이프에 대한 이상의 다음과 같은 언급도 참조할만 하다. "그들은 먼 조상
의 담뱃대를 버리고 우습기 짝이 없는 궐련 피우는 대(竹) 또는 오동파이프를 입
에 물고 있다. ─파이프가 너무 작은 멋쩍음으로 해서 눈에 주루루 눈물마저 흘
리고 있는 것이다."(〈첫번째 방랑〉, 김윤식 편 《이상문학전집 3》, 문학사상사,
1993, 163쪽)
  이상은 여기서 담뱃대의 길이가 짧은 것에 대해 비난하고 있다. 이러한 비난
속에는 오래도록 흡연을 만끽하고 싶어하는 그의 욕망이 드러나있다. 담배에 대
한 이러한 이상 특유의 기호를 알지 못한다면 그의 시 〈무제─궐련 기러기〉에
나오는 그 짧은 궐련 담배가 갖는 드라마를 이해할 수 없을 것이다.

우리는 그의 자화상 그림과 더불어 그의 문학작품 속에 그려진 자화상을 서로 연관시키면서 이상 자신 속에 박혀있는 '시선의 거울'에 대해 생각해보기로 한다.

이상은 모두 4점의 자화상을 남겼다. 그 첫 번째 것은 19세 때인 1928년에 그린 것으로 임종국의 《이상전집》에 소개된 것[30]이다. 또 하나는 그보다 뒤에 그려진 것인데 선전에 입선한 유화이다.[31] 문학에 입문하던 시절에 그려진 이 초창기 그림은 둘 다 유화이다. 나머지 둘은 이상이 죽은 뒤에 소개된 데상이다. 1939년 5월호 《청색지》의 이상 추모 특집 속에는 정인택의 〈축방〉(4월17일이 바로 이상이 죽은지 2년되는 날입니다)이란 글이 들어있다. 이 글의 제목 위에 이상의 자화상이 걸려있다. 또 하나는 마지막 자화상으로 알려진 것인데, 시인 강민이 소장한 것을 임종국이 발굴해서 1976년 11월호 《독서생활》에 실었다. 이 마지막 자화상에는 한문으로 선명하게 휘갈긴 이상의 친필 사인이 들어있다. 매우 중요한 자료이다. 《청색지》와 《독서생활》에 실린 자화상은 목탄이 아니라 연필이나 펜으로 그려진 것처럼 보인다. 이 두점의 그림은 본격적인 뎃상이라기보다는 커리커츄어에 가깝다. 그러나 일반적인 커리커츄어보다는 진지한 묘사 노력이 있어서 개성적인 뎃상의 성격을 띠고 있다.

---

30 임종국의 태성사 판 《이상전집》 2권(1956.7) 속지에 소개된 이 그림은 이상의 어머니 박세창이 소장한 것으로 되어 있다. 임종국은 이 그림의 왼쪽 부분에 생긴 종선을 목판의 파열로 생긴 것이라 했는데 그렇다면 이 그림은 목판에 그려진 유화로 보인다.

31 이 그림은 이어령 교주, 《이상소설전작집》 2권, 갑인출판사, 1977 속지에 일부가 잘린 모습으로 실려있다. "〈鮮展〉10회(1931년) 입선작인 이상 자신이 그린 자화상"이란 설명이 붙어있다. 이 그림의 완전한 판본은 《조선미술전람회도록》 10집(1931)에서 볼 수 있다.

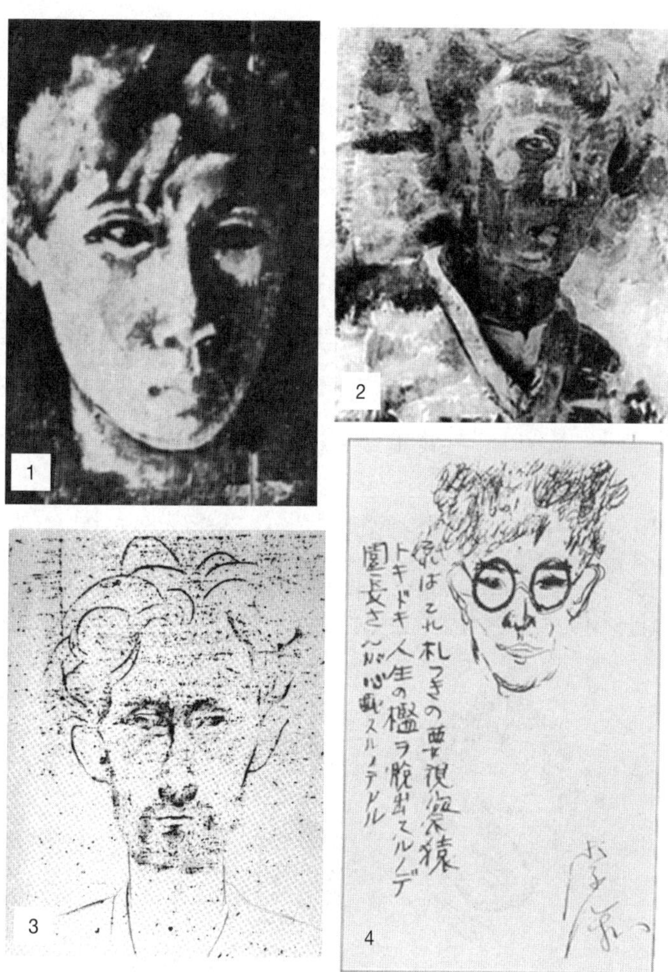

이상의 자화상

1. 임종국의 《이상전집》에 소개된 자화상
2. 선전에 입선한 유화 자화상
3. 정인택의 〈축방〉(《청색지》 1939. 5)에 실린 이상의 자화상
4. 시인 강민이 소장한 자화상

1930년대 후반 여성지나 일간신문 문예란에서는 문인 예술가들의 자화상을 커리커츄어식 그림으로 연재한 적이 있었다.[32] 그러한 그림들에서도 우리는 예술적 뎃상과 커리커츄어의 두 측면을 다 함께 엿볼 수 있다. 이 글에서는 이러한 그림 양식의 문제를 깊이 거론할 수 없다. 다만 이상의 자화상은 당대 문예란에서 익숙해있던 커리커츄어 양식보다는 예술적으로 심화된 것임을 확인하고 싶은 것이다.

이상의 자화상은 구본웅과 김기림의 시선이 붙잡아낸 당당하고 신비스런 얼굴이 아니다. 그것은 불굴의 예술가적 표정을 지닌 것과 거리가 멀다. 나는 이 자화상의 얼굴들을 그의 시에서 주도적 모티프의

---

[32] 예를 들어 《白光》 37년 1월호에 실린 모윤숙의 〈자화상〉, 이무영의 〈그리다 둔 자화상〉, 안회남의 〈정신과 육체를 혹사한 표정〉 등과 1939년 1월 《여성》지에 실린 김용준의 〈선부 자화상〉을 비롯해서 최근배, 한무숙 등 여러 사람의 자필 그림을 볼 수 있다. 《여성》지에 실린 것은 커리커츄어에 가까운 자화상이다.

《여성》(1939.1)에 실린
〈나의 자화상〉 중의 하나

1935년 2월 말에서 3월초까지 조선일보에 연재된 〈나의 자화상〉 시리즈도 주목해볼만하다. 김진섭은 〈無頭의 인간〉이란 제목으로 거울상이 진리탐구를 위한 것인지 혹은 몽상적 이상화라는 허영적 인식인지에 대해 논의하면서 자신의 얼굴에 대해서는 부끄러움을 표했다. 구본웅은 〈화필의 비극〉이란 제목으로 자신의 예민한 신경증과 그것을 휘감는 상황 속에서 만들어진 비애의 얼굴에 대해 말했다. 李― 역시 거울의 이상적 환영보다는 환멸의 자화상에 대해 말한다. 이들의 언급은 모두 나르시즘적인 이상화를 향하지 못하고 그 반대편인 우울한 얼굴로 귀착되고 있다.

하나인 핏기없는 '창백한 얼굴'의 이미지와 연관시켜보고 싶다. 이 창백함이란 것은 이상 문학 전반을 관통하는 이미지이다. 이 핏기없는 수척함은 성욕과 생식적 갈망의 결핍 혹은 단절에 기인한다.[33] 이상에게 '창백한 얼굴'의 출발점은 결핵으로 인한 각혈 상태일 것이다. 이상은 수필 〈첫번째 방랑〉에서 뿌리없이 먼 나라를 떠도는 자신의 이 '창백한 얼굴'을 역시 폐결핵을 앓다 죽은 일본의 천재화가 나까무라 쯔네의 창백한 자화상 뎃상과 연결시킨다.

나처럼 창백한 얼굴을 한 청년이 헌 책을 팔고 있다. 나는 그것들을 뒤적거리다 찾아낸다. 나까므라 쯔네의 자화상 뎃상 말이다. -한 사람의 畵人은 곧잘 흰 시이트 위에 황저색 피를 토하곤 했었다.[34]

그런데 이상이 본 쯔네의 자화상 뎃상은 과연 어떤 작품이었을까? 쯔네는 자화상을 여러 점 남겼는데 그 중에서 뎃상 두 점이 주목된다. 그 하나는 1922년 10월이라고 표시된 사인이 있는 목탄 뎃상 자화상(앞 절에서 소개한)이다. 얼굴을 약간 옆으로 돌린 이 반고호풍 자

---

[33] 이상의 텍스트에서 창백한 흰 빛은 핏빛의 붉은 빛과 대조되는 기호이다. 그것은 권태와 우울, 무기력의 빛이다. 다음 예를 보기로 하자. 먼저 붉은 빛 계열의 예이다. "초콜렛빛 피부 건강한 육체"(〈첫번째 방랑〉) "풍염한 미각 밑에서 연필같이 수척하여가는 이 몸에 조곰식조곰식 살이 오르는 것 같습니다"(〈산촌여정〉), "촌처녀의 성욕은 대추처럼 푸르기도 하고 세비야빛으로 검붉기도 하다)〈어리석은 석반〉)"

창백한 계열의 예를 보자. 여인의 창호지 같이 창백한 얼굴"(〈슬픈이야기〉)"대지의 성욕에 대한 결핍" "나의 軀幹은 창백히 수척하였다. 성욕에의 갈망으로 초조와 번민 때문에"(〈어리석은 석반〉).

앞의 예들은 자연의 생명력(성욕)이 건강한 살과 피로 표현된 것이며, 뒤의 예들은 그러한 것들이 결여된 상태를 보여주는 것이다.

[34] 김주현 편, 《이상문학전집 3》, 소명출판, 20005, 189쪽.

나까무라 쯔네의 목탄 데생 자화상

화상은 수척하지만 크게 뜬 눈, 뚫어지게 노려보는 눈동자 그리고 약간 거칠게 뻗쳐있는 머리털과 수염이 특징적이다. 또 하나의 그림은 연대가 확인되지 않는 것인데 아마도 그의 초창기 작품 중의 하나일 것이다. 그것은 앞의 것보다는 훨씬 두텁고 부드러운 텃치로 그려진 목탄 뎃상화이다. 정면을 바라보고 있는 이 자화상은 앞의 것보다는 덜 강렬한 인상을 준다. 이 자화상 얼굴은 전체적으로 부드럽지만 좀더 슬픈 눈을 하고 있다. 얼굴이 더 크게 그려졌지만 강렬하게 벋어나가는 기질이 없이 위축되고 웅크린 듯한 모습을 하고 있는 것이다. 입술도 희미하고 조그맣게 닫혀있어서 뽀죽한 턱과 함께 전체 얼굴을 불안한 역삼각형 구도로 만들고 있다.

정인택의 〈축방〉에 실린 이상의 자화상은 쯔네의 이 불안하고 슬픈 자화상과 가까워보인다. 이상의 자화상은 물론 이러한 불안과 슬픔의 역동적인 표정을 담아내지 않았다. 단지 굳고 작게 닫힌 입과 창백하고 수척하게 오그라든 얼굴 그리고 약간 둥글게 처리된 선들로 헝클어트린 머리모양이 거의 비슷해보인다.

이상의 '창백한 얼굴'이 물론 쯔네의 영향만으로 형성된 것은 아니다. 그것은 오히려 우리나라의 근대 예술가들에게 전형적인 자화상의 한 특징이었다. 위에서 잠깐 언급했던 1930년대 문인예술가들의 자화상들은 거의 한결같이 '우울한 얼굴'이었다. 최근배의 〈나의 자

화상〉은 그 첫 번째 소제목 자체가 '우울한 얼굴'이었다. 김용준의
〈선부 자화상〉에는 다음과 같은 구절이 있다. "미간의 좁은 내 心底
에 깊이 숨은 憂鬱이 나타난 것이다".[35] 모윤숙은 자신의 얼굴에 대
해 이렇게 말했다. "이부가 쫓겨난 황량한 후원에 낙엽이 소슬하다.
한개의 싸늘한 슬픔을 주어싼 인생 그것이 바로 내 얼골의 영원한 운
명이다." "머리를 풀어놓고 빗질을 해가는 순간 거울 속에 맞오 떠있
는 내 운명의 윤곽! 그는 세련못된 인생의 일원으로 끝없는 항해에
떠가는 달그림자같이 번뇌의 물결우에 흔들니는 苦惱相이다."[36] 안
회남은 거울을 보면서 밥대신 비스켓을 들면서 원고지와 씨름하는
자신의 모습을 보며 "정신과 육체를 혹사한 표정"을 본다.

1917년 김찬영 자화상

이 땅의 예술가들은 거의 한결같
이 깊은 우울에 잠겨 있었던 것이고,
자신의 얼굴을 그러한 표정으로 그
렸다. 이 우울한 자화상의 기원에
초창기 근대화단의 선구자인 김찬
영의 자화상[37]이 있다. 그는 《창
조》지 동인이었고 그 표지 그림을
그리기도 했다. 그림 이외에도 〈환
영〉이란 시와 〈누구를 위하야?〉라
는 산문을 썼다. 아마도 그는 우리

---

35 《여성》, 1939.1, 28쪽.

36 《백광》, 1937.1.

37 1917년에 유화로 그려진 것인데 일본 도쿄예술대학 미술관에 소장한 것으로 되
어 있다. (최석태, 《이중섭 평전》, 돌베개, 2000, 28쪽 참조). 짙은 밤색 모자와
거의 같은 어두운 색 상의를 입은 이 자화상 얼굴은 약간 불안한 눈동자와 눈썹
까지 가린 그늘 때문에 전체적으로 매우 위축되어 있다.

문단에서 최초로 자의식적인 글을 쓴 사람이 아닐까? 그가 쓴 〈누구를 위하야?〉는 전체적으로는 보들레르의 주제인 '우울과 이상'을 담고 있다. 〈어디든지 세상 밖으로〉라는 보들레르 시를 읽으며 그는 이렇게 외쳤던 것이다. "나의 영혼아 애츠럽게 어러붓혼 영혼아, 리쓰본으로 가서 사는 것을 너는 엇지 생각하느냐 말하여라 리쓰본은 아조 다스할터이로다".[38] 약간은 소설적인 이 글에서 그는 자신의 아버지를 피해서 들어간 어두운 자신의 방 안 거울 속에 비친 창백한 자기 얼굴을 보고 있다. 이 구절이 근대 최초의 자의식적 거울보기를 드러내고 있다. "그리고 거울을 들어 나의 얼굴을 빗최여보왓다. 거울안에 빗최인 얼굴은 '피'氣업시 누―ㄹ하고 광채업는 눈속에는 절망의 빗히 가득하엿다. 나는 그를 바라보고 다시 '한숨'듸엇다."[39] 그 역시 《창조》 동인들의 유토피아 의식을 가지고 있었지만 그 이상을 향해서 나아갈 수 없는 현실 속에서 우울한 얼굴을 지니고 있어야 했다.

우리는 이러한 '우울한 얼굴'을 재빨리 '식민지의 우울'이라고 말해버리고 싶은 충동을 느낀다. 그러나 쯔네의 '우울한 얼굴'이 있고 그것과 연관된 이상의 얼굴도 있기 때문에 그렇게 단순하게 규정할 수는 없다. 이에 대해서는 좀더 연구해보기로 하자. 이상의 자화상 얼굴에 대한 분석은 이러한 얼굴들을 이해하기 위해서도 필요한 부분이다.

이상의 최초의 자화상에 대해서는 이보영이 〈'자화상'의 파장〉[40] 이란 글에서 상세히 분석했다. 그는 주로 피카소의 〈아비뇽의 처녀들〉에 나오는 아프리카 가면 얼굴과의 영향관계를 추적했다. 그는

---

38 《창조》 9호, 1921.5, 37쪽.
39 위의 책, 35쪽.
40 이보영, 《이상의 세계》, 금문서적, 1998.

고호와 피카소 두 표현주의적 화가의 영향 가능성을 탐색하면서 피카소의 〈아비뇽의 처녀들〉을 이상 자화상에 결정적인 영향을 가한 작품으로 결론짓는다.

피카소의 〈아비뇽의 처녀들〉, 1907년

비스듬히 아래를 응시하고 있는 얼굴만의 이 〈자화상〉에서 바로 직감되는 것은 거치른 터치로 표현된 주인공의 원한에 찬 암담한 심경이다. ―이상의 이 작품에서 오른 편 눈은 완전히 검은 공동으로 처리되어 있으며, 반대편 눈의 찌푸린 눈동자의 표정은 어둡다. 이 두 눈의, 특히 오른 편 눈으로 인하여 이상의 얼굴은 어딘지 비인간적인 가면과 비슷한 인상을 준다. 그리고 이 가면성을 강조해준 것이 모델 이상의 입술과 전혀 다른 두꺼운 입술의 야만성과 목 아래 부분의 생략에 의한 두상의

고립화이다.[41]

이보영은 피카소의 〈아비뇽의 처녀들〉에서 오른편에 서있는 두 창녀 중 상단에 위치한 여자의 가면같은 얼굴에 주목했다. 비천한 창녀의 원한 감정과 그 가면적 얼굴에서 이상은 동류감을 느낀 것이 아닐까라고 그는 묻는다. "자화상의 눈도 그 창녀의 눈과 거의 비슷한 꼴로 그린 것이 아닐까"라고 그는 덧붙인다.

이러한 이보영의 주장은 일견 설득력있어 보인다. 실제 〈자화상〉 얼굴의 오른쪽 어두운 부분만을 보면 거의 가면처럼 보인다. 이보영이 '눈의 空洞化'라고 한 것 역시 확인된다. 이보영의 이러한 발견은 매우 중요한데 그만큼 이에 대해서는 좀더 정교하게 영향관계를 포착할 필요가 있다.

이상과 피카소의 영향관계를 따져보기 위해서는 먼저 〈아비뇽의 처녀들〉을 과연 이상이 화보로 볼 수 있었을까 라고 물어보아야 한다. 이상의 자화상이 1928년 정도에 그려진 것이라면 그 이전까지 그가 구입한 또는 관람한 어떤 화집이 있어야 한다. 이에 대한 정확한 자료는 아직 없다. 단지 피카소의 그 그림은 1907년에 그려진 것이지만 그림이 너무 문제적이어서 공개되지 못했다. 1925년에야 처음으로 복제가 가능했으며 1937년까지는 전시도 금지되었다는 미술 전문가의 언급[42]이 있다.

---

41 위의 책, 108~109쪽.

42 비탈리 알렉산드로비치 수슬로프가 〈아비뇽의 처녀들〉에 대해 주석한 글 참조. 비탈리 알렉산드로비치 수슬로프, 《피카소의 예술세계》, 편집부 역, 청천, 1991, 9쪽. 수슬로프에 의하면 어떤 연구자들은 〈아비뇽의 처녀들〉에 나오는 오른쪽 두 여인의 머리 부분이 피카소가 1907년 트로카데로 민속박물관에서 보았던 아프리카 가면들로부터 받은 영향이 있다고 주장했다.

그러나 우리는 다른 가능성에 대해서도 열어두어야 한다. 이러한 얼굴의 특징이 단순히 명암의 대조기법에서 나온 것은 아닐까? 아니면 피카소처럼 얼굴을 가면화시킨 것이라면 얼굴 형상을 더 과감하게 단순화시켜야 하지 않았을까? 우리는 렘브란트 이후 많은 그림들에서 선명한 명암대조로 갈라진 얼굴들을 볼 수 있다. 렘브란트 이후 인상파 화가들과 고호, 세잔느, 피카소 등 유럽의 근대사조 전반을 훑으며 모작했던 쯔네 역시 그렇게 명암이 대조되는 렘브란트 풍의 자화상을 한 점 남겼다. 그런 얼굴에서도 대개 이상의 〈자화상〉 얼굴과 거의 비슷하게 명암이 선명하게 갈라진 모습을 볼 수 있다. 그렇다면 이상의 이 얼굴은 피카소 식으로 탈개성화된 가면적 표현이라기보다 아직은 여전히 후기 인상파적인 개성의 표출 쪽으로 기울어져야 할 것이다.

피카소는 〈아비뇽의 처녀들〉 이전에 두 점의 자화상을 그렸다. 그 중 초창기 청색시대의 자화상(1901)은 고호의 화풍이며, 1907년에 그린 자화상 얼굴모습은 거의 〈아비뇽의 처녀들〉에 등장하는 인물과 유사하다. 그 얼굴모습을 그린 선들은 부드러운 곡선이 아니라 매우 굵고 대담하게 그어진 직선이며, 눈만이 기하학적 타원형의 곡선으로 그려져 있다. 이 비자연적인 선들은 다분히 입체파적 특성을 보인다. 이러한 피카소의 입체파적인 특징들은 이상의 자화상 얼굴에 거의 보이지 않는다. 피카소를 끌어들여야 한다면 오히려 초기 청색시대의 자화상에 더 주목해보아야 할 것이다.

피카소 자화상(1907년)

1901년에 그려진 피카소의 자화상은 창백한 얼굴이다. 그것은 검은 색들이 조금 스며있는 어두운 푸른 색톤을 배경으로 짙은 검은 색 옷과 머리를 한 모습이다. 그 얼굴은 하얗게 빛나고 있지만 내면의 우울함을 담고 있다. 피카소는 아직은 얼굴의 자연스러운 윤곽을 무너뜨리지 않으면서 청색을 배경으로 강렬하게 명암이 대비되는 방식을 썼다. 그는 이 대조법으

피카소 자화상(1901년)

로 무거운 불안과 우울 속에 갇힌 얼굴을 표현했다. 거기에서 피카소 자신의 강렬한 개성이 발휘되는 듯 하다.

이상의 자화상 얼굴 역시 얼굴의 자연스러운 윤곽을 무시하지 않는다. 그의 얼굴도 강렬한 명암대비법을 통해서 자신의 내면을 드러낸다. 그러나 그 얼굴 한쪽에 스머든 어둠이 그 얼굴의 확고한 정체성을 무너뜨리려 한다. 그것은 개성을 위협하는 풍자적인 어둠(마치 가면처럼 보이는 반쪽의 얼굴)처럼 보인다. 이 자화상의 얼굴과 굳이 피카소와의 영향관계를 따진다면 〈아비뇽의 처녀들〉 시대를 거슬러 올라가서 그의 초창기를 특징짓는 '청색시대'를 떠올려야 하지 않을까? '청색시대'의 몇몇 우울한 얼굴들과 곡예사 광대들의 이미지는 고통스러우면서도 때로는 낭만적인 분위기를 갖고 있다. 이 그림들은 모두 조용하며 매우 억제된 행위 속에 갇혀있다. 〈소녀곡예사〉나 〈압생뜨 마시는 여인〉 〈한 눈이 먼 여자(셀레스띠나)〉 〈늙은 유태인〉 등이 다 그렇다. 그들 삶의 개인적인 편력의 역사를 그 얼굴들은 우울한 청색의 분위기 속에 담아 보여준다. 아프리카적인 요소가 등장

하는 〈아비뇽의 처녀들〉 이후에야 강렬한 텃치와 더불어 역동적이며 원초적인 생동력이 넘치는 화면으로 바뀐다.

따라서 이상의 초기 유화 〈자화상〉은 바로 청색시대의 몇몇 얼굴을 연상시킨다고 해야 할 것이다. 아마도 청색시대의 우울한 몇몇 얼굴과 〈소녀곡예사〉나 〈곡예사가족〉에 나오는 광대 이미지가 예술가를 지향하던 이상의 자화상 얼굴을 조명하는데 약간의 도움을 줄 수 있을 것이다. 〈자화상〉을 그리던 그 시기에 이상은 자신의 실생활과 예술에서 일종의 '곡예'를 준비하는 중이었으니까 말이다. 어려운 곡예의 여러 기술이 관중에게는 단지 호기심과 즐거움의 대상이 된다. 이상은 그러한 관중에 대해서도 그들의 즐거움을 채워주기 위한 광대 이미지를 자신의 예술적 광대 얼굴에 덧붙여 줄 수 있었다. 그는 문학적 곡예사이며 일상의 광대였다.

우리는 이에 대해 광대 예술가 이미지를 보충해주는 두 편의 글을 제시할 수 있다. 그 하나는 이상의 여동생 옥희의 다음과 같은 언급이다. "아무도 사랑해주지 않고 보아주지 않아 일부러 코에다 새빨간 연지를 찍고 어릿광대 노릇을 하는 피에로─ 그러한 오빠를 생각할 때 한번 더 와락 눈물을 금할 수가 없습니다."[43] 다른 한 편의 글은 임종국의 것인데 그의 《이상전집》 서문에 있다. "저녁때 여러 사람이 다방에 모였다가 구본웅 화백을 졸라서 술집으로 가던 참에, 어떻게 우연히 양백화가 앞장을 서고, 구화백과 이상이 바로 그 뒤를 따르게 되었었다. 그랬더니 이상이, 뒤에 따라가던 우리들을 돌아다보면서 "이꼴을 좀 보아. 참 정말, 곡마단이 왔다구 애들이 따라올꺼야… 하고 껄껄 웃으면서 자기들 세사람을 가리키었다." "곡마단이

---

43 김옥희, 〈오빠 이상〉, 양윤옥 저, 《슬픈 이상》, 한겨레,1985, 358쪽.

란 웬 소리인고 하니… 이상이란 사람은 평생 빗질을 해본 일이 없는 덥수룩한 머리와, 양인같이 창백한 얼굴에, 숱한 수염이 창대같이 뻗치었고, 보헤미안 넥타이에, 겨울에도 흰 구두를 신고, 언뜻 보아 활동사진변사같은 어투로 말하는 것이 곡마단의 요술쟁이 같을 것이고…”.

이렇게 곡예사 피에로의 용모를 연상시키는듯한 이상의 풍모는 그의 그림과 문학 양쪽에 모두 작용했다. 그것은 그의 실존을 감싸는 축제적 의상이자 가면이었다. 그의 자화상들은 모두 어느 정도로는 그 자신의 실존적 자의식을 표현한 것이며, 또 다른 한편으로는 그러한 실존의 예술적 변형으로서 하나의 가면적 얼굴이었다. 그의 그림과 문학작품은 이러한 측면에서 서로 상응한다.

이상의 문학작품들 중에서 유화 〈자화상〉에 상응할만한 얼굴을 찾아본다면 어떤 것이 될까? 그는 ‘자화상’이란 제목 혹은 그와 관련된 거울 이미지를 그린 여러 작품을 남겼다. 그러나 그 가운데서도 위의 그림에 가장 근접한 특징을 갖는 것은 〈얼굴〉이지 않을까? 그의 시 〈얼굴〉에는 ‘험상궂은 배고픈 얼굴’을 한 주인공이 나온다. 파탄된 빈곤한 가족의 ‘치욕의 계보’를 짊어진 이 주인공은 자신을 짓누르는 무게를 지탱해가기 바쁘다. 이상은 〈황의 기〉에서 우스꽝스런 흉내를 내는 자신을 ‘치욕의 계보를 짊어진’ 존재로 파악했다. ‘흉내’란 자신의 조상으로부터 내려온 유산들로 이루어진 자신의 낡은 정체성을 가리킨다. 창조적 변신술의 생동력을 잃어버린 이 무기력한 동일성의 반복은 ‘불행한 계승’이란 이상 특유의 주제를 보여준다. 이 비참한 가족의 계보는 창조적 조화를 잃어버린 채 서로 균형을 잃고 뒤뚱거린다. 이상은 〈얼굴〉에서 서로 어긋나 있는 자신의 부모 이야기, 그 파탄된 가족 이야기를 최대한 압축된 추상화로 보여주었다. 그 어긋남은 전대의 유물같은 자신의 얼굴에 계승되며 또 자신이 새롭게 만들어야 할 가족에도 계승된다. 이 '불행한 계승'이야말로 그의 문학 전반에서 나타나는 모든 불행의 근원이다.

유화 〈자화상〉의 얼굴은 그렇게 서로 어긋난 존재, 분열된 존재의 얼굴이다. 그 얼굴은 어둠 속에 침윤된 반쪽에 자신을 물들이는 불행, 그리고 그 불행 속에서 빛을 잃은 눈을 그렸다. 이상은 혹시 그곳에 그가 자신의 글쓰기를 충동질하는 것으로 생각했던 '악의 충동'을 스며들게 했는지 모른다. 어떻게 보면 그것은 '악마의 가면'처럼 느껴지기도 한다. "양처럼 유순한 악마의 가면의 습득인인 그를 벗이여 기념하라"(〈얼마 안되는 변해〉)라고 그는 말했다.

이렇게 보면 이보영이 읽어낸 피카소의 창녀가면을 아예 외면할 수는 없을 것 같다. 그러나 이상의 작품들에서 이러한 창녀가면은 〈광녀의 고백〉이나 〈애야〉 〈흥행물천사〉 같은 작품들을 통해서 추적하는 것이 더 합당하다. 우리는 여기 한가지 덧붙여야 할 것이 있다. 즉 이상의 이러한 '악마의 가면'이 지니는 것은 원한 감정이 아니라는 것이다. 원한이란 자신을 해코지 한 것에 대해 반응하는 매우 수동적인 감정이며, 대개 하나의 고정된 대상을 증오하는 감정이다. 그것은 니체적인 의미에서 반작용(반동)적인 것이다. 그러나 이상의 '악의 충동'은 무제한적이며 무차별적이다. 그는 이 세계의 뿌리와 연관된 대지적 성욕으로부터 그 '악의 충동'을 끌어오며, 그 생식적 욕망(성욕)을 거스르는 것들에 대해 무제한적 폭력을 가한다. 물론 이러한 사디즘적 폭력을 그는 몇몇 환상적인 장면을 통해서만 보여주었지만 말이다. 〈공포의 성채〉에 나오는 도끼살해 장면이 가장 선명하게 이러한 사디즘적 악의 충동을 그려낸 것으로 보인다.

그렇다면 우리가 위에서 이상 예술의 두 가닥 선율로 잡아낸 실존적 우울과 불안 그리고 그 다른 면인 악의 충동(악마의 가면)은 그의 다른 자화상들에서는 어떻게 나타나는 것일까? 그는 그 두가닥을 어떤 식으로 변주해간 것일까? 이러한 물음을 통해 나머지 그림들을 분석해보기로 한다.

이상의 〈자상〉은 얼굴 구도만으로 볼 때 쯔네의 고호풍 자화상과 흡사하다. 그러나 붓텃치는 고호풍의 강렬함을 갖고 있지 않다. 아마 아카데믹한 기준이 적용되는 선전을 의식해서 자신의 자유분방한 표현력을 억제한 결과 때문이 아닐까? 그보다 우리의 주목을 끄는 것은 뎃상 자화상 두점이다. 《청색지》에 실린 자화상은 그의 자화상 중에서도 가장 창백한 얼굴을 보여준다. 그것은 창백함 속에 숨겨진 사디즘적 악마적 충동도 사라지고 없는 그야말로 '박제된 얼굴'인 것이다. 들끓어오르는 혹은 차갑게 물결치는 모든 성욕적 갈망이 시들어 버린 얼굴, 삶의 수액이 모두 말라붙은 황무지적 육체의 얼굴이 여기 있다.

이상은 한편의 소설과 또 두 편의 산문에서 이와 비슷한 분위기의 자화상을 남겼다. 〈실화〉에서 이상은 정지용의 시 〈말〉을 패러디하면서 자신을 이처럼 그렸다.

당신의 텁석부리는 말을 연상시키는구려. 그러면 말아! 다락같은 말아! 귀하는 점잖기도 하다마는 또 귀하는 왜 그리 슬퍼보이오? 네!― 피골이 상접, 아야아야, 울어야 할 터인데 근육이 없다. 울래야 근육이 없다. 나는 形骸다. 나―라는 정체는 누가 잉크짓는 약으로 지워버렸다. 나는 오직 내―흔적일 따름이다.[44]

---

44 임종국 편, 《이상전집》, 앞의 책, 44쪽.

《청색지》에 실린 이상의 자화상 역시 피골이 상접한 텁석부리 얼굴이다. 이 수척한 얼굴에서 졸아든 눈은 거의 눈동자를 보여주지 못한다. 길죽한 코에 거의 붙을 정도로 두 눈 사이도 좁혀져 있다. 그것은 시선을 잃은 얼굴이며, 점차 이 세계의 문을 닫아걸고 있는 얼굴이다. 황무지의 풀처럼 다듬어지지 않은 수염으로 에워싸인 입은 작고 가늘게 수축되어서 굳게 닫혀있다. 이 입의 말라붙은 양볼 사이에서 말과 음식은 풍부하게 드나들지 못할 것처럼 보인다. 위의 소설에서처럼 거의 지워져가는 존재, 흔적처럼 남은 존재가 거기 있다.

그의 시 〈면경〉과 〈자화상(습작)〉은 〈실락원〉이란 큰 제목 아래 들어있다. 이 두 편의 글은 바로 그 지워져가는 존재를 그린 것이다. 〈면경〉에서는 거울 속 세계 속에서 정물처럼 굳어져가는 것들에 대해 말한다. 냉담한 유리의 세계를 묘사하면서 거기 과연 피가 있을까 하고 묻는다. "유리는 창백하다. 정물은 골편까지도 노출한다"라고 하면서 그 속의 시인은 과연 전사하였을까 하고 묻는 것이다. 〈자화상(습작)〉에 대해서 우리는 앞에서 분석한 적이 있다. 여기서 "죽음은 서리와 같이 내려있다. 풀이 말라버리듯이 수염은 자라지 않은 채 거칠어갈 뿐이다"라는 부분은 위의 자화상 그림과 거의 상통한다. 이 피라밋같은 무덤의 존재는 하늘에서 요동하는 태풍의 기운을 입에 머금고 있다. 그런데 자화상 그림에서는 그 입이 굳게 닫혀있다.

이제 이상의 마지막 자화상으로 넘어가보자. 임종국은 동경 금성당 발행으로 되어있는 쥴 르날의 《전원수첩》에서 이 자화상을 발견했다고 한다. 그는 이것이 이상의 동경시절 것인지 아니면 그 이전 다방 '제비'를 폐업한 전후인지 따져보면서 아마도 동경으로 간 이후의 것이 아닐까 추정하고 있다. 그런데 이 자화상 얼굴은 그 이전의 것과 비교해 볼 때 매우 특이하다. 약간은 날렵하고 경쾌한 붓 텃치

(연필로 그린 것이지만)는 예전에 볼 수 없는 것이다. 이 얼굴은 상당히 고도의 테크닉을 구사한 것인데, 특히 날카로운 검은 선과 좀더 부드럽고 굵으며 연한 선을 혼합하여 상당히 율동적인 얼굴을 만들어냈다. 그의 입술은 매우 선명하고도 육감적이기까지 하다. 그의 코 역시 짧지만 입술의 선명함에 대비되는 부드럽고 약간 흐린 윤곽들로 솟아있다. 특히 그의 두 눈은 모두 선명하게 드러나며 크게 열려있다.

그 전의 자화상과 뚜렷이 대조되는 이 두 눈이야말로 이 자화상의 가장 큰 특징을 보여준다. 그것은 짝짝이 안경알 속에서 그 유리 너머를 뚜렷하고도 그윽하게 내다보고 있다. 그런데 이 두 안경알과 두 눈동자는 서로 잘 조화되어 있다. 이 조화로움 때문에 이 얼굴 전체에 경쾌함과 더불어 활력과 창조력이 깃들게 된다. 이상은 야릇하게도 가장 말년의 그림에서 그 이전의 창백하고 우울하며 서로 어긋난 짝짝이 얼굴을 벗어났다. 동시에 그는 그 이전의 무기력증과 황폐함으로부터 솟구쳐서 경쾌하고 활력이 있는 얼굴을 보여준 것이다. 그런데 어떻게 이런 일이 가능했던 것일까?

나는 이 자화상 여백에 휘갈긴 낙서에서 그 단초를 찾아보고 싶다. "이놈은 아주 패가 붙어버린 요시찰 원숭이 수시로 인생의 감옥을 탈출하기 때문에 원장님께서 심려한단 말이다".[45] 이상은 자신을 옥죄

---

[45] 《독서생활》, 1976.11, 12쪽. 이상의 이 낙서에 나오는 "요시찰 원숭이"는 그의 시 〈구두〉(1935.7作)에 나오는 '원숭이'와 같은 것이다. "잠시동안 저 탐조등의 동그라미 속에서 원숭이처럼 뛰돌아 다녔다." 부분을 보라. 감옥과도 같은 세상에서 탈출하나 하지만 요시찰 대상으로 감시될 뿐이다. 권영민 교수는 안경을 쓴 이 얼굴 그림이 박태원을 그린 것으로 추정하고 있는데, 그림에 대한 해설처럼 보이는 위 낙서내용을 볼 때 이상 자신의 얼굴을 그린 것으로 판단된다. 이상이 평소 안경을 쓰지 않았다고 해서 권영민 교수는 이상 자화상이 아닐 것으로 보았다. 그러나 구본웅이 〈友人像〉을 그릴 때에도 평소 파이프 담배를 즐겨 피우지

는 식민지적 상황에서 탈출하고 싶어했다. 동경행은 그러한 탈출을 위한 시도였다. 비록 불행한 결과를 맞았지만 아마도 그가 처음 동경에 갔을 때는 그의 기대했던 것들에 걸맞는 것들을 보고 있다고 생각했는지 모른다. 그의 동경행이 일종의 탈출구였음은 〈환시기〉에도 잘 나타나 있다. "몽롱한 가운데서 나는 이 땅을 떠나리라 생각했다. 머얼리 동경으로 가버리리라. 갈테야갈테야가버릴테야(동경으로)". 그의 '날개'는 〈광녀의 고백〉에 나오는 것처럼 이 냉각된 추운 땅을 넘어 불나비처럼 날았을 것이다. 그는 안경알로 표상되는 냉각된 유리와 거울 세계 너머에 있는 것들을 향해 눈을 크게 떴다. 마지막 자화상에 유일하게 그려진 안경은 바로 그러한 유리 너머를 응시하는 시선을 보여준다. 그 전에 없던 매우 뚜렷하고 맑으며 서로 조화된 상태로 이야기하는 듯한 이 눈은 그의 뚜렷한 육감적인 입술과 함께 희망에 찬 얼굴을 보여준다.

이상은 그러나 이러한 희망찬 상태를 길게 유지하지 못했다. 그에게 끈질기게 따라붙었던 그 어둠의 힘, 그의 얼굴을 분열시키고 우스꽝스럽고 치욕스런 흉내의 존재로 남게하던 그 어둠의 힘들을 그는 끝내 이겨내지 못했다. 그의 마지막 자화상 속에서 마치 가냘픈 나비를 얼굴 속에 빨아들인 듯한 그 안경알 속 두 눈은 마지막 가능성을 크게 펼쳐보지 못하고 사라졌다. 그러나 그 얼굴은 진정한 예술적 창조력이 지향해야할 방향을 자신의 삶과 예술 전체를 펼쳐서 보여주었다. 이 얼굴에 걸린 안경은 마치 구본웅이 그린 초상화 얼굴의 담배 파이프와도 같다. 안경 너머를 응시하는 시선은 찢긴 벽틈을 통해 드넓은 세계와 교통하는 나비의 날갯짓과 같다.

않은 이상의 얼굴에 파이프를 물렸다.

우리는 이렇게 해서 파이프와 나비와 율동적인 안경을 연결시키면서 이상 문학의 가장 심오한 부분을 맛볼 수 있게 된 것이다. 〈슬픈 이야기〉에서 이상은 자신의 문학적 이상이 바라보는 향기와 빛을 간직한 별들을 이야기했다. 그 별들이 하나 둘 모일 때의 장면에서 앞서는 것은 바로 이 담배와 안경이었다. 궐련을 피우는 별과 안경알을 닦는 별이 이 별들의 축제 첫머리에 있다. 이상은 그 하늘 높이에 빛나는 것들, 그 향기와 빛 아래에서 차갑고 건조하게 굳어져가는 우울한 근대의 황무지와 말라가는 육체의 감옥에 대해 노래했다.

4장

실낙원의 산보로 혹은 산책의 지형도

이상 문학 연구
─불과 홍수의 달

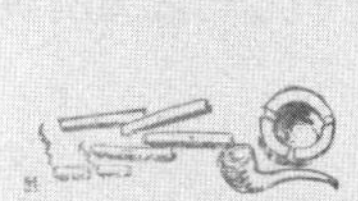

실낙원의 산보로
혹은 산책의 지형도

"메마른 한그루의 나무가 있으면 그것에 산책자이듯이 기대서자"
— 이상의 〈첫번째 방랑〉
"인생은 晤夜의 장단없는 산보이다."
— 이상의 《12월12일》

1. 모성적 창세기를 향해

1) 가면의 감각과 꿈

① 황무지의 기사

이미 두 세대 이전에 지금까지의 모든 문학적 실험을 넘어섰던 작가로서 李箱은 우뚝 서 있다. 많은 연구들이 그의 탈근대적인 양상들을 검증하고 있는 실정이다. 그의 시와 소설들은 한때 모더니즘이란 테두리에서 조명되었으나 이제는 포스트모더니즘적 시각에서 자신들이 숨겨왔던 모습을 내보이기 시작했다. 수많은 도피로와 탈출구들로 엮인 분열증적인 양상들, 혹은 다양한 자아들이 상연되는 주체의 텅 빈 映寫幕이 발견되었다. 물론 이러한 탈근대적 양상들이 그에게만 유독 존재했던 것은 아니었다. 단지 그에게서 집중적이고 전면적으로 나타나고 있다는 점에서 주목되었던 것이다. 그러나 우리는 근대 혹은 탈근대라는 일반적인 개념적 규정으로 미처 포착되지 않을 수도 있는 이상의 독자적인 특징에 대해서 더 깊이 생각해보아야 한다.

나는 이 글에서 이상의 문학작품들에 널려있는 난해한 기호들의 숲 속에서 피투성이 모습으로 그곳을 헤쳐간 한 문학적 騎士의 행적을 더듬고자 한다. 그는 '죽음에 이르는 병'에 걸린 상태로 이 문학의 숲 속에서 왜 그러한 모험을 감행한 것일까? 그는 과연 거기서 무엇을 추구했던 것인가? 나 역시 그 어두운 숲속에서 몇 년을 헤매이며 이상이 던졌을 물음을 추적하며 짧지않은 세월을 보냈다. 거기서 나는 그의 기호들이 둘러싸며 회전하던 거울과 미로가 황무지처럼 버려진 세계의 이미지임을 깨닫게 되었다. 그는 그 버려진 세계를 구원할 사상을 찾아 헤매며, 위험한 거울의 마법 근처를 배회했다. 그는 위험한 지대 속으로 뛰어든 것이다.

그가 자신을 그리스도라고 생각했던 것에는 이러한 문학적 상황이 배경에 깔려있었다. 그 무모함 때문에 그는 희극적 광대 그리스도의 모습으로만 나타난다. 그러나 죽을 수밖에 없는 자로서 이 세계를 구하기 위해 모든 무기력과 절망과 권태를 극복해가며 이 황량한 숲속을 내달릴 수 있었던 힘은 그의 안에 스스로 존재했던 것이 아니다. 기사의 본질은 사랑에서 나온다. 이 문학적 기사는 자신이 사랑할 대상이 없이는 그렇게 위험한 모험을 하지 않았을 것이다. 그에게는 신성한 사랑의 여인이 있어야 했다.

나는 이상을 읽어나가면서 그가 나르시즘과 자의식에만 빠져있는 고독한 존재가 아님을 알게 되었다. 그는 이 버려진 세계 속에서 사랑의 문제를 어렵게 탐색했다. 그는 자신의 성모(마리아)를 찾아나섰던 것이다. 그것만이 이 황량한 세계와 그 속에 빠진 자신을 구원할 수 있는 길이었다. 그러나 이미 신성한 성모적 존재는 이 버려진 세계 속에는 없었다. 그는 유곽과 도시 변두리의 허름한 주막에서 자신의 여인을 찾았다. 그리고 기생과 모던한 여성들을 가로질러가면서 이 가난한 시대에 성모의 가능성이 있는지 찾아 헤맨 것이다.

그러나 이러한 그의 주제는 그가 '마리아'나 '그리스도'같은 용어를 쓴다고 해서 기독교적인 것으로 오해되지 않아야 한다. 그는 그러한 종교적 구원을 바란 것이 아니다. 그렇다고 그가 그러한 서구적 이미지들을 통해서 근대적인 것을 추구했던 것도 아니다. 나는 이러한 이상의 '성모찾기'를 원시고대적인 여성주의의 부활이란 측면으로 보고자 한다. 이러한 나의 관점은 다만 옛날로 돌아가려는 복고적 시도에서 나온 것이 아니다. 나는 그동안 우리가 당연시 했던 서구의 역사발전 도식, 즉 고대에서 근대로 계속 발전해나갔다는 도식을 이 책에서 뒤집어보고자 한다.

이상은 단지 인간과 인간을 둘러싼 세계의 자연스러운 생명력이 풍요롭게 꽃피는 그러한 이상적인 세계를 꿈꿨다. 근대적인 세계는 그러한 그의 이상에 비추어볼 때 일종의 황무지였다. 그와 가장 친했던 김기림은 과학주의를 계속 추구하면서 엘리어트의 〈황무지〉를 중세적인 것으로 비판했다. 이상은 그러나 김기림과 달리 근대적인 황무지를 부각시키기 위해 수학과 기하학, 물리학과 해부학 등의 다양한 이미지들을 사막과 가시밭길 혹은 감옥처럼 깔아놓았다. 그는 근대과학을 강렬하게 비판했던 것이다. 이러한 황무지적인 것들이 너무 강렬해서 그의 기사가 그것을 뚫고 찾아 헤매는 성배는 뚜렷하게 자신의 존재를 드러내지 않는다. 그러나 그는 몇 편의 시들을 통해서 분명하게 황무지적 세계를 치유할 수 있는 황금빛을 보여주었다.

여성적인 이 빛은 황량한 시대의 여성들 속에서 점차 꺼져가는 어떤 불빛이었다. 그는 원시 고대적인 꽃의 향기를 찾아 방랑의 길을 떠났다.[1] 기사도 없고 귀부인도 없는 시대, 성스러운 말씀도 별로 성스럽게 들리지 않는 시대에 이러한 방랑은 어쩐지 애처로운 데가 있다. 나는 그가 매우 혼란스럽게 추구한 이러한 방랑의 의미를 '모성적 창세기'라는 여성주의적 화두로 풀어보고 싶다. 이 주제는 근대적인 혹은 탈근대적인 테두리 밖으로 벗어난 것이다.

지금까지 근대성에 대한 연구는 몇 가지 문제점을 갖고 있다. 근대성이란 개념 자체도 여러가지 논란거리가 있는 문제이다. 서구 르네쌍스 이후 진척된 상황을 대략 추려보면 그것은 후기 그리스에서 발전되었던 도시적 민주주의와 아리스토텔레스적인 논리적 이성주의를 부활시켜 계승한 것으로 보인다. 개인적인 자각에서 오는 감각적 확실성, 그리고 모든 신비주의를 거둬내고 대신 보편적인 판단력으로 작동하기 시작한 논리적 확실성이 물질주의와 이성적 과학 만능주의를 낳았다. 나는 이 두 가지 측면이 근대의 특징인 수량화(눈으로 확인되는 척도)에서 결합되어 나타난다고 생각한다. 수량화는 매우 기계적이며 추상적으로 분할된 눈금으로 된 잣대로 모든 것을 측량해서 그 특성을 판단하려는 욕망이 만들어냈다. 이 문제를 나는 뒤에서 숫자 기호를 독특하게 사용한 이상의 문학적 특징과 연관시켜 다루어보겠다.

---

1 그의 성천 기행 수필 〈첫번째 방랑〉의 주제가 바로 이와 관련된다.

② 거울과 지도 바깥으로

서구에서 긴 세월 동안 서로 다른 시기와 장소에서 발전된 이러한 것들이 한꺼번에 뭉쳐서 우리들 속으로 파고 들어왔다. 그것은 식민지 쟁탈전에 뛰어든 제국주의의 침략적인 발걸음에 묻어 들어왔다. 우리가 혼란 속에 빠져서 그러한 근대화 물결에 휩쓸려가던 개화기 시대의 한 논설에서 근대적 시간관념이 사람들을 훈계하는 어조로 처음 등장했다.[2] 그 논설에 나오는 자명종 시계는 이제 모든 일을 계획된 스케줄에 따라 빨리빨리 해치워야 한다는 새로운 근대적 생활 리듬을 외쳐대고 있다. 가사체로 쓰여진 이 계몽적 논설의 내용은 개명한 서양의 시간관념에 따라 부지런히 일을 하자는 것이다. "자명종이 성을내어 댕댕소리 자주하며– 하루에 이십사시 한시에 육십분을 분침시침 마련하여 잠시도 쉬지 않고 세월가서 늙어진다". 시간이 가는대로 늙어가니 사업에 힘을 쓰자고 했다. 개명한 서양의 말에 "한시각의 값을 치면 천금보다 귀타하니 그런시각 모르고서 유유도일 허송세월"이라고 하면서 泰西사람처럼 바쁘게 살자고 제안했다. 근대적 시계가 분초를 나누어 작은 시간 단위까지 측정해서 사람들에게 인식시키고 있음을 알려주고 있다. 수량적인 시간의 가치를 이렇게 금의 화폐가치로까지 환산해서 생각하도록 촉구했다. 이러한 시간관념은 그 이전에는 보기 어려웠던 것이다. 이제 일의 성과가 눈에 보이도록 사람들은 시간에 쫓기듯이 살아가야 했다.

에드워드 홀은 사회가 시간을 구성하는 방식을 선형적인 것과 복합적인 것으로 나누었다. 그는 북유럽 사회가 발전시킨 선형적인 시간의 특징을 이렇게 설명했다. 즉 그것은 "일을 각각 분리된 항목으

---

2 《제국신문》 2권 31호, 광무3년 2월 15일 논설을 보라.

로 나누어 한번에 한가지씩 하도록 스케줄을 짜는 방식"이다. 한번에 여러 가지 일을 하는 복합적(폴리크로닉) 시간관을 갖는 민족은 시간을 소비되는 것으로 생각하지 않는다. 그들은 시간을 길이로 생각하기 보다 점으로 간주한다. 그것은 신성한 점이다. 선형적인(모노크로닉) 시간에서 시간은 실질적이다. 즉 그것은 절약하거나, 쓰거나, 허비하거나 하는 것이다. 홀은 이러한 시간관은 독단적, 강제적이며 습득된 것이라고 했다. 즉 그것은 생물학적 리듬이나 창조적 욕구에 내재하는 것이 아니며 자연 속에 존재하는 것도 아니라는 것이다.[3] 근대가 진행되면서 근대적 시간관에 대한 비판이 광범하게 일어났다. 홀은 제임스 조이스를 그러한 비판자의 하나로 소개했다. 즉 제임스 조이스는 "우리가 선형적인 시간의 좁은 영역에 감금되었다고 보았다." 버지니아 울프, 카프카, 토마스 만 등은 시계의 시간과 마음의 시간을 뚜렷하게 구별했으며, 카프카는 내적인 시간을 현실화했다고 보았다.[4]

1930년대 우리 문단에서도 이러한 시간의 강박관념을 표상하는 시계에 대해 문학적인 반란이 일어났다고 할만큼 시계에 대한 비판적인 심상이 유행한다. 이상은 시계와 달력에 고정된 시간의 숫자들을 조롱하고, 정지용은 〈시계〉라는 시에서 신경을 쪼으는 그 바늘을 비난한다. 김기림은 〈초침〉(1936)이란 수필에서 매우 미세한 시간의 흐름에 대해서도 집착하는 의식을 병적인 것으로 드러내보였다. 그는 태평통 거리를 산책하면서 거리의 사람들을 관찰하는 버릇을 시계의 초침에 옮겨놓는다. 이 글에서 그는 "분침 이외에 방정맞게도

---

3 에드워드 홀, 《생명의 춤—시간의 다른 차원》(최효선 역), 한길사, 2000, 79~84쪽 참조.
4 위의 책, 205~206쪽.

초침마저 가지고 있어서 1분 1초 지나가는 것이 너무나 아프게 내 시각을 때린다"고 했다.

당시에 백석만이 이러한 근대적 시간으로부터 멀리 떨어진 자연의 흐름 속에 있는 시간을 심도있게 묘사할 수 있었다. 그는 〈편지〉에서 육보름날에 관한 이야기를 썼다. 거기서 시간의 흐름은 어둠과 빛의 교체, 달의 이동, 닭소리 등으로 인식된다. 아침이 되었을 때 "(닭이 우나?) 아 닭이 웁니다. 나는 이만 이야기를 그치고 복밥을 기다리는 얼마 아닌 동안 신선과 고사리와 수선화와 병든 내 사람이나 생각하겠습니다."[5]라고 말했다. 그는 자신을 둘러싼 이 세상의 흐름을 이처럼 우주의 자연적인 변화상 속에서 그리고 자신과 밀접한 것들의 교섭 속에서 느끼고 있었다. 그의 시간은 풍요로움으로 가득찼던 것이다. 아마도 백석의 이러한 상상력은 근대적인 것에 대한 거리두기 속에서 펼쳐졌는지 모른다.

근대적인 표상에서 시계는 탁월한 지위를 차지했다. 그것은 시간을 기계적인 움직임 속에서 양적으로 평준화해서 분할함으로써 사람들의 생활을 그러한 평균적인 분할 속에 종속시켰다. 개인의 평등과 자유를 권장한 민주주의는 실제로는 이러한 시간의 양적인 평균화 속에 사람들을 집어넣음으로써 평균적인 인간들을 만들어내는데 기여했다. 그것은 시간의 미묘한 그리고 다양한 성격을 모조리 시간과 분과 초라는 추상적인 단위 속에서 삭제하도록 유도했다. 과학적인 분석적 이성주의는 대체로 이러한 추상적 분할 방식에 따라서 사물을 파악하기 때문에 우리는 시계를 통해서도 근대적인 과학의 평면적 성격을 뚜렷하게 보게 된다. 식민지 시대 여러 시인들이 보여준

---

5 백석, 〈편지〉, 조선일보, 1936.2.22.

시계에 대한 반란은 바로 이러한 근대성에 대한 비판과 저항이었다.

우리는 이렇게 많은 문제를 내포했던 근대화를 우리가 수용하지 않으면 안 되었던 절대적인 가치였는가에 대해 이제는 비판적으로 접근하지 않으면 안 된다. 왜냐하면 그러한 근대화는 우리 뿐 아니라 이 세계 전체 인간의 삶을 많은 부분 황폐하게 만들었으며, 인간과 어울려 살아야 할 많은 동물들을 퇴화시켰고, 그러한 생명체를 감싸고 있는 자연을 심각한 상태로 오염시켰기 때문이다. 근대적인 물질문명은 자연적인 생명력의 퇴보를 가져왔고, 정신적인 천박함을 낳았다. 그것은 문명의 야만적인 진로였던 것이다. 우리는 이제 개화기 이후 근대사 연구 혹은 근대문학 연구에서 당연하게 긍정적인 가치로 내걸고 있는 '근대적인 것' 혹은 '근대성'이란 화두를 신성한 원 바깥으로 내던져야 한다. 서구와 일본에서 발전시킨 것들을 우월한 문명적인 가치로 선전하고 그들의 기준들로 엮어서 만들어진 근대라는 잣대를 마치 절대적인 권위라도 되는 듯이 휘두르는 사람들이 여전히 많이 있다. 이렇게 우스꽝스러운 몸짓을 아무 수치심도 없이 이어가는 가련한 사람들은 도대체 누구란 말인가?

탈근대성에 대한 연구자들이 그러한 근대를 비판하면서 근대적 가치관과 개념들에 근본적인 반성을 들이댔지만, 이들 역시 근대라는 기준점들을 완전히 없애버리지는 못했다. 그들은 르네쌍스 이후 등장한 인간의 개념에 대한 반성, 이성과 합리주의에 대한 비판을 통해 근대적 방향에 대한 몇 가지 수정을 한 것에 불과하다. 해체주의와 포스트모더니즘이 유행시킨 것은 주체의 공허와 비실체적 가상의 세계였다. 이렇게 혼돈적인 상태로 흩어진 부분들은 무한한 우주 속에서 공허하게 사라질 뿐이었다. 그러한 것들은 예를 들면 보르헤스의 미로나 들뢰즈의 리좀(혹은 천개의 고원), 라캉의 토러스나 보로메오 매듭처럼 단지 근대적 주체의 확실성과 논리적 이성의 확실성을 지워버리는 몇가지 곡예술만을 보여주었을 뿐이다.

그러한 작업들은 근대적인 것을 쌓아올린 사유와 논리를 해체하는 데 능했을 뿐 그 이상의 창조적 기능을 발휘하지 못한다. 그들은 마치 언어와 문자라는 매트릭스의 우주를 무한하게 확장하면 모든 것을 해결할 수 있다고 여기는 것 같다. 그러나 나는 그것이 마치 이상의 거울세계처럼 여전히 문자(언어)로만 이루어진 얇은 거울판에 갇히는 것으로 생각된다. 이상이 '거울' 이미지를 통해서 보여주고 싶었던 것은 이러한 면에서 매우 선구적이다. 그는 이러한 탈근대적인 사유까지 포괄해서 이 모든 것을 플라톤적인 동굴 속의 거울에 위치시키고 있기 때문이다. 그런데 이상에게 이 음울한 동굴거울은 두께와 깊이가 없다. 왜냐하면 그것은 유령과도 같은 그림자들의 세계이기 때문이다. 그는 수수께끼 같은 언어의 미로를 보여주는 〈오감도〉나 〈최저낙원〉〈실낙원〉〈지도의 암실〉 등에서 언어의 모든 실험을 보여주었다. 그리고 천문학적으로 파악된 별들과 해와 달이 매달린 근대적 하늘의 무미건조한 상을 보여주었다. 그에게 이러한 것들은 〈지도의 암실〉에서 처럼 모두 한 장의 얇은 지도(그러한 것들이 수량적 정보로 파악되어 존재하는) 속으로 수렴된다. 그의 세계는 단지 한 장의 지도라는 얇은 암실에 불과했던 것이다. 거울과 지도 밖으로 빠져나갈 수 있어야 한다고 그는 외쳤다. 그에게 사물과 삶과 세계와 우주는 살과 뼈와 몸으로 되어 있고, 소리와 향기와 촉감이 빛과 함께 서로 어울리는 곳이었다. 그러한 미묘한 총체성은 근대적인 사유와 논리 그리고 그것을 해체시킨 것들에서는 아직 진정으로 추구되지 못했다. 이상은 강력하게 그러한 새로운 총체성을 향한 길목으로 우리를 안내한다.

③ 개벽파와 우리식 낭만주의의 여성성

그런데 이러한 놀라운 선구적 사유를 이상이 처음 시작했던 것인가? 그렇지는 않다. 우리에게 흘러들어 오던 근대적인 사조들에 대해 모두가 수동적인 자세로 임했던 것은 아니다. 그에 대응해서 식민지 초기에 우리 자신의 독자적인 혁신적 사유를 진행시켰던 사람들이 있었다. 다만 미처 싹이 트고 꽃도 피기 전에 근대라는 폭력적 물결에 휘말리고 짓밟혔기 때문에 그것은 우리에게 강력한 흐름을 이어주지 못했을 뿐이다. 나는 다른 글에서 1920년대를 전후해서 《개벽》지를 중심으로 벌어진 주체적인 개벽운동의 양상과 의미를 다룬 적이 있다.[6] 그 당시 선구적인 몇몇 사람들은 서구적인 근대 사상과 제도들을 일별하면서 그러한 것들에 대응했다. 그들은 우리 자신의 체제를 개혁하면서 새로운 세계를 지향하고 있었다. '人乃天 사상'을 화두로 삼은 이 새로운 혁신 그룹들은 이제는 거의 잊혀진 존재들이 되었다. 그러나 우리가 조금만 주의를 기울이면 얼마든지 다시 그들의 노력을 재구성해볼 수 있다. 그들의 사상적 기저에는 '인간'의 자연적 성과 영적인 성품을 새롭게 부각시킨다는 목표가 자리잡고 있었다. 모든 사물들 속에서도 발현되는 의식을 인정함으로써[7] 그들은 그러한 사물들의 총체인 자연을 유기적이고 영적인 생명체로 여겼다. 그리하여 자연을 일방적인 개발과 수탈 대상으로 생각하지 않았다.

---

6 신범순, 〈축제적 자아의 새로운 가능성〉, 《해방60주년에 다시 생각하는 한국문학의 정체성》, 만해축전심포지엄, 2005, 53~64쪽 참조.

7 바로 이러한 것이 근대의 계몽주의자들 혹은 그들과 대립해 일어난 사회주의자들의 유물론에 비판적인 부분이었다. 개벽파와 처음에 보조를 맞추었던 사회주의자들이 마침내는 서로 갈라서지 않을 수 없게 되었던 배경에는 바로 이러한 사상적 차이점이 놓여있다.

예를 들어 이돈화는 그 시대의 유행개념인 '개조'를 인간의 靈力과 관계시켰다. 그는 자연과의 영적인 교섭이 없는 개발을 인정할 수 없었던 것이다. 그는 〈신시대와 신인물〉에서 과학적인 서구문명이 자연을 압박함으로써 오히려 인간 자신의 불행을 자초하고 말았다고 비판했다. 그가 제시한 '개벽'이란 개념은 이러한 자연과학적인 물질적 개척과 개발이 아니라 영력을 자연상에 증가시키는 것으로 정의된다. 여기에는 "인류는 스스로 우주의 주인공이며 만물의 영장"이라는 개벽파의 기본 논조가 전제되어 있다. 개벽은 인간과 자연의 총체적인 영적 조화를 가리키는 것이었다.[8]

그가 이보다 뒤에 발표한 〈의식상으로 관한 자아의 관념〉[9]에는 이러한 문제들을 철학적으로 좀더 자세하게 다루고 있다. 박달성의 〈사회문제에 先하여 자아문제에 反하라〉[10]에서도 육체와 영혼을 함께 온전하게 해야 한다는 주장이 보인다. 그것을 그는 "사람은 각자가 우주의 주인공이며 우주의 권력가이며 책임가이자 가치자라는 것을 알아야 한다"고 주장했다. 그는 일방으로는 사회적 생활을 긍정하면서, 그 한계에 머물지 말고 우주의 정신과 합치하는 데서 완전한 인생의 의미를 찾아야 한다고 했다.[11] 김기전의 〈사회 奉貢의 근본 의의〉[12]를 보면 "우리의 참인격은 무한대이다. 자기인 동시에 사회이며 우주이다."라는 구절이 나온다. 김기전 역시 개인과 사회와 우주를 유기적인 총체성의 입장에서 바라보고 있다.[13]

---

8 이돈화, 〈신시대와 신인물〉, 《개벽》 3호, 1920.8, 15~17쪽 참조.

9 《개벽》 7호, 1921.1.

10 《개벽》 12호, 1921.6.

11 위의 책, 16~17쪽 참조.

12 《개벽》 10호, 1921.4.

13 위의 책, 6쪽.

따라서 개벽파의 사상가들은 문명적으로 개발된 이성적 사유들을 자연전체와 연결되는 무의식보다 우위에 두지 않았다. 사물과 사람과 여타 생물들과 자연은 유기적으로 조화되고 조직된 총체적 우주를 형성하고 있다고 그들은 생각했다.

이 분열증적 시대에 우리는 아름답고 활기차며 무의식적인 흐름들로 가득한 이러한 총체성을 다시 복권시켜야 하지 않을까? 우리에게는 그러한 아름다운 전체를 향한 소중한 시도가 있었던 것이다. 당대에는 이러한 움직임을 '개벽'이란 말로 표현했다. 그것은 나와 나를 둘러싼 사물과 우주 이 모든 것들이 활짝 열려 함께 소통되는 것을 의미했다.

개벽파들은 이러한 사상적 개혁운동을 서구적 근대화와 대응해서 벌이는 우리식의 '단군 르네쌍스'로 생각했다. 우리식의 사유체계는 이렇게 서구적인 근대적 사유들과 대화하면서 새롭게 가다듬어지고 있었던 것이다. 1920년대 초 《개벽》지의 글들을 유심히 읽어보면 서구 사상가들 중에서 유독 루소와 니체에 대한 언급이 눈에 띤다. 이 두 사상가가 우리의 주체적 사유에 가장 친근하게 다가온 것이다. 개벽파라고 지칭될 수 있는 선구적인 몇몇 지식인들은 서구 사상들을 세심히 살펴보면서 자신들의 사유를 새로운 시대의 언어로 다듬어 나가고자 했다. 그러나 식민지 지배 세력들과 서구 부르조아적 근대에 맞섰던 사회주의 세력들(그들 역시 서구적 근대에서 파생된 것이다)에 협공당하면서 이 주체적인 사유 그룹들은 제대로 조직되지도 못한 채 몰락해버렸다.

이러한 주체적 사유는 문학적 사유와 상상력을 통해서도 여러 가지로 추구되고 있었다. 《개벽》지에 주로 투고했던 김소월과 김억의 시에서도 그러한 편린들이 드러난다. 김소월을 존경하는 선배로 두었던 오산학교 출신의 백석에게서는 좀더 분명하게 그러한 주체적 지향성이 확인된다. 김동인의 〈눈을 겨우 뜰 때〉(《개벽》 37호, 1923)를 비롯한 몇몇 작품들, 이광수의 〈樂府 東明聖王〉(《백조》 2호, 1922.5), 홍사용의 축제적 시 〈그것은 모두 꿈이었지마는〉 과 〈나는 왕이로소이다〉(《백조》 3호,1923) 그리고 그의 소설 〈봉화가 켜질 때에〉(《개벽》 61호, 1925)등에서 우리의 고대적 정신과 역사 그리고 그러한 것의 축제적 계승 형태에 대한 관심 등을 엿볼 수 있다.

1930년대에 들어와 백석과 이효석은 각기 시와 소설을 통해서 우리 고유의 시장에 깊은 관심을 보였다. 그들이 파악한 우리 고유의 시장은 오래전부터 흘러온 독특한 삶의 존재양식을 간직한 것이었다. 의식주를 위해 필요한 물건과 이야기와 인정이 축제적으로 소통되고 교환되는 이 장터를 통해서 우리의 삶은 오래전 황금시대의 생명력을 이어받고 있었다. 축제적 교환이란 황금의 고리(고대적 神市에서 시작된)에 대해서 우리는 거의 잊고 있다. 우리에겐 마르셀 모스가 멜라네시아인들에게서 보았던 쿨라보다 더욱 강렬한 생동감으로 넘치는 황금빛 고리의 순환이 있었다. 이 생명력의 맥동적인 흐름이 신시와 소도를 통해 모든 공동체들을 관류해갔던 것이다. 환웅이 '弘益'이란 말로 세상을 다스리기 위해 내려왔을 때, 그 '弘'이란 말 속에는 이러한 황금빛 고리가 자리잡고 있었다. 이 황금의 고리는 상업이 위축된 시대를 지나면서 녹슬고 부서졌다. 그것은 시골장터들을 통해 옛날의 빛을 희미하게 반추하고 있을 뿐이다.

우리의 이 시골장터는 식민지 시기에는 더욱 변두리로 밀려나 존재한다. 백석은 〈오리〉(1936), 〈석양〉(1938), 〈月林장〉(1939) 등에서 쓸쓸해진 그러나 여전히 흥성대고 흥청거리는 시골 장들을 보여준다. 이효석은 〈메밀꽃 필무렵〉(1936)에서 그렇게 밀려난 장터와 소외된 채 방랑하는 사람들의 삶을 그렸다. 일본 자본들이 우리의 재래시장을 쫓아내면서 식민지 조선은 그들이 원료를 구하거나 생산한 물건을 내다파는 거대한 시장으로 전락했다. 그러나 변두리로 밀려난 이 재래시장 속에는 우리가 오랫동안 유지해온 축제적 생명력이 남아있었다. 그것은 차가운 근대시장의 변두리에서 여전히 옛날의 따뜻한 나눔, 그 축제적 교환의 혼을 간직하며 꿈틀거리고 있었다. 백석과 이효석은 몇몇 작품을 통해서 그렇게 아득한 고향같은 느낌을 보여주었다. 그것은 우리가 잊거나 잃어버리지 않고 소중하게 간직해야 할 따뜻한 사랑과 나눔의 삶이었다.

우리는 단지 토속적이란 골동품적 용어로만 이러한 것들을 파악하는 버릇이 있다. 이러한 단어에 경멸적인 감정을 담아 내뱉는 버릇은 근대론자들이 흔히 우리 자신의 족보를 깔보는 서구와 일본 근대주의자들을 흉내낸 것이다. '토속적이고 소박한 우리 고유의 멋'이란 이 상투적인 어구 속에는 매우 음험한 전략이 내포되어 있다. 즉 우리민족이란 그저 자연 속에서 거칠고 투박한 원시적 상태에 머물러 있었고, 세련된 문화들은 모두 중국이나 인도 등에서 수입한 것에 불과하다는 것이다. 그러나 야만적인 침략적 문명이 한번 거칠게 휩쓸고 간 땅에 무엇이 얼마나 남아있겠는가? 그들이 쌓아놓은 것들로 뒤덮인 땅에서 우리 자신의 문명적 흔적들을 찾기가 어디 그렇게 쉽겠는가? 그리고 몇몇 흔적들 혹은 잔재들에 대해서도, 폐허만을 남긴 채 지나가버린 외래 문명의 지배 하에서 그것들의 의미를 해독할 만한 시각이 우리에게 조금이나마 마련되어 있단 말인가? 고인돌은 그저 원시인들이 돌무더기 몇 개 갖다놓은 무덤이고, 첨성대는 나지막하게 쌓아올린 별관측소 정도라고만 인식하는 것이 고작이다. 그러한 잔존물들은 자신의 비밀을 쉽사리 드러내지 않고, 그것들을 거느리던 거대한 문명에 대해서도 여전히 입을 열지 않고 있다. 우리가 그러한 폐허에 제대로 다가서지 않는데 누가 그러한 문명의 본질에 대해 말할 수 있단 말인가?

1920년대 우리의 근대문학은 개벽운동과 더불어 고대로 달려갔다.[14] 그러나 아직 고대의 여성주의는 발견되지 않고 있었다. 그 여성주의는 역사 탐구 속에서가 아니라 그 시대 문학 속에서 낭만주의적인 로망스적 분위기로 활짝 피어났다. 그것은 여성주의적 생명력을 낭만적이고 신비적인 분위기로 표출했다. 사상과 감정 그리고 상상력과 생활을 전체적으로 엮어서 표현했던 문학 분야는 새로운 삶과 새로운 세계를 향한 동경을 애타는 사랑의 느낌과 폭발적인 감정으로 표현했다. 이 모든 것은 여성적 상징을 싸고 맴돌았다. 아마도

---

14 당시 전통적인 것을 지향한 흐름들의 상당부분은 고대를 분명하게 지향하고 있었다. 홍사용은 "부루종족의 역사" 속에서 흘러온 상두꾼의 노래와 메나리를 계승하려 했다. 이광수는 〈조선문학의 개념〉(《신생》, 1928.2)에서 무당과 기생의 문학을 조선고유의 것으로 규정했다. 이것은 당시로서는 상당히 과격할 정도의 선언이었다. 주요한은 조선적인 것의 추구를 위해 "조선말의 진정한 미를 찾아 들어갈 것"(〈노래를 지으시려는 이에게3〉)(《조선문단》 3호, 1924.12)이라고 함으로써 과거 한문으로 된 문학을 건너뛰려 했다. 이러한 견해는 이광수의 〈민요소고〉(《조선문단》 3호)에서도 동일한 논조로 되풀이 된다. 즉 그는 조선에 한문이 수입된 이래로 〈관산융마〉처럼 인구에 회자되던 시조차 백성전체의 노래가 되지는 못했다고 하면서 일반적 민중적인 노래를 추구해야 한다고 했다. 그는 광대들의 〈놀량〉이나 〈긴산타령〉〈자진산타령〉 같은 古歌로 분류되는 것들에 주목했다. 김동환은 〈애국문학에 대하여〉(《동아일보》, 1927.5.12~13)에서 광대들의 표랑문학을 우리 고유의 가장 오랜전통을 계승한 것이라고 보았다. 호암 문일평은 〈조선심 찾은 조선문학〉(《별건곤》 12~13호, 1927.5)에서 "한문학 이외에 우리네 독특한 문학이 있어 그 연원이 멀리 古神敎에서 발하여 儒佛의 난관을 돌파하고 금일까지 끊임없이 흘러내려 온 곳에서 우리의 아름다운 문화혼을 발견할 수 있다."고 했다. 신채호는 개화기에 발표한 〈천희당시화〉 이후 고대적 정신을 계승한 소설창작을 〈꿈하늘〉을 통해 보여주었다. 이러한 고대적 부활운동이야말로 우리 자신이 새롭게 만들어가야 할 르네쌍스였던 것이다.

이 시대 낭만주의 만큼 여성을 신비롭고 숭고하게 높였던 시기는 없었을 것이다.

　이러한 현상은 표면적으로는 개벽파의 단군 르네쌍스와 아무 관련이 없는 것처럼 보인다. 그러나 그것은 분명히 오랫동안 억압되어 왔던 여성적 지층의 분출로 보인다. 우리는 이 시대의 낭만주의를 대개는 서구적 근대사조의 수입으로만 이해하는 경향이 있었다. 즉 문학적 근대화라는 테두리 내에서 그것을 이해했던 것이다. 그러나 그것은 수입적인 것만도 아니었고 또 근대적인 것도 아니었다. 그리고 한때 그것은 감상적 낭만주의로 그리고 패배주의적인 여성주의로 비난받았다.[15] 이러한 눈물과 비탄의 여성적인 감정들을 그들은 수동적이고 무기력한 패배주의가 낳은 산물로 생각했던 것이다. 그러나 이러한 해석들은 그러한 연구자들 속에서 작동하는 남성적 시각이 빚어낸 것이다. 우리는 반대로 이러한 여성적인 감정들의 분출이 오히려 혁명적인 힘의 표현이었다고 바꾸어 생각해야 한다. 유교적 가부장제의 봉건적인 시대와 마녀사냥을 통해서(서구의 경우 14세기 이후 벌어진) 더욱 단단하게 다져진 계몽적 이성의 근대 속에서 억압된 여성주의는 그 억압된 시대의 한탄과 눈물을 모두 쏟아내면서 다시 등장하려 했던 것이다. 1920년대 낭만주의에서 수입된 것이 있다면 그것은 근대적인 것이 아니라 근대적인 것에 억압된 서구적 여성주의였을 것이다. 그것은 수많은 것들 가운데 매우 선택적으로 수용된 하나의 독특한 사조였다. 이러한 선택적 수용은 우리가 그것을 선택할 수 밖에 없었던 우리 자신의 근거에서 나온다.

　우리의 낭만주의는 과거 봉건적 억압과 새롭게 쳐들어온 근대적

---

15 1920년대 여성주의에 대한 김윤식과 김현의 비판적인 글이 있다.

억압에 대한 반발과 저항으로 재인식되어야 한다. 그리고 그러한 저항에 그치지 않고 그것을 넘어서서 새로운 여성적 영적 세계를 창조하기 위해 일어난 적극적인 운동으로 평가되어야 한다. 김소월은 슬픔 속에 우리의 정신이 있다고 외쳤으며, 홍사용은 속 깊은 울음을 울었던 우리의 메나리(민요)를 우리의 넋이라고 했다.[16] 김소월과 홍사용은 그러한 메나리 속에 숨겨진 여성주의적인 의미를 분명하게 인식하고 있었다. 이러한 우리 식 낭만주의는 그 당시 모색하고 있던 단군 르네쌍스의 다른 한 측면이었다고 할 수 있다.

우리는 이러한 여성주의를 새롭게 조명해야 한다. 김소월의 〈초혼〉이나 〈담배〉에 나오는 한 여성 혹은 이상화의 〈나의 침실로〉에 나오는 마돈나는 그저 시인이 사랑했던 실제 여성이 아니다. 그 아씨나 마돈나는 사랑의 성모, 이 세계 전체를 사랑의 세계로 만들어줄 수 있는 목가적 동산의 여신이었던 것이다. 김동인이 〈눈을 겨우 뜰 때〉에서 평양의 축제에 나온 盛裝한 어느 여인의 뒷모습에서 무의식적으로 느꼈던 신비로운 감정도 바로 그러한 것에 관련된 것이었다. 그는 '마누라'라는 말에 담긴 신비롭고 신성한 기분에 대해 말한다.[17] 이러한 여성주의 속에는 고려와 조선시대를 거치면서 억압되어 왔던

---

16 홍사용, 〈우리는 메나리 나라〉, (《별건곤》 12~13호, 1928.5). 그는 여기서 몇 백년 동안 漢學에 푸대접 받아온 우리의 메나리를 새로운 시대의 洋시조인 신시와 대응시킨다. 혼자 외따른 길을 헤매이며 걸어온 메나리의 울음 속에서 그는 우리 자신의 넋을 본 것이다.

17 김동인은 축제날 나온 여인을 두고 '마누라'라는 신성한 직업을 가진 여인이라고 했다. 여기서 그가 '신성한 직업'이라고 한 것이 풍자적으로 한 말은 아니다. 그는 "단오 명절은 안악네의 날이었다."(〈눈을 겨우 뜰때〉, 《개벽》 40호, 1923. 10. 143쪽)라고 했는데, 당시의 '안악네'라는 말의 뉘앙스에는 침범치 못할 권위가 있었다. 육당은 이렇게 말했다. "'안악네'하면 침범치 못할 일종 엄청난 권위로 남자가 찔끔하지 아니치 못함은 그 유래가 먼 것이다."(육당, 〈兒時朝鮮〉, 육당전집(역락출판사), 117쪽)

고대적 여성주의의 부활이라고 할만한 것이 있다. 그것은 우리의 역사시대 속에서 몇몇 흔적만을 남긴 채 거의 지워져버린 신성한 여성적 빛을 되찾는 것이었다고 할 수 있다.

우리식 낭만주의를 고대적 여성주의의 빛 속에서 재발견하기 위해서 우선 신라시대까지 지속되었던 우리의 고도로 발전된 모성적 문화에 대해 대략적이나마 언급하지 않을 수 없다. 선사시대 유적인 고인돌에는 마고 신화(흔히 개벽신화와 연관되는)가 있고, 신라가 건국될 때에는 위대한 산 어머니이자 우물의 여신[18]인 婆蘇(혹은 娑蘇)가 있었다. 그녀는 '海尺之母'[19]라는 독특한 명칭을 갖고 있기도 하다. 선덕여왕 때 만들어진 첨성대는 하늘 우물 속에 여성적 자궁을 집어넣은 절묘한 몸체를 자랑한다. 流觴曲水宴과 관련된 유적인 포석정은 여성의 자궁 형태를 닮은 전복 모양의 물길을 둘러놓았다. 아마 그것은 수릿날(단오절)에 물 속에 들어가 몸을 정결히 하는 그런 풍속의 한 형태였을 것이다. 흔히 禊祓 혹은 禊浴이라고 불리웠던 행식(〈귀지가〉 관계 설화에도 나오는)은 하늘의 기운이 담기는 물 속에서 자신을 정화시키는 신성한 행위였다. 곡수유상 즉 굽이치는 물에 띄운 잔의 물을 마시는 것 역시 그와 다른 것은 아니었을 것이다. 우리는 이 포석정을 통해서 그러한 물의 신비를 터득했던 고도로 세련된 여성적 문화를 엿볼 수 있는 셈이다. 작고 자연스러운 규모 속에 그러한

---

18 그녀는 선도산 성모라고 불리우고 박혁거세 탄생신화에서는 나정이란 우물 옆에 알을 낳은 것으로 되어 있다. 아마 그녀는 이 나정이란 신전을 다스리는 성모였을 것이다.

19 기생의 원류라는 주장이 있는 楊水尺도 이러한 海尺과 관련이 있는 것은 아닐까? 이 고대적 여신 혹은 여사제들은 물의 신비를 정확히 들여다보는 영적인 능력을 갖고 있었던 것이 아닐까. 婆蘇 혹은 娑蘇에도 그러한 물의 춤에 대한 느낌이 담겨있다.

신비를 담은 유적은 다른 나라에서 별로 찾아볼 수 없다.

안재홍은 단군 시대를 거슬러 올라가는 이러한 여성적 문화의 밑그림을 그려볼 수 있었다. 그는 〈아사달 사회의 발전〉에서 "지금부터 50세기 이전에 가까운 때" 숫자로 판단하기도 어려울만치 "매우 오랜 옛적"에 여성이 지배했던 시대를 그려보았다. 가족 이전의 혈족 공동체에 머물러 있던 집단에서 가장 중요한 생식계통의 일을 맡은 여성 중에 大母는 존귀한 군장이었다. 그녀는 신을 섬기는 일을 맡아보기도 했다. '아주머니'와 '아씨'라는 말은 그러한 여성의 높은 지위가 반영된 말이었다.[20] 그는 주로 고대의 신성했던 존재인 '산어머니'를 초점에 놓고 있다. 당시 신성한 산악에 붙여졌던 이러한 여성적 명칭인 '아씨따'(혹은 '아지따')가 이두식 한문인 '아사달'로 표기된 것으로 보았다. 그는 이러한 우리 고유의 여성주의적 명칭을 박혁거세의 어머니에 붙인 '阿珍義先'이란 말에서도 찾아냈다. 그것은 '아지오머'의 이두식 한역이라는 것이다. 혁거세 임금이 부계적인 국가를 창건하기 이전에 女系 중심의 聖母時代가 있었다고 그는 말했다. 남해왕의 母后인 운제산 聖母와 지리산 천왕봉의 성모 석상 같은 것들이 그러한 유풍을 보여주는 것으로 생각되었다.[21]

아마 안재홍이 반구대 암각화나 천전리 암각화를 알았다면 이러한 유적도 그러한 여성주의적 유풍에 포함시켰을 것이다. 물을 휘감은 바위절벽에 새겨진 천전리 암각화에는 여성 생식기와 자궁을 상징하는 도형들로 가득하다. 그리고 반구대 암각화에는 임신한 고래 그림들이 마치 생명의 바다처럼 넓게 펼쳐진 바위화폭 위에 아름답게 자

---

20 안재홍, 〈아사달 사회의 발전─조선개국사의 측면관〉, 《조광》, 1936.2. 56~57쪽 참조.
21 위의 책, 58~59쪽 참조.

리잡고 있다. 안재홍은 별과 생명을 잉태하는 여성의 배를 서로 연관 시켰다. 천전리 암각화에는 특히 생식적인 기호들과 별들을 상징하는 기호들이 결합되어 있다. 이 암각화는 그러한 것들을 상징적 기하학적 도형 속에서 서로 긴밀하게 결합했던 어떤 문명이 있었음을 증거하고 있다. 일부 전문 연구자들은 이러한 그림들을 대개 청동기 내지 철기 시대 유적으로 추론한다. 하지만 그것은 아마도 그보다 훨씬 거슬러 올라가서 존재했던 어떤 여성적 문명의 흔적일 것이다. 자연주의적으로 소박하고 미묘한 조화와 총체적 상징들로 가득한 그 그림들에는 적대적이고 투쟁적인 분위기가 감도는 청동기와 철기시대의 차가운 느낌이 거의 존재하지 않는다. 이러한 우리의 독특하고도 수준높았던 여성주의적 문화는 그후 역사시대의 바람 속에서 점차 사그러들었다.

우리 역사는 이러한 여성주의 시대의 발자취를 모두 지워버렸다. 그러나 그 흔적이 완전히 사라진 것은 아니다. 단군 시대의 웅녀는 단군신화 속에서 남성 군장에게 종속적인 동굴사제의 모습으로 남아있다. 후대에 들어와서 부여 고구려 시대에는 축제적 여신의 모습이 분명히 존재한다. 부여의 동굴신인 隧神은 축제 때 모셨던 신이었다. 고구려 역시 유화부인을 그렇게 모셨다. 동명성왕이 비류수 위에서 政事를 돌보기 위해 자리잡은 것도 그러한 여성적인 물의 신성에 기댄 것이었다. 물의 나무인 버드나무가 유화부인 이후 여성적인 상징으로 자리잡은 것도 이러한 물의 여성적 신비와 연관되어 있을 것이다. 풍류라는 말은 처음에는 이러한 여성적인 신비를 깨우치는 공부였을 것이다. 그것이 타락하면서 그것은 여성을 희롱하는 남성적인 놀이처럼 되어버렸다. '버들'의 상징적 의미도 그러한 과정에서 타락해갔다.[22] 그것은 기생의 타락과 함께 질탕하게 노는 풍류의 이미지에 붙어다니게 된다.

그러나 1920년대 초기 낭만주의 시인들의 사랑은 그 이전의 타락한 풍류와 완전히 결별하게 된다. 그들은 기생집을 순례하면서 그 여인들을 성적으로 타락시키지 않았다. 우리는 홍사용의 백조시대 회고담 속에서 그들의 연애가 얼마나 숭고한 것이었고 비장한 것이었는지 엿볼 수 있다. 홍사용은 옛 기생들의 지조와 범절의 아름다운 전통을 알고 있었다. 그는 기생들과의 만남을 '순례'라는 말로 표현했다. 그 당시 신문기자들은 '돌격'이라는 말을 썼다고 소개하면서 그는 이 '순례'의 낭만적인 의미를 강조했다. "순례! 기생! 연애! 그런데 그들의 까닭없는 결벽…철저한 금욕생활은 –연애는 반드시 성욕과 분리할 것이라고 주장하였었다." 연애와 성욕의 분리라는 이 기사도적 사랑이 '黑房'시대의 《백조》 동인들에게 나타난 것이다. 그는 〈흑방비곡〉이란 소제목의 글 속에서 이 순수한 연애를 좀더 구체적으로 묘사했다.

> 정이 짙어진 한쌍의 남녀들–'연인'이라고 그러나 당자끼리는 넌짓한 '키스' 한번도 없는 정신적 연인들, 도리어 "남녀의 성교는 일부러 지극히 더러운 것이라" 해버리는 동시에 연애에서 정신적 그것만을 쏙 빼내어 깨끗하게 聖化하려고 애를 써보았었다.[23]

---

22 《폐허》파에 속하는 오상순은 이 '버들'의 상징을 새롭게 발견한다. "옛나라의 오랜 역사와 사건과 운명을 같이하는 버들아!"라고 그는 자신의 고향집 버들을 노래한다. 그는 "버들! 오 버들!/너는 다른 아무것도 아니다/ 동양예술의 상징!/ 조선의 사람과 자연의 혈맥을 통해/ 영원히 悠久히 흘러가는 線의 예술의 상징!"이라고 노래했다. 그에게서 버들의 이미지는 후대의 풍류 속에서 타락하기 이전의 고대적 분위기로 상승하고 있는 듯 하다. 〈허무혼의 獨語〉(《폐허이후》, 1924, 121,122쪽 참조).

23 홍사용, 〈백조시대에 남긴 餘話〉, 《조광》, 1936.9.

그들은 봉건시대가 몰락하고 근대 식민지 자본주의가 침입하는 혼란의 소용돌이 속에서 살았다. 그들은 이 혼란의 와중에서 새로운 사랑의 형식을 발견하고자 했다. 그러나 이들이 술을 마시면서 위안과 동경과 구원의 사랑을 찾던 거리24는 점차 일제 식민지의 수탈적인 자본주의에 깊숙이 점령당해갔다. 일제의 식민지화는 이 거리의 모든 것들을 철저한 근대적 교환관계의 차가운 밑바닥으로 끌어내렸다. 김동인의 〈눈을 겨우 뜰 때〉에 나오는 기생 금패는 그녀가 품고 있던 사랑의 꿈을 미처 싹도 틔우지 못한 채 자살로 삶을 마감한다. 그녀에게 다가온 절망은 자신을 철저하게 상품으로 만들어 버리는 근대적 시장 제도에서 기인한 것이다. 관광 차 들린 한 일본인의 시선은 그녀를 하나의 상품처럼 취급하며 물건을 보듯이 찬찬히 들여다 보았던 것이다. 금패는 이러한 차가운 시선을 점차 강렬하게 의식하게 되면서 이 세상에서 떨어져나가 고립된다. 그녀는 축제가 끝난 고요한 대동강 물결에 매생이를 띄우고 아래로 흘러가면서 이 우주의 거대한 공허 속에서 한없이 작아지는 자신의 존재를 느낀다. 이 막막한 그리고 공허한 실존적 고독은 우리 문학에서 처음 출현한 것이다. 김동인은 기생 금패를 통해서 홍사용이나 이상화 등이 노래한 낭만주의 시대의 몰락을 극명하게 보여준 작가가 되었다. 그는 이러한 면에서 이상 문학의 선구자로 놓이게 된다. 왜냐하면 이상은 그렇게 낭만주의가 몰락한 자리에서 이미 상실된 숭고한 사랑과 구원의 여인상을 헛되이 찾으려 노력했기 때문이다.

---

24 이 거리는 육당의 계몽주의 시대에는 모든 정보와 지식이 활기차게 소통되어 미몽의 어둠을 밝혀내는 거리, 즉 계몽의 등불이 켜지는 거리였다.

④ 이상의 성모찾기 또는 자아의 가면무도회

1930년대의 기괴한 모더니스트로만 알려져 있는 작가 이상은 이러한 낭만주의적 방향과는 전혀 상관없이 동떨어져 있는 존재로 생각되기 쉽다. 그러나 그의 작품 전체를 꼼꼼이 읽어나가는 중에 나는 이상이 우리의 그러한 선입견과는 전혀 다르게 자기의 독특한 방식으로 그러한 낭만성을 추구했다는 것을 알게 되었다. 그는 파라솔을 들고 가는 어린 기생들의 행보 속에서 번갯불 같은 희망의 힘을 보았다.[25] 그는 '聖母'라는 단어[26] 속에 그러한 희망적 에너지를 집어넣었다. 그는 '비너스'와 '마리아'라는 기호를 통해 타락한 시대에 타락한 방식으로 추구하는 성모찾기를 보여준다. 정신적인 혈통의 고귀한 계보학을 구축하기 위해 그는 천민적인 아버지를 부정하고, 사랑하는 여성들의 가면들을 벗겨내면서 그 속에 숨어있을지도 모르는 순수한 성모의 얼굴을 찾아 헤맨다. '금홍'이란 기생과 매춘부와 목로주점의 '마리아'[27]는 식민지 시장에서 바닥에 떨어진 여인들이다. 그녀들 속에서 그는 성모를 찾는다. 이러한 여인들에 대한 뼈아픈 동경과 배신과 연민에 대한 이야기들이야말로 이상이 피투성이로 가로질러간 근대적 로망스이다.

---

25 〈얼마 안되는 변해〉의 한 장면. "두 사람의 나어리 娟妓가 한 대의 엷은 비단 파라솔을 받고 나란히 나란히 비를 피해가면서 철도선로를 건느고 있다. 그 모양은 그에게 어느 彈道를 思想하게 하여 인생을 횡단하는 장렬한 방향을 그는 확인하였다."(김주현, 《이상문학전집 3》, 소명출판, 2009, 154쪽)

26 "한잔 술을 마시며 나는 목노우에 싸늘한 聖母를 느꼈다"(이상, 〈西望栗島〉, 김주현, 위의 책, 61쪽). "저기저 자동차들은 비는 오는데 어듸를 저렇게 갑니까네. 그 고개 넘어 聖母의 市場이 있읍니다"(이상, 〈슬픈 이야기〉, 위의 책, 135쪽).

27 〈혈서삼태〉의 '관능위조'라는 글에 이상이 쓰고 있던 〈목노의 마리아〉가 나온다. 그는 친구 문종혁을 가리키는 '旭'에게 그 일부를 보여준다.(위의 책, 35쪽 참조)

그는 그 모든 것을 단지 사고파는 것으로만 바라보는 차가운 시선 속에 담았다가 꺼냈다. 그는 사랑의 이야기들을 자본주의적 교환관계 속에서 비웃고 조롱시하는 시선 속에 한번 깊이 담가 보았던 것이다. 그는 이 식민지 자본주의의 오염된 강물 밑바닥에 가라앉은 숭고한 가치들을 건져내기 위해 그 더러운 깊이 속으로 내려갔다. 그는 기생에 대한 낭만주의자들의 사랑을 이러한 방식으로 새롭게 이어받았다. 그것은 과거 봉건적 질서가 타락시켰던 여성을 근대적 질서의 오염된 강물 속에서 새롭게 구원하는 방식이었다. 그가 작품 전체를 통해서 보여준 사랑하는 여인과의 애증, 그녀와의 사랑에 대한 여러가지 실험들은 그러한 것이 그렇게 쉬운 문제가 아니었음을 보여준다.

이 글은 이상이 깊이 빠져들어 있던 근대성의 늪에서 그가 어떻게 탈출하려 노력했던가를 밝히려는 것이다. 그는 누구보다도 근대의 황무지적 성격을 깊이 꿰뚫어 보았고, 그 밑바닥으로부터 근대적인 세계의 토대와 뼈대들을 무너뜨리려 사상적인 모험을 했던 영웅적 면모를 지니고 있었다. 나는 이상의 상상력이 만들어낸 수많은 단편적 이미지들과 기호들을 해독하면서, 그가 마치 수수께끼처럼 자신의 이러한 문학적 상황과 정신적 지향을 암호화해서 식민지 거리와 들판과 하늘에 흩뿌려놓았음을 알게 되었다. 우리는 이러한 것들을 추적함으로써 이상의 독자적인 문제의식과 그의 독창적인 미학을 차츰 이해할 수 있게 될 것이다.

자기분열이나 악마적인 광기의 파괴적인 죽음 충동이 그의 작품을 관통하고, 해체되어 파편화된 조각들의 을씨년스런 풍경들이 그의 작품 전체를 뒤덮고 있다. 그러나 이 우울하고 병적인, 분열증적인 풍경들로 이루어진 이상 문학의 얼굴이 그가 자신의 삶과 문학에서

의도했던 궁극적인 목표나 본질은 아니었다. 그러한 악마적 가면(그 것은 식민지 체제 속에서 교육받고 하급기술관료로 충실하게 복무하는 동 안 자신의 얼굴에 씌웠던 '羊처럼 유순한 가면'의 다른 한쪽 면이었다)[28] 밑 에 숨겨져 있던 다른 얼굴이 있었다. 그의 문학은 자신과 타인들의 여러 가지 가면들에 대한 이야기이다. 예를 들어 그는 소설 〈斷髮〉 에서 "말하자면 애호하는 가면을 도적맞는 우에 그 가면을 뒤집어 이 용당하면서 놀림감이 되고 말 것 밖에 없다"라고 했다. 그의 소설에 등장하는 여성 주인공들은 양파처럼 수많은 껍질들로 이루어진 假面 的 존재였다. 그 여인들과 연애하며 심리적 탐색전을 벌였던 그 자신 도 마찬가지였다. 죽음의 관통 속에 마련한 "낙서할 수 있는 비좁은 벽면"에 시를 쓴다는 것, 이 죽음에 둘러싸인 글쓰기에 매달린 시인 에 대해 그는 이렇게 외쳤다. "벗이어! 이것은 그라는 풋내기의 최후 의 演技이다."(〈얼마 안되는 변해〉) 이러한 고백을 믿는다면 그의 모 든 문학작품은 그 자체로 '최후의 演技'였다. 그에게 문학이란 마지 막 가면의 글쓰기가 되었던 셈이다.

그의 자화상은 아예 죽음 자체의 얼굴을 본뜬 것처럼 묘사되기도

---

28 이상의 〈얼마 안되는 변해〉에 나오는 다음 구절을 보라. "羊처럼 유순한 악마의 가면의 습득인인 그를 벗이여 기념해야 할 것이다." (임종국 편, 《이상전집》, 문 선사, 1966, 281쪽.) 이 글은 전매청 본사 건물(서대문구 의주통에 있었다) 낙성 식 자리에서 그 건물을 설계하고 감독하며 총독부 일에 충실히 복무했지만 결국 그들에 대한 從僕의 처지에 머물러 있음을 자각한 이상의 수치와 분노를 표현한 것이다.

그가 자신의 이중성을 지적한 〈혈서삼태〉중의 〈하이드씨〉에서 이러한 악마적 가면은 그의 변신술적인 한 측면이다. "나에게는 가장 적은 '지킬'박사와 훨씬 많은 '하이드' 씨를 소유하고 있다고 고백하고 싶습니다." 그는 런던 시가처럼 안개가 가득한 이 경성의 거리에서 자신의 이중성격 중 하이드 씨가 점점 더 강 렬해짐을 느낀다. "나의 빈약한 이중성격을 '지킬'박사와 '하이드' 씨에서 '하이 드'씨와 '하이드'씨로 이렇게 진화시키고 있습니다."(《신여성》, 1934.6, 80쪽)

한다. "여기는어느나라의데드마스크다."(〈自像〉)[29] 그 자신의 얼굴에서 광막한 죽음의 나라를 본다는 것이야말로 그가 발견한 마지막 최대의 가면적 풍경이 될 것이다. 이 작품과 내용이 거의 비슷한 〈자화상(습작)〉에는 이 '죽음의 나라'의 풍경이 좀더 구체적으로 묘사되어 있다.

> 여기는 도모지 어느나라인지 분간을 할수없다. 거기는 太古와 傳承하는 版圖가 있을뿐이다. 여기는 廢墟다. '피라미드'와같은 코가있다. 그구녕으로는 '悠久한것'이 드나들고있다. 공기는 퇴색되지않는다. 그것은 先祖가 혹은 내前身이 호흡하던바로 그것이다. 瞳孔에는 蒼空이 응고하여 있으니 太古의 影像의 略圖다.[30]

이 시에서도 태고적인 얼굴의 풍경은 데드마스크로 수렴된다. "누구는 이것이 '데드마스크'(死面)라고 그랬다." 이상은 이 두 편의 시에서 비슷하지만 거의 반대되는 자화상을 그렸다. 둘 다 '죽음의 나라'의 얼굴이지만 〈자상〉의 그것은 희극적인데 반해 〈지화상(습작)〉의 그것은 비장하고 영웅적이다. 이상은 영웅적인 자화상을 감추어 놓았고(이 작품은 유고작으로 발표되었다), 희극적인 자화상만을 발표했다. 그는 세상에 그러한 희극적인 자화상을 자신의 가면으로 내걸고 싶었던 것일까.

그의 작품은 거의 모두 이러한 희극적 뒤집기를 통해 조롱기 섞인 모습으로만 독자 앞에 다가선다. 거기에는 독자대중들을 향한 문학적 광대짓이 있고, 또 자신과 독자의 내면을 향한 서글픈 웃음의 공

---

29 《조선일보》, 1936.10.9.
30 이상, 〈자화상(습작)〉 전반부, 《조광》, 1939.2.

허한 울림이 있다. 가장 순수하고 영웅적이며 비장한 것들이 모두 자신과 독자들의 발밑에 추락한 채 우스꽝스럽게 쭈빗거리는 하찮은 존재처럼 느껴진다.

허버트 리드는 융의 페르소나 개념을 빌어와서 자화상을 페르소나의 '다시 드러냄re-presentation'이라고 정의했다. 그는 그것을 "우리가 세계에 내거는 가면이며, 흔히 내적 자아의 효과적인 분장이다"라고 했다. 허버트 리드는 "자화상은 총체적인 자아의 부분적 혹은 속임수를 쓰는 묘사일 뿐"[31]이라고 했다.

이상은 자신 속에서 희극적인 면모만을 유독 강조해서 사람들에게 보여주고 싶어했다. 그는 어쩌면 문단과 세상의 이목들이 집중되어 있는 신문이나 잡지의 지면들조차 가볍게 희극적인 무대로만 생각했던 것은 아닐까. 고도의 지성과 지식과 자의식을 과시하는 자신에 대해서조차 끊임없이 낄낄거리며 별 대수롭지 않게 여길 수 있다는 이 포즈야말로 그의 소설 주인공(대개 이상 자신을 나타내는)이 취한 일관된 태도였다. 〈逢別記〉 마지막 장면에서 금홍이 부른 이별가의 한 구절, 즉 "속아도꿈결 속여도꿈결 굽이굽이뜨내기 세상"이란 노랫말 속에는 이러한 주제가 반영되어 있다. 그는 이러한 밑바닥 인생인 금홍이와 함께 살면서, 그녀와 자신을 점차 이 커다란 주제, 즉 가면의 주제 속에서 동일화시켰다. 그가 〈혈서삼태〉에서 '신성한 파편'이라고 했던 성욕에 대한 추구가 그러한 동일화를 진행시켰다. 그는 자신 속에서 "매춘부에 대한 사사로운 사상"이 몹시 잠행적으로 진화해 갔다고 고백했다. 그는 금홍이 노니는 이 인생의 바닥인 '뜨내기 세상'으로 내려가면서 자신을 감싼 옷들을 벗었다. 마치 수메르의 이난나

---

31 허버트 리드, 《圖像과 思想》, 김병익 역, 열화당, 1997, 144쪽.

여신이 저승에 끌려간 자신의 애인 탐무즈를 구하기 위해 저승의 문들을 통과할 때마다 하나씩 옷을 벗듯이 말이다. 마치 양파껍질처럼 그는 자기라는 존재의 허물을 이리저리 벗겨 보였다.

그가 자신을 '그리스도'라고 비유했던 부분은[32] 바로 이러한 고난을 의미하는 것이지 않았을까? 그는 자신이 썼다고 하는 〈목노의 마리아〉(〈혈서삼태〉에 나오는)라는 글에서 자신을 구원하고 다시 태어나게 해줄 그러한 사랑의 성모를 그려보았던 것은 아닐까? 그 〈목노의 마리아〉와 비슷하게 〈서망율도〉에 나오는 목로주점의 주모에서 그는 그러한 성모의 분위기를 느끼기도 했다. 그런데 밑바닥 창녀 속에서 그러한 구원의 성모를 어떻게 찾을 수 있을까?

이 도스토예프스키적인 탐구(《죄와 벌》에서 소냐라는 창녀를 성모적인 존재로 그려낸)를 그는 성욕적인 풍경 속에 용해시켰다. 그는 매춘부의 성적 풍경을 그로테스크하게 부풀림으로써(〈哀夜〉), 그것을 시대적 풍경으로 만들었다. 수많은 남자들이 답교하는 거리풍경이(〈街外街傳〉) 성욕적 풍경과 겹쳐지게 함으로써 그는 연애와 사랑의 신비하고 숭고한 분위기를 시장바닥으로 떨어뜨렸다. 그것은 도시의 거대한 상품체계 속에 짓눌린 채 황량하고 추악해진 현실의 지옥도와 같아 보였다. 그러한 풍경 속으로 그는 들어갔다. 그 고난의 길을 가기 위해 이 세상의 모든 가치를 일단 '이 바닥'에 한번 떨어뜨린다는 것이 그의 축제적 웃음이기도 했을 것이다. 그러면서 그는 속고 속이는 가면 무도회의 게임들을 소설로 풀어냈다. 시에서는 그러한 인생 현실의 꿈결같은 경계들을 나비와 거울 이미지로 펼쳐보았다.

---

32 〈각혈의 아침〉에서 "내가 가장 불세출의 그리스도라 치고"라고 한 부분, 그리고 〈내과〉에서 "흰뺑끼로 칠한 십자가에서 내가 점점 키가 커진다"라고 한 부분을 보라.

그는 식민지 권력 속에서 양처럼 순종하는 從僕의 가면과 그에 반항하는 악마적 가면 그리고 그러한 것들로부터 파생되는 여러 가지 가면들, 즉 기괴한 패션적 의상과 불우한 천재, 혹은 순진한 어린아이같은 어른, 부랑자 룸펜 같은 심리적 사회적 가면들을 전시해 보여주었다. 그의 수사학들은 그러한 가면의 말들이었다. 그가 언제나 무기처럼 내세웠던 위트와 패러독스와 아이러니 같은 것들을 우리는 단지 수사학적인 차원에서만 바라보아서는 안될 것이다. 이상에게 그것은 가면적인 삶의 꼭지점들에서 분출하는 언어의 곡예술이었던 것이다. 이상 문학의 본질은 바로 이러한 가면들과 그것을 가로질러 가는 나비로 표상될 수 있다.

나는 이러한 이상의 문학적 본질이 우리 문학사는 물론 세계 문학사상 매우 탁월한 수준을 보여주는 것이라고 생각한다. 말하자면 그것은 당시 근대문학의 한 화두와도 같았던 상징주의자 보들레르와 비교해 보아도 그렇다. 보들레르는 감각의 조응을 통한 상징적 신비를 추구했지만 그의 산문시들은 세속적인 거리의 군중들을 축제의 가면처럼 즐기고자 했다. 그는 〈군중〉이란 시에서 그러한 군중들과 '영혼의 매음'을 즐기는 거리 산책가를 보여주었다. 그는 근대 도시 거리의 세속적인 풍경 속에 뛰어들어 그것을 신비화하고 영웅화했다. 거기에는 일종의 세속적인 샤먼적 황홀경이라고 할만한 것이 있었다.

반면에 이상은 그렇게 축제적으로 즐길 수 있는 거리의 군중에 관심이 없었다. 오히려 그는 그러한 근대적 가면들을 찢고, 그 경계선들을 관통해가면서 사물과 말과 마음의 진실을 탐구하고자 했다. 그의 가면적 환영들의 세계, 유령적인 현실세계는 지상에서 떠난 영혼을 되불러오기 위해, 시적 샤먼이 탐험하고 헤매야 하는 저승처럼 차갑고 어두운 곳이었다. 그것은 말하자면 極地와도 같은 곳이었다.

그는 〈斷想〉에서 "나는 나의 생명의 북극을 확인하기를 간절히 원하면서도 그는 입도 떼지 않았다"[33]라고 말한다.

〈광녀의 고백〉이나 〈홍행물천사〉 같은 시에서 한 창녀의 삶은 그러한 차갑고 어두운 지옥과 極地의 이미지를 배경으로 묘사된다. 그는 이렇게 현실들 속에 천국과 지옥의 이미지들을 집어넣어 이제까지의 세속적인 현실과는 전혀 다른 이미지를 만들어냈다. 그는 이 특이한 세속적인 현실들 속에 여자와의 사랑과 여타 교환관계들을 배치하면서 그러한 것들을 관통해가는 감각을 펼쳐놓는다. 그에게 이 세계의 현실은 이제까지의 역사가 뒤덮어 놓은 수많은 가면적 이미지들로 구성되어 있다.

이러한 가면무도회를 심각한 주제로 이끌어가는 것이 존재하는데, 그 가운데 하나가 성경적인 설화구조이다. 그는 그 설화의 꼭지점에 창세기적 가면놀이를 하나 집어넣었다. '뻥끼칠한 사과' 이야기가 바로 그것이다. 〈골편에 관한 무제〉에서 그는 "하느님도 역시 뻥끼칠한 세공품을 좋아하시지— 사과가 아무리 빨갛더라도/ 속살은 역시 하이얀대로 하느님은 이걸 가지고 인간을 살짝 속이겠다고."라고 했다. 〈內科〉에는 창세기적인 과일인 '사과' 대신 십자가가 그러한 가면의 이미지를 갖고 등장한다. "힌 뻥끼로 칠한 십자가에서 내가 점점 키가 커진다. 뽈피—타—군이 나에게 세 번씩이나 아알지 못한다고 그런다. 순간 닭이 활개를 친다". 베드로가 예수를 세 번 부인한 사건을 여기서 패러디하고 있다. 그가 자신을 그리스도라고 생각하면서 고뇌하는 것도 여기서 마치 연극처럼 보이게 했다.

그는 이렇게 창세기와 기독교의 성스런 장면들에 근대적인 페인트

---

33 김주현 편, 《이상문학전집 1》, 213쪽.

칠을 함으로써 신성한 것들을 가장 세속적인 것들로 덧칠했다. 그것은 근대적 가면들로 창세기적 신화와 그리스도적 구원의 몸짓들을 재구성해보려는 시도라고 볼 수 있다. 신성한 가면들을 근대적인 페인트 칠 속에서 새롭게 되찾아낼 수 있을까? 그에게 '감각'이란 이러한 환상적 가면들의 구성적 역동성을 파악하는 힘이다. 그것은 가면들의 표면에 사로잡히지 않고 그 실체적 구성력의 미묘한 짜임새들에까지 도달하려는 인식적 힘이다.

따라서 그에게 감각이란 데카르트의 경우처럼 믿을 수 없는 것이 아니었다. 그것은 데카르트적 주체인 '나'의 사유에 종속되지도 않는다. 데카르트는 자신이 감각적으로 파악한 모든 것에 대해 회의했으며, 단지 그렇게 회의하는 사유 작용만을 확실한 것으로 인정했다. 그러나 이상에게 감각은 오히려 사유를 구성하는 힘과 질료가 된다. 그리고 그것은 다양하게 탄력적으로 작동하면서 부채처럼 펼쳐지고 접히는 주체의 역동적인 풍경을 이룬다.

그의 '감각'은 따라서 당대의 사회주의적 세계관에 따른 리얼리즘 창작방법에 대해서도 비판적으로 작용한다. 왜냐하면 그것은 한 주체의 사유와 감각을 고정시키는 틀로 작용하는 계급의식이라는 것조차 용인하지 않기 때문이다. 그의 감각적 주체는 계급적 이해관계에 종속되지 않는다. 그러한 이해관계란 재화의 생산과 소비라는 경제적 틀을 사회적 삶의 본질적인 구조로 용인할 때 승인되는 것이다.

그러나 이상에게 삶의 본질적인 구조는 여전히 사랑과 축제적 교환 속에 자리잡는 것이어야 했다. 경제적 계급관계는 부드럽고 뜨겁게 열려있는 그러한 나눔의 구조를 경직시킨 것이다. 이상은 경제적 이해관계에 차갑게 몰두하는 그러한 구조적 경직성을 해체시키기 위해 그러한 것들을 모두 가면화한다. 축제적 가면무도회 속에서 사회의 그러한 結晶的 구조들은 항시 우스꽝스럽게 뒤흔들린다. 이상이 내세우는 '감각'은 이렇게 점차 혼돈화해가는 세계 속에서 '나'와 대상을 새롭게 파악하려는 주체의 열림이다.

나는 이렇게 새롭게 열리는 감각을 '느낌'이란 말로 규정짓고자 한다. 이 '느낌'이란 말에 새로운 의미영역을 주려 노력했던 것은 김문집이었다. 그는 느낌을 感傷과 구별하기도 하고(⟨PROMENADE⟩)[34], 느낌과 생각을 손바닥과 손등처럼 동일체의 양면으로 파악하기도 한다.[35] 그에게 '느낌'이란 논리적 사유보다 훨씬 직접적이고, 복잡하게 따질 것 없이 강렬하게 작동하는 감각적 인식능력이었다.[36] 이상은 그러한 '느낌'의 세계를 열기 위해 상투적인 감각들을 전복시켜야 했다.

소설 ⟨幻視記⟩의 '幻視'라는 말과 소설 ⟨童骸⟩의 첫 소제목인 '觸角'이란 말은 그러한 감각을 새롭게 구성하는 방식이 그의 창작방법이었음을 보여준다. 그는 기존의 감각들을 전도시키면서 새롭게 포

---

34 그는 여기서 느낌과 감상의 차이를 똥과 메주의 차이와 같다고 하면서 "감상은 영혼을 손상하나 느낌은 육체를 保養한다"라고 했다. 말하자면 그에게 '느낌'이란 육체적 생명력이 더욱 강렬하게 발현되는 방면에서 작동하는 감각이었다. 김문집, 《비평문학》, 청색지사, 1938, 306쪽.

35 김문집, ⟨'생각'과 '느낌'⟩, 위의 책, 25쪽 참조.

36 ⟨'느낌'없는 문단⟩(위의 책, 417~418쪽)에서 김문집은 과거 맑스주의나 민족주의 혹은 동반자작가 등을 비판하면서 그러한 것을 남의 힘을 빌리는 데 급급한 소영웅주의라고 하였다. 이순신처럼 '무기의 무기'를 갖고 "한번이러할진대!"라는 강력한 사내다운 느낌으로 펼쳐내야 할 예술이 우리 문단에 없다고 한탄한다. 남의 눈치만 보는 '느낌의 부족' 증세를 그는 비판한다. 어디서 빌어온 이데올로기가 아니라 작가 자신이 독자적으로 내뿜어야 할 강력한 에너지는 감각의 모든 영역들을 새롭게 일구어 낼 것으로 그는 생각했던 것이다. 이러한 '느낌의 힘'의 문학에 대한 주장은 그가 이 땅에서 최초로 보여준 것이었다. 그는 이렇게 외쳤다. "느낌을 자의식하라"(⟨프로므나드⟩).

착한 현실상들을 제시한다. 그의 소설은 말하자면 '감각의 연금술'을 지향하고 있다. 나비 이미지는 그러한 연금술적 감각이 지향하는 탈근대적 세계를 향하고 있다. 그것은 세속적인 현실의 층위 즉, 그러한 현실 속에서 익숙해진 감각적 영역들의 경계를 계속 뛰어넘어가며 새로운 미지의 세계를 향해 나아간다.

이상은 〈오감도〉 중 〈시제10호 나비〉에서 거울 속 자화상의 입술 위에 그러한 나비 이미지를 배치했다. 즉 그것은 거울세계를 뚫고 나아가려는 시인의 입(거기서 침묵 속에 갇히도록 하는 거울의 유리 표면을 뚫고 시인의 말이 홍수처럼 분출할 것이다)을 장식하는 기호이다. 이상의 이 거울 이미지는 대부분의 독자들과 연구자들에게 잘못 소개되고 있다. 즉 거울 밖의 세계는 현실이고 거울 속 세계는 비현실 혹은 무의식의 세계라고 말이다. 그러나 사실은 그 반대적인 것이 진실이다. 이상의 전체 상상체계 속에서 거울 이미지는 유리 이미지와 함께 일관되게 작동한다. 그것은 바로 근대적인 현실세계를 가리키는 은유적 이미지이다. 그것은 참된 생명으로 넘치는 육체와 영혼을 상실한 세계를 가리키는 것이다. 거울 밖의 세계야말로 그러한 근대적 현실 즉 유령과도 같은 세계로부터 빠져나와 있는 '참나'의 세계이다. 이상은 근대를 초월한 세계, 즉 거울 밖의 세계를 꿈꿨다.

이 창조적 시인의 목표는 거울 속의 창백한 유령적 이미지를 넘어선 세계에 있었다. 그것은 차가운 광학적 시각 이외에 향기와 맛과 촉감이 자연스럽게 어울리며 새롭게 창조적으로 구성되는 세계이다. 보들레르적인 인공낙원(아편같은 인위적인 도취와 환각을 통해서만 달성되며, 그것조차 짧고 불완전하며 불쾌한 후유증을 남기는)과는 전혀 차원이 다른 세계가 거기에 있다.

결국 이상의 축제적 가면들은 새로운 감각들의 길을 열고, 그것들의 연금술을 통해서 창조되는 세계를 꿈꾸며 바라보고 있다. 그는 식민지 도시 거리를 메운 군중들의 가면 속을 헤쳐나가기 위해 자신의 여러 가지 가면들을 동원했다. 그는 군중에게서 '죽음'의 냄새를 맡았다. 그래서 그는 "죽음은 그에게 있어서 군중인양 싶으다"(〈얼마 안되는 변해〉)라고 말했던 것이다. 그의 가면들은 단지 그러한 군중들을 헤쳐나가기 위한 임시방편적인 것, 혹은 그들과 대항하기 위한 자기과시용이거나 그들을 속이기 위한 위장용이었다. 그러한 가면들의 계단을 오르내리면서 그는 자신의 궁극적인 목표를 향해 나아갔다.

그런데 이상은 매우 혼란스럽고 어지럽게 널려있는 이러한 여러 가면들 밑에 '황금의 꿈' 같은 얼굴을 하나 숨겨놓았다. 그것은 어지러운 여러 가면들 밑에 짓눌린 채 간신히 숨쉬고 있던 원초적인 얼굴이었다. 마치 어린아이로 여전히 남아있는 것 같은 존재, 그리고 이 모든 혼란스런 시대를 거슬러 올라가 인간과 우주 자연이 조화롭게 어울렸던 황금시대에 대한 기억을 간직한 얼굴이 거기 있었던 것이다. 마치 저 원시적 고대로부터 지금까지 흘러오는 동안 세월의 모든 풍파를 견디며 황금시대 낙원의 꿈을 지켜낸 듯한 그러한 얼굴의 원시적 풍경이 그의 유고작인 〈失樂園〉 중의 〈자화상(습작)〉에 그려져 있다. 이 빛나는 시는 우리 근대시사에서 낯선 모습으로, 그리고 여전히 잘 이해되지 못한 채, 우리가 익히 보고 또 즐겨 登頂하는 봉우리들 뒤에 어렴풋한 모습으로 우뚝 서 있다.

〈실락원〉 중의 〈月傷〉에서 그는 그러한 꿈을 새로운 달 이미지로 표현했다. 그것은 그 이전의 황무지 같은 달이 아니라 "새로운 불과 같은 —혹은 화려한 홍수같은 달"이었다. 이 시의 마지막 구절에 나오는 새로운 불의 이미지, '화려한 홍수'의 이미지에서 우리는 그러한 원시적 낙원을 위한 창세기적 힘들을 느낄 수 있다. 이 새로운 달이 지닌 생명력의 힘과 빛은 그의 문학적 출발점에서부터 확인되는 분명한 목표였다. 이 새로운 달은 근대 천문학이 발견한 달, 그가 〈월상〉에서 혈우병에 걸린 것 같다고 했던 그 달을 대체할 것이었다. 그 시에서 근대적 광학은 달을 황무지로 만들었으며, 그 달은 추락하여 지구 전체를 오염시키는 것이었다. 그의 시 〈최후〉에서도 비슷하게 사과 한 알이 추락해서 지구가 부서질만큼 상했다는 구절이 나온다. 이 사과는 바로 뉴튼 앞의 땅에 떨어져 만유인력의 법칙을 구상하게 했던 바로 그 사과이다. 이 사과 한알 때문에 지구에는 더 이상 어떠한 정신도 發芽되지 않는다고 이상은 썼다. "사과한알이떨어졌다. 지구는부서질그런정도로아팠다. 최후. 이미여하한정신도발아하지 아니한다."

뉴튼이 만유인력을 발견하고 현대물리학의 출발점인 《프린키피아(PRINCIPIA)》를 발표한 1687년과, 아담 스미스가 《도덕론》과 《국부론》을 세상에 내놓은 1776년에 무수한 여성들이 마녀로 몰려 화형당했다는 사실을 알고 있는 사람은 극히 드물다고 버나드 디테어는 말했다. 그는 1468년에서 1784년에 걸치는 약 300년 동안 900만명 정도의 여자들이 마녀사냥으로 죽었다고 했다.[37] 뉴튼과 데카르트로 대표되는 근대적 지성의 시기는 말하자면 반이성에 대한 철저한 탄압의 시기이기도 했던 것이다. 엄밀한 금욕주의와 논리적 이성에 어긋난 행태를 보였던 여성들은 그러한 신학적 이성과 공모했던 자들에게 처형되었고, 그녀들의 재산은 모두 몰수되었다.

뉴튼 이후 하늘의 모든 천체는 중력과 만유인력의 법칙에 의해 조

---

37 버나드 리테어, 《돈, 그 영혼과 진실》, 강남규 역, 참솔, 2004, 94쪽.

종됨으로써 완벽하게 질서있는 운동을 하는 시계의 톱니바퀴처럼 보였다. 태양과 달 그리고 별들의 신화는 이러한 천체의 기계적인 물리학 뒤로 사라져갔다. 석기시대의 비너스 상에서부터 확인되었던 달의 신화는 이렇게 해서 사라져갔다.

달과 관련된 모성적인 신화는 매우 오랜 역사를 갖는다. 그것은 이미 프랑스 도르도뉴 주의 로젤 지역에 있는 바위에 새겨진 비너스 상에서 발견된다. 그 비너스가 들고 있는 초승달 모양의 들소뿔에는 13개의 눈금이 새겨져 있다. 캠벨은 이 13개의 눈금을 달의 주기로 파악했다. 즉 15일 동안의 달의 변화상 가운데 눈에 보이지 않는 삭망 기간을 빼면 13이 되는 것이다. 캠벨은 이것을 성스러운 모성의 생식주기로 보았다.[38] 우리의 경우에도 이러한 풍요의 비너스라고 할만한 것이 신라시대 토우에서 발견된다. 임신한 듯이 불룩한 배를 소중하게 매만지는 이 토우 여성상은 그 배 밑으로 발목까지 내려온 주름치마를 입고 있다. 허리에서 방사상으로 내리그어진 12개의 선에 의해 13개의 주름이 만들어졌다.

우리는 이 우주적 생식의 숫자인 13을 이상 문학의 상징적인 숫자로 삼을 수 있다. 그는 〈오감도〉 중 〈시제1호〉에서 13명의 아이들을 등장시켰다. 〈1931년〉(작품제1번)에서는 세 개의 침으로 된 시계가 13을 쳤다고 했다. 마치 런던 거리의 안개를 뚫고 가는 하이드와

---

38 캠벨은 이 비너스 상이 암시하고 있는 것은 "월경주기와 달의 주기 사이의 공통점"이라고 말했다. 죠셉 캠벨, 《신화의 세계》, 까치, 1998, 18~19쪽 참조. 프랑스 로젤 지역에 있는 이 비너스는 기원전 25000년 경에 만들어진 것으로 추정된다. 그녀가 들고 있는 초승달 모양의 들소뿔은 풍요의 뿔의 원형을 보여준다. 거기에 새겨진 13개의 금은 1년 동안의 보름달 수 혹은 초승달이 보름달에 이르는 날 수로 보인다. 아마도 이 비너스는 자궁을 의미하는 동굴의 여신인 것 같다. 버나드 리테어는 그 동굴 속에 사랑을 나누는 한쌍의 남녀가 조각되어 있다고 했다.(버나드 리테어, 앞의 책, 73쪽 참조).

도 같은(〈혈서삼태〉 중 〈하이드씨〉에 나오는 것처럼) 이 13명의 아이들의 행보와 13을 치는 탈근대적 시간의 움직임은 암암리에 그러한 모성적 상징과 연관되어 있다.

이상의 시대에 모성적인 이미지는 새롭고 강력한 이미지로 다시 태어났다. 김기림은 "모성애는 자연이 인류에게 준 한개의 다른 태양"[39]이라고 말했다. 이효석은 〈주리야〉나 〈독백〉 같은 소설에서 자연의 모성적 이미지를 갖고 있는 여성상을 추구하고 있었다. 백석의 시들에는 고대의 성모적 분위기를 간직한 神母들이 등장한다. 이상은 이러한 모성적 추구에서도 독특한 자리를 차지한다. 그는 식민지적으로 천민화된 자본주의 물결 속에서 타락한 여성들에 주목하고, 그녀들을 통해 그러한 생식적 모성의 가능성을 추구했다. 그는 〈월상〉에서 그러한 것들을 집합시킨 것 같은 황량한 달 이미지를 하나 만들어냈다.

달은 여러 신화들 속에서 물을 관장하고 풍요와 다산을 다스리는 별로 나타난다. 그러나 망원경이 발명된 이후 근대 천문학에서 발견한 것은 그러한 신비스러운 이미지와 반대되는 황무지적인 것이었다. 이상은 〈월상〉에서 바로 그러한 근대적 발견을 병적인 것으로 뒤집어 놓았다. 물리적인 시선에 갇힌 근대인들의 관찰은 달의 거친 물질적 표면만을 보았다. 고대에서부터 흘러왔던 달의 신화적 이미지들은 그러한 관찰적 시선 밖으로 추방되었다. 달은 결국 황무지가 되었던 것이다. 이상은 이 시에서 물과 불이 새롭게 창조적으로 일렁이는 달을 묘사함으로써 일종의 모성적인 창세기의 이미지를 그려냈다. 성모에 대한 그의 추구는 바로 이러한 창조적인 생식력으로 가득

---

[39] 김기림, 〈어머니〉, 《신가정》, 1933.5.

한 달 이미지와 연관되어 있다.

이상이 문제삼았던 황무지적 근대성은 그의 상상력의 기저에 놓인 흐름이다. 초창기 일문시 〈鳥瞰圖〉에서부터 이러한 황무지적 이미지가 나온다. 〈Le Urine〉〈광녀의 고백〉〈흥행물천사〉 등에서 생식적 풍요로움이 고갈된 황량한 이미지들은 싸늘한 태양 아래 존재한다. 차가운 시장의 냉혹한 바람에 상품의 포장지처럼 흩날리는 얇은 피부로 감싸인 여성육체 즉, 매춘부의 세계는 북극의 빙결된 풍경으로 나타난다. 생식적인 것과는 아무 상관도 없는 열기없는 태양의 빛이 모든 것을 에워싼다. 그 빛은 다만 이 세계에 대한 광학적인 인식에 필요한 것으로 제시된다. 여성 육체 역시 능동적인 열기가 없이 인형처럼 조종되는 것 혹은 교환되는 상품처럼 나타난다.

이상은 초창기 일문시 중에서 〈이상한 가역반응〉으로부터 〈조감도〉에 이르기까지 이러한 부정적인 세계를 숫자 2와 연관시켜 보여주었다.[40] 이와 대조적인 시들이 〈삼차각 설계도〉에서부터 등장한다. 〈삼차각 설계도〉란 큰 제목 아래 그는 〈선에관한각서〉 연작을 썼다. 거기서 그는 수량화된 세계의 황무지를 수식적이고 도식적인 기호로 보여주었다. 수량화라는 것은 근대적인 인식론과 근대적 생활양식의 특징이었다. 앨프리드 크로스비는 이 문제를 본격적으로 다루었는데, 그는 근대적 세계관의 기원에 놓인 서구인들의 수량화적 특성

---

40 〈이상한가역반응〉과 〈파편의 경치〉 등은 직선과 원의 이분법 혹은 뒤집힌 삼각형의 이미지들을 통해서 2와 3의 부정태를 보여준다. 〈조감도〉에는 〈2인〉 연작이 있고, 역시 삼각형의 부정태인 역삼각형을 보여준 〈신경질적으로비만한삼각형〉이 있다. 〈운동〉과 〈얼굴〉 역시 3의 부정태를 보여준 시들이다. 그 이외에도 인공적인 태양빛과 숫자 2가 연관된 것이 〈유고2〉(임종국, 앞의 책, 286쪽)의 한 부분에 보인다. "완구점의 2층에서 그는 태양에 탐조되고 있었다." 이 글은 장난 감과 거울 이미지로 가득차 있다.

을 매우 자세히 분석했다.[41]

이상은 최초의 한글 시 중의 하나인 〈1933.6.1〉에서 그러한 수량화적인 행위를 일종의 병적인 강박증처럼 묘사했다. "天秤위에서삼십년동안이나 살아온사람(어떤과학자) 삼십만개나넘는 별을 다헤여놓고만 사람(역시)".

수량화는 사물의 본질적 특성을 量的으로 數值化하여 추상적으로 파악하는 행위이다. 그것은 특히 시각적인 눈금으로 확인될 수 있는 측정치(무게, 길이, 온도, 기압 등)를 기반으로 한다. 상품의 가치를 표준화시킨 화폐는 근대 이후 사회 속에, 삶의 모든 구석구석에 이러한 수량적 가치를 배어들게 했다. 이상은 이 화폐의 수량화에 지배된 채 영혼의 깊이를 잃어버린 삶의 황량함을 폭로하고자 했다. 〈날개〉의 주인공은 아내가 던져주는 그 화폐를 사회적 문맥에서 소외시켜 단지 하나의 빛나는 낯선 사물처럼 만들어버림으로써 그러한 화폐의 폭력에서 벗어나고자 한다.

뒷부분에서 나는 이 문제를 특히 '비너스'와 '마리아'에 대해 분석하는 자리에서 좀더 깊이 다루어보겠다. 이상에게 중요한 성적 기호인 비너스는 고대 그리스 지역에서 조개화폐의 여신이었다. 그 근원에는 풍요와 생식을 증폭시키는 축제적 교환이 놓여있다. 마리아 숭배의 기원에도 역시 이러한 풍요와 생식의 여신인 이시스가 있었다.

---

41 앨프리드 W. 크로스비, 《수량화 혁명》, 김병화 역, 심산, 2005. 이 책의 머리말에서 저자는 중세 후반부터 르네상스에 걸쳐서 실재를 설명하는 새로운 모델이 등장했는데, 그것이 바로 양적인 모델이었다는 것이다. 고대의 질적인 모델을 대체한 이 수량화는 코페르니쿠스, 갈릴레이를 비롯해서 지도제작자들, 새로운 식민지 기업가들, 새로운 부의 흐름을 지휘 통제했던 은행가들에 의해 발전되었다. 이들은 "그들 종족의 어느 누구보다도 더 일관되게 실재라는 것을 수량화된 개념으로 사고하고 있었다."(9~10쪽 참조)

나는 버나드 리테어의 블랙마돈나에 대한 훌륭한 연구를 이상의 '피부가 새까만 마리아'(〈Le Urine〉)에 적용시켜 보겠다.

〈날개〉 이외에도 이러한 수량화적 지식에 사로잡힌 수학적 산술에 대한 비판적 조소가 이상에게는 다양하게 나타난다. "인간일 것, 이것은 한정된 整數의 수학의 헐어빠진 관습을 0의 정수배의 역할로 중복하는 일"(〈유고3〉)[42], "하나의 수학, 퍽으나 짧은 숫자가 그를 번민케 하는 일은 없을까?"(〈얼마 안되는 변해〉)[43] 등에서 이러한 부정적 이미지를 볼 수 있다. "그의 영적 산술"(〈지도의 암실〉)[44]이란 말은 이러한 수량화적 수학을 뛰어넘는 새로운 차원의 수학을 엿보게 한다.

2) 광학을 넘어선 주체

① 새로운 빛을 찾아서

그런데 이상은 〈삼차각 설계도〉에서 부정적인 숫자인 2를 넘어선 세계, 즉 3의 세계를 보여준다. 그는 여기서 비로소 광선보다 빠른 '새로운 빛'에 대해 노래한다. 이 '새로운 빛'에 의해 그의 새로운 총체적 세계관을 표현하는 언어인 '부채꼴 인간'이란 이미지가 형성될 수 있었다. 그것은 광학적인 한계에 갇혀있는 근대적 시공간(그에게 '거울세계'로 표상되는)을 넘어서 있다. 그의 문학적 창조는 바로 '거울세계' 너머에 펼쳐지는 이 초광학적 세계를 탐구하기 위한 것이었다.

아무튼 이렇게 그에게 광선(빛)은 이후로 그의 다른 모든 작품에서

---

42 임종국, 《이상전집》, 문성사, 1966, 287쪽.
43 위의 책, 284쪽.
44 위의 책, 87쪽.

매우 중요한 의미를 갖는다. 그의 거울들은 그러한 광선이 만들어내는 광학적인 반사상으로 이루어진 세계에 대한 그의 독특한 상상력을 펼친 것이다. 그러한 광학적인 빛의 세계는 차갑고 우울한 세계였다. 인공태양들, 광석을 캐는 광산으로서의 별들이 그의 작품 여러 곳에 나온다. 이렇게 천문학에 의해 생기를 잃은 태양은 〈날개〉의 서두에 등장하는 '두개의 태양' 이미지를 낳기도 했다. "흡사 두개의 太陽처럼 마주 쳐다보면서 낄낄거리는 것이오."라는 표현이 그것이다. 이 소설에서 정신분일자의 생활과 지성을 가리키는 뜨겁지 않은 빛, 생활을 설계하고 지성적인 사유를 전개하는 두 가지 빛의 이미지가 제시된다. 그것은 서로 상대방을 비웃으며 서로의 가치를 부정해감으로써 점차 어둡게 무화되어가는 빛이었다. 그에게는 그러한 냉정하고 기계론적인 빛 이외에 좀더 따뜻하고 생명력에 넘치는 열기와 빛이 필요했다. 자신의 하늘에 있는 태양과 별과 달에 그러한 열기와 빛을 회복시켜주어야 할 임무가 그에게는 있었다. 그것이 그의 시적 목표였다고 할 수 있다.

〈선에관한각서〉 연작에서 그는 다음과 같은 선언적인 말을 했다. "사람은光線보다도빠르게달아나라"(〈선에관한각서5〉). "광선을즐기거라 광선을울거라../ 광선을가지라"(〈선에관한각서7〉). 이러한 표현들은 광속의 한계를 넘어서서 그 빛을 가지고 노는 삶을 말한 것이다. 광학적 차원으로는 빛을 자유롭게 요리하는 그러한 삶에 도달하지 못한다. 광학은 빛의 차원을 알기 위해 애쓰고, 빛의 기하학으로 세계를 분석하며 그 안에 갇힌다. 그는 광학적 지식의 한계에 갇힌 근대적인 시공간을 넘어가기를 원했다. 그러기 위해 '빛의 벽'[45]을

---

45 이것은 중력의 벽이기도 했다. 뉴튼은 우주공간의 모든 곳에서 동시적으로 작용하는 중력을 상정했다. 그러나 아인슈타인 이후 과학자들은 대체로 중력의 속도

넘어서야 했다.

〈지도의 암실〉이란 소설은 그러한 빛의 경계를 넘나드려는 시도 속에서 쓰여진 것이다. 여기에는 '광선잉크'라는 표현이 나온다. 그것은 광선에 의해 비로소 드러나는 형상들의 세계를 가리킨다. 마치 잉크로 쓰고 그리듯이 광선이 우리 눈에 보이는 세계를 그린다. 우울한 세계 속에서 그저 단조롭게 반복되는 최소한도의 일상을 가능하게 하는 광선에 대해 이 소설은 말한다. 전구의 불을 켜는 것과 잠을 깨는 것을 대응시키면서 그는 광학기구에 따른 삶의 리듬을 보여준다. 미닫이 문에 비친 빛과 그림자로부터 그는 '광선의 잉크'라는 색다른 이미지를 만들어낸다. 그것은 광선이 미닫이 문에 그려놓은 그림자에서 얻은 표현이다. 잠을 깬 육체는 몸에 불이 들어온 것과도 같다. "암뿌으르에 불이 확 켜지는 것은 그가 깨이는 것과 같다 하면 이렇다 미닫이에 광선잉크가 암시적으로 쓰는 의미가 그는 그의 몸뚱이에 불이 확 켜진 것을 알라는 것이니까 그는 봉투를 입는다 침구를 입는 것과 침구를 벗는 것이다". 여기서 '봉투'는 광학적인 빛에 의해 드러나는 모든 것을 감싸는 기호이다. 즉 육체와 옷, 밀과 글사 등 모든 것이 이 '봉투'라는 기호에 휩쓸려 들어간다.

이 소설은 거의 무의식의 흐름에 따르는 듯한 글쓰기로 이루어져 있다. 이 무의식의 흐름은 광선의 경계들을 탐색하고 있다. 주로 그것들은 광학적인 빛의 한계에 갇힌 세계 속에서 영위되는 삶의 어두운 의미를 역설적인 방식으로 보여준다.

우리는 이상의 시대에 이러한 광학적인 빛이 근대적인 삶의 첨단적인 측면들을 개척했던 것을 알고 있다. 이미 레이저 광선이나 X레

가 빛의 속도 혹은 그보다 조금 빠르게 작용한다고 생각했다.

이 광선, 뢴트겐선과 라듐선 같은 것들이 일상생활 속을 파고들었으며, 그러한 것들에 대한 패러디나 시적 상상적 확장 같은 것들이 이루어졌다. 그 당시 패션이나 문학에서 새롭게 많이 등장한 광선 중의 하나가 새로운 금속으로 등장했던 백금의 빛인 '플라티나' 광선이다. 당대의 근대적 지식들에 밝았던 김기림은 자신의 시에서 백금선(플라티나 광선)이란 첨단적인 이미지를 즐겨썼다. "시는 탄다. 百度로.../ 빛나는 플라티나의 광선의 불길이다/ 아스팔트와/ 그리고 저기 레일 위에... 딩구는 단어"(〈시론〉[46]).

김기림의 수필 〈가을의 나상〉에도 이 백금빛이 나온다. "백금빛 늦은 볕이 녹아내리는 투명유리와 같은 대기 속을– 떨어진다. –포플라의 나체 위를 플라티나의 석양 볕이 기어간다." 역시 그와 문단의 한무리를 이뤘던 정지용도 〈갈매기〉에서 백금의 이미지를 보여준다. "해는 하늘 한 복판에 백금도가니처럼 끓고. 동그란 바다는 이제 팽이처럼 돌아간다."[47]

이 백금선은 이상의 작품들에서도 가끔 보인다. "하나의 백금선의 정체를 마침내 백일하에 폭로하고 만 조롱받아야 할 밤"(〈불행한 계승〉)이란 구절에 '백금선'이 나온다. 이것은 이상의 문학 작품에 최초로 등장하는 연애 대상인 나기(혹은 나시) 양과 관련된 것이다. 이상은 어느 오뎅집 딸에게 '케티 폰 나기'라는 당대의 영화배우 이름을 붙여서 부른다. 그녀는 백금선으로 바둑무늬를 한 옷을 입었던 것 같다. 이 나기 양에게 자신의 마음을 털어놓은 밤을 그는 "이상 야릇한 밤이었다. 허나 또 결정적인 밤이었다"라고 했다. 백금선의 정체가 드러났다는 것은 바로 그 밤에 그녀의 존재에 대한 이상의 마음을 그

---

46 《조선일보》, 1931.1.16.
47 《조선지광》, 1928.9.

녀가 알아차리게 되었다는 말이다. 이상은 당시 새롭게 개발된 플라티늄의 빛을 그녀에게 담았다. 사랑하는 여인은 당대에 개발된 첨예한 원소의 빛으로 장식되어 있어야 했다.

당대의 한 필자는 이러한 광선 이미지를 대중적인 담론으로 패러디 했다. 熊超라는 필자는 '연애광선'이란 말을 만들어냈다. 그는 이것이 "인체의 에로틱한 부분에서 가장 많이 발사하는 것"이라는 넌센스적 이야기를 만들어냈다. 그는 〈연애광선〉이란 글에서 근대적인 광선에 대한 지식이 일반화되어 있음을 잘 보여주고 있다. 즉 태양광선을 분광해서 생기는 무지개색, 적외선과 자외선, 뢴트겐선, 라듐선, X선 등에 대해 말하고 있는 것이다.[48]

성영근은 라듐선, X선 이외에 감마선이나 극초단파의 살인광선에 대해서도 언급했다. 그는 영국의 머시우스가 개발한 살인광선을 소개하면서 "X선의 발견에 경이의 눈을 크게 떴던 인간은 이제는 이 미지의 광선에다 그 기대를 크게 해가지고 각국이 함께 일제히 그 연구를 진전시키고 있는 것이다."[49]라고 했다. 그러나 머시우스의 이 살인광선을 발사한 기구의 전모는 베일에 싸어 있었다. 말하자면 이 첨단적인 광학적 지식은 근대적 광학의 미개척지를 넓혀가는 신지식이었던 셈이다.

한 필자는 치사적인 광선과 생명광선을 구별하면서 새로운 시대 광선에 대한 첨단적인 지식을 소개했다. 〈새세기의 경이—광선과학의 극치〉라는 글에서 그는 "태양광선에서 해로운 치사적 에너지만을 뽑아낸 치료적 건강광선"인 생명광선을 발견했다고 소개했다.[50]

---

48 웅초, 〈연애광선〉, 《신여성》, 1933.8, 88쪽 참조.
49 성영근, 〈살인광선의 위력〉, 《중앙》, 1936.1, 155쪽.
50 《별건곤》, 1934.1. 16~17쪽 참조.

우리는 이러한 근대적인 광학과 새로운 첨단적인 광학들이 일상생활과 과학과 군사적인 방면에서 일으켰던 혁신적 변화상들을 어느 정도 알고 있다. 그리고 당대인들에게 끼쳤을 영향력도 대략 추정해볼 수 있다. 김기림의 백금선 이미지와 웅초의 '연애광선'이란 표현은 각기 상상적인 차원에서 그러한 광학적 지식을 차용하고 있다. 이상의 작품 전체에서 작동하는 상상적인 기반에도 역시 이러한 광학적 빛이 존재한다. 그러나 이상에게 이러한 광선들은 아무리 사물과 인체를 투시해도 그러한 대상들의 총체적 본질에 도달하지 못하는 것이었다. 결국 그러한 광학적 빛들은 물체 속을 파고들어도 역시 또 다른 미시 물질에 부딪치고 만다. 물질 너머의 내면에는 도달하지 못하는 것이다. 그것은 물질적인 표면들, 즉 그 실체의 가면과 유령적 환영체만을 보여주는 그 표면들 위를 미끄러질 뿐인 것이다.

예를 들어 〈骨片에관한無題〉의 다음과 같은 구절을 보자. "墨竹을사진촬영해서원판을햇볕에비쳐보구료— 骨骼과같다. 두개골은石榴같고 아니 석류의陰畵가두개골같다(?)" 묵죽과 사람의 뼈, 석류와 두개골의 이미지적 등가성은 인간 존재에 대한 해부학적 시선이 발견해낸 황량한 풍경이다. 인간을 해부하거나 광학적으로 투시해보았자 인간성을 엿볼만한 별 대단한 것이 거기에는 없다. 다만 그것은 우리 주위에서 흔히 발견할 수 있는 그러한 사물적 이미지만을 보여줄 뿐이다.

그러나 이상에게는 그의 전반적인 상상 체계 속에서 작동하는 이러한 시각적인 빛 이외에 예를 들면 '꿈의 방사선' 같은 상상적 광선도 있었다. "나는 빙긋이 미소를 지어보였다. 사실, 나의 驅殼 全面에 개들의 꿈의 방사선의 파장의 直徑을 가진 수없는 穿孔의 흔적을 나는 느끼지 않을 수 없었다."(〈유고3〉, 방점 인용자)[51] 그리고 그에게는 광학적인 것 자체도(비판적인 방식이지만) 상상적인 인식의 대상이 되었다. "사각진 달의 採鑛을 주워서, 그리고는 지식과 법률의 창문을 내렸다. 그의 몇 억의 세포의 간극을 통과하는 광선은 그를 붕어와 같이 아름답게 하였다."(〈얼마 안되는 변해〉)[52] 그는 어항의 물 속에 갇힌 금붕어처럼 광선의 물 속에 갇혀 떠 있는 느낌을 묘사하고 있다.

그러나 그에게 광학적인 빛이란 이론적으로 탐구하고 인식해서 마침내는 거기 도달해야 할 궁극적인 대상이 아니었다. 그에게 그것은 정복하고, 즐기고, 울며 웃고 소유해야 할 것이었다. 그것은 일상적인 삶의 대상처럼 다루어져야 했다. 근대적 세계를 구성하는 차가운 인식론의 광학적 빛을 넘어선 자에게 가능한 그러한 삶을 말이다.

그에게 이 차가운 빛은 근대적 감각의 첨단에 서있던 시각과 관련된다. 그것은 공간과 사물을 기하학적인 원근법적 시각으로 파악하게 만들었다. 그리고 점차 빠른 속도감을 요구하게 된 근대세계의 리듬 속에서 시각은 사물들의 순간적인 표면적 인상들에 대한 감각들을 중시하게 만들었다. 계속해서 변화하는 패션은 그러한 순간적 감각의 생활화를 보여주었다.

② 원시적 전체성

이상은 이 시각적 빛을 그 시대의 첨예한 인식론 속에서 포착했으며, 그것을 넘어서고자 했다. 따라서 그에게 광선의 문제는 주체적 감각 영역의 최대치를 논하는 문제였다. 〈환시기〉에서 보여주는 시각적인 착란이나 '인색한 원근법' 그리고 〈동해〉의 '촉각'이 내포한

---

51 임종국, 앞의 책, 288쪽. 개는 이상에게는 대지적 생명력을 가진 존재이다. 그것은 물질적 한계를 넘어서는 '꿈의 방사선'을 방출한다.

52 위의 책, 285쪽.

촉감적인 시각[53] 등은 근대적인 광학적인 시각을 패러디하거나 그것의 한계를 넘기 위한 상상적 실험을 보여준다.

이상은 이 문제를 다루면서 주체의 미시적 영역과 거시적 영역 양쪽의 문을 활짝 열고자 했다. 그에게서 최초로 주체는 다양한 감각의 미묘한 깊이를 간직하게 되었으며, 동시에 대지 및 하늘과 한데 어울려 우주를 호흡하는 총체적 존재를 꿈꾸는 것이 되었다. 그의 초창기 시들은 이러한 문제를 선언문처럼 채택한 아포리즘들이다. 즉 그는 근대세계의 특징인 시각적 감각 영역을 좀더 강렬한 느낌이 요구되는 청각과 미각 혹은 촉각의 세계로 이끌었다. 이러한 것들은 광학을 넘어선 감각의 세계였다.

이 부분에 우리가 논의해야 할 많은 것들이 있다. 이상의 독자성과 탁월성은 이러한 부분에 놓여있다. 뒤에서 다루겠지만 그는 시간의 강물의 긴흐름 속에서 시각적인 감각들을 다른 여타의 감각들과 대화하도록 만들었다. 그의 주체는 단지 근대적인 체제에 수동적으로 반응하기보다는 능동적으로 그러한 것들을 넘어서서 새롭게 자신과 세계를 구성할 필요가 있었다.

나는 이러한 그의 생각을 그가 사용한 '부채꼴 인간'이란 말 속에 함축시켜 살펴보고자 한다. 그것은 시간의 강물을 끌어모으는 감각이며 또한 우주적 삶이 활짝 펼쳐지거나 접히는 자아의 변신술이었다. 그가 위의 시에서 '사람은 거울'[54]이라는 말로 의미했던 '거울인간'의 의미도 그러한 부채꼴 인간을 그려내기 위한 한 방편이었을 것

---

53 소설 〈동해童骸〉의 첫 장은 '촉각'이란 제목을 붙였다. 첫 줄에 촉각과 시각이 서로 결합되는 표현이 나온다. "촉각이 이런 情景을 圖解한다."(위의 책, 51쪽)

54 〈선에관한각서7〉에 "광선이 사람이라면 사람은 거울이다."라는 구절이 있다. (위의 책, 261쪽)

이다. 이러한 광학적인 빛의 차가운 속도에 갇힌 세계를 넘어선 인간 (우리는 나중에 그의 '별인간'에 대해 논할 것이다)과 그의 세계에 대해 이상은 수수께끼 같은 시적 진술을 통해 말했다.

우리는 식민지 시대 상황 속에서 서구와 일본의 근대적 수준을 따라잡기에도 벅찬 상황에서 당대 세계 지성의 최고 전위적인 수준에 대한 문학적 시적 반향을 보여준 이러한 이상의 사유와 상상력에 놀라움을 금할 수 없다. 아인슈타인이 주장했던 비유클릿적 공간(중력에 의해 휘어진 비균질적인 공간)에 대한 몇몇 과학자들의 확인 작업이 있었던 1919년 이후 그러한 이론에 대해 세계는 주목했다.[55] 그러나 그것이 일상적인 차원에서도 일반화되기에는 아직도 긴 시간이 필요했던 시기였다. 특히 대다수 식민지 지식인들에게 그것은 멀리 떨어진 다른 나라에서 벌어지는 일들처럼 보였을 것이다.

이상의 시대에 아인슈타인의 상대성 원리를 소개한 심형필은 일상 현실에서는 이러한 상대성원리가 뉴튼적인 법칙을 크게 위협하지 않

---

[55] 아인슈타인은 특수상대성 이론에 관한 박사논문을 1905년 스위스 취리히 대학에 제출했나. 그 후 제1차 세계대전 와중에 중력마당에 관한 방정식을 개발했다. 그는 무거운 물체의 중력마당에 의해 빛이 휘는지 알아보는 일에 매달렸다. 1914년 8월로 예측된 개기일식에서 그것을 관찰하기 위한 크리미아 원정대가 조직되었지만 세계대전으로 무산되었다. 1919년 5월 29에 일어난 개기일식을 관찰하기 위해 두 원정대가 조직되어 브라질과 아프리카 해안의 프린시페 섬으로 떠났다. 케임브리지 천문대 팀을 이끈 아서 에딩턴은 거기서 빛이 휘는 것을 관찰할 수 있었다. 1919년 11월 런던에서 왕립천문학회와 왕립학회의 연합모임에서 이 원정대의 조사 관찰 결과에 대한 토의가 있었다. 여기서 에딩턴은 유클릿 기하학 법칙에 적용되지 않는 이 새로운 현상의 의미를 13세기 페르시아 시인 루바이아트의 시를 인용하며 공표했다. 이 루바이아트의 시 속에는 "논쟁 속에서도 한가지 분명한 것은/ 빛살은 태양에 갈 때 똑바로 가지 않는다"라는 구절이 있었다. 1919년 11월7일 런던타임즈 발 머릿기사로 "뉴튼의 생각이 틀렸다" "공간은 휘어있다"라는 이 새로운 혁명적 성과가 대중들에게 퍼져나갔다(아미드 D. 액셀, 《신의 방정식》, 김희봉 역, 지호, 2002, 111쪽 참조).

는 것으로 보았다. 그는 비록 뉴튼의 만유인력설이 깨졌지만 일상현실에서는 별로 크게 심각한 문제가 아니라고 말했다. 그는 태평양의 물과 그릇 안의 물을 비유로 해서 그에 대해 설명했다. 즉 뉴튼의 세계는 그릇 안의 물인데, 우리의 일상생활은 바로 이 그릇 안에 있다는 것이다.[56]

이상은 이러한 물리학적 이론들을 직접 다룬 것은 아니다. 하지만 그는 자신의 삶을 그러한 첨예한 이론적 지식들에 의해 파악된 세계의 한 가운데 위치시켰다. 그의 감각과 상상력은 그러한 것들을 빨아들이고 또는 그것을 넘어서면서 그의 문학적 삶을 전개시켰다.

그에게 유클릿과 뉴튼적 지식들에 의해 구성되는 현실들은 강력하게 부정해야 할 대상이었다. 그는 자신의 독특한 상상력을 통해 그러한 지식과 현실을 비판할 수 있었다. 비유클릿 기하학이나 상대성 원리 같은 당대의 첨단적인 지식들이 그의 이러한 상상적 재료 속에 녹아들어갔던 것으로 생각된다. 그의 상상력은 당대 최고 수준의 지성적인 산맥들 위를 달리고 있었다. 그러한 이상의 지식을 보면 당시 최고 수준의 지식과 정보들을 수집하고 있었던 식민지 제국대학의 한 도서관 속에 있었던 것처럼 보이기도 할 정도이다. 그는 수많은 책들을 독파하면서 고대적인 낙원 신화(주로 구약 창세기적인 신화 그리고 중국 黃帝 시대와 그 이후의 도가적 老莊 신화의 편린이 엿보인다)[57]

---

56 심형필, 〈문명과 과학의 가치〉, 《중앙》, 1936.5. 136쪽 참조.

57 이상문학 속의 장자적 측면에 대해서는 박현수와 김주현의 연구성과가 있다. 박현수는 〈오감도〉 중 〈시제5호〉에 나오는 "翼殷不逝 目大不覩"이 《장자》 山木篇에 나오는 구절임을 밝히고 그것을 이상의 '무한연쇄'적 문장의 특징과 연관시켰다. 이상문체를 장자적 연원에서 찾았다는 점에서 중요한 성과이다.(박현수, 《이상문학연구─모더니즘과 포스트모더니즘의 수사학》, 소명출판, 2003, 213~214쪽 참조) 김주현은 장자의 호접몽 모티프를 이상의 〈12월12일〉과 〈산촌여정〉에서 찾아내서 그것을 이상의 백과사전적 지식의 활용으로 주목했다.

와 서구 예술가들의 근대적인 천사 이미지[58], 그리고 비유클릿적인 기하학과 광학의 지식들을 뒤섞었다. 그에게는 근대 이후 전문화되면서 각기 분화된 이러한 분야들 간의 대화론적 종합이 있었다. 나는 이러한 종합적 전체성에 대한 추구가 이상의 목표와 꿈이었다고 생각한다.

그는 어떤 글에서 이러한 것을 원시적인 전체성과 연관시켰다. 그것은 근대적 황무지와 사막을 넘어가서 도달해야 할 그의 새로운 낙원을 가리키고 있다. 그리고 그것은 그가 차가운 '빛인간'을 넘어서서 새로운 인간의 이미지를 구축하는데 필요한 것이기도 했다. 이것이야말로 이상이 꿈꾸었던 새로운 창세기였다. 그가 기독교적 이미지들을 빌어온 것은 바로 이 낙원의 창세기를 그려보이기 위한 것이었다. 이 글에서 나는 바로 이상의 이러한 야심적인 목표와 꿈을 여러 작품들 속에서 확인하고, 그러한 것들이 어떠한 양상들로 나타나

(김주현, 《이상소설연구》, 소명출판, 1999, 168쪽 참조).

이외에도 이상에게는 '무한'에 대한 염원과 참된 본질을 드러내는 거울에 대한 탐구 등이 고대적 정신세계와 맞닿아 있는 부분이 있다. 그의 물과 거울 이미지는 전체적으로는 시공간적으로 굳어지고 숨혀진 틀(근대세계를 가리키는) 밖을 지시하기 위한 것이다. 그것은 도가적 세계와도 상관될 것이다. 〈얼마 안되는 변해〉에 나오는 "무한으로 통하는 方丈의 第3軸"이라는 표현 속에는 그러한 정신이 깃들어 있다. '방장'이란 고조선과 인근 지역에서 가장 원초적인 우주산인 삼신산의 한 봉우리를 일컫는 것이었다. 그것은 삼신산의 중심에 자리잡은 집을 의미하기도 했다. 후대 불교에서는 참선하며 도를 닦는 공간(방)을 지칭했다.

58 그는 주로 장 콕토에게서 이 근대적인 천사 이미지를 빌어왔다. 특히 창녀와 천사를 결합한 이미지 같은 것이 그러하다. 콕토의 〈창녀의 집〉에 나오는 "당신의 겉모양은 造花로 가득차고 또 인공천사로도 가득찼다."(《세계명작시선》 중 《콕토 시집》, 양병도 역, 대문사, 1958, 58쪽.) 여기서 '창녀의 집'의 표면은 꽃과 천사로 장식되어 낙원의 이미지를 보여준다. 이상에게도 낙원의 이미지를 본 뜬 창녀와 걸인들이 등장한다. 그들은 자신의 육체와 곡예를 그러한 이미지로 감싸서 거리에서 매매한다. 이상의 〈흥행물천사〉에서 그러한 이미지를 발견할 수 있다. 이상의 매춘부적 천사도 인공적인 이미지를 갖고 있다.

있는가 하는 것을 알아보려 한다. 그러한 이상의 목표와 꿈은 여전히 현재의 우리에게도 매우 신선하고 낯선 것이며 절실한 것이기도 하기 때문이다.

3) 나비와 귀뚜라미의 기호학적 서판

① 기호평면들과 상상적 서판

이상은 자신의 문학이 그의 이러한 독자적인 목표를 성취하기 위해 당시의 문학적 관습 혹은 전통적인 문자적 관습의 벽을 어떻게 돌파해야 할 것인가에 대해 고민했다. 그는 "인류가 아직 만들지 아니한 글자"(〈지도의 암실〉)에 대해 언급하기도 했다. 그가 시와 소설 그리고 근대적인 문학양식으로 고정시킬 수 없었던 여러 편의 애매한 글들59을 통해서 이러한 말과 글자를 어떤 방식으로 이끌어갔는지 살펴보아야 한다. 그것은 빛의 장벽인 '거울'의 페이지를 넘기는 문제이기도 했다. "여기 한 페―지 거울이 있으니"(〈明鏡〉)에서처럼 그의 거울은 넘길 수 없는 빛의 책장이었다. 그의 '광선을 넘어선 존재'는 과연 거울 이미지들을 넘어설 수 있었던가. 그리고 그의 말과 글자들이 그러한 초광학을 실현하기 위해서는 어떠한 방식을 취해야 했던가? 그의 독서와 말의 흐름, 그리고 글자의 축제적 놀이에 대해 우리는 생각해보아야 할 면들이 많이 있다.

이상은 태양과 달이 싸늘하게 식어버린 근대의 천문학을 '엄동과도 같은 천문'(〈월상〉)이라고 표현했다. 그는 이 차가워진 근대의 하

---

59 그의 여러 글들은 근대적인 문학 양식의 틀을 벗어나 있다. 예를 들어 〈최저낙원〉이나 〈실낙원〉 같은 글들이 그러하다. 어떤 책에서는 이것을 수필로 또 어떤 책에서는 시로 규정한다.

늘인 천문학적 지붕을 거부한다. 그는 그러한 지붕을 씌운 집에서 견 디내야 했다. 극도로 차가운 기운이 몰아닥치는 방 속에서 힘이 든 독서를 하기 위해 애를 써야 했다(〈화로〉60). 이러한 차가움과 싸우 며, 그것에 저항하고 또 그것을 밀어내기 위한 글쓰기란 과연 무엇을 말하는 것일까?

우리는 이와 관련해서 이상의 작품들에 끊임없이 출현하는 종이평 면을 떠올리게 된다. 주로 창백한 빛을 띤 이 종이평면은 마치 유령 들의 거주지처럼 묘사된 유리거울과 상상적 세계(혹은 이상의 표현에 따르면 유계幽界이기도 한)를 자유롭게 날아오르는 나비날개 사이에서 흔들린다. 그의 글쓰기는 이러한 몇 가지 기호평면을 갖고 있으며, 그러한 기호평면들 사이를 건너뛰며 오르내리는 곡예를 보여준다.

그의 문학적 여정에서 하나의 전환점을 보여주는 성천여행에서 그 의 글쓰기는 심연의 깊이와 수직적인 높이로 이루어진 독특한 지형 도를 보여주었다. 아마도 이것을 우리는 이상의 상상 세계 속에 뿌리 박고 자라난 우주목이라고 할 수 있을 것이다. 그는 우주적 총체성을 상상력 속에서 작동시키고 있었던 것이다. 그는 1935년도 초 가을 (또는 여름의 끝 무렵) 정도에 세상에서 철저하게 떨어져 나온 고독한 나그네의 모습을 하고 평남 성천을 향해 여행을 떠났다. "홀로— 세 속의 시끄러움에서 빠져나와" 먼 낯설은 땅에서 그는 내면의 깊은 소 리를 써나갈 수 있는 자리에 앉게 된 것이다.

그는 거기서 자신의 속 깊이 싹트고 있는 "나의 악에 대한 충동"을 엿듣고 있는 것 같은 귀뚜라미를 철학적 문필가의 모습으로 그렸다. 그 귀뚜라미는 책상 위의 원고지 위에서 직립해있는 흰 벽으로 옮겨

---

60 관련된 부분은 이렇다. "極寒이 房속을넘본다. 房안은견딘다나는독서의뜻과함 께힘이든다."(임종국, 앞의 책, 252쪽)

간다. 그 흰 벽 위의 귀뚜라미는 "내가 필설로서 호소할 수가 전혀 없는 수많은 깊은 악과 고통마저 알고 있다는 그런 얼굴"(〈첫번째 방랑〉)을 하고 있다. 이상의 모든 내면이 투사된 이 귀뚜라미의 흰 벽은 전혀 새로운 평면, 즉 솟구치는 힘으로 직립한 종이평면이다. 그의 진정한 창조적 글쓰기는 관습적으로 굳어 있고 닫혀있는 기호평면들을 여기서 뛰어 넘는다. 이 직립적인 평면, 수평적인 기호평면들을 가로질러 가는 이 수직적인 기호적 지향을 나는 '태양화'라는 말로 규정하고자 한다. 그것은 이상의 다른 두 가지 기호적 지향인 '大地化', '大洋化'와 더불어 기호 삼각형의 세 꼭지점을 이룬다.

우리는 이러한 기호 평면들에 대해 조금 더 살펴볼 필요가 있다. 이상과 서로 편지왕래를 자주 했던 김기림의 다음과 같은 언급을 보면 그러한 기호 평면이 지닌 특성이나 구조의 한 측면을 엿볼 수 있다. 어느날 상허 이태준의 '耕讀精舍'(성북동에 있던 그의 집)에 모인 몇몇 문우들과 나누었던 대화의 한 장면에 대해 김기림은 이야기 했다. 그 자리에서 이상은 쥴 르나르의 〈전원수첩〉에 나오는 한 구절을 소개했다. 겨울날 방안에 가두어 두었던 카나리아가 난로불 온기를 봄으로 착각해서 날개를 푸닥이며 노래하기 시작했다는 내용이다. 그러한 이야기가 김기림에게는 당시 이상을 속박하고 있던 여러 가지 서류들을 떠올리게 했다. 김기림은 카나리아의 뜻없는 동작 속에는 사실 봄을 그리는 시인의 마음이 투영되어 있다고 생각했다. 김기림은 당시 이상의 어려운 형편을 상세히 알고 있었을 것이다. 그리고 그러한 대목을 소개하는 이상에게서도 역시 르나르와 비슷한 마음이 있었음을 읽어냈다. 그만큼 당시 이상은 절실하게 봄을 그리워해야 할 정도로 추운 상황 속에 있었던 것이다. 그는 식민지 근대의 새장에 갇힌 새였던 것이다. 그는 "대체 두 장의 재판소 호출장과 한

장의 내용증명 우편물과 한 장 내지 두 장의 금융조합 대부 독촉장을 항상 가지고 다녀야 하는 이 사나이와 온갖 찬란한 형용사에 의하여 형용되는 다채한 봄이 대체 무슨 관계가 있느냐."[61]라고 적었다.

김기림의 이 글이 1935년 1월에 발표된 것을 보면 이러한 일은 그 전 해인 1934년 쯤에 있었던 것 같다. 이상은 황해도 배천 온천에서 알게 된 금홍과 살림을 차리고 그녀를 내세워 다방 제비를 경영했다. 그러나 그는 구본웅과 박태원, 정지용 등 화가, 문인들과 어울려 지내면서 거의 사업을 돌보지 않았다. 그는 그 해 7월에 〈오감도〉를 발표하면서 문단의 주목을 받게 되었다. 이태준은 당시 이상의 〈오감도〉가 연재되던 조선중앙일보 학예부 기자였다. 〈오감도〉가 가져온 충격은 편집부와 교열부를 뒤흔들고 마침내는 독자들의 소란에까지 이어졌다. 독자들의 욕설과 편집진의 시비에 시달리면서도 이태준은 사표를 주머니 속에 넣고 다니면서 그러한 충격과 시비를 몸으로 막아내었다.[62] 〈오감도〉는 〈시제15호〉를 끝으로 연재가 중단되고 말았다. 그러나 그는 그 사건으로 문단에서 鬼才라고 불리울 정도로 강한 인상을 남겼고[63] 곧 '구인회' 멤버가 되었다.

이상은 1934년 〈오감도〉 사건 이후 자신이 꿈꾸던 문학적 야심에 본격적으로 불을 붙였다. 저절로 문단의 친구들과 자주 어울린 것으로 보인다. 그의 다방경영은 어쩔 수 없이 뒤로 밀려날 수 밖에 없었다. 그는 결국 세금 납부 일짜마저 어기게 되었고, 다방 경영권은 재판에 회부되었다. 그런데 그 재판 날짜에 나가지도 못해서 궐석으로 처리되었다. 다방은 기어코 남의 손에 넘겨지고 말았다.[64] 그의 여

---

61 김기림, 〈봄은 詐欺師〉, 《중앙》, 1935.1.
62 임종국, 앞의 책, 357쪽 참조.
63 서정주, 〈이상의 일〉, 《서정주문학전집5》, 일지사, 1972, 86쪽 참조.

동생인 김옥희의 회고에 의하면 이상은 1935년에 가장 불행한 일들을 겪었다. 다방 '제비'는 그해 9월경에 폐업했다. 그 뒤 인사동에 있는 카페 '쓰루'(鶴)를 인수했는데 이것마저 실패했다. 종로에서 다방 '69'를 설계했지만 개업도 하기 전에 남의 손에 넘기고 말았으며, 명치정에서 다시 차렸던 다방 '무기'(麥)도 마찬가지였다.[65] 그후 이상에게는 "자학과 부정의 방랑생활이 시작되었던 것"이라고 김옥희는 증언했다.[66] 그녀의 회고에 의하면 이 해 전에 이미 임이 언니(변동림을 가리킨다)와 동거하고 결혼식까지 올렸다고 했다. 그런데 정작 변동림 본인은 1936년 6월에 이상과 결혼했다고 증언했다.[67] 아무튼 1934년 이후 이상의 연애와 결혼, 다방경영 그리고 문학창작과 문단활동 등은 복잡하게 얽혀 전개되었음을 알 수 있다.

우리는 그의 다방 경영과 재판 그리고 연애와 결혼, 〈오감도〉의 스캔들과 문단교우 등에 얽힌 이상의 문학과 인생을 떠올리면서 김기림이 앞에서 소개한 한 대목을 음미할 필요가 있다. 이상은 봄을 그리워하게 될 정도로 우울한 겨울 속에 있었던 것이고, 그것은 주로 그의 첫 번째 사업(그의 집 재산까지 거의 털어넣었던)이었던 다방 '제비'가 파

---

64 양윤옥, 《슬픈 이상》, 한겨레, 1985, 48쪽 참조.

65 老茶客의 〈경성다방성쇠기〉에는 이상의 다방 경력이 소개되어 있다. 그에 의하면 이상은 다방 씩스나인(69)을 시공한 뒤 팔아넘기고 '제비'를 개업했다고 했다. 대개 다른 사람들이 기억하기로는 '제비'가 가장 먼저이다. "그 다음이 작년에 죽은 이상이 현재 삐―뽀스톤 자리에 실내시공만 했다가 팔아넘긴 씩스나인(69)이 열리고 곧 뒤이어 이상이 자기 부인을 데리고 열었던 종로 1정목의 '제비'였다." 그에 의하면 '제비'는 1년이 못되어 명치정으로 자리를 옮겨 '麥'이란 새가게를 내었다고 했다. (《청색지》 1집, 1938.6. 47쪽)

66 김옥희, 〈오빠이상〉, (신동아, 1964. 12), 김유중·김주현 편, 《그리운 그 이름 이상》, 지식산업사, 2004, 63쪽에서 재인용.

67 김향안, 〈理想에서 창조된 이상〉, 위의 책, 205쪽.

탄적 상황을 맞았기 때문이었다. 김기림은 이상의 계절을 차갑게 얼어붙도록 만들었던 재정파탄과 그에 따른 재판소 호출장, 은행 대부 독촉장, 내용증명서 등에 대해 언급했다. 상업적인 이해관계를 다스리는 사법제도의 권력이 내미는 인쇄 종이 서류들은 보이지 않게 작동하는 근대적 감옥이었다. 김기림에게 이러한 서류들은 그의 문학적 상상력 속에서 독특한 자리를 차지한다. 그는 〈봄은 사기사〉에서 봄에 대한 자신의 환상을 억압하며 거기에 우울한 그늘을 드리우는 것들에 대해 말했다. 그것은 납세 독촉서, 백화점의 광고지, 원고 독촉통지, 최악의 경우엔 이상(李箱)과 같은 내용증명 우편 등이다.[68]

김기림에게 이러한 서류들은 어떠한 의미를 갖는 것인가? 그의 시 〈기차〉[69]에서 이렇게 노래했다. "나로 하여금 저 바다까에서 죽음과 납세와 초대장과 그 수없는 결혼식 청첩과 訃告들을 잊어버리고/ 저 섬들과 바위의 틈에 섞여서 물결의 사랑을 받게 하여 주옵소서". 그에게는 이 망각의 바닷가에서 지워버려야 할 서류들이 있었다. 이상에게도 그의 작품 여러 곳에서 등장하는, 바람에 뒤집거나 새처럼 날려버려야 할 符牒의 서류들이 있다. 김기림은 자신의 상상력 속에 깊이 자리잡은 이 서류 이미지를 통해서 색다른 시학을 만들어낼 수 있었다. 근대적으로 규격화된 생활 속에 개인들을 묶어두는 그러한 서류들로부터 그는 끊임없이 도망치고 싶어했다. 그가 바닷가를 꿈꾸는 자리에서는 언제나 그러한 것들이 뒤집힌다. 그는 마치 장 콕토처럼 식당의 메뉴판을 뒤집는다. 규격화된 서류를 뒤집었을 때, 뒤집힌 면은 창조적 글쓰기가 시작되는 서판이 된다. 김기림은 메뉴판의 뒷면에 자신의 시를 쓴다.[70]

---

68 김기림, 앞의 글.

69 김기림, 《태양의 풍속》, 학예사, 1939, 21쪽.

나는 앞의 글(이 책의 1장 '종이와 거리의 서판')에서 산책가의 작업실과도 같은 이 기차 식당칸에서 메뉴판을 뒤집는 행위의 상징적 의미를 분석했다. 뒤집힌 메뉴판은 상품의 논리적 書板을 뒤집은 것이다. 장 콕토의 경우처럼 김기림에게도 그러한 뒤집힘 속에서 시인의 상상적 書板이 태어난다. 김기림은 냉정하고 엄밀하게 움직이는 기차의 궤도 위에 상업적 논리의 서판을 올려놓았다. 그리고 그러한 '상품의 논리적 서판'을 뒤집어서 자신의 시적 서판을 만들었다. 그의 시적 서판에는 〈호텔〉이나 〈식당〉〈첫사랑〉 같은 시에서 볼 수 있는 것 같은 '多聲的 書板'이 존재한다. 그것은 수많은 여행객들의 꿈과 기이한 체험들이 담긴 서판이다. 그리고 다양한 방언과 각이한 외래어들이 서로 대화론적으로 모여 짜여지는 축제적인 테이블클로쓰적 서판이다. "多辯에 지치인 만년필/ 때무든 지도/ 들을/ 나는 나의 기억의 힌 '테─블크로트' 우혜 펴놋는다".[71] 김기림에게는 꿈꾸는 테이블의 기호학이 있었던 것이다. 그리고 그것은 대개 바다라는 '파란 꿈의 치맛자락' 속에 파묻혀 있는 도시거리의 아스팔트와 카페의 탁자, 커피나 쥬스잔 등이 만들어내는 상상적 세계의 기호학이었다.

② 이야기의 꽃─나비서판

반면에 이상에게는 나비와 귀뚜라미의 서판이 있었다. 〈산촌여정〉과 〈어리석은 석반〉에 나오는 나비 이미지는 찢어진 종이같은 것이다.[72] 그것은 때로는 계시의 종이조각(〈어리석은 석반〉에 나오는

---

70 김기림, 〈도시풍경1. 2〉상, 《조선일보》, 1931.2.21.
71 김기림, 〈첫사랑〉, 《개벽》, 1934.11.
72 이상에게는 날아오르는 종이와 대비되는 종이, 즉 배의 공허한 깊이 속으로 삼

나비 이미지) 같은 것이며, 또 다른 경우에는 족보를 찢거나 신문을 찢은 것 같은 나비(〈산촌여정〉에 나오는)이다. 그는 자신의 치욕적인 계보를 부정하거나 비판했으며, 시끄러운 도시의 군중으로부터 도피했다. "소녀는 短艇가운데있었다─ 群衆과 나비를 피하여."(〈실락원〉의 〈소녀〉에서)(방점─인용자). 그에게 나비 날개는 족보나 신문으로 대표되는 그러한 봉건적이고 근대적인 서판들을 찢어버리는 파괴적인 충동에서 빚어진다. 바로 그 파괴적인 힘으로 찢겨진 종이들은 나비처럼 가볍게 날갯짓을 한다. 이상의 나비는 신문으로 상징되는 도시적 정보(시각과 주로 관련되는)의 흐름을 파열시킨다. 그 나비의 날갯짓은 그러한 것들을 봉선화 향기 가득한 허공 속에 흐뜨려 놓는다. 그는 성천에 와서 도시적인 시각(그가 '교활한 도시인의 시선'이라고 했던)으로부터 시골의 미묘한 소리의 세계로 진입한다. 그는 〈산촌여정〉의 한 대목에 나비와 관련된 짧은 시적 단편을 하나 끼워넣었다. 거기에서 이상은 신문으로부터 애인의 귀처럼 생긴 꽃으로 옮겨갔다. 그가 "머룻빛 잉크로 산촌의 詩情을 비망록에 起草했다"고 하는 그 구절을 읽어보자.

그저께 新聞을 찢어버린

때묻은 흰나비

봉선화는 아름다운 애인의 귀처럼 생기고

귀에 보이는 지난날의 記事[73]

켜서 사라지는 종이가 있다. 소설 〈지도의 암실〉이나 시 〈아침〉에 나오는 낙타는 바로 그러한 소멸되는 종이와 관련된다. 이상에게 '낙타'란 황무지의 사막같은 세계 속을 하염없이 가야하는 존재이다. 〈아침〉에서는 자신의 아내를 그러한 낙타에 비유한다. "안해는 낙타를 닮아서 편지를 삼킨 채로 죽어가나보다." 사막을 건너는 낙타는 종이를 집어삼키면서 자신의 내면의 공허를 채운다.

이상은 성천의 산골마을에 와서 도시에서 볼 수 없었던 투명한 별빛의 소리를 들었다. 그는 이렇게 말했다. "靑石얹은 지붕에 별빛이 나려 쪼이면 한 겨울에 장독 터지는 것 같은 소리가 납니다". 또 이렇게도 말했다. "하도 조용한 것이 처음으로 별들이 운행하는 기척이 들리는 것도 같습니다." 그는 벼쨍이가 연두빛 색채로 혼돈한 꿈의 기억에 밑줄을 긋는다고 했다. 벼쨍이 소리에서 그는 도회의 여차장 차표찍는 소리, 이발소 가위소리와도 같아지는 그 소리를 자세히 듣는다. 이 투명하고 맑은 시골에서 그가 처음 마주치는 별과 벼쨍이의 빛과 색으로 도시에서 겪었던 체험을 아련한 추억의 깊이 속에서 들여다보도록 만들었다. 이상은 이 시골에 와서야 비로소 놀라울 정도로 섬세하게 도시의 체험을 파고들고 감각적으로 명료하게 포착한다. 시골인 성천의 사물들은 마치 과거의 기억을 새롭게 들여다보도록 만드는 우물처럼 보인다. 그리고 도회와 시골의 상이한 감각 영역들은 서로의 문을 활짝 열고 조응하려고 한다.

이상은 〈산촌여정〉에서 전혀 색다른 자신만의 미학적 영역을 개척했다. 나비는 그러한 미학의 결정체와도 같은 것이다. 여기서 탄생한 "그저께 신문을 찢어버린/ 때묻은 흰나비"는 시골과 도시의 감각이 미묘하게 합주된 합성적 이미지이다. 그는 시골 화단에 피어있는 봉선화와 거기 날고 있는 흰나비를 자신의 도회적 감각과 결합했다. 이미 며칠 지난 신문을 찢은 것 같이 흰나비는 얇고 작은 날개를 팔랑거린다. 그 흰 날개는 꾸겨진 것 같고 때가 묻어 있다. 오래 전 이야기가 찢어진 파편처럼 그 날개에서 펄럭이는 듯 하다. 애인의 귀와 같은 봉선화 속에서 지난날의 애인과 지냈던 일들이 눈에 보인다.

---

73 임종국, 앞의 책, 107쪽.

나비와 봉선화는 신문과 귀를 이어붙이면서 보는 것과 듣는 것 사이를 연결시킨다. "귀에 보이는 지난날의 기사"라는 부분에서 그는 분명히 시각을 은밀하게 청각과 조응시키고 있다.[74] 시골에서 꽃피는 것은 보는 신문이 아니다. 순식간에 다가와 늘어섰다가 순식간에 사라지는 그러한 순간적인 정보의 삶들은 시골에서 찢어진다. 이제 우리는 새삼스레 귀를 열고 꽃피는 리듬으로 들려오는 이야기를 전해 듣는다. 이 시골에서 바람과 강물처럼 흘러오는 그러한 이야기들은 귓속으로 빨려들어가 내부에 녹아들어 저장되는 것 같다.

이상의 흰나비는 이렇게 도시적인 정보의 흐름인 신문으로부터 시골에 핀 '귀의 꽃' 즉 "지난 날의 記事"가 퇴색하지 않고 생생한 향기를 계속 퍼뜨리는 그러한 '이야기의 꽃'으로 이행하도록 해준다.

이상은 여기서 매우 중요한 자신의 미학을 하나 정립시켰다. 그것은 도시적인 감각인 시각 그것도 신문처럼 순간적으로 나타났다가 사라져버리는 짧은 근대적 정보들의 하루살이 같은 삶을 시골의 향기로운 꽃 속에서 구원하는 방식이다. 프루스트의 '잃어버린 향기'와도 같은 역할을 하는 이 봉선화는 우리의 시골 한 구석에서 오래된 '전통적 향기'의 그릇을 제공한다. 그 꽃은 허난설헌의 〈봉선화가〉에 나오는 것처럼 정숙한 여인의 향기를 품고 있다.[75] 이상은 이 오랜

---

[74] 이상은 근대적 감각인 '시각'을 다른 감각과 결합시키거나, 다른 감각, 예를 들어 청각이나 촉각 같은 것들을 통해 '시각'을 표현한다. 소설 〈동해〉 첫부분은 촉각을 통해 시각을 표현한 경우이다. 이렇게 근대적 감각인 '시각'을 다른 감각 영역으로 이끌어감으로써 근대적 감감 한계를 돌파하려 한 것이다.

[75] 가람 이병기가 허난설헌 작으로 소개한 〈봉선화가〉의 일부는 이렇다. "봉선화 이 이름을 뉘라서 지어냈고/眞游의 玉簫소리/紫煙으로 행한 후에/ 규중의 남은 인연/ 一枝花에 머무르니/ 유약한 푸른 잎은/ 鳳의 꼬리 넘노는듯/ 자약히 붉은 꽃은/ 紫霞裙을 헤쳤는듯/ 白玉섬 좋은 흙에/ 종종이 심어내니/ 춘삼월이 지난 후에/ 향기없다 웃지마소/ 취한 나비 미친 벌이/ 따라올까 저어하네/ 貞靜

감각적 전통 속에 자신의 도시적 감각을 풀어놓고 있다. 아마도 그는 이 시골에 와서 도시 여인들에 대한 자신의 매춘부적 관점을 넘어서야 했던 것이 아닐까? 그는 신문을 찢어버려 만들어진 나비의 날개를 이 꽃에 올려놓았다. 그는 〈明鏡〉(1936.5)에서는 여성적인 귀를 장미에 비유했다. "장미처럼 착착 접힌 귀"라고 했다. 시각만이 작동하는 이 거울 속의 귀는 서구적인 아름다움을 드러내는 '장미'이며, 착착 접혀서 닫힌 귀이다. 위의 봉선화는 닫힌 장미와는 반대로, 대화할 것처럼 열려 있다. 그것은 찢긴 신문을 펼친 채 날고 있는 나비에게 오래전의 아름다운 이야기들을 들려줄 듯 하다. 봉선화는 자신이 들었던 오래 전의 이야기들을 가득 담은 어떤 여인의 귀처럼 구불거리며 접혀있다.

김기림과 비교해볼 때 이상의 이러한 서판은 좀더 복잡하며 광대한 지평을 갖는다. 즉 그것은 신문이나 기타 상업적인 서류들 그리고 근대적 지식들이 놓인 근대적 서판 전체의 지평을 바라본다. 그의 도서관 책들은 근대 기하학과 물리학 그리고 진화론에 점령되어 있다. 그의 문학적 서판에서 이 모든 것들은 일정한 기호적 위계를 갖고 층층이 수평으로 쌓여 있다. 그의 귀뚜라미는 그러한 서판들에 짓눌린 채 바닥에 가라앉아 있는 이상 특유의 그 악마적 충동을 불러낸다. 그 더듬이는 감추어진 마음 속 깊은 곳에까지 귀를 기울인다. 그것은 그 모든 것들을 가로질러 솟구쳐오르도록 하는 직립적인 힘 속에 시적 서판을 세운다. 그래서 귀뚜라미는 수평적인 원고지로부터 수직적인 벽지로 이행한다.

이상의 작품들은 도서관 책의 페이지들, 문자와 지식의 얼어붙은

한 저 기상을/ 여자밖에 뉘 벗할꼬."(《문장》, 1940.10.)

반사면인 거울평면들을 갖고 있다. 〈悔恨의 章〉에 그러한 도서관이
나온다. "역사는 重荷이다/ 세상에 대한 나의 사표의 書式은 더욱 重
荷이다. 나는 나의 문자를 닫아버렸다. 도서관에서의 소환장이 벌써
나에게는 해독되지 않는다." 그의 문학적 편지와 내밀한 일기, 시와
소설 등은 그러한 창백한 침상같은 거울평면으로부터 어떻게 직립해
서 일어날 것인가 하는 이야기를 담고 있다. 이상은 〈가외가전〉에서
방안지와 서류가 찢어지며 어지럽게 춤추는 장면을 바로 그러한 창
조적 서판의 출현처럼 묘사했다. 그 시의 마지막 연에는 작은 책상
위의 접시에 놓인 계란에서 갑자기 부화해서 날아오른 이상한 새의
날갯짓을 묘사했다. 그 책상에 놓였던 종이들은 그 새의 날개 때문에
공중에서 亂舞한다.

速記를펴놓은床几위에알뜰한접시위에삶은계란한개―포-크로터뜨린
노란자위 겨드랑에서난데없이부화하는훈장형鳥類― 푸드덕거리는바람
에方眼紙가찢어지고氷原위에좌표잃은符牒떼가亂舞한다.[76]

　마치 〈날개〉의 마지막 장면과도 비슷한 이 부분에서[77] 우리는 '速
記'와 네모 눈금들로 가득채워진 '方眼紙'에 주목해야 한다. '속기'라
는 말에는 이상의 시간의식이 숨겨져 있다. 시계로 상징되는 근대적
인 시간리듬은 시간의 강박관념을 갖는다. 모든 것은 별다른 생각없
이 주어진 길 속에서 빠른 속도로 진행되어야 한다. 그것은 능률적인

---

76 이상, 〈가외가전〉, 《시와소설》, 1936.3.
77 소설 〈날개〉의 주제를 탐구하는데 있어서 소설의 마지막 부분은 매우 중요하다.
　"날개야 다시 돋아라/날자. 날자." 이 '날개'의 의미를 제대로 풀기 위해서는 〈가
　외가전〉의 이 부분에 대한 독해가 필요하다. 발표시기도 이 작품이 〈날개〉보다
　몇 달 앞서 있다.

생산성과 직결된다. 이상은 〈紙碑〉에서도 이 '속기'라는 말을 썼다. "나는안해의일기에만일안해가나를속이려들었을때함직한速記를남편된자격밖에서민첩하게代書한다." 실용적인 글쓰기는 속도와 정확도만을 문제삼는다. 〈지비〉에는 바로 그 두가지 측면이 나타난다. 위의 시에서 "速記를펴놓은床几"에서도 크게 다르지 않다. 방안지와 증빙서류들인 符牒들만이 가득쌓였을 이 책상은 정확도와 속도를 필요로 한다. 이상의 근대세계는 사각형의 기하학이 지배하는 세계이다. 방안지는 그러한 기하학이 작동하는 도면이다. 부첩은 그 세계의 모든 관계를 서류로 얽어매는 장치이다. 이 부첩들은 모두 얼어붙은 빙원(氷原) 위에 있다. 그런데 느닷없는 새의 날개짓 때문에 그것들은 좌표를 잃고 흩어지며 제멋대로 춤추는 것이다.

위의 시에는 이 책상의 근대 기하학과 맞서는 알이 놓여있다. 자연의 황금율적 기하학을 담고 있는 이 알이 부화되면서 갑자기 거기서 깨어난 새가 날갯짓을 한다. 그 새는 이 기하학적 세계의 도면들을 모두 허공 속에 흩날리게 만든다. 이상은 갑작스러운 변신술과 자연의 기하학을 담은 알과 새의 날개를 이 시에서 보여주었다. 여기에는 나비날개 이상의 강력한 파열과 변신술이 시도되고 있다. 허공 속에서 춤추는 종이들은 이 혼돈적인 질서의 창조적 서판들을 암시하고 있는 듯하다. 차갑게 얼어붙은 氷原과 네모 반듯하게 규격화된 방안지의 기하학적 세계가 춤추는 혼돈 속에서 모두 부정된다. 창조의 현장은 이처럼 뜨겁고 격렬하다.

4) 가축 바깥의 동물들

그러나 그의 유작인 〈실락원〉의 〈소녀〉와 〈자화상(습작)〉을 보면

이 뜨거운 창조적 서판을 향한 시도가 그의 생각만큼 성공적인 결과를 가져다 준 것 같지는 않다. 그의 안에 깃들어 있는 '소녀'는 너무 얇은 종이처럼 연약하다. 그녀는 '나비'를 좋아하기는 하지만 그로부터 도피한다. 일종의 문학적 독서와 사유 그리고 상상력을 상징하는 이 여성적 존재는 여전히 종이평면의 얇은 지평 속에 갇혀있다. 그녀는 물처럼 유동하는 사유의 흐름을 종이 평면 위에 펼치고 조용히 사색의 노를 젓는다. 그러한 사유와 상상력이 시인 속에 무엇인가를 낳아놓았다고 말한다. 그러나 〈실낙원〉 연작의 하나인 〈면경〉에서 거울 속의 작가는 정물과 같은 흔적만을 남겨놓고 사라진 채 보이지 않는다.

우리는 이상이 남긴 종이와 거울 평면 위에 나열된 언어의 미로 속을 헤매왔다. "이 황막한 지상에서 탕진될 뿐"[78]인 언어라고 이상은 말했었다. 그의 창조적 사유와 상상력, 그리고 글쓰기는 이 차갑게 얼어붙은 세계 위를 보람없이 미끄러질 뿐일까? 그의 언어들은 별 쓸모도 없이 그저 탕진될 뿐인가? 그의 글쓰기는 〈오감도〉 중 〈시제1호〉에서처럼 무서운 아이들의 질주를 보여주지만 닫힌 평면을 빠져나갈 수 없었다. 우리의 연구도 상당부분은 그러한 아이들의 미로 속을 함께 헤매는 것처럼 보인다. 분열증적인 도피로의 문학적 양상들을 추적하면서 과연 그 문자기호로 가득한 글쓰기 평면의 미궁을 빠져나올 수 있을까? 거울과 기호놀이의 반사경 속으로 빠져들어가면서 하나하나 세밀히 그 상을 붙잡을수록 우리 역시 그 아이들의 미로 속에 그들과 더불어 깊숙이 갇히고 마는 것은 아닐까? 그 혼란되

---

78 이상, 〈童骸〉, 임종국 편, 《이상전집》, 64쪽. "나는 내 언어가 이미 이 황막한 지상에서 탕진된 것을 느끼지 않을 수 없을만치 정신은 꺅洞이요 사상은 당장 빈곤하였다."

고 분열증적인 복잡한 양상을 한꺼번에 뛰어넘을 수 있는 지점은 없는 것일까?

그런데 이상 자신이 그러한 복잡함을 자기 나름으로 간추려 정리할 수 있던 어떤 지점을 추구했다고 생각되는 부분이 있다. 나는 〈오감도〉에서 그러한 것을 찾아낼 수 있었다. 거기서 이상은 그 모든 것을 간단히 도시거리(근대세계 전체를 상징하는)와 거울의 미로(근대적 인식론을 넘어서기 위한 시도와 관계되는)로 정리할 수 있었다.[79] 그 조감도 평면 위에 떠 있을, 보이지 않는 한 꼭지점에 이상은 까마귀 한 마리를 배치했다. 다른 곳에서 그 까마귀는 감옥을 지키는 간수처럼 묘사되기도 한다.[80] 이상의 첫 작품인 〈12월12일〉(1930)에서 까마귀가 펼치는 조감도적 시선은 여전히 황막한 땅이지만 대지적 모성을 펼쳐 보이는 산야를 쓰다듬듯 내려다본다. 이 장면을 〈권태〉(1937.5)의 한 구절과 함께 읽어 보라. 그러면 거기서 이상의 시적 토템을 간단하게 드러내는 상징도 하나를 발견할 수 있을 것이다. 그것은 까마귀와 뱀으로 이루어진 세계이다. 〈권태〉에서 이상은 "거대한 구렁이처럼 빛을 잃어버리고 소리없이 누워있는" 황막한 산야를 본다. 지친듯한 푸른 빛의 산야를 표상하는 이 커다란 구렁이는 다른 곳에서는 나무 밑에 놓인 수척한 '푸른 뱀'과 연관되는 기호이다. 〈正式5〉에서 그는 키 작은 자식을 낳는 나무 밑에서 점점 수척해가는 푸른 뱀에 대해 말한다. 〈오감도〉 중 〈시제7호〉에서는 탑 속에 유배된[81] 독사의 이미지가 나온다.

---

[79] 이상의 전체 작품을 꿰뚫는 두 가지 모티프는 사실상 '거리'와 '거울' 이 둘이다.

[80] 이상의 수필인 〈西望栗島〉(《조광》, 1936.3)를 보라. "三冬에 배꽃이 피었다는 동리에는 마른 나무에 까마귀가 看守처럼 앉아 있을 뿐이었다.

[81] 이 부분에 대한 이승훈의 해석을 따랐다. 이승훈 편, 《이상문학전집 1》, 문학사상사, 1989, 34쪽 참조.

아마도 이러한 이미지들이 최초로 완벽하게 등장하는 것은 초기 일
문시인 〈LE URINE〉일 것이다. 뱀과 까마귀의 기호가 이 시에 함께
등장한다. 이 시에 등장하는 세계는 얼음과 같은 수정체로 된 세계이
며, 사전처럼 순백한 우수에 지배되는 세계이다.[82] 이 시에서는 유리
와 종이의 이미지들이 변주되고 있다. 이렇게 종이와 유리로 된 싸늘
한 황무지의 언땅을 녹이기 위해 등장한 것이 '나'의 오줌(URINE)이
다. 거대한 동토를 녹이기에는 형편없이 왜소한 작은 성기(ORGANE)
로 오줌을 누는 장면을 이 시는 그렸다. 그 오줌의 뜨거운 물줄기가
얼어붙은 지상에 흘러내리며 꿈틀거리는 환상적인 풍경[83]을 그린 것
이다.

진녹색납죽한蛇類는無害롭게도水泳하는琉璃의流動體는무해롭게도
半島도아닌無名의山岳을島嶼와같이유동하게하는것이며그럼으로써경

---

82 사전은 언어들의 평균적 질서의 세계, 사회에서 평균적으로 요구되는 지식의 세
계를 감당한다. 이상은 〈날개〉의 마지막 장면에서 이 '사전'을 보여준다. "오늘
은 없는 이 날개, 머릿속에서는 희망과 야심의 말소된 페-지가 딕슈내리 넘어가
듯 번뜩였다"(방점-인용자). 동경에서 쓴 마지막 소설 〈실화(失花)〉에도 '사전'
이 등장한다. 그는 동경거리를 방황하며 자신의 마지막 돈을 '타임스판 상용 영
어 四千字'라는 사전을 사는데 쓴다. 그리고는 "이 해양만한 외국어를 겨드랑이
에 낀 나는 서뿔리 배고파할 수도 없다. 아 나는 배부르다."라고 역설적으로 외
친다. 그의 배고픔과 피로는 정신과 육체에 걸쳐 가득차 있지만 그는 '해양만한
외국어' 사전을 사는데 남은 돈을 다 써버린 것이다. 이러한 '돈의 탕진'은 동경
거리를 향해 던져진 것이다. 그의 비극적인 죽음은 경성거리에서의 '돈의 탕진'
이 동경에서 확대되면서 확실하게 다가온 것으로 보인다. 이러한 죽음에 일본
경찰이 도장을 찍어준 셈이다.
83 이 과장된 것 같은 풍경은 근대의 그로테스크한 신화적 풍경으로 등록될 수 있
다. 한 개인의 꿈 장면처럼 보이기도 하는 이 풍경은 근대 세계에서 어떻게 새로
운 신화를 만들 수 있는지를 보여준다. 시에서는 '동화'라는 말로 축소시켜 이
근대적 신화적 풍경의 의미를 드러냈다.

이와신비와또한不安까지를함께뱉어놓는바투명한공기는北國과같이차
기는하나陽光을보라.　까마귀는恰似孔雀과같이비상하여비늘을秩序없
이번득이는半個의천체에金剛石과추호도다름없이平民的윤곽을 日沒前
에빗보이며驕慢함은없이所有하고있는것이다.[84]

이 시의 과장법(미약한 오줌 줄기가 산악을 유동하게 한다는)에는 이
상의 진심이 들어 있다. 생식기가 내뿜는 오줌은 '나' 안에 있는 원초
적 생명력의 힘이다. 그것이 얼어붙은 대지에 활력을 불어넣어 줄
수 있는 것임을 '나'는 확신한다. 그것은 이 북국처럼 차가운 세계 속
에서 경이와 신비와 불안이 뒤섞인 하늘을 볼 수 있게 하며, 그 하늘
속에서 높이 날갯짓하는 금강석과도 같은 까마귀를 발견할 수 있게
한다. 대지적 생식력의 상징인 뱀("진녹색납죽한蛇類")은 생명력으로
가득한 육체 속의 액체, 대지를 적시는 액체를 의미한다. 이 황무지
를 적시는 액체의 흐름은 까마귀의 하늘과 뱀의 땅의 강력한 에너지
를 흡수함으로써 땅 위를 꿈틀거리며 흘러가는 것이다. 우리는 새와
뱀의 이러한 우주적 상징성을 우리의 고대 고분 벽화 속에 그려진
四神圖나 남미의 원주민 샤먼 그림 혹은 그들이 새겨놓은 바위 그림
들에서도 만날 수 있다.[85] 그것은 보편적인 상징기호였다.

이상의 작품들에서 까마귀와 뱀과 개는 시적 토템기호의 세계도를
형성하는 세 꼭지점이다. 그것은 그의 다른 기호 삼각형의 세 꼭지점
인 모자–구두–치마/ 뇌수–피부–배(생식기)에 대응한다. 이러한 기

---

84 〈Le Urine〉 3연, 임종국, 앞의 책, 226쪽.

85 이러한 새와 뱀은 샤먼의 두가지 여행 즉, 우주의 두 차원으로의 여행을 상징하
기도 한다. Jean Clottes & David Lewis-Williams, *THE SHAMANISM OF
PREHISTORY*, Harry N. Abrams Inc. Publishers, 1998, 282쪽 참조.

호 삼각형을 나는 뒷 부분에서 '태양화–대양화–대지화'라는 세 가지 지향의 기호와 관련해서 논의할 것이다.

이상에게는 이러한 기호 삼각형 이외에도 삼각형과 관련된 다른 기호들이 있다. 그의 초기 시들인 〈파편의 경치〉〈▽의 유희〉〈신경질적으로비만한삼각형〉 등에서 그러한 것을 볼 수 있다. ▽모양으로 된 '종이로 만든 배암', △모양의 아무뢰즈(연인), 코와 배의 삼각형 등이 있다. 이러한 삼각형 기호는 〈가정〉의 '문턱'과 〈空腹〉에 보이는 어긋난 '좌우의 불균형'과 '차가운 중간', 〈BOITEUX. BOITEUSE〉[86] 〈행로〉에 보이는 가로와 세로가 얽힌 십자로[87] 등의 이항대립적 기호와 구분된다.

나는 이러한 이항대립적 기호들이 이상 특유의 평면적 세계를 구성하는 요소들이라고 생각한다. 이상은 흔히 종이와 유리의 평면 세계를 깊이가 없는 세계 혹은 두께가 없는 비실체적 존재의 세계를 가리키는 은유적 기호로 사용했다. 우리는 특히 거울 이미지를 통해서 이러한 세계를 이상이 어떠한 방식으로 형상화하고 의미화했는가를 살펴보게 될 것이다. 그 거울 이미지는 별로 보기에 좋지 못한 모방적 존재 즉 기괴하고 섬짓하며 기계적이고 유령적인 모습들을 보여준다. 그의 삼각형 기호들은 이러한 평면적인 세계에 깊이와 높이와 폭을 가져옴으로써 우주화하려는 지향성을 보여준다. 그것은 또한

---

86 이것은 절름발이를 뜻하는 불어인데 '남성 절름발이와 여성 절름발이'를 의미한다. 우리는 앞에서 이상의 주된 모티프인 이 '절름발이'를 대지적 외디푸스와 연관시켜 분석한 적이 있다(이 책의 3장 3절 '대지적 생식력의 기호들'에서 이 주제를 다뤘다.).

87 이 십자로는 〈첫번째 방랑〉과 〈공포의 기록〉 중 〈불행한 계승〉에 나온다. "모르는 먼나라의 십자로"라는 이미지는 새로운 세계의 시작을 위한 발걸음을 의미하기도 한다. 그러나 이상은 이 '십자로'를 확고한 우주적 중심의 이미지로 상승시키지 못하고 불확실하게 시도되는 먼 나라의 이미지로 만들었다.

서로 떨어져 파편화된 것들을 묶어주는 내밀한 지향성을 갖기도 한다. 그것들은 그러한 결속적 상태를 지향하는 상상적 중력의 중심점들이다. 따라서 그의 기호 삼각형들은 바로 이상의 상상력과 미학이 작동하는 예술성의 표지라고 할 수 있다. 이러한 이상 문학의 원시기하학적 출발점에 △ 모양의 도형이 놓여 있는 것이다. 그것은 어떤 곳에서는 자신을 가리키는 □ 모양과 함께 등장한다.[88]

이상은 이렇게 삼각형과 사각형 그리고 강력하게 회전하는 힘을 상징하는 원 등을 자신의 비유클릿적 기하학 세계의 상징기호로 삼았다. 그러한 도형들은 기하학적 추상으로 끝나지 않고, 생식적인 기관을 암시하거나 내적인 에너지와 관련된 이미지 또는 형이상학적 세계상을 담고 있다. 이러한 원초적인 도형기호들은 근대 기하학(유클릿적인)의 추상적인 표면을 꿰뚫고 거대한 폭과 깊이와 높이를 함축하려는 시도이다. 그의 동물과 곤충의 시적 토템 기호들은 이러한 것들에 동반되는 원시적 기호들이다. 그것은 원시적인 우주 자연의 힘들 속으로 이끌어가려는 강력한 안내자들이기도 하다. 그것들 중의 하나인 까마귀가 이상 문학의 머리 부분에 자리잡고 있다.

근대의 위기적인 상황을 연극적인 무대배경처럼 제시한 가운데 등장한 〈오감도〉 중 이 〈시제1호〉의 까마귀가 있다. 이상은 시와 소설 수필을 통해서 까마귀 이외에도 개, 닭, 고양이, 뱀, 돼지, 거미, 나

---

88 〈선에관한각서7〉에서 "□ 나의 이름, △ 나의 안해의 이름"(방점-이상) 부분을 참조할 것. 빛보다 빠르게 달리는 초광학적 삶을 강조한 이 시에서 "광선을 즐기라", "광선을 가지라"고 언명한 다음 "시각의 이름을 가지는 것"이 새로운 초광학적 삶을 설계 계획하는 것의 출발점이라고 했다. '나'는 내 삶의 평균적인 존재가 아니며 순간순간 이 세계를 바라보는 시선의 주체들로 구성된다. 그 시선 각각의 '이름'을 불러줌으로써 '나'는 그렇게 매 순간의 개성화된 주체들(최초이자 단 한번뿐인)로 풍성해진다. △과 □은 이러한 원초적인 '이름 부르기'의 기호로써 호출된 것이다.

비, 귀뚜라미, 잠자리 등 여러 가지 동물과 곤충을 등장시켰다. 그는 〈종생기〉에서 자신의 '동물왕국'의 성격을 이렇게 정의했다. "동물에 대한 고결한 지식? 사슴, 물오리 이밖에 어떤 종류의 동물도 내 애니멀 킹돔에서는 탈락되어 있어야 한다. 나는 이 수렵용으로 귀여히 가여히 되어먹어 있는 동물 외의 동물에 언제든지 無可奈何로 무지하다"(방점-인용자). 그는 여러 곳에서 가축에 대한 경멸감을 드러냈다. 〈童骸〉에서 "가축은 인제는 싫다"라고 외쳤다. 〈지도의 암실〉에서는 앵무새와 원숭이, 낙타 등 동물원의 동물들에 대해 말한다. 그러한 것들은 모두 근대적인 체제에 순종하며 길들어진 삶을 가리키는 것이다.

이상은 〈秋燈雜筆〉 중의 〈실수〉에서 인력거를 타고 본정거리에서 거들먹거리며 조소하듯이 단장을 휘두르는 백인 부부를 비판적으로 묘사했다. 그는 마치 동물원의 동물들을 보듯 거리의 조선인들을 바라보는 그 백인 부부의 조소어린 시선을 분노어린 눈으로 보았다. 그에게 이러한 '동물'들은 근대 체제에 갇힌 收監者들이다. 그는 가축과 수렵용 동물 그리고 동물원의 동물들 외의 진정한 동물에 대해 갈구한다. 그의 이 '고결한 동물'에 대한 추구에는 분명히 니체적인 특성이 엿보인다. 나는 이상의 '개'인 獷에 대해 분석하는 부분에서 니체와의 연관을 다룰 것이다. 니체의 원시주의는 근대적 합리주의에 대한 격렬한 비판이었다. 이상은 이러한 측면에서 니체와 상당히 긴밀한 관련성을 맺는다.

이상은 그렇게 근대적인 동물원 바깥에 특별한 관심을 가졌다. 그의 작품들에 나타나는 이런 '바깥의' 동물들은 특별히 제시된 상징과 기호들이었다. 이들 중에 나비와 뱀, 개 등은 오랜 신화적 연원에 닿아 있다. 이상 문학에 내재된 이러한 맥락을 무시하지 않는다면 〈오감도〉에 숨겨진 까마귀도 그러한 신화적 맥락에서 해석해볼 수 있다. 그의 까마귀는 총체적 시야를 갖고 있다. 그것은 근대의 원근법적 시각이 만들어낸 '조감도'를 전복시킨다. '오감도'란 제목은 그렇게 해서 붙여진 것이다.

2. 경성거리와 백화점의 텍스트

1) 이상의 경성과 산보

〈오감도〉의 까마귀가 바라보는 지형도를 한마디로 말하기는 어렵다. 그에 대한 논의를 출발시키기 위해 우선 이상이 살던 당시 경성의 지형도를 한 장 깔아놓아야 하지 않을까? 그리고 이상이 그러한 것들을 상상적으로 기호화해서 덧칠해놓은 새로운 지형도를 다시 만들어내야 하지 않을까? 첫 번째 작업은 몇 가지 자료를 뒤지는 것으로 해결되지만 두 번째는 이상의 복잡한 텍스트를 뒤지는 난해한 작업이 될 것이다. 우리는 이 두 번째 작업을 좀 단순화시키기 위해서 이상의 전 텍스트를 그의 대표작인 〈오감도〉와 〈날개〉라는 초점 주위에 모아볼 필요가 있다. 〈오감도〉에서도 〈시제1호〉와 〈시제10호 나비〉〈시제15호〉는 중심적인 텍스트이다. 〈시제1호〉는 도시거리 전체를 근대적 세계의 축도로 볼 수 있게 하며, 〈시제10호 나비〉와 〈시제15호〉 그 세계 속에 놓인 개인의 내면을 떠올리게 한다.

〈날개〉의 주인공이 활동하는 공간 역시 이 두 영역에 놓여있다. 그는 이 도시의 어떤 후미진 골목에 처박힌 작고 어두운 방 속에 거주하면서 주로 자신의 내면적인 영역을 보여준다. 그리고 밖으로 돌아다닐 때에는 백화점과 경성역 등의 도시건물과 근대적 풍경으로 포장된 거리 속에 있으며, 좀 더 광대한 근대 도시 전체 속에서 자신의 존재와 삶에 대해 사유한다. 그가 모든 개개 작품에서 이러한 사유(상상적 측면을 포함한)를 명료하게 드러낸 것은 아니다. 많은 경우 그것들은 마치 파편 쪼가리처럼 그가 펼쳐가는 사유의 한 토막 또는 그러한 것의 희미한 이미지들만을 보여주기도 한다. 우리는 그의 작품(특히 시의 경우)이 보여주는 그러한 파편성에 빠져들어간다. 그가 파편화로 몰고가기 위해 동원한 기괴한 기교나 수사학적 가면에 속아 그러한 파편의 놀이에 사로잡힌다. 그러나 그것은 그가 벌이는 연극이며, 구경꾼을 불러들이는 그의 전략이다.

따라서 그 속에 빠져 지나치게 그의 책략적 얼굴을 분석하는 일에만 골몰하면 정작 그가 그러한 연출을 통해 진정 말하고 싶었던 것, 들려주고 싶었던 궁극적인 이야기를 놓칠 수 있다. 진실을 알기 위해서 우리는 되도록 여러 작품들을 읽으면서 서로 엮일 수 있는 공통적인 '기호의 흐름'을 포착해야 할 것이다. 이러한 '기호의 흐름'을 간파하기 위해 이상의 작품들을 전부 끌어모으면 몇 가지 종류의 통텍스트[89]를 만들 수 있을 것이다. 나는 여기서 그것을 백화점 텍스트, 길

---

[89] 이 글에서 나의 텍스트 이론을 본격적으로 펼치고 싶지는 않다. 그러나 이 기본 개념에 대한 대략적인 설명만을 제시해보겠다. 여기서 통텍스트(tong text)라는 것은 여러 작품들에 분산되어 있는 기호들의 유기적인 흐름을 포착하기 위해 설정한 것이다. 나는 이 개념을 기본적으로는 신채호의 역사비판적 방법론인 '會通'에서 가져왔다. 그것은 최남선의 고대사 연구방법론이기도 하다. 그 둘은 우리의 긴 역사시대를 통해 중국에 압도되어 왜곡되고 빈약해진 역사서술(김부식의 삼국사기 이후 중국측 압력과 스스로의 사대주의적인 자기검열에 의한)을 문제삼았다. 그들에 의하면 우리가 알고(혹은 배우고) 있는 역사는 중국의 압력과 조작에 의해, 혹은 우리 스스로 그러한 중국적 시각을 주체화하여, 스스로 중화적으로 종속됨으로써 사대주의적 질서에 맞는 것으로 변형된 것이다. 오랜 세월 지내는 동안 그러한 변형된 지식은 '사실'로 둔갑되었다. 그들은 그러한 사대주의적 압력 속에서 깨어져 흩어져버린 조각들을 찾아 맞추며 실제모습을 되찾으

려 노력했다. 이른바 '회통'이란 바로 이러한 비판적 역사방법이다. 그것은 깨어져 흩어져서 알아보기도 어려운 그 흔적들을 찾아내 꿰어맞추는 작업이다. 실증적이고 고고학적이며 문헌학적인 방법들이 그것을 위해 사용된다. 그 전체를 지도하는 것은 정신사적인 것이다. 신채호에게 그것은 일종의 '초혼'적 방식으로 시작된다. 〈꿈하늘〉에서 우리 고대사 속에서 중국을 압도했던 시대정신의 꽃들을 그는 불러모은다. 그는 일종의 역사적 샤먼처럼 각 시대 시공간적 한계를 넘나들면서 그들을 한 자리에 모으거나, 서로 만나게 하거나 대화하도록 한다. 회통의 역사적 텍스트는 근대적인 선조적 시간에 사로잡힌 역사의 고집스러운 인과관계를 지워버린다. 그것은 정신과 영혼의 계보학을 구축하면서 사실들을 수집한다. 모든 사실들은 역사적 샤먼의 초혼에 의해 초빙된 정신의 무대 위에서 비로소 질서와 의미를 얻는다. 그는 사대주의적인 유교 불교적 정신을 비판하고 郎家사상을 초빙했다. 육당은 그러한 낭가사상의 샤머니즘적 기원을 추적해서 그것의 토착방언인 '숤'과 '붉' 계열의 정신을 초빙했다.

나의 '통텍스트' 개념은 이러한 신채호의 '회통'을 따른다. 그것은 작가의 주체적 정신을 추적하여 그것을 초빙하는 것을 기초로 삼는다. 물론 그 정신은 계보학적으로 여러 정신들의 투쟁의 장 속에서 자리를 잡으며 그 지형도가 포착되는 것이어야 한다. 통텍스트란 여러 개의 작품들을 관통해가는 '기호들의 흐름'을 일정한 주제로 건져낸 것이다. 이때 '기호의 흐름'이란 작품이 쓰인 시대 현실만을 반영하는 것이 아니다. 그것은 파열된 여러개의 복합적인 서판들의 역사를 반영하며, 또한 그것을 파열시킨 창조적 정신의 역사를 반영한다. 따라서 그것이 반영하는 것은 하나의 시대(시공간)가 아니며, 다양하고 다층적인 시공간인 것이다.

나는 이상의 작품 속에서 '나비 날개의 서판'이나 '귀뚜라미의 서판'이라고 이름 지을 수 있는 그만의 독특한 창조적 서판이 존재한다고 생각한다. 그것은 수평적인 기호평판들(기계적인 질서를 강요당한 기호의 수평면)을 비틀거나 파열시키면서 상승하거나 하강하는 창조적 서판들이다. 기호의 창조적 흐름들은 이렇게 파동치는 여러 기호평판들의 파열적인 얽힘 속에서 새롭게 형성되는 유기적인 연속성을 통해 만들어진다.

이러한 통텍스트를 구축하기 위해서는 비판적인 정신사적 작업이 먼저 필요하다. 나는 이상의 부정적인 악마적 충동의 측면에서 근대(식민제국주의를 포함해서)와 봉건(사대주의를 포함한)에 대한 강력한 비판정신을 보고 싶다. 그는 근대의 특징들을 자신의 상상력 속에서 몇가지 부정적인 기호나 이미지의 흐름으로 보여주었다. 거기에는 이러한 비판적인 정신이 근대적 식민지적 현실에 대해 뱉어내는 많은 이야기들이 함축되어 있다. 그에게는 또한 서구적 창세기를 패러디하거나 토착화하려는 적극적이고 창조적인 정신이 있기도 하다. 이러한 측면에서 작동하는 동물, 곤충, 나무, 꽃 등 자연적 기호와 이미지의 흐름이 있다.

과 산보의 텍스트, 자화상 텍스트 등으로 분류해서 살펴볼 것이다. 거기서 그의 지형도는 이 두 영역 사이의 선명한 대비와 복잡한 얽힘을 보여주게 된다.

그의 경성은 역동적인 기호학적 지형도를 갖는다. 그것은 백화점과 시장, 도서관, 대학병원, 운동장, 취인점, 역 등이 늘어서 있는 대로에서 자신의 거처와 유곽지대 혹은 카페 지역의 작은 골목들로 갈라지는 지점들을 향하여 흘러간다(또는 그 반대의 흐름을 갖기도 한다). 이상이 활동하거나 살던 청진동 뒷골목이나 청계천 뒷골목, 혹은 그가 자주 들르던 유곽과 공설시장 등이 그러한 골목들에 연결되어 있다. 기본적으로 그의 경성은 한성 시절 만들어진 종로의 동서 대로를 축으로 구성된다.[90]

이상의 작품들 예를 들면 〈운동〉이나 〈습작쇼오윈도우수점〉 등에 나오는 남북 방향은 이러한 동서 축에 놓인 건물 속에서의 생활패턴과 관련이 있다. 아침부터 저녁까지 태양 위치의 이동 역시 이것과 관련된다. 그것은 오래 전부터 이 도시 전체의 리듬을 이 원초적인 축 속에서 움직이도록 만들어왔다. 그런데 이상에게 근대적 천문학에 지배되는 차가운 태양은 근대도시의 새로운 리듬, 그에게 별로 쾌적하지 않은 그러한 리듬을 만들어냈다. 이 태양의 원초적인 축인 이 동서축을 따른 기본적인 도로들은 이미 한양시절에 만들어진 것이지만, 그것은 근대 식민지화 속에서 자동차와 전차와 기차라는 근대적 교통시설을 중심으로 새롭게 재편된다. 식민지 시대 동서의 축은 그

---

90 1920년대에 쓰여진 글에서 서대문통과 동대문통을 잇는 직선도로인 종로통이 서울 도로의 첫 번째로 언급된다. "첫째 종로통부터 나서보자…서대문통으로 동대문통─직선이요 널따란 도로─그야말로 어떤 도회에 비해서도 손색이 없을 듯하다."(네눈이, 〈醜로본 경성, 美로본 경성〉, 《개벽》 48호, 1924.6, 117쪽.

무게중심이 종로에서 黃金町通과 本町通으로 옮겨진다.

본래 풍수도참사상과 유교적인 논리가 합쳐져서 만들어진 한양은 치열한 풍수논쟁을 거쳐 만들어진 것으로 알려져 있다. 아마도 전체적인 틀은 전설적인 무학대사의 작품일지 몰라도 세부적인 부분에서는 당시 신진사대부인 정도전 등의 중국적 기준이 많이 작용했을 것이다. 정연욱에 의하면 개국공신들인 신진사대부들은 한양을 건설할 때 중국의 〈周禮考工記〉를 참고해서 궁궐 앞에 관청을 세우고 뒤쪽에 시장을 만든다는 前朝後市의 원칙을 따랐다. 광화문 일대는 그때부터 줄곧 六曹거리로서 계속 서울의 중심지라는 명맥을 유지했다. 後市의 원칙에 따라 본래 궁궐 후문인 神武門 밖에 장이 있었지만 점차 늘어나는 수요를 감당하기에 턱없이 부족해서 종로에 대규모 시전을 마련할 수밖에 없었다.[91] 식민지 시기에 들어와서는 시장에 관한 법률이 제정되어서[92] 우리의 재래시장이 크게 억압되었다. 반면에 일본인들의 편리를 위한 공설시장들이 새롭게 들어섰다. 황금정과 본정통 등 일본인 지역 쪽에 수많은 가게와 백화점들이 들어서서 서울의 상업지역은 크게 확장되었다.

당시 경성은 주로 종로와 청계천 등을 기준으로 북쪽에 조선인들이 자리잡았고 그 남쪽에 일본인들이 자리잡았다. 북촌과 남촌이라고 흔히 분류되었다. 1920년대에 이 남북촌의 의미는 조선시대와 다르게 인식된다. 그것은 새로 재편된 식민지 구조와 연관된 것이다. 1920년대 《개벽》지에서 특집으로 다룬 경성 관련 글을 보면 새롭게

---

91 정연욱, 〈서울재발견〉, 동아일보, 1994.5.2.

92 일제는 1914년 시장규칙을 만들어서 조선의 전통적인 재래시장에 세금을 매기면서 억압하기 시작했다. 이에 대해서는 조병찬, 《한국시장경제사》, 동국대출판부, 1992, 167쪽 참조.

변화된 경성을 분명히 엿볼 수 있다. 〈醜로 본 경성, 美로 본 경성〉
이란 글에서 네눈이라는 필자는 일본인의 거리는 남촌, 조선인의 거
리는 북촌이라고 분명하게 갈라놓았다. 소춘도 여기 글을 썼는데, 그
는 경성문화의 중심을 종로 이북의 중앙부에 있다고 하였다. 그도 역
시 남촌과 북촌을 구분했는데, 그에게 그 경계선은 황금정통(을지로)
이었다. 즉 황금정 이남은 일인들의 거주지와 활동무대이고 그 이북
은 조선인의 세력권이라는 것이다.[93] 식민지 시대에 우리나라 도시
들 가운데 새롭게 번성되었던 곳은 거의 일본인들을 비롯한 외국인
거주지였다. 금성이란 필자는 부산, 개성, 평양, 경성을 개괄하면서
"번적번적하는 새집들도 모두 일본인의 것이거나 중국인의 것이외
다"라고 말했다. 조선인 시가지는 거의 변한 것이 없으며, "어느 도회
나 우리나라 사람의 시가지는 여러 가지 원인으로 인해서 발전되기
를 주저하고 있는 것 같습니다."[94]라고 결론을 내린다. 북촌은 한성
시절의 구태가 많이 남아있는 전통적인 풍모였던 것에 비해 남촌은
주로 외지인들(주로 일본인들과 그 외 약간의 중국인들)의 신흥주택과
양식건물들로 이루어진 신도시적 풍모를 갖추고 있었다.

이 당시 경성 거리는 혼성적인 풍경을 보여주고 있었다. 구여성과
신여성의 상이한 패션, 양복과 두루마기, 상투와 단발 등이 혼재해
있었던 것이다. 김기진은 한 글에서 명동과 황금정 거리를 거닐며 일
본인과 중국인들이 새롭게 건축하는 건물과 그들의 패션에 대해 묘

---

93 소춘, 〈서울중심세력의 流動〉, 《개벽》 48호, 1924.6, 58쪽 참조. 손정목의 글을
보면 남촌 지역에 속한 동네를 알 수 있다. 그는 일본 공사관과 영사관 일대에 이
웃한 진고개 지역 그리고 오늘날의 중구 예장동, 주자동에서 충무로1~3가 명동
지역을 일본인 거주지역이라고 했다. 그의 〈일제침략초기의 도시사회상〉, 《향
토서울 제41호》, 서울특별시편찬위원회, 1983, 115쪽 이하 참조.
94 금성, 〈혼돈〉, 《개벽》 39호, 1923.9. 51쪽.

사 했다. 그들 밑에서 일하는 조선인 일꾼들의 노랫소리에는 근대 도시의 지배적인 계층으로 군림하는 자들에 대한 직접적인 비판 대신 그들을 흉내내는 건달에 대한 풍자적 조소가 드러났다. "돈없는 건달이, 모양만 낸다, 에야라 차-하......양머리 흰구두, 맵시는 난다만, 에야라 차-하, 저녁죽 못먹는 너의 집 식구엔, 당치두 않구나, 에야라..."[95] 김기진은 단발과 구두로 치장한 근대적 패션을 조소하며 읊조리는 일꾼들의 시선을 이 노래에 담았다. 그는 그들이 땀흘리며 짓고 있는 대건축물과 일본인들의 검은 패션과 중국인들의 행태 밑에서 비참하게 쪼들린 '조선의 얼굴'을 보았던 것이다.

田儻이란 필자는 당시 거리에서 볼 수 있는 신여성과 구여성의 패션과 행태를 매우 날카롭게 대비시켰다. 그것은 짧은 것과 긴 것, 그리고 동적인 것과 정적인 것의 대비였다.

짧은 치마는 십칠팔세 되어 보이고 긴 치마는 스물하나나 둘 되어 보인다. 짧은 치마는 트레머리에 남빛 파라솔을 들었다. 긴 치마는 비녀머리에 검은 파라솔을 들었다. 재미스러운 콘트라스트다. 이것을 가리켜 신여성 구여성이다. 아마 신여성이란 움직이려는 것이고 구여성이란 정지하려는 것인가 보다. 걸음걷는 것을 보아라. 신여성은 발도 나아가기 전에 상반신이 앞으로 나간다. 구여성은 발이 나간 뒤에도 상반신은 정지의 관성을 계속하려 한다.[96]

露兒라는 필자는 이렇게 신여성과 구여성의 패션을 대비시키지 않고 좀더 혼성적인 패션으로 파악했다.

---

95 김기진, 〈불에 데운 살뎅이〉, 《개벽》 50호, 1924.8 ,2쪽.
96 전당, 〈隨感二三〉, 《신민》 17호, 1926.9. 109쪽.

요즈음 서울의 거리엔 신여성의 내왕이 부쩍 늘었다. 그중에도 이따금 洋비단의 혼란한 색채와 무늬로 市中의 주목을 이끌면서 압도적 에로를 발산하고 지나가는 정체모를 여인들하고 거리에서 마주칠 수 있는 영광이여! 정체를 모르는데 고아한 맛이 있거든. 아무튼지 신앙은 무지에서 생긴다. 기생이 지나간다. 아스팔트는 메피스토펠레스와 같은 마법을 가졌다. 인제 또 무엇이 現身할지 아나. 비누물 먹은 백설같은 고무신이 버들 잎사귀 형의 버선발을 아담하게 담고 삿붓삿붓 사랑의 ×聲 같은 발자국 소리를 남기면서 지나간다.[97]

그는 이러한 장면을 두고 "조선 체취 농후한 '튀기 에로'로다"라고 했다. 현학민은 원시와 문명이 교착된 거리 풍경을 묘사했다.

36년식 유선형 자동차가 여왕같이 뽐내며─ 장작 실은 牛車가 太古와 같이 悠悠하게 지나가고 있다. ─이것은 원시와 문명의 기묘한 交錯이다. 종로네거리를 人糞馬車가 남쪽으로 종로네거리를 횡단하는데 자전거는 동서로 달리고 있다. 제법 근대식 건축미를 자랑하는 빌딩이 몇 개 들어는 섰지만 납작한 옛기와 집에서 長竹물은 영감이 팔짱을 끼고 塵房을 보고 있다. 파리잔느의 하이힐이 아스팔트를 어여쁘게 울리고 지나가는데 시골서 온 상투 씨가 괜히 겁을 집어먹고 전차길을 다름질쳐 건너다가 엎으러져서 보는 사람의 간장을 서늘하게 한다. 허리가 늘씬하고 초속 7미터의 뽀기 전차가 우렁차게 달리는데 솔가지 실은 소가 나무장수에게 끌려 목을 대자5치나 늘이고는 그 앞을 횡단한다. 교통순사의 지천이 쏟아져 나온다.[98]

---

97 노아, 〈새로운 경향의 女人 點景〉, 《별건곤》, 1930.11, 92쪽.
98 현학민, 〈종로의 향수〉, 《중앙》, 1936.3, 208~209쪽.

현학민의 글을 보면 당시 종로거리의 혼성적인 풍경이 여러 가지 양태로 존재했음을 알 수 있다. 건물과 교통, 패션과 삶의 양식 등 일상에서 마주칠 수 있는 거의 모든 것에 근대와 전근대의 혼성된 모습이 있었던 것이다. 현학민은 그 중 몇가지 장면을 적절히 선택해서 보여줌으로써 손에 잡힐 듯이 그것을 그려냈다.

《개벽》지에 기고한 글에서 선우전은 당시 경성의 변화에서 매우 중요한 두 측면을 정확히 고찰했다. 그는 경성이 과거보다 거의 배이상으로 확장되었지만 실제 경성인들은 오히려 상당부분 몰락해서 지방으로 내려갔다는 것이다. 즉 조선의 멸망과 함께 그들은 벼슬길이 막혔으며, 적응하지 못한 다수의 사람들은 지방으로 낙향했다. 1920년대 경성 인구는 과거의 거의 두배에 달했는데, 경성 인구의 이러한 확장은 지방에서 올라온 새로운 거주자들 때문이었다. 물론 이들만이 있는 것은 아니었다. 좀더 주된 진출자들은 일본인을 비롯한 외국인들이다. 그가 조사한 바에 따르면 경성의 당시 호수가 조선인 40,729 일본인 18,141 외국인 815이다. 인구로 보면 조선인 194,259명 일본인 73,345명 외국인 3,834명이다.[99] 그는 이러한 통계를 바탕으로 경성의 주인이 과연 누구인가 라고 심각하게 질문한다. "경성의 큰 주인이 누구가 되며 대표적 세력자가 누구가되는가"는 위의 통계가 분명히 보여준다는 것이다.

이상의 家系를 보면 그의 증조부는 都正벼슬을 한 하급관리였다. 식민지 시대에 들어오면서 새롭게 재편된 총독부 하급직에 있었던 백부는 그 후 몰락의 길을 걸었다. 이상에게 지워진 가문의 부활이라는 짐은 그가 1933년 총독부 건축과를 사직하고 나옴으로써 출세

---

99 선우전, 〈余의 京城感과 희망〉 ─경성인과 지방인, 《개벽》 48호, 61~62쪽 참조.

가도에서 이탈한 뒤 희망없는 것이 되었다. 그의 가문은 전체적으로 몰락하고 있었다. 그들은 몰락해가는 경성인 부류에 속해 있었던 것이다. 이상의 생전에 이미 그들 부모 집안은 광희문 밖 경성 교외의 빈민촌으로 이사를 갔으니 그들의 본거지인 경성에서 쫓겨난 셈이었다.

우리는 경성인(京城人) 이상이 자신의 가계가 뿌리박고 있던 조선의 중심지에서 어떻게 몰락해갔으며, 그가 어떻게 그러한 몰락의 구렁텅이에서 벗어나기 위해 몸부림치고 있었는지 대략적으로 알고 있다. 그는 자신 속에 뿌리박힌 경성의 이 무의식적 지형도를 문학적 작업 속에 투영하고 있었으며, 자신의 뿌리를 뒤흔드는 그 힘들에 대해 깊이 사유하고 있었다. 그러나 그의 문학 창작 속에는 이상 개인의 파편적인 심리들만이 있는 것이 아니다. 우리는 이상이 자신의 '치욕적인 계보'에 대해 집착하고 있었던 것을 여러 작품들을 통해 알고 있다. 그는 과연 그러한 계보학적 자아를 자신이 파악한 경성의 어떠한 지형도 위에서 살아가게 했으며, 그러한 것들을 자신의 문학적 상상력 속에서 어떠한 양상으로 펼쳐놓았던 것인가? 이러한 것들에 대해 알아보는 것이 그의 작품들 속에 흩어져 있는 난해한 파편들을 끌어모아 전체적으로 이해할 수 있도록 해주는 틀로 작용할 수 있을 것이다. 우리는 이러한 문제들에 대해 한걸음씩 나아가 보기로 하자.

이상은 순화방 반정동에서 출생했고[100] 누상동의 신명학교를 다

---

[100] 이상의 동생 김옥희의 증언을 황광해가 정리한 글에서 밝혀진 것이다. 황광해, 〈큰 오빠 이상에 대한 숨겨진 사실을 말한다〉, 김유중·김주현 편, 《그리운 그 이름, 이상》, 지식산업사, 2004, 382쪽 참조. 여기서 그 이전의 이상 연구자들이 주장했던 통인동 혹은 사직동 설이 수정되었다.

넜으며 보성고보를 졸업하고는 동숭동에 있던 경성고등공업학교를 다녔다. 건축과를 졸업한 그는 탁월한 실력을 인정받아서 조선총독부 관방회계과에 근무했으며 몇몇 건물을 설계하기도 했다. 1935년 가을 무렵에[101] 이상이 살던 쏬井町(서정주는 청계천로 4가 언저리에서 을지로 4가쪽으로 가는 길이라고 했다)[102]을 방문했던 서정주는 서대문에서 서울역 쪽으로 가는 길에 있던 연초 전매청(이상이 주로 설계했다고 미당은 소개한다)[103]을 박쥐가 나올 것만 같다고 한 이상의 구질구질한 집과 비교했다. 서로 전혀 닮지 않았을 것 같은 이 두 집에서 그는 웬지 비슷한 분위기를 느꼈다. 그는 그 전매청 건물 모습에서 자신이 보았던 이상의 골목방 이미지가 떠올랐던 것이다. 그는 그 건물들에서 이상 특유의 익살을 보았다. 서정주가 방문한 이상의 집은 청계천 4가 뒤쪽(황금정통쪽으로 향한)의 구불거리는 골목 깊숙이

---

101 1935년 가을이면 대략 이상이 성천으로 여행한 직후였던 것 같다. 성천여행을 김윤식은 1935년 8월로 잡고 있는데 그해 9월에 성천기행문의 하나인 〈산촌여정〉이 발표된 것으로 보아 그러한 추정이 맞다고 생각한다. 왜냐하면 그 수필에서 이상이 묘사한 풍경을 보면 아직 본격적으로 가을에 접어들기 전이었기 때문이다. 김윤식의 글은 〈배천, 성천, 동경체험〉, 《이상문학전집 3》, 문학사상사, 1993, 10쪽을 참조할 것.

102 이곳에 살던 이상의 방에 대해 "이상 자신보다 불쌍한 방이었다"고 한 정인택의 글 〈불쌍한 이상〉을 보라. 그는 이상이 거기서 동경으로 떠나기 전 반년 동안을 "쓰레기통 같은 방구석에서 그의 심신을 좀먹는 폐균을 제손으로 키웠다."고 했다. 김유중·김주현 편 앞의 책, 43쪽. 김옥희의 〈오빠 이상〉을 보면 이 집에서 변동림과 함께 생활한 것으로 되어 있다. 청계천과 을지로 중간쯤인 수하동 일본집 '아파트'에서 그들이 동거했다고 했는데 변동림의 회상에 의하면 그들은 벌판을 지나 방풍림이 있던 시골마을의 집에서 살았던 것으로 되어 있다. 아무튼 이상은 이 황금정 거리의 한 누추한 가옥의 방에 살았던 것인데, 이곳이 동경 가기 전의 약 4개월 정도의 거처였을 것이다.

103 이상이 쓴 〈얼마 안되는 변해〉(유고작)에는 이 전매청 건물 낙성식 장면이 나온다. 〈병상이후〉의 후기에 "의주통공사장에서"라고 한 것이 바로 이 건물공사현장을 가리킨다.

숨어 있었다.

그를 내가 처음 찾은 것은 1935년 가을의 어느 날 해질 무렵이었다. 장마 뒤의 그의 집 앞 좁은 골목은 유난히 질척질척한 데다가 맞추어 모든 게 까맣게 낡아빠지고 망가져 들어가는 최하급 일본식 건물인 그의 집의 인상은 거기 사람 아닌 동물이 살기라면 역시 할수없이 박쥐나 한두 마리 넣어 둠 직한 그런 것이었다. 군데군데 창살이 부러져버린 대문이자 현관문인 까맣게 낡아빠진 목조의 한짝뿐인 미닫이를 한 옆으로 삐걱삐걱 힘들여 밀어젖히고 들어서면 반평쯤 되는 현관 옆에 단 한 개뿐인 그의 방으로 들어가는 한지 바른 방 미닫이가 바로 거기 무슨 학질병이나처럼 으스스하게 바르르 떠는 듯이 나타났는데……그의 습관으로 이날 낮도 이때까지 자고 있다가 나온 모양이었다.[104]

서정주는 후에 《시인부락》 동인이 되었던 함형수와 오장환 그리고 이성범을 대동하고 이상을 방문했던 것이다. 그는 당시 문단에서 〈오감도〉로 파문을 일으켜 鬼才라고 소문난 이상을 호기심과 기대감을 갖고 찾아갔다. 문학청년 특유의 자존심을 앞세워 성명에 선생 대신 씨자를 붙여서 문 밖에서 이상을 불렀다고 했다. 그러나 이상은 이들을 잘 대해주었으며, 마치 〈날개〉의 주인공 복장같은 차림으로 그들과 함께 밖으로 나섰다. 그는 "바바리코우트와 깜장 해트를—하이네크 스웨터, 깜장 도꾸리와 깜장 고르덴 바지 위에 집어얹어 가지고" 앞장을 섰다. 이상은 문단의 이 신인들을 데리고 산보를 나섰다. 서정주에 의하면, 이상과 동거하는 안경장이 여자가 문밖으

---

104 서정주, 〈李箱의 일〉, 《서정주 문학전집5》, 일지사, 1972, 87쪽.

로 나설 때, 자신들이 방으로 들어가려 하자 이상은 "우리, 그러지 말고 같이 밖으로 한번 산보나 나갑시다"라고 말하면서 방문을 나섰다고 한다.

우리는 아직 〈날개〉를 발표하기 이전의 이상의 풍모를 미당의 회고를 통해서 듣고 있는 셈이다. 그가 기억하고 있는 이상의 풍모는 사실 〈날개〉의 주인공에 나올만한 모습이고, 그것은 많은 사람들이 기억하고 있는 것과 흡사하다. 그의 문학 뒤에 놓인 삶의 그림자를 엿보기 위해 잠깐 그의 회고를 더 따라가 보자. 면도와 세수를 잘 하지 않는다는 이상 특유의 奇行이 여기에도 묘사되어 있다.

> 6척에 거의 가까운 바짝 메마른 장신에 1주일에 한번쯤이나 면도와 세수를 합쳐서 하는 5밀리쯤은 매양 꺼칠꺼칠하게 자라있는 위아래 수염과 알따란 면사포 같은 때에, 그러나 그런 것들은 그의 타고난 형형하게 밝은 날카로운 눈과 빳빳하게 잘 선 콧대와, 단단하고 가지런한 단호한 흰 이빨과, 타고난 사치한 피부 그런 것들의 인상의 바닥 위에 이루어져 있기 때문에 조금도 추한 느낌은 주지 않고, 무슨 잘 갈아 둔 강철의 비수에 녹이 인제 새로 어느만큼 앉기 시작하는 것을 보는 것 같은 느낌이었다.[105]

서정주는 이렇게 〈날개〉의 주인공같은 풍모를 한 이상에게 이끌려 산보를 나섰다. 그것은 여러 술집들을 순례하는 그러한 산보였다. "그의 산보는 이렇게 하여 먼동이 틀 무렵 해장국집의 그 해장국 안주의 술까지 계속되고, 그러고는 그의 방에 돌아가 낮에는 쓰러져 자

---

[105] 위의 책, 91쪽.

고 해질 무렵이면 또 부스스 일어나는 모양이었다."[106]

그런데 여기서 이상의 산보로를 한번 살펴볼 필요가 있다. 그는 젓가락 선술집을 거쳐 반도호텔 언저리 술집들을 돌았다. 청계천 4가에서 종로에 이르는 여러 술집을 거쳐서 현대식 빌딩이 하나도 없는 계동 뒷골목같은 길을 거닐 무렵 새벽 닭소리가 들려왔다. 그 부근 술집에서 이상은 주모 스웨터의 단추를 계속 심각하게 눌러대는, 조금은 해괴한 듯 보이는 비극적 광기를 연출했다.[107] 그 후 조선호텔[108] 앞을 돌고 치과대학 앞을 지나서 지금의 상업은행 모퉁이 포도 근방까지 그들은 한마디 말도 없이 걷기만 했다. 조금 전의 그 사건(주모의 옷 단추를 아프도록 눌러댄) 때문에 그랬던 것이다. 거기서 이성범이 길에 엎드러져 통곡하는 사건이 벌어졌다.[109]

밤을 거의 꼬박 새우다시피 하면서 창부타령을 부르고, 주모의 단추를 눌러대는 광기를 연출하며, 새벽 길거리에 엎어져 울기도 했던

---

106 위의 책, 92쪽.

107 주모는 이상의 이 기괴한 행위를 처음에는 술취한 자의 가벼운 희롱으로 생각했지만, 심각한 표정으로 점차 세게 눌러대자 그만 비명을 지르고 말았다. 서정주는 이 장면을 매우 인상깊게 기억했는데, 단추를 눌러대는 이상의 행위가 위기에 빠진 한 시대의 비상벨을 울려대는 것처럼 느꼈던 것이다.

108 1927년에 발행된 서울 주요지역 지도(조선철도여행안내 용으로 만든)를 보면 황금정 입구 근처의 殖産은행과 제일은행 옆에 조선호텔이 보인다. 이 부근에 취인점도 있어서 이 부근이 식민지 상업활동의 중심지임을 보여준다. (이 지도는 임덕순, 〈서울의 수도 기원과 발전과정〉, 서울대대학원 지리학과 학위논문, 1985, 100쪽에 실린 것이다.) 조선호텔은 1914년 9월에 지은 4층짜리 벽돌건물이었다. 가와무라 마나토의 《한양 경성 서울을 걷다》, 다인아트, 2004, 83쪽.

109 이성범은 아마도 이때의 체험 때문에 이상이 죽은 뒤 〈이상 애도〉라는 추도시를 쓸 수 있었을 것이다. 그는 이렇게 썼다. "어둠이 썩는 밤/밤이 무서운 침질 때문에 그는 劇劇으로 죽었다./(중략)피 토한 태양이 죽고 원한의 달이 기우를 때/그의 스스로의 싸홈이 끝났다./돌아올 아츰이 시각을 잃었다.~"(《자오선》, 1937.11)

이 하룻밤의 술집 순례는 번화한 경성의 도로 뒷골목을 여기 저기 누비는 길고 긴 산보이기도 했다. 우리는 이 대도로 뒤편에 놓인 선술집이 무엇인지 알아볼 필요가 있다. 이러한 곳에 끼어있던 오뎅집 딸 나기 양을 이상은 사랑하기도 했으니까 말이다. 이상의 이 뒷골목 산보는 그의 문학과 삶 속에서 매우 중요한 의미를 띤다. 이서구는 이 뒷골목 선술집에 대해 이렇게 말했다.

선술집이라는게 있다. 이름과 같이 서서 술을 마시는 집이다. 한잔에 오전 안주는 가지각색 무엇이든지 한가지를 곁들여 먹인다. 시골서 소바리 몰고 오는 분들이나 막버리터로서 몰려나서는 분들에게 선술집에 술국 해장이 얼마나 그 하루 일에 큰 도움이 되는가는 아는이가 적을 것이다. 남대문 동대문 두 시장을 싸고도는 주위의 선술집 새벽 정경을 보라. 험수룩한 '힘'을 파는 장정들이 가득히 서서 막걸리주! 술꾹주! 소리가 아우성을 치리라. 아침에 해장이 끝나면 하루일을 마치고 나서 석양판에 저녁 휴게시간이 돌아온다. 동관 앞 동양루, 화신백화점 뒤 대흥주점, 명치정 뒷골목 등 대단집 등이 안주좋고 손님 많기로 유명하며, 추탕이 맛있기로는 신설리 형제 추탕집이 유명하고, 화동 추탕집과 혜화동 추탕집이 그에 버금하리라. 신설리 형제 추탕집의 단골 손님으로는 매일신보 부사장 이하몽과 시인 김안서 군 등 명사가 즐비하게 늘어 있다.[110]

미당의 회고 속에서 우리는 몇 가지 정보를 알게 된다. 즉 이상은 당시 문단의 신인들에게 경이와 호기심이 섞인 주목을 받았던 것이고, 자신을 방문한 이들에게는 존경을 받는 선배였던 것이다. 그는

---

110 이서구, 〈大京城食求景〉, 《중앙》, 1936.6. 219쪽.

자신이 졸업한 경성고등공업학교111와 치료차 들렸던 경성제국대학
병원112에서 얼마 떨어져 있지 않은 뒷골목 누추한 방 한칸에 자리잡
고 있었다. 그리고 서정주가 보았던, 이상과 동거하고 있었던(서정주
의 생각으로) 안경잽이 여자가 하나 있었다. 변동림과 생활하고 있었
을 때였고, 서정주의 글에 그렇게 소개되어 있다.113 그가 문단의 후
배들을 데리고 새벽까지 떠돌았던 곳은 종로와 청계천 사이의 골목
들이었다. 즉 황금정 북쪽에 놓인 북촌 지역이었다. 우리는 거의 빌
딩 하나 없는 지역의 오래된 집들 사이에 놓인 골목에서 이리저리
그들이 헤매고 있는 모습을 상상해볼 수 있다. 이 '골목'의 의미에 대
해 뒤에서 다시 살펴보기로 하자. 아마 미당이 회고한 이 장면은 평
소 이상이 그의 동료나 벗들과 함께 했던 전형적인 산보의 한 모습
이었을 것이다. 그리고 그러한 곳으로 나선 그의 복장도 산보하며
누볐던 지역과 비교해볼 때 그렇게 크게 어긋나는 풍경은 아니었을
것이다.

그런데 그의 문학 속에서 산보 혹은 산책은 어떠한 것이었을까?
이상은 '산보'라는 말로 아무 부담없이 한가로운 마음으로 거리에 나
서는 것을 가리켰다. 이상은 그의 마지막 생활이 되었던 동경에서 답
답한 심정을 토로하면서 김기림에게 편지를 띄웠다. 거기서 '산보'라
는 말은 그의 답답함을 벗어던질 수 있는 단어처럼 보인다. "동경 들

---

111 서울공대의 전신인 이 학교는 동숭동 안에 경성제국대학 근처에 자리잡고 있었다.
112 이상의 첫 번째 수필인 〈병상이후〉에는 의사에게 진찰받는 장면이 나온다. 그
    가 결핵을 확인하게 된 병원이기도 하다.
113 김유중·김주현이 엮은 《그리운 그 이름, 이상》에 실린 서정주의 글 마지막
    부분에는 〈엮은이의 말〉에 이상과 동거인으로 나온 이 여인을 변동림이라고
    소개했다. 서정주의 언급 자체가 확실치 않아 나로서는 정확하게 판단하기
    어렵다.

르오. 산보라도 합시다.[114]" 그는 〈西望栗島〉(1936.3)에서도 이렇게 말한다. "우리는 소유자의 허락없이 일보의 반보를 어찌 옮겨 놓으리오. 오늘 우리가 제법 교외로 산보를 할 수 있는 것은 아직도 세상 인심이 좋아서 모두들 黙許를 해주니까 향유할 수 있는 侈奢다."[115] 모든 것이 철저하게 사유화되고 누군가의 소유로 되어가는 식민지 시대의 토지제도 아래서는 교외의 어떤 곳에서 자유롭게 산보를 즐길수 있다는 것 자체가 사치(이상은 흔히 이것을 뒤집어서 '치사'라고 쓴다)일 것이라고 이상은 말한다.

그의 시에서도 '산보'는 누구의 간섭도 받지 않는 자유로운 기분의 행보이며, 한가하게 거리나 자연의 풍경과 사물을 관람하려는 태도이다. 〈1931년(작품제1번)〉에 나오는 '등변형 산보'는 그러한 태도를 인공적인 기하학적 태도와 결합한 것이다. 자유로운 기분이 삭제된 것 같은 이것은 일종의 반어법적 산보라고 하겠다. 〈수염〉에는 "余 사무로 써 산보라 하여도 무방하도다"[116]라는 구절이 나온다. 이것 역시 반어법적인 측면이 살짝 가미된 것이다. 이러한 반어법은 '등변형'이란 기하학적 표현과 '사무'라는 말이 암시하는 지시와 명령체계 그리고 기계적인 업무수행 같은 것들이 한데 결합되어 만들어진다. 한가롭고 자유로운 느낌을 주는 산보와 '등변형'이란 말은 전혀 어울리지 않기 때문에 그 둘을 결합하는 것에는 반어적 긴장이 형성된다고 할 수 있다.

---

114 임종국 편, 《이상전집》, 209쪽.

115 〈서망율도〉 중 〈쏟地에서〉의 한 구절.

116 일본어로 된 이 시를 유정이 번역한 것인데 아마도 우리 식의 표현으로 바꾼다면 이렇지 않을까? "내가 일하는 것은 일종의 산보라고 해도 좋으리라". 그의 총독부 시절 한가롭게 일했던 태도와 영업에 신경쓰지 않고 있다가 파산한 제비다방 경영 태도를 보면 이러한 반어법적 생활양식을 엿볼 수 있다.

여기에는 그가 다른 곳에서 드러낸 '역도병'적 태도가 있다. 그러나 이렇게 반어법적으로 수식된 '산보'에도 여전히 자유롭고 한가로운 산보라는 기본적인 분위기가 강하게 스며 있다. 이 산보는 어떤 것이든지 기본적으로는 자신을 편안하게 거리의 풍경 속에 개방하면서 한가롭게 여유를 즐기고 싶은 욕망과 관련되어 있다.[117] 그가 이러한 단어를 매우 의식적으로 쓰고 있다는 것이 다음과 같은 곳에서 드러난다. "메마른 한 그루의 나무가 있으면 그것에 산책자이듯이 기대서자. 거창한 동공이 내 위에 쏟아진다. 나는 그것에 놀라면 안 된다.(방점—인용자)"(〈첫번째 방랑〉)[118] 마치 산책자처럼 기대선다는 것은 무심히, 어떤 대상이 자신을 어떻게 보든지간에 자신을 무심한 상태로 방기하는듯한 태도로 다가선다는 것이다.

2) 백화점의 관능—포장지의 비너스

이러한 산보 혹은 산책이 보들레르의 주된 모티프로 벤야민이 분석해냈던 '산책가'[119]의 그것으로 상승된 것은 바로 〈산책의 가을〉에서이다. 이 수필에서 이상은 백화점과 거리의 과일가게, 인쇄소, 청

---

117 단지 〈12월12일〉에서만이 이러한 산보가 암울하고 헤어날길 없는 인생의 끊임없는 행보처럼 서술된다. "사람은 다 길을 걷는다. 간다. 그러나 가는데는 없다. 인생은 암야의 장단없는 산보이다."

118 김윤식 편, 《이상문학전집 3》, 문학사상사, 1993,165쪽.

119 보들레르의 flâneur에 주목했던 W.벤야민은 그 개념을 보들레르적 현대성의 핵심표지로 삼았다. 벤야민의 비평개념으로 정립된 이것을 우리나라 학자들은 '산책자' 또는 '만보객' 등으로 번역했다. 나는 '산책가'라는 용어로 바꿀 것을 제안했고, 그 이후 줄곧 그렇게 써 왔다. 그러한 제안은 이런 것이었다. "이러한 용어 변경은 우연적 산책 행위가 아니라 산책 자체를 자신의 삶 그 자체로 만들고 있는 운명적 존재를('산책가'라는 용어가) 더 잘 표현할 수 있지 않을까?"(신범숨, 《한국현대시사의 매듭과 혼》, 민지사, 1992, 149쪽)

계천 거리, 로울러 스케이트장 풍경 등을 묘사했다. 그 어느 것에도 속하지 않는 거리의 방랑자로서 그는 그러한 풍경들을 관람하고 즐기며 동시에 그러한 것으로부터 비판적인 거리를 유지한다. 이 '비판적 거리'라는 것이 벤야민적 산책가의 특성에 속한다.

이 글에서 우리는 백화점에 대한 이상 특유의 날카로운 심미적 관찰을 엿볼 수 있다. 이 백화점은 그 뒤에 나오는 길거리의 과일가게와 비교될 수 있다. 아마도 그가 시 〈보통기념〉(월간매신, 1934.6)에서 보여준, 사과를 쌓아놓은 과일가게가 이 글에 나오는 그러한 가게이지 않았을까? 그는 그 시에서 "나는거리를걸었고 店頭에 苹果山[120]을보며는 매일같이 물리학에 낙제하는 뇌수에피가묻은것처럼 자그만하다"라고 했었다. 그는 〈산책의 가을〉에서는 사과 대신 복숭아와 바나나를 언급했는데, 그때는 아직 본격적으로 사과가 나오지 않는 초가을이었던 것 같다. 그는 백화점에 이어 닫혀있는 과일가게를 묘사한다. 아무도 오지 않는 가게의 안을 들여다보는 이상의 시선은 상상적인 것이다. "과일은 마음껏 굴려보아도 좋고 덜 익은 수박 같은 주인 머리에 부딪쳐 보아도 좋건만 과일은 然然! 복숭아에 香薰에, 복숭아의 香薰에 복숭아에 바나나에—". 이 글에는 시적인 가락이 흐르고 있음을 누구나 느낄 수 있다. 그것은 복숭아의 모양과 향기에 대한 작가의 자유로운 연상에서 흘러나온다. 그에게 이 과일들은 정물화의 평면 밖으로 솟구쳐 오른다. 굴러가는 원운동으로 포착된 과일은 유클릿적인 원과 구체의 기하학을 넘어서 있다. 그것은 수박과 사람의 머리를 통해 실제로 존재하는 독특한 球體들(기하학

---

[120] 평과는 사과를 말한다. 노점에 사과를 산처럼 쌓아놓은 것을 '평과산'이라고 했다. 여기서 물리학에 낙제한다고 한 것은 뉴튼적 이론에 대한 무관심을 표현한 것이다. 노점의 사과는 뉴튼의 만유인력을 발견하게 한 모티프를 암시하고 있다.

적인 구체들보다 훨씬 복잡미묘한 자연의 구체 형태인)의 세계 속에서 꽃피고 향기를 뿜어낸다. 이상은 이 닫힌 작은 과일가게 속에서 오히려 자연의 생명력을 반영하는 자연기하학적 상상을 증폭시킨다. 그가 항상 삭막하고 차가우며 인공적인 기하학적 건물로 묘사하는 백화점 옆에 이 과일가게를 놓은 것은 그 둘을 대비하려는 의도에서 나온 것이다.

그러나 이러한 닫혀있는 쓸쓸한 가게에 비해서 백화점은, 비 때문에 사람이 없어서 더 적적하고 광막하게 열려있다. 이러한 때 오히려 사람들을 끌어들이는 백화점의 마력적인 본질이[121] 노골적이고 누추한 모습으로 드러난다. 백화점은 마치 노출증에 빠진 것처럼 여인의 도발적인 복숭아빛 종아리를 보여주고, 가을의 애수를 노래하며, 화장한 석고의 비너스를 보여준다.[122] 이상은 가을철 백화점에 대한 느낌을 그 속에서 흘러나오는 노래의 쓸쓸한 곡조를 통해 드러낸다. 그 노래의 체에 걸러내서 그래도 빠져나가지 않고 남아있는 백화점의 본질을 보여준다. 즉 아무리 그 노래의 허무한 감정과 주제처럼 모든 것을 허무함 속에 다 버려 보아도 과일보다 훨씬 맛날 것 같은 백화점 여인의 복숭아빛 종아리만은 버릴 수 없다는 것이다. 그것은 쇼윈도우 속에서, 이렇게 아무도 없는 쓸쓸한 분위기에도 매혹적인 자태를 과시하는 "분 안 바른 살갗이 찾을 길 없는" 비너스 상과 연계

---

121 김기림이 백화점의 말초신경 혹은 무형의 마력적 촉수라고 했던 것이 바로 이것이다. 이에 대해서 그는 〈도시풍경1·2〉(《조선일보》, 1931.2.2)에서 이렇게 말했다. "이것들은 쎈시블한 도회의 유동하는 마음에로 향하여 벌어진 데파트먼트의 말초신경이다.—데파트먼트야말로 무형의 촉수를 도시의 가정에 벌리고 있는 魔物이다."

122 김기림도 백화점 속에서 마치 사람들을 끌어모으려고 무료로 방사하는듯한 "여점원들의 복숭아빛 애교"에 대해 말한다.(위의 글 참조)

된다. 그러한 것들은 백화점 상품의 관능적 본질을 보여준다.

　이상에게 비너스는 마리아와 대비되는 기호이다. 비너스는 여기서 상품시장의 여신[123]이라는 고대로부터 흘러내려온 본래 임무를 다한다. 다만 자본주의적으로 차갑게 굳어진 교환체계를 상징하듯 석고상으로 응고되어 있을 뿐이다.[124] 마리아는 상품시장의 그러한 타락상 속에서 여전히 뜨거운 교환인 사랑과 축제적 면모를 그리워하는 시인의 실낙원적 기호이다. 우리는 당시 '마리아'라는 이름이 '천사'와 '낙원'이란 명칭들과 함께 새로운 도시 거리의 패션처럼 여러 여인들의 별칭으로 불리웠다는 사실을 알아야 할 것이다.[125] 이

---

123 조셉 캠벨, 《신의 가면3, 서양신화》, 까치, 2000, 370쪽 참조. 캠벨은 "로마의 베누스는 원래 시장의 여신이었지만 키프러스의 아프로디테와 동일시 되었다"고 했다. 캠벨은 그리스 작가 아플레이우스의 언급을 인용해서 비너스, 미네르바, 페르세포네, 디아나 등이 진정한 이름인 이시스의 다른 이름(각 지역마다 서로 다르게 불리우는)이라고 말했다(그의 책, 57쪽). 아풀레이우스는 이시스 여신의 신자였으며, 마술에 걸려 당나귀로 변했다가 이시스 여신의 도움으로 장미꽃을 먹고 다시 사람으로 변신하는 이야기인 〈황금당나귀〉를 썼다.

124 비너스는 1920년대 초창기 낭만주의 시인들에게 이상적인 사랑의 여인상을 지칭하는 말이었다. 《금성》이란 잡지는 바로 그것을 표제어로 쓴 것이다. 유춘섭은 "사랑의 여신아!/ 너는 여명에 홀로 솟은 금성과도 같구나. 아! 나의 여신아─낙원으로 가자. 사랑으로 문 단 법열의 동산"(《금성》 2호, 73쪽.)이라고 노래했다. 당시 박영희는 당대 문단의 이러한 감상적이고 낭만적인 풍조를 비판하면서 〈조선을 지나가는 비너스〉(《개벽》 54호)를 썼다. 고대에 비너스에 해당하는 아프로디테는 초창기에는 다산과 비의 여신이었다. 《물의 역사》, 37쪽 참조. 경성의 다방 중에도 '비너스'가 있었다. 이서구는 〈신판경성지도〉(《중앙》, 1935.5)에서 비너스 찻집에 대해 이렇게 말했다. "'〈비너스〉라는 데는 가면 주인마님 등살에 성한 사람도 미치고 맙니다. 유명한 여배우 복혜숙이 넓은 홀을 횡행하면서 이 손님 저 손님을 어린 동생들 가지고 어루만지듯 써비스를 해냅니다."

125 당시 '마리아'란 이름으로 주목받았던 여인들이 있었다. 1933년에 발표된 한 글에서 안석영은 〈산타 마리아〉(《신여성》, 1933.10.)란 제목으로 미션스쿨에 다녔던 미모의 T양 이야기를 그렸다. '몸과 마음이 깨끗한 동정녀'라는 것이 이

성경신화적인 명칭들은 그것이 담고 있던 에덴동산의 이미지를 이 거리에 깔아놓으려는 의도에서 나온 것 같다. 물론 그것은 사람들에게 낙원의 즐거움을 제공한다는 음식점과 카페, 요정 등 상업적 시설들의 광고전략에서 나온 것이다. 점차 도시 거리에는 상품이 넘치고 있었으며 그들을 끌어들이기 위해서는 강렬한 호소력이 필요했다. 김진섭은 사람들이 상품의 의미를 추구하고 있는 상황을 이렇게 말했다.

많은 사람이 상품과 상품의 山 사이를 배회하고 있다. 이것은 얼마나 많은 눈의 탐스러운 00이냐! 너무나 많은 물건이 너무나 많이 우리를 유혹한다. ―이는 욕망의 바다! 이는 단념의 바다. 상품 앞에 선 사람은 이미 결코 모험가는 아니다. 참혹하기까지 진지한 천차만별의 생활이 큰 침묵 속에 여기 충돌하고 있는 것을 우리는 듣지 않는가. ――品을 흥정하는 돈주머니 속에서도 충분히 신성한 이유가 있는 것이다. 모든

‘마리아’란 이름 앞에 붙는 수식어였다. 그런데 대개의 경우 이러한 ‘마리아’들은 마지막에는 타락한 모습으로 사람들 앞에 나타난다. 안석영은 이 모나리자 같고 그레타가르보 같은 T양이 하마같은 미스터 도늬씨의 첩이 되었다고 했다. 1933년 12월 《중앙》지에는 〈부산 〈마리아〉사건 진상〉이란 글이 실렸다. 이것은 치정사건에 얽힌 하녀인 마리아 변홍례에 관한 것이었다. 1936년 5월 《중앙》지에는 〈흘러간 여인군상〉이란 글이 실려있는데, 거기에는 淫婦 마리아 사건에 소개되어 있다. 원산의 한 미션스쿨을 나와서 동경음악학교를 꿈꾸었으나 사정이 있어서 안되고 원산 구쉐병원에 간호부로 근무하던 중 사회주의자들과 격투해서 부상당한 아나키스트 S와 사랑에 빠져 도피행각을 했고 결국 나중에는 카페와 빠의 여급으로 전락했다는 이야기이다. 조허림의 〈네거리에 서서〉(《조선문학》 14집, 1937.8)에도 이렇게 타락한 마리아가 나온다. “구토할 문명의 만가가 흐르는/ 도시 소란한 네거리/ 굴욕의 때쩌른 지폐가 이곳의 마리아!/ 盛裝한 간판떼가 아양을 떨고 매춘부처럼”. 그에게 마리아는 숭배되는 대상이면서 매춘부적인 존재로서 이중적인 면모를 보인다. 이러한 이중적 측면이야말로 ‘마리아’에 담겨진 당대의 특징일 것이다.

사람은 이제 서로 다른 자기의 생활을 통하여 열렬히 상품의 의미를 추구하고 있다.[126]

김진섭은 종로를 거닐다가 자신도 모르게 신동아 백화점으로 이끌려 들어간다. 그는 백화점을 '도회의 심장'이라고 말했다. 백화점에 대해 그는 도스토예프스키처럼 "여기 나는 나를 유쾌하게 하여주는 화려한 장소를 가지고 있다"고 말하고 싶다고 했다. 그러나 그는 여기 쏟아져 들어온 많은 사람들처럼 그 화려함을 즐기는 것으로 끝나는 '헛된 산책자'는 아니다. "많은 사람이 헛된 산책자인 듯 한 것은 그 店主를 위해 크게 미안한 일이다"라고 말했지만, 그는 상품에 대한 사람들의 미혹과 경계심을 모두 간파하면서 상품에 대해 성찰한다. 아마 흔히 이러한 상품들에 화려한 옷들을 입히는 상술에 대해 비판했던 많은 사람들을 넘어서, 이 상품의 신비에 대해 말할 수 있었던 사람은 김진섭 이외에 별로 찾아볼 수 없다. "상품은 참으로 하나의 새로운 신비를 싸고 있는 것 같다. 실로 그것은 그것을 산 그 사람의 생활의 진수인 까닭이다.(방점-인용자)"라고 그는 말했다. 김기림은 백화점의 메피스토펠레스적인 마력에 대해 비판적으로 말했었다. 김진섭은 거기 하나의 신비를 덧붙였는데, 그것은 사람들이 상품으로부터 얻어내는 삶의 한 신비이다.

근대 도시 거리에서 이 상품의 신비는 낙원의 신비를 모방한다. 음식과 술과 차 그리고 여자들의 서비스 등을 파는 카페와 음식점, 다방과 술집들은 직접적으로 그러한 낙원 이미지를 떠올리도록 간판을 달았다. 이서구는 종로통에 있던 '樂園회관'에서 벌어지는 천국의 분

---

[126] 김진섭, 〈백화점중〉, 조선일보, 1933.2.26.

위기를 소개했다.

> 종로통 낙원회관에서 흘러나오는 웃음소리. 카페광 시대이다. 여급
> 의 황금시대이다. 그 총본영은 종로의 낙원회관이다. 기생도 이곳으로
> 밀리고 여배우도 밀리고 실연한 작은 아씨도 몰려들어 밤의 천국! 그늘
> 에 피는 꽃빛을 자랑키로 된다.[127]

박로아가 카페에 대해 소개한 글을 읽어보면 "모든 향락을 준비하
는 곳"인 경성의 카페촌은 "요정같은 유혹의 미소가 지상의 星雲같
이 몰려 흐르며 흔들거리는" 곳이다. 사람들은 마치 조수처럼 이곳
에 밀려든다고 했다. 그는 여기서 여자를 찾는 한 남자의 다음과 같
은 호소를 인용했다. "오-나의 어여쁜 天使여! 오늘밤만은 내 침실
로 날아오라."[128] 1920년대 초창기의 낭만주의 시인들이 기생집에
달려가서 '나의 마돈나'를 찾았던 것과 비교해 볼 때 이러한 호소가
격이 좀 떨어질지는 모른다. 그러나 기본적인 정조는 그렇게 크게 다
르지 않다.

이상화의 〈나의 침실로〉 시대의 분위기는 좀더 근대적으로 상업
화된 카페의 거리 속으로 이렇게 추락하고 있었다. 그 거리 속에는
세속화된 '거리의 천사'들이 배회하기 시작했다. '천사'라는 말은 거
리의 유행패션으로 휘감은 신여성으로부터 카페의 여급과 매춘부에
이르는 진폭을 갖고 있었다. 김용준의 글에서는 '도회의 엔젤들'이라
는 말이 단지 도회적인 패션에 사로잡힌 여성을 가리키는 것이었
다.[129] 그러나 '천사' 혹은 '엔젤'이란 말은 대개는 남성들을 유혹하는

---

127 이서구, 〈鐘路夜話〉, 《개벽》 신간1호, 1934.11.
128 박로아, 〈카페의 정조〉, 《별건곤》, 1929.9.

신여성을 가리키는 말이었다. 그것은 일본에서 흘러들어와서 경성의 거리에도 퍼져나갔다. 銀座行人이란 별명을 쓴 한 필자는 동경 은좌거리의 스틱 걸, 혹은 스트릿 걸을 '거리의 천사'라고 부른다고 했다.[130] 경성의 스틱걸에 대해 소개한 글이 있었던 것으로 보아 은좌의 풍속이 옮겨온 것을 알 수 있다.

'거리의 천사'라는 말은 신여성과 매춘부 사이에서 흔들리는 기호였지만 기본적인 이미지는 유혹자였다.[131] 새로운 패션으로 휘감은 이 세속적인 낙원으로의 안내자는 이상에게서는 매춘부를 가리키는 용어였다. 그의 〈홍행물천사〉에는 거리의 걸인 음악사와 매춘부가 다 등장한다. 이상은 이 매춘부 천사를 통해서 도시거리의 낙원 이미지를 벌거벗긴다.

아마도 이 시대에 그만큼 이 거리에서 추구되던 낙원의 쾌락을 그 밑바닥 극한까지 처참하게 드러낸 사람은 없었을 것이다. 그는 매춘부 천사를 모티프로 한 세편의 시를 썼다. 〈광녀의 고백〉〈홍행물천사〉〈실락원〉이 그것이다. 초기 일문시 〈조감도〉 속에 들어있는 앞의 두 시는 일종의 연작시처럼 내용이 이어져 있다. 이 두편의 시에서 이상은 매춘부 S玉孃[132] 이야기를 쓰고 있다. 이상은 카페와 유곽에 속해있을 듯한 이 여자의 매춘행각을 암시하는 비유들을 동원해

---

129 김용준, 〈서울사람, 시골사람〉, 《조광》, 1936.1. 그는 성북동 청룡암으로 향한 호젓한 길에서 만난 한쌍의 산보객 중 도회처녀를 뾰족구두, 코티 화장품 등에 대한 허영만으로 가득한 '도회의 엔젤'이라고 생각했다.

130 은좌행인, 〈은좌야화〉, 《개벽》, 1934.11.

131 길거리에서 노래와 연기를 하면서 동냥을 구하는 거지를 '거리의 천사'라고 하는 사례도 있었다. 이 글에서는 그러한 연예적 매력보다는 관능적인 매력을 갖는 유혹자만을 대상으로 삼았다.

132 일어로 된 원문에서는 'S子樣'이다.

서 그로테스크한 성적 장면들을 그려냈다. 그 당시 카페 같은 곳에서 흔히 제공되었던 초콜렛이 환상적 이미지로 변주되고,[133] 바닷개와 북극 같은 이미지들은 마치 초현실주의적인 꿈의 풍경처럼 등장한다.[134] 초콜렛의 달콤함은 성적 황홀경을 암시해준다. 얼어붙은 북극지대의 오로라의 빛과 북극성의 감미로움은 바닷개 잔등을 달리는 여성을 천상적인 황홀경으로 이끌어간다. 이상의 다른 작품들에서 육체적 충동을 상징하는 '개'가 이 시에서 처음 이렇게 나타난다.

이상은 이러한 매춘부(광녀)의 성적인 황홀경을 '焦熱氷結地獄'(〈광녀의 고백〉)이라는 말로 표현했다. 이 야릇한 합성어에 그만의 독특한 상상력이 개입되어 있다. 즉 이상은 이 매춘부와의 성적인 결합 장면에 두 가지 층위의 기호학적 흐름을 개입시켰다. 하나는 불교적인 기호들이고 다른 하나는 극지 여행적인 기호들이다. 성적인 쾌락의 추구와 그뒤의 허무함에 대한 느낌들은 불교적 개념들과 연결된다. 여자의 생애를 불교적인 기호 층위에 올려놓았을 때 '나한'을 배는 것과 '초열빙결지옥'에 빠져들어가는 일로 나타난다. 즉 "여자는 羅漢을밴것인줄다들알고여자도안다."에서는 열반적인 쾌락의 상승을 보여준다. "여자가올라가는층계는한층한층더욱새로운焦熱氷結地獄이었기때문에"라는 구절에서는 그러한 쾌락으로부터의 추락과 죄의식이 나타난다. 결국 매춘부의 성은 차갑게 얼어붙는 지옥의 풍

---

133 "잔내비와같이웃는여자의얼굴에는하룻밤사이에참아름답고빤드르르한赤褐色쵸콜레이트가무수히열매맺혀버렸기때문에여자는마구대고쵸콜레이트를放射하였다.~"(이상, 〈광녀의 고백〉 부분, 임종국, 앞의 책, 229쪽)

134 "여자는오오로라를본다. 덱크의勾欄은북극성의甘味로움을본다.巨大한바닷개(海狗)잔등을무사히달린다는것이여자로서果然가능할수있을까,여자는發光하는파도를본다.發光하는파도는여자에게白紙의花瓣을준다."(〈광녀의 고백〉 부분, 위의 책, 230쪽)

경을 연출한다. 〈광녀의 고백〉은 그렇기 때문에 "창백한여자// 얼굴은 여자의이력서이다."라고 시작했던 것이다. 오로라가 빛나는 이 얼어붙은 북극의 풍경은 매춘부와의 성적 결합의 상징적 풍경이다. 극지탐험적 기호들은 매춘부적인 성이 근본적으로 그러한 잠깐동안의 쾌락이 추락해서 떨어지는 바닥, 즉 빙결지옥 위를 벗어날 수 없다는 데서 나온다. 여자는 그러한 빙결지옥의 극지에서 구원을 요청하는 남자들을 찾아 달려간다. 그녀의 극지 탐험여행은 그들을 구하는 사업이다. 극지의 하늘에 펼쳐지는 오로라와 북극성의 빛들은 단지 그녀의 사업을 장식하는 꿈들일 뿐이다. 그녀는 마치 백화점 상품들의 포장지와 같이 피부라는 포장지로 존재한다. 수많은 남자들을 구하는 매춘 영업 속에서 그 여자의 피부는 마치 옷처럼 벗겨지고 바람에 나부낀다. 그녀는 관능적인 포장지인 피부(껍데기)로만 채워져 있다. 이 여자는 집도 없고 어디 한군데 안주할 곳도 없다. 그녀는 빙결지옥과도 같은 극지의 지도 위를 이리저리 날아다닐 뿐이다. '불쌍한 홀아비들'이 거주하는 "No 1-500의 어느 사찰"들을 방문하기 위해서 말이다.

〈홍행물천사〉는 이 매춘부 이야기의 후일담이다. 그녀는 거리의 음악사이자 "걸인과 같은 天使"이다. 늙어버린 창녀의 눈은 정형외과적 수술로 곡마단 코끼리의 눈처럼 주름지게 찢어져 있다. "무서운 氷山에 싸여" 있는 이 여자의 무서운 눈은 세파에 시달려 거칠어졌다. 이제 그만 웃어야 할 것 같은 그녀의 눈은 외과수술에 의해 웃는 형태로 고정되어 있다. 이 시는 차디찬 극지의 시련에 곡마단의 홍행곡예사적 면모를 덧붙였다. 그녀의 본질은 자신의 가면과 곡예를 파는 것이다.

〈실락원〉에서의 '천사'는 거리의 천사인 이러한 매춘부 이미지와 희미한 관계만을 맺고 있다. 여기서 천사는 '키쓰'하는 존재이다. 이상은 이 시에서 '천사'들이 지옥의 매력을 알게 되어 파라다이스를 빠져나갔다고 말했다. 이 천사들은 거리에서 만날 수 있는 여자들의 이미지를 집합시켜 만들어 낸 것이다. 천사 이미지는 현대적인 세속적 신화라고 할 만한 것이다. 이 천사들은 나와 키스하면 숫벌처럼 죽기도 하고 또 반대로 이 천사의 독이 든 키스를 당하면 사람들은 병을 앓다가 죽는다. 이 천사의 시체를 10년 동안 보관해온 사람도 있다. 달콤하지만 위험한 이 키스하는 천사들은 차갑게 얼어붙은 근대 도시 거리의 마법적인 신화적 로맨스를 낳는다. 이상은 근대 도시 거리의 성, 매매되는 성 속에서 매우 이상하고 기괴한 로맨스를 발견했다. 매매되는 성이라는 상품의 신비를 이렇게 극적으로 묘사한 시인은 없었다. 그리고 근대적 시장체계의 밑바닥에서 북극의 극지처럼 얼어붙는 매춘적 성의 그로테스크한 신비를 추적해본 시인은 더이상 없었다.

이상은 1920년대 초창기 시인 작가들이 대개 그러했듯이 그러한 천사들을 만나기 위해 카페와 다방, 술집 출입을 했다. 그는 건축학도이며 선전 입선 화가로서의 재능을 살려 다방 '낙랑'[135]의 실외장식을 맡아 했으며,[136] 나중에는 다방과 카페 사업에 직접 뛰어들기도

---

[135] '낙랑'은 어원적으로 추적해보면 우리 고대사 속에서 '낙원'의 의미를 담고 있다. 이병도는 낙랑을 '알라' 혹은 '아라'의 寫音이라 했는데, 그는 이것을 중국 즉 '중심의 나라'란 뜻으로 풀었다.(이병도, 《두계잡필》, 일조각, 1956, 311쪽 참조) 박용숙은 신채호가 평양을 '펴라'라고 한 것을 이어받으면서 낙랑이나 펴라를 신성한 의례로서 사냥을 했던 곳, 풍류적인 사습대회 등을 통해 인재를 뽑기도 했던 신성한 장소이며 낙원의 의미를 갖는 것으로 보았다.(박용숙, 《지중해문명과 단군조선》, 집문당, 1996, 127~137쪽 참조.

[136] 양윤옥이 소개한 글에 이 부분에 대한 언급이 있다. "1932년 동경 미술학교를 졸업한 이순석과 당대의 갑부 박흥식이 손을 잡고 개업한 '낙랑'의 바깥 장식을 이상이 맡아 해주게 되면서 그곳의 본격적인 단골이 되었다." 꼽추화가인 구본웅은 그때 '낙랑'의 실내 벽화 장식을 맡아서 이상과 교분을 쌓을 기회를 갖게

했다. 술집 주모나 카페의 여인들 속에서 찾아내는 '마리아'는 바로 그러한 젊은 시인들이 타락한 시대 속에서 추구했던 훼손된 사랑의 기호인 것이다.

비너스는 마리아의 그러한 성스러운 이미지를 갖고 있지 않다. 그것은 상품의 관능만을 노출시킬 뿐이다. 이상은 그것을 유니폼 입은 백화점 여점원의 이미지를 통해서도 보여준다. 여기서 피부와 포장지는 서로 역전되어 있다. "물방울 낙수지는 유니폼에 벌거벗은 팔목 피부는 포장지보다 정한 포장지고 그리고 유니폼은 피부보다 정한 피부다." 이 산뜻한 수필에서 이상은 섬짓할 정도로 날카롭게 상품의 관능을 벌거벗긴다. 백화점 여직원의 유니폼은 바로 백화점의 피부인 것이다. 그것은 상품의 피부이다. 그 유니폼은 백화점의 표정을 관리하며 손님들을 안내하고 이끌어들이는 관능적 피부 자체이다. 이상은 직관적인 감각으로 그러한 백화점의 광고술과 상품을 팔기 위한 관능의 기술을 파악한다. 그는 그러한 것들을 조종하는 고도의 지적인 체계와 배려의 어두운 얼굴을 붙잡아냈다. 그것은 김기림이 '메이크업(화장)한 메피스트(《파우스트》의 악마 메피스토펠레스를 가리킨 것)의 늙은이'라고 표현한 바로 그 얼굴이었다.[137] 인간이 상품과 상품시장 체계 속으로 용해되는 장면이 여기 있다. 위에서 본 길가의 작은 가게는 이러한 백화점의 관능적인 노출과 비교해볼 때

되었다고 한다. 양윤옥, 《슬픈 이상》, 한겨레, 1985, 39쪽.

137 김기림, 〈도시풍경1, 2〉, 《조선일보》, 1931.2.21/24. 여기서 김기림은 백화점의 등장을 노후한 자본주의가 젊은 것처럼 꾸민 것으로 보았다. "근대는 도처에 있어서 1928년 이후로 급격하게 노후하여 가고 있다. 이 메이크업한 메피스트의 늙은이가 온갖 근대적 시설과 ○構감각으로써 젊음을 꾸미고 황폐한 이 도시의 거리에 다리를 벌리고 저물어가는 황혼의 하늘에 노을을 등지고 급격한 각도의 직선을 도시의 상공에 뚜렷하게 부조하고 있다."

수줍게 닫혀있는 것이다. 이 가게의 복숭아는 마치 시골처녀처럼 부끄러운 향기를 살짝 퍼뜨리며 숨어있다.

〈산책의 가을〉에서 우리는 백화점과 작은 상가, 청계천과 동대문 부근의 스케이트 장 등을 볼 수 있다. 경성 전체에 동서로 펼쳐진 큰 대로(종로통을 생각하면 될 것이다)의 양끝에 백화점과 스케이트장이 놓여있다. 청계천이 그 종로와 황금정통 사이를 따라 흘러가고 있다. 내려다보는 풍경은 아니지만 거리를 헤매이는 산책가가 암송한 풍경을 늘어놓듯이[138] 그는 서로 대비되는 모습들을 그렸다. 화려함과 누추함, 인공적으로 번성하는 백화점과 시궁창처럼 오염되고 빼빼말라가는 청계천의 대비가 여기 있다. 특히 공중에서 청계천 시궁창에 뿌려대는 회충약 광고 삐라를 주으며 노는 가난한 어린아이들의 모습은 근대화와 식민지화에 떠밀려 밑바닥의 비참한 상태로 떨어지는 자들의 상징처럼 보이기도 한다.

이상은 나중에 성천기행문인 〈권태〉〈이 아해들에게 장난감을 주라〉 등에서 황무지처럼 변해가는 시골풍경 속에서 역시 가난한 아이들의 모습을 비슷한 모습으로 그렸다. 〈산책의 가을〉은 나중에 발굴 소개된 글인데[139] 김윤식은 대략 이 글이 쓰인 시기를 1934년 9월에서 이듬해 9월 사이로 추정하고 있다. 이상은 1935년 9월경에 다방 '제비'를 폐업하고 그 이후 '쓰루'와 '무기' 등 다른 것들을 설계하거나 정리하는 등 1935년도 후반기를 부산하게 보낸 것으로 되어 있다. 대개 이러한 일들은 실패로 점철된 것이었다. 이때 이상은 거의 파산

---

138 〈I WED A TOY BRIDE〉(김주현의 주석에 따르면 《삼사문학》 5집(1936.10)에 실린 것임. 김주현 주해, 《이상문학전집 1》, 소명출판, 2005, 117쪽)에서 장난감 신부는 목장에 산보갔다가 풍경을 암송해가지고 왔다고 했다.

139 하동호가 자료를 제공해서 《문학사상》(1977.8)에 발표되었다.

상태에 이른 것처럼 보인다.[140] 그의 성천기행은 이러한 파국을 향한 내리막길로부터의 탈출 시도가 아니었을까? 아직 정확하게 성천으로 떠난 것이 언제인지는 밝혀져 있지 않다. 김윤식은 대략 1935년 8월로 보고 있다.[141]

이상의 학창시절 동기인 원용석은 성천을 방문한 이상에 대한 짧은 한토막 추억을 남겼다. 그는 경성고공 섬유학과를 졸업해서 성천으로 가게 되었다. 거기서 몇 해를 근무하며 보냈는데 어느날 갑자기 아무 연락도 없이 이상이 불쑥 그의 사무실을 찾아왔다는 것이다. "하루는 사무실에서 열심히 서류를 정리하고 있을 때에 누군가가 내 앞에 서있는 것을 한참 후에야 알고 얼굴을 들어보니 그것은 바로 김해경이었다." 그는 병색이 완연해서 피골이 상접한 이상의 모습을 발견하고 놀랐다. 이상은 원용석의 배려로 그곳에서 좀 떨어진 용택온천에서 며칠 보내고 그 뒤에 성천에 있는 원용석의 하숙집에서 또 며칠 정도 보낸 뒤 말없이 그곳을 떠나왔다.[142] 원용석은 정확하게 이상이 언제 성천을 방문했고 며칠정도 있었는지에 대해서는 언급하지 않았다. 온천지역을 합쳐서 아마 대략 1주일에서 2주일 사이 정도 그 지역에 머무른 것이 아닌가 생각된다. 보성학교 시절부터 이상

---

140 그의 동생인 김옥희의 증언에 의하면 1935년은 이상에게 가장 불운한 해였다. 그는 다방과 카페 사업에 실패한 이후 빈털터리가 되었다. "그러잖아도 돈이 있을 수 없던 오빠가 그야말로 빈털터리가 된 것입니다. 그리하여 오빠의 자학과 부정의 방랑생활이 시작되었던 것입니다." 김옥희, 〈오빠 이상〉, 김유중·김주현 편, 《그리운 그이름 이상》, 63쪽.

141 김윤식 주해, 《전집3》, 115쪽 참조. "평남 성천에서 1935년(?) 여름 약 한달 가량 머물면서 보고 들은 것을 묘사한 것"이라고 했다. 그런데 그의 내용으로 보면 막 가을로 접어드는 분위기이기 때문에 8月이면 거의 8월말 정도로 보아야 할 것이다. 대략 8월말에서 9월초에 이르는 시기로 보아야 하지 않을까?

142 원용석, 〈내가 마지막 본 이상〉, 《그리운 그이름 이상》, 169쪽 참조.

과 동기생이었던 원용석이 성천에 근무하고 있다는 것을 알고 그는 여행지를 그곳으로 택했던 것이다.

원용석은 성천에 처음 도착했을 때 보았던 풍경을 매우 아름다운 것으로 회상하고 있다. "성천에 가보니 산수가 아름답고 사람의 마음씨들도 고왔다. 巫山12봉이 병풍처럼 서있고 그 사이를 흘러가는 비류강 맑은 물 위에로 아름다운 병풍산수가 거꾸로 비추어서 병풍 속의 나뭇가지 사이를 물고기들이 돌아다니며 노닐고 있는 것 같았다." 이상은 이 성천의 풍경을 〈산촌여정〉에서 가장 아름답게 그려 냈다. 그러나 그가 본 아름다움은 무산과 비류강이 아니었다. 섬유 공학을 전공한 원용석이 지도했다고 한 그 마을의 누에치기 장면만이 그에게는 가장 빛나는 풍경이었다. 그는 오히려 자신의 시 〈한개의 밤〉에서 암울한 어둠 속으로 침몰하는 비류강을 그렸다. 그것이 자신과 이 시대의 풍경이었기 때문이었는지도 모른다.

그의 성천여행은 그의 짧은 인생 속에서는 꽤 긴 시간 동안 체류했던 여행이었다. 그의 심각했던 당시 상황으로 볼 때 1~2주 동안의 여행은 가벼운 마음으로 이루어질 수 없었을 것이다. 그의 이 여행의 의미는 과연 어떤 것일까? 그는 파국적인 상황에서 도피하기 위해 그 여행을 택한 것인가. 그러나 그는 그 여행으로부터 돌아와서 그 모든 일들을 처리할 수밖에 없었을 것이다. 그는 몰락한 다방 '제비'를 포기하고 새로운 다방과 카페 사업에 다시 뛰어들었다. 그러나 알려져있듯이 그런 일들은 그리 성공적이지 못했다. 그는 사업적 재기를 위한 그러한 몸부림 뒤에서 글쓰기의 새로운 영역을 개척하고 있었다. 성천에 대한 글들이 이때부터 태어나기 시작했고 그가 동경에 가있을 때까지 그 작업을 계속했다. 거기에는 그의 인생적인 전환점과 아울러 글쓰기의 새로운 전환적인 양상이 있었다.

3) 백화점의 기하학과 날개의 텍스트 (또는 두개의 조감도)

그의 성천기행문 가운데 처음 발표된 〈산촌여정〉은 1935년 9월 27일부터 《매일신보》에 연재되기 시작했다. 아마도 초가을 풍경을 그린 〈산책의 가을〉은 여름의 막바지 풍경을 그렸던 성천여행 직후 쓰여진 것 같다. 이 글은 성천과는 상관없는 것이지만 그의 문학적 편력 가운데서 하나의 전환점에 해당하는 것이라고 할 수 있다. 그것은 〈오감도〉(1934.7.24~8.8)의 추상적인 전체적 조감에 구체성을 부여한 출발점이었다. 말하자면 그것은 〈날개〉(1936.9)의 구체적인 수준을 획득하기 위한 전단계를 보여준 것이었다고 할 수도 있다. 이상 자신의 생활을 경성의 전체적인 역학 속에서 새롭게 빚어서 〈산책의 가을〉의 구도 속에 집어넣는다면 〈날개〉가 탄생하게 될 것처럼 보인다. 그것은 말하자면 〈날개〉의 밑그림일 수 있었다.

그런데 〈날개〉의 마지막 장면이 주는 감동은 도대체 어디에서 오는 것일까? 미쓰코시 백화점 꼭대기에서 주인공은 경성의 거리를 내려다본다. 민간건물 중에서는 서울에서 가장 높은 건물 중의 하나였던 이 백화점 옥상 꼭대기인 6층에는 전망대가 있었다. 그 아래 층인 5층에 옥상정원이 있었다.[143] 〈날개〉의 마지막 장면의 배경은 5층의 옥상정원일 것이다. 그는 거리를 내려다보기 이전에 수족관 속의

---

[143] 이경훈 역, 〈미쓰코시 경성지점 신축 개요〉, 《이상리뷰》 제3호, 역락, 2004, 160쪽 참조. 가와무라 미나토는 이 미쓰코시 백화점을 4층으로 소개했다. 그에 의하면 이 건물은 1916년 3층으로 증축되었다가 1929년 르네상스식 4층으로 새로 건축되어 1930년 10월에 개업한 것으로 되어 있다. 그가 어떤 문헌을 보았는지 알 수 없다. 그는 1931년 당시 경성부에는 3층짜리 건물 103채, 4층짜리 18채가 있었고 5층짜리 건물은 조선총독부 한 채였다. 이 미쓰코시 백화점 옥상은 그 당시 경성에서도 가장 전망이 좋은 장소였다고 하였다. 가와무라 미나토, 《한양 경성 서울을 걷다》, 요시카와 나기 옮김, 다인아트, 2004, 82~99쪽 참조.

금붕어들을 보았던 것이다. 수족관은 물론 다실이나 온실이 있던 옥상정원에 있었을 것이다.

이 두 장면 즉 수족관 속을 보는 것과 거리를 내려다보는 것은 사실은 거의 비슷한 의미를 지닌다. 그것은 모두 근대적인 규격화를 상징하는 사각형의 틀 속에 갇힌 삶을 보여주는 것이다. 금붕어들이 지느러미를 손수건처럼 흔들어대는 것을 본 다음 '나'는 거기서 내려다보는 거리의 생활 역시 일종의 수족관 속 금붕어와 같다고 느낀다.

나는 또 회탁의 거리를 내려다보았다. 거기서는 피곤한 생활이 똑 금붕어 지느러미처럼 흐늑흐늑 허비적거렸다. 눈에 보이지 않는 끈적끈적한 줄에 엉켜서 헤어나지를 못한다.

이상은 〈12월12일〉에서 사람들을 인형조종하듯이 조종하는 운명의 실에 대해 말한 적이 있다. "창조의 신은 나로부터 그 조종의 실줄(絲線)을 이미 거두었는가?"[144] 자신의 모든 생각과 의지를 희롱했던 운명의 실을 느낀다는 것은 〈12월12일〉을 관통하는 주요 주제 중의 하나이다. 이상은 〈불행한 계승〉에서도 그렇게 조종되면서 살아가는 인형같은 존재로서의 자신을 그렸다.

箱은 그러나 조종을 받고 있었다. 그는 저 십년이 하루같은 몸짓을 그

---

[144] 이상은 이 부분에서 김동인의 창작방법인 '인형조종술'의 영향을 받은 것 같다. 물론 그 둘의 내용은 다르다. 김동인과의 영향관계는 이상의 구술소설이 김동인의 〈太平行〉 줄거리를 그대로 따온 것에서도 확인된다. 나비 한 바리의 여행 때문에 역사가 바뀐다는 주제는 같다. 이 '나비'가 이상의 작품들에서 미묘하게 반향되고 있다.

만두지는 못한다. 산다는 것은 어쩌면 이다지도 재미없는 몸짓의 연속인 것일까. 허나 그만두든 그만두지 않든 인형 자신의 의지에 의하는 것은 아니다.

이 인형조종하는 실을 붙잡고 있는 신은 과연 어떤 존재일까? 이 숨은 신을 발견하는 것이야말로 재미없는 인생, 재미없는 현실에서 그의 문학이 겨누고 있는 과녁이었다. 그는 이 수족관 같은 거리의 생활 속에서도 그러한 '운명의 실'을 다시 한번 확인한다. 경성에서 가장 화려한 백화점 꼭대기에서 그는 이 근대적 도시에 갇힌 자들의 삶 전체를 꼼짝 못하게 조종하는 본질적인 힘들에 대해 사유한 것이다. 그는 그 꼭대기에서 내려와 자신이 바라보던 그 거리 속으로 빨려 들어간다. 그때 그 거리의 모든 생활 리듬을 조종하는 정오의 사이렌이 울린다.[145] 그 사이렌은 도시 전체로 퍼져 나가며 이제 오전 일을 끝내고 점심과 휴식을 위한 시간이 되었음을 알려준다.

〈날개〉의 이 마지막 장면은 사실 이중적인 의미를 띠고 있는 애매한 텍스트이다. 여기에 나오는 유명한 구절은 이렇다. "날개야 다시 돋아라./ 날자. 날자. 날자. 한번만 더 날자꾸나." 그런데 이 외침은 무엇을 향한 것인가? 자신이 밟고 있는 이 거리로부터 초월하려는 외침인가? 아니면 정오 사이렌으로 닭날개처럼 푸드덕거리는 이 거

---

145 〈날개〉보다 한 해 전에 발표된 이태준의 〈隨想二題〉 중에는 〈싸이렌〉이란 글이 있다. 이태준은 그 당시 경성거리에서 울리는 싸이렌의 명령적 성격을 정확히 파악하고 있다. 그는 이렇게 썼다. "싸이렌이라 하면 대개가 신경질적이다. 뽀족한 소리 질르는 소리는 둥글게 부르는 소리는 아니다. 더구나 항구가 아닌 서울 같은 도시에서 일어나는 싸이렌은 대개가 도회인만치 교통순사의 날카로운 시선 그것과 같은 것이다. ─뚜우─얼마나 많은 인간을 깨우고 재우고 먹이고 부리고 하는 거대한 上典의 호령소리냐!"(《중앙》, 1935.1)

리의 활기 속으로 다시 뛰어들어보려는 외침인가? 사이렌은 이 도시의 생활리듬을 조종하는 확성기이다. 그런데 이상에게 '날개'의 이미지는 그 이전의 텍스트에서는 이러한 도시적인 것으로부터 탈출하려는 것이었다. 이 마지막 부분을 한번 다시 읽어보기로 하자.

이때 뚜우하고 정오 사이렌이 울었다. 사람들은 모두 네 활개를 펴고 닭처럼 푸드덕 거리는 것 같고 온갖 유리와 강철과 대리석과 지폐와 잉크가 부글부글 끓고 수선을 떨고 하는 것 같은 찰나, 그야말로 현란을 극한 정오다. 나는 불현듯이 겨드랑이 가렵다. 아하, 그것은 내 인공의 날개가 돋았던 자국이다. 오늘은 없는 이 날개, 머릿속에는 희망과 야심의 말소된 페이지가 딕셔내리 넘어가듯 번뜩였다.

미쓰코시 백화점 꼭대기와 정오 사이렌은 근대적인 공간과 시간의 꼭지점이다. 싸이렌이 울리는 시각인 12시는 이상의 문학에서 몇 번 나온다. 그것은 그에게 근대적 기호의 꼭지점이자 한계점을 의미했다. 이상은 이 두가지 시공간적인 지점을 미묘하게 한 자리에 결합해 놓았다. 그는 백화점의 꼭대기에서 내려옴으로써 옥상정원의 백화점적 조망을 가지고 거리를 보았다. 그는 근대적인 생활의 현란한 모든 것이 펼쳐지는 것으로서 이 대도시 거리를 포착했다.[146]
정오의 시간에 그러한 현란함의 극치가 끓어오르는 이미지로 나타

---

146 백화점이 근대도시의 성격을 규정짓는 것에 대해서는 다음과 같은 언급을 참조해보라. "파리를 비롯한 국제도시의 상업문화는 대형 백화점이 결정짓는다 해도 과언이 아니다. 런던의 해로즈나 셀포리지스, 에든버러의 제너, 베를린의 카테베, 헬싱키의 스토크만, 뉴욕의 메이시스나 블루밍테일즈, 도쿄의 미츠코시 백화점 등을 생각해보라."(한스외르크 바우어 외, 《상거래의 역사》, 이영희 옮김, 삼진기획, 2003, 253쪽)

난다. 여기서 옛날에 돋았던 인공의 날개는 이러한 끓어오름을 향해 있다. 닭날개처럼 푸드덕거리는 이미지 역시 마찬가지이며, 유리와 강철과 대리석과 지폐와 잉크도 역시 이 도시의 구조물과 생활을 구성하는 요소들이다. 이상은 근대 도시 경성을 이끌어가는 어떤 힘들에 대해 느꼈으며, 그것을 향해 달려가는 것들의 현란한 어수선함을 위와 같은 이미지로 포착했다. 그러나 그것만이었을까? 이 주인공은 그가 출세가도에 서있었던 시절, 즉 경성고등공업학교를 수석으로 졸업해서 총독부 건축과에 근무했던 시절의 '희망과 야심의 페이지'를 다시 한번 꿈꾸면서, 또 그 희망과 야심을 사이렌처럼 울리면서 백화점 옥상정원 아래의 거리를 나아가고 있었단 말인가?

이 마지막 장면을 그 자체만으로 볼 때에는 이 정도 해석을 넘어가기가 사실상 곤란하다. 김기림은 이상의 '날개'를 새로운 인류를 꿈꾸면서 천공의 세계를 날아오르는 것처럼 해석했었다.[147] 그러나 김기림의 이러한 해석은 단순히 '날개'가 상투적으로 갖고 있는 이미지를 연상한데서 생긴 것이다. 우리는 이상의 〈날개〉를 다른 식으로 한번 더 검토해볼 필요가 있다. 즉 이 장면에만 너무 근접해서 보지 말고, 이것을 〈날개〉 전체 구도 속에 놓고 다시 보아야 한다. 그것은 주인공이 칩거하는 유곽의 공간과 백화점과 경성역이라는 전체 지형도를 통해서, 즉 주인공이 배회하는 산보의 전체 지형도를 통해서 접근해보는 방식이다. 〈산책의 가을〉은 그러한 측면에서 도움을 줄 수 있는 중요한 텍스트가 된다.

이 두편의 작품에서 백화점은 근대적 도시 경성의 꼭대기처럼 솟구쳐 있다. 〈산책의 가을〉에서 백화점은 옥상정원을 보여주지 않는

---

147 김기림, 〈여행〉(동아일보, 1937. 7. 25~28), 《전집5》, 173쪽.

다. 그러나 그 대신 청계천 위 하늘을 날면서 광고삐라를 뿌리는 비행기를 등장시켰다. 우리는 여기서 이 도시의 하늘을 지배하는 상업적 권력이 백화점과 밀접하게 관련된다고 느끼게 된다. 사람들을 유혹하는 백화점의 화려한 관능적 노출증은 도시 하늘 꼭대기에도 쉽게 솟구쳐 오른다. 우리는 이것을 〈오감도〉의 하늘 위에 떠있는 까마귀와 대비해볼 수 있다.

이상에게는 두개의 서로 다른 조감도가 있었다. 즉 까마귀의 총체적 시선으로 내려다보는 '오감도'가 있고, 그와 대비되는 상업적 시선의 조감도가 있다. 상업적인 전망대인 옥상정원 혹은 광고판을 달고 날아다니는 비행기의 원근법적인 조감도가 후자에 속한다. 이것은 도시 전체의 구도를 계획하고 설계하며 구축하는 권력의 시야이다.

개화기에 영사관 근처에 몰려있던 일본 거류민단의 상업적 확장과 일본 본토의 상업적 진출이 엮어서 만들어낸 식민지 서울 경성은 소비적인 도시 구도를 갖고 있었다. 백화점은 이러한 구도의 중심점을 이룬다. 그것은 거리의 모든 곳에서 바라보이는 높이를 가져야 한다. 사람들의 시선을 잡아끌려는 원근법적 구도가 백화점을 솟구치게 만들었다. 미쓰코시 백화점은 1930년에 6층으로 건축되었고, 그 뒤인 1935년에 화신 백화점은 5층으로 새롭게 단장했다. 화신백화점이 새롭게 솟구쳤을 때에도 사람들은 시골에서도 구름처럼 몰려들었다.[148]

이상은 이러한 백화점의 높이에 대해 어떻게 생각했던 것일까? 우리는 이상의 다른 백화점 텍스트들을 함께 살펴보아야 한다. 이상은 《조

---

[148] 화신백화점은 본래 있던 화신상회 건물이 화재로 불타고 1935년 8월 15일 5층 짜리 새건물로 다시 세워졌다. 이 당시 상황에 대해서는 〈새로 낙성된 五層樓 화신백화점 구경기〉(《삼천리》 7권10호, 1935.10)을 참조할 것.

선과 건축》에 실었던 초창기 일문시에 〈이상한 가역반응〉과 연작시 〈조감도〉149를 실었다. 이 중에 〈조감도〉 연작시의 하나인 〈운동〉 이란 시는 백화점에 대해 매우 도식적인 구도로 말하고 있다.

1층우에있는2층우에있는3층우에있는옥상정원에올라서남쪽을보아도 아무것도없고북쪽을보아도아무것도없고해서옥상정원밑에있는3층밑에 있는이층밑에있는1층으로내려간즉동쪽에서솟아오른태양이서쪽에떨어 지고동쪽에서솟아올라서쪽에떨어지고동쪽에서솟아올라서쪽에떨어지 고동쪽에서솟아올라하늘한복판에와있기때문에시계를꺼내본즉서기는 했으나시간은맞는것이지만시계는나보담도젊지않으냐하는것보담은나 는시계보다는늙지아니하였다고아무리해도믿어지는것은필시그럴것임 에틀림없는고로나는시계를내동댕이쳐버리고말았다.150

이 시에 나온 백화점은 3층인 것으로 보아서 아마도 화신백화점이 아닌가 생각된다. 이 시에 대해서 김기림은 매우 깊은 충격과 감동을 받은 것으로 회상했다. 그는 제비 다방에 딸린 뒷방에서 이상이 보여 준 일문시들을 보았는데 그 중에 다른 것들에 대해서는 별로 언급이 없고 이 작품에 대해서만 특별한 인상을 받은 것 같다.151 그러나 그

---

149 원문은 《조선과건축》 1931년도 8월에 〈鳥瞰圖〉라는 제목으로 발표되었다. 〈운동〉은 〈조감도〉라는 제목 아래 실린 8편의 시 중의 하나이다. 그런데 임종 국이 일문 〈鳥瞰圖〉라고 소개한 이래 거의 대부분 그렇게 따르고 있다. 아마 도 이상 자신의 의도를 반영한 듯 싶다. 그러나 처음부터 이상이 '오감도'라고 의도했는지는 확실치 않다. 나는 1934년도에 자신을 문단에 알린 〈오감도〉와 차별화하기 위해 본래 발표된 제목인 〈鳥瞰圖〉를 따랐다.

150 임종국, 앞의 책, 228쪽.

151 임종국은 이렇게 이 장면을 소개했다. "편석촌은 이상의 시 〈운동〉 한 편을 읽 고 크게 감동하였다. '제비' 다방 우중충한 뒷 방에서 묵은 건축 잡지를 뒤적이

가 받은 충격이 정확히 어떤 것이었는지 그 정체를 알 수는 없다. 그역시 운동감있는 시들을 쓰기는 했지만 이상이 이 시에서 말하고 있는 것과는 좀 다른 것이었다.

이상은 이 단조롭고 어떻게 보면 쉬운 듯 하면서도 매우 난해한 이 시를 근대건축의 메마른 형이상학에 바쳤던 것 같다. 이 백화점은 경성 전체의 구도 속에서 동서의 축(종로통)에 놓여있었고 남쪽을 바라보고 있었을 것이다. 따라서 이 시에서 옥상정원에 올라가서 남쪽과 북쪽을 바라본다는 의미가 이해된다. 그리고 이 남북은 단지 방향만이 아니라 당시 경성을 가르고 있는 남촌과 북촌의 의미까지 함축했을 가능성이 있다. 우리가 앞에서 본 것처럼 경성은 청계천을 경계로 해서 북쪽의 조선인 지역과 남쪽의 일본인 지역으로 나뉘어져 있었다. 당시 사람들에게는 남쪽과 북쪽이 저절로 이러한 민족적 경계에 대한 생각을 함축하게 했을 것이다. 이 백화점의 꼭대기가 그러한 남북과 관련해서 보여줄 것은 없었다. 이상의 생각에는 백화점 구도 속에서 남북으로 펼쳐진 것 중 자신에게 볼만한 것은 아무 것도 없었다는 것이다. 그는 자신의 시야로 백화점의 조감도적 시선을 지워버린 것이다.

한편 경성을 가로지르는 종로 거리의 동서축은 태양의 진행방향에 일치한다. 이상은 백화점 꼭대기인 옥상정원에서는 아무것도 발견하지 못하지만 땅에 내려와서는 태양의 이동을 보게 된다. 즉 인공적인 정원에서는 발견되지 않는 자연의 거대한 불, 생명의 불이 진행하는 모습을 백화점 꼭대기에서 내려와서야 비로소 보게 된 것이다.

먼서 보여준 시들은 오늘날 기억에 희미하지만, 유독 그 중에서도 〈운동〉 한편은 지금도 뇌리에 생생하다고 편석촌은 이상의 부보를 받고 나서 술회한 바도 있었다." 임종국, 〈이상의 생애와 일화〉, 《이상전집》, 356~357쪽.

그러나 그러한 태양의 진행에 따른 시간의 측정이 인공적인 시계로 대치된 것에 대해 이 시는 말한다. 이상이 모든 것을 세 번씩 반복하는 것은 여기서는 백화점의 3층에 맞춘 것이다. 그는 그러한 기계적인 인공적 구도를 따라 말한다. 태양의 진행 역시 그러한 구도 속에서 언급된다. 태양이 한복판에 왔을 때 그의 시계는 정확하게 정오 12시를 가리켰다. 그러나 그는 시계의 리듬에 자신의 삶을 맞추며 살아가는 것을 거부한다. 시계는 나이를 먹지 않지만 새롭게 무엇을 만들어내지도 못한다. 그러나 자연의 리듬은 끊임없이 갱신된다. 태양과 달도 매일 새로워지는 리듬의 물결 위에 있다.[152] 모든 것은 나이가 들고 사라진다. 그러나 그 사라진 구멍들을 모두 메꾸고 흘러넘치는 새로운 것들로 이 세상은 항상 가득찬다. 인간의 삶도 역시 그렇다. 이러한 깨달음 때문에 이 시의 화자는 시계를 내동댕이치는 것이다. 시계는 이러한 자연의 물결치는 흐름을 측정하지 못하기 때문이다.

이 시는 백화점을 쌓아올린 건축학적 구도와 시간의 기계적 구도를 절묘하게 하나로 합쳐 놓았다. 이미 앞에서 보았듯이 이상은 〈날개〉에서도 그러한 시공간적 합치를 보여준 적이 있다. 일문 〈조감도〉의 〈운동〉은 근대도시 경성의 삭막한 구도에 대한 조감도이다. 여기서 백화점은 도시 전체 구도를 은유한 것으로 볼 수 있다. 이보다 3년 뒤에 발표되어 세상을 떠들썩하게 만든 〈오감도〉의 밑그림 중 하나가 여기 있는 것 같다.

이상이 이보다 1년 뒤에 발표한 〈건축무한육면각체〉 중에는 〈AU MAGASIN DE NOUVEAUTES〉[153]가 있는데 이것은 백화점을 대상

---

152 〈습작쇼오윈도우수점〉에서는 해와 달의 리듬을 숫자적 도식으로 표현한 달력이 시계를 대신해서 등장한다.

으로 한 시이다. 이 시를 조해옥은 〈백화점에서〉라고 번역하고 있으며 미쓰코시 백화점을 그린 것으로 다뤘다. 조해옥은 이 시에서 이상은 백화점을 일상적으로 느긋하게 향유할만한 공간이 아니라고 생각했으며, 근대인의 비주체성, 도시공간의 불연속성 등을 다룬 것으로 보았다.[154] 이 시의 옥상정원에서 원숭이를 흉내내고 있는 '마드무아젤'(令孃)의 행위에서 그러한 비주체성을 확인할 수 있다.

그런데 이상은 이 옥상정원의 공간을 근대적 공간 전체 구도에 대한 비판의 장으로 활용한다. 그는 이렇게 말하고 있다. "옥상정원. 猿猴를흉내내이고있는마드무아젤./ 彎曲된直線을직선으로疾走하는 落體公式/ 시계文字盤에XII에내리워진 두개의 浸水[155]된黃昏." 이상은 백화점의 꼭대기 옥상정원에서 도시의 신여성과 원숭이를 거울의 반사상처럼 묶는다. 그에게 원숭이는 언제나 기계적인 모사인 흉내내기의 표상이다. 그는 여러 곳에서 이러한 원숭이에 대해 말한다. 백화점은 이 도시의 유행패션을 퍼뜨리는 곳이다.

김복진이 서울에 대해 말한 글에 따르면 이 거리는 '모방의 거리'이다. 그는 "(이 거리에서) 창조는 모방의 교류이다."라고 했다. "무화과 먹는 법을 흉내내고 째즈를 본뜨는 모방과 모방이 이 거리에서 교차

---

153 이승훈은 이것을 '新奇性의 백화점에서'라는 뜻으로 해석했다(이승훈 역주, 《이상문학전집 1》, 문학사상사, 1992,168쪽). 당시에 백화점 속에서 '신기한 것'들을 구경해보려는 호기심에 대해 묘사한 장면들이 있는 것으로 보아 이 단어가 선택된 것 같다. '신기한 상품들을 파는 상점'을 백화점이라고 번역할 수도 있겠다.
　신형철은 최근(2012)의 논문(박사학위) 〈이상문학의 역사철학적 연구〉에서 MAGASIN이 파리의 아케이드 상점의 일종이라고 밝혔다. 즉 이상의 시는 파리의 한 상점을 대상으로 하고 있다는 것이다.

154 조해옥, 〈이상의 시 〈AU MAGASIN DE NOUVEAUTES〉와 미쓰코시 백화점〉, 《이상리뷰》 제3호, 2004. 178, 180쪽 참조,

155 이 부분의 번역은 김주현이 원문대로 교정한 것을 따랐다.(김주현, 《이상문학전집 1》, 소명출판, 2009, 71쪽)

하고 있다(방점-인용자)"고 그는 말했다.[156] 안석영과 김기림은 이 거리에서 패션의 가면무도회를 보았다. 모방과 흉내내기가 범람하는 경성의 거리에서 그 모방의 진원지의 하나는 백화점이 아닐까? 이상은 거리의 패션을 이끌거나 그것에 민감한 신여성을 원숭이와 함께 이 백화점의 꼭대기 옥상정원에 갖다놓았다. 이것은 매우 절묘한 배치이다.

그는 이 꼭대기에서 근대 물리학의 기본공식인 낙체공식에 대해 비판한다. '만곡된 직선'이란 말은 이미 유클릿 기하학을 넘어선 자리에서 작동될 수 있는 표현이다. 그는 구부러진 직선에 대해 말하고 있는 것이다. 구체에서 긋는 직선은 구부러진다. 유클릿적인 지평을 벗어나 있는 현실 우주에서는 이것이 진리이다. 그러나 이상의 시에서 근대 백화점의 진리는 여전히 갈릴레이와 유클릿을 이어받은 뉴튼적 사유 위에 서 있다.

이상은 이러한 어법을 다른 곳에서도 사용하고 있다. 백화점 텍스트로 사용해도 좋은 〈습작쇼오윈도우수점〉(일문 유고시로 발표된 것)의 첫줄에서 그는 "북을 향하여 남으로 걷는 바람 속에 멈춰 선 부인/ 영원의 젊은 처녀/ 지구는 그와 서로 스칠 듯이 자전한다"라고 했다. 여기서 "북을 향하여 남으로 걷는"이라는 모순어법은[157] 유클릿적 평면을 넘어서면 실제로는 모순적이지 않다. 왜냐하면 이상은 구체인 지구전체를 염두에 두고 마네킹의 걷는 모습을 그린 것이기 때문이다. 그 부인 마네킹은 남쪽을 향해 배치된 쇼윈도우 속에 있을 것이다. 그녀는 상식적으로 남쪽을 향해 걸어가는 것이 되어야 한다.

---

156 김복진, 〈서울의 면모〉, 《조선일보》, 1935.5.11.
157 〈얼마 안되는 변해〉에도 비슷한 표현이 있다. "기적-북극을 향해서 남극으로 달리는 한대의 기관차"라는 부분을 보라.

그러나 이상의 사유는 언제나 전체적이다. 그는 남쪽을 향한 걸음을 계속 연장해서 지구의 남쪽 끝을 돌면 그 다음엔 결국 북쪽을 향하는 것이 됨을 보여준 것이다. 마치 영원히 걸어갈 것 같은 이 마네킹의 궁극적인 지향점은 이렇게 해서 남쪽을 넘어서 북쪽을 향하게 된다. 동서로 자전하는 지구는 지구 표면을 남북으로 걷는 이 마네킹과 서로 스쳐가는 듯 하다.

이상은 이 백화점의 시계 문자반 꼭지점에 있는 12에도 황혼이 침투되어 있음을 보여준다. 이 12라는 숫자는 근대적 시간의 기계적인 리듬에 종속된 근대적 삶 전체를 상징하는 것이기도 하다. 이상은 최초의 창작인 〈12월12일〉에서부터 12의 그러한 상징성을 구축했다.[158] 여기서 이러한 시공간적 세계의 꼭지점을 가리키는 12는 낙체공식에 대응하는 시간 공식을 가리키고 있다. 이러한 근대적 공식들의 문명에 황혼이 내리고 있다.

이 시는 주로 기하학적 도식들을 많이 동원하고 있어서 도시건축과 거리와 생활양식들이 유클릿적인 기하학에 지배되어 있음을 말해준다. 첫줄에서 보듯이 '사각형의 내부의 사각형의 내부'를 반복적으로 되풀이함으로써 백화점 구조는 수많은 사각형들이 양파껍질처럼 쌓인 구조가 된다. 그는 〈얼마 안되는 변해〉(1932년 11월 6일에 쓴 것)에서 "사각진 달의 探鑛을 주워서, 그리고는 지식과 법률의 창문을 내렸다"고 했다. 사각형이란 이렇게 지식과 법률 등과 같은 무자비

---

[158] 이상은 여러 개의 숫자들을 근대 수학 이상(以上)의 기호로 만들었다. 2는 서로 대립적이거나 조화되지 못하는 절름발이의 숫자로, 3은 그러한 2의 불완전함을 극복한 숫자로 그렇게 만든 것이다. 12는 2의 연장선상에 있고 13은 3의 연장선상에 있다. 13은 시계의 숫자인 12의 영역을 넘어서 있는 초월적 숫자이기도 하다. 그에게 13명의 아해들은 12라는 근대세계의 장벽을 넘기 위해 도전해본다는 의미를 갖는다.

한 일반화와 추상화 규격화를 의미한다. 그것은 마치 그 속에서 생활하는 사람들의 육체와 영혼 속에까지 침투하는 구조처럼 보인다. '사각이 난 원운동'과 '사각이 난 원' 같은 표현도 마찬가지이다. 그것은 사각형과 원을 기하학적 지평에서 같은 것으로 취급한다. 즉 도시의 원은 그것이 비눗방울이든 원피스의 물방울 무늬든, 자동차의 바퀴든, 시계바늘의 원운동이든 모두 이 사각형이란 구도에 포섭되는 것이 된다. 지구모형인 地球儀와 '거세된 양말'이란 표현들은 모두 이러한 기하학적 구도가 자연의 생명력을 제거한 인공품들의 세계를 만들어내고 있다는 것을 보여준다.

이상이 〈AU MAGASIN DE NOUVEAUTES〉에서 백화점만을 그린 것은 아니다. 그가 백화점에서 보게 된 것들은 근대적인 도시 어디에나 펼쳐져 있는 것들이다. 비누와 地球儀, 코티 향수와 회충약 등은 여기서 팔려나간다. 백화점의 구조로 파악한 양파껍질 같이 겹친 사각형은 도시 밖에서도 계속 펼쳐지는 구조이기도 하다. 백화점 바깥 거리의 풍경이 그렇게 묘사된다. "사각이 난 케-스가 걷기 시작이다.(소름끼치는 일이다)"라고 했다. 이 소름끼치는 사각형의 운동 그것은 근대세계 전체를 계속해서 사각형으로 만들어가는 무한운동이다. '건축무한육면각체'는 그것을 입체적으로 조망한 이미지일 것이다. 지구는 그러한 사각형과 육면체의 무한운동을 실어나르는 무한원궤도위를 달린다. 그렇게 해서 그것의 자전과 공전은 사각형의 원운동이 되는 것이다. '사각이 난 원운동'이란 미묘한 단어는 이러한 여러 가지 사유와 상상이 압축된 것이다.

4) 도로/골목/길의 텍스트—迷路와 市場

① 〈오감도〉〈시제1호〉의 길—도로와 골목

우리는 이상의 백화점이 거의 무한한 기하학적 운동에 의해서 지구와 태양계라는 거시적인 범주에까지 조망되는 구도임을 알게 되었다. 그의 '건축무한육면각체'란 말은 근대도시의 건축과 근대적인 우주론이 서로 맞물리면서 돌아가는 세계 전체를 표상하고 있는 기호인 것이다. 그런데 이러한 황막한 근대적 조감도에 무섭게 도전하는 기호체계를 작동시킨 것이 그보다 앞서서 발표된 〈삼차각 설계도〉(1931.10)이다. 이 야심찬 시의 비밀에 대해 우리는 아직 많은 정보를 갖고 있지 못하다. 그는 유클릿 기하학과 뉴튼적인 물리학으로 파악되는 근대적 세계를 넘어서기 위한 사유를 앞서서 전개한 것이다. '빛보다 빨리 달아난다'는 공식이 난해하게 진술된 시 전체를 관통한다. 이것이야말로 이상 문학 전체의 비밀을 담고 있는 공식일지 모른다. 이상문학을 특징짓는 이미지인 거울도 모두 이 공식에 포섭된다. 그의 〈시제1호〉(〈오감도〉 15편의 시 중 첫 번째 시)[159]에서 도로를 질주하는 무서운 아이들은 이 공식이 없이는 이해되지 않는다.

박현수는 이 시에서 '도로'가 갖는 의미에 대해 말한 적이 있다. 그는 이 도로를 '도시의 대로'라고 생각했다. 박현수는 르 코르뷔지에의 건축학적 관념을 이상에게서 발견하려 했다. 즉 "질서는 우리들의 정신의 결정적인 기하학에의 호소에 의해서 달성된다"는 르 코르뷔지에의 선언적 정의가 건축학도였던 이상의 시에 그대로 반영되었다는 것이다. 박현수는 〈시제1호〉의 길을 당나귀와 대비되는 인간

---

159 이상은 〈오감도 작자의 말〉에서 〈오감도〉는 본래 30편을 연재하기로 했었다고 했다. 독자들의 항의로 15편만 연재하고 중단되었다.

의 길, 직선적인 이성과 지성의 길이라고 보았다. 르 코르뷔지에의
이론을 가져옴으로써 그는 이상의 상상력 속에 내재된 건축학적 기
호를 풀어내는 열쇠를 붙잡았다. 그의 이러한 분석은 지금까지 애매
한 영역으로 남겨져 있던 그 시의 '도로'에 대해 새롭게 주목한 것이
다. 그의 해석은 논란의 여지가 있지만 이상 문학의 기호를 해석하는
데 중요한 시각을 제시해주었다. 그는 '도로'와 '골목'의 대조적 측면
을 강조했다. 이 둘을 구별한다는 것이 얼마나 중요한 것인지 앞으로
전개될 우리의 논의가 말해줄 것이다.

> 이 시에서 중요한 것은 '뚫린 골목과 막다른 골목의 대조'가 아니라 도
> 로와 골목의 대조라고 할 수 있다. 이 작품에서 아해들이 질주하는 것은
> 도로이지 골목이 아니다. 골목은 단지 괄호 내의 부차적인 규정 속에서
> 만 등장한다. 13인의 아해가 질주하는 '도로'와 괄호 안에서만 제한적으
> 로 등장하는 '골목'은 단어의 뉘앙스에 있어서 서로 다른 어휘의 장에 속
> 해 있다. 도로의 사전적 의미가 '사람이나 차들이 편히 다닐 수 있도록
> 만든 큰 길'로 근대적 뉘앙스가 강한 데 비해, 골목은 '큰길에서 집과 집
> 사이로 뚫린 좁다란 길'로 전근대적 뉘앙스가 강하다.[160]

박현수는 직선적인 도로를 근대적인 것으로, 구불거리는 골목을
전근대적인 것으로 해석했다. 이 두 유형의 길을 이렇게 대비시킨 것
은 이상의 상상력 속에서 '길'이 갖는 의미를 생각해볼 때 매우 중요
한 성과이다. 이러한 도로와 길의 문제는 도시자체의 구조적 특성과
긴밀하게 연관된다. 따라서 우리는 도시의 구조적 형태에 대한 유형

---

160 박현수, 《모더니즘과 포스트모더니즘의 수사학》, 소명출판, 2003, 109쪽.

학적 고찰을 대략적이나마 하지 않을 수 없다.

② 도시, 길의 역사와 형이상학

이규목은 세계의 여러 도시들을 검토하면서 몇몇 '이상도시'의 형태를 고찰했다. 바로크 시대의 요새형 이상도시, 베니스 동북평야에 건설된 팔마스바와 알베르티가 계획한 이상도시 그리고 중국의 북경과 장안, 신라의 경주 월성 등이 대상이 되었다. 이러한 도시들은 건설될 당시는 여러 가지 유형의 상징적 기하학적 패턴을 보여주었다. 이러한 기하학적 패턴에서 벗어나는 도시로는 조선의 한성과 경주와 개성 등을 들 수 있다. 경주와 개성은 반월 모양이고 한성은 만월 모양이었다. 다른 나라의 도시와 달리 우리의 도시들은 정교한 기하학적 윤곽을 포기하고 지형조건에 순응하여 대략적인 반월이나 만월 형태를 보인 것이다. 따라서 그 안에 구획된 지역도 완벽한 직선들이 아니었다. 이규목은 이러한 특징을 "우리 고유 민족적 감성이나 사상체계와도 관련된 것으로 추측"한다고 했다.[161] 따라서 우리의 서울은 식민지 시기에 들어와서 자동차와 전차가 달릴 수 있도록 도로를 확장하면서 직선적인 형태로 변했고 기하학적 형태로 가다듬어졌다고 할 수 있겠다. 경성은 근대적인 직선적인 건물들을 수없이 늘려가면서 이러한 근대적 도시로 다시 태어났다. 이러한 개발의 뒷전에 밀린 부분들에는 여전히 전근대적인 구불거림이 남게 되었다.

본래 도시구조에는 그것을 건설한 세력의 우주적 형이상학이 깃들어 있다. 미궁형, 정방형, 탑파형, 방사상형 등은 모두 나름대로의 철학을 담아낸 것이다. 크레타의 미궁형은 '미궁의 부인'[162]이 지배한

---

161 이규목, 《도시와 상징》, 일지사, 1988, 78~163쪽 참조.
162 조셉 캠벨의 《서양신화》(정영목 옮기, 까치, 1999)에서 이 '미궁의 부인'에 대

흔적을 보이고 있다. 그것은 아마도 여성적 형태일 것이다. 이러한 미궁적 건축은 페루 해안 지역에서 발굴된 카랄의 유적에도 있었다. 이 유적은 거의 4천년 이전에 건설된 것으로 추정되는 초기 도시의 유적이었다.

많은 학자들이 최초의 도시들에는 거의 대부분 전쟁의 흔적이 보인다는 점에 주목했다. "전쟁이 도시와 문명 발달의 원동력이었다"는 주장들을 따르면 도시란 전쟁을 주도한 세력의 권력자를 중심으로 조직된 건축학적 구성체였다. 그러나 존 리더는 전쟁의 흔적이 전혀 보이지 않는 예를 들었다. 즉 남미 페루 지역의 카랄 유적과 수메르 문명의 원형일 수도 있는, 유프라테스 강과 티그리스 강 상류에 있는 초승달 모양의 평원에 자리잡은 차탈 휘위크 유적이 바로 그것이다. 리더는 차탈 휘위크를 혼성적 주거지라고 규정했다. 특이하게도 이 마을 형 도시에는 외부에서 들어오는 진입로가 없었다. "차탈 휘위크에는 외부에서 들어오는 진입로가 없었고, 벽돌 건물 사이를 가르는 골목길이나 통로도 없었다. 가운데 공터가 몇 군데 있을 뿐, 나머지 건물들은 매우 바싹 붙어 있어서 집안으로 들어가려면 지붕에 난 구멍을 통해 사다리를 밟고 내려가야 했다(지붕 출입구는 방 안 화로에서 음식을 요리할 때 나는 연기의 통풍구도 겸했다). 하지만 각각의 집은 독립된 벽으로 둘러싸여 있었다."[163]

아마도 리더의 견해를 존중한다면 인류 최초의 도시들은 기본적으로 미궁적인 형태였던 것처럼 보인다. 그리고 이러한 도시들은 전쟁의 흔적을 보이지 않는다. 그것은 여성적 생명력의 표상인 미궁형과 관련되는지도 모른다. 크레타와 카랄 유적, 그리고 차탈 휘위크 유적

한 이야기를 볼 수 있다.
163 존 리더, 《도시, 인류 최후의 고향》, 김명남 역, 지호, 2006, 36~37쪽.

등은 모두 인류 최초의 혈거적인 형태를 건축학적으로 재현한 모습이다. 즉 동굴 속 미로의 모습이 담겨 있는 것이다. 특히 차탈 휘위크의 경우는 비록 독립적인 벽들로 이루어져 있어도 전체적으로 다닥다닥 붙은 건물들의 집합체이며, 마치 혈거식으로 그 집의 지붕에 난 구멍으로 출입했던 것이다.[164] 이러한 모습의 도시를 여성적인 자궁 형태로 비유할 수 있지 않을까?

캠벨은 고대의 신도시들은 이러한 여성적 특징들을 파괴시키면서 등장했다고 했다. 리테어가 소개한 부분은 이렇다. "캠벨은 그리스의 주요 사제들이 어떻게 신도시를 건설했는지 자세히 설명한다. 그들은 암소의 가죽을 칼로 오려내어 길게 이어지는 로프로 만들었는데, 이 로프를 이용하여 자신들의 공동체 경계를 정했다. 이는 암소가죽이 상징하는 여성다움을 '잘라버리는' 행위였고, 이로써 문명화된 공간을 창조하는 것이기도 했다. 로마의 도시국가를 설립하는 과정에서도 비슷한 의식이 행해졌다. 로마의 도시국가는 황소가 이끄는 쟁기로 여성을 상징하는 땅을 파 자신들의 경계를 표시했다."[165] 르 코르뷔지에는 로마 시대 루앙의 거리가 직선적으로 계획되었음을 밝혔다. 그에 의하면 "도시의 중심은 수세기 동안 직선으로 둘러싸여 있다."[166] 중세의 기독교적 이상도시들도 거의 완벽한 기하학적 구도를 보여주었는데, 그것은 남성적인 명료함을 특징으로 한다. 중국의 황제들이 거주했던 장안이나 북경도 마찬가지였다.

우리의 경주와 한성은 여전히 고대적인 여성적 도시의 흔적을 유지한 것이어서 특이한 사례처럼 보인다. 우리가 밖에서 수입한 남성

---

164 위의 책, 64쪽 이후에 실린 그림11 참조.
165 버나드 리테어, 《돈, 그 영혼과 진실》, 82쪽.
166 르 코르뷔지에, 《도시계획》, 정성현 역, 동녘, 2003, 19쪽.

적인 종교와 제도에 지배받아 오는 동안, 다른 한편으로는 이 도시의 여성적 지리학이 그러한 이념과 제도의 규격화된 것들을 품에 안고 그것들은 어머니처럼 얼러주었던 것은 아닐까. 무의식적으로 우리는 그 속에서 자연의 품성을 익혔던 것은 아니었을까. 도시에 사는 것은 거기 스며있는 지리학의 형이상학을 습득하는 것이다.

어떤 탄트라 그림은 그것을 상징적으로 보여준다. 자이나교 사원과 그것을 둘러싼 마을 그림에 대해서 아지트 무케르지는 이렇게 말했다. "교조들은 자이나교 신도에게 인생의 무질서한 통로로부터 빠져나가는 방법을 가르치고 있다. 이 거리의 중심에는 신도들이 성스러운 순례여행을 하러 모여드는 사원이 있다."[167] 이 그림을 잘 보면 사원이 있는 중심부는 기하학적으로 잘 다듬어진 거리로 되어 있다. 이 정방형의 중심부를 둘러싸고 있는 마을은 마치 미로의 파도처럼 일렁이고 있다. 그러한 미로의 파도(아마 이것이 불교에서 흔히 말하는 娑婆세계의 원래 의미일 것이다)로부터 사람들은 잘 정돈된 사원의 기하학적 거리로 들어와야 한다.

③ 이상의 길—반(反) 르 코르뷔지에

르 코르뷔지에는 바둑판처럼 눈에 확연하게 들어오는 기하학적 도로망을 근대도시의 새로운 철학적 이미지로 생각했다. 그는 1925년에 펴낸 《도시계획》에서 굽은 길과 곧은 길의 대비를 자연과 문명의 대비법으로 파악했다. 그의 비유법은 '당나귀의 길'과 '사람의 길'이란 표현으로 나타난다. 그는 곧은 길을 "건강하고 고귀하다"고 했다. 그가 미네아폴리스와 워싱턴의 바둑판 형 도로망들을 "새로운 도덕의 본보기"

---

167 아지트 무케르지, 《탄트라》, 동문선, 1995, 171쪽.

라고 말한 것은 놀랍다. 그는 "직선은 도시의 정신만큼이나 건전한 것"이라고 했으며, 이러한 기하학적 도시건축을 정신적인 작업의 승리라고까지 표현했다.[168] 그는 그리스적인 사원건축 양식들을 현대적인 관점에서 볼 때 생명력이 없는 것이라고 비판했다. 그의 건축철학은 "깨달음을 얻은 의지력의 행위"라는 것인데, 그것은 의외에도 매우 단순하게 '정돈하는 것'을 의미한다.[169] 도시계획이란 바로 그러한 행위이다. 그는 그러한 행위의 산물인 아메리카 대륙의 기하학적 도시들을 찬미한다. 그가 "기하학은 인간 고유의 것"이라고 생각하는 한 마치 강철과 시멘트 재료들의 기하학적 구성체처럼 보이는 미국의 도시들이 인간적인 것으로 찬양되는 것이다.[170] 자연의 굴곡들을 닮은 자연발생적인 거리들은 이 새로운 근대의 사원에서 추방되었던 것이다.

근대 건축학도였던 이상은 과연 이러한 르 코르뷔지에 건축학의 사도였을까? 그가 배운 건축학은 그러한 것이었을지 모른다. 그러나 그의 문학적 지리학도 그러한 것의 연장선에 놓여있는 것일까? 이상은 〈오감도〉에서 그러한 근대적 직선 도로를 긍정하는 달리기를 한 것인가? 나는 그렇지 않다고 생각한다. 왜냐하면 이 시의 아해들은 도로를 질주하지만 이 직선적인 길을 긍정하는 질주를 한 것은

---

168 르 코르뷔지에, 앞의 책 24~25쪽 참조.

169 르 코르뷔지에, 《프레시지옹》, 정진국·이관석 역, 동녘, 2004, 87쪽. 이 책은 1930년에 출간된 것으로 되어 있다. 역자의 소개에 의하면 이 책은 1920년대 르 코르뷔지에가 품은 건축적 사고의 근원을 보여주는 문헌이다.

170 이상의 〈건축무한육면각체〉 연작시 마지막인 〈대낮―어느 ESQUISSE〉에서 미국의 도시적 풍모가 비판되고 있음을 주목해보자. "ELEVATER FOR AMERICA/~ 삘딍이吐해내는신문배달부의무리, 도시계획의暗示,/ ~ 꼭끼요-./ 순간磁器와같은太陽이다시또한개솟아올랐다." 이상에게 미국이란 공간은 마치 엘리베이터로 오르내리는 백화점과도 같다. 그 삘딍들의 숲에서 태양도 인공적인 것으로 묘사되고 있다. 르 코르뷔지에와 이상은 미국적 도시에 대해 정반대 생각을 갖고 있었다.

아니기 때문이다. 이상은 근대도시에 기하학적으로 펼쳐진 대로를 '무서운 아이들'을 질주시킴으로써 제압하고 싶었던 것이 아니겠는가. 물론 그 질주는 처음부터 실패가 예정되어 있는 게임이었다. 왜냐하면 이 시의 첫부분에 괄호친 상황이 숨겨져 있었기 때문이다. "13인의兒孩가道路를疾走하오./(길은막다른골목이適當하오.)" 이 연극적인 상황에서 괄호는 지문인 것이고 등장인물들에게는 감춰진 부분이다. 이 '무서운 아이'는 그것도 모르고 무섭게 질주하기 시작하는 것이다.

그런데 이 '무서운 질주'라는 것은 과연 무엇일까? 우리는 이에 대해서 아직도 본격적으로 해석해보지 못했다. 나는 이상의 초창기 시에 감춰진 대비적인 양상을 통해서 이 장면의 의미가 분명히 드러날 것이라고 생각한다. 앞에서 계속 분석했던 것처럼 이상에게는 〈조감도〉와 〈삼차각 설계도〉에서처럼 근대적인 광학적 기하학적 세계와 그것을 무너뜨릴 '빛보다 빠른 질주'의 세계의 대립이 있다. 〈오감도〉를 통해서 이상은 그 둘을 좀더 분명하게 극적으로 마주치도록 했다. 아이들 앞에 펼쳐진 도로는 우리가 앞에서 보았던 백화점과 그것을 둘러싼 대로와 같은 것이다. 그리고 그 대로 위에는 근대적인 삶과 그것을 다스리는 모든 것들이 있다. 이상은 그 모든 것들을 '도로'라는 하나의 기표에 함축시켰다.

④ 경성의 산책가들과 감각 혁명

식민지 시대 도로의 풍경은 당시 지식인들에게 비판적인 생각을 불러일으켰다. 소춘은 남대문과 종로 동서 양문의 연락선이 교통간선을 이루고 거기에 황금정 통로선을 가한 것이 경성의 교통 지형도라고 했다.171 '네눈이'라는 필명을 쓴 필자는 종로통 거리에서 사람들의 패션을 '가장행렬' 또는 '도깨비 장난'이란 말로 표현했다. 이러한 표현은 팔봉 김기진도 썼다. 1930년대 김기림도 비슷한 표현을 사용했다.

김기진은 그러한 도회지 길거리를 쏘다니는 것이 좋다는 산책자적 감각을 드러내면서도 거리의 비참한 참상과 어지러운 패션을 비판했다.[172] 이 도로는 육당 최남선이 〈가두인〉에서 말했듯 식민지 초창기에는 세상의 모든 지식과 문물이 유통되는 활기찬 통로의 이미지를 가졌었다. 그것은 "문명개화의 대공장"에서 벋어가는 군중의 도로이며, 감추고 숨길 것 없이 자신의 소유 일체를 드러내야 할 '通衢大道'이며, 자신들의 재주와 일을 터놓고 알려야 하는 "세계적 큰 길거리"였던 것이다.[173] 그러나 이러한 계몽주의 시대가 지나면 이 군중과 지식인의 문명적인 도로는 '市街戰'이 벌어지는 도로가 된다. 김동인은 점차 이 식민지 거리에서 위축되는 자신을 느꼈다. '내 사랑의 세계'를 외치면서 정력적으로 창작활동을 하던 그가 몰락하면서 자신감을 잃었을 때, 그는 대로상에서 자신을 감시하는 날카로운 시선을 의식한다. 그는 순사 앞을 지날 때 자기도 모르게 위축된다. 식민지화가 진척되면서 거리는 교통질서를 관리하는 순사에게 점령된다. 그리고 이 도시는 점차 새롭게 변화되는 것들로 가득차서 그러한 변화에 뒤처진 사람들에게 낯설게 된다.

김기림은 자신의 고향인 함북 경성에서 서울의 종로통에 올라왔을 때 느꼈던 강렬한 충격을 이처럼 표현했다. "나의 혼은 한 장의 구겨진 압지(흡취지)처럼 떨렸다. 이 도시의 모든 움직임을, 변화를, 가면

---

171 소춘, 〈서울 중심세력의 유동성〉, 앞의 책, 59쪽 참조.
172 김기진, 〈불에 더운 살뎅이〉, 《개벽》 50호, 1924.8.
173 최남선, 〈가두인〉, 《청춘》 12호, 1918.3.

을, 속삭임을 차별없이 흡수할 수가 있을까."[174] 그는 이 도시거리의 한복판에서 시골에 비해 너무나 빠른 속도로 정신을 못차릴 정도로 움직이는 것들 속에서 충격을 받는다. 그 도시거리의 러쉬아워에 대해 그는 특별한 감각을 가지고 있었다. "도회의 흥분이 백도로 비등하는 복숭아 빛의 시간이다. 황혼의 정열이 거리의 아스팔트 위에 기울어진 심장처럼 새파란 피를 흘린다."[175]

김기림은 대도시 경성의 거리에서 황혼의 정열 속에 교차하는 두 측면 즉, 도시적 관능과 시대의 종말적 비극을 본다. 그의 신경과 혼이 마치 구겨진 휴지처럼 된 것은 그러한 거리의 엄청난 혼돈적 움직임 속을 통과해야 했기 때문이다. 그는 비평적인 글 속에서 이전에 영혼이 담당했던 자아의 정신적 측면을 신경으로 대체했다. 그는 신경망으로 이루어진 육체의 자아상을 구축해갔다.

함대훈은 〈산보자의 환상〉이란 글에서 이러한 거리를 '생존투쟁의 대격장'이라고 표현했다. 그는 반찬도 서로 나눠먹는 시골의 미풍이 벌써부터 사라져버린 서울에서 "狂亂喧噪의 이 거리를 머리를 찡그리고 걷고 있노라!"라고 외친다.[176] 거리에 가득한 이러한 소음을 배경으로 펼쳐지는 긴장된 시선의 투쟁에 대해 박로아는 이렇게 말했다.

喧嘩亂調한 가운데도 거미줄같은 통일과 정적이 숨쉬고 있으며— 애써 점잔을 뺀 눈알들이 고기눈깔처럼 상대자를 주시하며 총알같이 外敵

---

174 김기림, 〈에트란제 제1과〉, 《조선중앙일보》, 1933.1.1. 여기서 이 복잡하게 구겨진 압지는 김기림과 같은 시인들의 창조적 서판이 된다.

175 김기림, 〈도시풍경1, 2〉 하, 《조선일보》, 1931.2.24.

176 함대훈, 〈고독한 산보자의 환상〉, 《조선중앙일보》, 1933.9.26.

을 경계하여 맛보는 야릇한 피로─ 이러한 모든 새로운 조건을 구비한 현대적 또는 푸로페라적 고속도의 강렬한 자극을 찾는다면 또한 없지도 않은 것이다.[177]

이상은 〈가외가전〉에서 도시거리의 소음에 닳아가는 몸을 언급하면서 시의 첫머리를 시작했다. "喧噪때문에磨滅되는몸이다". 그는 이 거리에서 뒤엉킨 소음을 멀리서 들리는 은은한 포성처럼 묘사한다. "한창急한時刻이면家家戶戶들이한데어우러져서멀니砲聲과屍斑이제법은은하다"(〈가외가전〉 5연 부분). 1920년대 김기진이 바라본 거리의 혼란상은 이렇게 1930년대 지식인들에게는 전쟁터로 바뀌었던 것이다. 이것은 상당부분 식민지적 착취의 심화와 그에 따른 궁핍 현상의 증대에서 비롯된다.

일본은 근대화라는 미명하에 우리나라 곳곳을 개발했다. 그러나 실은 그 대부분이 자신들의 상품시장 개척을 위한 일이었다. 근대적인 모습으로 개발될수록 일본에 종속적인 구조가 심화되고 그만큼 착취도 늘어났다. 이러한 식민지의 착취적 성격에 대해 이미 우회적인 비판들이 고개를 들기 시작했다. 당시 김세성은 이러한 부분을 정확하게 지적했다.

식민지는 그 정복국에 공업의 원료품을 제공하고, 그 생산하는 물품의 판매시장인 것이다. 영국은 정복국이니 생산자이고 인도는 식민지이니 소비자이다. 인도와 영국을 예로 들었다 하여 오늘날의 세상에서 남은 식민지는 인도뿐이고 정복국은 영국뿐만인 것은 아니다.[178]

---

177 박로아, 〈카페의 정조〉, 《별건곤》, 1929.9.
178 김세성, 〈지방자치제 이야기〉, 《별건곤》, 1931.5, 4쪽.

여기에 숨겨진 문맥은 일본과 조선의 지배–피지배 관계이다. 조선도 인도처럼 원료나 제공하고 만들어진 물건을 소비나 해야 하는 처지로 전락했다는 내용을 우리는 위의 인용된 부분에서 유추해낼 수 있다. 식민지 초기부터 주도면밀하게 진행된 일본자본의 침투 및 재래시장의 재편을 통한 그들의 정복과정을 본다면 포성없는 전쟁이 곳곳에서 벌어졌음을 알 수 있을 것이다. 마치 아프리카 사바나 지역에 밀어닥친 가뭄 때문에 줄어든 먹이를 놓고 형제간에도 서로 으르렁거리며 싸우는 동물들처럼 식민지 조선인들은 자신들끼리 벌이는 비참한 생존투쟁의 궁지 속으로 밀려들어갔다.

우리가 위에서 본 거리풍경을 요약하자면 이러한 양상의 두 측면이다. 하나는 일본이 조선에 쏟아부은 물품들의 전시장, 즉 소비시장의 측면이고, 다른 하나는 그들이 식민지적으로 구축한 왜곡된 자본주의 체계 속에서 살아남기 위해 서로 갈등하고 투쟁하는 측면이다. 그것은 다윈주의적인 약육강식의 살벌한 풍경이다. 거리의 소음은 이 두 가지 측면을 모두 포함하고 있다. 아마도 의식있는 사람들이라면 그러한 소음의 날카로운 울림 속에서 어느 때부턴가 점점 뚜렷하게 커가는 투쟁의 외침을 들을 수 있었으리라. 그것은 식민지 착취세력에 대한 조직적이고 집단적인 투쟁을 향해 발전해나가는 것이었다. 이러한 전쟁의 승패는 뻔했지만 이것의 여파 속에서 무수한 작은 전쟁들이 벌어졌다. 이러한 전쟁터의 분위기 속에서 암울한 이야기들이 싹트고 자라났다.

여러 시인들이 이러한 거리의 투쟁에 대해 묘사한다. 금오산인은 거리에서 시달린 자신을 전쟁터에서 돌아온 병사라고 말했다. "가두에 몸 시달린 나의 신경/ 전장에서 돌아온 병사와도 같거니".[179] 이규원은 〈가두에 쓰러진 離叛者〉에서 마치 사막의 隊商처럼 군중 속을 헤매이는 산책가를 그렸다. 그는 거리의 정치투쟁을 가미해서 도시거리의 풍경을 포로와 이반자와 변절자 등이 마주치는 실제 전쟁터의 모습으로 바꾼다. "온갖 눈물과 깨문 헛바닥과 포로된 동무의 환상아 사라지라/ 피묻은 銀錢을 집어던지는 변절자야 돌아간 곳이 어디냐".180 그의 〈정신이상이 생긴 도시〉에서 거리는 광란과 살인과 간음이 난무하는 곳이다. "오늘 이 거리는 그래도 기분이 맑다할까/ 광란과 살인과 비명과 간음은 아직도 계속되리라".181 이규원에게 이러한 혼돈적 광기는 비인간적인 시장이 만들어내는 것이다. "시장에 지조를 팔고 정열을 떡과 바꾸려는/ 아하 나는 아카시아 나무 밑에서 밤새도록 울다 미치련다"에서처럼 자본주의적인 차가운 시장은 그 모든 것의 배경에 놓여있다.

이 시대 시인과 작가들에게 도시 거리는 당대적인 삶의 핵심적인 이미지를 제공하는 것이었다. 그러한 것들의 의미를 이해하기 위해서는 각기 다르게 나타나는 거리 이미지 배후에 놓인 것이 과연 무엇인지 알 필요가 있다. 어떤 자들은 그 거리의 새로운 흐름 속에 자신을 적시고, 또 어떤 자들은 그 격렬한 흐름에 긴장한 격투사처럼 뛰어들었다. 이 매혹과 긴장된 투쟁에도 여러 가지 유형이 있었다. 나는 대략 이러한 유형을 구분하기 위해 이념과 감각의 두 층위가 필요하다고 생각한다.

김기진이 이 두 측면을 새롭게 제기했던 최초의 인물이다. 그는 1924년에 쓴 한 글에서 문학의 혁명을 외쳤다. 그는 그것을 위해서는 '사상의 혁명'만으로 되지 않고 '생활의 개조'가 있어야 한다고 했

---

179 금오산인, 〈당신의 웃음을〉, 조선일보, 1933. 7.18.
180 이규원, 〈가두에 쓰러진 이반자〉, 조선일보, 1933.1.21.
181 조선일보, 1933.7.22.

다. 그는 말하자면 새로운 사회를 만들기 위해서 사상과 생활의 두 측면에서 혁신이 필요하다고 말한 것이다. 그런데 그는 '생활의 개조'라는 것을 '감각의 혁명'이란 말로 표현했다. "감각의 혁명은 금일에 앉아서 第一着으로 실행하지 않으면 아니된다. 지금까지, 꾸부러진 교화를 받아오든 우리들이, 기성지식으로부터 양념받은 우리의 감각을 하루라도 바삐 씻어 없애야만 할 일이다. 그리하여, 온전한 생명에서 흐르는 문학을 작성할 수 있고, 병적으로 발달된 우리의 미각은 본질로 돌아갈 수 있는 것이다. 인간성의 본질로 돌아가자면, 감각의 혁명을 먼저하고, 그러한 뒤에 인간개조를 해야 한다."[182]

여기서 김기진이 "병적으로 발달된 우리의 미각"이란 말로 지칭한 것은 당대의 병적 낭만주의를 의식한 것이다. 우리는 흔히 '신경파적 감각' 혹은 신경쇠약적 감각이란 용어가 그에 대해 비판적인 논자들에 의해 쓰였음을 알고 있다. 이광수의 계몽주의적 어투에서부터 시작된[183] 이러한 비판적 논조는 역시 새로운 계몽주의자들인 사회주의자들에게 계승되었다. 김기진은 사회주의 문학이 지향해야 할 부분을 바로 이 점에서 분명히 제시한 셈이다. 즉 새로운 문학은 관념적인 사회주의 이념(마르크스주의 철학이나 이론)만을 읊조려서는 안 되고, 그 이념을 거리에서 부딪히는 것들에 대한 새로운 감각으로 빚

---

182 김기진, 〈금일의 문학, 명일의 문학〉, 《개벽》 44호, 1924.2, 53~54쪽.

183 이광수는 〈문사와 수양〉에서 당시 문인들의 데카당스적 망국정조 마치 아편처럼 청춘남녀의 정신을 미혹시킨다고 비판했다. 그러한 문인들의 신경쇠약적 용모의 유행에 대해서도 함께 비난했다.(《창조》 8호, 1921.1, 14~15쪽) 같은 호에 주요한도 〈성격파산〉이란 비평문에서 김동인의 〈마음이 여튼자여〉의 주인공을 신경병자이며 성격파산자로 비판했다. 이광수는 이 잡지의 뒷부분에 실린 〈偶感 三篇〉 중 〈너는 청춘이다〉라는 시에서 "신경쇠약쟁이의 눈을 우구려버려라"라고 외쳤다. 그는 "결핵성의 센티멘탈리즘을 버려라"라고 말함으로써 신경증의 병적 측면을 비판했다.

어내야 한다는 것이다. 그의 이러한 제안은 그 이후 전개된 카프 진영의 작품들과 비평들을 볼 때 매우 중대한 것이었지만 별로 후속적인 이론적 계승없이 끝나버리고 말았다. 사실 이러한 제안 속에는 리얼리즘 미학의 핵심이 제시되어 있다.

감각의 문제는 카프 쪽에서는 별로 반향을 얻지 못했지만, 흔히 모더니스트라고 불리우는 정지용, 김기림, 이상, 박태원 등에게서는 결정적으로 중요한 이슈가 되었다. 임화는 단지 '기교'라는 말로 그러한 문제들을 깔아 뭉갰다. 그는 그것을 기술적(형식적)인 문제로만 이해하는 한계를 보였다. 그러나 이상에게는 그것이 세계를 바라보는 방식의 문제였고, 삶의 역학 자체였다. 1920년대 이래로 이러한 감각주의적 흐름의 배후에 놓인 인물로 지목된 사람은 프랑스 상징주의의 비조인 보들레르였다. 김남천 같은 카프 비평가에게 그는 퇴폐적 영향의 근원으로 비판되었다. 김남천은 이상을 그러한 보들레르적 퇴폐의 대표자로 꼽았다.[184] 그러나 이상 자신이 보들레르에 대해 거의 언급하고 있지 않아서 김남천의 이러한 지적이 올바른 것이었는지는 의문이다. 이상은 보들레르와는 다른 방식으로 이 '감각의 혁명'에 도전했다.

보들레르는 19세기 파리라는 세계 최첨단의 근대도시 거리에 뛰어들면서 감각의 영적인 혁명을 기도했다. 산문시 〈군중〉에서 그는 군중 속의 다양한 인물들과 '영혼의 賣淫'에 빠져드는 주인공에 대해

---

184 김남천은 〈자기분열의 초극〉(《조선문학》, 1938.1.28)이란 글에서 "조선의 신세대는 보들레르의 咀蟲에 의하여 좀먹히우고 썩어가고 있다."고 했다. 그는 이상을 그러한 보들레르 열의 대표자로 보고 그를 "조선문학이 가지는 유일의 보들레르적 존재"라고 했다. 당대 비평적 맥락에서 이에 대한 논의를 보려면 신범순, 〈근대도시와 데카당스〉, 《한국현대시의 퇴폐와 작은 주체》, 신구문화사, 1998, 37~41쪽을 보라.

노래했다. 그것은 뭉쳐있는 것처럼 보이지만 모래알처럼 제각기 고독하게 그 속에 흩어져 있을 뿐인 군중 속의 개인들을 새로운 축제적 방식으로 한데 용해시킨 것처럼 보인다. 벤야민에 의하면 보들레르는 이 새롭게 들끓는 거리 속으로 마치 전기적 에너지 저장소에 뛰어들 듯이 돌진했다. 그가 발견한 감각들은 충격적으로 확장된 것들이었다. 〈지나가는 여인에게〉에서 군중의 물결 속에서 스쳐간 한 여인의 매혹적 이미지는 번갯불 같은 것으로 묘사된다. 이 짧지만 강렬한 충격이야말로 보들레르의 특징적 이미지이다.

이상도 이러한 군중들 속을 헤치고 다녔지만 그들과의 영혼적 합치를 꿈꾸지는 않았다. 그리고 그 속에서 강렬하게 뻗어오는 매혹적인 빛에 이끌리지도 않았다. 그는 그러한 것들이 뒤집어 쓰고 있는 가면들의 빛나는 거죽을 뚫고 들어가, 그 안에서 느껴지는 차갑고, 깊이없는 속성들을 볼 뿐이었다. 그는 이미 그러한 것들이 발산하는 매혹의 달콤한 뒷맛까지 다 맛본 자로서 살았다. 별 열기도 없이 자신의 가면을 쓰고 그 속에 참여하는 이상의 가면놀이는 좀더 광대한 시공간 영역에 대한 감각적 지향 속에서만 창조적인 힘을 얻고 있다.

⑤ 거리의 투쟁과 매혹

1930년대에 들어서면서 이렇게 이념과 감각의 두 측면에서 도시 거리는 새로운 양상을 보여주었다. 그것은 치열한 갈등의 장소로서 전쟁터의 이미지를 드러내기도 했다. 실제로 카프에 가담했던 시인과 작가들은 '적'과 '동지'라는 투쟁적 이분법으로 거리의 풍경을 보았다. 임화의 초창기 대표시 중의 하나인 〈네거리의 순이〉에서 차가운 거리에 서있는 순이는 이 갈등과 투쟁의 분위기가 한껏 부풀어오른 거리 한 가운데 서있다. 임화는 투쟁의 동지로서 이 가난하고 이념적인 순수함을 표상하는 소녀를 네거리에서 부른다. 그를 뒤따라서 많은 시인들이 더욱 열렬하게 투쟁과 전쟁을 외쳤다. 그러나 이렇게 투쟁을 선언한 것이 카프측 사회주의자들의 전유물은 아니었다. 아나키스트 김화산은 〈출발〉이란 시에서 이렇게 외쳤다.

매운 바람아, 힘껏 불어라. 미친 것처럼 이 몸 위에, 이 도시 위에,
이 땅 위에 맹렬히 불어라.
(중략)

너는 우리들의 동지들을 생각하고 우는구나.
얇은 이불과, 맨발로, 뼛속까지 스며드는 추위에
잠을 이루지 못하고 떠는 동지들을!
(중략)

그러나 나의 사랑아, 울음을 그치어라.
이 모진 바람과 몰아치는 눈은
우리들의 잠든 영혼을 깨운다.
우리들의 피곤한 혈관에 힘을 준다.

우리들의 先進者는
이 폭풍과 혹한을
싸워 이기고 나아갔다.
그들의 강철과같은 의사, 뭉치는 힘,
불과같은 정열!185

아나키스트 김화산은 카프측 사회주의 문예이론에 대해서도 공격적인 글을 썼던 사람이다. 그 이후 몇 차례 양 진영 간에 논쟁이 있었다. 이향도 이 논쟁에 아나키스트 진영의 한 사람으로 참여했다. 따라서 우리는 서로 다른 이념의 거리 투쟁(부르조아 진영에 대한)을 볼 수 있는 셈이다. 그런데 이 양 진영은 이론적인 논쟁으로 그친 것이 아니었다. 그들은 이념적인 갈등을 넘어서 폭력적인 양상으로 거리에서 충돌했다. 그 대표적인 사건이 원산에서 벌어졌다. 이 사건에 대해 아나키스트였던 하기락은 다음과 같이 상세하게 전하고 있다.

원산청년회는 1926~1927년간에 공산주의자들과의 충돌사건으로 쌍방에 중경상자를 낸 끝에 유우석 한하연 등이 체포되었는데 결국 한하연은 추방되고 유우석은 상해치사죄로 기소되었다. 그는 병보석으로 출옥한 후 4년간의 법정투쟁 결과 정당방위로써 무죄의 판결을 받았다. 원산운동은 이러한 불상사로 인해 침체상태에 있었는데 1930년 김대관 노호범 등이 봉천에서 유화영과 학원을 경영하다가 돌아온 남상옥을 맞아 원산운동 재건을 협의하고 먼저 원산청년회를 부활시키고 원산일반노동조합을 조직했다. 노조의 조직에 소요되는 자금은 청년회원들이 철도공사장에서 품을 팔아 모은 돈으로 마련했다. 이때 원산에는 관제기관인 함남노동회가 부두하역을 독점하고 입회금 월연금 수수료 등으로 노동자를 착취하는 횡포가 심했다. 일반노동조합은 함남노동회의 이러한 비행을 규탄하며 대항해 싸우다가 마침내 쌍방의 격돌로 발전했다.[186]

---

185 《별건곤》, 1931.3, 170쪽.

186 하기락, 《탈환》-백성의 자기해방의지-, 형설출판사, 1985, 90쪽. 이 사건에 대한 좀더 자세한 소개는 하기락이 중심이 되어 편찬한 것으로 보이는 무정부주의운동사편찬위원회의 《한국아나키즘운동사》(형설출판사, 1978) 245~248쪽에 있다. 여기서 이향이 원산청년회 소속 아나키스트임이 밝혀져 있다. 그는

하기락은 이 글에서 당시 볼세비키적인 공산주의와 아나키스트 사이에 벌어진 투쟁의 한 양상을 전하고 있다. 이 투쟁의 중심에 있던 인물 중의 하나인 유우석은 충남 천안출신으로 유관순의 오빠였다.[187] 그런데 원산 아나키스트 조직이 결정적으로 붕괴된 것은 이 둘 사이의 투쟁 때문이 아니었음을 위 글에서 알 수 있다. 원산청년회 소속의 원산일반노동조합은 관제기관인 함남노동회와 격돌했다. 물론 이 관제기관 뒤에는 식민지 관료기구가 버티고 있었으니, 원산청년회는 식민지 정부조직과 투쟁을 벌인 셈이 되었다.

물론 이러한 투쟁들이 언제나 빈번하게 일상적으로 벌어진 것은 아니었다. 그러나 그러한 갈등의 폭발은 평소에 항상 잠재되어 있던 것의 분출이었다고 생각해야 한다. 거리의 일상은 일촉즉발의 갈등과 긴장, 그러한 것들을 억누르고 감시하는 권력이 복잡하게 얽혀서 매우 불안하게 흔들리는 파도들로 넘실거리고 있었다. 그리고 이러한 파도들은 국외에서 벌어지는 전쟁들과도 끈이 연결되어 있었다. 일본의 자본들은 계속해서 시장을 확대할 필요가 있었고, 따라서 중국과 동남아, 태평양 제도 등에까지 눈길을 돌렸다. 중국에 대한 침략전쟁과 후에 발발한 태평양 전쟁 등은 모두 자본주의의 제국주의적 팽창에서 빚어진 것이다. 당시에 소개된 한 미국인의 글은 이러한

19세때 '동호문단'을 창설해서 우파인 염상섭과 논쟁했고 좌파인 한설야, 이기영, 안함광 등과 이론투쟁을 벌인 것으로 소개되었다. 그는 1931년의 원산일반노조사건 이후 동지들이 투옥되고 조직이 궤멸되면서 원산을 떠나 함북 간도 만주 각지를 전전하다 자포자기의 생활 속에서 병사했다. 관서지역 아나키스트 조직인 흑우회에 참여한 이향의 활동에 대해서도 하기락은 단편적으로 언급하고 있다. 그는 1927년 이후 잠시 평양에 머물면서 기독교비판 강연회를 의도했으나 유산되었고, 그 이후 카프측 문예이론과 대결하면서 아나키즘 문학이론을 전개했다. (위의 책 257쪽 참조)

187 위의 책, 247쪽 참조.

전쟁 배후에 놓인 장삿속을 분명히 보여준다.

　　전쟁은 '상업' 속이다. 그렇다면 국가는 무슨 이윤을 얻었는가? ―만일에 그 동안　일어난 몇 차례의 전쟁이 없었다 하드라도 무역은 증대되었을 것이다. 중국을 사이에 두고 일본인에게 대하여 우리들을 자극시키고 있다. 중국과 우리들의 거래는 년액 9천만 圓이다. 비율빈 제도 6억불 35년동안 지불, 은행가, 산업가, 투기업자가 2억불 정도 개인적 투자, 약 9천말불의 중국무역을 건지고 2억불 미만의 비율빈 제도 개인투자를 지키기 위해 일본을 혐오하고 戰端을 일으키도록 격앙시키고 있다. 그 전쟁이 일어난다면 우리는 수십억불의 돈과 수십만의 인명을 다시 들여야 할 것이다.[188]

이 글의 논조는 일본과의 전쟁을 획책하는 미국의 정책에 대해 (미국인으로서) 비판하고 있다. 그런데 이것이 우리의 지면(일제 검열기관의 통제아래 있는)에 번역되어 실렸다는 것을 감안해 볼 때 번역자는 단순히 미국인의 자기비판을 보여주려한 것만은 아니었을 것이다. 우리는 여기 함축된 문맥까지 생각해야 한다. 일본의 입장에서 적대국인 미국정책에 대해 비판적인 이 글은 식민지 정부에 박수를 받을 만한 것이었다. 그러나 사실 위와 동일한 비판을 우리는 당시 일본에 대해서도 할 수 있었다. 일본은 자신들의 경제적 이익을 위해 끊임없이 전선을 확장했기 때문이다.

　이러한 시대 분위기 속에서 이상 역시 전쟁터로서의 거리에 대해 말했다. 그는 〈보통기념〉에서 "市街에 戰禍가 일어나기전"이라고 했

---

[188] 스메또레 버틀러, 〈전쟁을 매매하는 무리들〉, 《중앙》, 1936.1, 92쪽.

으며, 〈破帖〉에서는 市街戰이란 말을 썼다. 이상은 그러나 이러한 거리의 전쟁을 자신의 은밀한 사적인 공간(규방)에서 벌어지는 성적인 풍경의 은유법으로 사용하기도 했다. 〈파첩〉에서 "시가전이끝난都市步道에'麻'가 어지럽다."고 한 것은 亂麻라는 단어[189]와 거리의 전쟁과 혼란스러운 성적인 풍경을 서로 뒤섞어 조작한 표현이다. 이상은 말하자면 이 거리의 소란에 성적인 교환(상품 교환 시장 속에서 벌어지는)을 집어넣은 것이다. 그는 이 거리의 소란스러운 성의 시장 속에서 밑바닥까지 타락한 사랑의 문제에 대해 생각해보았던 것이다.

김기림이 인식했듯이 도시 거리는 이미 모던 걸의 원색적인 풍경으로 끓어오르고 있었다. 이 관능의 폭발도 거리의 생존투쟁적인 격랑 속에 포함되어 있다. 이 거리는 김진섭이 보았듯이 상품의 신비에 매혹된 여자들의 거리이며("상품은 참으로 하나의 새로운 신비를 싸고 있는 것 같다"), 그러한 상품들 앞에 마치 명령을 받은 것처럼 우뚝 서 있게 되는("사람들은 때때로 명령된거나 같이 자기를 파악하는 상품 앞에 오뚝 서는 것이다."[190]) 그러한 거리이다. 김진섭이 '매혹'과 '명령'을 상품에 관련된 하나의 문맥에 포괄시킨 것이 주목된다. 매혹된 자의 관능적인 욕망의 상호교환적 흐름같은 것이 있지만, '명령'에는 기계적인 복종만이 있다. 이것은 상품의 유혹을 너무나 강렬한 힘으로 생각해서 일종의 마력적 존재로 만들어 놓았다. 김기림에게도 백화점은 그러한 마법적 촉수를 가진 괴물이었다. 김진섭은 이러한 상품의 거리 속에서 '헛된 산책자'의 하나로 군중 속에 존재하는 자신을 본다.

---

189 〈종생기〉에는 "亂麻와 같이 갈피를 잡을 수 없는 얼마간 비극적인 자기탐구"라는 구절이 나온다. 〈파첩〉에서도 그렇지만 이 경우에도 이상은 자신과 연애하는 여성과의 관계 속에서 복잡하게 뒤엉킨 자아의 모습을 이 단어로 가리키고 있다.

190 김진섭, 〈백화점 중〉, 조선일보, 1933.2.26.

이상이 대도시 도로에서 이러한 전쟁터 이미지와 성적인 이미지를 함께 다루고 있다는 것은 그래서 주목할 만한 것이다. 그는 성적인 유혹과 상품의 유혹을 결합시키려 했으며, 그것의 마력적 힘들 속으로 질주해 들어갔다. 그의 전쟁은 여기서 조금 색다른 것처럼 여겨진다. 즉 그것은 자본들간의 전쟁 혹은 자본에 대한 전쟁을 넘어서 있다. 이러한 직접적 투쟁들이 아니라 그의 전쟁은 좀더 미묘한 깊이 속에서 전개된다. 그는 상품의 마법적 존재형식과 격투하려 했다. 그의 전쟁터에서 상품의 유혹적인 가면들은 모두 벗겨지고 추악한 몰골들로 드러난다. 이제 모든 매혹의 덧칠이 벗겨진 창녀의 음침하고 기계적이며 황량한 육체만이 그의 시선 앞에 놓인다. 그는 거리의 표면에 장식된 것들을 뚫고 지저분한 골목의 깊이에서 그러한 것들을 포착한다. 그에게 도로는 단지 도시계획의 건축학적 구도만은 아니었던 것이다.

이상의 〈가외가전〉이나 〈최저낙원〉〈흥행물천사〉 같은 작품들을 보면 도시 거리는 마치 미로처럼 얽혀있다. 그리고 이 미로 이미지는 도시 골목의 지리학 뿐만 아니라 여성 생식기관의 지리학을 포함하고 있는 것이다. 이상의 목표는 미로의 뒤얽힘에 생명력을 부여하는 것이다. 그는 뒤얽힌 미로들의 이미지를 생식기관 이미지와 융합한다. 그렇게 해서 미로는 미궁(자궁의 상징인)적인 것이 된다.

이 미궁의 깊이 속에서 그는 거리의 소란과 거리의 모든 유혹적 가면을 넘어선다. 바로 이러한 측면이 보들레르와 그를 결정적으로 구별짓게 한다. 보들레르는 거리의 유혹적인 가면들을 산책가의 축제적 가면무도회 속에서 승화시키는 작업을 했다. 이것이 그의 산문시 〈군중〉에서 진술된 그의 디오니소스적 시학이다. 이상은 그러한 거리의 유혹적인 가면들에 (그러한 것들의 마법에 이끌려) 놀아나는 군중들의 물결을 뚫거나 스쳐지나간다.

〈가외가전〉에서 이상이 파고들어간 자리에서 거리의 소음은 멀리에서 들려오는 것처럼 느껴진다. 이상이 자리잡은 곳은 감각들의 거대한 투쟁적 전시장인 대도시 거리의 뒷골목 깊은 곳이다. 우리는 패션의 전시장인 도시의 대로와 그 뒤쪽에 마치 미궁의 실타래처럼 얽혀있는 골목을 구별해야 한다. 대로에서 김기림이나 안석영 등이 몇몇 글에서 말한 것처럼 패션의 가장무도회를 목격하는 일은 새로운 체험이었다.[191] 그것은 과거 연중행사에서 볼 수 있었던 가장행렬과는 다른 가면들을 보여주었다. 즉 종래 축제의 가면들은 자연의 마력적인 힘들을 상징한 것이었지만, 이제 새로운 도시 거리의 가면들은 끊임없이 변모되는 유행의 흐름을 반영할 뿐이었다. 그리고 저마다 자신의 개별적인 특성을 뽐내며 서로 치열하게 경쟁하는 선정적 이미지들로 사람들을 자극했다. 당시 이러한 거리 풍경을 묘사한 글들을 보면 이 유혹적인 풍경의 지나친 자극에 대해 부정적인 느낌들이 많았음을 알 수 있다. 패션의 상품들은 감각적 이미지의 전쟁에 돌입했다. '구모던'이란 필자는 이러한 유행의 경쟁적 양상을 이렇게 표현했다.

---

[191] 김기림의 〈찡그린 도시풍경〉(《조선일보》, 1930.11.11)에서 그는 본정거리의 패션행렬을 이렇게 묘사했다. "이국풍속의 '그로테스크'한 행렬이 本町 3丁目을 흘러간다. 파리떼와같이 雜踏하고 도발적인 가장행렬이 흘러간다." 안석영은 그보다 2년 뒤의 어느 거리 풍경을 〈무위도식군들의 요귀적 跳梁〉이란 제하에 이렇게 묘사했다. "1932년은 모든 것이 혼란하였다. 잡종들의 도량이 심하였다. 우선 문제거리는 안되나 무위도식군들의 가장행렬이었다. 마지막으로 떨쳐보는 것이겠지만 체격에 맞지 않는 양키-스타일만 꾸미면 나는 '코리안'이 아니요!가 되는지 '코리안'은 설음도 많지만 '코리안'이란 것을 잊어서는 안될터인데— 잘 가거라 1932년의 요귀들아!"

모던이 슐모던–, 시–크, 잇트, 첨단, 첨단, 첨단 세기말적 퇴폐문화의 五色燈은 각각으로 변색되어 간다. 하루하루 마비되어가는 모더니스트들의 五官은 살육적 강렬한 刺戟을 갈구하며 괴기한 독창을 찾아 집중된다. 그리하여 이러한 모던–의 색등에 시각을 빼앗긴 그들은 드디어 맹목이 되고 과민한 백치가 되었다.[192]

이 글에서 우리는 감각적인 자극에 대한 과도한 추구가 있었음을 알 수 있다. 필자는 '괴기한 독창'이란 말로 적절하게 유행의 경쟁적인 양상을 표현했다. 거리 군중은 이러한 과도한 패션의 유혹에 사로잡힌다. 그러나 점차 그것의 살육적인 과도함에 감각은 피로해지고 피폐해진다. 그것은 마치 전쟁터에서 모든 것을 소모시킨 패잔병과도 같은 이미지로 나타나고 있다. '로아'라는 필자는 이러한 패션의 거리에서 익힌 한 여인의 화장술을 소개한다. "가로수에 등을 기대는둥만둥 의지해 서서 애인을 기다리는지 동무를 기다리는지 그 옷맵씨에 꼭 어울리는 女優的 세련된 표정은 몇 년 동안이나 體鏡 속에 비친 제 영상을 흘겨보고 억천 시늉을 다 부린 나머지에 戰取한 기술이란 말인가. 대체 이 어린 末葉的 洋裝美 처녀가 어떤 류의 여자일고."[193] 로아는 거리의 한 신여성의 패션을 보고 그녀의 옷맵씨와 그에 어울리는 표정의 세련됨을 보여주러 했다. 그러나 별로 칭찬해주고 싶지 않은 어조인데, 그가 탄복하는 것은 그녀의 세련된 경지, 즉 무한한 연습과 흉내를 통해서 어렵게 도달한 그 경지에 대한 것이다. 그것은 거리에서 戰取된 것이다. 말하자면 그녀의 매혹적인 차림은 거리의 패션이 벌이는 전쟁의 기술을 일부 습득한 것이다. 그

---

192 구모던, 〈모던 복덕방〉, 《별건곤》, 1930.11, 150쪽.
193 로아, 〈새로운 경향의 여인 點景〉, 《별건곤》, 1930.11. 93쪽.

리고 이 매혹적인 그녀의 패션은 이 거리에서 강력한 경쟁력을 갖게 된다.

조허림은 이러한 것들 전체를 '신비한 오색가면'이란 말로 표현했다. 그러나 그는 산책가의 시선으로 그 뒤에 숨어있는 너무나 잔인하고 음험한 지옥의 괴기한 풍경을 드러낸다.

거리를 할 일 없이 헤매이는 산책가의 시선― '소란한 네거리'의 풍경, 언제나 개일겐고. 허영과 폐균이 가득찬 회색공기, 사람 새끼면 오로지 신비한 오색가면을 쓰고 食蟲처럼 웃고 울며 음모와 살기만 등등. 생지옥의 바람이 가로수의 팔다리를 물어 뜯는다. 굴욕의 때쩌른 지폐가 이곳의 마리아! 盛粧한 간판떼가 아양을 떨고 賣笑婦처럼.(방점―인용자)194

조허림은 패션의 거리를 웃음을 파는 매춘부의 거리로 파악했다. 여기서 가장 사랑받는 마리아는 바로 돈이다. 사실 조허림의 이러한 묘사 속에는 이상의 주제가 요약되어 있다. 패션과 거리 상점의 간판은 모두 유혹적인 웃음을 흘리는 매춘부적 가면들이다. 그러나 그 웃음 뒤에는 잔인한 음모와 살기가 도사린 지옥도가 펼쳐져 있다. 이상의 〈홍행물천사〉에 나오는 이미지들은 이러한 지옥도와 매매되는 웃음의 가면 없이는 작동되지 않는다. 이러한 거리의 가면들을 뚫고 그 배후의 지옥도를 관통해서 달려가는 이상의 달리기(질주, 〈시제1호〉에 나오는)에 대해서 생각해야 할 것이다.

---

194 조허림, 〈네거리에 서서〉, 《조선문학》 14집, 1937.8.

⑥ 미로의 질주

이상의 시에서 아이들의 질주는 아무 거칠 것 없는 뻥뚫린 대로를 자유롭게 달리는 것이 아니다. 그들은 그 도로가 담고 있는 모든 것들을 헤치고 달려간다. 〈날개〉의 마지막 장면에서 보듯이 그 거리의 사람들은 보이지 않는 실줄에 조종당하고 있다. 바로 그러한 사람들을 헤치고 달려가는 것이다. 그 모든 것을 뚫고 달려야 하는 것이다. 가면극과 인형놀이의 세계에는 사람들의 눈을 홀리는 많은 것들이 존재한다. 우리는 그러한 환영들의 미로 속을 헤매인다. 이상과 같은 시기에 한 이름없는 시인도 그러한 느낌을 갖고 있었다. 장종직이란 시인은 이 도시 거리의 호화로운 의상 속에서 미로에 갇힌 사람처럼 길을 더듬는다.

> 힘없이 움직이는 십자로의 풍경이여
> 아아 도회인의 영혼 거리는 피빠진 염통을 찾나보다.
> 이때는 도시 문화생활의 비등점!
> 시민의 눈을 홀리는 무수한 상점
> 어족처럼 호화롭게 굴러가는 교통기관
> 샐러리맨과 주인의 대립된 의상입은
> 迷路者의 異相
> 오오 너는 끝없이 질주하는
> 야릇한 더듬이다
> 허나 너의 조그라진 인형의 혼
> 血汗으로 싸놓은 수학적 건축(방점—인용자)[195]

---

[195] 장종직, 〈십자로〉, 《중앙》, 1936.3, 160~161쪽.

이러한 미로 속의 질주는 동시에 야릇하게 더듬는 것이기도 하다. 별로 잘 다듬어지지 못한 습작기 솜씨에 머물러 있기는 해도 여기에는 이 도시 거리에 대한 날카로운 통찰력이 하나 담겨 있다. 이러한 통찰력은 이상의 상상력 속에도 깃들어 있는 것이다.

이상은 많은 작품들에서 인공적인 이미지들을 만들어냈다. 장난감 신부라든지 간호부 인형이라든지 하는 것들에는 인형 혹은 인간기계라는 당대의 일반적인 거리 이미지가 반영되어 있다. 김진섭이 〈백화점중〉에서 말했듯이 사람들은 마치 명령을 받은 인형들처럼 상품 앞에 우뚝 선다. 당시 많은 사람들은 다양한 패션을 착용한 거리의 사람들을 개성적인 주체로 파악하기보다는 인형적이고 기계적인 대상으로 보았다. 김기림에게도 흔히 나타나는 인형의 이미지는 이상에게도 자주 등장한다. 露野라는 필명을 쓴 어떤 시인은 이 거리의 여인들을 '인조인간'이라고 표현했다. "홍안색녀들이 몸둥아리를 착 붙이고 있다/ 그들은 과학이 지은 인조인간처럼 기계적으로 움직임을 받고 있다".[196] 馬面이란 필명을 쓴 사람은 "자연에 없는 일을 유행은 탄생시킨다"라는 괴테의 〈파우스트〉 일절을 인용하면서, 당시의 패션과 복싱에 대한 여성들의 열광에 대해 말했다.[197] 자연에 없는 이러한 유행은 인공적인 풍경이었으며 기계적인 풍경이기도 했다.

이상은 인형과 모조품, 인공품들을 모조와 흉내라는 비본질적 거짓 세계에 속한 것으로 보았다. 그가 흔히 원숭이를 통해 표현하는 이러한 흉내의 세계는 우스꽝스럽고 저급한 비인간적 세계였던 것이다. 그에게 이 대도시 도로는 원숭이같은 군중들의 전쟁터이자 성적인 것이 상품화되어 어지럽게 널려있는 곳이다. 그것은 유행적인 흉

---

196 로야, 〈S市의 밤〉, 《조선문학》, 1933.11, 73쪽.
197 마면, 〈가두유행풍경화〉, 《신여성》, 1933.10, 118~119쪽 참조.

내와 모조품의 세계였던 것이다.

이 도로를 내달리는 '무서운 아해들'(〈시제1호〉의)이란 과연 어떠한 존재들인 것인가? 먼저 그 시에서 되풀이되는 '무서운' 혹은 '무섭다'는 것은 어떤 의미를 갖는 것인가? 여기서의 무서움은 이중적이다. 야심만만한 아이는 그 모든 것들을 제압하기 위해 내달리는 무시무시한 풍모를 가졌다. 이상은 루바시카를 입은 무시무시한 풍모의 젊은이를 환상적으로 그려내기도 했다. 그는 〈첫번째 방랑〉에서 그러한 젊은이가 어느 낯선 나라의 십자로 위에 서있는 것을 환상 속에서 보기도 한다.[198] 이상의 낭만적 영웅주의가 여기 있다.

새로운 창세기의 주인공처럼 묘사된 이 무서운 아이의 세계는 이상의 시적 세계의 본질을 정확히 가리키고 있다. 여기서 십자로는 새로운 세계도의 중심적 이미지이다. 엘리아데는 두 개의 길이 직각으로 교차되는 길인 십자로를 중심으로 구성되는 정방형을 하나의 세계 모형이라고 생각했다. "새로운 마을을 만들 경우 먼저 두개의 길이 직각으로 교차되는 自然道를 사람들은 구한다. 그리하여 중심의 주위에 구성되는 정방형은 하나의 세계모형 lmago mundi인 것이

---

198 이러한 이미지는 〈첫번째 방랑〉과 〈공포의 기록(서장)〉(1937년에 사후 발표된 것)에 거의 똑같이 등장한다. "이러한 환상 속에 떠오르는 내 자신은 언제든지 광채나는 '루파슈카'를 입었고 퇴폐적으로 보인다. 소년과 같이 창백하고도 무시무시한 풍모이다." 기타 비슷한 이미지를 이상은 여러 곳에서 등장시킨다. 김기림도 이 비슷한 이미지를 갖고 있었다. 그는 그것을 분명하게 쟝콕토에게서 빌려왔다. 이상도 콕토적인 시풍을 그의 천사 이미지들에서 보여준다. 아마도 '무서운 아이'라는 콕토적인 이미지는 당대 문인들에게 익숙한 것이었을 것이다. 김기림은 자신의 학창시절을 회상하면서 자신은 잘못했으면 "아편을 먹고 자살해버린 J. 콕토의 무서운 아이들이 되고 말았을 것"(〈사진 속에 남은 것〉, 《신가정》, 1934.5)이라고 했다. 이상 역시 김기림처럼 콕토의 '무서운 아이들'에 대해 알았을 것이다. 그러나 이상은 그것을 자기 나름의 독특한 이미지로 바꾸어 새롭게 창조했다.

다."[199] 이상은 〈공포의 기록〉(《매일신보》, 1937.4~5) 중의 〈불행한 계승〉에서도 위와 거의 동일한 이미지를 보여주었다. "어떤 때는 모르는 먼 나라의 십자로를 걸었다." 그가 성천 기행문의 하나로 쓴 〈첫번째 방랑〉에서도 이러한 이미지를 사용한 것을 보면 이것은 상당히 의도적인 것이다. 그는 경성에서 멀리 떨어진 성천으로 떠나면서 새로운 세계를 꿈꾸었던 것인지 모른다.

그런데 〈시제1호〉에서 괄호친 지문은 이 무시무시한 존재를 좌절시키는 결정적인 요소이다. 여기서 괄호 속의 지문인 "길은막다른골목이적당하오."는 이렇게 해석할 수 있을 것이다. 아이들이 질주하는 도로(길)는 막다른 골목들로 가로막혀 있다. 여기서 '길'은 도로와 골목 모두를 지칭한다. 이 부분에서 이상의 여러 작품들에 빈번히 등장하는 '골목'이 대로와 대비되어 분명하게 그 의미를 드러낸다. 우리는 이 시에서 '도로'와 '골목'이란 기표를 너무 실제적인 것으로 다루어서는 안될 것이다. 사실 '막다른 골목'이란 말은 우리가 하는 일들이나 겪게 되는 사건들에도 흔히 적용되는 말이 아닌가. 무서운 아이들이 질주하는 도시의 대로에는 수많은 '막다른 골목'이 있는 것이다. 아이들 중의 몇몇은 무시무시한 기세로 질주하지만 그러한 질주를 가로막는 골목들의 방해물들을 겪으면서 좌절하고 침몰한다. 그들은 그것이 너무나 광대하고 엄청난 규모로 자리잡고 있음을 알게 될 것이다. 그들은 이 시대의 거리에서 점차 다가오는 거대한 압박감 속에서 공포를 느끼기 시작한다. 이 시의 마지막 구절에는 그렇게 해서 '무서워 하는 아해'가 등장한다. "그중에2인의아해가무서워하는아해라도좋소. / 그중에1인의아해가무서워하는아해라도좋소."

---

199 미르치아 엘리아데, 《성과 속》, 이은봉 옮김, 한길사, 2005, 72쪽.

　마치 방정식과도 같이 단조롭고도 정확하게 진술되는 이러한 싯구들은 이 시대를 규정하고 정의하는 '수학적 방정식 문체'라고 생각해볼 수 있다. 이상은 자신이 전공한 건축학의 기초 이론인 근대수학의 풀장에 자신의 사유와 상상력 그리고 언어를 담갔다가 꺼낸 것처럼 보인다. 그러한 수학적 규격화와 기계론적 방정식의 틀 속에서 무서운 아이들의 삶이 어떻게 견뎌내며, 그 틀을 어떻게 뚫고 빠져나올지 실험하고 있는 것처럼 말이다.

　그러나 〈시제1호〉가 처음에 제시한 상황과 게임을 마지막에 모두 포기한 것처럼 서술했다고 해서 여기에 완전한 좌절과 절망감만이 남아 있다고 생각해서는 안된다. 무서운 아이들을 좌절시킨 이 골목은 막혀있기도 하지만 또 뚫려있기도 하다. 무섭게 질주하는 입장에서 보면 끝내는 막힌 것처럼 보이던 길이었다. 그러나 그렇게 마구 내달리는 것을 포기한 사람에게 그것은 어느 정도 뚫려있는 길이 되기도 하는 것이다. 그는 〈시제1호〉의 상황과 흡사한 광경을 〈최저낙원〉에서 보여주었다.

　　흙묻은 花苑틈으로 막다른 하수구를 뚫는데 기실 뚫렸고 기실 막다른 어른의 골목이로소이다. ―연기로 하여 늘 내운 방향―걸어가려드는 성미-머무르려드는 성미―색색이 황홀하고 아예 기억 못하게 하는 길이로소이다. 안전을 헐값에 파는 가게 모퉁이를 돌아가야 최저낙원의 浮浪한 막다른 골목이요 기실 뚫린 골목이요 기실은 막다른 골목이로소이다. (방점―인용자)

　여기서 이상은 아이들이 질주하는 길에 등장했던 도로와 골목 중에서 '골목'만을 보여준다. 그것은 '어른의 골목'이다. 〈최저낙원〉이란 바로 유곽지대를 가리킨 것이다. 여기서 이상은 유곽지대의 지저 분하고 복잡한 골목들을 어른들의 매춘행위와 겹쳐놓았다. 여기에 는 가난한 생활과 매춘과 탈출구를 찾는 몸부림 같은 것들이 수수께 끼 같은 삶의 미로 속에 놓여있다. 그러한 분위기를 반영하듯 미로같 은 수사학을 펼쳐놓았다. 〈가외가전〉에서 "기적히골목이뚫렸다"고 한 것도 이러한 미로 속에서 잠깐 동안 일어나는 감탄사에 불과하다.

복잡한 경성의 뒷골목 미로 속에서 이 최저낙원의 시인은 우리가 찾아나서야 할 에덴동산이 처절하게 추락한 현장에 있음을 알려준 다. 자연의 생식력인 꽃과 사람의 생식력인 성은 거대한 시장의 그림 자밑에 깔려서 이 뒷골목에서 매매되고 있었다. 도시의 이 밑바닥에 서 낙원의 씨앗을 어떻게 해야 할 것인가? 타락한 낙원을 품고 있는 도시의 미로 속을 '무서운 아이들'이 방황한다. 그러나 이 아이들은 점차 미로에 익숙해진 어른들이 되었다.

이상에게 골목길은 매우 중요한 이미지였다. 그의 주된 문학적 상 상력은 바로 그 속에서 꽃처럼 피어났다.[200] 그의 '골목'은 어린 시절

---

200 가와무라 미나토는 이상의 '골목'을 이상이 태어나 자란 사직동, 통인동, 누상동 등 인왕산 자락의 가느다란 미로같은 골목을 그 원형으로 한 것으로 생각했다. 그는 이상의 골목을 "골목길을 동네친구들과 뛰어놀던 유소년기의 기억이 이 시 에 반영되어 있는게 아닐까"라고 했다. (가와무라 미나토, 앞의 책, 79쪽 참조.)

그러나 가와무라 미나토의 이러한 해석은 '골목'이 나오는 여러 작품들을 볼 때 별로 타당해보이지 않는다. 왜냐하면 그의 체험에는 청년기의 뒷골목 유곽 혹은 다방 체험들이 더 중요하게 놓여있기 때문이다. 그 시대 뒷골목 다방이야 말로 젊은이들의 피난처였다. 이서구는 이렇게 그 풍경을 묘사했다. "최근 경성 에는 카페도 많이 생겼지마는 소규모의 茶집이야 말마따나 우후죽순같이 이골 목 저골목에 늘어 놓여가지고 밤거리를 헤매는 젊은이들의 잔돈냥을 알뜰히 긁 어드립니다."(이서구, 〈신판경성지도〉, 《중앙》, 1935.5)

이상의 시에 나오는 '아해'를 무조건 유년기적 존재로만 해석하는 것도 무리가 있다. 그의 '아해'는 소설 〈童骸〉의 제목에서 보듯이 어른을 패러디한 것일 수 도 있다.

부터 자신의 꿈과 욕망 속에 현실의 벽을 용해시키는 장소였다. 〈슬픈이야기〉에는 부모가 사준 '경제화'를 신고 "그분들이 모르는 골목길" 속에서 헤질 정도로 돌아다녔다는 이야기가 나온다. 이 '골목길'의 의미를 알기 위해서는 이 글의 앞 부분을 읽어보아야 한다. 그는 자신이 학창시절 풍경화를 그리기 위해 寫生하던 시냇가 장소를 찾았다. 그곳이 누구의 말처럼 동숭동의 개울가인지 아니면 동대문 밖의 밤섬 유역인지는 알 수 없다. 그 추억의 장소에서 그의 거울은 활짝 열린다. 그의 거울 가운데 여기 나오는 물거울은 가장 따뜻한 이야기를 담고 있다. 그것은 어린 시절의 꿈이 지워지지 않은 동화적 세계를 보여주기 때문이다. 황혼이 진 후 별들이 켜지면서 이 시내의 물거울은 마치 동화와 같은 세계를 연출하는 정겨운 화폭이 된다. 이상은 이 작품에서 그의 '엄동같은 천문'의 반대쪽에 존재하는 별들의 이야기를 담아낼 수 있었다.

> 별이 한분씩 두분씩 모여들기 시작합니다. 어디서 오시나 굿이브닝 뿔뿔이 이야기 꽃이 피나봅니다. 어떤 별은 좋은 궐련을 피우고 어떤 별은 정한 손수건으로 안경알을 닦기도 하고 또 기념촬영을 하는 패도 있나봅니다. 나는 그런 오붓한 회장을 고개를 들어 보지 않고 차라리 물속으로 해서 쳐다봅니다.[201](방점-인용자)

이러한 별들의 이야기에는 어쩌면 그의 학창시절의 꿈이 깃들어있는지도 모른다. 그러나 이 별들은 얼마되지 않아 모두 흩어져버린다. "삽시간에 등불도 다 꺼지고 어둡고 답답한 하늘 넓이에는 '추잉껌'

---

201 이상, 〈슬픈이야기〉, 《조광》, 1937.6.

'캬라멜' 껍데기가 여기저기 헤어져 있읍니다." 마치 별들이 떠난 자리에 남은 쓰레기들을 보는 것처럼 이상은 별들이 모두 떠난 자리에서 자신의 불행한 추억을 헤아려본다. 그의 부모들의 불행이 하나하나 거론된다. 그리고 그들에 대한 자신의 반감이 골목길 장면으로 드러난 것이다.

> 나는 그분들께 돈을 갖다 드린 일도 없고 엿을 사다드린 일도 없고 또 한번도 절을 해본 일도 없읍니다. 그분들이 내게 경제화를 사 주시면 나는 그것을 신고 그분들이 모르는 골목길로만 다녀서 다 해뜨려 버렸읍니다.(방점―인용자)[202]

자신의 이러한 못된 짓에 대한 깊은 회한이 스며있는 이 추억의 장면은 자신의 母體와 聖母에 대한 상상으로 이어진다. 자신의 모체인 부모들의 파탄된 모습과 자기 신체 각 부분의 모체인 자기자신의 파탄이 서로 조응된다. 성모에 대한 상상적 지향은 이러한 파탄된 모체를 대체하고 싶은 욕망에서 나온 것이다. 그의 골목길은 바로 이 성모를 향한 길이다. 바로 이 장면 속에 그의 '골목'의 비밀이 깃들어 있다.

이상은 이 글에서 자신의 문학에서 중요하게 작용하는 두 가지 측면을 보여준다. 그 하나는 폐병으로 해서 점차 해체되어 가는 자신의 신체 각 기관들에 대한 심오한 애정을 드러낸 것이며, 또 하나는 자신의 비천한 어머니 대신 자기가 무의식적으로 추구하는 신화적 대체물인 聖母 이미지를 드러낸 것이다. 이 두 항목은 이상 문학의 심

---

[202] 이상, 〈슬픈이야기〉 부분(임종국, 앞의 책, 131쪽).

층에 자리잡고 있는 가장 중요한 창조력이다. 그가 흔히 드러내고 있는 자기 속의 악마, 혹은 '악의 충동'이란 것은 이러한 것이 자유롭게 발현되지 못하도록 방해하는 것들에 대한 반항적 부정적인 충동인 것이다.

〈슬픈이야기〉에서 이상은 자신의 작품 가운데 가장 잔잔하게 호소하는듯한 어조와 윗사람에게 편지를 띄우듯 존칭적인 문체를 보여준다. 그의 병과 가족의 불행한 사연과 사랑의 시빗거리 같은 것들이 마치 그 모든 것을 어루만져주려는 듯한 이러한 어조와 문체 속에 푸근히 잠겨들어서 조금 편안해지고 안온해지는 것 같다.

그리고 그는 지금 사귀는 여인 속에 자신을 진정으로 사랑하는 마음이 있는지 계속 확인해보고 싶어 한다. 그는 이 여인과 옛날에 한 번 다녀간 적이 있는 항구의 긴 '골목길'을 거닌다. 이 모든 것들은 잔잔한 슬픔의 안개에 젖어있다. 성모와 같은 존재의 사랑은 '골목길'이 끝나가도 거의 확인될 가능성이 엿보이지 않는다. 그러한 사랑의 실체는 잘 붙잡히지도 않는다. 이미 그것은 그 앞부분에 나오는 한 구절, 즉 비오는 고개를 넘어 자동차들이 달려가는 '聖母의 市場'203이란 말에서부터 확인된다.

그 시대에 성모의 사랑은 거리의 상품처럼 오염되어 있다. 그의 애인 역시 거리의 시장에서 초월해서 성스러운 사랑의 경지에 올라가지는 못한다. 따라서 세속의 모든 것을 둘만의 사랑을 위해 포기하는 정사(情死)라는 극단적인 확인절차는 언제나 실패하도록 예정되어 있다. 그의 '골목'은 그러한 목표를 향한 꿈과 그 꿈을 실현하려는 시

---

203 우리는 앞에서 마리아와 비너스의 대비적 의미에 대해 말했었다. '성모의 시장'이란 표현은 사랑의 시장 즉 비너스에게서 신성한 사랑을 품고 베푸는 마리아 상을 발견하려는 시인의 생각을 담고 있다.

도와 좌절 등이 뒤얽힌 지대이다. 그리고 때로 그것은 너무나 빤히 보이는 그 도달점(막다른 지점)에 빨리 가고 싶지 않아서 머뭇거리고 방황하는 미로이기도 하다.[204]

유고시로 후에 발표된 〈무제-궐련 기러기〉[205]에도 이 골목이 나온다. 여기서의 골목은 미로의 법칙을 보여준다. "여러번 굽은 골목이 담장이 좌우 못보는 내 아픈 마음에 부딪쳐 달은 밝은데/ 그때부터 가까운 길을 일부러 멀리 걷는 버릇을 배웠더니라." 이렇게 가까운 길을 일부러 멀리 걷는 버릇에 대해 이상은 말한다. '여러번 굽은 골목'이란 바로 그렇게 가까운 거리를 멀리 걷기 위한 길이다.

⑦ 사랑의 시장

벤야민이 미로를 걷는 산책가의 목적지(그가 도달하기를 꺼리는 목적지)가 바로 시장(근대적 시장)이라고 한 것은 이상에게도 그대로 해당된다. 그러나 이상에게 그 시장은 '성모의 시장'이었다. 그곳은 성스러운 모성이 근대적인 차가운 상품 속에 잠겨있는 곳이다. 육체를 파는 여인들 속에서 성모는 상품처럼 존재한다. 이상은 고대 시장의 여신인 비너스를 전혀 새로운 방식으로 붙잡아내고 있다. 그것은 고대의 뜨거운 축제적 교환이 아니라 차갑게 얼어붙은 근대적 교환관계 속에서 포착되는 비너스의 모습이다. 시장의 여신인 '성모-비너

---

204 벤야민은 보들레를 분석하면서 이러한 미로에 대해 생각했었다. "미로는 항상 너무 일찍 목적지에 도달하는 그가 따라야 할 정확한 길이다. 산책자에게는 이러한 목적지가 시장이다.// 목적지에 도달하는 것을 꺼리는 삶의 길은 쉽게 미로의 형태를 취할 수 있다.(산책자에게는 시장이 그러한 목표이다.)"(발터 벤야민, 〈아케이드 프로젝트〉, 조형준 옮김, 《세계의 문학》, 2002, 봄호, 123쪽).
205 이 〈무제〉는 시동인지 《貘》(1938.10)에 발표되었다. 본래 〈무제〉인데, 그 내용의 한 구절을 따서 〈무제-궐련 기러기〉로 표기했다.

스'는 이득과 이해관계를 철저히 차갑게 따지는 근대적 시장 체계 속에서 굴복된 모습으로 존재한다.

본래 축제와 시장의 결합 속에서 사랑의 교환관계를 주도했던 비너스는 사랑의 여신이면서 동시에 시장의 여신이었다. 이상은 독특하게도 비너스의 이 두가지 측면을 이어받은 유일한 작가였다. 그는 기독교적인 '성모'로 그것을 대체했을 뿐이다. 그는 근대세계 속에서 사랑과 시장 사이의 엄청난 괴리와 틈을 보았다. 성모는 이 틈 속에서 파열된 채 찢겨있다. 그녀의 사랑은 근대적 시장의 교환관계 체계 속에서 설자리를 찾지 못하고 방황하거나 가면화 한다. 상품의 포장에 사랑의 가면을 씌우는 것이다. 사랑은 돈으로 매매된다. 진정한 사랑은 성취되지 못하고 지연된다.

이러한 모순적인 '사랑의 시장'이란 개념은 당시 예술가 지망생들의 일반적인 상상력이었음이 그의 수필 〈혈서삼태〉에서 드러난다. 거기서 이상은 〈목로의 마리아〉[206]라는 수필도 창작도 아닌 글을 쓰고 있다고 고백하면서, 그의 친구와의 미묘한 삼각관계에 대해 말하고 있다. 그와 예술적인 동성애 관계에 있던 그의 친구(문종혁)는 언제부턴가 한 술집 여인에 대한 사랑에 기울어진다. 대개 그러한 예술가 지망생들에게는 구원의 마리아상이 있는 것이라고 이상은 말한다. 그는 친구의 그러한 사랑이 사실은 허구적인 것임을 폭로한다. 카페나 주점의 '마리아'가 써준 사랑의 혈서는 가짜인 것이다. 그 여자들은 사랑의 가면을 쓰고 장사를 하고 있다. 그러나 이상은 거기에 또 하나의 허구를 덧붙인다. 즉 그 친구는 사실은 그 여자의 혈서까지도 스스로 조작했다는 것이다. 젊은 예술가들이 추구하는 사랑은

---

[206] 이 '목로의 마리아'라는 이미지는 그의 수필 〈西望栗島〉에서도 나타난다.

이렇게 스스로 허구적인 세계를 만들어내기까지 한다.

〈혈서삼태〉에 등장하는 편지는 이렇게 몇 가지 얽힌 배경을 통해서 그 자체가 여러층이 겹쳐있는 글쓰기였음이 드러난다. 그것은 어떻게 보면 미로의 글쓰기였던 것이다. 이러한 젊은 예술가들도 얼마 안 있어서 현실의 직업전선에 나선다. 그리고 그 모든 사랑의 편지들은 잊혀진다. 그들은 이제는 '시장의 사랑'이란 허구를 완전히 포기하고 그 대신 명료한 시장의 법칙에 지배되는 세계 속에서 살아간다.[207] 나이 들어서도 문학적인 글을 쓰는 사람들(마리아를 찾는 사람들)은 여전히 그러한 근대적 시장에 뛰어드는 시기를 계속 뒤로 미루고 있는 것인지도 모른다. 이상은 〈혈서삼태〉에서 말하자면 자본주의 시대에 참된 글쓰기의 본질은 과연 어떤 것인지에 대해 성찰한 것이다. 상당히 놀랄만한 통찰력을 그는 친구와의 사랑의 드라마를 통해서 보여주었다.

이렇게 이상의 '골목'은 근대적 시장으로 빠져나가는 '대로'를 앞에 두고 머뭇거린다. 그것은 자신의 성모적인 사랑에 대해 계속 공상하며, 그에 대한 자신의 사랑을 길게 고백하는 '미로'이다. 그것은 바로 자신의 창작의 비밀이기도 한 것이다. 그가 〈혈서삼태〉에서 자신의 친구가 허구적으로 만들어낸 것으로 제시한 가짜 편지는 사실은 바로 그 자신의 문학적 편지이기도 하다. 〈오감도〉에서 마치 장벽과도 같은 것으로 제시된 '골목'은 이렇게 해서 전혀 다른 면모를 갖는 것으로 변화되어 있다.

---

207 〈혈서삼태〉에서 매춘부와의 사랑을 예술적으로 추구했던 '욱'은 이상의 친구인 문종혁이었다. 그는 이상과 함께 그림에 대한 꿈을 키워갖고 이상과 정신적 동성애에 빠졌다. 그러나 나이가 들면서 이러한 사랑과 예술의 계절은 모두 꿈처럼 지나갔다. 그는 직업전선에 뛰어들었고 냉정한 시장법칙에 길들어갔다.

　이런 관점에서 보면 〈날개〉의 유곽은 그곳이 주인공이 주로 살아가는 곳임을, 거기서 사유하고 상상하고, 가짜 성모에 의해 시달리며 결국 배반당하는 곳임을 보여준다. 〈오감도〉의 반대편에서 〈날개〉는 그 '골목'을 삶의 공간으로 펼쳐낸다. 그것은 미로적인 공간인 유곽이다. 18가구가 늘어서 있는 이 골목의 유곽은 방들로 만들어진 미로이다. 이상은 여기서 이미 시장 속에 들어와버린 미로를 그렸다. 그러나 이 소설에서 시장은 주인공의 미로적인 의식 때문에 불확실하게 드러난다. 그리고 아내의 불확실한 성모적인 이미지는 그 미로 속에서 서서히 지워진다.

　이 소설 속의 주인공은 마치 아이처럼 어른들의 세계를 확연하게 깨우치지 못한다. 그의 순수한 의식은 시장의 타락상을 받아들이지 못하고 있는 것이다. 이것이 '나'의 의식의 미로를 구성한다. '나'는 '아내의 매춘'이라는 확실한 결말에 이르는 것을 계속 연기시킨다. 그는 그녀의 화장품과 화장지를 갖고 어린이처럼 놀이하며, 아내가 벌어서 준 돈의 사용가치를 백지로 돌리는 놀이를 한다. 어른들의 세계 속에서 펼쳐지는 이 어린아이의 세계는 놀이를 통해 그만의 미로를 퍼뜨린다. 그 미로를 사람들(독자들)이 존중해주는 척하는 순간들만 이 미로의 세계는 보존된다. 아내는 마치 애를 다루듯이 하면서 그것을 따뜻한 태도로 존중해주지만 그녀의 상업적 세계가 파탄될 위험에 빠질 것 같으면 싸늘한 태도로 돌변한다. 이상은 이 소설의 주인공을 이 미로의 유곽에서 멀리 떨어진 경성역과 미쓰코시 백화점에 갖다놓음으로써 이 미로의 게임을 끝내려고 했다. 소설의 결말에 이르면서 미로 속의 꿈과 가짜 사랑은 이미 철저하게 허구성이 폭로된다. 백화점으로 상징되는 근대의 거대한 시장이 뿌리는 마력은 '골목'들 깊은 곳에까지 철저히 침투하고 있다는 절망감이 여기 드러나 있다.

우리는 이렇게 해서 다시 〈날개〉의 마지막 장면으로 되돌아왔다. 이 주인공은 미쓰코시 백화점 옥상에서 자신이 왜 이렇게 비참한 지경이 되었고, 무슨 잘못이 있었는지에 대해 성찰한다. 그는 옥상정원의 수족관 속 물고기를 통해서 이 모든 것을 정리한다. 이상에게 이 사각형의 수족관에는 다시금 일문 〈조감도〉와 〈건축무한육면각체〉에서 보여준 기하학적 황무지의 세계라는 근대적 이미지가 따라붙는다. 〈날개〉의 마지막 장면은 그러한 것들을 '오감도'(옥상정원에서 내려다 본 수족관 같은 거리 풍경)와 함께 정리함으로써 마지막 희망의 메시지를 덧붙인 것이다. 그 부분에 등장하는 그의 '날개'에는 그의 최초의 작품들 속에 깃들어있던 진정한 야심과 희망에 관련된 것들이 숨어있다. 그것은 〈12월12일〉〈오감도〉중 〈시제10호 나비〉〈산촌여정〉 등에 나오는 나비와 〈Le Urine〉에 나오는 까마귀와 같은 것들이다. 〈12월12일〉에 최초의 나비 이미지가 나온다. 나중에 성천기행문의 하나인 〈산촌여정〉에서 장주의 호접몽에 대한 언급이 나오듯이 그에게 이 나비 이미지는 장자적인 의미를 띠는 것이었다.

〈12월12일〉에서는 나비 문양을 한 도어를 열고 들어가서 잠깐 사이에 돌입한 환몽적인 세계에 대한 언급이 나온다. 나비는 말하자면 존재의 경계를 넘어 탈바꿈할 수 있는 기호인 것인데, 경계선과 문에 대해 숱한 언급을 하고 있는 이상에게 이 나비 이미지는 매우 중요한 것이었다. 이 소설의 제목에 나오는 12라는 숫자는 시계의 리듬에 지배되는 세계와 관련이 있을 것이다. 그것을 중첩시킨 것은 특정한 날자를 가리키는 것이기보다 근대적인 세계의 한계를 중첩시켜 강조한 것이라고 생각된다. 나비는 그러한 세계로부터 빠져나갈 수 있는 변신술적 통로의 이미지이다. 〈오감도〉중 〈시제10호 나비〉는 그러한 주제를 명확하게 보여준다. 이 시에서 그것은 거울에 갇힌 세계 바깥으로 빠져나가는 통로이다. 〈산촌여정〉에서 그는 족보와 신문을 찢은 것 같은 나비 이미지를 보여준다. 그것은 족보와 신문으로 상징되는 자신의 가계(家系)와 근대사회의 경계를 찢고 접어서 만들어낸 나비이다.

'나비'와는 또다른 '날개'를 지닌 '까마귀'에 대해 이야기 해보기로 하자. 〈Le Urine〉의 까마귀는 〈오감도〉라는 제목에 숨겨진 까마귀(烏)가 과연 어떤 것인지를 잠깐 엿보게 한다. 〈Le Urine〉의 까마귀는 메말라버린 대지 위의 삶 전체를 내려다보며 비상한다. 〈시제1호〉에는 까마귀가 등장하지 않지만 이 시도 〈오감도〉라는 전체 제목 속에 포괄되는 만큼 까마귀의 시선을 숨겨놓고 있다. 질주하는 도시 거리의 아이들을 내려다보는 까마귀가 있는 것이다. 따라서 까마귀가 내려다보는 〈Le Urine〉의 황량한 산야와 〈시제1호〉의 황량한 도시 거리가 대응된다. 이 '까마귀'는 어떠한 시선으로 무엇을 보여주려 하는 것인가? 이 새는 불길한 새인가 아니면 신화적인 태양새인가?

〈LE URINE〉의 까마귀는 전체 7연 중의 3연에 등장한다. 2~3연은 '오줌 → 뱀 → 까마귀'라는 기호적 흐름을 보여준다. 오줌은 배설물이라기보다 생식기관에서 분출된 생명의 흐름이다. '뱀'의 기호가 그것을 이어받는다. 이러한 생명의 흐름은 황무지를 적시며 흘러간다. 이 황무지는 역사적 공간이다. "왜소한 ORGANE을 애무하면서 역사책 비인 페이지를 넘기는 마음은 평화로운 文弱이다."라고 한 것은 바로 그렇게 메마른 대지의 산맥들을 역사의 텅빈 페이지로 묘사한 것이다. 고고학적인 역사들의 集積 속에서 이상은 성적인 생식력을 느끼지 못한다. 그는 이렇게 말한다. "매장되어가는考古學은과연性慾을느끼게함은없는바가장無味하고神性한微笑와더불어小規模하나마移動되어가는 실(糸)과같은童話가아니면아니되는것이아니면무엇이었는가." 그는 그 실과 같은 동화를 위해 두 가지 동물기호를 등장시킨다. 대지를 기어가는 뱀과 하늘을 날아오르는 까마귀가 그것이다. 여기서 까마귀는 공작과 금강석의 이미지를 갖는다. 그러나 까마귀는 평민적인 색채(까마귀의 검은 색)를 띤 채 교만하지 않게 하늘 위를 비상하여 그 모든 풍경을 자신의 것으로 소유하며 꼭대기에서 떠돌고 있다.[208]

이상은 뒷골목에 처박힌 자신의 금강석과도 같은 자부심과 신성한 미소를 누추한 행색으로 감췄다. 그의 문학 창작 속에는 바로 그러한 까마귀가 작동하고 있었던 것이다. 〈가외가전〉에도 이 까마귀가 등장한다. 이것은 "질식한 비둘기만한 까마귀"라고 했는데 이상 자신의 모습을 암시하는 듯 하다. 이상의 시 가운데 가장 미로적인 글쓰기를 보여준 이 시는 〈시제1호〉에서 근대세계 전체를 내려다보며 허공을 날고 있었을 것 같은 그 까마귀가 유곽의 미로 속에 처박힌 것 같은 모습을 그렸다. 가가호호들로 번잡한 도시골목의 어느 방대한 방안에 까마귀 한 마리가 뛰어든 것이다. 낙뢰처럼 떨어진 이 까마귀 한 마리 때문에 갑자기 이 방대한 방이 "폭발할만큼 정결(한)" 분위기를 띤다. 여기 묘사된 '방대한 방'은 수수께끼처럼 그 의미를 포착하기 어렵다. 아무튼 〈시제1호〉에서 거리를 내려다보며 높이 날고 있을 것 같은 까마귀가 여기서는 강렬한 우뢰처럼 거리에 내려왔다. 그 번개와 천둥의 힘 때문에 소란스럽고 지저분한 거리의 방은 갑자기 조용해지고

---

208 "까마귀는 흡사 공작과 같이 비상하여 비늘을 질서없이 번득이는 半個의 천체에 금강석과 추호도 다름없이 평민적 윤곽을 일몰 전에 빗보이며 교만함은 없이 소유하고 있는 것이다."(〈Le Urine〉 3연, 이해하기 쉽도록 필자가 현대식으로 띄어쓰기를 했음)

정결해지는 것이다.

이 시에서 이상은 〈날개〉 마지막 장면과 연관될 수 있는 매우 의미 있는 장면을 하나 보여준다. 그것은 마치 처박혀 죽은 까마귀가 불사조처럼 새롭게 부활하여 탄생하는 듯한 장면이다. 까마귀는 갑자기 닭으로 변신한 것 같다. 그것은 '계란'을 낳았다.

速記를펴놓은床几위에알뜰한접시가있고접시위에삶은鷄卵한개—포-크로터뜨린노란자위겨드랑에서난데없이孵化하는勳章型鳥類— 푸드덕거리는바람에 方眼紙가찢어지고氷原위에座標잃은符牒떼가亂舞한다. 궐련에피가묻고그날밤에 遊廓도탔다.(방점—인용자)[209]

여기서 이상 특유의 사각형의 이미지는 책상과 방안지와 符牒 속에 각인되어 있다. 〈건축무한육면각체〉에서 볼 수 있었던 사각형과 사각이 난 원의 기하학을 벗어나는 계란이 등장한다. 계란은 생명의 알의 타원형이다. 그 노른자의 겨드랑이에서 날개가 돋아 한 마리 새가 된다. 그 새의 날개짓으로 사각형의 차가운 기하학적 세계가 파국을 맞는다. 유곽 속에 스며있던 이 氷原같은 차가운 세계가 무너지면서 유곽은 불탄다. 거기서 매춘부들인 거짓 천사들이 빠져나가고 있다.

〈날개〉의 마지막 장면[210]과도 흡사한 이 부분에서 이상은 차가운 세계를 깨뜨리고 태우는 불의 날개에 대해 노래했다. 〈날개〉의 정오

---

209 이상, 〈가외가전〉 마지막 연 부분, 《시와 소설》, 1936.3.

210 주인공 '내'가 미쓰코시 백화점 옥상정원에서 내려와 '회탁의 거리' 속에서 갈 길을 정하지 못했을 때, 정오 싸이렌이 울자 사람들은 네 활개를 편 닭처럼 푸드덕거린다. 강철과 유리와 지폐와 잉크 등 근대 도시 중심부의 건축재료와 근대적 삶의 재료가 뜨겁게 끓어오르기 시작한다. "현란을 극한 정오"라고 표현한 이 장면이 〈날개〉의 가장 인상깊은 장면으로 남아 있다.

에서도 우리는 그러한 뜨거움을 느낄 수 있다. 그것이 비록 사이렌에 의해서 유도된 거리의 끓어오름이지만 그 거리 속에서 '나'에게 돋는 날개(거리에 있는 사람들의 활개를 편 닭날개와 관련된다)는 바로 그 최초의 야심과 희망으로부터 새롭게 솟구쳐오른다. 거기에는 〈오감도〉의 까마귀와 〈가외가전〉의 불사조같은 새 그리고 〈Le Urine〉의 공작과 금강석같은 까마귀가 반향되어 있다. 그리고 좀더 부드럽게는 〈12월12일〉로부터 〈시제10호 나비〉와 〈산촌여정〉의 나비가 지니고 있는 변태에 대한 꿈이 서려있는 것이다.

'나비'의 날개가 부드럽게 여성적인 움직임을 보여준다면 '까마귀'의 날개는 격렬한 남성적 몸짓을 보여준다. 이 두 날개는 모두 자연의 생명력을 부채질해서 차가운 근대세계를 끓어오르게 한다. 그러나 이상의 이러한 시도는 자신의 육체를 끓어오르게 했다. 세계의 차가운 압력에 맞섰던 육체는 병들고 그의 폐는 불길한 모습으로 끓어올랐다. 그는 〈內科〉에서 자신의 늑골 속에서 "해면에 젖은 더운 물이 끓고 있다."고 했다. 그는 자신을 순교자적 존재로 이끌어갔다. 뻥끼칠한 십자가에서 자신의 키가 점점 커진다고 묘사했다. 그러나 누가 자신의 이러한 순교자적 정신세계를 인정해 줄 것인가? "聖피−타−君이 나에게 세번式이나 아알지 못한다."고 했다. "순간 닭이 활개를 친다….".라고 이 시를 끝맺었다. 작은 글씨로 마지막에 덧붙여진 구절은 이렇다. "어엌크 더운 물을 엎질러서야 큰일날 노릇−." 닭의 날개는 지상에 속하며, 지상에 빛을 가져오는 천상적 기호이다. 까마귀 날개가 고고하게 하늘을 나는 것이라면 닭은 지상에서 태양의 알을 품는다. 이상은 자신의 폐결핵을 신화적인 빛으로 이끌어갔다. 신약성경의 한 대목과 결합된 폐결핵 이야기는 신화적인 상승을 위한 순교자적 모습으로 자신을 승화시켰다. 희극적인 분위기로 이 모든 것을 감싸서 성스러움을 전도시킨 것, 이 유머감각이 그의 진실성을 살려 놓았다. 그렇게 해서 폐결핵으로 끓인 물인 그의 작품들(그의 정신과 사상)은 엎질러지지 않고 살아남았다.

3. 산보의 두 유형 — 고고학적 산보와 근대적 황야의 산보

1) 고고학적 산보 — 골편의 텍스트

우리는 위에서 〈오감도〉와 〈날개〉를 중심으로 이상이 펼쳐낸 산책의 지형도를 대략적으로 살펴보았다. 그것은 대도시 경성의 동서 축상의 대로들, 예를 들면 종로통과 황금정통, 본정통 등을 포괄하는 하나의 조감도인 것인데, 그 조감도의 네 귀퉁이 영역들을 점령하는 것은 화신, 미쓰코시 등의 백화점과 花園공설시장, 경성역 그리고 대학과 대학병원, 동대문 운동장 등이다. 이러한 조감도는 〈산책의 가을〉을 기본으로 〈날개〉〈오감도〉〈황의 기〉 등을 추가해서 구성해 본 것이다. 이상의 거처와 다방은 그러한 것들로 둘러싸인 지역 안에 있다. 그것은 대로에서 골목으로 이어진 후미진 곳에 위치한다. 〈날개〉의 유곽같은 곳은 아마도 서정주가 방문했던 청계천 4가 뒷골목이었을 것이다. 〈시제1호〉의 '길'은 이러한 대로(작품에서는 '도로')와 골목을 합쳐서 말한 것이다. 이상의 아이들은 결국 대로와 골목이 뒤엉킨 경성의 미로를 헤맨 것으로 보인다. 따라서 '오감도'의 까마귀는 아이들의 질주가 갖는 한계를 내려다보고 있었다. 그들에게는 이 미궁을 빠져나갈 수 있는 '날개'가 없었다. 〈날개〉의 마지막 부분에서 미쓰코시 백화점의 근처 거리 속에서 주인공이 외쳐본 것도 바로 그 '날개'에 대한 것이었다.

우리는 성천기행을 통해서 얻은 이상의 '날개'가 과연 무엇이었는지에 대해서 아직 이야기 하지 못했다. 그 후에 쓰여진 〈날개〉만으로는 아직 그에 대해 많은 것을 말할 수 없다. 그의 〈날개〉류의 소설은 독자 대중들과 함께 거니는 거리로부터 너무 높이 날아 올라갈 수 없었던 것이다. 그러나 우리는 그 안에 숨겨져 있는 가능성, 그가 그 소설에서 미처 다 내뱉지 못한 말들에 대해 이야기 할 수 있어야 한다.

이상은 성천기행문의 하나인 〈첫번째 방랑〉 끝 부분에서 필설로 다하지 못한 자신의 저 깊은 곳에 있는 악마적 충동에 대해 말한다. 그의 상상적 철학가이자 문필가의 상징인 귀뚜라미가 그 모든 것을 엿듣고 있다. 우리는 말하자면 그의 귀뚜라미 서판에 쓰여진 것을 읽어내야 하는 셈이다. 그렇게 하기 위해서 이상의 문학적 산보 중 두 가지 형태에 대해 더 언급하지 않을 수 없다. 그 하나는 고고학적 산보라고 이름붙일 수 있는 것이고 다른 하나는 근대적 황야의 산보라고 할만한 것이다.

먼저 '고고학적 산보'라고 이름붙인 것에 대해 말해보기로 하자. 이상은 〈얼마 안되는 변해〉라는 유고 작품에서 '골편의 산보'에 대해 이야기했다.[211] 미발표 창작노트를 나중에 김수영이 번역해서 발표한 작품인데, 원고에는 1932년 11월 6일에 쓴 것으로 되어있다.[212] 우리는 이 유고 작품을 통해서 이상의 지향점이 정확히 무엇이었는지를 추정하는데 매우 중요한 자료를 얻게 된다. 여기서 이상은 자신의 창조적 지향점이 창세기적인 원초적 세계라는 것을 분명하게 드러내고 있다. 그는 자신의 늑골에서 이브를 만들어내고[213],

---

211 "그라는 骨片은 방향을 거꾸로 걸었다. 그는~숙소를 찾고 있었지만 도로는 삘딩에도 이어지고 삘딩은 또한 가랑비 속으로 이어져 있다."(임종국, 앞의 책, 282쪽)
212 임종국, 위의 책, 285쪽

생명의 과실이 열리는 풍요의 동산 속에서 살고자 하는 욕망을 표현했다.

그런데 이러한 원초적인 에덴을 향한 그의 여행은 그 시대 교통기관인 기차를 통해서 시작되었다. 그는 '골편의 산보'를 고고학적 기차여행으로 이어간다. 이상은 그의 최초 수필인 〈병상이후〉를 서대문 의주통의 연초전매청(서정주가 마치 이상이 박쥐같은 자신의 집 풍으로 설계한 것 같다고 했던) 공사 시절에 썼다. 아마도 위 작품은 그 직후에 쓰여졌을 것이다. 작품 첫줄에 "배선공사의 '1년'을 보고하고 눈물의 양초를 적으나마 장식하고 싶다."고 한 것은 바로 그 일이었을 것이다.[214] 그는 자신의 죽음에 대해 예감하면서 "이전의 얼마 안되는 1년 사이에 퍽이나 치졸한 시를 쓰고 있었다"고 고백한다. 이 '치졸한 시'란 아마도 1931년도《조선과 건축》지에 발표했던 〈이상한 가역반응〉과 〈조감도〉 그리고 그의 생전에 발표하지 못했던 작품인 〈獚〉 등이었을 것이다. 그는 그 후에도 개가 등장하는 작품들을 많이 발표하는데 그 첫 번째 작품이 바로 〈황〉이다. 이 계열의 연작으로는 〈1931년(작품제1번)〉 〈황의 記(작품제2번)〉 〈작품제3번〉 등이 있다.[215]

---

213 "드디어 그는 결연히 그의 第 몇 번째인가의 늑골을 더듬어 보았다. 흡사 이브를 창조하려고 하는 신이 아담의 그것을 그다지도 힘들여서 더듬어 보았을 때의 그대로의 모양으로."(임종국, 위의 책, 283~284쪽)

214 이에 대한 김윤식의 해제를 참고하면 다음과 같다. "1929년에 졸업(경성고공을 말함)하고 총독부 내무국 건축기사로 근무했다가 곧 관방회계과 영선계로 옮겨 서대문 의주통의 전매청 신축공사에 참여한 바 있다. 약 1년간 여기서 일한 경험을 토대로 하여 이글이 씌여졌다."(김윤식,《이상전집3》, 295쪽)

215 김윤식은 이 작품들 중에 〈1931년〉만 제외하고 다른 것은 모두 수필적 산문으로 분류했다. 이어령은 이것들을 모두 시로 분류했다. 최초로 전집을 펴낸 임종국은 〈1931년〉을 시로 분류했고, 나머지는 장르구분을 하지 않은 채 '유고집'에 넣었다. 나는 이상의 짧은 단문들을 시적 산문 또는 산문시로 보는게 좋

그가 비록 이러한 것들을 치졸한 것으로 생각해서 공개적인 지면에 발표하지 않았다고 생각할 수도 있지만 그렇다고 해서 도외시할 만한 것들은 아니다. 어떻게 보면 바로 이 초창기 습작이라고 생각되는 (그러나 여러가지 점에서 오히려 발표작보다 뛰어난) 작품들에서 우리는 이상의 본질적인 창조적 지향점과 독자를 의식하지 않은 자유로운 상상력 그리고 제어되지 않은 자유연상적인 글쓰기를 만날 수 있기 때문이다. 이러한 부분이야말로 그가 대중들과 만난 잡지들에 발표한 것들보다 훨씬 더 많이 창작의 비밀스러운 맨살을 보여주는 것인지도 모른다. 이러한 것들 중에 '개'에 관련된 연작들이 우리가 살펴볼 이상의 두 번째 산보유형에 해당된다. 즉 그것은 '근대적 황야의 산보' 유형에 관련되는 것이다.

위의 글에서 '치졸한 시'라고 했던 것에는 원고에 씌여진 날짜로 볼 때 〈1931년(작품제1번)〉과 〈황〉 정도까지가 포함될 것 같다. 김윤식은 이 작품들의 발표 날짜를 꼼꼼하게 추정했다. 그에 의하면 〈황〉은 〈황의 기〉 부제에 적힌 "1931년 11월 3일 命名"을 참조할 때 바로 命名된 그 날짜에 쓰인 것으로 생각되었다. 〈황의 기〉에 대해서는 그 원고 말미에 3월 20일이라고 적힌 것으로 보아 '작품제1번'인 〈1931년〉보다 후인 1933년 3월 30일에 쓴 것으로 추정했다.[216] 〈1931년〉은 작품 내용 중에 부친 사망일인 1932년 5월 7일이 언급되어 있기 때문에 그 이후에 쓴 것으로 추정한다고 했다. 이러한 김윤식의 견해에 따른 다면 이상이 '치졸한 시'라고 언급했던 것에 〈황

다고 생각한다. 왜냐하면 이러한 글들은 매우 상징적이고 압축적이며 비약적인 부분들이 많기 때문에 수필적 산문이 되기에는 적합지 않은 것으로 보았기 때문이다.

216 《이상전집3》, 314쪽 참조. 그런데 원고말미의 3월 20일을 왜 3월 30일로 바꿔 추정했는지는 알 수 없다. 아마 '30'은 '20'의 오기였을 것이다.

의 기〉는 들어가지 않는다. 그런데 그의 유고작들을 검토해보면 이
러한 계열의 작품으로 임종국이 정리한 〈유고3〉[217]을 포함시킬 수
있다. 이 작품에는 1932년 11월 15일 이라고 명기되어 있다. 〈얼마
안되는 변해〉가 1932년 11월 6일에 쓰였으니까 거의 비슷한 시기에
(그로부터 이듬해 봄에 이르기까지) 그는 〈황의 기〉 계열 작품을 계속
쓰고 있었던 셈이다. 말하자면 그의 말로 '치졸한 시'는 그 말이 언급
된 이후로도 계속 쓰여지고 있었던 것이다.

그는 사실은 '치졸하다'는 반어적 수사 뒤에서 "죽자하고 애를 쓸"
정도로 매우 절실한 시적 추구를 계속 이어가지 않을 수 없었다. 이
러한 '황' 계열의 시가 자신의 이상과 야망의 높이에서 볼 때는 치졸
할지 몰라도 그것은 이상에게 여전히 절실하며 심각한 것이었다. 우
리는 이상이 비슷한 시기에 전개한 이러한 두 가지 유형 즉 고고학적
산보와 근대적 황야의 산보가 지니는 사유와 상상력에 대해 알아보
려 한다. 시기적으로 겹쳐지는 그 두 가지 유형은 매우 밀접한 관련
이 있을 것이라고 추정할 수 있다.

이상은 '무의미한 1년' 동안의 전매청 공사장에서 그에게 마치 군
중처럼, 사방에서 포위하면서 다가오는듯한 죽음[218]을 느꼈다. 그는
그 죽음에 대한 강박관념에서 잠시나마 빠져나와 자신을 솟구칠 수
있도록 해주는 시의 빛을 놓칠 수 없었다. 서대문 의주통 공사장에
있었던 그의 건축관계 일들 때문에 그에게서 추방될 처지에 놓인 시
를 그는 기를 쓰고 다시 붙잡으려 했다. 그는 "'죽어도 떨어지고 싶지

---

217 필자가 〈무제−죽은 개의 에스프리〉라고 부르는 작품이다.
218 그는 "피부에 닿을락 접근함을 느끼는" 죽음에 대해 말하면서 "죽음은 그에게
　　있어서 군중인양 싶으다"고 표현했다. 그렇게 죽음에 포위된 채 그는 1년을 무
　　의미하게 보냈다고 말한다.

않은' 그 무엇을 찾으려고 죽자 하고 애를 썼다"고 했다. 자신을 갱생시키기 위해 그가 들어서야 할 창조적 입구에 그는 이렇게 필사적으로 다가선다. 그에게 시란 군중처럼 포위하면서 달려드는 죽음과 대면하는 자리, 그 우울한 관속에 자신의 은밀한 서판을 하나 마련하는 일이었다. 그것은 자유로운 낙서판으로 마련된 관의 벽면이었다. "그의 에스프리는 낙서할 수 있는 비좁은 벽면을 棺桶 속에 설계하는 것을 승인했다."라고 썼다.

이상은 전매청 낙성식 자리에서 식민지 최하급 기술자로서 위치가 매겨진 유니폼을 입고 수치의 눈물을 흘린다. 자신의 그러한 처지를 그는 "羊처럼 유순한 惡魔의 假面의 拾得人인 그를 벗이여 기념해야 할 것이다"라고 자조적으로 표현했다. 일본제국의 체제 속에서 순순히 순종하는 식민지 지식인이자, 하급관리로서 그는 양처럼 유순하게 지냈다. 그러나 그 양의 가면 밑에 그가 후에 '악마적 충동'이라고 말했던 것을 숨겼다. 그는 그가 설계했고 또 건설하는데 참여한 그 건축물에 대하여 "지식의 첨예각도 0도"라는 공허한 정의를 내린다. 그리고는 식민지근대를 건설하는데 부분적으로 기여한 자신의 지식에 대해 그는 그 유니폼 속에서 참회와 수치의 눈물을 흘리는 것이다.

0도라는 말은 식민지 권력에 기여한 그 모든 지식과 기술을 백지로 돌리고 싶은 이상의 욕망을 표현한다. 그는 그러한 근대적 건축물에 대비되는 묘지를 보여준다. 낙성식 자리에서 솟아오른 비애와 고독 속에서 그는 도망치듯 하면서 어떤 산야의 황폐한 묘지에 다다른다.

이상이 식민지인으로서 느낀 비참함과 소외의식, 그리고 분노를 위 작품에서처럼 이렇게 강렬하게 표출한 것은 달리 찾아보기 어렵다. 그의 당시 처지로 보아 이러한 작품을 공개적으로 발표한다는 것은 거의 불가능했을 것이다. 그가 《조선과 건축》지에 발표한 '치졸한 시'들은 이러한 감정들을 모두 삭제한 채 마치 수학과 기하학 그리고 물리학적인 이론들 속에서 그것들과 잘 어울리지 못한 채 빠져나온 것 같은 시였다. 그것은 근대를 형성하는데 이론적으로 기여한 그러한 원론적 사유와 이론과 지식들을 비판 대상으로 삼은 것이었다. 그는 원론의 수준에서 근대를 구성해왔고 또 점차 더 견고하게 구성해갈 이론적 기초들에 대해 비판적으로 맞섰다. 이러한 시들은 이론적인 가면 속에 너무나 깊이 숨어 있어서 그 비판적인 면모를 눈치채기가 심히 어렵다.

이상은 그러한 이론적 가면의 깊이 속에 숨어있던 비판과 저항의 측면들을 〈얼마 안되는 변해〉에서는 치욕적인 슬픔과 충동적인 변신술적 상상력으로 바꾸어 전개했다. 다른 한편으로 〈황의 기〉 계열의 '개'를 통해서는 이러한 근대적 문명의 지식과 제도에 대한 야수적인 적대감을 드러냈다. 〈얼마 안되는 변해〉에서 그의 묘지는 수치스러운 자신의 이러한 행적에 대한 자기비난으로서, 그리고 그 모든 식민지적 압박에 대한 종교적 殉死로서 정의되었다. "해답은 어디까지나 그의 기독교적 殉死의 공로를 주장하였다. 그는 비로소 묘지의 지위를 정의하였다." 그 이후 진행되는 이야기들은 죽음을 향한 그의 '骨片의 산보'와 그의 새로운 창세기적 부활에 대한 것이다.

그는 지구의 연령을 보여주듯이 늘어서 있는 철도 선로 옆 제방의 포플라 나무들을 바라보며 지나간다. 그는 묘지와 관의 상상력을 이끌면서 지구의 연령을 거슬러 올라가며 머나먼 원시시대를 향해 걸어가는 것이다. 그것은 이 황량한 시대를 거슬러 가는 것이기도 했다. 그에게 '무덤'이란 지구의 시들어간 에로티즘을 은닉하는 충실한 단추처럼 생각되었다. "리벳트와 같은 묘지를 보고 그것이 지구를 표창하는 훈장이라고 생각하지 않는가. 혹은 같은 의미에서 지구의 시들어간 에로티즘을 은닉하는, 그것이 충실한 단추라고 생각하지 않는가."라고 그는 말했다. 살들이 다 썩어 없어지고 뼈만 남아있을 이 묘지를 그는 황량한 지구의 단추라고 표현했다.

이 '단추'에 대해 우리는 이상과 함께 밤거리를 산보했던 서정주를 통해서 들어본 적이 있다. 어떤 술집 주모의 단추를 그녀가 비명을 질러댈 정도로 계속 심각하게 진땀을 빼며 눌러대던 그 장면을 말이다. 빛나는 훈장같기도 한 단추는 여성에게는 에로티즘적 분위기를 암시하는 것이기도 하다. 그 단추들은 그녀의 육체를 옷으로 감싸도록 해준다. 그것들은 봉긋 솟아오른, 육체의 비밀을 담고 있는 에로티즘적 표징들이다.[219] 무덤이란 대지의 단추는 그러나 이상에게 그것이 본래 지닌 가치를 역전시키는 것으로 작용한다. 서정주가 보았던 장면에서 이상이 눌러대던 주모의 단추도 역시 마찬가지이다. 그것들은 이제는 말라버린 에로티즘의 빈약한 흔적으로만 남아있다.

그는 겨울의 차가운 빗속을 걸어가면서, 그 시대 무덤의 터널을 통과해 간다. 그렇게 그는 말라버린 에로티즘의 시대를 거슬러 간다. 에로티즘이 충만했던 고대적 시간으로 시간의 흐름을 거슬러

---

[219] 마면의 〈가두유행풍경화〉에 그러한 단추의 에로티즘이 언급되어 있다. "더구나 이즘의 尖端服의 型의 추한 남성들로 추한 연상을 짓게 하는 것이 있으니 그 짧은 스카ー트와 바람과 노출의 트리오는 말고도 그대들의 스카ー트와 셋드가 연락된 곳이 한개의 단추로 겨우겨우 이어져 있다는 것은 지극히 그대의 禁斷의 보물을 손가까운 것으로 여기는 불측한 생각들을 갖게 하지 않을까?" (《신여성》, 1933.10, 120쪽) 마면은 남자들에게 관능적 욕망을 불러일으키는 여자들의 최신 유행패션에 대해 한마디 한 것인데, 남자들의 불측한 상상력을 자극하는 것은 바로 그 패션을 아슬아슬하게 이어주는 단추였다.

그는 가는 것이다. "어떤 그한테 끌리어서 그라는 骨片은 방향을 거꾸로 걸었"던 것이다. 그는 도로를 통과하고 곧 이어 기차를 타고 여행한다. 그런데 이 매우 근대적인 교통로가 그에게는 환상적인 상상의 미로로 변화된다. "도로는 삘딩에로 이어지고 삘딩은 또한 가랑비 속으로 이어져 있다"고 그는 말한다. 그는 편안히 쉴 수 있는 처소를 찾고 있지만 대도시 도로는 그를 빗속의 미로에 빠뜨린다. 갑자기 그는 기관차라고 착각했던 객차를 정거시켜 그것을 잡아탄다. 이 환몽적인 기차 속에서 그의 '자유로운 에스프리'가 전개된다. 그는 앞에서 관통 내부에 설계했다고 하는 벽면 낙서판을 이 환상적인 객차 속에 펼쳐놓는 것이다. 타고 가는 객차가 갑자기 棺桶의 내부로 변화된 것이다. 거기서 이상은 고대 미개인의 낙서 흔적을 발견한다. 그 희미한 흔적은 물론 이상 자신의 상상 속에서 나온 것이다. "〈비의 電線에서 지는 불꽃만은 죽어도 역시 놓쳐버리고 싶지 않아〉 운운."

이 미개인의 낙서라는 것은 창밖으로 엿보인 두명의 나이어린 娼妓가 비를 피해 한대의 비단 파라솔을 쓰고 가는 장면에서 비롯된 것이다. 그 모습에서 이상은 "인생을 횡단하는 장렬한 방향"을 확인하게 된다. 마치 그것을 확인시켜주듯이 빗 속에서 그 비단 파라솔 첨단에 번개가 친다. 삽시간에 기차 객실은 관통으로 변하고, 거기에서 미개인의 낙서가 발견되는 것이다. 그 낙서에 표현된 "비의 電線에서 지는 불꽃"이란 바로 기생들이 쓴 파라솔 첨단에서 번쩍이며 빛난 번갯불을 말한다. 갑자기 원시적인 무덤 속 서판을 환하게 드러내주는 이 순간적인 섬광이란 과연 무엇일까? 그리고 어린 시절에 이미 상업적인 풍류계에 종속된 이 창기들을 빗줄기에서 보호해주는 이 비단 파라솔은 무엇을 상징하는 것일까? 이상은 마치 스쳐지나가듯이 이 장면을 가볍게 처리했다. 아마도 습작으로 생각했기 때문에 그 뒤에 있어야 할 여러 가지 이야기들을 뒤로 미루어놓았던 것은 아닐까? 우리는 뒷 부분에서 이 '파라솔'에 대해 생각해볼 기회를 가질 수 있을 것이다.

이상은 부채와 放射狀에 대한 자신의 독특한 상상적 기호체계를 갖고 있었다. 그러나 이 부분에서 그는 파라솔을 가볍게 흘리듯이 지나쳐서 갑작스럽게 과일들의 환상적인 변신술로 이끌려간다. 아마도 그것은 파라솔에서 번쩍인 그 번갯불이 갖는 변신술적 마력에서 비롯했을 것이다. 그는 다음과 같이 묘사했다.

한 개의 능금의 껍질을 벗기자 한 개의 배로 되었기 때문에 그 배의 껍질을 벗기자 한 개의 석류로 되었기 때문에 그 석류의 껍질을 벗기자 한 개의 네블로 되었기 때문에 그 네블의 껍질을 벗기자 이번에는 한 개의 무화과로 되었기 때문에….

걷잡을 수 없는 暴虐한 질서가 그로 하여금 그의 손에 있던 나이프를 내동댕이쳐 버리게 하였다. 내동댕이쳐진 小刀는 다시 소도를 낳고 그 소도가 또 소도를 낳고 그 소도가 또 소도를 낳고 그 소도가 또 소도를 분만하고 그 소도가 또…….[220]

여기에 등장하는 과일은 능금과 배와 석류와 네블(오렌지)이다. 이것들은 모두 이상이 생식적 성의 상징으로 삼는 과일들이다. 〈실화〉의 여주인공인 姸이의 살결은 능금에 비유되었다. "연이의 살결에서는 능금과 같은 신선한 生光이 나는 법이다."라고 이상은 썼다. 이

---

220 임종국, 앞의 책, 283쪽.

에로틱한 과일의 껍질에 대해 그는 말한 것이다. 그는 이러한 에로틱한 껍질의 내부로 육박해들어간다. 석류는 〈종생기〉에 나온다. "한 번 석류나무를 휘어잡고 나는 폐허를 나섰다"에서 석류나무는 그 위에 선조들과 연관된 호두나무와 은행나무를 대체한 나무이다. 즉 집안의 기둥과 혈통에 대한 관심은 '나'의 성적인 관심으로 대체된 것이다. 이상은 이러한 생식적인 과일의 껍질 속으로 파고들어간다. 그러나 하나의 과일 껍질 속에는 또 하나의 껍질이 있다. 위의 과일들은 모두 성경 창세기에서 구전되는 설화 속에서 생명의 과일들이다. 마이클 조던은 성경의 창세기 설화와 관련되는 구전설화 속에서 에덴동산의 과일은 사과와 무화과, 배 등으로 나타난다고 했다.[221]

우리는 파라솔에 번쩍인 번개불 때문에 갑자기 이상에게 무한한 변신술적 환상이 가능하게 되었다고 해석할 수 있다. 그의 기차는 관통 속으로 변했고, 그가 깎으려고 들었던 사과와 칼도 그러한 변신술적 환상 속에서 무한한 변화, 그리고 속도감있는 변화 속에 빠져든다. 따라서 그의 환상적인 기차여행은 무한한 변신술적 여행을 지향하는 것이라고 하겠다. 파라솔 꼭대기에서 방전된 번갯불은 말하자면 강력한 생식력을 내려준 불꽃임을 알 수 있다. 과일을 깎는 칼은 그러한 생식력을 어두운 굴 속에서 메아리처럼 울리게 하는 것 같다. 칼은 무수히 다른 칼을 낳는다. 고대 미개인의 낙서는 바로 그것에

---

221 마이클 조던, 《초록덮개》, 이한음 옮김, 지호, 2001, 119쪽 참조. 석류도 이러한 설화의 연장선 상에 있다. "이 낙원에서는 석류같은 맛있는 열매가 나고 – 몰약과 침향(알로에)같은 온갖 그윽한 향료가 나는구나"(《아가서》 4:13~14) 조던은 이 '솔로몬의 노래' 속에서 향신료의 성적인 의미를 드러내면서 이 석류 이야기를 삽입했다. 그는 '솔로몬의 노래'에서 "향신료는 밀회대상인 수수께끼의 술라미 여성의 몸을 묘사하는 장면에 언급되는데, 성적인 의미를 강하게 담고 있다."고 말했다(위의 책, 132쪽).

관한 것이었다. 그 축복의 불꽃은 이 시대에 상업적으로 복속된 어린 기생들의 파라솔에 내리꽂혔다. 그 강렬한 에너지를 이상은 마치 총알의 탄도처럼 느끼고, 인생을 횡단하는 장렬한 방향을 거기서 확인하였다고 공언하고 있는 것이다.

서정주와의 술집순례에서 창부타령을 구성지게 잘 불러제꼈던 이상의 노래 실력으로 보면 이 결정적인 장면에 어린 창기가 등장한다는 것이 그렇게 이상한 것은 아니다. 그는 이보다 조금은 뒷 일이지만 기생 금홍과 함께 다방 제비를 경영했고 그녀와 함께 살기도 했다. 〈산촌여정〉에서는 기생화(기상꽃)에 대해 말하기도 한다. "아마 여기 필 기생꽃은 분명히 蕙園 그림에서 보는 것 같은—혹은 우리가 소년 시대에 보던 떨떨이 인력거에 紅日傘 받은 지난날의 삽화인 기생일 것 같습니다."

이상에게 기생은 혜원 신윤복의 아름다운 풍속화 속에 들어있는 단아한 여성이었다. 꽃과 일산(파라솔)은 이러한 기생의 화려한 장식품이다. 기생이란 존재는 우리의 역사 어디까지 거슬러 올라가는지 아직 정확히 알 수 없다. 그것은 매우 오래된 고대적인 분위기를 띤 제도 속에 있는 것이다. 기생의 연원이 신라 시대 화랑제도의 첫머리에 있는 源花에 있거나 아니면 그 이상으로 거슬러 올라간다고 주장하는 사람들이 있다. 육당은 성스러운 신전에서 매춘을 했던 고대의 여사제들에 대해 언급하기도 했다. 그는 기생이란 고대 신전의 성스런 창녀에서 비롯했을 것이라고 추정한다.[222] 후대의 상업적 매춘행

---

222 육당은 고대 바빌론과 희랍, 인도 등에 있었던 성스런 창녀(聖娼)에 대해 말했다. "聖別된 여자라 하는 義"를 갖는 이 창녀는 조선의 '사당'과 신라 화랑을 이끌었던 남모와 준정 같은 여인들에게서도 발견된다고 했다. 그는 우리 기생의 기원이 본래 揚水尺에 있다는 이익의 설을 비판하면서 기생의 진정한 기원도 "마땅히 고대의 聖娼에서 구할 것임을 우리는 생각한다."고 했다(최남선, 〈매

위와는 전혀 다른 방식인 신성한 종교적 행위로 그녀들은 매춘을 했었다. 그것은 신전에서 배양된 신성한 생식력을 분배해주는 제도였다. 고대적인 신화와 종교 속에서 우리는 이러한 것들을 많이 볼 수가 있다. 이상이 그러한 것들에 대한 역사적 지식을 갖추었다고 보기는 어렵다. 그는 단지 순간적인 직관적 상상 속에서 창기들의 매춘적 습성을 떠올렸을 것이다. 그는 그러한 것을 상업적으로 제도화하고 이용하며 착취하는 근대적 힘들을 파라솔과 번갯불의 이미지로 퇴치함으로써 그녀들의 존재와 삶을 순간이나마 순화시켰다고 할 수 있다.

번개는 자연의 생식력을 증폭시키는 가장 원초적인 에너지이고 가장 강력한 에너지이다. 어떤 연구자에 따르면 천둥과 번개 때문에 땅속에는 엄청난 양의 비료가 생산되며, 물 속에서는 생명력 넘치는 에너지로 가득차게 된다고 한다. 그래서인지 번개는 모든 신화에서 가장 중요한 신들의 힘을 표상하는 것이다. 힌두교의 인드라와 희랍의 제우스는 모두 번개를 일으키는 무기를 갖고 있다. 그것은 악한 것들을 징벌하는 강력한 에너지이다. 다른 신화에서 이러한 번개신들은 태양의 신이기도 하다. 이상이 기차 객차 속의 어둠 속에서 발견한 이러한 번갯불은 그래서 태양과 연관되는 것이 어색하지 않다. 그는 자신의 머리 속에서 일어난 이러한 변신술적 환상을 "뇌수에 피는

음의 종교적 기원〉, 《괴기》 제2호, 1929.11.). 육당보다 앞서서 한 필자는 기생의 역사가 매우 오래되었으며 고구려의 遊女나 그 이전으로 거슬러 올라간다고 했다. 그가 언급한 부분은 다음과 같다. "이 기생은 경성의 명물 아니 조선의 명물인 동시에 그 역사가 또한 오랬다. 往古 檀箕시대는 사적이 자세치 못한즉 기생이 있던 여부도 可考할 바가 없으나 女紅余志에 "秦韓, 出異妹 後周書 高句麗 遊女"라는 부분에 주목하여 고구려에 이미 기생과 유사한 존재가 있었다고 보았다. 그는 삼한과 삼국시대에 이미 유사기생이 있었던 것이 사실이라고 했다.

꽃"이라고 하면서 그것을 태양의 모형처럼 간직할 것이라고 했다.[223] 그리고 그는 어느날 한 낮 한 그루 나무를 껴안고 그러한 번갯불의 신화를 이어가려 한다. 즉 그는 이 세상에 다시 없이 아름다운 그러한 접목을 위해서 그 나무와 성교를 한다. "그래가지고 그는 그것을 그 水莖에 삽입하였다. 세상에 다시 없는 아름다운 접목을 실험하기 위해서." 그는 마치 신이 아담의 늑골을 가지고 이브를 창조하듯이 자신의 늑골을 더듬어본다. 그가 나무뿌리에 삽입한 것은 바로 그 늑골이었던 것이다.

이러한 이상의 무의식적 환상적 묘사에는 고대의 초목신적 이미지가 작동하는 것처럼 보인다. 그는 우리의 아도니스가 되려고 했던 것은 아닐까. 물론 이러한 환상적인 행위들은 그의 원시적 사유의 지형도를 우리에게 보여줄 뿐이다. 그것은 현실적으로 어떤 성공적인 결과물들을 가져다주지 못한다. 그 후 그가 보여준 자궁확대모형과의 성교행위 그리고 그가 설계한 거울에 대한 물리적 생리수술 등에 보이는 인공적인 생식적 환상들 역시 그러한 환상의 공허한 결과들만을 남긴다. 인공적인 지식과 '야만적인 법률'은 모두 황무지적인 공허한 결과만을 낳을 뿐이다. 그는 근대적인 천문학에 의해 마치 광산처럼 황폐하게 변한 별들과 달에 대해 묘사한다. "그는 공복과 피로와 함께 문제의 그 별을 쳐다보았다." 그는 "조용히 四角진 달의 採鑛을 주워서, 그리고는 지식과 법률의 창문을 내렸다. 採鑛은 그를 싣고 빛나고 있었다." 이제 근대 천문학에 의해 물질적인 대상으로 변한 달을 그는 이렇게 기하학적 광물학적 시각으로 묘사한다. "사각진 달의 採鑛"이라는 기묘한 표현은 그가 〈건축무한육면각체〉에

---

223 〈얼마 안되는 변해〉, 김주현 편, 《이상문학전집 3》, 155쪽.

서 보여준 '사각이 난 원'과도 같은 표현이다. 여기서는 그러한 삭막한 기하학에 광산처럼 채굴 대상으로 전락한 광물학적 달 이미지가 추가되어 있다. 이러한 달의 광선 속에서 그는 붕어처럼 아름답게 변하면서 "잘 제련된 보석을 교묘하게 분만"하였다고 했다. 여기서 붕어와 보석은 백화점적 이미지이다. 이상이 〈날개〉나 〈AU MAGASIN DE NOUVEAUTES〉에서 보여준 수족관 이미지가 여기에도 있다. 그의 창세기적 변신술은 고고학적 골편의 산보 속에서 화려하게 전개되었지만, 이러한 우울한 결론 즉, 백화점의 보석처럼 잘 연마된 채 사각형 상자 속에 갇힌 보석 이미지로 끝나고 말았다.

2) 근대적 황야의 산보—'개-인간'의 텍스트

① 獚이란 무엇인가

이제 그의 다른 유형의 산보인 '근대적 황야의 산보'에 대해 말해보기로 하자. 이 주제와 관련된 작품들은 이미 보았듯이 〈1931년(작품 제1번)〉 〈황〉 〈황의 기(작품 제2번)〉 〈유고3〉 등이다. 이것들은 모두 이상의 자화상들인데, 특히 자연적인 동물성과 문명화된 자아의 분열상을 다룬 것들이다. 그런데 단순히 분열 양상을 보여주는 것보다는 그 둘을 대화론적으로 엮어간다는 측면에 초점이 맞추어져 있다. 이렇게 자연과 문명의 분열적 양상을 대화론적 방향으로 이끌어가는 것은 우리의 경우 이상에게서만이 거의 유일하게 나타난다고 할 수 있다. 그리고 이 의의는 그의 독특한 수준과 성과에서볼 때 거의 세계문학적 의의를 부여할 수 있을 정도이다. 우리는 〈지킬박사와 하이드씨〉나 〈프랑켄슈타인〉 이상으로 독특한 동물인간적 형상을 하나 갖게 된 셈이다. 그의 '개'는 항상 인간에 붙어다니면서 그를 자연의 입구에 세워놓는다. 그 '개'는 이상 문학의 공식적인 출발기인 1931년에 처음 '獚'이라고 명명되었다. 이상은 〈황의 기〉 부제에 자신의 목장을 지키는 개에게 '황'이라고 이름을 지어 주었다고 썼다. 말하자면 그 개는 목장을 수호하는 동물이다. 그리고 이 '목장'이란 것은 이상에게 따로 어디 있는 것이 아니고 그를 둘러싼 자연 일반을 뜻한다.

이 계열의 시들에서 기본적인 주제는 자연과 문명의 대립이다. 그 것은 점차 자연을 황폐하게 만들어가면서 모든 것을 인공화해가는 근대 사회 속에서 '개'로 상징되는 자연적 생명력의 저항과 방황에 대해 말한다. 먼저 〈황〉에서 '개'가 자신을 유폐시키는 여인을 죽여달라고 하는 이 환상적인 스토리에 대해 생각해보자. 거의 대다수 연구자들이 첫줄에 나오는 시계를 해석하는데 실패하고 있다.

> 시계를 보았다 시계는 서 있다.
> ....먹이를 주자...나는 단장을 분질렀다 X아문젠용의 식사와 같이 말라 있어라 X순간,
> .....당신은 MADEMOISELLE NASHI를 잘 아십니까, 저는 그녀에게 유폐당하고 있답니다 ....나는 숨을 죽였다.[224]

이어령은 '獚'이 이상이 한자로 조작해낸 개의 이름이며 이상의 육체성을 상징한다고 해석했다.[225] 그러나 이 글자는 자전에 나오는 것이다. 《한어대자전》을 보면 獚에 대해 이렇게 설명하고 있다. "獚 狗名. 耳大下垂, 毛長有光 善臭, 亦善游水, 迹善于在荊棘".[226] 즉

224 임종국, 앞의 책, 292쪽.
225 이어령 역주, 《이상시전작집》, 갑인출판사, 1977,172쪽.

황은 개 이름인데, 귀가 크고 아래로 쳐졌으며, 털이 길고 빛이 나며, 냄새를 잘 맡고, 물에서 놀기를 잘 하며 가시밭에서도 잘 뛰어다닌다는 것이다.

이어령은 이 시의 첫부분에서 서있는 시계의 태엽을 감는 것을 모이를 주는 것으로 표현했으며, 정지된 시계는 정지된 이상의 육체적 기능을 의미한다고 했다.[227] 즉 시계 태엽을 감는 것은 이상의 잠든 동물성을 일깨우는 것이라는 말이다. 김윤식도 이 해석을 그대로 따르고 있다. 이러한 오해는 다른 텍스트들에서 '황'이나 '개'의 의미를 이해하는데 크게 방해가 될 수 있다. 이상의 전체 텍스트에서 시계는 근대적인 시간의 분할 즉 기계론적으로 수량화된 시간의 척도이다. 수없이 나오는 시계 이미지는 한번도 육체적 혹은 자연적 리듬을 가리킨 적이 없다. 오히려 여기서 시계는 바로 뒤에 나오는 마드므와젤 나시와 연관되는 유폐적 이미지로 읽혀야 한다. 멈춰서 있는 시계는 근대생활을 지배하는 공식적인 리듬에 무관심한 '나'의 생활을 의미한다. 뒤에 나오는 '나'의 龕室과 깊은 금침은 우리에게 익숙한 이상의 이미지 즉, 이 세상과 아무 상관없이 살아가는 칩거생활을 암시하는 것이다. 그러한 칩거생활은 밖의 규칙적인 생활리듬과 무관하며 따라서 그의 시계는 방치되었던 것이다. 그렇게 방치되어버린 시계 태엽을 감는 순간 자신 속의 개가 부르짖으며 호소하기 시작한다. 그것은 다시금 그러한 시간의 명령과 시간에 대한 강박관념에 쫓기는 생활을 이제 다시 살아난 시계가 불러들이기 시작하기 때문이다. 유폐란 그러한 근대적 시간들로 측정되고 분할되는 생활 속으로의 유폐인 것이다.

---

226 《漢語大字典》, 四川事典출판사, 1987, 1367쪽.
227 이어령, 앞의 책, 172쪽.

나시란 여인은 그러한 생활에 충실한 여인일 것이고, 또한 '나'를 포로로 만들고 있는 여인일 것이다. 그 여인에게 붙잡혀 있는 것은 사실은 '나'이다. 개가 그 여인을 죽여달라고 말하면서 나에게 건네준 "구식처럼 보이는 피스톨"은 사실은 나의 성기이다. 이 피스톨이 성기라는 것은 이어령의 해석에서 처음 나온 것인데 적절한 것 같다. 그런데 이러한 부탁을 받은 나는 개가 내민 피스톨처럼 거무스레 수척해갈 뿐이다. 그는 정작 그 여인을 죽이지(성적으로 굴복시키지) 못하고 있는 것이다. 그렇게 다만 우울한 방의 깊은 이불 속에서 겨울이 지나고 "꽃이 매춘부의 거리를 이루고 있(는)" 봄이 온다. 개가 준 나의 성기는 이 생명력이 움트는 봄, 성이 봄 거리의 꽃들처럼 상품으로 거래되는 지역(유곽)에서 발동한다. 그러나 이미 개는 백발노인처럼 늙어버렸다. 개는 '나'의 타락한 길거리의 성행위(이것이 바로 〈가외가전〉의 주제이다)를 통해서 타락한 방식으로 간신히 생명을 유지한다. 그것은 내 속에서 굶주려 있는 생식적 동물성이다. 그러나 그것은 "실같은 봄이 와서 나를 피해가는" 것처럼 그렇게 빈약한 모습으로 근근히 살아갈 뿐이다.

이 작품은 자신 속에서 자연의 충동적인 생명력의 상징적 이름인 '황'을 발견하고 그와 상상적 대화를 펼쳐가는 독특한 면모를 지닌다. 최신 유행에 사로잡혀 있을 것 같은 한 여인의 이름(마드므와젤 나시)을[228] 제시하고 그녀에 대한 갈망에 사로잡혀있는 '나'의 상황

---

228 이 '나시'에 대해 이경훈은 주목할만한 해석을 했다. 그는 그것이 일본어 나시(なし) 즉 배(梨)의 일본발음이라는 것이다. 그것은 〈1931년〉에 등장하는 '梨孃'이며 혼혈아 Y라고 했다. 그는 이것이 매춘부를 강력히 암시하는 이상의 용어로 생각했다. 이경훈, 《이상, 철천의 수사학》, 소명출판, 2000, 189쪽 참조. 이러한 해석을 받아들이면서 나는 〈불행한 계승〉에 나오는 '나기' 양을 이 '나시'와 연관시켜볼 수 있지 않을까 생각해본다. 거기에는 "케티 폰 나기 같이 아

이 은밀하게 전체적으로 깔려있다. 이 미묘한 갈등의 드라마는 나와 여인과 개 사이의 갈등이다. 나는 자신의 내면을 성찰하면서 점차 이 개의 진실을 확인하고 그와 친해지는 방향으로 나아간다.

우리의 이러한 해석을 좀더 치밀하게 밀고 나가는데 이상의 〈1931년(작품제1번)〉과 〈황의 기(작품제2번)〉는 많은 도움을 준다. 그 두 작품은 모두 '개'를 가두고 압박하며 해부하는 대학병원이란 근대적 의학제도를 등장시킨다. 〈1931년〉에서 그 병원은 '第四병원'이다. 이상은 아마도 의도적으로 四라는 글자를 썼을 것이다. 그것은 '사각형'을 뜻하는 기호일 것이다. 그것은 근대 건축 기하학을 표상하는 대표 기호이다. 아마도 이것이 죽음을 의미하는 死와 동음이의어적인 관계에 있다는 것도 고려되었을 것이다. 그런데 이 작품은 인공적인 모조품이 자연스럽게 생활의 한 가운데로 파고들어있는 것같은 상황을 묘사한다. 주치의는 마치 물건처럼 도난되고, '나'는 간호부 인형을 구입하며, 모조맹장을 제작하기도 한다. 인체는 마치 인공적인 부품들처럼 자리를 마음대로 뒤바꿔 끼워넣을 수 있는 것처럼 묘사된다. 병도 뒤죽박죽이어서 폐는 맹장염을 앓기도 하며, 심장은 어디에 있는지 알 수조차 없다. 피는 무기물과 혼합되어 있으며 뇌수는 교체될 수 있고, 정충은 유기질이 분리될 수 있다. 마치 막스 에른스

름다운 오뎅집 딸"에 대한 이상의 애정 표현이 나온다. 케티 폰 나기(Kathe von Nagy)는 유고 출신 배우이자 감독인데 독일과 미국에서 활동했다. 여기에서 이상은 나기 양에게 "당신만 해도 모노그램과 같은 백금선의 바둑무늬란 말이오."라고 했다. 이상은 나기 양을 누이처럼 생각하려 애쓰며 그 대신 창녀인 은선과 사랑을 한다. 은선은 나기 양에 대한 이상의 생각을 조롱하듯이 "그런 이상야릇한 여자 좋아할 것은 뭐에요. 내가 사랑해드릴게요."라고 말한다. 결국 이상이 사랑하는 나기 양은 여기서는 매춘부는 아니며, 백금선의 바둑무늬처럼 기하학적 무늬를 그려놓은 패션 속에 있다. 그것이 그의 사랑을 어렵게 만들고 있다.

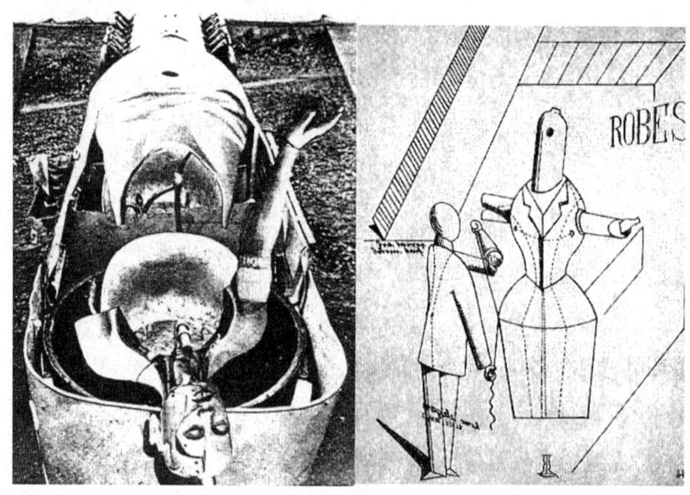

M. 에른스트의 그림
左: 〈젊은 신부를 해부함〉, 1921. / 右: 〈피아트 모데스 예술을 타도하라!〉, 1919.

트의 초기 작품들에 나타난 인공적인 신체 이미지들처럼229 이상은 자신의 신체를 인공적으로 자유롭게 조작될 수 있는 이미지로 그렸다. 이러한 것들은 근대적인 해부학과 신경학 체계 속에서 작동하는 근대 의학의 기계론적이고 비유기적인 시각을 패러디하거나 희화적으로 과장한 것이다. 인체에 대한 이러한 의료적 시각이 일반적인 것

---

229 막스 에른스트의 초창기 작품들 중 〈피아트 모데스 예술을 타도하라〉 연작 (1919년)을 보면 인공적인 인간의 마네킹적 풍경이 나타난다. 기하학적 도형과 원근법을 유머있고 재치있게 전도시킨 이러한 도형들에서 에른스트는 베르너 슈피스에 의하면 '오토마티즘과 결정성 사이의 경계'를 탐구했다. 아마도 이러한 인공적 마네킹 인간들은 기하학적 결정성과 비결정성 사이의 대화적 상상력에 의해 만들어진 것이 아닐까? 비결정성이란 기하학적 도형들이 우연하게 배치되고 왜곡되며 갑작스럽게 결합되기도 하는 등의 여러 가지 현상들을 말한다. 막스 에른스트의 해당 그림과 슈피스의 견해에 대해서는 베르너 슈피스, 《막스 에른스트》, 박순철외 역, 열화당, 1994, 10쪽을 보라.

으로 작동하는 제도 속에 '개'는 유폐되어 있다. 내가 야음을 틈타서 그러한 병원의 병실을 뛰쳐나왔을 때 "개가 짖었다."고 했다. 즉 병실을 탈출해 나왔을 때 비로소 개는 짖어댐으로써 살아있다는 징표를 밖으로 표출한 것이다.

② 이상의 숫자 13

이 작품은 〈황〉의 첫머리에서부터 근대세계의 규칙적인 척도를 들이대듯이 등장했던 시계를 전도시킨다. 〈1931년(작품 제1번)〉에서 이상에게 중요한 상징적 의미를 띠는 13이란 숫자가 태어난다.

나의 방의 시계 별안간 十三을 치다. 그때, 號外의 방울 소리 들리다. 나의 탈옥의 기사.

불면증과 수면증으로 시달림을 받고 있는 나는 항상 左右의 기로에 섰다.[230]

12개의 숫자판으로 한정되어 있는 시계에서 13을 쳤다는 것은 그러한 시간의 체계 밖으로 빠져나왔다는 의미일 것이다.[231] 그것을 밖으로는 "나의 탈옥"이라고 했으며, "나의 내부로 향해서 도덕의 기념비가 무너지면서 쓰러져 버렸다"고 한 것이다. "12+1=13[232] 이튿

---

230 임종국, 앞의 책, 280쪽.

231 우리는 12라는 숫자의 의미를 〈운동〉과 〈LE MAGASIN DE NOUVEAUTES〉에서 분석했었다. 그것은 대도시의 백화점적 질서를 관장하는 꼭지점이었다.

232 김주현에 의해 본래 원문이 "13+1=12"라고 확인, 수정되었다(김주현, 《이상문학전집 1》, 191쪽). 임종국의 《이상전집》에서도 그렇게 되어 있다. 그런데 혹시 원문이 이상의 원고를 잘못 인쇄란 것은 아닐까? 여기서는 '13'이란 숫자를 강조하기 위해 '12+1=13'으로 보고자 한다.

날(즉 그때)부터 나의 시계의 침은 三개였다." 그는 여기서도 시계의
두 바늘이 가리키는 이분법에서 빠져나간다. 이상은 이 시를 12개
항목으로 나누어 썼다. 시계에 대한 이야기는 10번째 항목에 있다.
이러한 것이 의도적인 배치인지는 정확히 알 수 없다. 그러나 여기에
등장한 13이란 숫자가 지닌 상징적 의미는 〈오감도〉 중 〈시제1호〉
에서 도로를 달리는 13명의 아해들과도 긴밀하게 관련되지 않을 수
없다. 그들 역시 12로 상징되는 근대체계의 도로(근대도시의 혈맥
인)에 무섭게 도전하며 달려든 것이다. 13명의 무서운 아해들의 달
리기는 여기서 '나'의 탈옥행위와 분명히 대응된다.

　이상과 살았던 변동림은 〈시제1호〉의 까마귀와 13을 불길한 것으
로 해석했다. "동양의 불길한 '까마귀'와 서양의 불길한 숫자 '13'을
구성해서 무서운 그림을 그린거다." 그녀는 이 까마귀를 일본을 상
징한 것으로 생각했다.[233] 까마귀와 13을 불길하게 생각하는 이러한
견해는 당시에 거의 일반적인 상식이었던 것 같다. 서광제의 글을 보
면 13이 불길한 숫자로 분명히 드러나 있다.

　　k가 아침을 먹고 가방을 끼고 x잡지사에 출근하기도 시계가 열시를
　가리킨 때이었다. k는 오늘 아침부터 기분이 매우 좋지 못했다. 그가
　거울 앞에 서서 넥타이 맬 때에 벽 뒤에 걸린 캘린더가 13일을 가리킨
　까닭이었다. 더구나 면도를 하다가 날카로운 칼에 두 군데나 포를 떴
　으며 구두를 신을 때 끈이 끊어져서 그의 기분을 더욱 불쾌하게 하여
　주었다.[234]

---

233 변동림, 〈理想에서 창조된 이상〉, 《그리운 그 이름 이상》, 183쪽.
234 서광제, 〈그 여자와 13〉, 《삼천리》, 1933.3.

서광제는 13이란 숫자를 여러 가지 불길한 일들의 전조로 사용했다. 그는 13이 불길하다는 상식을 달력의 13일을 통해 보여준 것이다. 그보다 2년 뒤에 발표된 김억의 글에서도 13이란 숫자의 불길함을 확인할 수 있다.[235]

그러나 이상은 언제나 당시의 이러한 상식을 뒤집는데 선수였다. 그의 역도병적 성격(자신의 동물성이 인위적인 사회질서를 뒤집는)이 그를 그렇게 이끌었던 것이다. 그에게 13은 이 상식적인 세계의 관념을 뒤집는데 가장 적절한 숫자였을 것이다.

사실 13이란 숫자가 불길해진 것은 그것이 악마적 숫자였기 때문이었다. 그것은 오토 베츠에 의하면 본래는 모성적인 숫자였다. 13은 모계시대의 신성한 주기였던 월경 주기를 뜻했던 것이다. 오토 베츠는 가부장제에 의해 그러한 모계적 신성성이 퇴출되면서 악마화되었다고 했다.[236] 프란츠 칼 엔드레스는 이 13이란 숫자의 명암을 여러 세기에 걸쳐 판독해냈다. 그에 의하면 이 숫자의 불행은 중세 기독교 신학까지만 해도 아직 시작되지 않았다. 본래 헤브라이 전통에서 13은 신성하고 상서로운 수였다. 카발라는 13을 행운의 수로 기록했다는 것이다.[237] 중세 기독교 신학만 해도 13의 부정적 측면을

---

235 김억, 〈길? 흉?〉, 《중앙》, 1935.4. 김억은 이렇게 말했다. "서양서는 수의 13 과 曜의 금요일을 大凶하다 하면서 이전에는 13일이나 금요일에는 船人들이 行船을 절대로 하지 않던 것이외다. 物情이 모두 새로 주어진 현대에서도 조그만 배는 떠날때는 결코 행선을 하지 아니한다니 새삼스러이 미신의 위대한 힘에 놀래지 아니할 수 없는 일이거니와 수의 13이 흉하다는 소이는 예수 그리스도 때문에 생겼으니 그 옛날 예수 그리스도가 십자가에서 돌아가기 전날 저녁에 같이 저녁밥을 먹은 제자가 13이었던 것이외다. 그 중에는 자기의 선생을 은전 서른 兩에다 팔아잡수신 '가롯 유다'도 섞였으니 이 13인 중에는 나쁜 녀석이 있었다는 생각으로 그들은 수의 13을 싫어하는 것이외다."

236 오토 베츠, 《숫자의 비밀》, 배진아, 김혜진 역, 다시, 1999, 151쪽 참조.

237 프란츠 칼 엔드레스. 안네마리 쉼멜, 《수의 신비와 마법》, 오석균 역, 고려원미

거의 다루지 않았다고 그는 말했다. 그러나 시간이 갈수록 13은 불행의 수로 굳어져 갔는데, 이 숫자에 대한 편견과 미신은 17세기에 비로소 형성된 것이라고 그는 주장했다. 그는 기독교 전통에서 볼 때 이것은 예수를 배반한 열세 번째 제자 유다와 관련이 있다고 보았다. 그러나 그는 이 숫자의 불행의 더 먼 연원을 밝히기도 했는데 그것은 황도 12궁에 대한 부정적 측면을 가리키는 13번째 궁인 까마귀 자리와 연관되어 있었다. "근동지방 문명에서는 이보다 훨씬 이전 황도 12궁이란 완결체계를 위반한 숫자-부정적 역할을 하는 열세 번째 궁은 '까마귀 자리'라고 불렀는데, '까마귀 자리'는 불행의 상징이었다."[238] 엔드레스는 고대 마야의 13신에 대해서도 소개했다. 거기서 시간을 나타내는 13신은 12 마리 새와 한 마리의 나비로 이루어져 있는데, 나비는 이 열세 신의 피라밋 배치도에서 꼭지점에 존재한다. 전회점을 나타내는 이 나비는 13신의 상징이었다.[239] 이렇게 13이란 숫자는 세계적으로 다양한 양상을 하고 있다. 기독교 전통이 강한 유럽에서 유독 그 불길한 측면이 부각되었던 것 같다.

물론 13이 갖는 이러한 여러 측면들이 이상의 작품에 나타나는 13과 직접적으로 관련되는 것은 아닐 것이다. 하지만 고대 근동지역의 13번째 궁인 까마귀 자리와 마야의 13신의 대표인 나비의 이미지는 이상과 관련해서 주목해볼만한 부분이 있지 않을까? 그것들은 모두 12를 위반한 것이거나 12 위에 있는 것이다. 이상의 〈시제1호〉의 까마귀는 거리를 질주하는 13명의 아해와 관련이 있다. 이상에게 시계의 숫자인 12가 부정적인 의미를 띤다는 점을 감안하면, 이 13은 분

디어, 1996, 209쪽.
238 위의 책, 206쪽.
239 위의 책, 208쪽.

명 12개의 숫자체계로 측정되는 근대적 시간 질서에 대한 위반을 암시한다. 이상의 까마귀는 위반하는 힘들을 주도하는 영적인 존재의 상징인 것은 아닐까. 이상에게 매우 중요한 이미지로 자리잡고 있는 나비는 숫자와 관련없는 것처럼 보인다. 단지 그것은 언제나 두 세계의 경계선에 자리잡고 있으며, 한쪽에서 다른쪽 세계로의 이행을 상징한다. 〈오감도〉 중 〈시제10호 나비〉에서 그것은 벽지의 찢어진 틈과 거울 표면에 자리잡고 있다. 그것은 벽의 바깥과 거울 밖의 세계로의 이행을 충동질한다. 마야 13신의 나비가 피라밋 삼각형의 꼭지점에 자리잡으면서 전회적인 특성을 보인다는 것도 이상의 이러한 나비의 특성과 비교해볼만 하다. 이상의 까마귀와 나비는 위반과 전회를 통해서 근대적인 세계의 거리와 거기 늘어선 것들의 질서로부터 빠져나와 새로운 차원으로 날아오르는 날갯짓을 의미한다. 이상의 악마적 충동은 이러한 점에서 위반의 13을 뜻하는 까마귀와 긴밀한 관련을 맺을 수 있을 것이다. 이 까마귀는 근대적 제도와 질서에 의해 억압된 대지적 충동, 이상이 악의 충동이라고 불렀던 것들을 이끌어내고 한껏 부풀어 오르게 할 것이다. 그것은 대지의 심연 속에 웅크려 있던 개들을 밖으로 뛰쳐나오도록 충돌질해 불러내는 것이지 않을까.

③ 황의 화원시장과 수량화의 세계

〈황의 기〉는 이러한 계열의 작품 가운데서 '개'의 성격을 가장 선명하게 드러낸다. 여기서 개는 본문 속에서 '獷'이라고 불리운다. 그것은 〈황〉에서는 '개'라고만 언급되었었다. '황'은 여기서 비로소 생생한 독립적인 성격을 획득한다. 황은 자신을 가두고 있던 대학병원 주치의 R 의학 박사의 오른팔을 뜯어내 나에게 가져온다. R은 고인

이 된 사람이다. 그는 대학병원 실험실에서 숱하게 해부한 개들의 영혼을 위로하기 위해 세웠던 희생동물 공양비를 제막한 사람이다. 그 일을 기념한 메달을 그는 가슴에 장식하기를 주저해서 계속 손에 쥐고 있었다. 그것을 손에 쥔 채로 죽은 그의 시체가 장례식장에서 황에게 팔을 도둑맞은 것이다. 이상은 자신의 주치의라고 〈1931년〉에서 소개했던 이 R박사를 이원론자라고 비판한다. 그는 좌우 뇌수를 연결하는 신경건을 암적인 것이라고 하면서 잘라낸 장본인이었기 때문이다. 그는 이원론적 분리론자였던 것이다. 이 문제는 이상의 전체 텍스트에서 줄곧 제기되는 좌우의 분리와 불균형 혹은 절름발이라는 이원론적 문제의 시작점을 보여준다. 여기서 황은 R의학박사('나'의 主治醫)로 대표되는 좌우 분리를 주장하는 세력들에 대해 철저하게 대립하는 존재로 부각된다. 그리고 그는 또 나를 역도병에 빠뜨리는 존재이기도 하다. 이 부분에서부터는 '내'가 황에게 완전히 압도당하며 이끌려간다.

봄은 5월 花園市場을 나는 황을 동반하여 걷고 있었다 玩賞花草種子를 사기 위하여...

황의 날카로운 취각은 파종후의 성적을 소상히 예언했다 진열된 온갖 종자는 不發芽의 불량품이었다

허나 황의 취각에 합격된 것이 꼭 하나 있었다 그것은 대리석 模造인 종자모형이었다

나는 황의 취각을 믿고 이를 마당귀에 묻었다 물론 또 하나의 불량품도 함께 시험적 태도로―

얼마후 나는 逆倒病에 걸렸다 나는 날마다 인쇄소의 활자 두는 곳에 나의 病軀를 이끌었다240

이 부분은 다른 텍스트들의 도움이 없이는 풀리지 않는 난해한 문맥을 갖고 있다. 본래 황은 나의 자연적 동물성을 가리키는 것인데, 이 부분에서는 자신의 본성과는 반대로 화원시장에 진열된 종자들 중에서 가장 인공적인 대리석 모조 종자를 권하고 있다. 이 부분은 매우 역설적이며 동시에 상징적인데 왜냐하면 화원시장의 진열품들은 시장에 유통되는 것들의 비생식적 측면을 암시하고 있기 때문이다. 그것들은 발아되지 않는 불량품들이다. 그런데 황은 아예 인공적인 대리석 모조품을 나에게 선택하도록 이끌었다. 황은 여기에 진열된 것들 중에 가장 비자연적인 것을 나에게 권한 것이다. 나는 그 후로 모든 것을 뒤집어서 거꾸로 생각하고 생활하는 역도병에 걸린다.[241] 이 역도병은 일상생활 질서에 대한 위반이다. 약간의 위반이 아니라 완벽하게 거꾸로 된 축제적 위반인 것이다. 이러한 역도병은 현실에서 통용되는 생각과 관습, 지식 등 모든 것들에 적용된다. 그리하여 '나'는 식사 시간에 식사를 하는 것이 아니라 잠이 든 상태에 빠져들기도 한다. 이 때 황은 금속의 꽃을 나의 입에 떨어뜨린다. 일반식사와는 반대의 식사(금속의 꽃을 먹는)를 보여준 것이다.

이경훈은 이 '화원시장'을 꽃시장으로 보고 그것을 매춘부들이 몸을 파는 인육시장으로 해석했다. 그러나 '꽃'이 매춘부의 은유인 것만은 아니다. 이러한 일차적 은유의 층위만으로는 이것과 연관된 시

---

240 〈황의 기(작품제2번)〉 중 〈記二〉 부분(김주현, 《이상문학전집 1》, 194~195쪽).

241 당시 패러독스는 역도법으로 번역되었던 것 같다. 이기영의 〈유선형〉(《중앙》, 1936.2)을 보면 아들이 아버지의 종아리를 때리는 장면이 나온다. 아버지가 호령하는 대로 아들은 아버지의 명령에 따라 아버지의 종아리를 회초리로 친 것이다. 여기서 이기영은 이 장면을 논리학의 역도법에 비유했다. "논리학에 있는 역도법이라 할까. 그는 이렇게 죄지은 아들을 벌하는 대신에 그런 자식을 둔 자기를 처벌함으로써 분을 풀고 조상의 영혼 앞에 정성껏 사죄를 하려던 것이다."

의 다른 이미지들이 모두 해석될 수 없다. 즉 황이 그러한 시장에서 인공적인 모티프로 '나'를 유도함으로써 '내'가 걸리게 된 역도병적 이미지들은 그것으로 설명되지 못한다.

이상에게 매춘부라는 기호는 좀더 광범위한 영역 속에서 작동하는 기호이다. 그것은 백화점의 관능에서도 보이는 것이고, 일상적인 거리의 신여성들에게서도 보이는 것이다. 이상에게 꽃이란 생식기관이면서 자연의 성적인 생명력 일반을 표상하는 기호이다. 주로 일본인을 위한 화원정 공설시장에 진열된 이 꽃 종자들이란 백화점 쇼윈도 속에 진열된 상품들과 크게 다르지 않다. 그것은 일정한 규격으로 다듬어져 인위적인 시장규칙에 맞게 배열된다. 황의 자연성은 이러한 시장에서 자신의 기호에 맞는 자연적인 종자를 발견할 수 없다. 그는 이 인위적인 진열판이 갖는 인공적인 질서를 더 극대화시킴으로써 그것을 축제적 과장법으로 몰아간다. 그러한 극대화된 인공성의 탑을 마구 쌓아올리다 스스로 무너져내리도록 말이다.

우리는 황이란 개와 꽃의 자연적 이미지와 시장체제의 관계에 대해 좀더 깊이 탐색해볼 필요가 있다. 과연 화원시장이란 무엇인가. 꽃은 무엇이며, 개는 무엇인가? 먼저 시장에 대해서 생각해보기로 하자.

여기에 등장하는 화원시장은 지금 인현동 지역에 있었던 공설시장을 말한 것 같다. 그 당시에는 그곳이 花園町이었는데, 주로 일본인들이 개설한 공설시장인 '花園町공설시장'이 있었다.[242] 황을 통해서

---

242 조병찬, 《한국시장경제사》, 동국대출판부, 18쪽 사진 참조. 이 시장은 "우리나라에 와서 살던 일본인들에게 생활용품을 공급하기 위하여 개설한 공설시장이다." 이 공설시장이란 1914년 조선총독부가 제정 공포한 시장규칙 제1조 제2호의 규정에 의해 설립한 시장을 이른다. 제2호 공설시장은 한국 내에 일본인 수가 증가함에 따라 일본인 상인들이 중심이 되어 일본인의 생활 편의를 위해

'내'가 역도병에 걸리게 된 것은 이 공설시장을 산보한 이후이다. 우리는 여기서 황의 이러한 반어법적 행위가 어떠한 의미를 띠는 것인가 생각해보아야 한다. 이 글에 나오는 '화원시장'이란 단순히 꽃시장만을 의미하는 것일까? 아니면 꽃과 종자란 단지 상징적인 기호인 것일까? 나는 후자라고 생각한다. 여기서 꽃의 종자란 우리를 살아갈 수 있게 해주는 생명력의 씨앗을 가리킨다. 시장의 모든 물건은 아마도 이러한 의미에서 모두 꽃이며 씨앗일 것이다. 그리고 이 화원시장은 주로 일본인들이 이용한 것이라는 점에서 우리 본래의 시장들, 남대문시장이나 특히 동대문 공설시장(이것은 자연발생적인 사설시장이 확장된 것이다)[243]과 구분된다. 남대문 시장은 본래 새벽 노천시장이었는데, 1920년대 이후 건물과 시설을 갖춘 전국 제일의 도매시장이 되었다. 일명 배오개 시장인 동대문시장은 1920년대 이후 남대문 시장 다음가는 도매시장으로 발전되었다.

　조병찬에 따르면 일제는 한국의 시장침탈을 위해 집요하고도 철저하게 자료조사를 하며 준비했었다. 1926년의 〈시가지의 상점〉(조사

개설한 것이었다. 그것은 주로 식료품과 일용품을 취급했다. 제1차 세계 대전 이후 본격화되었으며 1930년 16개소, 1938년에는 28개소가 되었다. 167~169쪽 참조.

손정목, 〈일제침략초기의 도시사회상〉, 《향토서울》 41호, 서울특별시사편찬위원회, 1983, 121쪽 참조.

243 이 시장은 본래 사영공설시장이었다. 조병찬은 이것을 "시장규칙에 의한 수속 절차를 밟지 않은 개인 경영의 공설시장"이라고 하였다. 그에 의하면 이러한 시장은 수요공급 원리에 의해 자연발생적으로 만들어진 것이었다. 시장규칙(1914년에 만들어진)에 의거 개설한 공설시장 수가 너무 적어 수요를 감당하지 못하자 사설식품 및 일용품 시장이 곳곳에서 발생했는데 일제는 시장규칙에 저촉된다는 구실로 사영시장을 강제매수해서 제2호인 공설시장으로 만들었다. 시장규칙 제1조제2호는 "20인 이상의 영업자가 하나의 場屋에서 주로 곡물과 식료품을 판매하는 장소"라고 규정되어 있다. 조병찬, 앞의 책, 169쪽.

자료 제14집)을 보면 전국 도 군 읍 면의 시장, 상인, 이용자, 거래액, 특산물, 금융기관 등을 샅샅이 수록했다. 그들은 시장규칙을 발표하면서 한국의 재래시장에 판매액의 1퍼센트를 세금으로 징수했다. 이것은 시장에서 거래하는 한국인 모두에게 세금을 부과하는 것이었는데 1926년에 폐지되었다. 제1호 시장에는 국세와 시장세를 신설했으며 일본인 일용품 조달 시장인 제2호 시장 즉 공설시장에는 사회시설이란 이유로 세금을 면제해 주었다.[244]

이상이 황과 함께 갔던 화원시장은 일본인들의 조선시장 지배 과정에서 태어난 공설시장이다. 이 시장의 진열장은 그들이 치밀하게 준비해서 밀어붙였던 시장규칙의 '사각형'이라고 할 수 있다. 이 속의 '꽃 종자'들은 그러한 시장의 체계 속에 구속되어 있는 상품들인 것이다. 식민지 자본주의의 차가운 교환체계 속에 갇힌 꽃 종자는 발아되지 못한다. 즉 생명력이 없는 것이다.

이상은 바로 이 부분에서 그가 근대세계의 이론적 기초들로 제시했던 유클릿 기하학이나 뉴튼적 물리학을 비판한 것에 상응하는 비판, 즉 근대적 시장 경제 원리에 대한 비판을 전개한 것처럼 보인다. 그의 황은 자연의 꽃을 지향했다. 그의 첫 번째 한글 시인 〈꽃나무〉(1933.7)가 바로 그것이다.

《가톨릭 청년》 2호에 〈꽃나무〉와 함께 발표된 〈1933.6.1〉은 근대 과학의 수량화적 척도를 비판한 것이다. "天秤위에서 30년동안이나 살아온사람(어떤과학자) 30만개나넘는 별을 다헤어 놓고만 사람(역시)". 모든 자연 현상들을 시각적으로 균일한 눈금 위에 배열함으로써 그 성격과 의미를 파악하는 이러한 수량화가 근대세계의 본질임

---

244 조병찬, 위의 책, 152쪽 참조.

을 앨프리드 크로스비는 이렇게 말했다. "로저 베이컨은 무지개의 각도를 쟀고, 지오토는 기하학을 염두에 두고 그림을 그렸으며, 아르스 안티쿠아라는 이름의 육중한 폴리포니 음악을 써 오던 서구 음악가들은 아르스 노바로 옮겨가 '정확하게 계량된 노래'라는 것을 만들기 시작했다. 라디오와 방사능, 그리고 아인슈타인과 피카소, 쇤베르크가 이와 비슷한 혁명으로 유럽을 휩쓸게 되는 20세기가 오기 전까지 이 반세기에 필적할 만한 시대는 다시 오지 않았다."[245]

크로스비는 수량화의 신호는 서구 유럽이 1300년경 인구 및 경제 성장 곡선의 첫 번째 절정에 도달하면서 나타났다고 했다. 유럽인들은 시간에 대해서도 "일정한 길이를 가진 순간의 연속"으로 생각하면서 그것을 측정가능한 것으로 바꿀 수 있었다. 뉴튼은 시간을 이렇게 정의했다. "절대적이며 진실하고 수학적인 시간은 혼자서 자기본성에 따라, 다른 어떤 외부적인 것에도 상관하지 않고 한결같이 흐른다."[246] 공간 역시 그렇게 측정되었다. 공간은 아이작 뉴튼이 '절대적 공간'이라고 규정한 "자체의 본성에 따라, 다른 어떤 외적인 것에도 무관하게, 항상 비슷한 상태로 부동으로 남아있는" 어떤 것이었다. 크로스비에 의하면 이러한 고전물리학적 공간은 후에 파스칼이 자신을 두렵게 한다고 고백했던 바로 그 '무도덕적 허공'을 가리키는 것이다.[247]

이러한 공간 측정이 르네상스 이후 그림에서 원근법을 새로운 기법으로 밀어붙였던 원동력이었다. "15세기의 그림 제작은 그 한 두 세기 전의 음악이 그랬던 것보다 더 수학에 접근했고, 그것과 한데

---

245 앨프리드 W. 크로스비, 《수량화 혁명》, 김병화 역, 심산, 2005, 37쪽.
246 크로스비, 위의 책, 125쪽에서 재인용.
247 위의 책, 142쪽.

뒤섞였다." 새로운 원근법의 대가 중에서 가장 수학적인 피에로는 "수학적 비율의 공기를 호흡했다". 콜럼버스가 항해를 떠나기 시작했던 때 세상을 떠난 피에로 델라 프란체스카(1416~1492)는 산수와 기하학, 그림에 관한 책을 썼는데, 그는 상인과 직공들에게 계산판을 사용하는 방법과 상업적 처리과정을 설명해주기도 했다.[248] 이러한 수량화는, 크로스비가 책의 서두에서 이 새로운 세계관을 그린 것으로 제시한 대 피터 브뤼겔의 〈절제〉라는 그림 속에서, 모든 것을 시각적으로 측량하려는 사람들의 모습으로 분명히 드러났다. 그는 이러한 '시각의 중시'에 대해 프란체스코회의 스콜라학자인 성 보나벤투라의 말을 인용하고 있다. "문자 그대로의 의미로 신은 빛이시다." 따라서 신이 시간과 공간을 초월하여 편재하듯, 빛은 모든 시간과 공간에 균질적으로 작용한다. 서구인들은 이렇게 측량하는 시각적 빛에 매혹되었고 보편 측량술, 즉 판토메트리(pantometry)를 찬양했다는 것이다.[249]

크로스비는 르네상스를 주도했던 나라 중의 하나인 베네치아에서 금화를 주조하면서 가격이 모든 것을 수량화했던 현상을 추적했다. 서유럽의 화폐는 세계의 다른 곳에서보다 수천년이나 뒤진 것이지만 이 새로운 추상적인 가치척도는 폭발적으로 증대되었다. 이 서구인들만큼 금화에 관심이 컸던 종족은 일찍이 없었다. "환전서류와 기타 돈을 나타내는 서류 조각들을 가지고 그들보다 더 잔꾀를 부린 인간 집단도 달리 없었다. 지구상에서 이들만큼 세고, 세고, 또 세는, 그야말로 돈세는 데 혈안이었던 종족은 없었다.[250]

---

248 위의 책, 239~240쪽 참조.
249 위의 책, 278~279쪽 참조.
250 위의 책, 97~102쪽 참조.

大 피터 브뤼겔의 〈절제〉 부분, 1560년 작
르네쌍스 시대 이후 모든 것을 수치로 수량화하려는 움직임이 발전했다.
위쪽 지구의 위에서 하늘의 별을 측량하는 사람과 그 아래서 지구를 측량
하는 사람이 보인다. 오른쪽에서는 기둥에서 늘어뜨린 추의 길이나 각도
같은 것들을 측량하는 것 같다.

이상은 〈1933.6.1〉에서 이러한 수량화적 과학의 세계 속에 살았
던 자신의 일생을 부끄럽게 회고한다. "24년동안이나 뻔뻔히 살아온
사람(나)"이라고 그는 말한다. "나는 자신 나의 시가 차압당하는 꼴을
목도하기는 차마 어려웠기 때문에" 자신의 자서전에 자필의 訃告를
삽입했다고 하였다.

④ 황과 짜라투스트라의 불개

이상은 1933년에 총독부 기사직을 그만두고 창작을 본격적으로 시작했으며 다른 한편으로는 다방과 카페 영업에 뛰어들었다. 그는 총독부 기술관리에서 식민지 시장 경제 속으로 뛰어든 장사꾼 혹은 그 뒤편에서 그것과 갈등하던 시인(작가)이 되었던 것이다. 하지만 김기림이 어떤 글에서 말했듯이 이상의 영업은 신통치 않아 그는 내용 증명 우편이나 독촉장 같은 것들에 시달리게 되었다. 그의 문학적 기질은 자본주의적 시장의 철저한 계산, 모든 것을 차가운 가격으로 수량화하는 그러한 방식에서 벗어나 있었다. 그가 학교에서 배우고 총독부 건축과 근무 시절에 응용했던 기술과학의 본질 즉, 수량화라는 것이 이제 시장에서는 그를 몰아내고 있었던 것이다.

우리는 〈꽃나무〉와 〈1933.6.1〉을 읽으면서 그가 '시'와 '꽃'으로 추구했던 것이 근대과학과 건축학, 시장의 수량화적 세계로부터 이탈해가는 방향이었음을 알 수 있게 된다. 〈황〉과 〈황의 기〉 계열의 시들은 바로 그 '꽃'과 '시'를 '나'의 속에 있는 동물적 자연인 '개'와 함께 엮을 수 있도록 해준다. 그것들은 동질적인 기호의 흐름을 보여주는 것이다.

그런데 이 '황'에 대해 이상은 그의 시적 언어의 본질과 관련시켜서 좀더 적극적으로 이미지를 전개했다. 그의 시적 언어는 바로 '황'의 언어인데 그것은 '배'의 언어이다. 그는 자신의 사유와 그것을 담는 언어의 본질을 뇌수에 두는 것이 아니라 배에 둔다. "나의 뇌수가 담임 지배하는 사건의 대부분을 나는 황의 위치에 저장했다..../ 나의 배의 발언은 마침내 삼각형의 어느 정점을 정직하게 출발하였다". 나의 모든 사유와 사상을 표현하는 언어를 황은 '腹話術'로 이끌어간다. 그는 〈각혈의 아침〉(1933.1.20)에서 "나의 뱃속엔 通信이 잠겨있다"고도 했다. "복화술이란 결국 언어의 저장창고의 경영일 것이다"라는 언어에 대한 이상식의 독특한 유물론적 기초가 〈황의 기〉에 제시된다. 그것은 식욕과 성욕의 지대인 '배(腹)'로부터 발언되는 언어들, 그리고 그러한 언어들로 조직된 사유와 사상인 것이다.

그런데 우리 문학사에서 이러한 생식적인 배와 개 이미지의 결합 양상은 매우 낯선 것처럼 보인다. 이러한 상상력의 연원은 과연 어디에 있는 것일까? 당시 여러 문인들에게 상당한 영향력을 끼쳤던 니체와 관련된 부분을 찾아야 하지 않을까? 니체적인 정신에 경사되어 있던 서정주도 이상에게서 그러한 니체적 면모를 보지 않았을까? 어떻게 보면 흔히 생명파라고 불리우는 사람들은 이러한 니체적 경향 속에서 형성된 것이 아닐까. 병들어 있던 이상에게는 '회복기 환자'가 꿈꾸는 짜라투스트라적인 강력한 생명력에 대한 목마름이 있지 않았을까?

이상의 전체 작품을 통해서 가장 중요한 두 개의 이미지인 거울과 개는 분명히 니체적인 것처럼 보인다. 특히 이 둘 다 니체의 《짜라투스트라는 이렇게 말했다》의 주요 이미지라는 점에서 그 둘의 관련성에 대해 주목해볼 필요가 있다. 니체는 이 책의 한 장에 〈거울을 가진 아이〉라는 제목을 붙였다. 거기서 짜라투스트라는 거울을 든 아이의 꿈에 대해 성찰한다. 자신의 꿈 속에서 한 아이가 나타나 "거울 속을 보라"고 했을 때 그는 거울을 보고 비명을 지른다. 그는 거울 속에서 악마의 얼굴을 본 것이다. "거울을 들여다보았을 때 나는 비명을 질렀고 내 가슴은 뒤흔들렸다. 거울 속에서 내가 본 것은 내 자신이 아니라, 악마의 찌푸린 얼굴과 냉소였던 때문이다."[251]

이상이 자신의 거울 속에서 발견한 것도 나르시시즘적인 이상적인(ideal) 모습이 아니었다. 그 역시 거기서 유령같은 모습만을 보았던 것이다. 물론 이 두 모습이 동일한 의미를 갖는 것은 아니다. 짜라투스트라의 악마적 얼굴은 자신의 적들이 자신을 왜곡시킨 상이었다. 짜라투스트라는 자신의 뱀과 독수리를 데리고 다니는데, 이러한 상징은 변형되어 있지만 이상에게도 까마귀와 뱀으로 나타난다. 여기서는 이러한 영향관계를 자세히 논할 여지가 별로 없기 때문에 좀더 중대한 한 항목인 개 이미지에만 주목해보기로 한다.

이상의 초창기 시에서부터 나중에까지 주도적인 이미지로 작동하는 개 이미지는 분명히 니체와 밀접한 연관성을 보여준다. 니체는 《짜라투스트라는 이렇게 말했다》에서 대지의 심연에서 빠져나온 불개의 복화술에 대해 말했다. 그리고 위선적인 개와 진정 대지의 심장으로부터 불길을 뿜으며 말하는 개의 차이점에 대해 말했던 것이다. 니체의 개들은 자연의 생명력을 상징하고 있다. 그것은 출렁이는 바다에서 달려드는 "사랑하는 늙고 충실한, 백개의 머리를 가진 怪犬",[252] 그리고 대지의 심연에서 나와 "대지의 심장으로부터 이야기하는 불개"등이다. 이 진정한 불개는 황금으로 된 대지의 심장으로부터 황금의 비를 내뿜는다. "그 불개의 숨결은 황금과 황금의 비를 내뿜는다. 그러나 황금과 웃음— 그것을 그는 대지의 심장에서 꺼냈다. 대지의 심장은 황금으로 만들어진 까닭이다. 나오라 불개야, 너의 심연에서!"[253]

이 대지적인 불개의 이미지는 니체가 당시 철학에서 유행하던 이

---

251 프리드리히 니체, 《짜라투스트라는 이렇게 말했다》, 최승자 역, 청하, 1993, 121쪽.

252 위의 책, 260쪽.

253 위의 책, 173~175쪽 참조.

성적인 자아 혹은 논리적인 이성을 비판하기 위해 만들어낸 이미지였다. 그는 육체로 사유할 것을 주장했다. 이성적인 논리가 아니라 육체라는 큰 이성을 따를 것을 외쳤다. "이제 너희의 정신은 너희의 내장의 뜻에 따르기를 부끄러워 하고- 샛길과 거짓된 길을 간다. -진실로, 너희는 창조하는 자로서 생식하는 자로서 생성을 즐거워하는 자로서 대지를 사랑하는게 아니다!"[254] 이러한 비판 뒤에는 육체와 대지를 결합해서 사유하는 그의 사상이 있다. "배우면 배울수록 자아는 육체와 대지에 합당한 말들과 영예를 발견한다."[255] 니체에게는 이러한 대지적 육체의 개와 유사하게 흉내내는 '위선적인 개'가 등장하기도 한다. 교회와 국가 같은 제도들이 그러한 것들이다. "너 위선적인 개여!"라고 그는 말한다. "너처럼 국가는 울부짖음으로 얘기하길 좋아한다. 너처럼 만물의 배로부터 말하는 거라고 믿게 만들기 위해서- 내가 그렇게 말하자 불개는 질투심으로 미칠 듯이 굴었다."[256]

니체와 비교하면서 우리는 이상의 '개'인 황의 복화술을 이러한 위선적인 개의 복화술로 오인하지 말아야 한다. 이상의 복화술은 실제로 '배의 발언'을 가리키는 것이다. 우리는 "나의 뱃속엔 통신이 잠겨 있다"라는 이상의 말을 진지하게 받아들여야 한다. 그는 자신의 사상적 지대인 머리에 이 개를 올려놓는 것에 대해 생각했던 것이다. 이상은 "나의 사상을 엄호해" 줄 그러한 모자를 찾았다. '자의식 과잉'이라고 흔히 운위되는 그러한 심리학을 포기하고, 단지 종족번식을 위해 나머지 세포를 모두 써버리고 싶다고 주장하는 이상은 자신

---

254 위의 책, 164쪽.
255 위의 책, 71쪽.
256 위의 책, 174쪽.

의 정수리 위에 개를 올려놓았다. "정수리 언저리에서 개가 짖었다 불성실한 지구를 두드리는 소리"라고 그는 말한다.

그는 별들이 흩날리는 하늘 가득히 그러한 개의 사상을 펼쳐내고 싶어했다. "별들은 흩날리고 하늘은 나의 쓰러져 咯死할 광장"[257]이라고 그는 노래했다. 그러나 별들은 보이지 않는 곳에 숨어서 나를 조소하는 듯 하고, 다만 쓸쓸한 하늘에는 오리온좌만 그 광장에 뒹구는 못처럼 남아있다. 그 오리온좌는 이상이 자신의 새로운 사상을 펼쳐내야 할 하늘의 광장을 가리키는 약도이다. 〈황의 기〉의 〈記四〉에서 그에게 이 생식적인 요리를 펼쳐보일 요리사는 바로 그 오리온좌의 약도 같은 단추를 달고 있다. "요리인의 단추는 오리온좌의 약도다/ 여자의 육감적인 부분은 죄다 빛나고 있다 달처럼 반지처럼". 우리는 여기서 육체적 에로티즘('황'으로 표상되는)의 화려한 발산을 볼 수 있다. 진정한 요리는 바로 그러한 눈부신 에로티즘적 생명력을 육체가 발현시킬 수 있도록 해주는 것이어야 한다. 이상은 그러한 생명력을 펼치는 것이 바로 진정한 삶의 광휘에 찬 하늘을 펼쳐놓는 것임을 보여준다.

요리사의 단추가 오리온좌의 약도라는 표현은 이러한 맥락에서 너무나 멋진 울림을 가져온다. 요리사의 요리는 바로 그러한 에로티즘의 황홀한 우주적 열림 즉, 무수한 별들이 눈부시게 빛나는 하늘을 약속하는 것이기 때문이다. 그렇다 우리는 앞에서 보았던, 시들어간 에로티즘을 감추고 있는 듯이 지구의 표면에 늘어서 있는 무덤의 단추 반대편에서 전혀 다른 종류의 단추를 확인하게 되었다. 그것은 요리사를 빛내주는 훈장처럼 그의 전면에서 반짝이며 붙어있는 단추,

---

257 〈황의 기(작품 제2번)〉의 〈記四〉 부분의 7연.

자신의 생식적인 사상, 풍요로운 축제의 사상을 맛있는 요리처럼 하늘에 펼쳐내서 빛나게 해줄 별들의 약도인 것이다.[258]

이상은 이 글에서 그것을 자신 속에 깃들어 있는 황의 발언이자 동시에 나의 복화술적 발언으로 만들었다. 배에 저장된 언어들의 이러한 발언은 생식적인 언어들의 발언일 것이다. 그것은 바로 "삼각형의 어느 정점을 정직하게 출발하(는)" 발언인 것이다. 이 삼각형이야말로 그가 〈조감도〉의 〈신경질적으로肥滿한三角形〉에서 말했던 △의 진정한 의미가 아니겠는가. 그 시에서 이상은 제목 밑에 부제로서 "△은 나의 AMOUREUSE이다"라고 했었다.[259] 이상은 이 시의 본문에서는 정작 뒤집힌 삼각형 즉 ▽에 대해서만 노래할 수 있을 뿐이었다. 그의 연인인 △은 그러한 ▽의 어둡고 우울하고 쓸쓸한 풍경을 통해서만 거꾸로 조망될 수 있었다. 거기서 뒤집힌 ▽은 외투 속에 파묻힌 무기력한 등덜미와 사막을 홀로 외롭게 건너는 쓸쓸한 낙타隊商의 모습으로만 나타난다.[260] 그는 ▽을 호흡하다가 부서진 악기

---

258 별들을 요리와 관련시키는 이러한 상상력은 매우 원초적인 것이다. 우리는 레비 스트로스가 차코어 인디언 신화와 보로로족 신화에서 발견한 플레이아데스 성단에 대한 이야기에서 그러한 것을 발견하게 된다. 그 신화에서 大食家인 아이들, 밤늦게까지 시끄럽게 놀면서 만족할줄 모르는 아이들이 원무를 추면서 점점 하늘로 높이 올라가 플레이아데스 성단이 되었다고 했다.(레비 스트로스, 《신화학1》, 임봉길 역, 한길사, 2005, 459쪽)

　우리 쪽 신화를 점검하면서 안재홍은 우리의 '별'이 잉태하는 기관인 배(腹)(孕)와 밀접한 어원에서 나왔다고 했다. 그는 별의 어원을 배얼이라고 생각했다(안재홍, 〈아사달 사회의 발전〉, 《조광》, 1936.2). 이러한 생각은 이상이 요리와 별을 그리고 에로티즘과 별을 연관시키는 것과 맥이 닿아 있다.

259 김주현 주해 《이상문학전집 1》에서 이 시의 부제에 나온 삼각형은 ▽으로 수정되었다(김주현, 《이상문학전집 1》, 46쪽). 나는 김주현의 이러한 수정을 존중하겠다. 다만 나는 이상이 꿈꾸는 사랑이 △ 형태가 되어야 전체적으로 그의 생식적 기하학의 상징적 의미를 일관성있게 해석할 수 있기 때문에 이전 텍스트를 따르도록 하겠다.

같은 존재였으며, 황무지의 사막을 건너가는 캐라반이었다. "▽이여
나는그호흡에부서진악기로다// 그런데나는캐라반이라고/ 그런데나
는캐라반이라고".

우리는 이러한 시에서는 한번도 본문에서 노래된 적이 없는 △이
생동적인 황의 표상이라는 것, 동시에 그것이 '나'에게서 차지하는 자
리인 배와 생식기의 표상이라는 것을 알 수 있다. 따라서 삼각형의
어느 정점을 정직하게 출발하는 발언은 이 △의 꼭지점에서 솟구친
말과 언어인 것이다. 바로 이 꼭지점에 이상의 하늘이 펼쳐져 있다.
별들이 흩날리는 하늘, 그가 쓰러져 窘死할 정도로 야심차게 도전해
야 할 광장인 하늘이 거기에 있다. 그의 말과 언어들은 뱃속에서 요
리된 언어들, 그저 공복을 메꾸는 언어가 아니라 생명력이 넘쳐서 에
로티즘적인 광휘로 뻗어나가는 그러한 언어들로 이곳에서 날아오를
것이다. 요리사의 약도는 에로티즘적 육체의 황홀하고 찬란한 하늘
을 가리키고 있다. 오리온좌는 단지 아직 몸체가 열리지 않는 그 하
늘의 어두운 구름을 뚫고 하늘의 표면에서 희미한 못처럼 박혀 빛나
고 있다. 그것은 이 황량한 시대의 황무지 위에 미래에 대한 약속처
럼 떠 있다. 황무지 속에서 잠자는 생식적인 힘들이 꿈틀거리기를 기
다리면서 말이다.

---

260 당시 시단에서 낙타의 이미지는 거의 사막과 밀접하게 연관된 것이었다. 예를
  들어 김화산의 〈밤1〉을 보면 이렇다. "나는 사막을 떠난 약대처럼/ 해초 내음
  새 가득한 바닷가의 조개비처럼/ 노스탈쟈-에 병들다"(《신여성》, 1933.8, 16
  쪽). 김상용은 겨울밤의 황량함을 이렇게 묘사했다. "겨울밤이 역시 반이면,
  밤도 어지간히 깊었다. 그는 이 사막에서 새 오아시스를 찾는다. 34필의 낙타
  를 다 잃은 隊商의 신세다. 그는 지금 가진 것을 다 버린 가장 성결한 처지에
  있다."(김상용, 〈그믐달〉, 《중앙》, 1936.4, 35쪽.)

4. 실낙원 이후의 여정 —새로운 창세기

"공기는 수정처럼 맑아서 별빛만으로라도 넉넉히 좋아하는
〈누가복음〉도 읽을 수 있을 것 같습니다"
—이상의 〈산촌여정〉

"나기 양은 웃었다. 그런 箱의 수다에 언제나 번쩍이는,
더럽게 기독교 냄새만 나는 사고방식을 슬쩍 조소한 것일까?"
—이상의 〈불행한 계승〉

1) 책인간 텍스트—소녀의 나비와 종이

앞에서 살펴본 이상의 두 가지 산보 유형, 즉 골편의 산보와 근대
적 황야의 산보는 각각 원초적인 창세기와 생식적인 사랑의 세계를
지향하는 것이었다. 그러나 이러한 추구는 좌절로 끝났다. 전자는
백화점식의 상자 속에 갇힌 보석의 이미지로 그리고 후자는 역도병
적인 삶으로 끝나고 말았다. 공개적인 지면에 발표되지 않은 채 일문
으로 쓰여진 원고 상태로 후대에 남겨진 이러한 글 속에서 우리는 오
히려 지면에 발표된 것보다 훨씬 심각한 역동적 사유와 비판적인 의
식을 추출해낼 수 있었다. 이러한 미발표 원고의 활기는 아마도 당대
의 공개적 지면이 갖는 사상검열과 일반독자들을 의식한 자기검열
등에서 비교적 자유로울 수 있었기 때문이었다고 하겠다. 그러나 그
의 이러한 사유와 상상력이 일본어로 익힌 지식과 사상, 그리고 상상
의 체계로부터 한국어의 지평으로 얼마나 건너올 수 있었는지 측정
하는 문제가 가로놓여 있다. 문학이란 그 매체인 언어와 떨어질 수
없다. 한국어는 자신만이 간직한 사유체계와 우리의 역사만큼이나
오래 길들여온 상상력의 전통적 계보를 갖고 있다. 이상은 이러한 측

면에서도 경계선에 놓인 인물이었다. 그는 여러 가지 복잡하게 전개되는 이질적인 흐름들에 끼어 있었다. 서양과 동양, 일본과 한국, 그리고 두 명의 아버지, 학문과 예술, 사업과 문학 등에서 양자의 틈바구니인 추운 중간에서 서성거리고 있었던 것이다. 그가 이러한 것들을 어떻게 뒤섞으면서 그러한 것들 사이를 헤쳐나가고 또 성공적으로 종합할 수 있었던지 알아보는 것도 매우 중요한 일이다.

그가 한글로 시를 쓰기 시작한 것은 《가톨릭 청년》지에 〈꽃나무〉를 발표한 1933년 부터이다. 그는 이 최초의 한글 시들 첫 자리에 〈꽃나무〉를 놓았다. 자연의 생식기인 '꽃'은 후에 발표된 〈절벽〉의 향기로운 꽃에 이르기까지 이상이 도달해야 할 자연적인 생명력의 결정체이다. 그는 한글로 쓰인 최초의 시를 이 '꽃'으로 시작한 것이다. 그 이외에도 그는 〈이런 詩〉〈一九三三.六.一〉[261] 〈거울〉[262] 등을 발표했다. 그는 이미 일문으로 된 글들 속에서 거울 이미지를 보여주고 있지만 그것이 독립적으로 나타난 것은 이 〈거울〉이 처음이다. 이 시편들 중에서 〈一九三三.六.一〉을 자서전적인 시라고 한다면 〈거울〉은 자화상적인 시라고 할 수 있다. 이렇게 해서 이상 문학에서 '자화상' 시대가 열리게 된 것이다. 그는 이후 〈오감도〉 중 거울에 대해 쓴 〈시제15호〉(1934.7)와 〈明鏡〉(1936.5,) 〈위독〉(1936.10) 중의 〈自像〉 그리고 유고작인 〈실낙원〉(1939.2) 중 〈자화상(습작)〉〈面鏡〉 등 모두 여섯 편 이상의 자화상 계열 시들을 남겼다. 그는 자화상의 시인이었던 셈이다.

주로 거울 이미지가 등장하는 자화상 시편의 주제는 우리가 앞에서 논의한 두 가지 유형의 산보에서 추구하던 것과 밀접하게 관련된

---

261 이상은 모두 3편의 한글 시를 《가톨릭청년》 2호(1933.7)에 처음으로 발표했다.
262 이 작품은 《가톨릭청년》 5호(1933.10)에 발표되었다.

다. 즉 유령같은 골편과 황이란 개는 모두 이상 자화상의 한 측면이
었던 셈이다. 그의 거울 이미지는 차가운 유리의 반사상을 통해서 서
로 어긋난 좌우의 두 세계가 부딪치면서 보여주는 파열음의 드라마
를 보여준다. 거기에는 그가 초창기부터 문제삼았던 것, 즉 근대적인
세계 전체를 이론적으로 작동시키는 광학적 기하학의 세계가 개입되
어 있다. 우리는 이 문제에 대해서는 거울에 대해서 독립적으로 다루
는 부분에서 본격적으로 고찰해보기로 한다. 여기서는 주로 〈황의
기〉 계열과 〈얼마 안되는 변해〉 같은 작품에서 보여준 그의 산보가
궁극적으로 어디를 향하고 있었는지 그 이후의 한글 텍스트들을 통
해서 추적하는 것이 선결과제이다. 자화상 계열에 대해 살펴본 것은,
그것이 '나'에 대한 '황'의 생식적 대화론이 그 이후 어떠한 행보를 갖
고 있는 것인지가 궁금했기 때문이다. 그런데 먼저 결론적으로 말한
다면 그에게 '거울' 이미지란 바로 '황'에 의해 이끌려간 '나'의 역도병
적인 세계와 관련된다. 차갑게 얼어붙은 것 같은 유리의 세계란 황이
화원시장의 진열대 속에서 '나'에게 선택하도록 했던 대리석 모조 종
자의 세계인 것이다. 이상은 황에게 이끌려간 그 역도병적 거울을 계
속 자신의 방에서 치우지 못했다.

　그러나 이상은 다른 한편으로는 그러한 유리감옥 밖의 세계를 향
한 날갯짓을 계속 모색하고 있기도 했다. 반사상에 지배되는 흉내와
모조품의 세계가 아니라 진정한 창조와 변태(변신술)의 세계가 있었
던 것이다. 이 세계에 대한 지향은 나비 이미지를 통해서 드러난다.
그의 나비 이미지는 〈12월12일〉에서 환몽적인 세계의 입구를 여는
도어 장식으로 처음 나타난다.[263] 그것이 〈황의 기〉 계열의 첫 번째

---

263 〈12월12일〉의 주인공이 병실에서 莊周의 꿈과 같은 환몽의 세계에 빠져 있을
　　때 간호부가 그 병실문을 여는 장면에 그 나비장식이 등장한다. "그가 있는 방

작품인 〈1931년(작품제1번)〉과 〈오감도〉 중 〈시제10호 나비〉 그리고 〈실낙원〉 중 〈소녀〉에 나오고 성천기행문인 〈산촌여정〉에서 꽃을 피운다. 이러한 나비 이미지들은 그러나 대개 훼손된 모습으로 나타난다. 〈1931년〉에서는 '철늦은 나비'가 〈소녀〉에는 '부상한 나비'가 나온다. 〈시제10호 나비〉는 찢어진 벽지에서 태어난 죽어가는 나비이며, 시인의 입술 위에서 이슬을 마시고 살 뿐인 나비이다. 이러한 나비 이미지가 황이 이끄는 역도병적 세계로부터 탈출하려는 '나'의 연약한 날갯짓임을 보여주는 것이 〈실낙원〉의 〈소녀〉이다. 여기서 '소녀'는 황과 역도병적 유리세계 사이에 끼어있다. 그녀는 독서하는 소녀이며 책의 페이지처럼 얇은 존재이다. 그녀는 아직 나비날개로 접히지 못한 종이, 그러나 나비에 대한 꿈에 사로잡혀 있는 환상적 존재인 것이다. "소녀는 또 때때로 咯血한다. 그것은 부상한 나비가와서 앉는까닭이다. 그 거미줄같은 나무가지는 나비의 체중에도 견디지 못한다. 나뭇가지는 부러지고만다." 결핵을 앓고 있었던 이상 자신의 경험이 여기 반영되어 있다. 소녀는 이제 총독부 건축기사직도 그만두고 칩거하면서 독서와 사색만을 일삼는 이상 자신을 암시하고 있다. 폐 속에 가지를 치고 있는 기관지를 "거미줄같은 나뭇가지"라고 표현했다. 거기 부상한 나비가 앉기 때문에 시인은 나비의 피를 토해낸다. 물론 그 피는 자신의 나뭇가지가 꺾인 곳에서 분출한 피이기도 하다.

도어(문)가 이상한 음향을 내이며 가만히 열렸다. —저절로 돌아가는 도어의 장식(蝶番)은 도어를 도어 틀 틈 사이에-무거운 짐을 내려놓는 모양으로 갖자 끼기웠다." 간호부가 그 나비장식 도어를 열고 들어왔을 때 그는 잠에 취해 있었다. "장주의 꿈과 같이-눈을 비비어 보았을 때 머리는 무겁고 무엇인가 어둡기가 짝이 없는 것이었다. 그 짧은 동안에 지나간 그의 반생의 축도를 그는 졸음 속에서도 피곤한 날개로 한 번 휘저어 날아 보았는지도 몰랐다."

나비의 체중을 견디지 못하는 소녀란 무엇인가? 그것은 우리가 앞에서 첫 번째 유형의 산보에서 보았던 충동적인 변신술적 힘들과 관련되는 것은 아닐까? 나비는 그러나 과일의 변신술에서 작동하던 번갯불의 힘을 갖고 있지는 못할 것이다. 그렇게 순간적이고 충동적인 힘이라기보다는 부드럽게 변화되는 힘, 자신도 모르게 다른 세계로 빠져들어가는 꿈같은 힘을 의미할 것이다. 그것은 강력한 대지적 생식력의 충동적인 솟구침으로 활동하는 '황'과 대비되는 또 하나의 자연적인 힘을 상징하는 것이다. 매우 얇은 날개로 살랑거리며 움직이는 나비의 운동은 너무 미묘해서 그 운동방향과 궤적을 도저히 측정할 수 없다. 거기에는 어떠한 이론적 방정식에 의해서도 측정되기를 거부하는 자연의 혼돈적인 운동이 파도치고 있다. 아마도 이상이 추구하는 완벽한 자화상은 황과 나비가 함께 결합되지 않으면 안될 것처럼 보인다. 그러나 결핵을 앓는 시인은 이러한 나비의 세계에 대한 꿈을 접을 수 밖에 없다. 그의 병은 치료를 요구하며 그의 육체를 점점 더 근대적인 의료제도가 작동하는 굳건한 사각형의 세계(병원) 속으로 이끌어들이고 있다. 〈병상이후〉에서 이상은 그러한 병원체계를 대표하는 의사를 마치 자신의 모든 고통을 말끔히 해결해줄 마법사나 예언자적 존재처럼 쳐다보지 않을 수 없는 환자의 처지에 대해 말했다. 그러나 그 의사가 자신의 옆방에서 자신의 병에 대해서는 아무 관심도 없이 술을 마시고 웃어대는 소리를 들었을 때, 의사에 대한 자신의 그러한 환상이 깨지는 것을 느낀다. 나비를 지향하는 그의 사유와 상상은 그러한 세계와 더 큰 마찰을 일으키고 파열음을 낼 뿐이다. 두 세계에 끼인 존재인 그의 병은 나비 때문에 더 깊어진다. 나비에 대한 꿈을 피해서 그가 이 사각형의 세계 속에서 잠시나마 빠져나갈 수 있는 곳은 바로 책의 세계이다. "소녀는 短艇가운데 있었다—군중과 나비를 피하야. 냉각된 수압이—냉각된 유리의 기압이 소녀에게 시각만을 남겨주었다. 그리고 허다한 독서가 시작된다.”[264] 책의 세계는 군중과 나비를 피해 들어간 소녀의 세계이다.

근대적 도시거리의 주인공들인 군중은 1920년대부터 1930년대에 이르기까지 시인들에게 새롭게 주목된 문제적인 대상이었다. 田堂이란 필자에게 군중은 도시에 중독된 무리로 나타난다. “몽유병자같은 도시에 중독된 ‘군중’의 사이로 걸어간다”라고 그는 말했다.[265] 유치환은 〈군중〉이란 시를 남겼다.[266] 그는 사람들이 떼지어 밀리는 밤벚꽃 행렬을 “무명한 군중의 여울”이라고 표현했다. “여울은 헛되이 길을 메우고/ 思慾은 茫然히 기대어 化石되었거늘/ 이 어찌 우울한 정경이리오”. 박용철 역시 거리에서 분주하게 움직이는 군중을 본다. “이 쉬임없는 流動, 유동하는 액체같은, 액체 가운데 遊泳하는 것 같은 군중”이라고 그는 말했다.[267]

이상에게도 ‘군중’은 초창기 작품에서 죽음과 관련되어 나타난다. 〈얼마 안되는 변해〉에서 그는 “죽음은 그에게 있어서 군중인양 싶으다”라고 썼다. 그에게 도시거리의 군중은 전혀 다른 상황에 대해서도 동원될 수 있을 정도로 무의식 속에 깊이 뿌리박힌 것 같다. 이 군중은 그의 산보가 통과해 가야할 중앙대로들, 백화점 주위에 몰려있다. 그들은 이 대도시 경성을 유지해주는 존재들이다. 이 군중은 근대도시 경성의 시장판(백화점을 포함한)에 쏟아져 나온 무리들이다. 이상의 주체를 끊임없이 마멸시키는 거리의 소음(喧噪)은 바로 이 군

---

264 이상, 〈소녀〉, 《조광》, 1939.2.
265 전당, 《隨感 二三》, 《신민》 17호, 1926.9, 109쪽.
266 《조선문단》, 1935.4.
267 박용철, 〈한걸음 비켜서면〉, 《조광》, 창간호, 1935.11. 104쪽.

중으로부터 나온다. 그리고 그의 '신문' 역시 그러한 거리 군중의 시선과 말(언어)에 관련되는 정보의 백화점이라고 할 수 있다. 〈어리석은 석반〉에 이러한 정보의 백화점 이미지를 갖는 신문이 나온다. "나는 어젯밤도 죠세쯔와 요트와 해변호텔과 거류지와의 혼잡한 도회의 신문같은 꿈을 보았다." 여러 단편적인 인상들이 모인 혼잡한 인상은 '신문같은 꿈'으로 표현된다. 그것은 또한 너무나 가볍게 사라져 버리는 성질을 갖는다. "두뇌는 어젯날 신문처럼 신선함을 잃으며 퇴색하고 있었다." 하루만 지나도 신문에 쓰인 이야기들은 너무나 가볍게 잊혀진다. 그것은 벤야민의 말처럼 잊혀지기 위해서 만들어지는지도 모른다. 이상은 성천에 가서 도시의 가벼운 정보매체인 신문의 글쓰기를 갖다대며 시골풍경들을 본다. 거기에는 매일 변화되는 어떤 중대한 사건들이라곤 없기 때문에 이러한 대비는 그곳을 파악하는 매우 중요한 시각을 낳는다. 그는 〈산촌여정〉에서 "그저께新聞을찢어버린/ 때묻은흰나비"라고 했는데, 여기에는 군중의 소음이 신문을 가득메운 활자들로 바뀌어있다. 나비가 때묻은 날개를 한 것은 바로 그러한 군중의 소음이 찍힌 활자들의 흔적 때문이다.

이돈화는 당시 신문의 상품화를 비판하면서 조선의 특수한 지위를 생각해서 신문은 교사적 지위와 지도적 정신을 잃지 말아야 한다고 역설했다. 그는 식민지 약소민족의 처지에서 신문이 상품적인 인기에만 골몰해서는 안된다고 일침을 놓았다.[268] 이돈화가 비판한 부분들의 어떤 곳은 검열로 삭제당했다. 아마도 식민지체제에 관련되는 부분이 아닐까 생각된다. 식민지 자본주의 질서에 종속된 부분들에 대해 그는 날카롭게 비판했는지 모른다.

---

268 야뢰, 〈조선민간신문 공죄론〉, 《혜성》, 1931.8.

니체는 〈짜라투스트라의 설교〉에서 남아도는 사람들을 군중적인 것으로 비판했다. "자 보라. 이 남아도는 사람들을! 그들은 항시 앓고 있고, 자기들의 담즙을 토해놓고서 그것을 신문이라 부른다. 그들은 서로가 서로를 꿀컥 삼켜버리지만 결코 스스로 소화시키지는 못한다. 그들이 기어오르는 것을 보라. 이 재빠른 원숭이들을!"[269] 니체는 여기서 신문의 성격을 군중들의 담즙 정도로 격하시켰다. 신문에서 유통되는 지식과 정보의 천박함이 그에게는 병적인 인간들끼리의 모방적 교류 이상이 되지 못한다고 여겨진 것 같다. 그는 다른 곳에서 "신문을 읽는 정신적인 창녀같은 인간들"[270]이라는 경멸적인 표현까지 서슴지 않았다. 그는 이러한 인간을 '현대이념의 신자들'이라고 했다. 그들은 "모든 것을 손대고 만지고 쓸어보는" 자들인데, "그들의 손과 눈의 방자함과 무례할만큼 구역질나는 것도 다시 찾아보기 어려울 것"이라고 니체는 말했다. 단지 자신들의 이해에만 집착하는 자들은 그와 관련되는 것이면 아무것이나 무례하고 방자하게 마구 손을 대고 쓸어보려 한다. 그들은 진실을 추구하는 것이 아니라

---

269 니체가 신문을 비판한 대목 중에 가장 심오한 부분은 대도시 성문에서 짜라투스트라 흉내를 내는 익살꾼 광대가 짜라투스트라를 가로막으며 한 말에 나온다. "여기에선 온갖 위대한 감정들이 부패한다. 여기에선 오직 바싹 마른 작은 감정들만이 달그락거릴 수 있을 뿐이다!(....) 당신은 축 늘어진 더러운 넝마처럼 영혼들이 매달려 있는 것이 보이지 않는가? —그런데 사람들은 그 넝마들로 신문을 만들기도 한다! //정신이 여기에선 말 장난이 되어버렸다는 것을 당신은 듣지 못했는가? 정신은 구역질나는 말의 구정물을 토해낸다. —그리고 사람들은 그 말의 구정물로 신문을 만들어내는 것이다.// 그들은 서로를 추적하지만, 어디로 가는지를 모른다. 그들은 서로를 열나게 만들지만, 왜 그러는지를 알지 못한다. 그들은 그들의 생철을 딸랑거리고, 그들은 그들의 금화를 짤랑거린다.// 그들은 춥고 그래서 火酒에서 온기를 얻으려 한다. 그들은 열이 오르고 그래서 얼어붙은 정신에서 차가움을 얻으려 한다. 그들은 모두가 여론으로 쇠약해졌고 병적으로 되었다."(니체, 《짜라투스트라는 이렇게말했다》, 218쪽.
270 니체, 《선악을 넘어서》, 김훈 역, 청하, 1987, 217쪽.

수많은 지식과 정보로부터 순간순간 자신들의 이해관계를 따져보는 것에 만족한다. 니체는 고독이 끝나는 곳에서 시장이 시작된다고 하면서 시장의 어릿광대들을 위인처럼 떠받들며 자랑하는 군중에 대해 말했다. 신문이란 바로 그 군중들의 시장언어인 것이다. 이상은 군중과 신문에 대해 각기 단편적인 이미지만 보여주었을 뿐이다. 그러나 그에게도 분명히 니체처럼 이 둘은 서로 연관되는 것이었다.

그러한 신문을 찢었을 때 나비 날개는 탄생한다. 꽃을 찾아 날아다니는 이 나비의 세계 밑에 책의 세계가 있다. 그것은 꽃과 나비의 생식적인 뜨거움의 세계로 상승하지 못한 세계, 냉각된 물의 기압 위에 얹혀있는 세계이다. 소녀의 배는 유리의 기압을 갖는, 그러나 부드럽게 출렁이는 수면 위에 떠있다. 그것은 군중적인 신문의 서판보다 훨씬 사적이고 비밀스럽고 고독한 사유와 상상이 의식의 수면 위로 펼쳐질 수 있는 세계인 것이다. 그러나 책은 그러한 수면을 유리판처럼 압축시키는 힘 속으로 그러한 사유와 상상을 빨아들인다. 소녀의 독서는 책의 수평면을 달린다. 즉 출판법에 의해 상당히 많은 부분을 걸러내고, 또 그것이 요구하는 질서의 틀 속에 모든 것들을 가라앉혀서 만들어진 평판 위로 미끄러지는 것이다. 책으로 출판된 작품은 사회적 검열과 저자의 자기검열에 의해 그러한 평판을 향하게 된다. 소녀의 독서가 유리의 기압 위에서 진행된다는 이 수수께끼 같은 구절은 바로 이러한 의미를 갖는다. '유리'라는 것은 이상의 대다수 거울 이미지처럼 얇은 판 속에 모든 것을 얼어붙게 만드는 것, 마치 실체 없는 그림자처럼 그 속에 존재하도록 만드는 것이다. 이상의 군중은 신문의 서판 위에 존재하며 나비날개와 책의 서판 밑에 놓인다. 이러한 군중은 이상의 〈보통기념〉이나 〈파첩〉 같은 시들에서 생존투쟁을 위해 시가전을 일으키는 존재들이기도 하다. 이상의 소녀는 그러한 대도시의 군중을 피해 자신의 좁은 배 위로 피신한다. 이 배는 거리의 소음에서 멀리 떨어져 조용한 사색의 물결 위에 떠있다.

그녀의 이러한 독서와 사색이 '나'의 자궁 속에 무엇을 낳아놓았을까? "내子宮가운데 소녀는무엇인지를 낳어놓았으니! 그러나 나는 아즉그것을 分娩하지는 않었다." 이상적인 꿈이기도 한 나비의 세계 대신에 그것을 대체한 것으로서 택한 독서와 사색이 낳은 것은 무엇일까? 아마 그것은 책의 얇다란 페이지들로부터 (소녀는 내가 보는 책의 활자와 제본 혹은 서재의 어떤 틈에 얇다란 것이 되어 숨기도 한다) 정신적 영양을 섭취하고, 몽상의 날개를 단련시켜 비로소 마련할 수 있었던 창조적 서판이 아닐까? 창조적 글쓰기를 위해 펜이 미끄러지는 서판인 원고지가 바로 그것이 아닐까?

이미 창조된 인쇄종이로부터, 그 끊임없이 복제되는 책의 페이지로부터 이제 막 태어나는 창조적인 글씨들로 무성하게 꽃피어나는 종이로의 이행이 여기 있다. 이 설레이는 창조적 탄생의 순간이 주는 기쁨 때문에 이상은 계속해서 자신의 죽음을 연기시킬 수 있었던 것이 아니겠는가. 그가 〈얼마 안되는 변해〉에서 군중처럼 다가드는 죽음 속에서도 죽자하고 애를 쓸 수 밖에 없었던 이 창조작업은 그의 두 번째 탄생이 아니었던가. 나비의 그 미묘한 자연의 변신술 대신에 그가 자신의 꿈을 메울 수 있었던 것은 바로 이 글쓰기의 영역이었다. 아마도 그것은 〈소녀〉의 독서와 사색을 일삼는 소녀가 낳아놓은 세계였을 것이다. 유일하게 역도병적 거울의 세계로부터 솟구쳐서 날갯짓을 할 수 있었던 영역이 바로 이 글쓰기의 지평이었던 것이다.

2) 자화상 텍스트

그의 자화상 계열에서 〈실낙원〉 중 〈소녀〉 다음에 나오는 〈面鏡〉
에 바로 그러한 글쓰기에 대한 이야기가 나온다. 그러나 이상은 이
창조적 자화상을 그러한 거울세계에 투영된 정물화처럼 하나의 흔적
처럼, 또는 이미 사라져가는 낡은 기념비적 존재처럼 그렸다.

鐵筆달닌 펜軸이하나, 잉크병. 글자가적혀있는紙片 (모두가 한사람치)
부근에는 아무도 없는것같다. 그리고 그것은 읽을 수 없는 학문인가싶
다. 남아있는 체취를 유리의'냉담한것'이 德하지아니하니 그悲壯한 最
後의 학자는 어떤 사람이었는지 조사할길이 없다. 이 간단한 裝置의 靜
物은 '쓰당카아멘'처럼 寂寂하고 기쁨을 보이지 않는다.[271]

유리거울을 통해서밖에 남을 수 없었던 어떤 학자의 문필행위에
대해 이 작품은 말하고 있다. 차갑게 얼어붙은 유리세계에 남겨진 이
학자의 체취를 과연 어떻게 알아볼 수 있겠는가? 이상은 시계와 유
리와 정물의 이미지로 거울 속의 詩人像을 포위한다. 그 유리 속에
남은 문학은 읽을 수 없으며, 그것을 창조한 작가의 피와 지문은 그
의 체취를 확인하기도 어려울 정도로 너무나 희미하다.
이상은 여기서 창조적 열기가 가득한 현장이 아니라 그 모든 것이
마치 한 폭의 정물처럼 굳어져버린 차가운 화폭을 통해 자화상을 그
렸다. 그의 야심과 꿈이 끓어오르고, 상상력의 날갯짓이 생식적인 삼
각형의 정점에 펼쳐진 광대한 하늘을 날아오르는 그러한 창조적 현

---

271 이상, 〈面鏡〉 1연, 《조광》, 1939.2.

장의 열기가 모두 오래전에 사라져버린 그러한 세계를 그린 것이다. 마치 오래 전에 흘러가버린 그러한 현장을 한 장의 희미한 사진 속에 박아놓은 듯한 이 자화상은 낡은 정물화처럼 생기없이 굳어져 있다. 이상은 이보다 뒤에 조금은 애정을 갖고 이러한 자화상을 여성적인 체취 속에서 건져내려 했다. 그가 여성 독자를 의식하면서 쓴 〈明鏡〉은 앞의 〈소녀〉적인 체취가 강하게 배어있다.

여기 한페―지 거울이있으니
잊은계절에서는
엲은머리가 폭포처럼내리우고

울어도 젖지 않고
맞대고 웃어도 휘지 않고
장미처럼 착착 접힌
귀
디려다보아도 디려다 보아도
조용한 세상이 맑기만하고
코로는 피로한 향기가 오지 않는다.

만적 만적하는대로 愁心이平行하는
부러 그리는것같은 拒絕
우편으로 옮겨앉은 심장일망정 고동이
없으란법 없으니

설마 그러랴? 어디 觸診……하고 손이 갈 때 指紋이

指紋을 가로막으며
선뜩하는 遮斷뿐이다.

오월이면 하루 한번이고
열 번이고 외출하고 싶어하드니
나갔든길에 안돌아오는수도있는법

거울이 책장같으면 한 장 넘겨서
맞섰든 계절을만나련만
여기있는 한페-지
거울은 페-지의 그냥表紙-272

　이 시에서 이상은 여성독자들을 의식한 덕분에 여성적 상상력으로
유리의 차가운 세계를 부드러운 종이의 이미지로 덮어버린다. 첫줄
에서부터 거울의 딱딱한 물질이 부드러워진다. 그것은 "한페-지의
거울"이란 말 때문이다. 거울 속 자화상도 〈면경〉에서 볼 수 없었던
거리감과 이질감이 많이 없어지고 한층 친근해진 느낌이다. 마치 좀
쌀쌀하고 냉정한 여인상을 보는 듯이 이 거울 속 이미지는 만지기를
거부하고 일부러 외면하듯이 거리를 두고 있지만 그 거리감이 〈면
경〉에서처럼 차갑고 절대적인 것으로 느껴지지는 않는다. 이상은 이
이미지 속에 자신과 함께 생활하면서도 서로 마음과 생각을 나눌 수
없었던 금홍과 같은 여인, 혹은 변동림 같은 여인의 이미지를 새겨넣
은 것 같다. 외출하고 싶어하는 여인, 한번 나갔다가 영영 안돌아올

---

272 《여성》, 1936.5.

수도 있는 여인의 이미지를 말이다. 그가 〈지비〉 연작(1936.1)에서 그린 것 같은 그러한 여인이 여기 있다.

이 시의 거울에는 이상의 두 가지 여성상이 투영되어 있다. 즉 독서로 일관하는 소녀의 이미지와 〈날개〉나 〈지비〉에서처럼 서로 평행을 달리면서 교감할 수 없는 세속적인 여인의 이미지가 겹쳐있는 것이다. 이 시에서 이상의 자화상은 이렇게 몇몇 여인상들과 겹쳐지면서 개성적 윤곽이 흐릿해진다. 그 반면에 심리적 굴곡이 많이 진정되어 차분하고 편안해진 것처럼 느껴진다. 그는 그러한 여인들과의 생활을 자신 속에 흡수하면서 유리의 차가운 면을 그러한 여성적인 종이의 부드러움으로 밀어냈다.

우리는 거울과 관련된 두 편의 자화상 시편을 비교해보았다. 하나는 투사적 남성적인 것(〈면경〉)이고, 다른 하나는 규방적 여성적인 것(〈명경〉)이다. 이 두 편의 시를 통해서 분명해진 것은 이상의 창조적 글쓰기의 지평이 소녀와 비장한 학자(〈면경〉 본문에서 "비장한 최후의 학자") 혹은 불굴의 시인("强毅不屈하는 시인")에 관련된다는 것이다. 사유와 몽상이 솟구치는 책과 글이 탄생하는 원고지는 일종의 '뜨거운 종이'이다. 그것은 차가운 유리거울의 세계 속에 잠겨서 차갑게 굳어지고 낡아가는 정물처럼 잊혀지기도 한다. 그러나 때로는 그러한 유리의 차가움 속에서 다시금 그 뜨거운 종이의 살결로 유리의 표면을 밀어내며 나오려 한다. 이 두 편의 시에는 유리와 종이에 얽힌 이상의 이러한 내밀한 상상적 역학이 자리잡고 있다.

그런데 〈실낙원〉에서 이상이 그려내고 싶었던 자화상은 정작 그렇게 유리 속에서 잊혀져가는 풍경이 아니었다. 그는 좀더 광막한 시간대를 오가면서 그러한 망각의 세월을 태고에까지 연장하고 그러한 세월의 두께를 견디어낸 자화상을 하나 그려냈다. 이것이야말로 이상의 진정한 자화상이라고 할 수 있다. 그는 이 〈자화상(습작)〉을 숨겨놓았고 대신 비슷한 〈自像〉만을 발표했다.[273] 〈자상〉은 〈자화상(습작)〉을 개작한 것처럼 보인다. 거의 비슷한 내용으로 되어 있고, 단지 좀더 내용을 추리고 서술을 시적으로 압축해서 가다듬은 모습을 보인다. 그러나 〈자화상(습작)〉이 좀더 쉽게 읽히며, 어떤 면에서는 더욱 구체적이고 풍부한 상상력을 보여주고 있다.

몇가지 중요한 차이점을 알아보자. 우선 이 두 편의 시에서 결정적인 차이점은 얼굴의 형상에 있다. 〈자화상(습작)〉에서는 코와 눈과 귀와 입에 대해 다 언급한 반면 〈자상〉은 수염과 입에 대해서만 말한다. 〈자상〉이 북극이란 극한적 상황을 제시한다면 〈자화상(습작)〉은 피라밋의 사막을 떠올리게 한다. 〈자상〉에서는 '千古'라는 말을 수사학적으로 지나치면서 가볍게 쓰지만 〈자화상(습작)〉은 태고의 이미지를 자화상의 실체를 드러내는 본질적인 차원에서 사용한다. 생전에 발표하지 않았던 이 유고작이 우리의 입장에서는 훨씬 중요한 텍스트로 다가선다.

여기는 도무지 어느나라인지 분간을 할수없다. 거기는 太古와 전승하는 版圖가 있을 뿐이다. 여기는 폐허다. '피라미드'와같은 코가있다. 그구녕으로는 '悠久한것'이 드나들고 있다. 공기는 퇴색되지않는다. 그

---

[273] 이 시는 〈危篤〉이란 제목 아래 연재된 것인데 《조선일보》 1936년 10월9일에 발표되었다. 〈실낙원〉은 유고작으로 1939년 2월에 《조광》지에 발표되었다. 〈자화상(습작)〉은 이 속에 포함되어 있다. 〈자상〉은 이 〈자화상(습작)〉을 개조한 흔적이 역력하다. 따라서 〈자화상(습작)〉이 〈자상〉보다 먼저 쓰여진 것이라고 추정해볼수 있다. 〈위독〉에는 또 〈실낙원〉 중 〈육친의 장〉과 연관되는 작품으로 〈門閥〉과 〈肉親〉이 있다. 이 두 편의 시에 각기 〈육친의 장〉과 관련되거나 유사한 문구들이 등장하는 것으로 보아 이상은 초고로 써놓은 〈육친의 장〉을 두 편의 시로 쪼개 각기 새로운 하나의 작품으로 만들었을 것이다.

것은 先祖가 혹은 내前身이 호흡하던바로 그것이다. 瞳孔에는 蒼空이
응고하야 있으니 太古의 影像의 略圖다. 여기는 아무 記憶도 遺言되여
있지는않다. 문자가 닳아 없어진 石碑처럼 문명의'雜踏한것'이 귀를그
냥지나갈뿐이다. 누구는 이것이'떼드마스크'(死面)라고 그랬다. 또누구
는 '떼드마스크'는 도적맞었다고도 그랬다.

 죽엄은 서리와같이 나려있다. 풀이 말러버리듯이 수염은 자라지않는
채 거츠러갈뿐이다. 그리고 天氣모양에 따라서 입은 커다란소리로 외
우친다- 水流처럼.[274]

이 산문시는 〈자상〉과 같이 데드마스크와도 같은 자화상의 얼굴
을 노래하면서도 시공간적으로 거기에 광대한 배경을 담아냄으로써
영웅적인 면모를 보여준다. 그것은 태고의 신비를 담고 있는 무덤인
피라밋을 코의 형상에 비유함으로써 놀라운 성과를 보인다. 이 시의
'나'는 그 피라밋같은 코를 통해서 옛날 자신의 선조들이 호흡했던 공
기, 지금까지 계속 드나드는 그 공기를 호흡한다. 그 선조들에서 나
의 前身을 발견한다는 것, 그리고 내 속에서 태고의 하늘과 그 모든
판도가 마치 피라밋 무덤처럼 간직되어 있음을 간파한다는 것은 모
든 역사의 물결을 견뎌내려는 영웅주의적 면모다. 지금까지의 모든
역사적 문명들은 그러한 태고적인 신비에 비하면 잡스러운 것일 따
름이다. 이상은 이 놀라운 상상력과 영웅주의적 면모를 띤 자신의 자
화상을 일반 독자들에게 내보이고 싶지 않았던 것 같다. 그는 그것을
공개적으로 드러낼 때(〈자상〉을 발표할 때) 스스로 그러한 자신의 영
웅주의적 면모를 일부러 일그러뜨리고 헤뜨려놓았다. 〈자상〉의 자

---

274 《조광》(1939.2)지에 발표된 원문대로 띄어쓰기와 철자법을 따랐으나 몇 군데
　만 고친 것임.

화상은 이에 비하면, 마치 그 영웅적 면모를 왜소하고 희극적으로 일그러뜨려 작게 만들어낸 캐리커처처럼 보인다. 이 〈자화상(습작)〉을 통해서 이상은 골편의 산보를 통해서 추구했던 창세기의 실패 대신에 그러한 창세기적 낙원에 대한 영상을 담고 있을 자화상, 그 어떠한 역사적 문명의 비바람에도 견뎌낸 그러한 태고의 유적과도 같은 자화상을 만들어냈다. 그 자화상은 그 모든 세월을 견뎌내면서 비밀스럽게 간직해온 것을 입에서 큰 소리로, 마치 장대한 강물이 파도치며 흘러가듯, 외치려 하고 있다.

이 시에서 자화상의 얼굴을 표현한 '데드마스크'란 단어는 그렇게 무거운 비중을 차지하지 못한다. 〈자상〉에서는 첫머리에서부터 시 전체를 압도하면서 등장한 이 단어가 여기서는 단지 에피소드에 불과하다. 그 단어는 그저 익명적인 사람들이 저희들끼리 지껄이는 말처럼 가볍게 흘러간다. '나'는 그러한 역사적 문명의 모든 것들을 흘려보내버리듯이 그러한 말들조차 가볍게 흘려보내는 것이다. 이 시에서 이상의 주도적인 모티프인 유리나 종이의 세계 같은 것들은 흔적조차 보이지 않는다. 그러한 것들은 장대한 세월과 대결하는 이 영웅주의적인 분위기 속에서 소녀취향적인 연약함과 가벼움으로 허공 속에서 증발한 것 같다. 마치 〈오감도〉의 〈시제1호〉에서 무섭게 내달리는 아해들이 영웅주의적인 시인의 면모로 다시 등장한 것처럼 보일 지경이다.

이 자화상은 우리가 앞에서 논의했던 △의 세계를 피라밋 형 코의 형태로 새롭게 빚어냈다. 그는 여기서 그 코로 드나드는 옛날로부터의 그 유구한 공기가 전혀 퇴색되지 않는다고 했다. 이상은 여전히 태초의 창세기적 지향을 이 시에서 유지하고 있다. 그의 무덤은 다시 창세기적인 낙원을 만들기 위한 작업 속에서 가장 필요한 태초의 공기를 호흡하고 있다. △의 꼭지점에 펼쳐놓을 하늘에 대한 약도는 눈에 간직되어 있다. "태고의 영상의 약도"가 그 눈동자에 응고되어 있는 것이다.

이상은 이 〈실낙원〉 편에 〈月傷〉을 마지막 작품으로 포함시켰다. 아마도 〈자화상(습작)〉과의 관련성 때문일 것이다. 우리는 이 작품에서 창세기적 하늘의 형상을 이상이 어떻게 꿈꾸었는지 알아볼 수 있다. 그는 이 산문시에서 근대적인 천문학과 광물학적 시각에 의해 포착된 달을 혈우병에 걸린 황무지적 달로 묘사했다. 그는 이러한 달을 대체하기 위한 싸움에 대해 말한다. "나는嚴冬과같은 天文과 싸워야한다. 빙하와 雪山가운데 凍結하지않으면 안된다. 그리고 나는 달에對한 일은 모두 잊어버려야만 한다— 새로운 달275(방점—인용자)을 發見하기爲하여—".

우리는 앞에서 '사각진 달의 採鑛' 같은 표현에서 이상이 달의 기하학적 이미지를 사용한 것을 보았었다. 이 시에서 "엄동과같은 천문"은 그러한 근대 학문의 차가운 시각에 포착된 천문학을 가리키고 있다. 어떻게 보면 이것은 니체적인 인식론 비판의 메시지를 담고 있다. 니체는 차가운 논리에 의해 구축되는 순수인식을 비판했었다. 그는 세상으로부터 금욕적인 태도로 멀어진 수도승처럼 그렇게 사물에서 거리를 취한 학자들의 냉정한 인식론을 달의 이미지 속에 담았다. 니체에게 달은 사물을 바라보는 차가운 눈이자 투명한 인식의 거울이다.

---

275 김주현이 펴낸 이상전집이나 다른 편자들의 이상전집에 나오는 text 모두 '새로운 말'로 표기한 것인데(발표지 원문도 그렇다) 나는 이것이 오기라고 생각한다. 문맥상 '달'이 되어야 자연스럽다.(임종국 편, 《이상전집》에는 '달'로 표기되어 있다.)

달이 대지를 사랑하는 것처럼 대지를 사랑하며 대지의 아름다움을 다만 눈으로만 어루만지는 것이 되리라. 그리고 내 자신이 백개의 눈을 가진 거울처럼 만물 앞에 누워있는 것 말고는 내게 만물에게서 아무 것도 원치 않는다는 것, 그것이 내겐 만물에 대한 '결백한' 인식이라 불린다.[276]

니체는 사물에 대해 거리를 두고 순수하게 인식하려는 자들을 불임중적인 황무지적 존재로 비판한다. 그들은 생식하는 자로서 그리고 창조하는 자로서 대지를 사랑하지 않는다. 그의 달 이미지는 펑퍼짐하게 배가 불러있지만 아무 것도 낳지 못하는 차가운 별이다. 그는 이 차가운 황무지적 달 대신에 뜨거운 태양을 찾는다. "대지를 향한 태양의 사랑이 찾아왔다"고 그는 말한다. "태양은 바다를 빨고 바다의 깊이를 자신의 높이까지 마시기를 '원한다'. 그때 바다의 욕망은 천개의 젖가슴으로 부풀어 오른다. 진실로, 태양과 같이, 나는 삶을 그리고 모든 깊은 바다를 사랑한다. 그리고 이것을 '나는' 인식이라고 부른다."[277] 니체가 말하는 진정한 인식이란 마치 대지의 사물들에 대한 태양의 에로틱한 사랑에서 나오는 것처럼 보인다. 뜨거운 사랑없이는 참된 인식도 없다. 그러나 학자들은 그러한 사랑의 개입없는 냉정한 순수인식을 가정한다. 그러한 냉정한 인식이 대지를 풍요롭게 부풀릴 수 있을 것인가?

이상은 〈오감도〉 시편들에서 이러한 니체적인 달거울을 보여준 바 있다. 그는 이 불임중적인 달을 수술하려 했지만 결과는 별로 좋지 않았다. 〈시제7호〉에서 귀양살이 하는 황무지에서 피어난 30輪의 꽃은 '명경'이란 거울 이미지로 나타나고 그것은 곧 만신창이의 달

---

276 니체, 앞의 책, 164쪽.
277 위의 책, 166쪽.

임이 밝혀진다. 이상은 이 한달의 리듬을 지배하는 달(30륜은 차올랐다가 이지러지는 한 달 간 달의 변화상을 가리킨다)을 두개의 거울 이미지로 묘사했다. 이것은 일종의 반사면을 양쪽에 단 양면 거울 이미지이다. 그의 〈시제8호〉는 그 반대로 그 반사면을 마주보고 결합시킨 거울을 보여준다. 이 시에서 그는 그것을 절단하는 수술을 행한다. 이 난해한 시에서 이상은 분명히 니체적인 순수인식 비판을 행한 것처럼 보인다. 거울에 비친 이미지들을 그는 생명력이 없는 것으로 보았고, 거기 생명력을 불어넣는 실험을 했던 것인데 그 결과는 참담한 것이었다. 이상의 달이 생식력을 갖기 위해서는 〈월상〉을 기다려야 했다. 이상은 근대 천문학의 순수인식에 사로잡힌 달을 구제해야 했다. 그의 시적인 창세기에서는 이러한 근대적인 하늘의 이미지들을 거둬내는 것이 선결되어야 했다. 〈월상〉의 마지막 구절에서 이상은 강력한 염원을 표시했다. "내앞에달이있다. 새로운-새로운-/ 불과 같은-혹은 화려한 洪水같은-". 불과 홍수의 달은 빙하와 눈에 뒤덮인 달을 대체한다. 불은 얼음을 녹이고 홍수는 격렬하게 창조적인 용틀임으로 파도칠 것이다. 유리와 얼음 속에서 정지되었던 세계는 이 창조적 혼돈의 물결 속에서 꽃처럼 새롭게 피어나게 된다.

Abstract

A Study of Ri Sang
: The Moon of Fire and Flood

Byum-Soon Shin

The present collection gathers in one volume all the papers on Ri Sang I wrote before the publication of 《Risangeui Muhanjeongwon Samchagak Nabi (Ri Sang's Third-Dimensional Butterfly of the Infinite Garden)》. Altogether they cover a period of nearly 20 years from the year 1990 to 2007. My thoughts and views have changed significantly over that time, and many studies by other scholars on Ri Sang have sprung forth during it, ceaselessly pushing against the current. One of the early studies that is presented in the second part of this book, 〈Bunyeoljeungjuk Yokmanggwa Woohwa-〈Nalgae〉 wa 〈Jijuwheshi〉 reul Jungshimeuro

(Schizophrenic Desire and Fable-On Ri Sang's 〈Wings〉 and 〈Hesitating Spider, Gathering of Pigs〉, was a result of my youthful desire to become the avant-garde of what was then a cutting-edge literary fashion; it leaned heavily on Deleuze's study of Kafka and 《Anti-Oedipus》 for its interpretive methodology. However, taking off the clothes of Deleuzian theory from that particular study, I find its analysis of Ri Sang's animal allegory not unsatisfactory. It was because of this early study that I was able to focus on Ri Sang's use of animal symbols throughout his oeuvre. Since then, I have shifted my focus from my earlier theme of 'Sex and Labor' to my later theme of 'Poetic Totem'. After investigating Ri Sang's purpose in arranging his mysterious labyrinth at the center of expanding modern city, I concluded that he was, in the end, recalling primitive life-giving animal symbols at the heart of the artificializing modernity. In my earlier study, I focused on explicating Deleuzian escape through Ri Sang's animalistic retrogression in the modern world. In my later papers, where I changed my direction, animals were understood as symbols that turn on the powerful forces of Nature within the city. In the course of his literary output, Ri Sang's 'butterfly' is substituted by the snake, the dog, and the crow that demonstrate the collisions with the powerful primitive forces. At the bottom of these substitutions is the monkey, the mimicking animal, and it is the representative animal of Ri Sang's mirror world.

Ri Sang composed variations of his mirror world throughout

his works, a mirror world that is caught within the modern city and flattened by the power of the modern world and its intellect. I deal with the varying themes of this mirror in the third part of the present collection, ⟨Geohwoolgwa Ueulgeuluei Gihopungkyung (The Symbolic Landscape of the Mirror and the Face)⟩. In this mirror world, the self-portrait of the poet appears as a figure with a butterfly-shaped mustache. 'Ogamdo (Crow's Eye View)' ⟨Shijaeshipho (Poem No. 10)⟩ is that portrait of a face that have been fused with the image of such a butterfly. Ri Sang's portraits, by themselves, become such a poet's face-scape. The theme of the third part is about revealing what the poet's investigations beyond the mirror were.

The first part of this volume treats Ri Sang and Kim Ki-rim together. Kim Kirim was Ri Sang's closest friend and a co-member of the literary-artist club 'Guinhwe (the Nine)', and wrote the greatest elegy for Ri Sang, titled ⟨Jupitah Chubang (Jupiter Exiled)⟩. These two were united by their shared intellectual interests, and their relationship was different from Ri Sang's close friendship with another 'Guinhwe' member Park Tae-won, who was intimate with Ri Sang on a more personal level. Is this not apparent in that Kim Ki-rim was able to write ⟨Butterfly and the Sea⟩ after Ri Sang's death? Kim Ki-rim composed this poem for the poet of 'butterfly' and 'mirror'. Could it be that he knew and understood Ri Sang's image of the sea-mirror? In Kim Ki-rim's poem, the 'butterfly' is seduced by the image of the flowering field of radish, which is a mirrored image of the land that the sea is projecting, and flies over the waves. In one of Ri Sang's prose essays, the sea-mirror image appears as an infinite possibility that can be pursued in the mirror world. In my book 《Risangeui Muhanjeongwon Samchagak Nabi (Ri Sang's Third-Dimensional Butterfly of the Infinite Garden)》, I analyzed the mirror image in his untitled prose essays by calling them 〈Mujae-Ahksunguei Guhuel (Untitled-Maestro's Mirror)〉 and 〈Mujae-Yukmeonguhuelbang (Untitled-A Room of the Hexahedral Mirror)〉.

The theme of the first part of the present collection is also about dealing with Ri Sang and Kim Ki-rim's writing styles that aim for a new 'horizon for creative writing', by which I mean their quest for a unique literary fashion, a 'philosophy of writing-costume.' Though they borrowed their literary costumes from other movements such as Imagism, Dada, and Surrealism, they also sought after their own literary fashion that they needed to design and spread on their own. This horizon of their creative writing styles can be converted into the concept of the "tablet". I use this concept to suggest such forms as 'butterfly tablet', 'paper-and-street's tablet', and others, viewing the tablet as the horizon the two writer's creative styles are working on. How does this project overcome the imitative 'mirror tablet'? The structure of modernity is formed and maintained by the activities of various modern tablets, and these modern tablets is what I call the 'mirror tablet(s)'. In ⟨Hwehwanuei Jhang (Chapter of Remorse)⟩, Ri Sang represents the collection of those mirror tablets as the 'library'. Rejecting modernity's public storage of texts as symbolized by the 'library', Ri Sang unfolds his unstable paper, and the street and the labyrinth where the scary and scared children run out spreads out on that tablet. The 'butterfly tablet' is created by tearing apart the historical period's two distinctive tablets, one is the newspaper, a tablet of modernity, and the other is the genealogy/lineage, a tablet of the feudalism.

The fourth part of this collection deals with the dream of 'Maternal Genesis' that permeates on the unstable tablet, and certain types of texts that actualize such a tablet. If tablet is the creative and aesthetic writing style (langue), then the text is the actualized form of that unique style (parole). 'Way/Street (Road) Text', 'Bone Text', 'Dog-Human Text', 'Book-human Text', and 'Self-portrait Text' are such themes and subjects as identified by the textual categorization. By this process, we will be able to identify the aspects of how a number of different tablets subtlely collide and combine. In certain cases a personal and intimate diary tablet (on a private level) collides and/or combines with a vast, epochal, biblical tablet that is sublimely worshiped by the people (on a public level) to create a subtle an ensemble. ⟨Naegwa (Internal Medicine)⟩ and ⟨Ghakhyeoleui Ahchim (Blood-coughing Morning)⟩ are examples of such collisions and combinations. Ri Sang's creative tablet twists or leans certain tablet's style toward or against different tablets' foreign currents.

Ri Sang realizes all these experiments as if they are children's games. In his early poem 〈Le Urine〉, this method imposes mythology and history on children's pissing game. He connects the urine that flows out of his sex organ with the image of the snake, and transforms the snake's worming movements into an image of a river flowing out to the sea. Finally, a mythological sun-crow, dressed in casual clothes, is grafted on like an illustration. Urination, the wasted world's great land, and the mythological landscape overlap one another. This drawing-in and mixing-together of one's personal situation, the historical landscape, and the mythological landscape is Ri Sang's fairy-tale vision, and all his descriptive styles become plain and simple at this level.

Ri Sang brought out the child within the adult and wrote the aforementioned poem, and others such as 'Ogamdo (Crow's Eye View)' 〈Shijaeilho (Poem No. 1)〉, and 〈Nalgae (Wings)〉, and 〈Donghae (Child's Bone)〉 as well. The crow that appears in the fairy tale of 〈Le Urine〉 looks down from the sky at the scary and scared children running out in 〈Shijaeilho (Poem No. 1)〉. The protagonist of 〈Nalgae (Wings)〉 thinks and behaves like a child, and sees the world through a child's veil, but the adult who lives like a child is caught by and is unable to escape from the web of the adult society (which is also constructed by the adults themselves). This society appears as a strange hell that has frozen over to the child. As time passes, the fate of the child from ⟨Shijaeilho (Poem No. 1)⟩ to ⟨Nalgae (Wings)⟩ experiences an ominous downfall. The final point of that Fall is the capital of the colonial empire, Tokyo. Ri Sang's last destination was Tokyo that was thick with the poisonous fog of modernity. The last short story that he wrote before going to Tokyo was titled ⟨Donghae (Child's Bone)⟩, and the title foreshadows the child's final fate. The title also signifies 'the child's death'. That was the death of Ri Sang's flower, his dream. ⟨Silwha (Lost Flower)⟩, which Ri Sang wrote in Tokyo, tells the story of how the child loses the flower he dreamed of. And in Tokyo, Ri Sang died.

Keyword(s)/concepts: 'Sex and Labor', 'Poetic Totem', 'the Snake', 'the Dog', 'the Crow', 'the Monkey', 'The Poet's Investigations beyond the Mirror', 'Tablet', 'Library', 'Fairy-tale Vision'.

참고문헌

1. 기본자료

김기림, 《태양의 풍속》, 학예사, 1939.
김유중·김주현 편, 《그리운 그 이름 이상》, 지식산업사, 2004.
김윤식·이승훈 편, 《이상문학전집》, 문학사상사, 1993.
김주현 편, 《이상문학전집》, 소명출판, 2005.
김학동 편, 《김기림 전집》, 심설당, 1988.
이어령 교주, 《이상전작집》, 갑인출판사, 1977.
임종국 편, 《이상전집》, 태성사, 1956.
______, 《이상전집》, 문성사, 1966.
임화, 《문학의 논리》, 학예사, 1940.

《개벽》, 《괴기》, 《독서생활》, 《동광》, 《동아일보》, 《대한매일신보》, 《문장》,
《맥(貘)》, 《박문》, 《백광》, 《백조》, 《별건곤》, 《비평문학》, 《삼천리》,
《시와소설》, 《시원》, 《신가정》, 《신동아》, 《신민》, 《신생》, 《신여성》, 《여성》,
《월간매신(每申)》, 《자오선》, 《제국신문》, 《조광》, 《조선과건축》, 《조선문단》,
《조선문학》, 《조선일보》, 《조선중앙일보》, 《조선지광》, 《중앙》, 《창조》,
《청색지》, 《카톨릭청년》, 《혜성》

2. 국내외 단행본

고은, 《이상평전》, 민음사, 1974.
권성우, 〈1930년대 한국모더니즘 소설연구〉, 서울대석사학위논문, 1988.
김상일, 《카오스와 문명》, 동아출판사, 1944.
김옥희, 〈오빠이상〉, 《슬픈 이상》, 양윤옥 편저, 한겨레 1985.
김용운, 《수학의 흐름》, 배영사, 1995.
김용환, 《말리노프스키의 문화인류학》, 살림, 2004.
김윤식, 〈한국모더니즘 문학연구-이상소설의 4가지 유형분석〉, 《한국학보》, 1988.
김윤식·김현, 《한국문학사》, 민음사, 1981.

김종은, 〈이상의 理想과 異常〉, 《문학사상》, 1973.

김주현, 《이상소설연구》, 소명출판, 1999.

무정부주의운동사편찬위원회, 《한국아나키즘운동사》, 형설출판사, 1978.

문원각 편, 《이효석 : 현대한국단편문학전집》, 문원각, 1974.

박용숙, 《한국미술의 기원》, 예경, 1996.

______, 《지중해문명과 단군조선》, 집문당, 1996.

박현수, 《모더니즘과 포스트모더니즘의 수사학》, 소명출판, 2003.

서정주, 〈이상의 일〉, 《서정주문학전집5》, 일지사, 1972.

서준섭, 《한국모더니즘 문학연구》, 일지사, 1988.

손정목, 〈일제침략초기의 도시사회상〉, 《향토서울》 41호, 서울특별시사편찬위원
　　　회, 1983.

신범순, 《한국 현대시의 퇴폐와 작은 주체》, 신구문화사, 1998.

______, 〈축제적 자아의 새로운 가능성〉, 《해방 60주년에 다시 생각하는 한국문학
　　　의 정체성》, 만해축전심포지엄, 2005.

______, 《이상의 무한정원 삼차각나비》, 현암사, 2007.

______, 《노래의 상상계》, 서울대학교 출판문화원, 2012.

신형철, 〈이상문학의 역사철학적 연구〉, 서울대학교 박사학위논문, 2012.

오규원 편, 《이상소설집》, 문장, 1981.

이경훈 역, 〈미쓰코시 경성지점 신축 개요〉, 《이상리뷰》 제3호, 역락, 2004.

이경훈, 《이상, 철천의 수사학》, 소명출판, 2000.

이규목, 《도시와 상징》, 일지사, 1988.

이규동, 〈이상의 정신세계와 작품〉, 《월간조선》, 1981.

이균열, 〈이상의 초상화〉, 《문학사상》 창간호, 1972.

이난영, 《토우》, 대원사, 1998.

이능화, 《이능화전집》, 영신아카데미 한국학연구소, 1978.

______, 《조선무속고》, 이재곤 옮김, 동문선, 1992.

______, 《조선신사지》, 이재곤 옮김, 동문선, 2007.

이병도, 《두계잡필》, 일조각, 1956.

이보영, 《이상의 세계》, 금문서적, 1998.

정귀영, 〈이상의 「날개」-정신분석학적 시론〉, 《현대문학》, 1979.

정동찬, 《살아있는 신화 바위그림》, 혜안, 1996.

조두영, 〈이상 초기 작품의 정신분석〉, 《신경정신의학》, 1977.

조병찬, 《한국시장경제사》, 동국대출판부, 1992.

조해옥, 〈이상의 시 〈AU MAGASIN DE MOUVEAUTES〉와 미쓰코시 백화점〉,
　　　《이상리뷰》 제3호, 2004.

추은희, 〈쉬르레알리즘에 비춰본 李箱의 작품세계〉, 《현대문학》, 1973

최석태, 《이중섭 평전》, 돌베개, 2000.

편집부 편, 《이상선집》, 을유문화사, 1977.

하기락, 《탈환》, 형설출판사, 1985.

Aczel, Amir D., 김희봉 역, 《신의 방정식》, 지호, 2002.

Adam, Leonhard, 김인환 역, 《원시미술》, 동문선, 1999.

Alexandrian, Sarane., 이대일 역, 《초현실주의 미술》, 열화당, 1992.

Aleksandrovich Suslov, Vitali, 이동옥 옮김, 《피카소의 예술세계》, 청천, 1991.

Bair, Gerhart, 김현진 역, 《융》, 한길사, 1999.

Bauer, HANS J RG., 이영희 역, 《상거래의 역사》, 삼진기획, 2003.

Benjamin, Walter., 〈아케이드 프로젝트〉, 조형준 옮김, 《세계의 문학》, 2002 봄호.

Betz, Otto, 배진아·김혜진 역, 《숫자의 비밀》, 다시, 2004.

Boia, Lucian., 김웅권 옮김, 《상상력의 세계사》, 동문선, 1998.

Bourke, John Gregory, 성귀수 역, 《신성한 똥》, 까치, 2002

Bowie, Malcolm., 이종인 옮김, 《라캉》, 시공사, 1999.

Briggs, John. & Peat, F. David, 김광태·조혁 옮김, 《혼돈의 과학》, 범양사, 1991.

Brosse, Jacques., 주향은 옮김, 《나무의 신화》, 이학사, 2007._

Campbell, Joseph., 정영목 역, 《서양신화》, 까치, 1990.

_______________, 이윤기 옮김, 《신화의 힘》, 고려원, 1992.

_______________, 과학세대 역, 《신화의 세계》, 까치, 1998.

Cocteau, Jean, 양병도 역, 《콕도詩集》, 대문사, 1958.

Crosby, Alfred W., 김병화 역, 《수량화 혁명》, 심산, 2005.

Dosse, Francois., 김미겸 옮김, 《역사 : 성찰된 시간》, 동문선, 2001.

Eisenman, Stephen F., 정연심 옮김, 《고갱의 스커트》, 시공아트, 2003.

Eliade, Mircea, 이윤기 역, 《샤마니즘》, 까치, 1992.

_____________, 이은봉 역, 《성과 속》, 한길사, 2005.

Endres, Franz Carl., Schimmel, Annemarie., 《수의 신비와 마법》, 오석균 옮김, 고려원미디어, 1996.

Evans, Dylan, 김종주외 옮김, 《라깡정신분석사전》, 인간사랑, 2004.

Ferrier, Jean Louis., 염명순 역, 《시선의 모험》, 한길아트, 2005.

Freud, Sigmund, 김명희 역, 《늑대인간》, 열린책들, 1996.

_____________, 구인서 역, 《정신분석입문》, 동서문화사, 1975.

Gauguin, Paul, 최경해 옮김, 《우리는 어디에서 와서 어디로 가는가》, 가람기획, 2000.

Genty, Gilles., 신성림 역, 《상징주의와 아르누보》, 창해, 2002.

Gleick, James., 박배식·성하운 역, 《카오스》, 동문사, 1993.

Hall, Edward Twitchell., 최효선 역, 《생명의 춤-시간의 다른 차원》, 한길사, 2000.

Jenger, Jean., 김교신 옮김, 《르 코르뷔지에》, 시공사, 1997.

Jordan, Michael., 이한음 역, 《초록덮개》, 지호, 2001.

Kafka, Franz, 丘冀星 譯, 《카프카 短篇集》, 瑞文堂, 1975.

Kubarev, Vkadimir Dmitrievich., 이헌종·김인욱 역, 《알타이의 암각예술》, 학연
　　문화사, 2003.

Le Corbusier, 정진국·이관석 역, 《프레시지옹》, 동녘, 2004.

Lévi-Strauss, Claude., 박옥줄 역, 《슬픈 열대》, 한길사, 1998.

________________, 고봉만·류재화 역, 《보다 듣다 읽다》, 이매진, 2005.

________________, 안정남 옮김, 《야생의 사고》, 한길사, 2005.

________________, 임봉길 역, 《신화학1》, 한길사, 2005.

Lietaer, Bernard A., 강남규 역, 《돈, 그 영혼과 진실》, 참솔, 2004.

Lotman, IU. M., 우재천 옮김, 《문화기호학》, 문예출판사, 1998.

Lukács, György, 문학예술연구회 옮김, 《우리시대의 리얼리즘》, 인간사, 1988.

Maffesoli, Michel, 박재환·이상훈 옮김, 《현대를 생각한다》, 문예출판사, 1997.

Meier-Graefe, Julius, 최승자·김현성 역, 《반 고흐, 지상에 유배된 천사》, 책세상,
　　1996.

Melchior-Bonnet, Sabine., 윤진 역, 《거울의 역사》, 에코리브르, 2002.

Mookerjee, Ajit., 松長有慶, 金龜山 역, 《탄트라》, 동문선, 1995.

Nietzsche, Friedrich Wilhelm, 김훈 역, 《선악을 넘어서》, 청하, 1987.

________________________, 이필렬 역, 《서광》, 청하, 1989.

________________________, 강수남 역, 《권력에의 의지》, 청하, 1991.

________________________, 《짜라투스트라는 이렇게 말했다》, 청하, 1993.

Paquet, Dominique., 지현 역, 《화장술의 역사》, 시공사, 1999.

Read, Herbert Edward., 김병익 역, 《도상과 사상》, 열화당, 1997.

Reader, John., 김명남 역, 《도시, 인류 최후의 고향》, 지호, 2006.

Sarup, Madan., 김해수 역, 《알기 쉬운 자끄 라깡》, 백의, 1994.

Sax, Boria, 이한중 역, 《까마귀》, 가람기획, 2005.

Spies, Werner., 박순철외 역, 《막스 에른스트》, 열화당, 1994.

Vincent B. Leitch, 《해체비평이란 무엇인가》, 권택영 옮김, 문예출판사, 1988.

Wright, Elizabeth, 《정신분석비평》, 권영택 역, 문예출판사, 1989.

簫兵, 노승현 옮김, 《노자와 성》, 문학동네, 2000.

張光直, 이철 역, 《신화, 미술, 제사》, 동문선, 1995.

村山智順, 노성환 옮김, 《조선의 귀신》, 민음사, 1990.

________, 김희경 옮김, 《조선점복과 예언》, 동문선, 1991.

軍艦島 上, 요시카와 나기 역, 《한양 경성 서울을 걷다》, 다인아트, 2004.

Bogue, Ronald, *Deleuze and Guattari*, Routledge, 1989.

Brooks, Peter, The Idea of a Psychoanalytic literary criticism, *Discourse in Psychoanalysis & Literature*, edited by Shlomith, Rimmon-Kenan, Routledge, 1992.

Clottes, Jean., Lewis-Williams, J. David., *The shamans of prehistory*, Harry N. Abrams, 1998.

Deleuze Gill and Guattari F′elix, *Anti-Oedipus*, PenguinBooks, 2009.

Deleuze Gill and Guattari F′elix, *A Thousand Plateaus*, The Athlone Press, 1988.

Deleuze Gill and Guattari F′elix, Kafka-Toward a minor Literature, Univ. of Minnesota Press, 1986.

Jardin, Alice A, *Gynesis : Configuration of Woman and modernity*, Cornell University Press, 1985.

Lévi-Strauss, Claude., *STRUCTURAL ANTHROPOLOGY* Volume 1, The Univ. of Chicago Press, 1976.

출처

▶1장

잃어버린 지평선 찾기(시와시학 2007.3)

문학적 언어에서 가면과 축제—김기림, 이상의 문학에서 능금과 나비의 언어

(언어와 진실, 2003.5.)

종이와 거리의 서판—이상과 김기림의 현대적 시학(시인세계, 2003 봄)

▶2장

분열증적 욕망과 우화(국어국문학103호, 1990.5)

글쓰기의 몇 가지 양상—변신술적 서판을 향하여(이상리뷰 제3호, 2004.2)

▶3장

원시주의와 부채꼴 인간(한국현대문학회 2006 동계학술대회 발표)

거울과 얼굴의 기호 풍경—이상의 자화상을 중심으로

(이상리뷰 제4호, 2005.6)

▶4장

실낙원의 산보로 혹은 산책의 지형도(이상문학연구의 새로운 지평, 2006)

찾아보기

• 인물/주제어

저자 | 신범순申範淳

충남 서천에서 태어남. 경기고등학교 졸업.
서울대 인문대학 국어국문학과를 졸업하고 동대학원에서 석사 박사학위 취득.
현재 서울대학교 인문대학 국어국문학과 교수로 재직.

저서 《해방공간의 문학: 시》 1988, 《한국현대시사의 매듭과 혼》 1992, 《한국현대
시의 퇴폐와 작은 주체》 1998, 《글쓰기의 최저낙원》 1993, 《깨어진 거울의
눈》(공저) 2000, 《바다의 치맛자락》 2006, 《이상: 문학연구의 새로운 지
평》(공저) 2006, 《이상의 사상과 예술》(공저) 2007, 《이상의 무한정원 삼차
각 나비》 2007, 《노래의 상상계》 2012

이상 문학 연구—불과 홍수의 달

초판 인쇄 | 2013년 4월 17일
초판 발행 | 2013년 4월 29일

저　　자　신범순

책임편집　윤예미

발 행 처　도서출판 지식과교양
등록번호　제 2010-19호
주　　소　서울시 도봉구 창5동 262-3번지 3층
전　　화　(02) 900-4520 (대표)/ 편집부 (02) 900-4521
팩　　스　(02) 900-1541
전자우편　kncbook@hanmail.net

ISBN 978-89-6764-019-4 93810　　　　　　　정가 40,000원

이 도서의 국립중앙도서관 출판도서목록(CIP)은 e-CIP홈페이지(http://www.nl.go.kr/ecip)에서
이용하실 수 있습니다. (CIP제어번호: CIP2013003280)